بانو

هانیه پور علیخانی

سرشناسه	:	پورعلیخانی، هانیه،
عنوان و نام پدیدآور	:	بانو/ هانیه پورعلیخانی.
مشخصات نشر	:	تهران : نشر علی، ۱۳۹۵.
مشخصات ظاهری	:	۵۵۰ص.؛ ۱۴/۵ × ۲۱/۵ س‌م.
شابک	:	۹-۱۱۱-۱۹۳-۹٦٤-۹۷۸
موضوع	:	داستان‌های فارسی -- قرن ۱۴
موضوع	:	th century۲۰Persian fiction --
رده بندی کنگره	:	۸۳۳٦PIR ۱۳۹۵ ۲ب۴۲۵۵و/
رده بندی دیویی	:	۸فا۳/۶۲
شماره کتابشناسی ملی	:	۴۵۳۸۹۸۳

خوانندهٔ گرامی: چنانچه این صفحه تک رنگ چاپ شده است، به انتشارات اطلاع دهید. با تشکر

خیابان انقلاب .خیابان ۱۲ فروردین خیابان روانمهر غربی پلاک ۱۳۶ واحد ۱

تلفن: ۶۶۴۹۱۸۷۶_۶۶۴۹۱۲۹۵

بانو

هاینه پورعلیخان

نمونه خوان اول:آزیتا حسن نوری

نمونه خوان نهایی :صبا آشتیانی

ویراستار:مرضیه کاوه

نوبت چاپ :اول تابستان ۹۶

تیراژ:۱۰۰۰ جلد

لیتو گرافی و چاپ :غزال

صحافی:تیرگان

۹-۱۱۱-۱۹۳-۹۶۴-۹۷۸شابک

www.Alipub.ir **info@alipub.ir**

هانیه پورعلیخانی ۳ Ω

199 W 12 AV

فصل ۱

بخاری ماشین تازه داشت گرم می‌شد که به درمانگاه رسیدم. تمام استخوان‌هایم درد می‌کرد. دلم می‌خواست حالا که ماشین گرم شده کمی از گرمای آن استفاده کرده و چشم‌هایم را ببندم و به قول امروزی‌ها «ریلکس» کنم، ولی درد گلو و استخوان به قدری فشار می‌آورد، علی‌رغم سرمای زیاد که تا استخوان‌هایم نفوذ می‌کرد در ماشین را باز کرده و پیاده شدم. کمی خودم را جمع و جور کردم تا از خیابان رد شوم ولی پارکبانی که آن سوی خیابان ایستاده بود با سرعت به سمتم آمد و گفت:

ــ خانم، این قسمت توقف مطلقا ممنوعه. لطفا برین جلوتر که تابلوی پارک داره.

نگاهی به سرتاسر خیابان انداختم و گفتم:

ــ ولی سرتاسر خیابون پر ماشینه!

پارکبان بی‌تفاوت قبض را نوشت و اشاره‌ای به انتهای خیابان کرد و گفت:

ــ اونجا جا هست.

قبض را با عصبانیت از دست او گرفتم و در حالی که چادرم را روی سرم مرتب می‌کردم گفتم:

ــ آقا، وقتی برگشتم پول قبض شما رو می‌دم، ولی الان اصلا حوصله و توان جابه‌جا کردن ماشین رو ندارم!

پارکبان عصبانی گفت:

ـ آبجی، ماشین‌تو می‌برن!

زیرلب گفتم:

ـ مهم نیست!

و سریع‌تر به سمت پله‌های درمانگاه رفتم. درمانگاه از چیزی که فکر می‌کردم شلوغ‌تر بـود. قبض دکتر عـمومی را گـرفتم و روی یکـی از صندلی‌های راهروی انتظار ولو شدم.

موبایلم را از جیب بارانی‌ام درآوردم و نگاهی به صفحه‌اش انداختم ولی آن‌قدر سرم منگ بود کـه حتی حـوصله‌ی نگاه کـردن بـه این یـار تنهایی‌هایم را هم نداشتم. چشم‌هایم را بستم؛ فقط صدای دور و بـرم را می‌شنیدم ولی خدا را شکر دکتر شیفت امروز کارش را خوب بلد بود و فقط به دیدن یک گلو اکتفا کرد و سریع یک مشت دارو و چند تا پنی سلین نوشت و مریض بعدی را صدا کرد.

داروها را از داروخانه گرفتم و دوتا آمپول را زدم و به سمت خانه راه افتادم.

در خانه را آرام باز و توی دلم فکر کردم کـه حتما منیر خانم هـنوز خواب است، ولی وقتی دیدم که آرام در خانه‌اش را باز کرده و از لای در مرا نگاه می‌کند، جلوی دهانم را گرفتم و تک سرفه‌ای کردم و گفتم:

ـ سلام منیر خانم!

منیر خانم در را کامل باز کرد و گفت:

ـ سلام بانو جان، چرا این‌وقت صبح خونه‌ای؟ خدا بد نده، اتفاقی افتاده؟

چادرم را از روی سرم برداشتم و گفتم:

ـ از دیروز که از مدرسه اومدم سرم سنگین بود، دیشب تب و بدن درد

هم اضافه شد. صبح دیدم اصلا جون سر کار رفتن رو ندارم. گفتم بهتره خونه باشم، هم خودم استراحت کنم و هم این بچه‌های طفل معصوم از من مریضی نگیرن.

منیر خانم با چهره‌ی مهربان همیشگی‌اش نگاهی به من کرد و گفت:

ـ خوب کاری کردی، بانو جان. حالا هم نمی‌خواد بری خونه‌ات، بیا پیش خودم، برات یک نخودآب بار می‌ذارم.

نگاهی از سر قدردانی به او انداختم و گفتم:

ـ ممنون از لطف همیشگی شما ولی اجازه بدین برم خونه‌ی خودم، اونجا راحت‌ترم.

منیر خانم لبی ورچید و گفت:

ـ هر جور راحتی دخترم.

*****

هوا خیلی سرد شده بود. برای ما که چندین سال در زمستان هم هوای بهاری را تجربه می‌کردیم، این هوا هم لذت‌بخش بود و هم دور از تصور. با اینکه دیگر در خانه بودم، هنوز استخوان‌هایم یخ می‌کرد. دلم نمی‌خواست حتی بارانی‌ام را از تن دربیاورم. به قول مادرم این خانه‌های قدیمی در تابستان گرم بود و در زمستان سرد.

کیسه‌ی شلغم و لیموشیرینی را که خریده بودم همان گوشه‌ی در رها کردم و چادر و کیفم را هم شلخته‌وار روی مبل انداختم. به سمت بخاری رفتم و درجه‌اش را بالا بردم. انگشت‌هایم را که از سرما قرمز شده بودند روی بخاری گرفتم. دلم می‌خواست مدتی همان جا استراحت کنم. پتوی سفری را که از دیشب روی مبل رها کرده بودم، برداشتم و با لذت دور

خودم پیچیده و همان‌طور که نگاهم به شعله‌های رقصان آتش بود، چشم‌هایم گرم شد.

بین خواب و بیداری بودم که صدای ممتد زنگ تلفن کاملاً هوشیارم کرد. کمی تعجب کردم. همه می‌دانستند که من این موقع صبح مدرسه هستم. حتما اشتباه بود. به سمت تلفن رفتم تا صدای زنگ را قطع کنم ولی وقتی نگاهی به شماره‌ی روی صفحه‌ی نمایش انداختم بی‌درنگ گوشی را جواب دادم. صدای نگران مادرم بود که می‌گفت:

ــ بانو؟ بانو، دخترم پاشو جمع کن بیا اینجا برات سوپ بار کنم. دیشب بابات بلدرچین خریده، سوپ دوست داری یا قیمه ریزه؟ اصلاً هر چی خودت دوست داری می‌ذارم برات.

با کلافگی دستی به موهایم کشیدم و گفتم:

ــ دوباره منیر خانم راپورت منو به شما داد؟! ای بابا! ما تکون می‌خوریم شما خبردار می‌شین! نه مامان جون، من خونه‌ی خودم راحت‌ترم. می‌دونین که اونجا بیام بدتر تب می‌کنم!

مامان مکثی کرد و گفت:

ــ نگران نباش، فرخنده خونه نیست. دیشب گفته که امروز می‌ره خونه‌ی دوستش. در ضمن، بارها بهت گفتم! تو به اون چی کار داری؟ تو داری می‌یای خونه‌ی پدرت! پاشو دخترم، بیا که کلی دلتنگتم. می‌دونی چند وقته نیومدی اینجا؟

ناخن‌هایم را در دستم فشار دادم و گفتم:

ــ مامان، خواهش می‌کنم! می‌دونی که وقتی مریض می‌شم حوصله‌ی رانندگی هم ندارم! بذار امروز رو که مرخصی گرفتم، استراحت کنم. تو رو به روح عزیز دیگه پافشاری نکن!

مادر که هیچ‌وقت نمی‌توانست در مقابل قسم روح مادرش مقاومت

کند، گرچه هنوز قانع نشده بود گفت:

ـ باشه دخترم. باید از اول هم می‌دونستم مرغ تو یه پا داره! باشه مادر، هر جور راحتی. فقط ما رو از حال خودت بی‌خبر نذار. حداقل موبایلت رو خاموش نکن.

آهی کشیدم و گفتم:

ـ باشه مامان، اگه اجازه بدین من الان استراحت کنم، قول می‌دم ظهر از حال خودم خبردارتون کنم.

مامان با بغض همیشگی موافقت کرد و گوشی را قطع نمود.

یک پتوی دیگر از اتاق خواب برداشتم و کاناپه را به بخاری نزدیک‌تر کردم. واقعا استراحت بهتر از قرص و دارو بود. سعی کردم مثل قبل بخوابم ولی مثل همیشه و همیشه که با مادر صحبت می‌کردم دلم گرفت و با خودم زمزمه کردم:

«چرا من نباید مثل هر دختری دلم برای رفتن به خونه پدری آب بشه؟ این وسط کی مقصره؟ خانواده‌ام؟ خودم؟ یا سرنوشتی که این‌طوری برام رقم خورده؟»

پتو را روی سرم کشیدم و در حالی که گونه‌هایم از اشک روی صورتم داغ شده بود، دوباره بر خلاف میلم مسافر خاطراتم شدم.

****

برای بار صدم تمام بوم‌های نقاشی شده را زیر و رو کردم. نباید هیچ چیزی از قلم می‌افتاد. با اینکه در این هفته چندین بار همه چیز را چک کرده بودم، باز هم دل توی دلم نبود.

بوم‌ها را دوباره شمردم و خیلی آرام توی چند جعبه‌ی بزرگی که از

یک ماه پیش قطاری کنار اتاقم گذاشته بودم چیدم. آخرین جعبه را که چسب زدم، محمدحسن ضربه‌ای به در زد و گفت:

ـ اجازه هست صاحب خونه؟

از جا بلند شدم و در حالی که به سمت در می‌رفتم گفتم:

ـ برای شما اجازه هست، ولی اگه محمدحسین هم همراهته، نه! اجازه نیست!

در اتاق را باز کردم و محمدحسین مثل جت، زودتر از محمدحسن وارد اتاق شد و در حالی که بشکن می‌زد و قری هم به کمر می‌داد، شروع کرد به شلوغ بازی‌های همیشگی‌اش.

ـ ژوژمان، ژوژمانه، ژوژمان، بانو ژوژمانه...

با عصبانیت دسته‌ای از موهایم را پشت سرم جمع کردم و گفتم:

ـ دوباره شروع کردی محمدحسین؟!

محمدحسن دستی به حالت تسلیم در هوا تکان داد و گفت:

ـ به خدا من بی‌تقصیرم بانو، ولی چه کنم؟!

خودم را روی تخت رها کردم و گفتم:

ـ به جای این مسخره بازیا کی منو می‌رسونه دانشگاه؟

محمدحسین پیش‌دستی کرد و گفت:

ـ اوه اوه! چی شده خانم هنرمند سوال می‌کنن و امر نمی‌فرمایند؟!

محمدحسن جلو آمد و گفت:

ـ آقاجون گفته خودش می‌رسوندت. الان هم به من گفت بیام کمکت کنم وسایل رو بذاریم تو ماشین تا دیر نشده.

صدایم را آرام کردم و گفتم:

ـ آقاجون مگه نمی‌خواد بره مغازه؟!

محمدحسین دوباره پرید جلو و گفت:

ـ نچ... بانو خانوم، دیگه نمی‌تونی امیر خان رو بپیچونی. امروز ژوژمانت رو هم تحویل بدی دیگه تمام! باید به جای نقاشی و عکاسی و گل بازی، بری سراغ شوهر داری! وقت برای آقاجون طلاست. صد نفر هم دم مغازه باشن باید خودش باشه. ببین چی شده که فعلاً اولویت رو گذاشته برای دخترش. خوب حق هم داره، سقف آسمون باز شده و دختر یکی یدونه‌اش افتاده پایین! یه بانو می‌گه، صدتا بانو از دهنش می‌ریزه. حالا هم دو نوکر همیشه در خدمت رو فرستاده تا ببینن بانو خانم چه امری دارن!

محمدحسن به سمت جعبه‌ها رفت. هنوز جعبه را از روی زمین بر نداشته بود که در اتاق باز شد. آقاجون طبق عادت همیشگی یاالله گفت و وارد شد. سلام کردم و گفتم:

ـ آقاجون، شما چرا خودتون رو به زحمت بندازین؟ من با محمدحسن می‌رم.

آقاجون چینی به ابرو انداخت و گفت:

ـ دلت نمی‌خواد امروز که روز آخر دانشگاهته من و مامانت همراهیت کنیم؟

لبخندی زدم و گفتم:

ـ چرا، ولی نمی‌خوام شما به زحمت بیفتین.

آقاجون لبخندی زد و گفت:

ـ زحمتی نیست، باباجون.

استاد پرتو نیم‌ساعت با دقت تمام بوم‌ها را نگاه کرد. حتی یک ربع هم برای پوستری گذاشت که به توصیه‌ی پرستو طراحی کرده بودیم و در آخر نگاهی از سر تحسین به هر سه ما انداخت و گفت:

ـ هر سه‌ی شما دانشجوهای لایق و با استعدادی بودین و کاری تا این

خد حرفه‌ای از شما، دور از ذهن نبود. واقعا عالیه!

فهیمه اشاره‌ای به من و پرستو کرد تا از استاد سئوال کنیم ولی وقتی دید خودش جسورتر از همه است، جلو رفت و گفت:

ـ استاد! نمره رو الان اعلام می‌کنین؟

استاد لبخندی زد و گفت:

ـ من اجازه‌ی این کار رو ندارم که الان نمره رو بگم، می‌دونین که دانشگاه ضوابطی داره، ولی همون‌طور که گفتم کارتون عالیه. حتی می‌تونم بگم عالی با تشویق.

فهیمه چشمکی به من و پرستو زد و گفت:

ـ خدا رو شکر، ژوژمان هم به خیر گذشت!

استاد پرتو جلوتر از ما کلاس را ترک کرد. پرستو، وقتی از رفتن استاد مطمئن شد با لبخند انگشت دستش را به حالت پیروزی در هوا تکان داد و گفت:

ـ بچه‌ها گل کاشتیم. می‌دونین استاد پرتو تا به امروز به هیچ دانشجویی نگفته عالی؟ چه برسه به یه تیم بگه عالی با تشویق! دممون گرم! خب، به نظرتون چطوره که خودمون رو یه قهوه با کیک شکلاتی مهمون کنیم؟

فهیمه لبخندی زد و گفت:

ـ من که موافقم، بانو تو چی می‌گی؟

نگاهی به ساعتم انداختم و گفتم:

ـ منم تا دو ساعت دیگه کاری ندارم.

پرستو لبخندی زد و گفت:

ـ پس حله، بریم.

کیفم را از روی صندلی برداشتم و چادر را روی سرم مرتب کردم.

هنوز چند قدمی با راه‌پله فاصله داشتم که یکی از پسرهای مقطع ارشد عکاسی در حالیکه آخرین پله را بالا می‌آمد مرا مخاطب قرار داد:

ــ خانم محبی، می‌تونم چند دقیقه وقت‌تون رو بگیرم؟

فهیمه و پرستو که تا آن لحظه با من همقدم بودند، با شنیدن صدای پسر کمی فاصله گرفتند. در میان اسامی آشنایان و فامیل به دنبال نام فرد مخاطب بودم ولی هر چه به مغزم فشار می‌آوردم، نام او به خاطرم نمی‌آمد. فقط یادم آمد که در نمایشگاه عکاسی دانشجویان کارشناسی ارشد، از عکس‌ها و به خصوص انتخاب سوژه‌ی این عکاس جوان خیلی خوشم آمده بود. پسر کیف دستی‌اش را به دست دیگرش داد و گفت:

ــ خانم محبی؟ فامیل‌تون رو درست می‌گم؟!

سرم را پایین انداختم. نمی‌دانم چرا ولی دستی که با آن چادرم را گرفته بودم، تقریبا خیس از عرق شده بود. زیر لب بله‌ای گفتم و در حالی که دوست نداشتم کسی ما را در آن وضعیت ببیند گفتم:

ــ ببخشید، دوستام منتظرم هستن، با من کاری داشتین؟

پسر دستی به موهایش کشید و گفت:

ــ اجازه دارم شماره‌ی منزل‌تون رو داشته باشم؟

لبم را از خجالت گاز گرفتم و گفتم:

ــ ببخشید، من حتی فامیلی شما رو هم نمی‌دونم. چطور می‌تونم شماره‌ام رو بدم...

پسر جوان حرف مرا نیمه تمام گذاشت و در حالی که صورت سفیدش تقریبا سرخ شده بود گفت:

ــ خانم محبی، باید منو ببخشید که خودم رو معرفی نکردم. من رضا خطیبی هستم، دانشجوی سال آخر عکاسی. شما رو پارسال توی نمایشگاه دیدم، البته...

خطیبی نگاهی به اطرافش انداخت و در حالی که صدایش را آرام‌تر می‌کرد گفت:

ـ خیلی وقته می‌خوام مزاحم‌تون بشم، ولی حقیقتش روم نمی‌شد تا اینکه دیدم زمان تحویل پروژه‌های عملی هم دوره‌ای‌های شما شده، گفتم شاید دیگه شما رو تو دانشگاه نبینم. قصد مزاحمت ندارم، می‌خوام اگه شما اجازه بدین برای امر خیر مزاحم‌تون بشم.

حس عجیبی داشتم. صورتم داغ شده بود، دست‌هایم خیس از عرق و یخ کرده بودند و دهانم هم خشکِ خشک بود.

دلم می‌خواست صورتم که مطمئن بودم از خجالت به سرخی رفته، تماما زیر چادر مشکی‌ام مخفی کنم ولی آن‌قدر شوکه شده بودم که نمی‌توانستم هیچ تغییری در وضعیتم بدهم. سعی کردم به خودم مسلط شوم. آبِ نداشته‌ی دهانم را قورت دادم و گفتم:

ـ آقای خطیبی، باید منو ببخشید ولی من نمی‌تونم شماره‌ام رو به شما بدم. حقیقتش من شیرینی خورده‌ی پسر عموم هستم.

خطیبی با چشم‌های گشاد شده نگاهم کرد و گفت:

ـ من که به شما گفتم قصد مزاحمت ندارم. اگه به هر دلیل جواب‌تون منفیه من حرفی ندارم ولی من از دوستاتون سوال کردم و اونا گفتن شما مجردین!

سرم را بالا گرفتم و گفتم:

ـ الان مجردم، گفتم ما فقط شیرینی خورده‌ی هم هستیم از این ماجرا دوستان هم بی‌اطلاع هستن. چندین سال پیش پدرهامون توی یک مهمونی قول ما رو به هم دادن، البته الان پسر عموم رفته استرالیا.

خطیبی نفس عمیقی کشید و در حالی که سرش را تکان می‌داد گفت:

ـ ای بابا، خب زودتر بگین از این رسم‌های قدیمی که عقد پسرعمو،

دخترعمو تو آسمون‌ها بسته شده! خانم محبی خواهش می‌کنم شماره‌تون رو بدین. بذارین جواب منفی رو مادرم از مادرتون بشنون.

سرم را بالا گرفتم انگاری «شیرینی خورده‌ی یکی بودن!» کمی جسورترم می‌کرد، به همین خاطر با کمی شجاعت گفتم:

ـ یعنی حرف منو قبول ندارین؟

خطیبی ابرویی بالا انداخت و گفت:

ـ راستش رو بخواید عقل و احساسم دو چیز مختلف می‌گن؛ عقلم به گفته‌ی شما توجه می‌کنه و می‌گه باشه، خانم محبی راست می‌گن ولی احساسم می‌گه نه، بازم شانست رو امتحان کن! حالا انتخاب با شماست، شماره رو به من می‌دید یا اینکه دوست دارید طبق رویه‌ی قبلی پیش برم و از طریق دوستان‌تون وارد بشم؟

با ترس گفتم:

ـ نه، نه! خواهش می‌کنم دیگه پای دوستان رو وسط نکشین! خودم شماره رو بهتون می‌دم، فقط...

لبم را گاز گرفتم و ادامه دادم:

ـ می‌شه تا پس فردا به من فرصت فکر کردن بدین؟

خطیبی کیفش را روی زمین گذاشت و در حالی که دو دستش را در هم گره کرده بود گفت:

ـ تا پس فردا برای یه شماره که نتیجه‌ی تماسش هم معلومه؟ چقدر سخت می‌گیرین! خانم محبی، می‌تونین از هم دوره‌ای‌هام سئوال کنین، من مردم‌آزار نیستم. فقط می‌خوام مطمئن بشم که مثل همیشه احساسم بهم دروغ نمی‌گه. حسم بهم می‌گه شما بهترین شانس زندگیم هستین.

******

سرم را از زیر پتو درآوردم و موهای آشفته‌ام را کنار زدم. صدای زنگ در بلندتر از همیشه فضای خانه را پر می‌کرد. سرم سنگین‌تر از قبل بود و احساس می‌کردم تبم بالا رفته است. پتو را کنار زدم و به سمت آیفون پریدم. صدای نگران مادرم بود:

ـ بانو؟ بانو خونه‌ای؟ درو باز کن دختر، مردم از نگرانی!

در را باز کردم و نگاهی سطحی به خانه انداختم. دستم روی دستگیره‌ی در نیمه باز ورودی بود که نگاهم به عکس رضا افتاد؛ کنار رخت خوابم چه می‌کرد؟ کی آن را برداشته بودم؟ سریع به سمت عکس خیز برداشتم. صدای قدم‌های مادر را که پشت در بود، شنیدم. فرصت کافی برای مخفی کردن عکس نداشتم و می‌دانستم که با دیدن آن دوباره به هم می‌ریزد و سریع عکس را زیر مبل پرت کردم. مامان کاملا میان چهارچوب در بود که از جا بلند شدم و به کمکش رفتم. بنده خدا با آن زانو درد آن همه ظرف غذا و میوه را آورده بود بالا. ظرف‌های غذا را روی میز گذاشت و کیسه‌های میوه را به آشپزخانه برد.

به کمکش رفتم. مثل همیشه نگرانی از چهره‌اش هویدا بود. به کابینت تکیه داد و در حالی که چادر و روسری‌اش را از سرش برمی‌داشت گفت:

ـ دختر، مگه قرار نبود از حالت منو خبردار کنی؟ اون‌قدر دل نگرانت شدم که می‌خواستم زنگ بزنم منیر خانم، ولی دلم نیومد! گفتم گناه داره بنده خدا. اونم مثل من پا درد داره و خدا رو خوش نمی‌یاد این پله‌ها رو بالا و پایین بره. دیگه گفتم بذار خودم بیام هم برات یک لقمه غذا بیارم، هم دلم می‌خواست باهات حرف بزنم. حالا این‌قدر سرپا نمون. رنگ به صورت نداری دختر! بیا یه چیزی بخور، من خودمم ناهار نخوردم. گفتم به یاد قدیما یه روز با هم خلوت کنیم.

لبخندی به صورت مهربانش پاشیدم و هر دو از آشپزخانه بیرون

آمدیم. نگاهی به ساعت انداختم. مادر حق داشت. قرار بود ظهر برایش زنگ زده و از حالم بگویم، اما نفهمیدم کی خوابم برد و چقدر خوابیدم که الان ساعت نزدیک سه بعدازظهر شده بود.

در ظرف‌های غذا را باز کردم. کته و ماهیچه. غذای روزهایی که مثل امروز باید به قول مامان در پرهیز باشیم و غذای ساده و مقوی و بی‌ادویه بخوریم. مادر بشقابم را پر از غذا کرد و گفت:

ـ بانو، تو رو خدا این موبایلت رو خاموش نکن! نمی‌دونی چه جوری تا اینجا اومدم. کلی صلوات فرستادم.

موبایلم را از کنار تلویزیون برداشتم و در حالی که روشنش می‌کردم گفتم:

ـ حرف شما درسته، من نباید موبایلم رو خاموش می‌کردم... ولی این درست نیست که شما با یه سرماخوردگی کوچیک تا این حد دلواپس بشین. مامان، شما چرا نمی‌خوای بپذیری من بزرگ شدم و دیگه بچه نیستم؟

مادر قاشق غذا را در بشقاب رها کرد و گفت:

ـ مادر نشدی بانو جان تا بفهمی که تمام وجودت می‌شه بچه‌ات. بچه هر چقدر هم بزرگ بشه برای پدر و مادرش بچه‌ست و دل اونا براش می‌تپه. امروز بعد از اینکه باهات تلفنی حرف زدم، زنگ زدم به آقا جونت و گفتم حال نداری. اون بنده خدا هم می‌گفت باید بانو جمع کنه بیاد خونه خودمون، این خونه‌های قدیمی همه چیزش قدیمیه، در و پنجره قدیمی که دیگه جون محافظت از سوز و سرما نداره. بانو الان چندتا خونه تو شمرون بخاری داره که تو رفتی تو یکیش؟ دیگه بسه جمع کن و برگرد. کی رو می‌خوای تنبیه کنی؟ خودتو؟ منو؟ یا آقاجونت رو؟ بانو دلگیر نشو ولی چند شب پیش آقاجونت قلبش درد گرفته بود، مجبور شدیم با

محمدحسین ببریمش بیمارستان. ازش نوار گرفتن و معاینه‌اش کردن و آخر سر گفتن درد عصبیه. بعد از اینکه اومدیم خونه و آقاجونت خوابید، محمدحسین گفت، اگه یه تار مو از سر آقاجون کم بشه، بانو حق نداره پاشو توی این خونه بذاره!

از جایم بلند شدم، چشم‌هایم پر از اشک بود. به سمت پنجره رفتم و پرده را کنار زدم. سوز ملایمی از درز پنجره به داخل می‌آمد. دلم می‌خواست مادر نبود و بلند بلند گریه می‌کردم. با پشت دست اشک‌هایم را پاک کردم. مادر دوباره ادامه داد:

ـ بانو برگرد؛ خواهش می‌کنم! به خاطر آقاجونت هم شده برگرد!

بغضم را قورت دادم و گفتم:

ـ برگردم که دوباره بهم بگن نحسی، شومی، بد قدمی؟ برگردم که متهم به تمام پیامدهای بد بشم؟

مادر از جایش بلند شد و گفت:

ـ با یه بی‌نماز که در مسجد رو نمی‌بندن! اگه نحس بودی این‌قدر زن‌عموت برای خواستگاری پیغام نمی‌فرستاد. بانو، برگرد!

خودم را در آغوش مادر رها کردم. درست مثل بچه‌ای شده بودم که در بازی کودکانه راهش نداده‌اند و تنها مانده. کاش دنیا اندازه‌ی همان بازی‌ها بود؛ کوچک و صمیمی. کاش مثل بچگی‌ها وقتی می‌رفتیم، دوستان‌مان بدون اینکه یادشان باشد چرا رفتیم می‌آمدند دنبال‌مان. کاش...!

مادر دستی به موهایم کشید و گفت:

ـ چرا این‌قدر خودتو عذاب می‌دی بانو؟ چرا این‌قدر با گذشته زندگی می‌کنی؟ هر چی بوده تموم شده. گاهی اوقات که آدم بر اثر بالا و پایین روزگار حساس و شکننده می‌شه، کوچک‌ترین حرف می‌تونه بشکوندش ولی وقتی زمان می‌گذره می‌بینه اصلا اون حرف یا نگاه و یا رفتار بزرگ

نبوده که ارزش دلخوری داشته باشه. هیچ عذابی برای یک نفر بالاتر از یادآوری خاطرات بد گذشته نیست. چون هیچ راه جبرانی نداره. مطمئن باش اگه به گذشته برگردی، بازم کاری رو می‌کنی که قبلا کرده بودی! خاطرات بدت رو بریز دور! فکر کن اصلا گذشته‌ای وجود نداشته. زندگیت رو از امروز شروع کن، ولی وقتی فردا شد دیگه باز به امروز برنگرد... برگرد خونه، دلم می‌خواست این پنجشنبه خانواده‌ی عموت رو دعوت کنم بیان، حرف‌ها رو بزنیم. دیگه خواستگاری کردن معنی نداره. دوتا خانواده که همدیگه رو می‌شناسن. زن‌عموت چند بار شماره‌ی جدید همراهت رو از من خواسته، ولی من طفره رفتم. محمدحسن هم می‌گفت امیر دو هفته پیش گفته شماره‌ی بانو رو به من بده خودم باهاش صحبت می‌کنم. همه منتظرتن.

سپس مکثی کرد و میان سکوت من با کمی من‌من کردن گفت:

ـ هفته دیگه شب یلدا، بگم عموت اینا بیان؟ امسال شب یلدا با شب امامت امام زمان یکی شده. همون شب عقد کنین. زن‌عموت می‌گفت سپردن واحدی رو که برای امیر در نظر گرفته بودن یه تعمیراتی بکنن، ولی گفت کارهای ظریف کاریش رو امیر گفته باشه به سلیقه‌ی خود بانو چون بانو خودش هنرمند و باسلیقه‌ست و هیچ‌کس سلیقه‌ی اونو نداره!

برگه‌ای دستمال کاغذی از روی میز برداشتم و گفتم:

ـ مامان، شما و زن‌عمو خودتون بریدین و دوختین! خونه رنگ می‌کنین، تاریخ عقد می‌ذارین! امیرم بدتر از شماها، پس من چی؟ واقعا به نظر شما نظر من مهم نیست؟ فقط به خاطر دل عمو و بابا و چند تا مناسبت ملی و مذهبی دونفر می‌تونن اسما زن و شوهر و رسما همخونه بشن؟ یعنی چیزای دیگه مهم نیست؟

مادر اخمی کرد و خواست حرفی بزند که صدای زنگ موبایلم بلند

شد. به سمت گوشی رفتم. شماره غریبه بود. شاید مادر یا محمدحسن کار خودشان را کرده بودند و شماره‌ی مرا به امیر یا زن‌عمو داده بودند و این آمدن و حرف زدن مادر هم برای پختن من بود. سعی کردم به خودم مسلط باشم و از کوره در نروم. خیلی بی‌تفاوت گوشی را روی میز گذاشتم.

مادر اشاره‌ای به موبایل کرد و گفت:

ـ چرا جواب نمی‌دی؟!

شانه‌ای بالا انداختم و گفتم:

ـ به غیر از چند نفر دوستام و شماها کسی شماره منو نداره. حتما مزاحمه.

مادر از جایش بلند شد و خودش گوشی را برداشت. دوباره به سمت پنجره رفتم. مطمئن شدم که تمام این کارها با برنامه‌ریزی قبلی بوده است. سلام کرد و با صدایی که معلوم بود تعجب کرده گفت:

ـ بله، درست گرفتین، موبایل خانم محبیه، ولی شما آقای؟

خودم هم تعجب کردم. چه کسی می‌توانست باشد؟ غریبه‌ای شماره‌ی مرا نداشت، آن هم یک آقا.

مادر آب دهانش را قورت داد. رنگ صورتش سرخ شده بود و چانه‌اش به وضوح می‌لرزید. با یک دست موبایل را گرفته و دست دیگرش را به کمر زده بود. با سر اشاره‌ای کردم و پرسیدم:

ـ کیه؟

مادر نگاهش را از من دزدید و خیلی محکم به مخاطب پشت تلفن گفت:

ـ خانم محبی کمی کسالت دارن و نمی‌تونن صحبت کنن. البته اگه می‌تونستن صحبت کنن هم...

مادر کمی مکث کرد، شاید داشت حرف‌های مخاطب را می‌شنید. دست آزادش را روی پیشانی‌اش گذاشت و با صدایی جدی‌تر از قبل گفت:

ـ عذر می‌خوام، ولی من دلیلی به انجام این کار نمی‌بینم! روز خوش!

و با عصبانیت گوشی را قطع کرد. با چشم‌های گشاد شده نگاهش کردم:

ـ مامان، کی بود؟!

نیشخندی زد و گفت:

ـ من بگم کی بود؟ باید از همون اول می‌فهمیدم که دلیل این همه مخالفت با خواستگاری پسر عموت چیه! من ساده رو باش. به خدا بانو، اگه آقاجونت بفهمه در جا سکته کرده!

داشتم دیوانه می‌شدم. چرا مادر درست صحبت نمی‌کرد؟ مقابلش رفتم و گفتم:

ـ می‌شه بگین کی بود و چی شنیدین که دارین قصاص قبل از جنایت می‌کنین؟

مادر مرا کنار زد و در حالی که زیر لب غرغر می‌کرد، سریع روسری و چادرش را سرش کرد و بی‌خداحافظی از در بیرون رفت. سریع به سمت موبایلم رفتم، شماره‌ای را که روی گوشی افتاده بود گرفتم ولی فقط صدای زنگ بود. شاید به صورت اتفاقی با یک محبی دیگر اشتباه گرفته شده بودم.

هر چه که بود باعث شد باز روزم خراب شود. روی کاناپه ولو شدم. نگاهم به شعله‌های بخاری بود که چشمانم گرم شد. نمی‌دانم چقدر گذشته بود که از شدت سرمایی که به جانم افتاده بود، چشم‌هایم را باز کردم. بی‌خود نبود که استخوان‌هایم بیشتر یخ کرده بودند، بی‌پتو خوابم

برده بود. از جایم بلند شدم تا پتو را روی خودم بکشم ولی دوباره به یاد موبایلم افتادم و شماره‌ی ناشناس را گرفتم؛ باز چیزی که می‌شنیدم فقط صدای بوق بود. شکی نداشتم که اشتباه شده حالا مادر به من شک کرده و بی‌اعتماد شده بود ولی خودم که می‌دانستم خبری نیست.

یاد عکس رضا افتادم که زیر مبل رهایش کرده بودم. سریع خم شدم و عکس را برداشتم و دستی روی آن کشیدم. حق با مادر بود، زندگی کردن با گذشته هیچ فایده‌ای نداشت. ولی مگر می‌شد به این راحتی خاطرات را دود کرد و به هوا فرستاد؟ نگاهم به چشمانش بود؛ چشمانی که روز اول هم همین برق را داشت و مرا در نگاه اول جذب خودش کرد.

دلم نمی‌خواست خاطرات گذشته را مرور کنم، ولی دوباره مسافر زمان شدم و با دیدن عکس رضا رفتم به همان روز که رضا از من شماره‌ی خانه‌مان را می‌خواست.

******

ـ حسم بهم می‌گه شما بهترین شانس زندگی من هستین.

همین یک جمله کافی بود تا گوشه‌ی دل یک دختر را بلرزاند و چیزی ته دلش تکان بخورد. نگاهی به خطیبی کردم و گفتم:

ـ باشه، من هفته‌ی دیگه برای گرفتن نمره‌هام می‌یام دانشگاه. اگه شما باشین می‌بینم‌تون و شماره رو خدمت‌تون می‌دم.

خطیبی نگاهی کرد و گفت:

ـ باز که برگشتیم سر جای اول... خوب اگه این‌طوری راحتین اشکالی نداره، من هفته‌ی دیگه چند شنبه منتظرتون باشم؟ دوشنبه می‌یاین؟

سرم را بالا گرفتم. نگاه‌مان در هم گره خورد. نمی‌دانم چه حالی بودم

ولی چیزی در چشمانش بود که حس می‌کردم می‌توانم به آن نگاه اعتماد کنم. شاید واقعا مسخ شده بودم. هر چه بود دیگر مثل قبل نبودم، دلم می‌خواست زنگ بزند ولی روم نمی‌شد به او بگویم... چه می‌گفتم؟ اینکه برق چشمانت مرا گرفته؟ یا اینکه چون از آن دخترهای آفتاب و مهتاب ندیده‌ام و حالا یک پسر از من خوشش آمده و شماره خواسته کیفَم کوک شده؟

دلم می‌خواست زمان متوقف می‌شد و ساعت‌ها فقط به چشم‌هایش نگاه می‌کردم.

ایستادن بیش از آن جایز نبود. بی‌آنکه حرف اضافه‌ای بزنم مثل کودکی که از سلام کردن به دیگران سرباز می‌زند، سریع از پله‌ها پایین رفتم. خطیبی همقدم با من بود. می‌دانم کارم منطقی و در شأن یک دانشجو نبود ولی نمی‌دانم در همان چند ثانیه چه اتفاقی افتاد که فکر می‌کردم حس و حالم عوض شده، شاید برای دختری در شرایط من که تا حالا با یک پسر غریبه هم صحبت نشده بود، قرارگرفتن در آن شرایط حس جدیدی می‌داد که میان دو وضعیت دوست داشتن و شرم قرار گرفته بودم.

خطیبی جلوی راهم قرارگرفت و در حالی که نفسی تازه می‌کرد گفت:

ـ من چیزی گفتم که شما فرار کردین؟

سرم پایین بود و گفتم:

ـ فرار نه، فقط یادم افتاد دوستام خیلی وقته منتظرم هستن.

خطیبی لبخندی زد و گفت:

ـ باشه، پس من به شیوه‌ی خودم پیش می‌رم.

بدون اینکه جوابی بدهم دوباره به راه افتاده و وارد حیاط دانشگاه شدم. هوای تازه گونه‌های سرخ شده از شرمم را خنک کرد. چه کاری

کرده بودم! چرا واقعا به قول خطیبی فرار کردم؟ دلم می‌خواست چشم‌هایم را ببندم و نگاهش را پشت تاریکی پلک‌هایم تجسم کنم.

فهیمه و پرستو جلو آمدند. پرستو لبخند معناداری زد و گفت:

ـ خب، شماره دادی؟

نگاهش کردم و گفتم:

ـ پس کار تو بود؟ آمار همه جوره‌ی منو دادی به این پسره که چی بشه؟

ـ پسره کیه؟! بنده خدا آدم حسابیه. هنوز درسش تموم نشده چند جا نیمه وقت کار می‌کنه. از سر و وضع و ماشین و ظواهر معلومه که اوضاع مالی روبه راهی هم داره. حالا شماره دادی یا نه؟

اخمی کردم و گفتم:

ـ نه، معلومه که ندادم! بعد این همه سال دوستی، شما در مورد من چی فکر کردین؟ که سرم رو بندازم پایین به یه دانشجو شماره بدم؟ اگه این کارو می‌کردم دیگه روم نمی‌شد تو چشم مامان و آقاجونم نگاه کنم.

پرستو چشمکی به فهیمه زد و گفت:

ـ تحویل بگیر فهیمه خانم، دیدی گفتم بانو به این مفتی‌ها شماره دست کسی نمی‌ده؟ خوب شد خودم رو فکر خودم حساب کردم و شماره‌ت رو دادم به این پسر بنده خدا، وگرنه الان تو دیوار بود!

به وضوح ضربان قلبم بالا رفت. حس می‌کردم دوباره تمام صورتم سرخ و داغ شده. مثل آدم‌های تب کرده بودم ولی تبی که به جای بی‌حالی، سر حالم آورده بود. دلم نمی‌خواست دوستانم چیزی از حال درونی‌ام بفهمند، به همین خاطر با ناراحتی ساختگی گفتم:

ـ این چه کاری بود کردی پرستو؟! بهتر نبود اول با من مشورت می‌کردی؟

پرستو سری عقب برد و گفت:

ـ نچ! مشورت بی‌مشورت! بذار بیاد خانواده‌اش رو ببینی، اونـا خانواده‌ات رو ببینن، با هم حرف بزنین. بانو فکر می‌کردم عاقل‌تر از این حرف‌ها باشی! بابا دختر خوب، الان پسرای خوب رو روی هوا می‌زنن! حالا که یکی‌شون اومده دم خونه‌ات داری لگد به بختت می‌زنی؟

ابرویی بالا انداختم و گفتم:

ـ حالا از کجا معلوم پسر خوبی باشه؟

پرستو خنده‌ای کرد و گفت:

ـ بر خلاف تو این‌قدر پسرای رنگارنگ دیدم که یکی بیاد جلوم می‌فهمم چه کاره است. بنده خدا وقتی می‌خواست شماره‌ات رو تو گوشی بزنه چند بار اشتباه زد، آخر هم به خاطر اینکه ضایع نشه گفت موبایلم هنگ کرده و دکمه‌هاش شماره‌ها رو اشتباه می‌زنه. نکته مهم رو گرفتی بانوجون؟ یارو مایه داره! موبایل هم داشت ولی اون‌قدر متواضعه که هیچ‌کس دستش ندیده. دیگه چی بگم ازش که دست منو ببوسی برای لطفی که در حقت کردم؟ به خدا بانو اگه از من شماره می‌خواست شماره نمی‌دادم که یه راست شناسنامه‌ام رو می‌دادم و می‌گفتم بریم محضر! خل نشو دختر، فقط یه خواستگاریه؛ اصلا شاید بنده خدا بیاد خونه‌تون و چشماش باز بشه و بفهمه ارزش منت‌کشی رو نداشتی!

پرستو خنده‌ای کرد و فهیمه هم بلند خندید. دلم می‌خواست پا به پای دوستانم می‌خندیدم ولی ته دلم شور عجیبی داشت.

تمام مسیر دانشگاه تا خانه را در فکر و خیال بودم. نمی‌دانستم به مادر چه بگویم. اصلا بهتر بود که چیزی نمی‌گفتم. اگر هم زنگ می‌زدند، می‌گفتم من بی‌اطلاعم. من که شماره نداده بودم!

همین روزها بود که سر و کله‌ی زن‌عمو هم با گل و شیرینی پیدا

می‌شد. امیر پسر خوبی بود، تیپ و قیافه‌ی مردانه‌ای داشت و به قول آقاجون باوقار بود و مستقل ولی بعضی‌ها می‌گفتند زیاد از حد خشک و رسمی است. مادر می‌گفت:

ـ امیر یه مرد تمام عیاره.

آقاجون می‌گفت:

ـ ازدواج تو با امیر سر بگیره، خیالم از بابت تو کاملا راحت می‌شه.

خیلی به امیر فکر می‌کردم. در خلوتم، شب‌ها قبل از خواب، اوقاتی که استاد درس می‌داد و به فکر فرو می‌رفتم. هرگز خودم را کنار کسی جز او تصور نکرده بودم، اما این نخستین باری بود که کسی با خود من مسئله‌ی خواستگاری را مطرح می‌کرد. حواسم پیش امیر بود که حالا در استرالیا مشغول تحصیل بود و چند سالی می‌شد او را ندیده بودم. بی‌آنکه کنارم باشد در رویایش غوطه‌ور بودم. ته دلم شور عجیبی داشت. حس می‌کردم او هیچ‌وقت مرا نمی‌بیند و این ازدواج فقط درخواستی از طرف والدین ماست، نه خود ما.

با هزار فکر در مورد امیر و آینده به خانه رسیدم. کلید را در قفل چرخاندم که در از پشت باز شد. زن‌عمو بود و پشت سرش هم مادر ایستاده و در حال خداحافظی بودند.

حتما خبر تمام شدن درسم به زن‌عمو رسیده بود و آمده بود قول و قرار بگذارد. زن‌عمو حال عجیبی داشت بر خلاف همیشه که تا مرا می‌دید از هر دری صحبت می‌کرد، امروز گویا عجله داشت. به سرعت مرا بوسید و خداحافظی کرد. بیشتر از زن‌عمو، حال مادر عجیب بود، گرفته و ناراحت به نظر می‌رسید. یعنی زن‌عمو چه گفته بود؟

پشت سر مادر وارد خانه شدم و گفتم:

ـ مامان، زن‌عمو این وقت روز اینجا چی کار می‌کرد؟ چیزی شده؟

مادر شانه‌ای بالا انداخت و گفت:

ـ نه، اومده بود حال‌مو بپرسه. هر چی هم بهش گفتم ناهار بمون گفت باید بره خونه، شب مهمون داره.

در حالی که دکمه‌های بارانی‌ام را باز می‌کردم گفتم:

ـ زن‌عمو شب مهمون داشته، بعدا اومده پیش شما؟

مادر سری تکان داد و به هوای خواندن نماز به اتاقش پناه برد.

******

چشم‌هایم را باز کردم. ساعت پنج صبح بود. دلم از گرسنگی ضعف می‌رفت. بلند شدم و زیر کتری را روشن کردم و طبق عادت رفتم کنار پنجره. آسمان سرخ و بارانی بود. امروز بعد از دو روز باید به مدرسه می‌رفتم. باز هم خانم موسویان خیلی محبت کرده بود که اجازه داده بود دو روز استراحت کنم. خدایی هیچ دارویی بهتر از استراحت نیست.

بلند شدم و چای را دم کردم. اسباب صبحانه را چیدم روی میز، نگاهم به ظرف پنیر و گوجه و خیار افتاد وای که چقدر رضا عاشق صبحانه بود و با میل لقمه می‌گرفت و همیشه می‌گفت:

«تمام وعده‌های غذائی یه طرف، صبحانه یه طرف. اونم صبحانه‌ای که بانو درست کنه. یه صبحانه‌ی هنرمندانه در کنار بانوترین، بانوی دنیا.»

باز بغضم ترکید ظرف نان و پنیر را عقب زدم و سرم را روی میز گذاشتم و بلند گریه کردم. کی قرار بود این گریه‌ها تمام شوند و خاطرات مثل فیلم و سریال از جلوی چشمم رژه نروند؟ کاش یک قرص بود و می‌خوردم و همه چیز را فراموش می‌کردم و یا کاش می‌شد با دیدن هر چیزی یاد رضا نیفتم. خاطرات رضا مثل خون در رگ‌هایم بود. هر چقدر

هم سعی می‌کردم، نمی‌توانستم فراموشش کنم.

از جا بلند شدم. با اینکه دلم هنوز ضعف می‌رفت دیگر میلی برای خوردن صبحانه باقی نمانده بود. یک تکه نبات در چای‌ام انداختم و دستم را دو طرف لیوان گذاشتم. نمی‌خواستم امروز که قرار بود بعد از دو روز سر کار بروم، افسرده باشم. بهترین راه برای فرار از افکار رفتن سر کار بود. میز را جمع کردم و تصمیم گرفتم لباس گرم‌تری بپوشم و حالا که وقت دارم پیاده مسیر را طی کنم.

وارد دفتر که شدم چندتا از همکاران و خانم موسویان هم رسیده بودند. سلامی کردم و روی صندلی خالی نزدیک میز مدیر نشستم. خانم موسویان که مشغول خواندن روزنامه بود، سرش را بلند کرد و گفت:

ـ محبی بهتر شدی؟ اگه خوب نمی‌شدی امروز خودم می‌فرستادم دنبالت. باورت نمی‌شه کلاست رو نمی‌شه اداره کرد. همون روز اول یکی از شاگردات رو فرستادم خونه اون‌قدر که بی‌قراری کرد. خدایی هر چی بچه‌ی سخت و بی‌قراره انداختیم تو یه کلاس، این خاطوریان هم از همه بدتر، ساعت ده دیدم هیچ‌جور نمی‌تونم آرومش کنم. باباش اومد دنبالش و دو ساعت بعد هم بنده خدا زنگ زد و گفت دنیل مدام اسم تو رو اکو می‌کنه و فقط تو رو صدا می‌زنه. از من عاجزانه شماره همراهت رو خواست. منم که دیدم بنده‌های خدا مستاصل شدن، شماره‌تو دادم، حالا باهاش حرف زدی آروم شد؟ آخه من ازش خواستم چون تو برای دیروز هم مرخصی گرفتی و نیستی بچه رو دیروز هم نیاره مدرسه.

اخمی کردم و گفتم:

ـ پس شما شماره موبایل منو دادین به پدر دنیل؟

موسویان شانه‌ای بالا انداخت و گفت:

ـ مگه خودش توضیح نداد؟

ـ چرا، بنده خدا توضیح داد، ولی به مادرم! چون من حـال نـداشـتـم نتونستم با ایشون صحبت کنم، حالا امروز میاردش؟

موسویان از جایش بلند شد و گفت :

ـ بنده خدا دیروز که مطمئن شد امروز می یای، گفت دنیل رو می یاره. به سمت کلاسم رفتم. چقدر دلم برای این هفت تا بچه تنگ شده بود. تنها چیزی که مرا از خاطراتم و دنیای غمگینم جدا می‌کرد این بـچه‌ها بـودند. پسر بـچه‌های دوست داشتنی که در دنیای مـا آنقـدر جـایی نـداشـتند، ولی در دنیای خـودشان جـا بـرای هـمه داشتند، از بس قلب‌هایشان بزرگ و وجودشان پر انرژی بود. با اینکه کار کـردن بـا ایـن بچه‌ها سخت بود، ولی همین حضور چند ساعته در مدرسه مرا از دنیایم جدا می‌کرد.

وقتی وارد کلاس شدم هر کدام از بچه‌ها سرشان به کار خودشان بود. تنها دنیل بود که مثل همیشه به سمتم آمد و دستش را دراز کرد. چقدر این دست دادن دنیل برایم لذت‌بخش بود و چقدر بـرایش زحـمت کشیده بودم. با لبخند نگاهش کردم و گفتم:

ـ سلام دنیل، دلم برات تنگ شده بود.

دنیل مکثی کرد و گفت:

ـ دنیل دلش تنگ شده بود.

لبخندی زدم و گفتم:

ـ آفرین، حالا باید بری سرجات بشینی.

دنیل را سر میزش نشاندم که دیدم طبق معمول فرهاد سر کیف مـن است و دنبال موبایلم می‌گردد. با اخمی ساختگی بالا سرش رفتم و گفتم:

ـ فرهاد دست به کیف دیگران نمی‌زنه. موبایل هر کس مال خودشه. یه پسر خوب مثل فرهاد، دست به موبایل دیگران نمی‌زنه. اگه فرهاد پسر

خوبی باشه، مامان موبایلش رو شب‌ها می‌ده بهش.

فرهاد با چشم‌های برق‌زده ذوقی کرد و سر جایش نشست.

روز خوبی را سپری کردم و زنگ آخر هم زده شد و با بچه‌ها از کلاس بیرون آمدم. کیف و چادرم را برداشتم و از مدرسه خارج شدم. سرویس‌ها مشغول سوار کردن بچه‌ها بودند که دنیل دوباره به سمتم آمد. کمی تعجب کردم که چرا دنیل هنوز سوار سرویس‌اش نشده. دست او را گرفتم و به سمت مسئولین سرویس‌ها رفتم که مرد قدبلندی به سمتم آمد.

ــ خانم محبی!

ــ بله، بفرمایید؟ امرتون؟

من خاطوریان هستم، پدر دنیل. اومدم حضوری بابت مزاحمت دو روز پیش عذرخواهی کنم. می‌دونم که وظیفه‌ی شما در قبال دنیل فقط در حیطه‌ی مدرسه‌ست، ولی قبول بفرمایید که کار این بچه‌ها گاها خیلی سخت می‌شه. باور بفرمایید که من مجبور شدم شماره‌ی شما رو از خانم موسویان بگیرم. دنیل پریروز که تشریف نیاوردین کاملا بی‌قرار شده بود و من چاره‌ای غیر از تماس با شما نداشتم.

لبخندی زدم و گفتم:

ــ می‌دونم، حق با شماست. گاهی برای آروم کردن بچه‌های اوتیسم هر کاری باید کرد. شما هم چاره‌ای نداشتین. نگران نباشین، من هر کاری از دستم بربیاد برای این بچه‌ها چه تو مدرسه و غیر اون انجام می‌دم.

خاطوریان متواضعانه سرش را پایین گرفت و گفت:

ــ شما لطف دارین، امیدوارم بتونم محبت‌تون رو جبران کنم. ببخشید که وقت‌تون رو گرفتم. ممنون می‌شم بگین ماشین‌تون کجاست.

دستی به سر دنیل کشیدم و گفتم:

ــ منزل من نزدیکه، بی‌وسیله اومدم. چطور؟

خاطوریان لبخندی زد و گفت:

ـ خیلی خوبه، پس اگه اجازه بدین ما شما رو می‌رسونیم.

رویم را محکم‌تر گرفتم و گفتم:

ـ نه، مزاحم‌تون نمی‌شم. می‌خوام کمی خرید کنم. ممنون از محبت شما!

خاطوریان اشاره‌ای به ماشین شاسی بلندی کرد که چند متر جلوتر از ما پارک شده بود و گفت:

ـ یه امانتی تو ماشین برای شماست. می‌شه تشریف بیارین؟

احساس کردم پدر دنیل هم از اینکه جلوی در مـدرسه بـا مـن هـم صحبت شده حس خوبی ندارد؛ به همین خاطر سریع به سمت مـاشین شاسی بلند رفتم.

خاطوریان از صندلی عقب یک جعبه‌ی زیبا که دسته‌ای گـل نـرگس روی آن قرار داشت بیرون آورد و به سمتم گرفت و گفت:

ـ این گل‌ها از طرف دنیل برای شماست، بابت عـذر مـزاحمـت اون روز.

لبخندی زدم و گفتم:

ـ مـمنون، ولی ایـن چـه کـاری بـود؟ چـرا خـودتون رو بـه زحـمت انداختین؟

خاطوریان در حالی که دست دنیل را در دستش گرفته بود گفت:

ـ امیدوارم از شیرینی‌ها خوش‌تون بیاد، دست پخت قنادی خودمونه.

ـ چه جالب نمی‌دونستم قنادی دارین! کجاست مزاحم‌تون بشیم؟

خاطوریان دست در جیب کت جیرش کرد تا کارت قنادی را از جیبش در بیاورد. دنیل چادر مراگرفته و با زور بسیار زیاد چادرم را می‌کشید.

خاطوریان دست دنیل را گرفت تا مانع از شیطنتش شود، ولی نه من،

نه خاطوریان نمی‌توانستیم کاری کنیم. تنها کاری که خاطوریان به ذهنش رسید این بود که دنیل را سوار ماشینش کند، ولی من هم مجبور بودم هم پای آن‌ها باشم چون نیمی از چادرم در دست دنیل بود. برای اولین بار در این چندین سال کار کلافه شده بودم. خاطوریان دنیل را سوار ماشین کرد و سعی کرد چادر مرا از دست دنیل رها کند، ولی دنیل سفت‌تر از قبل انتهای چادرم را در دست گرفته بود و ملتمسانه اسمم را صدا می‌کرد.

برای اینکه آرامش کنم، سوار ماشین شدم. دنیل احساس آرامش کرد. چادرم را به دستم داد و خودش را در آغوشم رها کرد. برای اولین بار بود که چنین برخوردی از یک بچه‌ی اوتیسم می‌دیدم. سرم را روی موهاش گذاشتم و بوسیدمش و گفتم:

ـ اجازه می‌دی من برم خونه‌مون؟ فردا می‌بینمت، باشه؟

دنیل سرش را بلند کرد و گفت:

ـ خونه... خونه...!

و بعد خیلی آرام به سمت پنجره‌ی طرف دیگر ماشین رفت و شروع به تماشای بیرون کرد. از ماشین بیرون آمدم و گفتم:

ـ خیلی دلم می‌خواد بدونم تو سر این بچه‌ها چی می‌گذره و علت رفتارشون چیه؟ یه دقیقه تلاطم دارن و یه دقیقه آروم هستن. کاش واقعا می‌شد فهمید...!

بعد از خداحافظی با پدر دنیل، به خاطر گل و شیرینی یک تاکسی دربست گرفتم و به خانه رفتم.

به گل‌های نرگس خوشبو خیره شده و دوباره یاد رضا افتادم، هر وقت از چهارراه کاوه رد می‌شدیم یک بسته گل از دست‌فروش‌ها می‌خرید. وای که چقدر می‌خندیدم، گل‌فروش‌ها به نظرم شماره ماشین ما را هم حفظ شده بودند چون از دورتر هم به سمت ماشین ما می‌آمدند. من و

رضا هر دو عاشق گل طبیعی بودیم و از همه بیشتر عاشق گل رز و نرگس.

وقتی به خانه رسیدم در انباری کوچکی که بالای دستشویی بود باز کردم. احتمال می‌دادم آن جاگلدان باشد. وای خدای من! چه خبر بود! در این چند سال حتی سراغ این انباری هم نرفته بودم، پر از خاک و کارتونک بود. حالا که این جای کثیف کشف شده بود باید یک سامانی به آن می‌دادم. چندتا جعبه‌ی نیمه پاره آن‌جا بود. جعبه‌ها را پایین آوردم. مقدار خاک آن‌قدر زیاد بود که به سرفه افتادم. قبل از اینکه جعبه‌ها را بیرون ببرم، یک سفره‌ی یک‌بار مصرف توی نشیمن انداختم. شاید بهتر بود همه‌ی این جعبه‌ها را بدون بررسی دور بریزم ولی باید مطمئن می‌شدم که چیز مهمی داخل آن‌ها نباشد.

جعبه‌ی اول کتاب‌های دانشگاهی رضا بود. رنگ ورق‌های کتاب بر اثر گذشت زمان زرد شده بود. کتاب مبانی رنگ را برداشتم. درسی که خودم هم آن را پاس کرده بودم. چند ورق از آن را سریع رد کردم که کاغذ چاپ شده‌ی شعری از لای کتاب پایین افتاد. بالای کاغذ نوشته شده بود فال حافظ ولی شعری از سعدی بود!

«چنان به موی تو آشفته‌ام به بوی تو مست

که نیستم خبر از هر چه در دو عالم هست

داشتم شعر را می‌خواندم که متوجه نوشته‌ی پشت کاغذ شدم؛ خط رضا بود:

«امروز گمشده‌ام را پیدا کردم، با کلی تلاش فهمیدم اسمش بانوئه. یه بانوی تمام عیار!»

دستی به نوشته‌ی روی کاغذ کشیدم و در حالی که چشم‌هایم پر از اشک شده بود، سرم را عقب دادم و گفتم: «رضا، رضا! همه جا هستی... بعد این همه سال... خدایا این چه سرنوشتی بود؟!»

دوباره مثل همیشه اشک‌ها مهمان گونه‌هایم شدند. دیگر نمی‌توانستم آرام گریه کنم. رفتم سراغ کمدم و عکس رضا را برداشتم، دستی به آن کشیدم که صدای زنگ موبایلم بلند شد؛ شماره‌ی محمدحسن بود. همیشه و در هر شرایطی فقط حوصله‌ی حرف زدن با محمدحسن را داشتم. گوشی را با میل برداشتم و گفتم:

ـ سلام داداش!

کمی سکوت و بعد صدای دلخور مادر.

ـ بانو، تو داری چی کار می‌کنی با خودت؟ می‌خوای منو باباتو سکته بدی و راحت بشی؟ هیچ فکر آبروی باباتو کردی؟

اشک‌هایم را از صورتم پاک کردم و با تعجب پرسیدم:

ـ مامان دوباره داری از چی حرف می‌زنی؟ من چه آبروریزی کردم که خودم خبر ندارم؟ اصلا چرا با موبایل خودت زنگ نزدی؟ چیزی شده؟

مادر بغضش را فرو داد و گفت:

ـ با موبایل خودم زنگ می‌زدم جواب می‌دادی؟ اون‌قدر از دستت ناراحتم که دلم می‌خواست بیام...

مادر شروع کرد به گریه و محمدحسن گوشی را گرفت و گفت:

ـ سلام بانو، مامان با زن‌عمو برنامه رو فیکس کرده، ان‌شاءالله برای دوشنبه‌ی دیگه شب یلدا، قراره عمو اینا بیان خونه و حرف‌ها رو بزنیم. راستش مامان می‌گفت زنگ بزنه جواب نمی‌دی به خاطر همین به من گفت ظهر بیام خونه تا با هم بیاییم دم در مدرسه دنبالت و ببریمت خونه، دم در مدرسه منتظرت بودیم که تو از ماشین یه آقای شیک‌پوش با گل و شیرینی بیرون اومدی...

سری تکان دادم و آهی کشیدم و گفتم:

ـ محمدحسن، اون آقا پدر یکی از شاگردام هستش. تو رو خدا به

مامان بگو این‌قدر فکر بد در موردم نکنه. حاضرم علی‌رغم میلم بیام خونه و همه چی رو توضیح بدم. حالا هم به مامان بگو قبل قرار من باید حرف‌هامو به امیر بزنم. دوست ندارم فقط به خاطر فامیل بودن، چشم و گوش بسته عمل کنم.

محمدحسن باشه‌ای گفت و گوشی را قطع کرد. در دل به خودم، به خاطوریان و به سرنوشتم لعنت فرستادم. دلم می‌خواست هنوز رضا کنارم بود، چقدر دلتنگش بودم.

فصل ۲

در اتاق نشیمن کنار آقاجون نشسته بودم و داشتم اخبار ساعت هفت را نگاه می‌کردم. مادر آشپزخانه بود و محمدحسن و محمدحسین هم داشتند مثل همیشه با هم کل‌کل می‌کردند که تلفن زنگ خورد. آقاجون اشاره‌ای به پسرها کرد تا تلفن را جواب بدهند. طبق معمول محمدحسن که همیشه مطیع‌تر بود به سمت تلفن رفت. از مدل حرف زدن و چهره‌اش معلوم بود با یک غریبه صحبت می‌کند. خیلی سریع صحبت را تمام کرد و با تلفن بی‌سیم به آشپزخانه رفت تا گوشی را به مادر بدهد. محمدحسن از کنارم رد شد، نگاهش پر از سئوال بود و من بی‌تفاوت از نگاه او مشغول دیدن تلویزیون بودم.

آقاجون صدای تلویزیون را کم کرد و گفت:

ـ کی بود پسرم؟

محمدحسن کنار آقاجون نشست و گفت:

ـ غریبه بود، گویا برای خواستگاری زنگ زده بود.

آقاجون لبخندی زد و گفت:

ـ خواستگاری؟! از کی تا حالا از پسرها هم خواستگاری می‌کنن؟

از حرف آقاجون خنده‌ام گرفت و نگاهم به محمدحسن افتاد که مستقیم به من نگاه می‌کرد و ادامه داد:

ـ آقاجون، مادر آقای داماد برای بانو زنگ زده بود.

آقاجون اخمی کرد و گفت:

ـ همه می‌دونن که ما قول بانو رو به امیر دادیم، این کیه که به خودش اجازه داده از دختر نشون کرده‌ی من خواستگاری کنه؟!

آقاجون از روی مبل بلند شد، هنوز وارد آشپزخانه نشده بود که مادر دکمه‌ی قطع تلفن را زد و گفت:

ـ حاج آقا مادر یکی از هم دانشگاهی‌های بانو بود، گفت پسرش شماره ما رو از یکی از دوستای بانو گرفته. اجازه می‌خواست که برای شب جمعه بیان خواستگاری، قرار بر این شد که دوباره فردا تماس بگیرن.

آقاجون دستی به کمر زد و گفت:

ـ تماس بگیرن که چی؟ می‌گفتی دختر ما شیرینی خورده است. خانم چرا مردم رو الکی معطل می‌کنی؟

مادر نگاهی به همه ما کرد و روبه آقاجون گفت:

ـ می‌خواستم بعد شام در مورد همین موضوع باهات صحبت کنم حاجی، ولی این خواستگار... راستش می‌خواستم...

مادر درمانده شده بود. همه داشتیم نگاهش می‌کردیم. دیگر مطمئن بودم که هر چیزی هست ربطی به آمدن بی‌موقع زن‌عمو دارد. مادر نگاهی به من کرد و گفت:

ـ بانو سالاد درست می‌کنی؟

از جایم بلند شدم تا به آشپزخانه برم که آقاجون دستم را گرفت و گفت:

ـ نمی‌خواد بری، امشب ماست می‌خوریم. بگو ببینم بعد شام می‌خواستی چی بگی؟

مادر که معلوم بود واقعا درمانده شده روی اولین مبل نشست و گفت:

ـ بدری امروز اومده بود اینجا... یعنی سر زده اومد. من اول فکر کردم

به خاطر اینکه تاریخ احتمالی تموم شدن درس بانو رو می‌دونه اومـده وعده بگیره ولی...

آقاجون تقریبا صورتش سرخ شده بود. چند قدم به سمت مادر رفت و گفت:

ــ جون به لبم کردی زن، بدری خانم چی گفته که این‌قدر تو رو بـهم ریخته؟

مادر سرش را بلند کرد. لبی گاز گرفت، معلوم بود که کاملا بهم ریخته است. من، محمدحسن و محمدحسین هر سه بدون اینکه لب از لب باز کنیم چشم‌مان به دهان مادر بود که آه عمیقی کشید و گفت:

ــ بدری از درس امیر گفت و از شرایط کاری... از اینکه علیرغم این که چند وقتی اونجا بوده، متاسفانه نتونسته اقامت بگیره.

آقاجون نیشخندی زد و گفت:

ــ مهم نیست که نگرفته. از اولش هم قرار نبود اونجا موندگار بشه. قرار شد درسش تموم بشه جمع کنه و برگرده. حالا چی شده که دنبال اقامت افتاده؟

مادر سری تکان داد و گفت:

ــ چراشو نمی‌دونم، فقط می‌دونم که امیر دیگه تصمیمی به برگشتن نداره و می‌خواد هرطور شده بمونه. برای موندن هم دو راه داشته؛ یه راه سخت و طولانی که ده سال بدون اینکه بیاد، اونجا باشه تا شهروند استرالیایی بشه و یه راه میونبر... خب قاعدتا جوونا راه ساده رو انتخاب می‌کنن. امیر هم جوونه...

مادر صدایش را آرام کرد و گفت:

ــ حاجی اصلا یه حرفی چند سال پیش بین شما و حاج احمد زده شده. الان دوره زمونه عوض شده! دیگه بیست سال پیش نیست که پدر و

مادرا برای زندگی بچه‌هاشون تصمیم بگیرن! حاجی اصلا شاید امیر و بانو با هم ازدواج می‌کردن و چند وقت بعد اختلاف بین‌شون پیش می‌اومد. بعدا می‌دونی چی می‌شد؟ همون بهتر که همه چی تموم شد!

آقاجون اخمی به ابرو انداخت و در حالی که صدایش را بلند می‌کرد گفت:

ـ چی تموم شد؟ به همین راحتی؟ مگه شهر هرته که یکی چهار سال پیش دخترمون رو بخواد و ما تو این چهار سال به هرکی که پا جلو می‌ذاره بگیم ببخشید دخترمون شیرینی خورده است و حالا یهو از خواب بیدار بشه و بگه نه، دخترتون رو نمی‌خوام! مگه کور بوده و الان بینا شده؟ یا دخترمون الان شل و پل شده؟ کدومش خانم؟

مادر دستش را روی پیشانی‌اش کشید و گفت:

ـ هر چی که بوده الان امیر زن داره، به خاطر اینکه سریع بتونه اقامت بگیره ازدواج کرده. البته بدری می‌گفت یه ازدواج مصلحتی! اقامت هم بگیره جدا می‌شه، اما خودت بگو تو رضا هستی به این وصلت حاجی؟

جمله‌ی آخر مادر کافی بود که آقاجون خودش را به نزدیک‌ترین مبل برساند و روی آن رها شود. مادر محکم پشت دستش زد و محمدحسین با آخرین سرعت به سمت جعبه‌ی قرص‌ها رفت و قرص زیر زبانی آقاجون را آورد. آقاجون رنگش تغییر کرده بود و در حالی که چشم‌هایش را بسته بود زیر لب چیزی می‌گفت. مادر لبه‌ی مبل نشست و سعی کرد آقاجون را آرام کند. نیم‌ساعتی گذشت تا وضعیت به هم ریخته‌ی خانه به حالت قبل درآمد.

یک ربعی می‌شد که آقاجون در اتاقش دراز کشیده بود. مثل شوک شده‌ها در سکوتی مرگبار روبه‌روی تلویزیون نشسته و مغزم از هر فکری خالی بود که دوباره تلفن خانه زنگ خورد. این بار محمدحسین برای

اینکه آقاجون بد خواب نشود سریع به سمت تلفن دوید. جواب تلفن را داد و صدایش باعث شد که تمام خانه چشم شویم و به دیالوگ یک طرفه‌ی محمدحسین گوش بدهیم.

ـ سلام عموجان، آقاجون الان قرص زیر زبونی خوردن و دارن استراحت می‌کنن... نه... نه راضی به زحمت شما نیستیم... محبت شما و امیرخان شامل حال ما بوده... ممنون از شما چیزی نیست. احتیاج به رفتن بیمارستان نمی‌بینیم... این قلب درد بیشتر عصبیه... چرا عصبی؟ الان من براشون یه لطیفه تعریف کردم، زیادی خندیدن خلق‌شون تغییر کرد!... نه عموجان، این چه حرفیه؟... چه مسخره‌ای دارم شما رو بکنم؟

و بی‌خداحافظی گوشی را قطع کرد. محمدحسین قیافه‌اش به هم ریخته بود. مادر اشاره‌ای به آشپزخانه کرد و به خاطر اینکه آقاجون بیدار نشود همگی به آنجا رفتیم.

مادر در حالی که صداش را آرام می‌کرد گفت:

ـ محمدحسین این چند روز هم می‌گذره و بابات یادش می‌ره چه اتفاقی افتاده و دوباره رابطه برادری و رفت و آمدها از سر گرفته می‌شه ولی تنها چیزی که فراموش نمی‌شه رفتار و مدل صحبت کردن شما با عموتون هستش. کاری نکن فردا دیگه روت نشه تو صورت عموت نگاه کنی. آخه پسرم این چه مدل صحبت کردن با یه بزرگ‌تره؟

محمدحسین ضربه‌ای به میز زد و در حالی که چهره‌اش برافروخته و نگران بود مقابل مادر قرار گرفت و گفت:

ـ یه بار گفتم، ده بار گفتم، لازم باشه صد بار بلکه هزار بار دیگه هم می‌گم هیچ‌کس حق نداره آقاجون منو ناراحت کنه. بزرگ‌تره که باشه! چرا عموجان از این بزرگتری واسه پسر یکی یدونه‌شون استفاده نکردن؟ مادر من، مرد باید مرد باشه و سر حرفش بمونه. چرا بی‌خودی چهار سال پیش

حرف بانو و امیر رو پیش کشیدن؟ عموجان می‌ذاشتن آقازاده‌شون تشریف ببرن خارجه ببینن اگه دخترای مو بلوند دل‌شو نبردن، بعدا رو تک دختر داداش‌شون اسم می‌ذاشتن!

نفسی تازه کرد و قبل از اینکه ما حرفی بزنیم ادامه داد:

ـ مامان شما می‌دونی که هیچ‌وقت از این امیر خوشم نیومده. از زمانی که من و محمدحسن به دنیا اومدیم سایه‌ی این امیر بالا سرمون بوده. همه‌اش همه چیزمون با این امیرخان مقایسه می‌شد. احیانا درس نمی‌خوندیم، بهمون می‌گفتن معدل امیر بیست شده، اما شما چی؟ توی مهمونی گل سر سبد امیرخان بود! می‌خواد خوش‌تون بیاد، می‌خواد نیاد! اسمش رو هم می‌خواین حسادت بذارین ولی حقیقت اینه که من به شخصه هیچ‌وقت دوست نداشتم امیر دامادمون بشه. تمام اینا رو گفتم که بگم اگه الان عصبانی‌ام به خاطر زن گرفتن شازده‌ی خان‌عمو نیست؛ به خاطر اینه که دلم نمی‌خواد آقاجون حتی به اندازه‌ی سر سوزنی بشکنه. جلوی هر سه‌تون هم می‌گم، هر کی بخواد یک مو از سر آقاجون کم کنه با من طرفه... در ضمن من هیچ بی‌احترامی نکردم. عموم سئوال کرد منم جواب دادم. آخه یکی نیست بشینه بهش بگه زنت رو صبح فرستادی اینجا حالا می‌گه داداشم چرا عصبانی شده! خوب منم بیام بهش رک بگم به خاطر شازده‌ی تو؟

مادر آهی کشید و گفت:

ـ حرفات درسته، چرا بی‌خداحافظی قطع کردی؟ پسرم، می‌دونی که بابات چقدر روی آداب معاشرت حساسه. مخصوصا با عموت که از چشماش بیشتر دوستش داره.

محمدحسین در یخچال را باز کرد و شیشه‌ی آب را درآورد. در حالی که لیوان را پر از آب می‌کرد گفت:

ـ مامان، من عصبی‌ام، زود جوش می‌یارم. به قول شما حرف تو دلم نمی‌مونه، ولی کی دیدی که من این چیزا رو رعایت نکنم؟ من از سیم تلفن که صدای بوق می‌داد خداحافظی می‌کردم؟ عمو احمد ماشاالله تو بی‌ظرفیتی نامبر وانه!

مادر انگشت اشاره‌اش را روی بینی‌اش گذاشت و اشاره به در اتاق کرد. آقاجون بیدار شده و بحث و صحبت در مورد این موضوع جایز نبود.

وارد آشپزخانه شد و نگاهی به مادر انداخت و گفت:

ـ هر غذائی درست کردی بذار برای فردا شب، امشب شام می‌ریم بیرون.

مادر متعجب آقاجون را نگاه کرد و گفت:

ـ امشب رو استراحت کن، فردا شب زودتر می‌ریم. الان صلاح نیست با این حالت!

آقاجون نگاهی به من کرد و در حالی که ضربه‌ای به شانه‌ام می‌زد گفت:

ـ امروز دخترم دانشگاهش تموم شده، می‌خوام امشب فراموش نشدنی بشه. در ضمن من الان حالم خوبه. هر چی هم بوده تموم شده. الان هم تا دیرتر از این نشده برین حاضر بشین.

و بی‌توجه به سکوت من و بهت مادر سرش را برگرداند و ادامه داد:

ـ محمدحسین، بابا کلید ماشین روی دراور اتاقه، بیارو خودت امشب رانندگی کن.

به اتاقم رفتم تا حاضر شوم. سعی کردم به چیزی فکر نکنم. اشتباه کرده بودم؛ امیر هرگز مرا دوست نداشت. باید به فکر اینکه این ازدواج تنها درخواست عمو و زن‌عمو است بیشتر بها می‌دادم تا این احساسات بچگانه‌ای که نسبت به امیر در وجودم پرورش داده بودم سرکوب شود.

با اینکه بین من و او تنها به زور سلام و علیکی در جریان بود، از این اتفاق احساس حقارت می‌کردم. ته وجودم خشمی بزرگ نسبت به امیر زبانه می‌کشید. حیف روزهایی که با یاد او گذرانده بودم.

اگر من جای آقاجون بودم امشب را نمی‌توانستم از اتاقم بیرون بیایم چه برسد که برنامه‌ی شام بیرون هم بگذارم، چقدر بزرگ‌تر بودن سخت است و از آن سخت‌تر اینکه بدانی چه رفتاری داشته باشی که کوچک‌ترها را از بحران و سردرگمی نجات بدهی. من فکر می‌کردم با برنامه‌ای که امشب پیش آمده، حداقل تا یک هفته نمی‌شود با آقاجون صحبت کرد. شاید هم بنده‌ی خدا خودش حال خوبی نداشت، ولی کاری کرد که همه‌ی ما داستان امیر و زن گرفتنش را فراموش کنیم.

آن شب آقاجون سنگ تمام گذاشت. با اینکه همیشه مشتری غذاهای ایرانی، به خصوص رستوران نایب بود ولی آن شب به پیشنهاد خودش اولین غذای فست‌فودی را تجربه کرد. به خاطر اینکه دلش می‌خواست یک شب منحصر بفرد بسازد.

در تمام مدتی که بیرون از خانه بودیم و شام می‌خوردیم هیچ حرفی نمی‌زدم، حال خودم را درک نمی‌کردم؛ نه ناراحت بودم و نه خوشحال و نه بی‌تفاوت. احساس تهی بودن می‌کردم. عاشق امیر نبودم، اما تمام روزهای زندگی به او و همسری او فکر کرده و حالا فراموشی آن افکار و تخیلات برایم سخت بود...

فردای آن شب از طریق مادر مطلع شدم که آقاجون اجازه داده خواستگارها که خانواده خطیبی بودند به خانه بیایند و این یعنی ماجرای امیر کاملا تمام شده است.

******

بعد از مدت‌ها وقت صرف کردن برای دانشگاه، فرصت خوبی بود که کمی به مادر کمک کنم. وسائل ویترین پذیرایی را بیرون ریخته و مشغول گردگیری بودم که تلفن زنگ خورد. به سمت گوشی رفتم که مادر خودش را به تلفن رساند و گوشی را قبل از روشن کردن از من گرفت. بله‌ای گفت و گل از گلش شکفت. کلی تعارف رد و بدل کرد و در سکوت با خشنودی به حرف‌های مخاطبش گوش داد و بعد شمرده، شمرده آدرس منزل را گفت.

کاملا مطمئن شده بودم که مادر خطیبی است. دل توی دلم نبود. دوباره حسی دوگانه به سراغم آمده بود؛ یک طرف از اینکه برنامه‌ی امیر بی‌آنکه من نظری دهم از طرف خود امیر منتفی شده بود، حس می‌کردم این خواست خدا و تقدیر من برای ازدواج با خطیبی بوده است. حس می‌کردم دنیای من و امیر خیلی با هم فرق دارد و از طرف دیگر ترس عجیبی داشتم. چطور می‌توانستم به یک غریبه که فقط یک بار برای چند دقیقه در دانشگاه دیده بودم اعتماد کنم؟ از آشناها که شانسی ندیده بودیم، وای به حال غریبه‌ها!

دوباره حس کردم گونه‌هایم سرخ شده. نمی‌خواستم مادر متوجه حالم شود. به هوای شستن چند ظرف از جایم بلند شدم و به سمت آشپزخانه رفتم که مادر بلندتر از قبل صدایم کرد.

ـ بانو؟

بی‌توجه به صدای مادر که انگار اصلا متوجه نشده بودم با من است به کارم ادامه دادم که دوباره صدایش بلند شد:

ـ بانو با توام! از دیشب تا حالا چرا همه گیج و منگ شدن؟

همان‌طور که به کارم مشغول بودم گفتم:

ـ مامان من ظرفا رو بشورم می‌یام.

مادر روی مبل پذیرایی نشست و گفت:

ـ بذارشون تو آشپزخونه و برگرد که باهات کار واجب دارم.

مثل دیروز شده بودم. صورتم داغ بود و دست‌هایم عرق کرده و سرد. چشمی گفتم و ظرف‌ها را روی کابینت گذاشتم و آبی به صورتم زدم و برگشتم پیش مادر. لبخندی زد و گفت:

ـ این پسره رو می‌شناسی؟

آب دهانم را قورت دادم و گفتم:

ـ کدوم پسره؟!

این خواستگاره رو می‌گم، البته بنده خدا دیشب که زنگ زد همه چی رو گفت ولی من اون‌قدر حالم به خاطر حرف‌های بدری خراب بود که تقریبا چیزی نشنیدم.

سری تکان دادم و گفتم:

ـ نه مامان، از کجا باید بشناسم؟ من دانشجوهای رشته‌ی خودمون رو هم به زور می‌شناسم، چه برسه به دانشجوهای فوق عکاسی.

مامان خنده‌ای کرد و گفت:

ـ جالبه!

با تعجب گفتم:

ـ چی جالبه؟! اینکه نمی‌شناسمش؟

مادر نچی کرد و ادامه داد:

ـ نه، این جالبه که علم غیب پیدا کردی که جناب خواستگار فوق‌لیسانس رشته‌ی عکاسیه!

قلبم ضربانش بالا رفت. عجب سوتی داده بودم. انگشت دستم را گاز گرفتم و گفتم:

ـ مامان، به خدا من نمی‌شناسمش! دیروز اومد از من شماره بگیره و

از اول هم بنده خدا گفت که قصد ازدواج داره، ولی به جون خودم بهش شماره ندادم. حتی گفتم شیرینی خورده‌ی پسر عموم هستم.

مادر ابرویی بالا انداخت و گفت:

ـ خب، اون چی گفت؟

ـ هیچی، فکر کرد دارم الکی می‌گم و می‌خوام به این روش محترمانه ردش کنم. گویا قبلا از فهیمه و پرستو آمار همه جوره‌ی منو گرفته بوده.

مادر سری بالا برد و گفت:

ـ پس خدا رو شکر. حالا ریخت و قیافه‌اش چه جوریه؟

شانه‌ای بالا انداختم و گفتم:

ـ نمی‌دونم، من زیاد نگاهش نکردم. یعنی شاید باور نکنین زیاد چیزی تو ذهنم نمونده ولی قدش بلند بود، فقط همین.

مادر لبخندی زد و گفت:

ـ باید دید چی می‌شه. خدا کنه آدم حسابی باشه. دلم می‌خواد خیلی زود به گوش عموت و زن‌عموت برسه که تو هم ازدواج کردی و فکر نکنن حالا ما دق کردیم از ازدواج پسرشون!

با تعجب به مادر نگاه کردم و گفتم:

ـ فقط به خاطر اینکه از عمو و زن‌عمو کم نیارین می‌خواین منو شوهر بدین؟!

مادر خنده‌ای کرد و گفت:

ـ مگه از سر راه آوردیمت که هر کی زنگ این خونه رو زد دختر دسته گل‌مون رو بدیم بهش؟ نه بانوجون، من و آقاجونت باید از هر طرف دل‌مون قرص باشه. نه اینکه فکر کنی این حساسیت رو برای تو که دختری داریم، برادرات هم بخوان ازدواج کنن با اینکه پسرن صد جور تحقیق می‌کنیم. من از اون حرفم منظورم به سریع شوهر دادن تو نبود.

ان‌شاالله این همون باشه که مدنظرمونه و قراره یک عمر بشه سایه‌ی بالای سرت. وگرنه اگه این خونه هر روز از خواستگار پر و خالی بشه و هیچ‌کدوم اونی نباشه که بشه بهش تکیه کرد، قدمت روی چشم من و بابات تا زمانی که ما زنده‌ایم. بانو الان ظرف و ظروف و ویترین رو ول کن. الان باید بریم برات یه دست کت و دامن خوب و خوشگل برای خواستگاری بخریم. باید خیلی عالی به نظر برسی. مادر آقای داماد گفت اول زنونه میان و بعد آقای داماد رو صدا می‌کنن. می‌خوان بی‌حجابت رو ببینن. پاشو حاضر شو بریم هفته‌ی پیش یکی از خانم‌های جلسه می‌گفت یک خانم از ترکیه لباس مجلسی می‌یاره.

سپس از جا بلند و شد و در حالی که به سمت تلفن می‌رفت گفت:

ـ تا تو حاضر بشی من زنگ بزنم آدرس دقیق مزون رو بگیرم، بدو دختر! چرا وایسادی منو نگاه می‌کنی؟ پاشو دیگه، کلی کار داریم.

سریع به اتاقم رفتم و مقابل آینه‌ی دراور ایستادم. نگاهی به خودم انداختم؛ قد بلند و کشیده‌ام یک امتیاز بود ولی چهره‌ای کاملا معمولی، شاید چون آن‌قدر مه‌چهره نبودم امیر ماندگار نشده بود. سریع موهای بلندم را بافتم و لباس مناسبی پوشیدم و در حالی که چادرم را سرم می‌کردم از اتاق خارج شدم و گفتم:

ـ مامان، من حاضرم.

مزون در خیابان کامرانیه بود. یک خانه‌ی ویلایی شیک که قسمت هال و پذیرایی به وسیله‌ی چند پله از هم جدا می‌شد. در قسمت هال لباس‌های اسپرت و کیف و کفش چیده شده بودند و در قسمت پذیرایی لباس‌های مجلسی قرار داشتند.

مادر از پله‌ها بالا رفت و مشغول دیدن کت و دامن‌ها شد. دختر جوانی با لبخند به سمت ما آمد و گفت:

ـ می‌تونم کمک‌تون کنم؟

مادر دست از نگاه کردن کشید و گفت:

ـ بله، یه کت و دامن برای دخترم می‌خوام. رنگ شاد باشه، برای مهمونی عصرونه، زیاد نمی‌خوام بی‌رنگ باشه.

دختر جوان به سمت یکی از کمدهای سالن رفت و یک کت و دامن کرم درآورد و به سمت ما آمد. مادر سریع سری تکان داد و گفت:

ـ نه عزیزم، دختر من سفیده، رنگ کرم بی‌حالش می‌کنه.

دختر سری به نشانه‌ی تأیید تکان داد و گفت:

ـ درسته.

و بعد کت و دامن سبز مغزپسته‌ای را نشان داد. مادر با دقت نگاه کرد و گفت:

ـ مدل و رنگش عالیه. حالا باید ببینیم تو تن چطوریه!

دختر جوان لباس را به من داد. لباس را تنم کردم. عالی بود. واقعا برای من دوخته بودند. مادر هم خوب بودن لباس را تأیید کرد و سریع لباس بسته‌بندی شد و ما از مزون بیرون آمدیم. دیگر وقت آن بود که برگردیم خانه ولی مادر مجلس خواستگاری را با عروسی اشتباه گرفته بود. شاید هم او درست فکر می‌کرد و من خیلی ساده گرفته بـودم. بـه یک لوکس فـروشی رفتیم و از ظرف آجیل‌خوری و شیرینی‌خوری تا دو دست استکان چای‌خوری و قندان خریدیم. در برابر سوال و تعجب من مادر گفت:

ـ ظرف‌های پذیرایی‌مون قدیمی شده، باید همه چی خوب و عالی باشه.

خلاصه از لباس و کفش و چادر ست لباس و روسری گرفته تا یک جاکفشی نو را آن روز خریدیم. در راه برگشت گفتم:

ـ خوبه خواستگارا پس فردا میان وگرنه بعید نبود که رنگ و فرش سالن هم عوض بشه!

با رسیدن به خانه و دیدن خریدها، آقاجون که تمام کارهای مادر برایش بی‌عیب و نقص بود و او را کاملا قبول داشت خریدها را تایید کرد، اما محمدحسین مدام غر می‌زد که:

ـ این همه خرج ضرورت داره؟ به جای این همه ریخت و پاش یه پولی می‌ذاشتین روی این خریدا یه ماشین برای من می‌خریدین!

آقاجون لبخندی زد و گفت:

ـ شما تصمیم به زن گرفتن بگیر، خودم برات هم خونه می‌خرم، هم ماشین.

محمدحسین ابرویی بالا انداخت و گفت:

ـ آقاجون، اولا زن به ماشین چه ربطی داره؟ یعنی ما خودمون آدم نیستیم که مستقل ماشین بخوایم؟ دوما، گفته باشم من خونه نمی‌خوام. من می‌یام طبقه بالا. این جزء شروط ازدواجمه، هر کی بخواد با من ازدواج کنه باید بدونه خونه‌ی ما اینجاست. سوما! ما که خیلی وقته اعلام آمادگی کردیم برای زن گرفتن، این مادر ما کلا چسبیده به بانو و یادش رفته دوتا پسر مجرد داره.

مادر چشمانش را گشاد کرد و محکم پشت دست خودش زد و گفت:

ـ وا محمدحسین! یه جوری می‌گی انگار من دلم نمی‌خواد شما دوتا ازدواج کنین و سر و سامون بگیرین. پسر خوب چندتا دختر نشونت دادم که روشون عیب و ایراد گذاشتی؟ خودت بگو بهت گفتم یا نه؟

محمدحسین گفت:

ـ مامان، شما هم هر چی دختر ترشیده و رودست مادر و پدرش مونده بود به من معرفی کردین. من بهتون گفتم یه دختر خوشگل

می‌خوام، حالا شما هی بگو قیافه مهم نیست ولی به نظر من خیلی هم مهمه. تنها چیزی که آدم می‌دونه هندونه‌ی در بسته نیست. من می‌خوام هم خوشگل باشه و هم پولدار و هم اینکه شما و آقاجون تأییدش کنین.

آقاجون لبخندی زد و گفت:

ـ پسرم، خوشگلی چند روز بگذره عادی می‌شه، مهم اخلاق و رفتار و متانت یه دختره. این‌قدر روی این چندتا چیزی که گفتی پافشاری نکن. من روزی که اینجا رو ساختم دلم می‌خواست تو و محمدحسن بعد ازدواج بیایین توی واحدهای بالا و زندگی‌تون رو شروع کنین، ولی حالا اعتقاد دارم جوونا باید خودشون برای محل زندگی‌شون تصمیم بگیرن.

محمدحسین نیشخندی زد و گفت:

ـ خب، منم خودم تصمیم گرفتم آقاجون! فعلا اون دختری که هم شما تأیید کنین و هم خودم خوشم بیاد پیدا نشده، ولی اینو بدونین که خونه‌ی اول و آخر من اونجاییه که شما باشین. دختر شاه‌پریون هم باشه باید به این شرط راضی بشه...

******

بتول خانم از صبح روز پنجشنبه برای نظافت و کمک به منزل ما آمده بود. فقط خدا می‌دانست چه ولوله‌ای در خانه راه افتاد بود. مادر مرتب به محمدحسن و محمدحسین که به دستور آقاجون در خدمتش بودند لیست خرید می‌داد. خدا می‌داند که چقدر آن روز دلشوره داشتم و هر چه سعی می‌کردم آرام باشم نمی‌توانستم. با اینکه فکر می‌کردم رد شدنم توسط امیر ضربه‌ی بدی به روحیه‌ام زده است، اما این‌طور نبود و حالا فکر نگاه نافذ رضا جایگزین سال‌ها فکر و خیال امیر شده بود.

ساعت چهار بعدازظهر بود، من لباس پوشیده آماده ایستاده بودم. محمدحسن در اتاقش بود و محمدحسین سر به سر من می‌گذاشت، مادر هم آماده روی یکی از صندلی‌های پذیرایی نشسته بود که زنگ در به صدا درآمد. مادر به سمت آیفون رفت و محمدحسین به سمت اتاقش.

خانم چادری که فقط چند سالی از مادر بزرگتر بود، به همراه خانم جوانی وارد شدند. خانم خطیبی سلامی کرد و در حالی که با اشاره و تعارف مادر به سمت اتاق پذیرایی می‌رفت گفت:

ـ باید ببخشید که ما دست خالی هستیم. والا حاج خانوم دور زمونه عوض شده، هر چی به رضا گفتم گل و شیرینی بخریم، گفت خودم تهیه می‌کنم. می‌گم بچه‌جون یعنی چی؟ من دفعه‌ی اولمه می‌رم خونه‌ی این بنده‌های خدا روم نمی‌شه دست خالی. خدا شاهده هنوز خجالت می‌کشم.

مادر اختیار دارینی گفت و چادر را از خانم خطیبی و دخترش گرفت. مهمان‌ها بالای سالن و جلوی پنجره نشستند و من و مادر هم مقابل‌شان. خانم خطیبی لبخندی زد و برای اینکه سکوت مراسم خواستگاری را بشکند گفت:

ـ خوب دختر عزیزم از خودت بگو، ما که هر چی از رضا سوال کردیم گفت نمی‌دونم. من نمی‌دونم این چه پسندیدنی بوده که آقای داماد هیچی نمی‌دونه!

سرم را پایین انداختم و گفتم:

ـ چی باید بگم حاج خانم؟!

خانم خطیبی دستی به دسته‌ی مبل کشید و گفت:

ـ من فقط می‌دونم که یه رشته هنری می‌خونی، همین و بس! حالا خودت بگو چه کار می‌کنی، برنامه‌ات برای آینده چیه؟

مادر پیش‌دستی کرد و گفت:

ـ بانو تازه همون روز که شما زحمت کشیدین و زنگ زدین کارهای عملی‌اش رو تحویل داده و در واقع هنوز چند روز بیشتر نیست که به واقع درسش تموم شده.

خانم خطیبی لبخندی زد و گفت:

ـ بانو! چه اسم خاص و قشنگی. خانم محبی شما چندتا فرزند دارین؟

مادر به من اشاره کرد که چایی بیاورم و خودش گفت:

ـ یه دختر دارم که بانوئه و دو تا پسر که دوقلو هستن و پنج سال از بانو بزرگ‌ترن.

به سمت آشپزخانه رفتم. دیگر صدای مادر را نمی‌شنیدم. طبق سفارش قرار بود چای اول را توی استکان‌های کریستالی بریزم. باز دوباره همان دل‌شوره و دلواپسی به سراغم آمد و با کلی سلام و صلوات سینی چای را برداشتم. خدا خدا می‌کردم که دستم نلرزد.

وارد سالن شدم. مادر و خانم خطیبی سخت مشغول صحبت بودند. چای را چرخاندم و وسائل پذیرایی را گذاشتم که خانم خطیبی از مادر اجازه خواست تا پسرش را صدا کند. مادر خواهش می‌کنم غلیظی گفت و برای آوردن چادر برای لحظه‌ای سالن را ترک کرد.

خانم خطیبی تلفن را از من گرفت و به موبایل پسرش زنگ زد. من هم به سمت اتاق رفتم که خانم خطیبی گفت:

ـ دخترم عجله نکن، هر چی به این پسره گفتم گل بخریم. گفت کار خودمه حالا هم تو گل‌فروشی معطل شده، فکر کنم ما باید بازم مزاحم شما باشیم.

مادر که چادر روی دستش بود و معلوم بود حرف‌های خانم خطیبی را شنیده به سمت ما آمد و در حالی که لبخندی به لب داشت گفت؛

ـ خانم خطیبی چرا آقازاده رو به زحمت انداختین؟ گل بـرای چـی؟ الان هم بگین لازم نیست و تشریف بیارن.

خانم خطیبی سری تکان داد و گفت:

ـ همیشه همین‌طوره! رضا هیچ‌وقت منو باباش رو توی این کارا قبول نداره و هزارتا چیز سر هـم مـی‌کنه کـه بـاید چـنین مـی‌کردیم و چـنان می‌کردیم. والا به خدا خانم محبی نه این دخترم فریبا که چند ساله ازدواج کرده و بچه هم داره و نه فرخنده که دختر تو خونه‌ست به اندازه رضا به این چیزا اهمیت نمی‌دن. رضا می‌گه باید همه چی رو در نظر گرفت، اینکه برای کی و به چه مناسبتی داری گل می‌بری. باباش می‌گه بابا جون چـه فرقی می‌کنه؟ رضا هم می‌گه فرق می‌کنه، خیلی مهمه. خلاصه ما اینا رو داریم از همین اول کار می‌گیم که اگه خدا خواست و این دو جوون قسمت هم شدن ما مدیون نباشیم که فقط خوبی‌های پسرمون رو گفتیم.

مادر خنده‌ای کرد و گفت:

ـ حاج خانم، الان جوون هستن و هنوز درگیر مشغله زندگی نشدن... برن تو زندگی و دوتا بچه قد و نیم قد دورشون رو بگیره، ایـن چـیزا رو فراموش می‌کنن. شما هم زیاد ناراحت نباشین.

مادر به من اشاره کرد تا دوبـاره چـای بـیاورم. بـه سـمت آشـپزخـانه می‌رفتم که صدای زنگ بلند شد. خانم خطیبی لبخندی زد و گفت:

ـ خدا رو شکر، مثل اینکه خودشه.

مادر از جا بلند شد و به سمت آیفون رفت و من به جای آشپزخانه به سمت اتاقم رفتم. دوباره گونه‌هایم داغ شده و صورتم مثل دفعه‌ی قبل تب کرده بود. حس می‌کردم چیزی در دلم می‌جوشد. چادر را به سرم کشیدم و در آینه نگاهی به خودم انداختم و کـمی صـورتم را بـه راست و چپ چرخاندم و دستی به ابروهای پرپشتم کشیدم که صدای محمدحسین را

شنیدم:

ـ بانو، همه چی اوکیه، برو دختر.

با تعجب سرم را دور تا دور اتاق چرخاندم که محمدحسین از پشت تخت بیرون آمد و در حالی که جلوی دهنش را گرفته بود تا صدای خنده‌اش بیرون نرود گفت:

ـ تو رو خدا چیزی نگو، دوباره کودک درونم فعال شده!

سری تکان دادم و گفتم:

ـ تو اینجا چی کار می‌کنی؟

محمدحسین هیسی گفت و ادامه داد:

ـ بانو تو رو خدا زیاد لفتش ندیا، این‌قدر از صبح به جای غذا و خوراکی این بتول خانوم چایی بسته به شکم‌مون دارم منفجر می‌شم، زود بگو خوشت نیومده و خلاص!

آمدم روی تخت و به فاصله‌ی کمی از او گفتم:

ـ جواب منو ندادی، گفتم تو چرا اومدی اینجا؟

سینی باقلوا را از زیر تخت بیرون کشید و در حالی که با لذت باقلوایی به دهان می‌گذاشت گفت:

ـ دلم می‌خواست اگه کار به حرف زدن کشید، حرفاتونو بشنوم. محمدحسن بیچاره هم گفت نیام ولی کو گوش شنوا!

با تعجب اشاره به سینی باقلوا کردم و گفتم:

ـ اینو کی آوردی؟ اگه مامان بفهمه خونت مباحه!

محمدحسین دوباره باقلوایی برداشت و گفت:

ـ دیگه زیادی پرچونگی نکن. اگه تونستی یه جوری برام چایی هم بیار. خدایی باقلوا بدون چایی مزه نمی‌ده.

سری تکان دادم و در حالی که از جایم بلند می‌شدم تا از اتاق بیرون

بروم گفتم:

ـ خوبه مزه نداده و نصف سینی رو خوردی!

از در اتاق بیرون رفتم و همزمان آقای خطیبی هم وارد شد. از چیزی که می‌دیدم متعجب شده بودم. یک سه پایه‌ی نقاشی که روی آن یک تابلو پوشیده شده از گل‌های رز با رنگ‌های مختلف که در نظر من یک دشت پر از گل را تداعی می‌کرد، قرار داشت.

آقای خطیبی گل را گوشه‌ی سالن گذاشت و اجازه خواست تا برای شستن دستش از دستشویی استفاده کند.

من و مادر دم در ورودی سالن ایستاده بودیم که خطیبی آمد و با سر نیمه پایین عذرخواهی کرد و با دعوت مادر وارد سالن شد.

مجددا چادرم را روی سرم مرتب کردم و پشت سر مادر وارد شدم. خانم خطیبی لبخندی به پسرش زد و گفت:

ـ خب، خدا رو شکر که آقای داماد هم اومدن.

مادر در حالی که روی مبل می‌نشست گفت:

ـ خانم خطیبی، آقازاده ماشاالله خیلی با سلیقه‌ان، حقیقتا من تا حالا همچین دیزاین گلی ندیده بودم.

خانم خطیبی لبخندی زد و گفت:

ـ اگه با سلیقه نبود که ما الان اینجا نبودیم.

لبخندی زدم و سرم را پایین انداختم. احساس می‌کردم نگاه همه در این لحظه به من است. از جایم بلند شدم و برای آوردن چای به آشپزخانه رفتم. نمی‌دانم چرا ولی به دلم افتاد چندتا گل سرخ توی قوری چای بریزم. شاید ضمیر ناخودآگاهم به من دستور می‌داد کمی هنرمند به نظر بیایم، شاید به واقع آن‌قدر که به نظر می‌آمد هنرمند نبودم.

چای را درون فنجان‌های قدیمی عزیز ریختم و وارد سالن شدم.

نگاهم در درجه اول به سینی و بعد مسیری که باید طی می‌کردم بود که خطیبی از جایش بلند شد و مرا که تازه چند قدم جلو آمده بودم غافلگیر کرد و در حالی که سینی را از دستم می‌گرفت و نگاهی عمیق به صورتم می‌کرد خیلی آرام گفت:

ــ شما زحمت نکشین، با چادر پذیرایی سخته.

سینی چای را به دستش دادم و به رفتنش نگاه کردم. آهنگ ملایم صدایش در گوشم بود که خانم خطیبی با صدای بلندی گفت:

ــ عروس خانم تشریف بیارین، آقای داماد منتظر شما هستن تا ازتون پذیرایی کنن.

با خجالت زیاد روی مبل نشستم. خطیبی سینی چای را مقابلم گرفت، این اولین باری بود که برایم خواستگار می‌آمد ولی با این وجود فکر می‌کردم که کارهای خطیبی بر خلاف دیگران است و الان من باید در مقام میزبان و عروس چای را تعارف کنم.

مادر تک سرفه‌ای کرد ولی من هنوز محو کارهای خطیبی بودم. مادر که متوجه بی‌حواسی من شده بود، بانوجانی گفت و من سرم را به سمتش چرخاندم و بله‌ای گفتم. اشاره‌ای کرد و تازه فهمیدم خطیبی همچنان مقابل من برای تعارف چای ایستاده است. دست‌های یخ کرده‌ام را از زیر چادر درآوردم و فنجانی چای برداشتم و در حالی که نیم نگاهی به چهره‌ی خندانش می‌انداختم، تشکر کردم.

خطیبی با اجازه‌ی مادر سینی را روی میز گذاشت و مقابلم نشست. بلوز و شلوار کرم و کت چهارخانه‌ی شکلاتی به تن داشت و از دفعه‌ی قبل که در دانشگاه دیده بودمش مردانه‌تر به نظر می‌رسید. رنگ پوست گندمی و ته ریشی که فکر می‌کنم طی این چند روز مهمان صورتش شده بود، صورتش را جذاب‌تر می‌کرد و لبخند ملایمی که گوشه‌ی لبش بود

باعث احساس خوشایندی در مخاطبش می‌شد.

به آرامی فنجان چای را روی میز کنارم گذاشتم. مادر خطیبی را مخاطب قرار داد و گفت:

ــ پسرم، از خودت بگو الان فقط درس می‌خونی یا جایی مشغول به کار هستی؟

خطیبی کمی به جلوی مبل آمد و دستانش را در هم گره کرد و گفت:

ــ من از سال دوم دانشگاه به صورت نیمه‌وقت مشغول به کار شدم. الان سال آخر هستم. احتمالا اگه زرنگ باشم تا آخر سال کارهای عملی رو تحویل می‌دم و درسم تموم می‌شه و به صورت کامل مشغول به کار می‌شم. در حـال حـاضـر در دو شرکت تبلیغاتی مشغول بـه کـارم و عکس‌های صنعتی می‌گیرم. برنامه‌ام برای آینده اینه که خودم یک شرکت تبلیغاتی بزنم. البته پدرم از دوسال پیش به من پیشنهاد دادن که جایی رو بگیرن تا من مستقل کار کنم ولی من دلم می‌خواد از اول کار روی پای خودم باشم. الان هم در واقع هم کار یـاد مـی‌گیرم و هـم پـول پس‌انـداز می‌کنم. شاید یکی دو سال سختی داشته باشم ولی قول می‌دم خیلی زود همه‌ی این سختی‌ها رو جبران کنم.

خانم خطیبی میان حرف پسرش پرید و گفت:

ــ رضا جان شما که همین اول کاری داری تو دل عـروس خـانوم رو خالی می‌کنی! راستش خانم محبی ما هستیم و همین یه پسر. همون‌طور که پشت تلفن خدمت‌تون عرض کردم ما چند کوچه پایین‌تر از خـونه‌ی خودمون برای رضا یه واحد آپارتمان صدوسی متری خریدیم که فعلا اجاره‌ست. حاج‌آقا هم توی خیابون امین‌حضور مغازه لوازم برقی دارن که بارها شده به رضا گفتن بره پهلوی خودشون مشغول بشه، ولی خب رضا کلا دوست داره کار خودش رو ادامه بده و عشقشه و دوربین و عکاسی،

من تمام اینا رو گفتم که شما بدونین قرار نیست بانو جون سختی بکشه. اگه قسمت این دوتا به هم بود ما همه جوره هوای پسر و عروس‌مون رو داریم. تا الان دوتا دختر داشتیم از اینجا به بعد فکر می‌کنیم سه تا داریم. حالا هم به خاطر سلیقه‌ی آقا داماد ما خیلی مزاحم شـدیم. اگـه اجـازه می‌دین این دوتا جوون چند کلمه حرف‌هاشون رو خصوصی‌تر بزنن.

مادر لبخندی زد و گفت:

ـ اجازه‌ی ما هم دست شماست. بانو جان، مادر، آقای خطیبی رو به اتاقت راهنمایی کن.

با ترس از جایم بلند شدم سری به علامت منفی به مادر تکان دادم ولی متاسفانه متوجه نشد. خطیبی از جایش بلند شد و دکمه‌ی کتش را بست و با تعارف مادر به سمت اتاق من به راه افتاد ولی من به بهانه سرد بودن اتاق از او خواستم که در نشیمن کـه دیـدی بـه سـالن هـم داشت صحبت کنیم.

خطیبی قبول کرد و مرا دعوت به نشستن نمود و خودش هم مـقابلم نشست. مادر به سمت سالن رفت و ما را تنها گذاشت. از جایی که نشسته بودم می‌توانستم خانم خطیبی و دخترش را ببینم.

سرم را پایین انداختم و منتظر شدم تا آقای خطیبی چیزی بگوید کـه خود آقای خطیبی پایان دهنده این سکوت بود.

ـ ببخشید چون می‌خوام راحت‌تر باشم شما رو با اسم کوچیک صدا می‌کنم. بانو خانم من زیاد اهل پرچونگی نیستم شما رو تـمام و کـمال پسندیده‌ام. شما همون دختری هستین که همیشه تو ذهنم آرزوشو داشتم. من دورادور شیفته‌ی نجابت و متانت شما شدم. همیشه دوست داشتم همسرم رشته هنری خونده باشه، چون لطافت قشر هنرمند بیشتره. به نظر من نظرات و خواسته‌ها در طی زندگی شکل می‌گیرن و اون مـوقع زن و

مرد باید در موردشون به یه اشتراک نظر برسن، من توی زندگی فقط یه آرزو دارم که لازمه از همین ابتدا بدونم نظر شما در موردش مثبته یا نه؟ من عاشق بچه‌ام، دوست دارم حداقل سه تا بچه داشته باشم. همه‌ی شرایط و رفاه رو برای اجابت این خواسته برای همسرم فراهم می‌کنم، فقط امیدوارم که نظر شما هم مثبت باشه...

نمی‌دانم ساعت چند بود و ما چقدر با هم حرف زده بودیم. خطیبی آن‌قدر خوش صحبت و صمیمی بود که گذر زمان را حس نمی‌کردی هر چه که بود طاقت مادرها تمام شد و خانم خطیبی از سالن پسرش را صدا کرد.

ـ رضا جان؟ صحبت‌ها تموم نشد؟ ساعت نه شبه پسرم، دیگه چیزی مونده که شما با هم حرفش رو نزده باشین؟ بدم نیست بعضی حرف‌ها بمونه برای جلسات بعد!

زودتر از خطیبی از جایم بلند شدم. خطیبی در حالیکه هنوز روی مبل نشسته بود گفت:

ـ چی شد بانو خانم؟ جواب من چیه؟ تو رو خدا مثل این دخترای امروزی نباشین که برای کلاس یک ماه خواستگار رو می‌ذارن تو خماری. من امشب برم خونه به مادرم می‌گم فردا زنگ بزنه. اهل کلاس گذاشتن و دو هفته ایستادن نیستم. این‌قدر فرصت داشتم که روی ازدواج و خواسته‌هام فکر کنم الان فقط منتظر جواب شما هستم چون خدا رو شکر همون‌طور که فکر می‌کردم خانواده‌ها هم مثل هم هستن.

طبق عادت لبم را گاز گرفتم و گفتم:

ـ چقدر عجله دارین! من یک طرف ماجرا هستم. پدرم هنوز شما رو ندیدن. به این سرعت که نمی‌شه جواب داد. قبول کنین مهم‌تر از ما نظرات بزرگ‌ترهاست. ما فقط شباهت‌های ظاهری رو می‌بینیم در

صورتی که بزرگ‌ترها از همه جهت مسائل رو بررسی می‌کنن.

خطیبی دستی به مبل زد و از جایش بلند شد و گفت:

ـ شما بگین دل‌تون به این وصلته و به قول خودتون ظاهر امر رو پسندیدین، باقی ماجرا با من!

دیگر چیزی نگفتم. ترجیح دادم سکوت کنم و به سمت سالن رفتم و خطیبی هم پشت من وارد شد. خانم خطیبی در حالی که کیفش را از روی زمین برمی‌داشت روبه مادر گفت:

ـ با اجازه‌تون ما رفع زحمت کنیم.

تا دم در مهمان‌ها را مشایعت کردیم و برگشتیم. مادر در حالی که چادر را از سرش برمی‌داشت گفت:

ـ خب، تعریف کن سه ساعت چی گفتی، چی شنیدی؟ راستی بانو چرا شوفاژ اتاقت رو خاموش کردی؟

سری تکان دادم و در حالی که به سمت اتاقم می‌رفتم گفتم:

ـ الان می‌فهمید.

وارد اتاقم شدم، انتظار داشتم که محمدحسن آن‌جا باشد. زیر تخت و حتی داخل کمد را هم گشتم ولی اثری از او نبود. وارد هال شدم، محمدحسین در حالی که پرتقالی پوست می‌کَند روی مبل هال لم داده بود.

مقابلش قرار گرفتم و گفتم:

ـ می‌شه بگی کی از اتاق من اومدی بیرون؟

بی‌تفاوت سری تکان داد و گفت:

ـ مگه من تو اتاق تو بودم؟ آقای داماد زیادی مخت رو زده، چرت و پرت می‌گی!

محمدحسَن از اتاق بیرون آمد و مقابلم قرار گرفت و گفت:

ـ زیاد حرص نخور بانو، هر چی بگی اون حرف خودشو می‌زنه. امشب که رودل کرد از خوردن باقلوا...

محمدحسین پر پرتقال را به دهان گذاشت و گفت:

ـ باقلوا؟ مگه داشتیم؟ کی خریده بود؟ بابا، بی‌خیال این حرفا! بذار ببینیم عروسی افتادیم یا نه؟ تعریف کن بانو ببینیم چی شد؟ چقدر هـم پررو بود! هنوز هیچی نشده به خواهر ما می‌گه بانو خانم! یکی نیست بهش بگه آهای آقا، حالاگیریم خواهر ما شما رو پسندید، هنوز فیلتر حاج محبی و پسران مونده!

محمدحسن خنده‌ای کرد و گفت:

ـ آقاجون رو خوب اومدی ولی پسران دیگه چیه؟!

محمدحسین با صدای زنگ در بلند شد و در حالی که به سمت آیفون می‌رفت گفت:

ـ تو رو نمی‌دونم ولی نظر من شرطه. من کلا دلم به این بچه سوسول هنری‌ها نیست، والا به خدا مگه با پول هنر می‌شه شکم حداقل سه تا بچه رو سیر کرد؟

محمدحسین خنده‌ای کرد و من عصبانی از اینکه دلم نمی‌خواست او شنونده‌ی حرف‌هایمان باشد به سمتش رفتم که در باز و آقاجون وارد شد. همگی سلام کردیم و محمدحسین شکلکی درآورد و آقاجون پالتواش را به مادر داد و گفت:

ـ خب، چه خبر؟ چه جور خانواده‌ای بودن؟ چقدر طولانی نشستن! من از ساعت شیش منتظر بودم که زنگ بزنین و بگین رفتن.

محمدحسین خنده‌ای کرد و گفت:

ـ آقاجون، اگه شما امشب بودین آقای داماد حرف مهر رو هـم زده بود! والا، باید اسم‌شون رو توگینس زد. سه ساعت جلسه اول حرف زدن!

آقاجون نگاهی به من کرد و گفت:

ـ نظرت چیه بانو جان؟

سرم را پایین انداختم و گفتم:

ـ نمی‌دونم آقاجون، هر چی شما بگید!

مادر کنار آقاجون نشست و گفت:

ـ باباش تو صنف لوازم برقیه، بسپر آقای سربندی یه تحقیقی بکنه.

آقاجون لبخندی زد و گفت:

ـ فردا که جمعه است، فکر نکنم زنگ بزنن. ولی اگه شـنبه تـماس گرفتن کمی منتظر نگه‌شون دار تا من یه تحقیق کلی در موردشون بکنم.

محمدحسن گفت:

ـ آقاجون، حالا زود نیست برای تحقیق؟ بـذاریـن بیان و بـرن بـعدا فرصت هست!

آقاجون نفس عمیقی کشید و گفت:

ـ اگه دست خودم بود قبل از اینکه بیان تحقیق می‌کردم. بیان و برن و خودش رو تو دل بانو جا کنن، تازه اون موقع بگیم نه؟ پسره یا خانواده‌اش به درد نمی‌خورن؟ دلم نمی‌خواد فردایی، وقتی، بگم اشتباه کردم...

******

آقاجون فقط به تحقیق از طریق آقای سربندی اکتفا نکرد، خودش چند نفر را فرستاد که از مکان‌های مختلف در مورد خانواده خطیبی تـحقیق کنند. نتیجه از همه‌ی جهات مثبت بود. مادر یک هفته توانست خانواده خطیبی را معطل کند، بعد از یک هفته طی یک مـاه، شش بـار خـانواده خطیبی را ملاقات کردیم و بازدید آن‌ها را پس دادیم. همه چیز مهیا بود و قرار بله‌بران مصادف با عید غدیر تعیین گردید.

فصل ۳

توی اتاق نشسته بودم و داشتم شال گردن لیمویی و سبز برای یکی از شاگردانم می‌بافتم. یوسف یکی از شاگردانم بـود کـه مشکـل حسـی شدیدی داشت، به حدی که به هیچ‌وجه تحمل کلاه و شال گردن و حتی عینک را نداشت، علی‌رغم کاردرمانی و تمرینات حسی زیادی که برایش انجام شده بود، هنوز حواسش وضعیت حساس گذشته را داشت.

تنها چیزی که گاهی اوقات باعث می‌شد فکر کنم که یوسف اشتباها تشخیص اوتیسم گرفته حس رقابت در این بچه بود. چون بچه‌های اوتیسم هیچ حس رقابت و حسادتی در وجودشان نیست و به معنای واقعی آن انسانی که.خدا شایسته‌ی سجده فرشته‌ها قرار داده همین بچه‌ها هستند. کاش می‌شد از این بچه‌ها یک آمپول مهربانی درست کرد و به آدم بزرگ‌ها تزریق کرد و آدم‌ها به دور از هر ظاهری به واقع مهربان و به دور از هـر حسادتی می‌شدند.

یوسف هر کاری برای جلب توجه من می‌کرد. حتی علی‌رغم سختی حاضر بود در زمان کلاس عینک هم بزند تا مورد تشویق من قرار بگیرد. من هم طی مشورت با مادرش تصمیم گرفتم یک شال گردن و کلاه برایش ببافم تا یوسف به خاطر من هم شده از آن استفاده کند. حتی به صورت نمایشی چند بار کلاه نیمه بافته شده را به کلاس بردم و چند رج هم بافتم تا یوسف متوجه این که من خودم این کلاه را بافته‌ام بشـود و عـلاقه بـه استفاده از آن جایزه، برایش بیشتر شود.

رج آخر شال گردن بودم که موبایلم زنگ خورد. سریع گوشی را برداشتم؛ آقاجون بود.

ـ سلام بانوجان، خونه‌ای؟

ـ سلام آقاجون، بله. چرا به موبایلم زنگ زدین؟

ـ بانوجان من و مامانت الان از خونه بیرون اومدیم. هر کاری داری بذار زمین، می‌خوایم سه نفری بریم بیرون.

دستی به موهایم کشیدم و گفتم:

ـ چیزی شده؟!

ـ نه دخترم، دلم هواتو کرده. مامانت هم دلش گرفته بود، گفتم یه شامی با هم بخوریم.

ـ خب بیاین اینجا خودم یه چیزی درست می‌کنم.

ـ نه دخترم، حاضر شو تا ده دقیقه دیگه اونجا هستیم.

نگاهی به ساعت و بعد شال گردنی که واقعا فقط ده دقیقه دیگر کار داشت انداختم و روی میز رهایش کردم. شب وقتی برمی‌گشتم تمامش می‌کردم. الان باید حاضر می‌شدم.

سریع بارانی‌ام را از کمد درآوردم. روسری را که دفعه قبل مادر برایم خریده بود، برداشتم و اتوی سریعی به آن زدم و تا سرم کردم صدای بوق ماشین آقاجون را شنیدم. کیف و چادرم را برداشتم و از خانه خارج شدم. آقاجون لبخندی زد و در ماشین را باز کرد. سلام کردم و مثل همیشه مهربانانه جوابم را گرفتم ولی مادر گویا هنوز از دستم ناراحت بود. یا جوابم را نداد و یا مثل همیشه که دلگیر بود صدایش آرام شده بود.

روی صندلی عقب نشستم. آقاجون از آینه‌ی جلوی ماشین نگاهی به من انداخت و گفت:

ـ بانوجان، لاغر شدی بابا! بهتره کمی خودتو تقویت کنی. مثل اینکه

مریضی خیلی ضعیفت کرده. موافقی از الان بلیط بگیرم ۱۷ ربیع‌الاول دو روز با هم بریم مشهد تا کمی حال و هوات عوض بشه؟

سرم را به شیشه‌ی ماشین تکیه دادم و گفتم:

ــ عالیه آقاجون، خیلی دلم هوای امام رضا رو کرده. اگه بدونم کی می‌ریم از الان به مدیرم برای مرخصی می‌گم.

مادر میان حرفم پرید و گفت:

ــ حاج آقا، الان چه وقت سفره؟ مگه قرار با حاج احمد یادت رفته؟ بدری چند بار زنگ زده، دیگه نمی‌شه معطل‌شون کرد.

آقاجون اخمی کرد و سرش را به سمت مادر چرخاند و گفت:

ــ چی می‌گی حاج خانم؟ امام رئوف طلبیده و بانو هم راضی به اومدنه. قرار رو موکول می‌کنیم به بعد سفر. می‌خوام بسپرم هتل درویشی رو رزرو کنن، سه نفری بریم هم زیارت و هم سیاحت.

مادر کمی خودش را توی صندلی جابه‌جا کرد و گفت:

ــ وا، حاج آقا یعنی بچه‌ها رو نمی‌برین؟

آقاجون لبخندی زد و گفت:

ــ این سفر، سفر بانوئه. می‌خوام دخترم راحت باشه.

دلم می‌خواست خم می‌شدم و آقاجون را می‌بوسیدم. مادر سری تکان داد و گفت:

ــ هر چی صلاح می‌دونی همون کار رو بکن.

آقاجون نگاهی دوباره از آینه به من انداخت و گفت:

ــ بانو، یادته می‌گفتی آقاجون فقط غذاهای سنتی دوست داره و اهل فست‌فود و غذاهای امروزی نیست؟ امشب می‌خوام ببرمت یه جایی که مزه‌ی درجه یک غذای ایتالیایی رو تجربه کنی تا ببینی پدرت چقدر به روزه.

کمی جلو رفتم. دستم را روی صندلی جلو گذاشتم و گفتم:

ـ باریکلا آقاجون! کجا می‌خوایم بریم؟

ـ رستوران ایتالیایی ژوانی توی پاسداران. باید ببینی چه غذایی داره.

خنده‌ای کردم و گفتم:

ـ پس امتحان هم کردین! خوبه آقاجون!

آقاجون خنده‌ای کرد و گفت:

ـ چی کار کنم که تو قبول کنی من بابای به روزی هستم؟ والا به خدا پیرمردهای هم سن من ماشین سواری سوار می‌شن و ما به خاطر بانو خانم شاسی بلند سواریم.

اخمی کردم و مثل قدیم که خودم را برای آقاجون لوس می‌کردم گفتم:

ـ ای بابا، شما کجا پیرمردی؟ شما تازه اول جوونی‌تونه!

مادر میان حرفم پرید و گفت:

ـ بسه... بسه! باز این دوتا همدیگه رو دیدن! تازه می‌خوان پدر و دختر تنها برن مشهد! من بیچاره که تک می‌افتم!

با حرف مادر، من و آقاجون دوتایی زدیم زیر خنده. بعد از مدت‌ها خندیدم؛ خنده‌ای که به وجودم آرامش می‌داد.

******

آقاجون در حالیکه اخم کرده بود اشاره‌ای به مادر کرد. مادر سرش را برگرداند، می‌دانستم وقتی تلفن را قطع کند می‌گوید من اصلا شما را ندیدم و نفهمیدم چی گفتین.

آقاجون با ناراحتی سری تکان داد و مشغول خواندن روزنامه‌اش شد. مادر گوشی را قطع کرد و آقاجون در حالی که روزنامه‌اش را جمع می‌کرد

روبه او گفت:

ــ چقدر بهت می‌گم اصرار اضافی نکن! دعوت کردی، اومدن قدم‌شون به روی چشم، نیومدن هم تن‌شون سلامت! دیگه این‌قدر خواهش و تمنا نداره.

مادر مقابل آقاجون نشست و گفت:

حاج احمد بزرگ خانواده‌ست. نمی‌شه که نباشه. بدری می‌گه مامانم ساداته باید عید غدیر برم اونجا. می‌گم خب از صبح تا سر شب برو، شب بیا اینجا. می‌گه مردم از سر شب تازه میان. می‌گم خوب خودت مجبوری بری خونه مادرت، حاجی رو بفرست اینجا. می‌گه مگه من دست و پای حاجی رو بستم؟ خودش دوست داره از صبح بیاد. حاج آقاکاش به جای عید غدیر، عید قربون مراسم رو می‌گرفتیم. به خدا زشته جلوی مردم عموی بزرگ عروس نباشه. فردا عروسی بشه و حاج احمد بیاد، خود رضا به بانو نمی‌گه این عموت کجا بوده تا الان؟

آقاجون نیشخندی زد و گفت:

ــ اگه من می‌رفتم از احمد هم تاریخ می‌پرسیدم و خودش زمان تعیین می‌کرد، بازم نمی‌اومد. خانم تو چه ساده‌ای! احمد دست پیش رو گرفته تا پس نیفته، می‌دونی چند روز پیش اومده دم مغازه به من چی می‌گه؟ بهم می‌گه چی رو می‌خواستی ثابت کنی که یه‌دونه دخترت رو دادی به یه عکاس؟ این همه پسر مهندس و دکتر تو این شهر بود. نمی‌خواستی به تحصیل کرده بدی، می‌دادی به پسر رفقات تو بازار. ماشاالله برای خودت اسم و رسمی داری. چرا دخترتو ارزون دادی؟ بهش می‌گم داداش اولاً که رضا تحصیل کرده است و فوق‌لیسانس داره. دوما خانواده داره. بهم می‌گه مورچه چیه که کله‌پاچه‌اش باشه! عکاس جماعت چی هستن که دانشگاه رفته‌شون باشه! خانم من، داداشمه، بزرگترمه، درست! ولی دیگه

نمی‌تونم خودم رو براش بکشم! بانو هم راستش رو می‌گه. به رضا می‌گه به خاطر سادات بودن مادر زن‌عمو خونه‌ی اونا جمع بودن. نه دروغ گفته و نه خجالت داره. می‌دونی چیه خانم؟ من می‌دونم احمد هنوز دلش راضی به ازدواج پسرش نشده و یه جورهایی از دست امیر دلگیره این‌جوری می‌خواد خودش رو آروم کنه. خلاصه دیدی یکی از صد جا دلش پره و سر یه نفر خالی می‌کنه؟ حالا اون یه نفر منِ بنده خدا شدم!

مادر نفس عمیقی کشید و گفت:

ـ نمی‌دونم والا، من فقط می‌خوام برای بانو بد نشه.

آقاجون نگاهی به من انداخت و با لذت گفت:

ـ بانو اون‌قدر کمالات داره که با نیومدن عموی بزرگش توی مراسم بله‌برون نه خراب می‌شه و نه کوچیک.

مادر شانه‌ای بالا انداخت و گفت:

ـ نمی‌دونم والا! خدا به خیر بگذرونه...

ساعت هنوز هشت صبح نشده بود که از سر و صدای خانه بیدار شدم. کمی لای در را باز کردم. چند مرد غریبه که گویا کارگران ظروف کرایه بودند آخرین وسائل را روی زمین گذاشتند. محمدحسن پولی به آن‌ها داد و رفتند. با رفتن آن‌ها در را باز کردم و از اتاق بیرون رفتم. محمدحسن با دیدن من گفت:

ـ سر و صدا بیدارت کرد؟

دستی به موهایم کشیدم و گفتم:

ـ نه، دیگه باید بیدار می‌شدم. حالا چرا اینا کله صبح اومدن؟!

محمدحسن در حالیکه به سمت آشپزخانه می‌رفت گفت:

ـ مامان گفت زود بیارن. الان دیگه خیالش راحته. راستی مامان گفت تو بری آرایشگاه، منتظرش نباشی.

با تعجب به دنبال محمدحسن وارد آشپزخانه شدم و گفتم:

ـ مگه مامان اینا نیستن؟

محمدحسن برای من و خودش چای ریخت و گفت:

ـ ده دقیقه قبل از اینکه بیدار بشی رفتن.

با تعجب گفتم:

ـ الان که جایی باز نیست، کجا رفتن؟

ـ چرا، گفتن می‌ریم خرید میوه و شیرینی و گل، بعد یه سر می‌ریم خونه‌ی مامان زن‌عمو، عید دیدنی. الان هم عید غدیره و هم نزدیک عید نوروز همه جا زودتر بازن.

با حرص لیوان چای را به مقابلم کشیدم و گفتم:

ـ امان از دست کارای اینا. مطمئنم مامان به آقاجون اصرار کرده.

محمدحسن شانه‌ای بالا انداخت و گفت:

ـ چه اهمیتی داره؟

بلند شدم و از کابینت نبات برداشتم که محمدحسین طبق معمول با سر و صدا وارد آشپزخانه شد و خودش را روی صندلی مقابل من رها کرد و در حالیکه قیافه‌ی مسخره‌ای به صورتش می‌داد گفت:

ـ به‌به! عروس خانم گل! بی‌خواب شدی خواهری، زود بلند شدی. باید کامل استراحت می‌کردی تا پوستت بشاش بشه، شاد بشه و مثل گل با طراوت بشه. آقای داماد ببینه و شاد بشه! چرا زود بلند شدی؟ می‌خوای تا بلند شدی یه ماسک صورت فلفل و سرکه برات درست کنم وقتی میای تو سالن همه غش و ضعف کنن؟

با قاشق، چای‌ام را هم زدم و در حالیکه لبم را کج می‌کردم گفتم:

ـ لازم نکرده، تو خیلی لطف می‌کنی اگه تو مراسم شرکت کنی!

بعد با جدیت ادامه دادم:

ـ محمدحسین، بی شوخی نپیچونی‌ها برادر بزرگی، باید از همون اول باشی. مامان دلش کلی شور نبودن عمو احمد رو می‌زنه، یه بار تو این مدت نشده به تو بگه بیا حداقل رضا رو ببین. دفعه‌ی قبل هم که برای بازدید پس دادن رفتیم جناب عالی با دوستات رفته بودی دماوند!

محمدحسین لیوانش را پر از شیر کرد و گفت:

ـ یه جوری می‌گی انگار من آقا داماد رو ندیدم! همون دو هفته پیش دیدمش...

اخمی کردم و گفتم:

ـ اونم مجبور شدی! می‌خواستی بری بیرون دم در رضا رو دیدی وگرنه امکان نداشت به این زودی دلت بخواد داماد رو ببینی!

محمدحسین تکه‌ای از کیک هویج را به دهان گذاشت و گفت:

ـ چه فرقی می‌کنه من و محمدحسن یه خونیم در دو بدن، محمدحسن رو دیدن، انگار منو دیدن! بهشون بگو داداش دوقلوهای من هر دفعه یکی‌شون رخ می‌نماید! در ضمن این‌قدر رضا، رضا نکن زشته! بذار محرم بشین بعدا... قدیما دخترا جلوی پدر و برادر سرخ می‌شدن، سفید می‌شدن و حیاء می‌کردن. یکی نیست به این بانو بگه من ازت پنج سال بزرگترم، وقتی تو داشتی تلاش می‌کردی رو پات وایسی من مدرسه می‌رفتم! حالا هم به جبران پررو بازی‌هات کمی احترام بذار و برای خان داداشت یه لیوان آب لیموشیرین و پرتقال بگیر ببینم اصلا وقت شوهر کردنت شده یا آقاجون برای اینکه حالی از داداشش بگیره سریع شوهرت داده!

محکم روی میز زدم و گفتم:

ـ بسه محمدحسین چقدر چرند می‌گی!

محمدحسین از جایش بلند شد و در حالیکه دستش را به کمرش زده

بود گفت:

ـ چرند می‌گم؟ حالا که من چرندگو شدم اصلا نمی‌یام. داداش چرندگو همون نباشه بهتره!

با عصبانیت سری تکان دادم و گفتم:

ـ هر کاری دوست داری بکن. اصلا روزت روز نمی‌شه اگه حرص من یا محمدحسن رو درنیاری.

سرم را به سمت محمدحسن چرخاندم و گفتم:

ـ محمدحسن جان، منو می‌رسونی آرایشگاه؟

محمدحسن بله‌ای گفت و محمدحسین خنده کرد و گفت:

ـ حالا قهر نکن بانو، خودم می‌رسونمت. امشب هم می‌یام. ما که قرار نیست مرتب این خانواده رو ببینیم، نهایتا یه امشب و یه شب هم عروسی. امشب رو تحمل می‌کنم تا عروسی هم خدا بزرگه. حالا عروسی همه مَردن، امشب باید بشینیم و هی سرمون پایین باشه تا نگن برادر عروس جلفه! قبول کن خیلی سِتمه! اصلا حوصله ندارم، کاش دیر بیان زودم برن. والا من حوصله‌ی فامیل شناس رو ندارم، چه برسه به یه مشت غریبه. قدیمی‌ها چی می‌گفتن؟ تو کفش‌شون نمک بریزی زود می‌رن.

محمدحسن لیوان آب پرتقال را جلوی محمدحسین گذاشت و گفت:

ـ بسه، هرچی سخت فکر کنی سخت می‌گذره. سه ساعت نهایت چهار ساعت میان و می‌رن. تو هم نمی‌خواد هیچ کاری بکنی، خودم پذیرایی می‌کنم. اگه آقاجون یا مامان بهت گفتن کاری بکنی به من اشاره کن. تو فقط بشین الان هم این آب‌میوه رو بخور و فکر نکن و حرص نخور. به قول خودت یه امشب و یه شب هم عروسی.

******

تا از در خانه وارد شدم، خاله مهری با روی خندان همیشگی‌اش بـه استقبالم آمد و برایم کل کشید. بتول خانم اسپند دودکنان مقابلم آمد و در حالی که مرتب می‌گفت: «کور بشـه چشـم حسود!» اسپند را اطرافـم می‌چرخاند. آقاجون پولی در ظرف اسپند بتول خانم گذاشت و پیشانی‌ام را بوسید و گفت:

ـ خوشبخت بشی، یه دونه‌ی من.

و بعد محکم بغلم کرد. از لرزش شانه‌های آقاجون می‌فهمیدم که دارد گریه می‌کند. مادر خودش را به ما رساند و در حـالیکه دسـتی در هـوا می‌چرخاند گفت:

ـ خوبه، خوبه! چه خبره اینجا؟ تازه بله‌برونه حاج آقا. هنوز دخترت مهمون این خونه‌ست. این‌قدر شلوغ کردن نداره! حالا در و همسایه می‌گن دخترشون رو دست‌شون باد کرده بود که با یه مجلس بله‌برون این‌قدر شلوغش کردن. مهری‌جون این شلوغ بازی رو بذار برای مراسم عروسی.

خاله مهری با تعجب نگاهی به مادر انداخت و گفت:

ـ وا، منصوره چی می‌گی؟ عروسی و عقد نداره، برای خوشی بایـد خوشی کرد. مردم ساخته شدن برای پچ‌پچ و حرف مفت زدن. بذار بعد مدت‌ها که تو خانواده خبر خوش شده، هفت خونه اونـورتر هـم فیـض ببرن...

مادر نگاهی به بتول خانم کرد که با سینی اسپند آنجا معطل مانده بود و گفت:

ـ بتول کی به تو گفت اسپند دود کنی؟ الان همه‌ی خونه رو بوی دود می‌گیره. بدو پنجره‌ها رو دو دقیقه باز کن هوا عوض بشه بعد سریع ببند.

بتول خانم چشمی گفت و مثل قرقی از جلوی چشم مادر محو شـد. مادر نگاهی به من انداخت و گفت:

ـ بدو بانو، دیر می‌شه دخترم! لباس‌تو آماده گذاشتم روی تخت اتاقت.

مادر اشاره به خاله مهری کرد و با هم به سمت سالن پذیرایی رفتند و من هم به سمت اتاقم رفتم. نگاهی به پیراهن صورتی چرکی که روی تخت بود انداختم. لبم را گاز گرفتم، این عادتی بود که هر وقت دلشوره در جانم می‌افتاد انجام می‌دادم. یعنی امشب، شب بله‌بران من بود؟ نگاهی به خودم در آینه انداختم؛ موهای پیچیده شده‌ی خرمایی رنگم روی شانه‌هایم رها بود؛ موهایم را کمی کنار زدم و به خودم دقیق‌تر نگاه کردم که ضربه‌ای به در خورد. سرم را چرخاندم و گفتم:

ـ بفرمایید؟

محمدحسین وارد شد و گفت:

ـ به‌به، خواهر خودم. خوشگل کردی!

نگاهی دقیق به او انداختم و گفتم:

ـ محمدحسین چیزی شده؟

سری تکان داد و گفت:

ـ می‌دونی هر کاری از صبح بود من و محمدحسن کردیم. فقط الان هم هستم ولی وسط کار سریع برم و برگردم.

نیشخندی زدم و گفتم:

ـ می‌ری، برمی‌گردی ولی موقعی که همه رفتن! محمدحسین اصلاً چرا به من می‌گی؟ برادرم برو به آقاجون بگو که این‌قدر برات مهمه ناراحت نشه.

محمدحسین ای بابایی گفت و ادامه داد:

ـ تو اگه راضی باشی آقاجون صداش درنمی‌یاد. هنوز نفهمیدی یه حرف تو به صدتا چک و چونه زدن ما می‌ارزه؟

دستی به پیشانی‌ام کشیدم و گفتم:

ـ باشه، من راضی شدم هر کاری دوست داری بکن.

محمدحسین محکم گونه‌ام را بوسید و گفت:

ـ دمت گرم. پیام می‌خواد بره امریکا، امشب براش مهمونی گرفتن. ضایع بود نباشم. می‌دونی شاید حالا حالاها نتونم ببینمش. جبران می‌کنم.

محمدحسین از اتاق بیرون رفت و من لباسم را تنم کردم. یک لباس حریر با آستین‌های بلند و یقه‌ی ایستاده‌ی چین خورده، چادر گل صورتی‌ام را هم از کشو درآوردم. کاملا آماده بودم که زنگ در به صدا درآمد. مطمئن بودم که از طرف خودمان هستند، چون هنوز برای آمدن خانواده‌ی داماد خیلی زود بود.

در اتاق نیمه باز بود. صدای خاله مریم توی خانه پیچید. به سمت در رفتم که خاله مریم در را باز کرد و وارد شد. سلامی کرد و در حالی‌که با لذت نگاهم می‌کرد گفت:

ـ به‌به! عروس‌مون خواستنیه که این‌قدر داماد خودش رو به زحمت انداخته. بیا بانو، ببین داماد چه کرده!

چادرم را سرم کردم و با خاله از در اتاق بیرون رفتیم. شوهر خاله‌ها در سالن بودند. نگاهم به گوشه‌ی هال افتاد. یک سبد دو طبقه پر از گل رز قرمز... تا حالا در کل عمرم آن‌قدر گل رز یک جا ندیده بودم. اصلا مگر گل رز را سبد می‌کردند؟ یک سبد بزرگ که داخل آن یک پارچه‌ی سفید بود و کنارش پر از رزهای شاخه بلند قرمز قرار گرفته بود. باز هم یک بوم نقاشی آنجا بود که تصویر رویش با پارچه‌ی سفید رنگی پوشیده شده بود و روی آن هم پر بود از رزهای قرمز.

سبد دیگر عجیب‌تر از همه در کنار بقیه‌ی هدایا خودنمایی می‌کرد.

یک سبد بزرگ که شاخه‌های رز تمام آن را پوشانده بـود و یک دوربـین کنون در کنار شاخه‌های رز خودنمایی می‌کرد. یک سبد کوچکتر که سطح آن پوشیده از حریر سفید بود و دو کبوتر نقره‌ای در کنار هم قرار گـرفته بودند و مقابل هر کدام از کبوترها یک جعبه‌ی جواهر کوچک بـود و در کنار همه‌ی این وسایل، کیک جلوه‌ی خاصی داشت. یک تخته چوب دو متری که روی آن کیک خودنمایی می‌کرد. کیک هم سه شاخه گل رز قرمز بود که زیر آن نوشته شده بود: «برای بانوترین بانو!» آن‌قدر کیک خاص و از نظر همه منحصربفرد بود که خاله مهری گفت:

ـ بانو، یادت باشه از آقای داماد بپرسی از کجا کیک رو خریده.

مادر نگاهی به وسایل انداخت و گفت:

ـ خدایی سنگ تموم گذاشتن. فقط این دوربین چه مناسبتی داره این وسط نمی‌فهمم!

خاله مهری لبخندی زد و گفت:

ـ منصوره جون، حالا تو این همه سلیقه و ذوق گیر دادی به دوربین؟ کاش می‌شد این بوم نقاشی رو یه جوری که متوجه نشن باز کرد و دید ولی گل‌ها رو بالای بوم جوری قرار دادن که دست بهش بزنی معلوم می‌شه. معلومه این آقا داماد زبل خانیه برای خودش.

به سمت سالن رفتم و به شوهر خاله‌ها سلام کردم. عمه‌ها هم آمدند. همه‌ی فامیل بودند جز عمو احمد که نبودنش از نظر هیچ‌کس قابل توجیه نبود. ولی به قول آقاجون نباید شب‌مان را با فکر کردن به نبود عمو احمد خراب می‌کردیم. این تصمیمی بود که خود عمو گرفته بود.

به دستور مادر تمام وسایل بالای سالن، روبه‌روی کاناپه‌ای کـه مـادر برای من و رضا در نظر گرفته بود، چیده شد.

یک ربع به ساعت هشت مانده بود که زنگ در به صدا درآمد. مـن،

آقاجون و مادر به همراه محمدحسن و محمدحسین برای استقبال به سمت در رفتیم. بعد از سلام و دیده‌بوسی، مادر خانم‌ها را برای آماده شدن به اتاق من راهنمایی کرد که خاله مهری مراکناری کشید و پرسید:

ــ بانو، اون دختر جوونه کیه؟ چقدر خوشگله، خواهر آقای داماده؟

بله‌ای گفتم و نگاهی به فرخنده انداختم. واقعا زیبا بود، این دومین باری بود که فرخنده را می‌دیدم. دفعه‌ی قبل وقتی بود که برای بازدید پس دادن به خانه‌ی آقای خطیبی رفته بودیم. نگاهی به خودم در آینه کردم. صورت کاملا معمولی من یارای رقابت با چهره‌ی زیبای فرخنده را نداشت. البته رقابت بی‌معنا بود، او خواهر رضا بود و من قرار بود همسر رضا شوم. به سمت خانم خطیبی رفتم. خانم خطیبی خواهر و دو زن برادر و شوهر خواهرانش را به من معرفی کرد؛ در دل خنده‌ام گرفت؛ خانم خطیبی هم مثل من تک عروس بود و تک پسر در این خانواده شاید موروثی بود.

بعد از آماده شدن خانم‌ها، همگی وارد سالن شدیم. پدرها از دو طرف مسئولیت معرفی دو خانواده را بر عهده گرفتند. چیزی که در آن شلوغ و پلوغی برایم عجیب بود، محمدحسین بود. تقریبا برای پذیرایی از محمدحسن پیشی می‌گرفت و بر خلاف چیزی که فکر می‌کردم، مهمانی را ترک نکرد.

ساعت هشت و چهل دقیقه بود که حاج‌آقا طباطبایی برای خواندن صیغه‌ی محرمیت، یاالله گویان وارد سالن پذیرایی شد. همه به احترام حاج‌آقا از جا بلند شدند. مادر از بزرگ‌ترهای جمع اجازه خواست که ما در کنار هم بنشینیم. حاج آقا نگاهی به آقای خطیبی انداخت و گفت:

ــ صیغه‌ی موقت یا دائم؟

آقای خطیبی نگاهی به آقاجون کرد و گفت:

ــ با اجازه‌ی آقای محبی، شما عقد دائم رو جاری کنید. ان‌شاالله سر فرصت کارهای محضری هم انجام می‌شه.

حاج‌آقا طباطبایی در حالی که نگاهی به شناسنامه‌ها می‌انداخت گفت:

ــ خوب مهر رو هم بفرمایید.

آقای خطیبی نگاهی به رضا انداخت و گفت:

ــ مهر رو خود آقای داماد خدمت‌تون می‌گن.

حاج‌آقا از پشت عینک نیم نگاهی به رضا کرد و گفت:

ــ آقای داماد، بفرمایید مهر رو.

رضا دست در جیب کتش کرد و در حالی‌که جعبه‌ای را درمی‌آورد گفت:

ــ یک جلد کلام‌الله مجید که به عروس خانم هدیه شده. یک جفت شمعدان و یک عدد آینه که ان‌شاالله برای عقد سالن به سلیقه‌ی عروس خانم تهیه می‌شه. هزار و یک شاخه گل رز که پانصد تا الان بـه عـروس خانم هدیه شده و بقیه ان‌شاالله در فرصت مناسب تهیه می‌شه و ۱۴ سکه و یک سفر حج تمتع که الان تقدیم عروس خانم می‌کنم و یک صلح نامه‌ی محضری که هر وقت شرایطم روبه‌راه شد و ملکی خریدم، نصفش رو به نام خانم بزنم.

حاج‌آقا طباطبایی عینکش را بالا زد و در حالی که سری تکان می‌داد گفت:

ــ احسنت به این داماد برای سلامتی‌شون صلوات بفرستین.

طنین صلوات در سالن پیچید. رضا جعبه را باز کرد و مقابلم روی میز گذاشت. چهارده سکه در کنار هم داخل جعبه بـودند و یک کـاغذ کـه مطمئنا فیش حج بود و پاکتی که روی آن نام و شماره‌ی محضر خورده شده بود.

حاج‌آقا صیغه‌ی عقد را جاری کرد و بعد از بله‌ی من کـه در هـلهله اطرافیان محو شد، خانم خطیبی انگشتر یاقوت قرمزی به دسـتم کـرد و آقای خطیبی نیز گردنبند همان انگشتر یاقوت را به گردنم انداخت. رضا از من خواست که با هم بوم نقاشی را باز کنیم. او از روی چـادر دسـتم را گرفت و از جایی که خودش مشخص کرده بود پارچه‌ی روی بوم را بـاز کردیم. نفسم بند آمد. عکس نیم‌رخ صورت من با همان چادری که اولین بار در خواستگاری سرم کرده بودم خودنمایی می‌کرد. با تعجب به رضا نگاه کردم و آرام پرسیدم:

ـ این کار کیه؟

رضا خندید و گفت:

ـ مـی‌دونم زیـاد حرفه‌ای نیست، ولی زاییده‌ی یـه ذهـن عـاشقه. امیدوارم خوشت اومده باشه.

چادرم را روی سرم مرتب کردم و گفتم:

ـ نمی‌دونستم نقاشی هم می‌کنی.

رضا اشاره‌ای به صندلی کرد و گفت:

ـ بهتره بشینیم، بعدا صحبت می‌کنیم.

همه‌ی سالن از سلیقه‌ی رضا تعریف می‌کردند. رضا به خاله مریم که خیلی شیفته‌ی هدایا به خصوص نقاشی شده بود، گفت:

ـ خاله جون ما پا تو کفش بانو کردیم و این نقاشی رو کشیدیم، حالا وقتشه که عروس خانم پا تو کفش ما بذارن و اولین عکس حرفه‌ای رو تو یکی از بهترین شب‌های زندگی‌شون بگیرن.

خـدا مـی‌داند آن شب بـا خـاطره‌ی عکس گـرفتن‌های مـن چـقدر خـاطره‌انگـیز شـد و تـعجب مـن از نـرفتن مـحمدحسین بـه مهمانی خداحافظی دوستش بیشتر از بیشتر بود.

فردای بلهبران پنجشنبه بود. قرار بود برای اولین مرتبه با رضا بیرون بروم. رضا گفته بود یک خرید کوچک مشترک هم دارد به همین خاطر حدود ساعت ده دنبالم می‌آید. با اینکه خیلی خسته بودم ولی صبح زود از خواب بلند شدم. مثل روز قبل همه‌ی خانواده بیدار بودند. پرسنل ظروف کرایه‌ای، مشغول جمع کردن وسایل بودند. تا در اتاقم را باز کردم محمدحسین مثل جت پرید وسط اتاقم و گفت:

ـ سلام بانو، چرا زود پا شدی؟ بیشتر می‌خوابیدی.

لبخندی زدم و گفتم:

ـ رضا قراره بیاد دنبالم، می‌خوایم بریم خرید.

محمدحسین به سمت در اتاق رفت و در را بست و در حالیکه به سمت من می‌آمد آرام و بدون مقدمه گفت:

ـ بانو، این خواهر شوهرت اسمش چی بود؟

با اینکه از دیشب چیزهایی دستگیرم شده بود ولی دلم خواست کمی سر به سرش بگذارم و گفتم:

ـ فریبا رو می‌گی؟

سری تکان داد و گفت:

ـ فکر کنم همین بود اسمش. می‌خواستم ببینم ازدواج کرده؟ یـعنی ازدواج هم نه، عقد کرده‌ای، نامزدی، چیزی داره؟

خنده‌ام را کنترل کردم و گفتم:

ـ اره بابا، ازدواج کرده. یه پسر هم داره.

یک لحظه احساس کردم محمدحسین مثل بستنی که زیر نور آفتاب ولو می‌شود، وا رفت ولی سریع خودش را جمع و جور کرد و گفت:

ـ فکر می‌کنم اشتباه کردی، تو دوتا خواهر شوهرات ازدواج کردن؟

با اینکه دلم می‌خواست به جبران اینکه محمدحسین همیشه سر به

سرم می‌گذاشت، کمی معطلش کنم ولی نمی‌دانـم چـرا دلم سـوخت و گفتم:

ـ نه، فرخنده خواهر کوچیکه رضاست و دو سال از من کوچیک‌تره و علوم تربیتی می‌خونه. ولی به زودی ان‌شاالله مزدوج می‌شه چـون خاله مهری هم آمارش رو از من گرفت. فکر کنم در نظرش گرفته برای حسام.

محمدحسین اخمی کرد و گفت:

ـ بی‌خود کرده حسام، ندیده که نمی‌شه زن گرفت! والا دوره زمـونه عوض شده، نمی‌شه مادر بپسنده پسر ازدواج کنه!

خنده‌ای کردم و گفتم:

ـ داماد هم می‌بینه! دیشب که خاله مهری همه‌اش دل به دل مادر رضا می‌داد. فکر می‌کنم عید برن خواستگاری، چون دیشب گفت شنبه بیا خونه‌مون باهات کار دارم. می‌خوام برای حسام آستین بالا بزنم. آخه من چه کمکی می‌تونم به خاله مهری بکنم جز اینکه شماره و آمار جزئی‌تری از خانواده خطیبی بدم؟

محمدحسین سرخ شده و نفس عمیقی کشید و گفت:

ـ حالا حاضر شو، عصر برگشتی صحبت می‌کنیم. فقط جون هر کی دوست داری شنبه رو نرو خونه‌ی خاله!

با بی‌تفاوتی ظاهری گفتم:

ـ من نرم خاله زنگ می‌زنه و شماره می‌گیره. البته اگه دیشب خودش نگرفته باشه.

حرف آخرم محمدحسین را ضربه فنی کـرد. مشتی بـه دیـوار زد و نگاهی به من انداخت و گفت:

ـ پس باید همین الان به مامان بگم!

ابرویی بالا انداختم و گفتم:

ـ چی بگی؟ چقدر هولی پسر! بابا صبر کن، چـه خبـرت شـده؟ تو همون محمدحسینی هستی که به ما می‌گفتی چقدر هولین؟!

محمدحسین دستش را روی بینی‌اش گذاشت و با عصبانیت گفت:

ـ هیس! چقدر بلند حرف می‌زنی! اگه مـن از نـظر تـو هـول بـازی درمی‌یارم به خاطر اینه که من رقیب دارم، ولی رضا رقیب نداشت. تازه، رقیب من بیاد جلو منو از میدون بـه در مـی‌کنه. حسـام داره از دانشگاه دولتی دکترای نفت می‌گیره و استاد دانشگاه‌ست. من چی؟ یه لیسانس دانشگاه آزاد دارم و به لطف آقاجون شـریکی بـا بـرادر جـان یـه مـغازه کامپیوتری!

نگاهی به محمدحسین انداختم و گفتم:

ـ برادر من، اگه قسمتت به این دختر باشه، امروز نه، سال دیگه مال خودته. پس این‌قدر هول نزن.

محمدحسین نیشخندی زد و گفت:

ـ اعتقادی هم به قسمت و سرنوشت و این چرت و پرت‌ها ندارم. همه چی همته، اگه منم مثل حسام درس خونده بودم الان به جای آقا حسام من آقای دکتر بودم. حالام می‌خوام همت کنم.

خیلی آرام به محمدحسین نزدیک شدم و گفتم:

ـ یه لحظه منطقی حرفم رو گوش کن، چرا این‌قدر شور می‌زنی؟ اصلا شاید فرخنده اخلاق نداشته باشه، شاید اصلا اخلاق شما دو نفر به هم نخوره و شاید اون اصلا قصد ازدواج نداشته باشه!

محمدحسین در حالی که به سمت در می‌رفت گفت:

ـ باشه، همه‌ی این چیزا به شرط خواستگاری کردن مـعلوم مـی‌شه. الان هم برو حاضر شو که سر و کله‌ی آقا رضای گل پیدا مـی‌شه، دیگه داریم دوبله با هم فامیل می‌شیم.

صدای مادر که داشت از پشت در رضا را تـعارف مـی‌کرد، بـه اتاقم رسید. نگاهی به خودم در آینه انداختم و چادرم را به سرم کشیدم و از اتاق خارج شدم که مادر نگاهم کرد و گفت:

ـ بانو حواس‌تو جمع کنی‌ها، این پسـره خیلی لطیفه. چیزی نگی مکدرش کنی.

خنده‌ای کردم و گفتم:

ـ مادر، پسره کیه؟ این پسره اسم داره، رضا! به خدا اسمش هـم نـه سخته، نه به قول شماها سوسولی. پس از همین امروز عادت کنین اسمش رو صدا بزنین، وگرنه دیگه نمی‌تونید صداش کنین. در ضمن شما مادر من هستی یا رضا؟ چقدر هواش رو داری!

مادر سری تکان داد و گفت:

ـ دیشب خاله مریم می‌گفت این پسـره خیلی رمانتیکه و آدم‌هـای رمانتیک خیلی احساس خرج طرف مقابل می‌کنن، ولی با یه حرف هـم می‌شکنن! می‌ترسم یهو کاری کنی برنجه.

بوسه‌ای به گونه‌ی مادر زدم و گفتم:

ـ نگران نباشین، حواسم هست. هر چی باشه منم دختر شمام.

مادر با نگرانی نگاهم کرد و گفت:

ـ خیالم راحت باشه؟

چشمکی زدم و گفتم:

ـ راحت راحت!

از در خانه که بیرون آمدم، رضا کنار ماشین به انتظارم ایستاده بـود. بارانی مشکی نیمه بلندی به تـن داشت که قـد بلندش را بلندتر نشـان می‌داد. شلوار مخمل مشکی در کنار نیم‌بوت مشکی تیپ سنگین و اسپرتی برایش ساخته بود. لبخند همیشگی‌اش را به لب داشت، سرش را

به حالت تواضع خم کرد و در ماشین را برایم باز نمود. روی صندلی نشستم و رضا هم سوار شد. نگاهی عمیق به سمتم انداخت و گفت:

ـ بهترین اسم دنیا رو داری، بانوی من.

گونه‌هایم سرخ شد. حس می‌کردم از دیروز که صیغه‌ی عقد جاری شد حال و هوای خودم و بیشتر از خودم، رضا تغییر کرده. رضا باز نگاهم کرد. زیر نگاهش ذوب می‌شدم. سرم را پایین انداختم و گفتم:

ـ رضا، داری رانندگی می‌کنی. حواست به جلو باشه!

خنده‌ای کرد و دنده معکوسی داد و دستم را از کنارم برداشت و بوسه‌ای به آن زد و گفت:

ـ نگران نباش بانو!

تمام تنم داغ شده بود. دستم را از دست رضا بیرون کشیدم و سریع زیر چادر بردم. حس می‌کردم تمام دستم را میان ذغال‌های گداخته کرده‌اند.

رضا آهنگ ملایمی گذاشت و گفت:

ـ ناراحتت کردم؟

سرم را تکان دادم و گفتم:

ـ نه!

ـ از دیشب راضی بودی؟ خیلی دلم می‌خواست از همه چیز راضی باشی.

سرم را به سمتش چرخاندم. با یادآوری دیشب غرق لذت شدم و گفتم:

ـ همه چیز عالی و منحصر به فرد بود. رضا، این همه گل رز قرمز یک دست از کجا گیر آوردی؟

رضا باز هم خندید و گفت:

ـ هنوز مطمئن نشدی من چیزی رو که بخوام به دست می‌یارم؟ تو خودت نشونه‌ی بارز این جمله‌ای. در ضمن فکر نکن یادم رفته، هزار و یک گل رز قرمزه و پونصد تا مونده طلبت.

چشم‌هایم را کوچک کردم و گفتم:

ـ پونصد و یکی، نه پونصد تا! فکر نکن می‌تونی منو دور بزنی. دیشب به حاج آقا گفتی پونصدتا تقدیم شده.

رضا نفس عمیقی کشید و گفت:

ـ یه رز تو قلب منه. هر وقت خواستی مهرت رو کامل بگیری، باید قلب منو بشکنی...

******

تلگرام را باز کردم. در گروه بچه‌های دبیرستانی حدود ۳۰۰ پیام خوانده نشده بود. آمدم بدون خوندن پیام‌ها را پاک کنم، ولی دستم روی گروه خورد و وارد شدم. آخرین پیام عکس سه قلوهای میترا بود. با دیدن عکس دلم ضعف رفت.

وای خدای من چقدر بزرگ شده بودند. خیلی وقت بود که ندیده بودم‌شان. عکس را بزرگ کردم، از روی آی‌پد دستی به صورت هر سه‌شان کشیدم. بغض گلویم را گرفت. دوباره یاد رضا افتادم. چقدر بچه دوست داشت. یادم آمد عید سال هشتاد، اولین عیدی بود که باهم سپری می‌کردیم. نوروز سال هشتاد دقیقا چند روز بعد از عقدمان بود. وقتی نزدیک سال تحویل داشت با چشم‌های بسته دعا می‌کرد، پرسیدم:

ـ چه دعایی می‌کنی؟

ـ بعد سلامتی خودمون و خانواده‌هامون، از خدا سه تا بچه‌ی سالم

می‌خوام که وقتی می‌یام خونه از سر و کولم بالا برن. آخه خونه‌ی بی‌بچه یا کم بچه که اصلا خونه نیست، خونه باید پر باشه از صدای خنده و جیغ بچه‌ها! هر جایی رو که نگاه می‌کنی یه تیکه اسباب‌بازی افتاده باشه. هر روز صدای قِرقِر آبمیوه‌گیری از اون خونه بلند بشه...

چشم‌هایم پر اشک شده بود و دیگر عکس‌ها را نمی‌دیدم. سرم را گذاشتم روی کوسن مبل و چشم‌هایم را بستم. چه حالی بودم! تصویر رضا، صورت همیشه خندان و مهربانش و محبت‌های بی‌دریغش از جلوی چشمم نمی‌رفت. خدایا این چه سرنوشتی بود؟ آیا واقعا به قول فرخنده من در رفتن رضا مقصر بودم؟ یا اینکه تقدیرم بود؟

حس می‌کردم از گریه‌ی زیادی، دوباره فشارم پایین افتاده. از جایم بلند شدم و به سمت آشپزخانه رفتم. یک تکه نبات را در آب‌جوش انداختم و شروع به هم زدن کردم که چند ضربه به در خانه خورد. سریع کمی دست به سر و گوشم کشیدم و از پشت در بله‌ای گفتم. منیر خانم بود، در را باز کردم. منیر خانم سلامی کرد و دقیق به صورتم نگاه کرد و گفت:

ـ باز چی شده بانوجان؟

سری تکان دادم و گفتم:

ـ چیزی نشده منیر خانم.

منیر خانم آهی کشید گفت:

ـ نمی‌خوای بگی، نگو. ولی این رخ نشون می‌ده از سر درون! چشمات از گریه قرمزه!

دستی به چشم‌هایم کشیدم و گفتم:

ـ داشتم پیاز خرد می‌کردم!

منیر خانم آهی کشید و گفت:

ـ باشه، اومدم بهت بگم ان‌شاالله برای ۱۷ ربیع‌الاول می‌خوام مولودی

بگیرم. خودت با مادر تشریف بیارین.

لبخندی زدم و گفتم:

ـ منیر خانم، انشاالله نائب الزیاره شما مشهد هستم. قراره با آقاجون و مادر برم مشهد.

منیر خانم لبخندی زد و گفت:

ـ خب پس، خوش به سعادتت. جات بهتره، التماس دعا.

منیر خانم خداحافظی کرد و رفت. در را بستم و برگشتم. دلم آنقدر گرفته بود که می‌خواستم فریاد بزنم. در و دیوار خانه داشت مرا می‌خورد. موبایلم را برداشتم و شماره‌ی ساناز را گرفتم. تنها دوستی که وقتی دلتنگ می‌شدم به فریادم می‌رسید. هفت تا زنگ و بعد بوق اشغال، حتما جایی بود و نمی‌توانست جوابم را بدهد. موبایلم را برداشتم، ولی این دپرس شدن الانم به خاطر یک گشت کوتاه در اینترنت بود. گوشی را روی مبل رها کردم و علی‌رغم میلم دوباره مسافر خاطراتم شدم.

******

رضا جلوی یک شیشه‌بری ایستاد و در حالیکه خودش از ماشین پیاده می‌شد و در را برای من باز می‌کرد گفت:

ـ بانو خانم، پیاده نمی‌شی؟

با تعجب نگاهش کردم و گفتم:

ـ اینجا چی کار داریم؟

ـ کارامون هول هولی شد، ولی دلیل نمی‌شه یادم بره که یه آینه و شمعدون روی مهر بانوی زندگیم هست.

ابرویی بالا انداختم و گفتم:

ـ نه به اون همه رمانتیک بازی دیشبت، نه به این خسیس‌بازی امروزت! آقای داماد می‌گن آینه‌ی عروس، نه آینه متری!

رضا خندید و گفت:

ـ من حواسم هست، ولی می‌خوام این ازدواج رو شیش میخه کنم. بانو خانم می‌خوام مهرتو یه جورایی به خودم و خونه‌ام پیچ کنم! من که ول کن تو نیستم ولی تو اگه یه وقت هوس کردی بری، باید یا از خیر مهرت بگذری یا اینکه برای گرفتن مهرت مجبور بشی با کلنگ به جون من و خونه‌ام بیفتی!

دستم را مشت کردم، کوبیدم به بازوی رضا و گفتم:

ـ خیلی لوسی، فردای بهترین شب زندگی‌مون از این حرفا نزن. یعنی باید باور کنم همینه؟

رضا شانه‌ای بالا انداخت و گفت:

ـ من یادمه دانشجوهای هنر با خرده کاشی و آینه چطوری هنرنمایی می‌کردن. دلم می‌خواد بزرگترین دیوار خونه، با آینه‌ی هنر دست شما مزین بشه.

اخمی کردم و گفتم:

ـ یعنی برای عقد سالن، باید دیوار رو بکنیم و ببریم تو سالن؟

ـ برای اونم فکر کردم، نگران نباش. فقط بگو که قبول داری با هم آینه رو درست کنیم؟

لبخندی زدم و گفتم:

ـ با هم؟ مگه می‌تونی؟

رضا چشمانش را نازک کرد و گفت:

ـ بانو، بانو هنوز باور نداری من کاری رو که بخوام می‌تونم بکنم!

******

آقاجون نگاهی به مادر کرد و گفت:

ـ من صلاح نمی‌دونم! ازدواج با فامیل صلاح نیست. دیدی خانم، فامیل خود من سر حرفی که خودش زد نتونست وایسه. دست پیش رو گرفت که پس نیفته. نه برنامه‌ی بانو اومد و نه یه تبریک تلفنی گفت. اون که عمو بود و فامیل نسبی! چه توقعی می‌شه از یه فامیل سببی داشت؟ والا دوره زمونه عوض شده. گذشت اون زمونی که می‌گفتن فامیل گوشت آدم رو می‌خوره و استخونش رو تف می‌کنه. با غریبه وصلت کردن هزار و یک حسن داره، اولش اینه که اگه به هر دلیلی خدای ناکرده طلاقی صورت بگیره، دوتا غریبه بودن و هر کی می‌ره سوی خودش، نه اینکه یه خاندان به هم بریزن به خاطر جاهلی دوتا جوون.

مادر استکان چای و ظرف توت را مقابل آقاجون گذاشت و گفت:

ـ اولا این قدر حرص نخور، دوما تو یه میلیون نفر یه اتفاقی می‌افته، نمی‌شه به همه تعمیم داد. این پسره بدجوری چشمش خواهر رضا رو گرفته، چقدر بهش اصرار کردیم ازدواج کنه؟ چند تا دختر خودت از دوستات بهش نشون دادی؟ چند جا خودم دخترشون رو نشون کردم ولی بهانه‌های جورواجور آورد. حالا که راضی شده شما دیگه نه نیار!

آقاجون استکان چای را به دست گرفت و در حالی که دوتا توت را به دهان می‌گذاشت گفت:

ـ خانم، اصلا این‌جور ازدواج به صلاح نیست. یه اتفاقی، بحثی بین هر کدوم از این دوتا پیش بیاد به بقیه هم سرایت می‌کنه. چه می‌دونم بین بانو و رضا حرف و سخن بشه، محمدحسین هم به طرفداری خواهرش شاید رفتار تندی با زنش بکنه، یا بالعکس. الان هم در زن گرفتن رو نبستن که. هنوز وقت برای زن گرفتن این دوتا پسر هست و بر خلاف چیزی که می‌گن، دختر خوب هم فراوونه.

محمدحسین که تا آن لحظه آرام به صحبت آقاجون و مادر گوش می‌داد گفت:

ـ آقاجون، حرف شما برای من همیشه حجت بوده و هست. الان شما هر چی بگین من چشم بسته می‌پذیرم، ولی شما فقط بعد منفی رو در نظر می‌گیرین. چرا مثبت نگاه نمی‌کنین؟ چرا فکر نمی‌کنین که حداقل ما همه جانبه از این خانواده خیال‌مون جمعه و شما جایی نبوده که در مورد خانواده‌ی خطیبی تحقیق کنید و بد بشنوید. چرا فکر نمی‌کنین شاید این وصلت باعث استحکام زندگی بانو و رضا بشه و گاهی اوقات ما به خاطر زوج مقابل‌مون از بعضی چیزها بگذریم؟ ببخشید آقاجون شما تاج سر من هستین، ولی بهتره تمام جوانب رو در نظر بگیرین. من به شما اطمینان می‌دم مزایای ازدواج‌های این‌جوری از معایبش بیشتره. به نظرم همه‌ی ما این‌قدر بزرگ شدیم که مثل بازی بچه‌ها یارکشی نکنیم.

محمدحسین سرش را پایین انداخت و در حالیکه انگشتان دستش را در هم گره زده بود، ادامه داد:

ـ آقاجون، من حرفم رو زدم ولی اگه شما یه دلیل اضافه بر حرف‌های قبلی بیارین و این ازدواج رو رد کنین، من قبول می‌کنم و دیگه حرفی در این باره نخواهید شنید.

آقاجون از جایش بلند شد و به سمت پنجره رفت و گفت:

ـ هنوز جوونی تا بفهمی من چی می‌گم. باید پدر بشی تا خیلی چیزا رو بفهمی و درک کنی که من خیرت رو می‌خوام. من از آسمون و زمین برات دلیل بیارم، توی گوش تو نمی‌ره. تو الان محو قیافه‌ی این دختره شدی. به من نگو نه که قبول نمی‌کنم. هزار تا جای دیگه بری، باز اونا رو با چشم و ابروی این دختره مقایسه می‌کنی و در نظرت، چون این لیلی نمره‌ی بیست داره هیچ‌کس قابل مقایسه با اون نیست. می‌دونم دارم در

حق تو و خواهرت خیانت می‌کنم ولی چون می‌دونم اگه الان بهت اجازه
ندم صد جور آسمون و ریسمون رو بهم می‌بافی تا از طریق مادرت بله رو
از زیر زبون من بکشی بیرون، بهت جلوی هر چهارتاتون می‌گم، من قلبا به
هیچ‌وجه به این کار راضی نیستم ولی دیگه بچه نیستی که من بهت بگم
چی کار کن، چی کار نکن. من فقط می‌تونم راهنماییت کنم. اینکه راه بری
یا بیراهه، دیگه خودت می‌دونی!

محمدحسین به سمت آقاجون رفت و در حالیکه گونه‌اش را می‌بوسید
گفت:

ـ پس آقاجون اوکیه؟ مادر زنگ بزنه؟

آقاجون سری تکان داد و گوشه‌ی پرده را کنار زد و به بیرون نگاه کرد.
محمدحسین بشکن‌زنان به سمت مادر رفت و گفت:

ـ مادر، آقاجون راضی شد.

مادر هاج و واج اول آقاجون و بعد محمدحسین را نگاه کرد. آقاجون
هنوز کنار پنجره بود و من و محمدحسن در سکوت نظاره‌گر شلوغ‌بازی
محمدحسین بودیم که صدای زنگ تلفن توجه همه را به خودش جلب
کرد. مادر گوشی تلفن را برداشت و سلامی کرد و...

ـ نه اختیار دارین این چه حرفیه، رحمت هستین. ما اون‌قدر شرمنده‌ی
هدایای زیبا و باسلیقه‌ی شما شدیم که حد نداشت، ان‌شاالله بتونیم جبران
کنیم. من تا الان دو تا پسر داشتم از دیشب سه تا دارم. خواهش می‌کنم...
بله، بله... شماره‌ی خواهرم رو می‌خواین؟ چشم می‌دم خدمت‌تون.

همین چند جمله کافی بود که محمدحسین با ایما و اشاره از مادر
بخواهد که همان لحظه از خانم خطیبی خواستگاری کند. مادر مستاصل
به آقاجون نگاه کرد. آقاجون بی‌تفاوت به سمت مبل رفت و روزنامه‌ای
برداشت و مشغول مطالعه شد. مادر مستاصل‌تر از قبل به شانه‌ی آقاجون

ضربه زد. آقاجون شانه بالا انداخت و بی‌تفاوت روزنامه را ورقی زد.

مادر شماره‌ی خاله مهری را داد، محمدحسین مثل گلوله‌ی آتش شده بود. وقتی مادر گوشی را بدون خواستگاری قطع کرد، محمدحسین با دست مشت کرده‌اش ضربه‌ای کف دست دیگرش زد و بی‌هیچ حرفی با قدم‌های سنگین به اتاق رفت و در را با صدای بلند بست.

آقاجون روزنامه را زمین گذاشت و به در اتاق محمدحسین اشاره کرد و گفت:

ـ قد کشیده، پشت لبش سبز شده، هیکلی و تنومنده ولی هنوز بچه است! نمی‌فهمه که قیافه برای آدم زندگی نمی‌شه. با دیدن چشم و ابرو یه شبه عاشق شده و حالا مثل بچگی‌هاش در می‌کوبه به هم! از اون طرف هم ژستش سر جاشه که هر چی آقاجون بگه! یکی نیست بهش بگه...

آقاجون استغفرالله گفت و از جایش بلند شد و به سمت اتاق محمدحسین رفت. من و محمدحسن و مادر با تعجب به آقاجون نگاه کردیم. وقتی آقاجون در اتاق را بست به مادر گفتم:

ـ مادر رضا شماره‌ی خاله مهری رو برای چی می‌خواست؟ نکنه از زمین به آسمونه و دخترا دیگه می‌رن خواستگاری؟

مادر سری تکان داد و گفت:

ـ راست می‌گی، بذار به مهری زنگ بزنم.

مادر شماره‌ی خانه‌ی خاله مهری را گرفت. من و محمدحسن با هم مشغول صحبت بودیم. مادر شروع به خندیدن کرد و با اشاره به ما چیزی گفت ولی نه من و نه محمدحسن متوجه نشدیم. مادر گوشی را که قطع کرد با خنده گفت:

ـ اگه الان محمدحسین بفهمه خانم خطیبی برای چی شماره‌ی مهری رو می‌خواسته، خودش رو لعنت می‌کنه که چقدر جلوی باباش خودش

رو سبک کرده.

با تعجب گفتم:

ـ حالا چی بود ماجرا؟

ـ هیچی بابا، خانم خطیبی دیشب گفته که زانو درد خیلی بدی پیدا کرده، خاله مهری هم گفته یه سری دکترای جدید اومدن که به یه روش جدید درمان می‌کنن. اون بنده خدا هم شماره‌ی مهری رو به هوای دکتر می‌خواسته.

مادر دستش را به پیشانی گذاشت و دوباره خندید و گفت:

ـ وای که بعضی وقت‌ها سوءتفاهمات چقدر بامزه و خنده‌دار می‌شن.

مادر از جایش بلند شد و در حالیکه هنوز می‌خندید به من اشاره کرد و گفت:

ـ پاشو بانو، پاشو اسباب شام رو به راه کنیم تا ببینیم صحبت این پدر و پسر کی تموم می‌شه.

با مادر به آشپزخانه رفتم. مادر پشت سر مرا نگاه کرد و آرام گفت:

ـ بانو، به نظرت این خواهر رضا چـه جـور دختریه؟ ببین تـه دلم می‌خواد این پسره ازدواج کنه ولی از یه طرفم می‌بینم حـرف آقاجونت منطقیه.

سری تکان دادم و گفتم:

ـ نمی‌دونم مادر چی بگم، در ظاهر دختر خوبیه.

ـ ته دلم شور می‌زنه. حالا اونو ول کن، از خودت بگو. امروز خوش گذشت؟

خندیدم و گفتم:

ـ مادر واقعا این داماد شما تمام کاراش غیر قابل پیش‌بینیه. باورتون می‌شه امروز ما آینه‌ی عروسی رو خریدیم؟

مادر با تعجب و دلخوری گفت:

ـ الان باید بگی؟ پس چرا نیاوردی من ببینم؟

ماجرا را کامل برای مادر تعریف کردم. مادر با تعجب بیشتر به حرف‌هایم گوش می‌داد. کاملا فراموش کرده بودیم که برای چه به آشپزخانه آمده‌ایم. هنوز مشغول تعریف بودم که آقاجون در حالیکه به سمت آشپزخانه می‌آمد گفت:

ـ حاج خانم، به ما شام نمی‌دی؟

مادر سریع از جایش بلند شد که آقاجون و محمدحسن و محمدحسین وارد آشپزخانه شدند. آقاجون پشت میز نشست و گفت:

ـ حاج خانم، ان‌شاالله برای عید دیدنی رفتیم خونه‌ی خطیبی، یه حرفی هم برای دخترشون می‌زنیم. تا اون موقع که چند روز بیشتر نمونده تحت هیچ شرایطی دیگه حرفی در این مورد تو این خونه نباشه. بانو جان لطفا تو هم در این مورد با رضا صحبت نکن.

چشمی گفتم و مشغول چیدن میز شدم. نگاهم به چشمان محمدحسین افتاد که بر خلاف همیشه از شیطنت افتاده و مظلوم شده بود.

فصل ۴

زنگ کلاس را که زدند بچه‌ها به سمت در خروجی رفتند. یوسف را آرام کنار کشیدم و کلاه را سرش گذاشتم و شال گردن دور گردنش بستم. یوسف با چشم‌های درشت مشکی بدون اینکه کاری کند خودش را رها کرده بود. خیلی آرام شال گردن را بالاتر آوردم و دور بینی و دهنش قرار دادم و گفتم:

ـ اگه وقتی می‌ری بیرون شال گردن روی بینین باشه، دیگه سرما نمی‌خوری. الان هوا خیلی کثیفه، بیرون خونه و مدرسه باید این شال گردن رو ببندی.

یوسف خیلی آرام شال گردن را از بینی‌اش کنار زد و با همان چشم‌های درشت نگاهم کرد. نگاهش کردم و گفتم:

ـ می‌خوای مریض بشی یوسف؟

یوسف نگاهم کرد و گفت:

ـ کلاه بیرون، بیرون!

تازه متوجه شدم که کار یوسف درست بوده. او دقیقا کاری را کرده که من دیکته کرده بودم. او منتظر بود که شال گردن را بیرون از مدرسه استفاده کند.

دست یوسف را گرفتم و با هم از راهروی مدرسه وارد حیاط شدیم. آنجا شال گردن را روی بینی‌اش کشیدم. علی‌رغم تصورم، یوسف مقاومتی نکرد. خوشحال شدم که بعد از این همه مدت بالاخره موفق

شدم.

نگاهم به یوسف بود که مثل آدم آهنی راه می‌رفت و نگاهش به مقابل بود، انگار همین کلاه و شال گردن تعادلش را تحت‌الشعاع قرار داده بود. مادر یوسف دست او را گرفت و به سمتم آمد. با دست اشاره‌ای کردم که چیزی به من نگوید. او هم فقط سلام و علیکی کرد و در حالیکه با سـر تشکر می‌کرد از من خداحافظی کرد و رفت.

از در مدرسه که بیرون آمدم دنیل را دیدم که گریه‌کنان دست در دست آقای خاطوریان به سمت ماشینش می‌رفت. کمی تعجب کردم، تا پایان کلاس دنیل شرایط خوبی داشت. به سمت ماشین آقای خاطوریان رفتم و سلامی کردم و گفتم:

ـ دنیل سر کلاس خیلی خوب بود، الان چی شده؟

آقای خاطوریان، دنیل را داخل ماشین گذاشت و گفت:

ـ واقعا نمی‌دونم چی شـده. رو پله نشسته بـود، فـقط سرش رو می‌چرخوند و گریه می‌کرد. حالا معلوم می‌شه.

نگاهی از پشت شیشه به دنیل کـه دراز کشیده بـود و گریه می‌کرد انداختم و گفتم:

ـ کاری از دست من برمی‌یاد؟!

آقای خاطوریان لبخندی زد و گفت:

ـ فعلا نه، ولی اگه نتونستم کاری کنم، می‌تونم مزاحم شما بشم؟ البته ببخشید سوال بی‌ربطی بود. نمی‌خوام مثل دفعه قبل براتون مشکل ایجاد کنم.

سری تکان دادم و گفتم:

ـ نگران نباشین، دنیل شاگرد منه. اگه بتونم کاری بـراش انـجام بـدم خوشحال می‌شم. دفعه‌ی قبل هم یه سوءتفاهم بود که شکر خدا حل شد.

آقای خاطوریان تشکر کرد و سوار ماشین شد و رفت. من هم به سمت خانه حرکت کردم.

*****

نماز را خواندم و جانمازم را جمع کردم که موبایلم زنگ خورد، شماره غریبه بود. گوشی را برداشتم و بلهای گفتم.

ـ سلام خانم محبی، خاطوریان هستم. فکر نمیکردم واقعا امشب مزاحمتون بشم ولی واقعا هیچ چارهای نداشتم. روی خوش شما باعث شد تا پررویی کنم و زنگ بزنم.

جانماز را روی دراور گذاشتم و گفتم:

ـ خواهش میکنم، اختیار دارین. بفرمایید، در خدمتتون هستم.

ـ از وقتی از مدرسه اومدیم دنیل رفته سر کمد من و چندتا از شال گردنها رو بیرون کشیده و مرتب فقط این سه کلمه رو تکرار میکنه، «کلاه، گردنی، خاله محب!» واقعا نمیدونم چی کار کنم رفتم براش کلاه و شال گردن خودش رو آوردم، ولی با گریه میگه خاله محب. نمیدونم واقعا بین کلاه و شال گردن و شما چه ارتباطی هست؟!

دستی به سرم کشیدم و لبخندی به لبم آمد و گفتم:

ـ میدونم ماجرا از چه قراره. من به یکی از شاگردا که مشکل حسی داره کلاه و شال گردن دادم تا به خاطر من به مشکل حسیاش غلبه کنه و ازشون استفاده کنه. فکر نمیکردم کسی ما رو دیده باشه، ولی گویا دنیل شاهد بوده که اینقدر ناراحتش کرده. البته خوشحالم که دنیل واکنش نشون داده، همین که اون دلش میخواد چیزی رو داشته باشه که هم کلاسیش داره جای خوشحالیه. آقای خاطوریان، دنیای این بچهها دنیای

عجیب و ناشناخته‌ایه، واقعا نمی‌شه هیچ‌گونه پیش‌بینی در مورد این بچه کرد. خیلی چیزا توی کتاب‌ها در مورد رفتار بچه‌های اوتیسم نوشته شده ولی حقیقت اینه که دنیای این بچه‌ها در هاله‌ای از ابهام باقی مونده. نه علتش معلومه و نه درمانش. جامعه هم هیچ شناختی نسبت به این بچه‌ها نداره. حالا بازم خوبه دنیل بهتون نشونه داده. باور کنید خیلی وقته که نمی‌فهمم این بچه‌ها چی می‌خوان و چرا پریشون شدن! چی تو سر این فرشته‌های کوچولو می‌گذره، فقط خدا می‌دونه. حالا شما هم نگران نباشین، من فردا برای دنیل یه کلاه و شال‌گردن می‌خرم تا ناراحتیش تموم بشه.

آقای خاطوریان مکثی کرد و گفت:

ـ خانم محبی، دنیل خیلی به هم ریخته است، می‌تونم خواهش کنم اگه اشکالی نداره الان این کار رو انجام بدین؟ من هر جور باشه از خجالت‌تون درمی‌یام.

نگاهی به ساعتم انداختم؛ یک‌ربع به شش بود. داشتم فکر می‌کردم که خاطوریان گفت:

ـ اگه مشکلی پیش می‌یاد با مادرتون تشریف بیارین.

سپس مکثی کرد و دوباره ادامه داد:

ـ می‌دونم اسباب زحمت ایشون هم می‌شم، ولی خب دلم نمی‌خواد سوءتفاهمی به وجود بیاد. خانم محبی، صدای منو دارین؟!

آب دهنم را قورت دادم و گفتم:

ـ بله، گوشم با شماست. حالا باید چی کار کنم؟ من می‌تونم الان برم تجریش خرید کنم و تا یک ساعت دیگه براتون بیارم.

خاطوریان محکم گفت:

ـ نه، اصلا. من همین‌قدر هم به حد کافی شرمنده شما شدم. شما

لطف می‌کنین آدرس منزل‌تون رو به مـن بـدین. مـن خـودم الان مـی‌یام دنبال‌تون. نزدیک‌ترین جا به شـما مـی‌ریم و بـرمی‌گردیم. بـاید نـزدیک مدرسه باشین. درسته؟

روی صندلی نشستم و گفتم:

ـ بله، یادداشت می‌کنین؟ اختیاریه،...

خاطوریان آدرس را گرفت و گفت:

ـ اگه ترافیک نباشه من تا ساعت شش دم منزل شما هستم.

نگاهی دوباره بـه سـاعتم انـداختم و بـسیار خـوبی گـفتم و بـعد از خداحافظی گوشی را قطع کردم.

سریع حاضر شدم و دم در رفتم. در را که بستم ماشین خـاطوریان را دیدم که داخل کوچه شد. دستی تکان دادم. خاطوریان سریع از مـاشین پیدا شد و به سمتم آمد و در جلوی ماشین را برایم باز کرد. سرم را پایین انداختم و در حالیکه در عقب را باز می‌کردم گفتم:

ـ ترجیح می‌دم پیش دنیل بنشینم.

خاطوریان سرش را پایین انداخت و در را بست و گفت:

ـ محبت می‌کنید، من شرمنده‌ی شما هستم.

تا در را باز کردم دنیل سرش را به سمتم چرخاند و گفت:

ـ خاله محب، شال گردن...

خنده‌ام گرفت و دستم را به دور گردنش حلقه زدم و گفتم:

ـ خاله محب الان برات شال گردن می‌خره.

دنیل خودش را آزاد کرد و دوباره تکرار کرد:

ـ خاله محب، شال گردن، خاله محب...

انگشت دستم را جلوی لبش گذاشتم و گفتم:

ـ مگه ما قرار نذاشته بودیم فقط یه بار یه چیزی رو بگیم؟

دنیل به سمت پنجره چرخید، انگار اصلا من توی ماشین نیستم. شروع کرد با انگشت‌های دستش بازی کردن. خاطوریان از آینه‌ی ماشین نگاهی کرد و سری تکان داد و گفت:

ـ واقعا کاش می‌فهمیدم چرا این‌قدر بعضی چیزها رو تکرار می‌کنن، کاش می‌شد علم اون‌قدر پیشرفت می‌کرد تا متوجه عمق رفتارشون بشم. چی می‌شد می‌فهمیدم وقتی نمی‌تونه یه چیزی رو به من بفهمونه و فقط جیغ می‌زنه و گریه می‌کنه توی سرش چیه؟ چی می‌خواسته بگه که از گفتنش عاجز بوده؟ خانم محبی، اگه لازم بود حاضر بودم همه‌ی زندگیم رو تبدیل به پول کنم تا دنیل رو بفهمم. باورتون نمی‌شه چقدر از بچگیش این گفتار درمانی‌ها رو گشتم و هرجا که معرفی کردن بردم، به امیدی که شاید دنیل بتونه کامل بشه و مثل بچه‌های دیگه بامن حرف بزنه، از من چیزی بخواد. شاید باورتون نشه، امروز علی‌رغم اذیتی که شدم و ایجاد مزاحمتی که برای شما کردم، خوشحالم که بالاخره ته این بی‌قراری دنیل یه درخواست سوای علایق همیشگیش بوده، البته شما که با این بچه کار می‌کنین، می‌دونین هر کدوم از این کوچولوها یه دلبستگی دارن. یکی عاشق لپ‌تاپه، یکی عاشق فیلم و یکی عاشق مجله. وقتی به چیزی واکنش نشون می‌دن که تا حالا براشون اهمیتی نداشته، قبول کنین جا داره که ما سر از پا نشناسیم.

نگاهی به دنیل کردم. سرش را به شیشه‌ی ماشین تکیه داده بود و نگاهش به چراغ‌های ردیف کنار خیابان بود. چادرم را روی سرم مرتب کردم و گفتم:

ـ از وقتی با این بچه‌ها کار می‌کنم، دنیای جدیدی به روم باز شده، دنیایی که عجیب و جذابه.

خاطوریان سری تکان داد و گفت:

ـ دقیقا همین‌طوره، دنیای عجیب و جذاب تعبیر خوبیه.

خاطوریان سرعتش را کم کرده بود. داشت میان مغازه‌ها به دنبال مغازه‌ی موردنظر می‌گشت. اشاره به سمت راست کردم و گفتم:

ـ آقای خاطوریان، هر جا تونستید نگه دارید.

ماشین را پارک کرد. دنیل با دیدن مغازه نیرویی مضاعف گرفت و در حالیکه مثل خیلی وقت‌ها بال بال می‌زد زیرلب فقط این دو کلمه را می‌گفت:

ـ خاله محب، شال گردن!

با هم وارد مغازه شدیم. فروشنده با تعجب دنیل را نگاه می‌کرد. شاید برای اولین بار بود که یک بچه‌ی اوتیسم را می‌دید. سردرگم مانده بود و فقط به کارهای دنیل نگاه می‌کرد. دنیل هیجان‌زده وسط مغازه دست‌هایش را در کنارش تکان می‌داد. دست دنیل را به آرامی گرفتم و گفتم:

ـ دنیل، می‌خوام برات شال‌گردن بخرم. کدوم رنگ رو دوست داری؟

دنیل گفت:

ـ خاله محب سبز دوست داری.

آرام به چشمانش که به قفسه‌ی شال‌گردن‌ها خیره مانده بود، نگاه کردم و گفتم:

ـ نه دنیل، باید بگی خاله محب، سبز دوست دارم.

فروشنده لبخندی زد و گفت:

ـ آهان! پس پسرتون تازه از خارج اومده! من فکر کردم خدای نکرده شیرین می‌زنه، آخه...

نگذاشتم حرفش تمام بشود. با صدایی که تقریبا بلند شده بود گفتم:

ـ ببخشید، شیرین می‌زنه یعنی چی؟

فروشنده که کمی از بلندی صدای من ترسیده بود گفت:

ــ هیچی خواهر من، یعنی بانمک! به دل می‌شینه...

سری تکان دادم و گفتم:

ــ آهان، در ادبیات شما این معنی رو می‌ده. خوبه الان بهت بگم چه شیرین می‌زنی؟!

فروشنده گفت:

ــ بابا بی‌خیال، ما یه خبطی کردیم. اصلا قصد خرید نداری چرا می‌یای تو مغازه؟

دست دنیل را گرفتم و گفتم:

ــ قصد خرید دارم، ولی نه از تو! حیف پول این بچه است که بشه برکت دخل تو!

از در مغازه بیرون آمدم. آن‌قدر گر گرفته بودم که سرمای هوا برایم لذت‌بخش بود. خاطوریان پشت سرم بیرون آمد. با چشم‌های گشاد نگاهم کرد و گفت:

ــ خانم محبی، چرا آن‌قدر خودتون رو ناراحت کردین؟ من خیلی از این حرف‌ها می‌شنوم. یه گوشتون در باشه و یکیش دروازه. مردم زیاد حرف می‌زنن. نگران دنیل نباشین، اون متوجه نیست.

سرم را کمی بالا گرفتم و مستقیم به چشم‌های خاطوریان نگاه کردم و گفتم:

ــ آقای خاطوریان، این بچه نمی‌فهمه، ولی من و شما می‌فهمیم که به این طفل معصوم چی می‌گن. اگه دنیل نمی‌تونه حرف بزنه و از حقش دفاع کنه من و شما وظیفه داریم صدای دنیل بشیم.

******

به دعوت خاطوریان بعد از خرید شال‌گردن به فست‌فودی رفتیم که محوطه‌ای را برای بازی بچه‌ها در نظر گرفته بود. نگاهم به دنیل بود که با ذوق و لذت به چرخ‌فلک نگاه می‌کرد. گاهی از ذوق دست‌هایش را کنار بدنش تکان می‌داد و بلند می‌خندید. آقای خاطوریان نزدیک دنیل شد. آرام دست دنیل را گرفت و به سمت میز و صندلی که فاصله‌ی کمی از فضای بازی بچه‌ها داشت برد و در حالیکه به من تعارف نشستن می‌کرد گفت:

ـ خانم محبی، واقعا بابت امشب تا عمر دارم مدیون شما هستم. نمی‌دونین چقدر امشب دنیل با شب‌های دیگه فرق داشت. می‌تونم به جرات بگم این‌قدر آرامش و خوشحالی را تا حالا توی این مدت زمانی از دنیل ندیده بودم. خوشحالم که شما معلم دنیل هستین.

سری تکان دادم و گفتم:

ـ من کار زیادی نمی‌کنم، من عاشق این بچه‌هام. این بچه‌ها حکم آرام‌بخش رو برای من دارن. یه زمانی اون‌قدر دچار افسردگی شده بودم که دلم می‌خواست اگه خودکشی گناه نبود، خودم رو می‌کشتم. شاید باورتون نشه، ساعت‌ها جلسات روان‌شناسی، قرص‌های آرام‌بخش، کمک از هزار راهکار علمی و غیر علمی نتونست بهم کمک کنه ولی ورود به دنیای این بچه‌ها تونست منو نجات بده. می‌دونم شاید حرف من در نظر شما مسخره بیاد، چون شما کاملا درگیر با مشکلات دنیل هستین. شاید دل‌تون می‌خواد مثل بچه‌های دیگه هم صحبت‌تون باشه، مثل پسر بچه‌های دیگه با هم فوتبال بازی کنین و قوانین و بازی‌ها رو به گونه‌ای انجام بده که به جامعه دیکته شده، نه چیزی که به شکل دیگه تو مغز هر کدوم از این بچه‌ها شکل گرفته. شاید دل‌تون بخواد بفهمید که پشت اون مات‌زدگی چه فکری خوابیده؟ شاید بزرگترین آرزوی والدین اوتیسم

همین باشه که بچههاشون در نظر مردم عادی باشن و دیگران بـه چشـم موجود فضایی بهشون نگاه نکنن. ولی من به عنوان یه آدم از بیرون میگم وجود این بچهها برام نور و برکت و نجات از آخر افسردگی بوده.

خاطوریان برشی پیتزا به دنیل داد و گفت:

ـ خانم محبی، شما اولین نفری هستین که اینقدر زیبا این بچهها رو تشریح میکنین. کاش میشد همه نگاهشون مثل شما زیبا بود.

نگاهی به دنیل که با لذت برش پیتزا را میخورد انداختم که صـدای زنگ موبایلم از کیفم بلند شد. نگاهی به تلفن کردم؛ مـادرم بـود. سـریع گوشی را برداشتم و گفتم:

ـ سلام مامان!

مادر با صدای نگرانی گفت:

ـ بانو؟ کجایی دختر؟ ساعت نه شبه! کلی دلم شور افتاده. بعد نماز مغرب بهت زنگ زدم، گوشی خونه رو برنداشتی. تلفن همراهت هم در دسترس نبود. کجایی دختر؟ دلم هزار راه رفت!

کمی سرم را چرخاندم و در حالیکه آرام حرف میزدم گفتم:

ـ مادر، اومدم فستفود.

مادر نفس عمیقی کشید و گفت:

ـ دختر حسابی، فکر من باش! هر جا رفتی برو، ولی تو رو خدا قبلش یه خبر به من بده. حالا هم برو به ساناز هم سلام برسون.

لبم را گاز گرفتم، گونههایم سرخ شد. مثل دختر هجده ساله‌ای بودم که یواشکی سر قرار با دوست پسرش آمده است. نمیدانم چرا ولی به جای حقیقت چشمی گفتم و سریع گوشی را قطع کردم. سرم را چرخاندم. احساس گناه داشتم. سریع از جایم بلند شدم. خاطوریان نگاهی کرد و گفت:

ـ اتفاقی افتاده؟

سری تکان دادم و گفتم:

ـ نه، ولی مادرم نگران شده. باید برگردم خونه.

خاطوریان بلند شد و گفت:

ـ ولی شما که هنوز غذاتون رو نخوردین!

سری تکان دادم و گفتم:

ـ ممنون از شما، من بیشتر از ظرفیتم هم خوردم. اگه اجازه بدین برم، دیگه نه می‌خوام مادرم بیشتر از این نگران بشه و نه مزاحم شما بشم.

خاطوریان اخمی کرد و گفت:

ـ اجازه بدین خودم شما رو می‌رسونم، درست نیست تنها برین این موقع شب!

کیفم را برداشتم و گفتم:

ـ دیگه مزاحم شما نمی‌شم.

خاطوریان خندید و گفت:

ـ هیچ مزاحمتی نیست، منزل ما با شما یه خیابون فاصله داره. اجازه بدین من بیشتر از این شرمنده شما نباشم.

چادرم را روی سرم مرتب کردم و گفتم:

ـ بسیار خوب.

وقتی جلوی در خانه رسیدم دنیل خواب بود. شال‌گردن را روی صندلی ماشین چند لا کردم و سرش را از روی پایم روی شال‌گردن گذاشتم و به قیافه‌ی مظلوم و دوست داشتنی‌اش نگاه کردم و بوسه‌ای به گونه‌اش زدم. خاطوریان در ماشین را برایم باز کرده بود و با تواضع گفت:

ـ باز هم ممنون، شما لطف رو در حق من تموم کردین.

سری تکان دادم و گفتم:

ـ بازم می‌گم من کاری نکردم. فعلا با اجازه.

در خانه را باز کردم. عذاب وجدان داشت دیوانه‌ام می‌کرد. کاش اصلا با خاطوریان بیرون نمی‌رفتم. این چه کاری بود کردم؟ دلم به حال مادرم می‌سوخت که در فکرش من با ساناز بودم. طبق عادات زمان‌های دلتنگی، سرم را روی کوسن گذاشتم. چشم‌هایم را بستم و دوباره خاطرات رضا جلوی چشمم نقش بست.

******

خودم را در آینه نگاه کردم؛ همه چیز خوب بود کمی از عطری که رضا روز قبل به مناسبت عید برایم خریده بود به دستم زدم. چادر و کیفم را برداشتم که محمدحسین وارد شد. سری تکان داد و با صدای آرام گفت:

ـ بجنب دیگه خواهر من دو ساعته داری حاضر می‌شی!

نگاهی به تیپش انداختم و با دو انگشت ضربه‌ای به میز چوبی زدم و گفتم:

ـ هزار ماشاالله، داداشم ماه بود ماه‌ترم شده. شب عروسیت چی می‌شی؟!

محمدحسین خندید و گفت:

ـ راست می‌گی؟ خوب شدم؟

ـ خوب نه، عالی شدی. با این تیپ و قیافه هیچ دختری نمی‌تونه نسبت به خواستگاریت مقاومت کنه. فقط یه چیزی، تو رو خدا اگه چیزی گفتن که باب دهنت نبود، عصبانی نشو. چون اون بنده‌های خدا که نمی‌دونن ما برای خواستگاری هم می‌ریم، فکر می‌کنن فقط عید دیدنیه. البته من به رضا یه چیزایی گفتم ولی تا همین چند لحظه پیش هم که داشتم

با رضا صحبت می‌کردم، در این رابطه صحبتی با خانم و آقای خطیبی نکرده بود. حالا تو هم دلت شور نزنه، از نظر من که تو هیچ چیزی کم نداری. می‌مونه خود فرخنده که اونم تو حرف زدن معلوم می‌شه.

محمدحسین ذوق‌زده به سمتم آمد و صورتم را بوسید و گفت:

ـ نوکرتم که منو از دل شوره درآوردی.

با محمدحسین از اتاق خارج شدیم. همگی حاضر بودند. سوار ماشین شدیم و از گل‌فروشی سبد گلی خریدیم و به درخواست مادر از قنادی هم یک سینی باقلوا گرفتیم. خدا را شکر به خاطر ایام عید و مسافرت رفتن مردم، مسیر خلوت بود و بعد طی مسیری حدودا پانزده دقیقه‌ای به منزل آقای خطیبی رسیدیم. محمدحسین سبدگل را به دست گرفت و آقاجون ظرف باقلوا را به من داد.

محمدحسن خندان دستی به شانه‌ی محمدحسین زد و گفت:

ـ اولین باریه که تو این سال‌ها برای بردن چیزی با من کل‌کل نکردی! مبارکت باشه داداش جون! فقط حواست رو جمع کن، یهو از هول حلیم نیفتی تو دیگ.

وارد منزل خانواده خطیبی شدیم. مثل همیشه برخورد گرم و صمیمی به همراه تشکر فراوان از گل و باقلوا. خانم خطیبی در کنار دشت قرآن، پارچه‌ی گلبهی زیبایی به عنوان عیدی به من هدیه داد.

همه مشغول صحبت در مورد مراسم عروسی بودند. چون هفتم عید ایام محرم شروع می‌شد، قرار شد مراسم عروسی برای تاریخی بعد از ایام محرم و صفر تعیین گردد. وقتی مکان و زمان تقریبی معین شد، همگی صلوات فرستادند. بعد از صلوات آقاجون نفس عمیقی کشید و گفت:

ـ آقای خطیبی وصلت با خانواده شما سعادتی برای ما بود که به

خاطر اون خدا رو شاکرم و خوشحالم که به خاطر آقا رضا خیالم از بابت بانو راحته. البته این حرفی که الان می‌زنم، فقط یه پیشنهاده و انتظار ندارم همین امشب جواب بگیرم. البته اول باید منو ببخشید که طبق روال و عرف پیش نرفتم و خودم دارم این مسئله رو مطرح می‌کنم. می‌خواستم فرخنده خانم رو برای پسرم محمدحسین خواستگاری کنم.

آقاجون سکوت کرد و کمی خودش را در مبل جابه‌جا نمود. آقای خطیبی نگاهی به همسرش انداخت و فرخنده کمی چادرش را جلو کشید. محمدحسین سرخ شده نگاهش به فرش بود و رضا لبخند همیشگی‌اش را به چهره داشت. آقای خطیبی، همسرش را مخاطب قرار داد و گفت:

ـ حاج خانم، شما بفرمایید.

خانم خطیبی سری تکان داد و گفت:

ـ راستش من غافلگیر شدم. والا چی بگم؟ ما هم از وصلت با خانواده شما راضی هستیم، ولی خب، طرف ازدواج فقط ما نیستیم. خواست جوون‌ترها هم هست. باید ببینیم که این دو تا جوون چی می‌گن.

آقای خطیبی لبخندی زد و به فرخنده اشاره کرد و گفت:

ـ پاشو دخترم، ما که دیگه با خانواده محبی فامیل شدیم و غریبه نیستیم. پاشو با محمدحسین خان برو تو اتاقت حرف‌هات رو بزن ببینیم اصلا شما از جنس هم هستین یا نه؟

خانم خطیبی با چشم‌های گشاد شده حاج‌آقایی گفت و آقای خطیبی گفت:

ـ حاج‌آقا نداره، ما که دیگه نمی‌خوایم برای این خانواده کلاس بذاریم، بذار ببینیم روزگار برای این دوتا جوون چی رقم زده.

نگاهم به رضا با آن نگاه مهربان و لبخند همیشگی‌اش افتاد. چقدر این

روزها کشدار و طولانی بود و زمان با رضا بودن کوتاه.

رضا نگاهی به من کرد و نگاهش دوباره آتشم زد. سرم را پایین انداختم، گونه‌هایم سرخ شده بود. رضا به سمت من آمد و با صدای بلند خطاب به آقاجون گفت:

ـ حاج آقا ما اجازه داریم تا وقتی فرخنده و محمدحسین خان در حال صحبت هستن یه دوری بیرون بزنیم؟

سرم را کمی بالا گرفتم و به آقاجون نگاه کردم. آقاجون لبخندی زد و گفت:

ـ دختر ما همسر شماست آقا رضا. اجازه‌اش دست خودته، ولی بی‌ادبی نباشه! دخترمون اومده عید دیدنی...

آقای خطیبی میان حرف آقاجون پرید و گفت:

ـ این چه حرفیه حاج‌آقا، اجازه بدین جوون‌ها راحت باشن.

رضا دستش را به سمتم دراز کرد و گفت:

ـ بانو خانم افتخار می‌دن؟

دستم را تکیه دادم به مبل و بلند شدم. رضا لبخندی زد و در حالیکه به دستش نگاه می‌کرد گفت:

ـ حداقل من هیچی، این دست بنده خدا رو ضایع نمی‌کردی!

با حرف رضا همه زدند زیر خنده. حس می‌کردم زیر نگاه بقیه ذوب می‌شوم. چادرم را جلوتر کشیدم و جلوتر از رضا به سمت در رفتم. رضا بلند به مادرش گفت:

ـ مادر ما یه سر می‌ریم خونه، این دوتا جوون حرف‌هاشون تموم شد ما رو خبر کنین.

حاج خانم سری تکان داد و گفت:

ـ باشه، برید به سلامت.

از در ساختمان که خارج شدیم با تعجب نگاهی به رضا کردم و گفتم:

ـ خونه کجاست؟!

رضا چشمکی زد و این بار دستم را محکم گرفت و گفت:

ـ درسته ما چندتا مراسم رو حذف کردیم، ولی در هر صورت تو دیگه زن رسمی من هستی، چرا هنوز خجالت می‌کشی؟ مگه مامانت از آقاجونت خجالت می‌کشه؟

سرم را پایین انداختم و گفتم:

ـ خب روم نمی‌شه جلوی آقاجون و برادرام و از اونا مهم‌تر آقاجون تو دستت رو بگیرم. شاید اگه زمان بگذره عادی بشم.

رضا دستش را زیر چانه‌ام گذاشت و سرم را کمی بالا گرفت و مستقیم به چشم‌هایم نگاه کرد و گفت:

ـ عاشقتم بانو، عاشق حجبت، عاشق خجالتت، عاشق فرقت با همه. تو رو خدا بانو هیچ‌وقت ترکم نکن. اگه یک وقت بد اخلاق شدم، کمی صبر کن، من سریع آروم می‌شم.

نمی‌دانم در کلامش چه بود که ته دلم را لرزاند. از مدل حرف زدنش بغض گلویم را گرفت. به چشمانش نگاه کردم و گفتم:

ـ آقای عاشق، حالا وقت این حرفاست؟ خوبه ته دل منو خالی کنی؟ که من فکر کنم...

رضا انگشت اشاره‌اش را روی لبم گذاشت و گفت:

ـ اصلا ولش کن، هیچی نگو بیا بریم خونه رو ببینیم.

پیاده رفتیم. هوای مفرح بهاری عالی بود. حدود ده دقیقه بعد وارد کوچه‌ی بن‌بستی شدیم. آپارتمان رضا در یک ساختمان پنج طبقه‌ی دو واحدی بود. وارد آپارتمان که شدیم، رضا اول از همه مرا به اتاق پذیرایی برد و دیوار سالن را به من نشان داد و گفت:

ـ این همون دیواریه که بهت گفتم.

سری تکان دادم و گفتم:

ـ برای چه کاری؟

لبی ورچید و گفت:

ـ دیوار خوشبختی، دیواری که قراره آینه‌ی بخت‌مون رو بانو خانم روش نصب کنن.

چشمانم گشاد شد و گفتم:

ـ دیوار به این بزرگی؟ به نظرت دیوار کناری باشه بهتر نیست؟

رضا سرش را به علامت منفی بالا برد و گفت:

ـ نه، آینه به معنای روشناییه، دلم می‌خواد روشنایی زندگیم بزرگ باشه و هیچ سیاهی این روشنایی رو تحت‌الشعاع قرار نده. حالا بانو خانم، به نظرت وسایلی که گرفتیم کافیه یا من باید چیز دیگه‌ای هم بگیرم؟

سری تکان دادم و گفتم:

ـ من اشتباه می‌کردم که فکر می‌کردم درسم تموم شده. این‌جوری که بوش میاد ما یک دوره ژوژمان هم باید خونه‌ی خودمون رو تحویل بدیم.

رضا خندید و گفت:

ـ مطمئن باش بهت بیست با تشویق می‌دم، من استاد منصفی هستم، تو هم شاگرد خوبی باش چون کلی کار برای انجام دادن داریم. لباس عروس، سفره عقد و کارت‌های عروسی!

دستانم را به کمرم زدم و گفتم:

ـ نگو که اونا رو هم باید خودم درست کنم!

رضا به سمتم آمد. دستم را از کنار کمرم رها کرد و دستش را دور کمرم حلقه زد و در حالیکه به چشمانم نگاه می‌کرد گفت:

ـ زن هنرمند و منحصر بفرد گرفتم می‌خوام هنرش رو به همه نشون

بدم.

سرم را پایین انداختم و خودم را در آغوش رضا رها کردم. احساس می‌کردم در امن‌ترین جای زمین قرار گرفتم. کاش زمان در این لحظه متوقف می‌شد.

وارد منزل آقای خطیبی شدیم. فرخنده و محمدحسین از اتاق بیرون آمده بودند. نگاه محمدحسین نگاه بشاش همیشه بود. فرخنده در گوشه‌ای از سالن نشسته بود که صورتش از دید من پنهان بود. همه دو به دو مشغول صحبت بودند. با ورود ما آقای خطیبی گفت:

ـ خب، عروس و داماد هم اومدن.

سر جای قبلی‌ام کنار مادر نشستم. رضا هم صندلی را کنار من قرار داد و قبل از اینکه بنشیند روبه پدرها کرد و گفت:

ـ بابا، آقاجون، با اجازه شما بنده کنار همسرم بنشینم.

آقای خطیبی اخمی کرد ولی آقاجون با لبخند گفت:

ـ اجازه ما هم دست شماست.

رضا ظرف میوه را از جلوی من برداشت و مشغول پوست کندن میوه شد و بعد ظرف میوه‌ی پوست کنده را دوباره مقابلم قرار داد.

مادر از زیر چادر با پایش به پایم ضربه‌ای زد و خیلی آهسته گفتم:

ـ این کار شما بود بانو جان!

سرم را پایین انداختم و بله‌ای گفتم. آقای خطیبی روبه آقاجون کرد و گفت:

ـ حاج‌آقا، شما هر جور صلاح بدونین بنده و خانم در خدمتیم.

آقاجون که واقعا انتظار نداشت صحبت جلسه‌ی اول به نتیجه رسیده باشد، دستی به دسته‌ی مبل کشید و گفت:

ـ نیت خوب شما به من و خانواده‌ام ثابت شده است، ولی من

می‌دونم که لازمه شما و حاج‌خانم مدتی فکر کنین. با فرخنده جان صلاح
و مشورت کنین. در مورد پسر ما تحقیق کنین... چند روز دیگه هم محرمه،
تو ایام محرم هم به نظرم بهتره مراسمی نباشه. خود ما هم به هوای اینکه
عقد در تاریخ مبارک غدیر باشه، مراسم بله‌برون و عقد رو یکی کردیم. بد
هم نیست این دو جوون تو این دو ماه کمی بیشتر با هم آشنا بشن. برن،
بیان و حرف‌هاشون رو بزنن.

آقای خطیبی لبخندی زد و گفت:

ـ حاج آقا، این حرف‌ها مال غریبه‌هاست. این کشوندن‌های الکی هم
کلاس کاره! این تحقیق‌ها چند ماه پیش از طرف هر دو خانواده انجام شده.
ما کلی در مورد خانواده و بچه‌ها و هفت پشتمون تحقیق کردیم، دیگه این
حرف‌ها نیست که هی بخوایم ببریم و بیاریم و تلفن بزنیم جواب بگیریم.
البته این لطف شماست که اجازه‌ی فکر به ما می‌دین، ولی اگه واقعا بچه‌ها
حرف‌هاشون رو زدن، دیگه اذیت‌شون نکنیم. می‌خوان به چه وجه
مشترکی برسن که تو این دو ساعت و نیم نرسیدن؟ پسر مال خودتونه،
دختر هم مال خودتونه. هر گلی زدید به سر خودتون زدید.

آقاجون کاملا در عمل انجام شده قرار گرفته بود. معلوم بود که هنوز
دلش به این ازدواج نیست، ولی دیگر راه برگشتی نداشت. فکر می‌کرد به
هر طریقی امروز به نتیجه‌ی مطلوبش می‌رسد، ولی در واقع پیش‌بینی‌اش
درست از آب درنیامد و همه چیز بر خلاف میلش شد.

آقای خطیبی همگی را به فرستادن صلواتی دعوت کرد و بعد از
فرخنده خواست که ظرف باقلوا را به همگی تعارف کند. وقتی فرخنده
نشست، آقای خطیبی روبه همسرش کرد و گفت:

ـ حاج خانم، اگه این دو تا جوون صیغه بشن و توی این دو ماه شخصی
این دوتا رو با هم ببینه، قاعدتا برای فرخنده خوب نیست. به نظر من بهتره

یه مراسم معرفی کوچیک بگیریم تا قبل محرم همه در جریان باشن، انشاالله بعد از محرم و صفر یه مراسم مفصل رسمی می‌گیریم.

خانم خطیبی کمی خودش را در مبل جابه‌جا کرد و گفت:

ـ حاج آقا یه جوری می‌گین قبل محرم و صفر، انگار یه قرن مونده! پنج روز دیگه محرمه.

آقای خطیبی گفت:

ـ خوب توی این پنج روز یه شب از همه وعده می‌گیریم.

خانم خطیبی اخمی کرد و گفت:

ـ حاج‌آقا مردم مسافرت هستن! ایام عیده، اجازه بدین باشه برای بعد این ایام. توی این مدت هم محمدحسین خان قدم‌شون به چشم. تشریف بیارن منزل خودمون حرفی دارن بزنن. کمی بیشتر با فرخنده و خلق و خوی هم آشنا بشن. چه عجله‌ایه حاجی؟!

آقای خطیبی لبخندی زد و گفت:

ـ در کار خیر حاجت هیچ استخاره نیست. حاج خانم، شما به اقوامی که مسافرت هستن اطلاع بدین، مطمئن باشین که عمه‌ها و خاله‌ها نه تنها ناراحت نمی‌شن که برنامه‌شون به هم خورده، استقبال هم می‌کنن. پس زنگ زدی بگو ان‌شاءالله پس فردا شب در خدمت‌شون هستیم.

خانم خطیبی سرخ شده بود. از جایش بلند شد و گفت:

ـ حاج‌آقا، می‌شه شما یه لحظه بیاین من خصوصی باهاتون حرف بزنم؟

آقای خطیبی از جایش بلند شد. آقاجون دوباره جان گرفت. شاید فکر می‌کرد خانم خطیبی هم با او هم نظر است. با اشتیاق رفتن آقای خطیبی را نگاه کرد. محمدحسین دوباره دلواپس شده بود.

سالن را سکوت فرا گرفته بود. چند دقیقه بعد خانم و آقای خطیبی به

سالن برگشتند. نگاه همه به دهان آقای خطیبی بود. آقای خطیبی سری تکان داد و در حالیکه کنار آقاجون می‌نشست گفت:

ـ حاج آقا، ما اومدیم با شما یک دل باشیم و بگیم اهل کلاس گذاشتن نیستیم. ولی چی کار کنیم این خانم‌ها یه سری کارها دارن که تو این فرصت کم جمع نمی‌شه. من شرمنده شما هستم، پس شاید بهتر باشه این دو ماه رو هم پشت سر بذاریم.

آقاجون نفس عمیقی کشید و گفت:

ـ به نظر منم بهتره، چون توی این فاصله‌ی کم بچه‌ها می‌افتن توی چشم، آقای خطیبی بهتره این مسئله فعلا بین خودمون بمونه، از قول یکی از بزرگان، تا کاری انجام نشده تو زبون‌ها نندازین چون ممکنه کار رو به تاخیر بندازه. در هر صورت تو این زمان بچه‌ها می‌تونن به روحیات هم بیشتر آشنا بشن، مثل بانو و رضا جان.

نگاهم به رضا افتاد. دیگر صدای آقاجون را نمی‌شنیدم، گوشم پر شده بود از صدای رضا.

آقاجون که توی ماشین نشست. دستی به شانه‌ی محمدحسین که پشت فرمان نشسته بود زد و گفت:

ـ فقط به من بگو، چه جوری تونستی کمتر از سه ساعت مخ دختر طفل معصوم رو بزنی؟

محمدحسین در حالیکه به آینه نگاه می‌کرد و موهایش را به سمت بالا می‌داد گفت:

ـ آقاجون، چون من پسرت هستم هیچ‌وقت محاسن منو ندیدی. ولی مردم زرنگ شدن. وقتی یه مورد خوب در خونه‌شون رو می‌زنه دو دستی می‌قاپن. آقاجون من، ندیدین چه جوری آقای خطیبی می‌خواست تو همین چند روز خیال خودش رو راحت کنه؟ به خدا اگه این حاج خانم پا

جلو نذاشته بود همه چی تموم بود!

محمدحسین از آینه نگاهی به من کرد و گفت:

ـ بانو، از مادرشوهرت زیاد خوشم نیومد. خانم خود شیرین! ببین چه قدرتی تو خانواده داره که وقتی حاجی رو برد تا باهاش صحبت کنه، حاجی کوتاه اومد. معلومه که تو این خونه زن سالاریه.

ابرویی بالا انداختم و گفتم:

ـ دیگه مادرشوهر ما شد؟ بله؟ محمدحسین جان تو این خونه زن سالاریه. حرفم، حرف زن خونه‌ست. اگه خیلی ناراحتی اعلام کن که منصرف شدی. ناراحتی نداره که! به این زودی نسبت به دیگران قضاوت می‌کنی؟

آقاجون زیر لب استغفرالله گفت. محمدحسن خندید و در حالیکه خودش را کمی روی صندلی ماشین جلو می‌کشید گفت:

ـ وای چه روزیه اون روزی که محمدحسین هر چی خانمش می‌گه بگه چشم! آی می‌خندیم، بعدا اون روز می‌زنم روی شونه‌ات و می‌گم...

آقاجون کمی خودش را روی صندلی چرخاند و در حالیکه به محمدحسن نگاه می‌کرد گفت:

ـ محمدحسن، تو دیگه چرا؟ بسه دیگه، یه عید دیدنی که این‌قدر غیبت و تحلیل نداره. حالا یه سیب رو بندازی بالا صدتا چرخ می‌خوره تا بیاد پایین. توی این دو ماه هم باید دید خدا برامون چی رقم زده. شاید اصلا نظر محمدحسین یا دختر مردم عوض شد.

محمدحسین خندید و گفت:

ـ نه نظر من عوض می‌شه، نه به قول شما نظر دختر مردم. آقاجون، چرا شما این‌قدر با تقدیر می‌جنگین؟ بابا جون قبول کنین که ما قسمت هم هستیم. قبول کنین این همونیه که دنبالش بودیم. قیافه رو که من پسندیدم،

خانواده هم که شما تأیید می‌کنید. دیگه چرا این‌قدر حرص می‌خورین؟ من نمی‌فهمم! حالا چند روز بگذره به انتخاب من احسنت می‌گین.

آقاجون لبی ورچید و گفت:

ـ تا پدر نشی نمی‌فهمی من چی می‌گم.

محمدحسین مقابل در منزل ایستاد تا در پارکینگ را باز کند. هنوز بحث داغ خانه‌ی آقای خطیبی بین من و محمدحسن جریان داشت که ضربه‌ای به شیشه‌ی ماشین خورد. همگی سرمان را چرخاندیم و نگاه کردیم. مادر زیر لب گفت:

ـ وای خاک بر سرم! حتما اتفاقی افتاده که رضا اومده اینجا.

آقاجون از ماشین پیدا شد. مظطرب شده بودم. ضربه‌ای به پای محمدحسن زدم و گفتم:

ـ پیاده شو بابا، ببینیم چه خبر شده!

همگی از ماشین پیاده شدیم با نگرانی به سمت رضا رفتم و گفتم:

ـ چی شده؟

رضا لبخندی زد و گفت:

ـ هیچی، اومدم دنبالت بریم یه دوری بزنیم.

آقاجون دستی به صورتش کشید و گفت:

ـ پسر جون همه‌ی ما رو که نصف‌العمر کردی! ما که تا الان خونه‌ی شما بودیم. حالا چه وقت دور زدنه؟ ساعت نزدیک ده شبه.

رضا شانه‌ای بالا انداخت و گفت:

ـ آقاجون، اول شب عاشقاست. شما چرا این حرف رو می‌زنین؟ می‌خوایم بریم دربندی، درکه‌ای، اونجاها تا ساعت دو و سه بازه. اصلا بیاین همه با هم بریم، چطوره؟ محمدحسین در پارکینگ رو ببند همه با هم می‌ریم.

آقاجون سری تکان داد و گفت:

ـ هر جا می‌خوای بری برو، ولی دور ما رو خط بکش.

مادر جلو آمد و به آقاجون گفت:

ـ چه اشکالی داره؟ بیا ما هم بریم، خیلی ساله دربند و درکه نرفتیم. آدم با جوون‌ها باشه جوون می‌شه حاجی!

آقاجون اشاره‌ای به ماشین کرد و گفت:

ـ شما می‌خوای بری، برو. من می‌خوام برم بخوابم.

مادر لبی ورچید و گفت:

ـ حاجی می‌دونی که من بی‌شما هیچ جا نمی‌رم. حالا یه شب دیر بخواب چیزی نمی‌شه که.

محمدحسن هم جلو آمد و آرام به آقاجون گفت:

ـ آقاجون، امشب رو به خاطر مادر کمی دیرتر بخوابین. والا به خدا تا حالا نشده هوس چیزی بکنه و از شما چیزی بخواد، قبول دارم برای بیرون رفتن کمی دیره ولی شما صبوری کنین.

آقاجون سری تکان داد و گفت:

ـ امان از دست شما جوونا!

و سوار ماشین شد. محمدحسین سوئیچ ماشین را به محمدحسن داد و گفت:

ـ تو رانندگی کن.

رضا دستم را گرفت و از مادر پرسید:

ـ مادر جان، اجازه می‌دین من و بانو با ماشین خودمون بیایم؟

مادر لبخندی زد و گفت:

ـ بله پسرم، حتما. شما جلو برین ما هم پشت سرتون می‌یایم.

سوار ماشین شدیم. رضا آینه‌ی ماشین را تنظیم کرد و گفت:

ـ حالا کجا بریم؟

خنده‌ای کردم و گفتم:

ـ واقعا رضا کارات عجیبه. تو که هوس بیرون رفتن کرده بودی خب زودتر می‌گفتی.

رضا ماشین را روشن کرد و گفت:

ـ عزیزم! هر کاری یهویی و بی‌برنامه به آدم می‌چسبه. حالا که نمی‌گی کجا، خودم به سلیقه خودم می‌رم درکه. اون جا نسبت به دربند خانوادگی‌تره.

سرم را چرخاندم و به پشت سر نگاه کردم و گفتم:

ـ فقط آروم برو، محمدحسن زیاد تند نمی‌ره.

رضا دستم را گرفت و بوسید گفت:

ـ باشه، هر چی بانو بگه.

دستم را از دستش کشیدم و گفتم:

ـ چی کار می‌کنی رضا؟ همه پشت سر ما هستن، زشته به خدا!

رضا قیافه‌ی مسخره‌ای به خود گرفت و گفت:

ـ زشت اینه که تو هنوز باور نداری من شوهرت هستم.

اخمی کردم و گفتم:

ـ بهت که گفتم، از آقا جونم و برادرام خجالت می‌کشم. به خصوص محمدحسین اگه برای من دست بگیره فاتحه‌مون خونده‌ست!

رضا دستی به موهایش کشید و گفت:

ـ محمدحسین خان باید از این به بعد مواظب خودش باشه که سوتی نده. بانو جان دوران سلطنت محمدحسین تموم شد. از الان به بعد تو قدرت داری. باید حداقل تا دو ماه هوای تو رو داشته باشه، تا بتونه به وصال یار برسه.

از مدل حرف زدن رضا خنده‌ام گرفت. چقدر راحت بود! چه ساده شاد می‌شد.

وقتی وارد محله‌ی درکه شدیم رضا از من خواست که یک رستوران را انتخاب کنم ولی من انتخاب رستوران را به عهده‌ی خود رضا گذاشتم. رضا رستورانی را نشان داد و گفت:

ـ به نظرم اینجا خوب باشه ولی جلوش جای پارک نداره، کمی جلوتر می‌ریم پارک می‌کنیم، بعد می‌یایم همین جا. البته بدم نیست با بقیه مشورت کنیم.

شانه‌ای بالا انداختم و گفتم:

ـ حالا پارک کنیم بعد ببینیم کجا بریم.

صد متر جلوتر ماشین را پارک کردیم. رضا به محض پیاده شدن به طرف آقاجون رفت و گفت:

ـ آقاجون، یه رستوران دیدم حدود صد متر بالاتر. به نظر جای بدی نمی‌یاد، ولی بازم هر جا شما بفرمایید.

آقاجون دستی در هوا تکان داد و گفت:

ـ خب بریم همون جایی که می‌گی. بالاخره همه‌ی جاهای خوب ریسک امتحان اول رو گذروندن.

با هم وارد رستوران که فضای آزادی داشت شدیم. صدای موسیقی سنتی که گروه نوازنده به صورت زنده می‌نواختند شنیده می‌شد. رضا به یکی از پرسنل چیزی گفت و یکی از پیشخدمت‌ها ما را به سمت میز شش نفره‌ای راهنمایی کرد. رضا همگی را تعارف به نشستن کرد. محمدحسین خنده‌ای کرد. به کارت بزرگی که روی میز بود اشاره کرد و گفت:

ـ آقا رضا، اینجا رزروه.

رضا کارت را برداشت و آن را روی میز دو نفره‌ی خالی گذاشت و

گفت:

ــ خب دیگه نیست!

آقاجون در حالیکه سرپا ایستاده بود گفت:

ــ رضا جون، الان بنده‌های خدا می‌یان می‌بینن میزشون پر شده.

رضا آقاجون را مجدد تعارف کرد و گفت:

ــ نگران نباشین آقاجون، پیشخدمت گفت که کنسل شده.

همگی نشستیم. رضا اشاره‌ای به یکی از پیشخدمت‌ها کرد و پیشخدمت برای‌مان منوی غذا را آورد. همگی مشغول نگاه کردن به منوی غذا بودیم که صدای موزیک سنتی قطع شد و خواننده از مهمانان خواست تا برای عروس و داماد جدید دست بزنند و گفت آهنگ بعدی هدیه‌ی آقای داماد به عروس خانم است. همه‌ی سالن دست زدند من دورتادور سالن سرم را چرخاندم تا عروس امشب را ببینم. چراغ‌های سن خواننده‌ها تغییر رنگ داد و خواننده شروع کرد:

«ای بانو بانو، بانو خوشگلی، بانو شیرینی، بانو دل می‌بری. ای بانو، بانو، بانو خوشگلی...»

لبم را گاز گرفتم و آرام نگاهی به رضا انداختم. رضا دست به سینه مشغول نگاه کردن گروه خواننده‌ها بود. محمدحسن و محمدحسین خجالت مرا که دیدند از خنده غش کرده بودند. مادر که گیج بود و آقاجون همچنان مشغول دیدن منو. چه خوب بود که آقاجون و مادر آن شب متوجه این کار رضا نشدند. مادر که می‌گفت:

ــ خیلی جالبه نمی‌فهمم چی می‌خونه، هی بانو می‌شنوم!

نیشگونی از پهلوی رضا گرفتم و گفتم:

ــ پس تو این رستوران رو نمی‌شناختی و از کارهای یهویی خوشت می‌یاد؟ حالا اومدیم و آقاجون می‌گفت اینجا نریم و جای دیگه‌ای بریم.

اصلاً چرا امشب رو انتخاب کردی؟

رضا لبخندی زد و گفت:

ـ برای خوشحال کردن تو امشب و فردا شب نداره. هیچ چیزی نمی‌تونه منو برای خوشحال کردن بهترین بانوی دنیا محدود کنه.

******

از قنادی دو کیلو آجیل شب یلدا گرفته بودم و از خرازی توی اختیاریه هم تور و ربان. سر فرصت شروع به بریدن تورها کردم و ربان‌های رنگی را دور تورها دوختم. کار راحتی نبود. برای هر تور کلی وقت گذاشتم. ولی دلم می‌خواست وقتی که برای این فرشته‌ها کاری می‌کنم، کارم بی‌عیب و نقص باشد. هنوز چند دقیقه‌ای به ساعت هشت مانده بود که تلفن خانه زنگ زد. سریع به سمت تلفن رفتم و گوشی را برداشتم؛ مادر بود.

ـ سلام بانو جان، خوبی مادر؟ خواب که نبودی؟

ـ نه مادر، دارم برای بچه‌های کلاسم بسته‌های شب یلدایی درست می‌کنم.

ـ خسته نباشی عزیزم، می‌خواستم بهت بگم فردا شب بیایی اینجا. شب یلداست همه دور هم باشیم.

نفس عمیقی کشیدم و گفتم:

ـ مادر می‌شه فردا نیام؟ وسط هفته‌ست، فرداش کلاس دارم. چند روز هم مدرسه‌ها به خاطر آلودگی تعطیل بودن، کلی تنبل شدم. ان‌شاالله چهارشنبه یا پنجشنبه می‌یام خونه‌تون.

ـ نه بانو، اصلا حرفش رو نزن. اگه نیای، آقا جونت می‌ریزه به هم. یه چند ساعتی دور هم هستیم. بذار این برادرزاده‌ها یادشون نره یه عمه‌ای

هم دارن. این‌قدر فاصله نگیر از همه. گوشت با منه؟ بانو نیای دیگه اسمت رو نمی‌یارم!

ـ مادر، می‌دونی که من به خاطر شما و آقاجون تو این جمع‌هایی که هیچ لذتی ازشون نمی‌برم هم شرکت می‌کنم، ولی دلم می‌خواد با من روراست باشین. واقعا فقط خودمون هستیم یا عمو اینا رو هم دعوت کردین؟

مادر مکثی کرد و گفت:

ـ می‌دونی که اصلا برنامه‌ام این بود که برای شب یلدا که هشت ربیع می‌شه عموت اینا بیان حرف‌هامون رو هم بزنیم، ولی آقاجونت گفت دست نگه دارم. خیالت راحت باشه، فقط خودمون هستیم... راستی بانو جان، این چیزی که می‌خوام بگم برای این نیست که کاری بکنی، ولی گفتم شاید بعدا گله کنی که نگفتی!

ـ مادر جان، من کی از شما گله کردم که این دفعه‌ی دوم باشه؟ حالا چی هست؟

ـ بانو جان، فردا شب سالگرد عقد فرخنده و محمدحسین هم هست. چون پونزدهمین ساله محمدحسین دلش خواسته جشن بگیره. البته جشن هم نه، دلش می‌خواد یه کیک بگیره و فرخنده رو سورپرایز کنه. گفتم در جریان باشی، بعدا نگی نگفتی. حالا هر کاری دوست داری بکن مادر. هر چی باشه این برادرا هستن و تو یه دونه خواهر.

دستم را مشت کرده و بدون اینکه متوجه باشم ناخن‌هایم توی گوشت دستم فرو رفته بود. خدا را شکر که مادر حضور نداشت تا مرا در آن حال ببیند. لبم را گاز گرفتم و گفتم:

ـ تا اون‌جایی که من یادمه سالگرد عقد محمدحسین خرداد بود، الان آذره.

بله دخترم، سالگرد قمریه. خب این ایام تاج‌گذاری امام زمانه و محمدحسین فردا شب رو که مصادف با سالگرد قمریه جشن گرفته.

خنده‌ای کردم و گفتم:

ــ باریکلا به محمدحسین! هیچ‌وقت این‌قدر رمانتیک نبود. حالا چی شده بعد پونزده سال، سالگرد ازدواجش رو اون هم سالگرد عقد قمری‌شو جشن می‌گیره؟

و قبل از اینکه مادر جوابی بدهد ادامه دادم:

ــ مادر جان، چیز دیگه‌ای مونده که به من نگفته باشین؟

مادر صدایش را صاف کرد و گفت:

ــ نه، فقط اینکه... خب خودت برادرت رو بهتر می‌شناسی، اصلا اهل این کارا نیست. حالا که دلش خواسته این کارو بکنه از من خواهش کرده خانم خطیبی و خانواده‌ی فریبا خانم رو هم دعوت کنم.

خنده تلخی کردم و گفتم:

ــ مادر عجب فقط خودمون هستیم! باشه حتما می‌یام، دلم برای فریبا و خانم خطیبی هم تنگ شده، ولی خدایی دیگه چیزی نمونده که بهم بگی؟

ــ نه بانو، فقط اینکه فردا زود بیا. خواهش می‌کنم مادر.

ــ چشم، سعی می‌کنم. خداحافظ.

نمی‌دانم چرا، ولی هر کاری می‌کردم که از گذشته فاصله بگیرم، گذشته مثل بختک روی زندگی‌ام افتاده بود. روی کاناپه‌ی دلتنگی‌هایم دراز کشیدم. نگاهم به تورهای روبان‌دوزی شده افتاد و خاطرات عقد محمدحسین و...

******

با حرص تمام از مغازه بیرون آمدم. نگاهی به رضا انداختم و گفتم:

ــ اصلا مرد رو چه به این قرتی‌بازیا؟!

رضا خندید و گفت:

ــ چه قرتی‌بازی بانو جان؟ دلم می‌خواد رنگ روبان‌ها با رنگ لباس فرخنده همخونی داشته باشه. ایرادی داره؟

ــ نه، ایرادی نداره، ولی دیگه زیادی داری وسواس به خرج می‌دی. از صبح کل کوچه مهران رو گشتیم ولی هنوز روبانی که مورد تأیید برادر عروس خانم باشه پیدا نکردیم. بابا بسه دیگه، این همه رنگ!

رضا سرش را کج کرد و گفت:

ــ همین یه مغازه مونده، بیا اونم ببینیم. اگه نداشت می‌ریم...

دستم را در هوا تکان دادم و گفتم:

ــ نه... نه! اصلا حرفشم نزن که دوباره از اول بریم مغازه‌ها رو ببینیم تا جناب عالی تصمیم‌گیری کنی که چی رو انتخاب کنی. من دیگه حوصله گشتن ندارم. خسته شدم، فقط موندم من با تو سر مراسم خودمون چی کار کنم؟ بیچاره فرخنده رو بگو که تسلیم حرف تو شد و برای مراسم عقدش عکاس هم دعوت نکرده. تو با این وسواس می‌خوای عکس‌های این بنده‌های خدا رو چند ساعت معطل کنی؟ فقط خدا می‌دونه و بس!

رضا چشمانش را گشاد کرد و گفت:

ــ بانو، دیگه داری زیادی شلوغش می‌کنی! حالا یه عکس‌هایی ازشون بگیرم که خودت بیای به من التماس کنی عکس‌های تک نفره عروسی رو من بگیرم. بعدا اون موقع‌ست که من ناز می‌کنم.

سرم را به طرف رضا چرخاندم و قیافه‌ی مسخره‌ای به خودم گرفتم و گفتم:

ــ امکان نداره، اون روز رو تو خواب می‌بینی آقا رضا!

رضا مثل همیشه خندید و دستم را گرفت و مـرا بـه سـمت مـغازه‌ی
خرازی که انتهای خیابان بود برد. از میان ربان‌های لیمویی یک روبان تور
دوزی خوش‌رنگ انتخاب کرد و پارچه‌ی لباس فرخنده را که یک پارچه‌ی
پسته‌ای خوش‌رنگ بود درآورد و زیر ربان انداخت. با تحسین به انتخابش
نگاه کرد. صلواتی زیر لب فرستادم و گفتم:

ـ خدا رو شکر پسند شد!

رضا پارچه را بالا گرفت و گفت:

ـ نه، خدایی نگاه کن چی انتخاب کردم! تضاد و هارمونی خوبی دارن.

ـ خب، اگه واقعا خوبه، بخر بریم. هنوز خرید وسایل سـفره عـقد
مونده.

پشت صندوق عقب ماشین پر شده بود از وسایل. یک دنیا تور و شمع
و روبان. به قول رضا شده بود صندوق شادی. یک حس خوب و شـاد،
حسی که هر کسی با دیدنش لبخند به لبش می‌آمد.

چه روزهای شادی بود. چند روز قبل از عقد، رضا که به قول خـانم
خطیبی سلیقه‌اش از فرخنده و فریبا بهتر بود، تمام سفره عقد را خودش به
تنهایی درست کرد. ظرف‌های نقره با تور و شمع‌های طـلایی جـلوه‌ی
خاصی به سفره داده بود. تمام مسیر حرکت عروس و داماد از در ورودی
تا سفره‌ی عقد با تور و شمع تزئین شده بود و قرار بود برای روز مراسم
عقد، سفره و سالن را با گل‌های طبیعی تزئین کند. هر چقدر که خـانم و
آقای خطیبی سعی در منصرف کردن رضا برای این کـار داشـتند، فـایده
نداشت.

روز عقد محمدحسین و فرخنده هم، علی‌رغم تلاش آقـاجون بـرای
منتفی کردن این برنامه از راه رسید. روز عقد محمدحسین فقط در جریان
بودم که رضا از صبح درگیر گل‌آرائی و تزئین نهائی سـفره‌ی عـقد بـوده

است. از صبح خودم آرایشگاه بودم. قرار بود ساعت دو رضا دنبالم بیاید تا عکس‌های فرخنده و محمدحسین را با هم بیندازیم. ساعت یک‌ونیم آرایش کرده حاضر بودم. موهایم را به پیشنهاد رضا پیچیده بودم و روی شانه‌هایم ریخته بودم. رضا دلش نمی‌خواست زیادی مثل عروس‌ها بشوم چون معتقد بود اگر امشب هم موهایم را بالا ببندم فرقی با عروسی ندارم. لباسم هم سلیقه‌ی رضا بود. او پیراهن مشکی برایم خریده بود که دامن پفی کوتاهی داشت. سرتاسر لباس پر بود از گل‌های سفید برجسته که در بالاتنه‌ی لباس فاصله‌ی گل‌ها کمتر بود و در قسمت دامن پراکندگی گل‌ها بیشتر می‌شد. با اینکه رنگ لباس مشکی بود، ولی وقتی پوشیدم سنم را کمتر کرد. مادر اول مخالف رنگ لباسم بود و می‌گفت:

ـ بالاخره تو خودت عروسی، عروس که مشکی نمی‌پوشه!

ولی رضا معتقد بود. بانو باید تک باشه! روز اول لباس زیاد بـه دل خودم ننشست، ولی وقتی خودم را در آینه آرایشگاه با لباس و آرایشی که آن هم بنا به سلیقه‌ی رضا بود دیدم، باور کردم که رضا سلیقه‌ی منحصر بفردی دارد.

رضا راس ساعت دو دنبالم آمد. بر خلاف تصورم آماده نبود. معلوم بود که از آرایشگاه آمده؛ موهایش سشوار کشیده بود ولی تی‌شرت زرد و شلوار کتان قهوه‌ای به پا داشت و به هیچ عنوان برای مراسم آماده نبود. کمی چادرم را کنار زدم و نگاهی به رضا انداختم و گفتم:

ـ رضا داریم می‌ریم خونه؟

رضا نچ محکمی گفت و ادامه داد:

ـ خونه برای چی؟ الان باید بریم خونه‌ی عموی امیر.

با تعجب گفتم:

ـ امیر کیه که عموش باشه؟

رضا نیشگونی از گونه‌ام گرفت و در حالی که انگشتان دستم را می‌بوسید گفت:

ـ قربون بانوی خوشگلم بشم که صبر هم نداره. نگران نباش، نمی‌خوام بانوی زندگیم رو بدزدم. امیر یکی از دوستان دانشگاهیم بوده. عموش یه خونه با حیاط عالی بدون مشرف توی کامرانیه داره. با محمدحسین و فرخنده قرار گذاشتم یه سری از عکس‌های دو نفره‌شون رو اونجا بگیرم. آدرس بهشون دادم قراره خودشون رو تا ساعت سه برسونن اونجا، در ضمن پایه‌ی دوربین هم آوردم که خودمون هم عکس بگیریم.

اخمی کردم و گفتم:

ـ تو که کت و شلوارت رو نپوشیدی.

رضا خنده‌ای کرد و گفت:

ـ مگه با این لباسا نمی‌شه عکس انداخت؟ بهت گفتم می‌خوام امشب با شب عروسی‌مون کاملا متفاوت باشیم. بانو یک ماهونیم دیگه عروسی‌مونه...

ـ رضا، نگو با این لباس می‌خوای بیایی تو سالن!

رضا خنده‌ی از ته دلی کرد و گفت:

ـ قربون اون اخمت بشم من، بانو تا حالا کسی بهت گفته عصبانی می‌شی خواستنی‌تر می‌شی؟ بانوجان، قربونت برم من، نگران نباش. من اگه با این تیپ بیام سالن بابام تو مراسم راهم نمی‌ده. کت و شلوارم تو صندوق عقب ماشینه. این لباسم الان برای این پوشیدم که اولا راحت بتونم عکس بندازم و دوما من یه عکاسم، همیشه هارمونی و تضاد رو در نظر می‌گیرم. ببین چه عکس‌هایی می‌شه لباس مشکی تو با تی‌شرت زرد من. بهت گفتم که تو هنوز کار حرفه‌ای منو ندیدی. یه امروز رو به من

اعتماد کن، مطمئن باش ضرر نمی‌کنی.

جلوی منزل مورد نظر که رسیدیم ماشین محمدحسین گل زده دم در خانه بود. سرم را کمی عقب بردم تا فرخنده را ببینم، ولی فرخنده چادر گلدار سفیدش را روی صورتش هم کشیده بود. رضا از ماشین پیاده شده و به سمت ماشین محمدحسین رفت. محمدحسین شیشه ماشین را پایین کشید و با هم مشغول صحبت شدند.

رضا گوشی موبایلش را برداشت و مشغول صحبت شد و چند دقیقه بعد مرد میانسالی در حیاط را برایمان باز کرد و با اشاره‌ی رضا ما و محمدحسین وارد منزل شدیم.

منزل مورد نظر خیلی زیباتر از چیزی بود که در نظرم تجسم می‌کردم، مقابل ما حیاط بسیار بزرگی با درختان تنومند و کاج‌های فانتزی بود. سرتاسر حیاط پوشیده از گل‌های رز و بنفشه بود. نگاهی به رضا کردم و گفتم:

ــ عالیه، خدایی آتلیه هم می‌رفتن این‌قدر قشنگ نبود.

رضا خنده‌ای کرد و گفت:

ــ تازه کجاشو دیدی؟ این حیاط جلویی و در واقع پارکینگ خونه است. جایی که من می‌خوام عکس بگیرم حیاط پشتی خونه‌ست.

رضا از ماشین پیاده شد و در ماشین را برایم باز کرد. با هم به سمت ماشین محمدحسین رفتیم و همزمان با رسیدن ما، فرخنده و محمدحسین هم از ماشین پیاده شدند. سلامی کردم و جلو رفتم و کمی از چادر فرخنده را کنار زدم و نگاهش کردم. فرخنده لبخند دلنشینی به لب داشت و چهره‌ی زیبایش زیباتر از همیشه شده بود. ماشاالله گفتم و به صورتش فوت کردم و گفتم:

ــ فرخنده مثل ملکه‌ها شدی. بیچاره عروس‌های دیگه‌ای که با تو

آرایشگاه بودن، چقدر وقتی تو رو دیدن سر خورده شدن!

فرخنده سرش را پایین انداخت و گفت:

ـ تو زیادی به من لطف داری، ممنون بانو جان.

چهار نفری به سمت انتهای حیاط رفتیم و از یک راه تقریبا باریک به فضای پشت ساختمان رسیدیم. فضای پشتی خانه بی‌نظیر بود. آلاچیق چوبی بسیار زیبایی گوشه‌ای از حیاط بود. یک آب‌نمای بسیار زیبا و مجلل در وسط حیاط پشتی قرار گرفته بود که از دو سوی آن مجسمه‌ی بزرگ زنی که کوزه‌های آب در دست داشت دو سوی آب‌نما خودنمایی می‌کرد. یک تاب فلزی سفید که کوسن‌های گلدار صورتی جلوه‌ی خاصی به آن داده بود، درگوشه‌ی دیگر حیاط نمای زیبایی به آن فضا داده بود.

مرد سرایدار ما را تا حیاط پشتی مشایعت کرد و بعد خودش رفت.

محمدحسین نگاهی به اطرافش کرد و گفت:

ـ من فکر می‌کنم اینجا یه آتلیه خصوصی مخصوص عکس‌برداری عروس و داماداس. بعید می‌دونم یه نفر این‌قدر با سلیقه باشه که برای استفاده‌ی شخصی‌اش همچین جایی رو درست کنه.

رضا لبخندی زد و در حالیکه وسایل عکس‌برداری‌اش را باز می‌کرد، گفت:

ـ نه، صاحب اینجا آدم با ذوقیه که از اینجا فقط استفاده‌ی شخصی می‌کنه. البته شش ماه ایرانه، شش ماه هم خارجه. کلیدش دست سرایدارشه. الان هم دقیقا در تایمیه که خارجه و شانس هم امروز با ما یار بوده که هوای خوب و بدون ابری داشته باشیم.

به اطراف نگاهی کردم و گفتم:

ـ واقعا به هیچ جا دید نداره؟

رضا کمی سرش را بالا گرفت و گفت:

ـ نه، کاملا خیالت راحت باشه.

چادرم را برداشتم و به سمت فرخنده رفتم و گفتم:

ـ عروس خوشگل، شما مثل اینکه تصمیم نداری عکس بندازی؟ عروس خانم اینجا از چشم هر چشم حسودی به دوری. بیا چادرت رو بده به من.

فرخنده چادرش را برداشت. به واقع بی‌نظیر شده و نگاه هر بیننده‌ای را به خود خیره می‌کرد. لباس فرخنده یک لباس پرنسسی با یقه‌ی گرد و باز بود و دامن پفی که چین‌های طبقه طبقه روی هم قرار گرفته بودند. در دلم سلیقه‌ی فرخنده را برای انتخاب رنگ لباس تحسین کردم، رنگ پسته‌ای لباس در کنار پوست سفید و موهای روشن فرخنده جلوه‌ی خاصی به او داده بود.

هنوز محو زیبایی فرخنده بودم که رضا دستی به شانه‌ام زد و گفت:

ـ خب، دستیارجان بیا که باید حسابی بهم کمک کنی. می‌خوام یکسری عکس بندازم که از زیباییش انگشت به دهن بمونی.

سری تکان دادم و اشاره‌ای به محمدحسین و فرخنده کردم و گفتم:

ـ ماشاالله به داداشم و فرخنده جون. این‌قدر عروس و داماد خوشگلی هستن که کمک می‌کنن تو نمونه‌ی کاریت خوب بشه.

رضا سری تکان داد و گفت:

ـ خب، باشه... پس هر عکسی من بگیرم خوب می‌شه! لازم نیست لنز عوض کنم و نور رو تنظیم کنم یا اینکه به عروس و داماد مدل خاصی بدم؟ اصلا به نظرت بهتر نیست من برم خودت عکس بگیری؟ وارد هم شدی!

محمدحسین خنده‌ای کرد و گفت:

ـ رضا جون نوکرتم، کل‌کل بین تو و خواهر ما بمونه برای بعد. حالا این عکس‌ها رو بگیر که به خدا تحمل هر کاری رو دارم به جز عکس

انداختن!

رضا مشغول کار شد. من تا آن روز کار عکس‌برداری از عروس و داماد را ندیده بودم. برایم جالب بود، کلی از ژست‌هایی که رضا به بچه‌ها داد خندیدیم و چقدر از عکس‌ها به خاطر خنده‌ی بی‌موقع محمدحسین خراب شد. آن چند ساعتی که ما چهارنفر بدون خانواده‌ها در کنار هم بودیم به من ثابت کرد که محمدحسین انتخاب درستی کرده و ما می‌توانیم بر خلاف نظر آقاجون رابطه‌ی زن برادر و خواهر شوهری بهتر از دیگران داشته باشیم و این‌گونه وصلت، استحکام روابط‌مان را بیشتر می‌کند.

محمدحسین و فرخنده بعد از گرفتن عکس‌ها کمی دوتایی روی تاب کنار حیاط نشستند و ناظر عکس انداختن ما بودند. وای که چه روزی بود آن روز! شاید به جرات بگویم که تا به آن روز آن‌قدر نخندیده بودم. رضا، بعد از انداختن چند عکس با آن تی‌شرت زرد به من گفت که می‌خواهد لباس رسمی‌اش را تنش کند و چند لحظه برای پوشیدن لباس رسمی به حیاط جلویی می‌رود.

من و فرخنده روی تاب نشسته بودیم و محمدحسین مشغول تعریف کردن خاطره‌ی اولین باری بود که رضا برای خواستگاری به منزل‌مان آمد. فرخنده در حال گوش کردن خاطره بود که ناگهان جیغ کوتاهی کشید و سرش را، پشت کمر من قایم کرد.

من و محمدحسین به روبه‌روی‌مان نگاه کردیم و از خنده‌ی ما فرخنده هم سرش را بالا گرفت و تازه متوجه رضا شد. رضا لباس محلی پوشیده بود و سیبیل دکوری پشت لبش زده بود و چوب چوپان‌ها را به دست گرفته بود.

فرخنده از روی تاب پایین آمد و در حالیکه به بازوی رضا می‌زد گفت:

ـ دلت اومد منو بترسونی؟ فکر کردم یک غریبه اومده!

رضا چوبش را بلند کرد و در حالیکه مثل پیرمردها صحبت می‌کرد گفت:

ـ من نیت به ترسوندن شما رو نداشتم دخترم، خودت ترسیدی!

نگاهی به رضا انداختم و با حالتی بین خنده و گله گفتم:

ـ می‌شه حاضر بشی؟ دیگه دیره مثلا قرار بود پنج تا پنج‌ونیم عقد باشه. الان ساعت یک ربع به پنجه و ما همچنان اینجا هستیم و الان همه خون خونشون رو می‌خوره. جناب عالی هم که موبایل‌تون رو خاموش کردین!

رضا دستم را گرفت و گفت:

ـ دوتا عکس با این لباس می‌گیریم و می‌ریم. امشب همه منتظر این دو نفر هستن. هیچ‌کس نمی‌ره تا ما نیایم. تازه می‌خواستم بگم این سرایداره برامون بلالی یا جیگری کباب کنه. بعد از این همه عکس گرفتن جون نداریم بریم هل‌هل و کل‌کل کنیم.

محمدحسین با خنده اشاره به من و فرخنده کرد و گفت:

ـ بیایید این برادر زن یا شوهر خواهر نیت کرده امشب نذاره ما به عاقد برسیم. بدویید دوتا عکس بگیریم که اگه دنیا هم معطل ما چهار نفر بشن، عاقد به خاطر مراسم بعدیش دو دقیقه هم نمی‌ایسته!

چهار نفره چندتا عکس با تیپ جدید رضا انداختیم تا رضایت به آماده شدن داد و بالاخره از کت و شلوار مراسم رونمایی کرد.

شب عقد محمدحسین و فرخنده بهترین شب زندگی‌ام بود. شبی بود که تا مدت‌ها از یادآوری‌اش خنده به لب‌هایم می‌آمد.

رضا برای این مراسم سنگ تمام گذاشت، گل‌آرائی و تزئین سفره عقد، آتش بازی آخر شب، آزاد کردن کبوترهای عشق به دست عروس و

داماد و در نهایت همه‌ی آن عکس‌های فوق‌العاده‌ای که نگاه همه را خیره می‌کرد. ولی رضا فکر بعد را هم کرده بود. دوتا از عکس‌های منحصر به فرد را انتخاب کرد و اصلا به فرخنده و محمدحسین نشان نداد. گفت دلش می‌خواهد این دو عکس را بزرگ کند و در فرصت مناسب، شاید چند سال دیگر به مناسبتی به آن‌ها هدیه بدهد.

چقدر روز عقد محمدحسین و فرخنده برایم روز خوبی بود. چقدر آن روز خندیدیم و بیشتر از همه احساس نزدیکی با فرخنده کردم و حالا بعد از پانزده سال برای چنین شبی احساس سنگینی داشتم. اگر به خاطر آقاجون و مادر نبود شاید هرگز فردا شب نمی‌رفتم تا شاید مثل همیشه مسبب اتفاق ناخوانده‌ی دیگری باشم.

چشم‌هایم دوباره پر از اشک شد. زیر لب رضا را صدا کردم، احساس کردم روی پای رضا خوابیدم و رضا دارد با دست‌هایش موهایم را نوازش می‌کند. نگاهی به صورتم انداخت و گفت:

ـ دوباره داری گریه می‌کنی؟ بانو این‌قدر گریه کردی که هر جا راه می‌رم زیر پام اشک‌های توئه. تو رو قسمت می‌دم به جون آقاجونت دیگه گریه نکن. دوباره زندگی کن، دوباره عاشق شو و بیشتر از همیشه بخند.

سرم را تکان دادم و گفتم:

ـ از وقتی ترکم کردی و رفتی، همیشه با خاطراتت زندگی کردم. چطور می‌تونم فراموشت کنم؟

رضا خندید و گفت:

ـ من ترکت نکردم.

سرم را چرخاندم و به چشمانش نگاه کردم. چشمانش نگران بود. گفتم:

ـ چرا این‌جوری نگاهم می‌کنی؟ از نگاهت می‌ترسم!

رضا سرش را خم کرد. شاید دلش نمی‌خواست من چشمانش را ببینم و گفت:

ــ من نگرانتم. نگران تنهاییت، نگران اینکه تنها بمونی. بانو منو فراموش کن.

سرم را بلند کردم. رضا را بغل کردم. شاید هیچ‌وقت در آن چند سال زندگی مشترک این‌طور رضا را بغل نکرده بودم. حسی داشتم که نه ده سال، بلکه قرن‌هاست از رضا دورم. دلم می‌خواست زمان در این لحظه متوقف می‌شد. من می‌ماندم و رضا. چشمانم را بسته بودم و دلم می‌خواست تمام وجودم پر شود از بوی رضا.

رضا دستش را دور کمرم حلقه زد و سرش را کنار سرم قرار داد و گفت:

ــ منو فراموش کن بانو! وقتی بهم خبر می‌رسه که این‌قدر بی‌تابم هستی، منم نمی‌تونم اینجا به کارام برسم. دوباره زندگی کن بانو...

چشمانم را باز کردم و دورو برم را نگاه کردم. دیگر از رضا خبری نبود. من بودم و تنهایی‌ام. تمام آن حس و حال، خوابی بیش نبود. سرم سنگین شده بود. حس آدمی را داشتم که کوه را جابه‌جا کرده است. از جایم بلند شدم و به سمت آشپزخانه رفتم تا لیوان آبی بخورم. صدای تلفن باعث شد راه رفته را برگردم و بدون نگاه کردن به شماره، تلفن را جواب بدهم.

خانم موسویان بود. از اینکه بی‌موقع زنگ زده، عذرخواهی کرد و گفت:

ــ خانم محبی، فردا شب به مناسبت شب یلدا یه برنامه‌ی زنده با حضور چند کارشناس، دکتر و معلم و دو خانواده‌ی اوتیسم توی یکی از برنامه‌های جام‌جم برگزار می‌شه. قرار بود به عنوان معلم، خانم هاشمی رو که بیشترین سابقه‌ی کار با بچه‌های اوتیسم رو دارن بفرستیم. ولی

نیم‌ساعت پیش مطلع شدیم مادر ایشون به رحمت خدا رفتن و ایشون دیگه قادر به شرکت توی این برنامه نیستن. البته می‌دونم شب خاصیه و همه درگیر مهمونی هستن، ولی خواستم به عنوان اولین گزینه به شما پیشنهاد بدم. اگه شما مخالفت کنین...

حرف خانم موسویان را قطع کردم و گفتم:

ـ نه، خیال‌تون راحت، می‌رم. اگه بتونم کاری برای این بچه‌ها کنم، کوتاهی نمی‌کنم.

خانم موسویان نفس عمیقی کشید و گفت:

ـ ممنونت هستم محبی جان. دستت درد نکنه. پس آدرس رو برات پیامک می‌کنم.

خانم موسویان گوشی را قطع کرد. سرم را بالا گرفتم و زیر لب خدا را شکر کردم و گفتم:

ـ بهترین بهانه برای نرفتن فردا! خدایا، همیشه به دادم می‌رسی.

هوا دوباره آلوده و ناپاک اعلام شده بود و مدارس تعطیل بودند. به همین خاطر فرصت داشتم تا سری به مادر بزنم و حضورا به او بگویم که شب به خاطر شرکت در برنامه‌ی تلویزیونی، نمی‌توانم در مراسم شب یلدا حاضر شوم. به همین خاطر تصمیم گرفتم صبح زود به منزل آقاجون بروم تا بعد از دیدن مادر، ببینم می‌توانم فکر دیشبم را عملی کنم یا خیر. به خانه‌ی آقاجون رسیدم و با اینکه کلید خانه را داشتم ولی دلم می‌خواست با زنگ و اجازه وارد بشوم. زنگ خانه را زدم و منتظر باز شدن در شدم. هنوز سرم به طرف آیفون بود که در پارکینگ باز شد و ماشین محمدحسن را دیدم که از پارکینگ خارج شد و محمدحسن متوجه من نشد و بعد از بسته شدن در گاز داد و رفت.

چند ثانیه بعد در خانه باز شد و هنوز کامل وارد خانه نشده بودم که

مادر نگران به استقبالم آمد و گفت:

ـ بانو چی شده؟ چرا کله صبحی اینجایی؟

خندیدم و گفتم:

ـ اولا سلام! دوما من باید از دست شما چی کار کنم؟ اگه دیر بیام غر می‌زنی، اگه زود بیام نگران می‌شی!

مادر سری تکان داد و اشاره به داخل منزل کرد و گفت:

ـ حالا بیا تو، اینجا جای صحبت نیست. هوا آلوده‌ست، زیاد تو این هوا نباشیم بهتره.

با مادر وارد خانه شدیم، لباسم را درآوردم و مادر با دیدن من در آن لباس گفت:

ـ بانو، دوباره برمی‌گردی خونه؟!

سری تکان دادم و گفتم:

ـ نه، چطور مگه؟

مادر قیافه‌ی ناراحتی به خودش گرفت و گفت:

ـ با این لباس می‌خوای امشب باشی؟ به نظرت بد نیست خانواده‌ی شوهرت تو رو این‌جوری ببینن؟ فکر نمی‌کنی برای خودت خوب نیست؟ با لباس سر کار اومدی برای مهمونی!

لبی ورچیدم و گفتم:

ـ وقتی شوهری نیست، خانواده شوهری هم نیستن. مادر، خواهش می‌کنم. الان خانواده‌ی خطیبی با من هیچ نسبتی ندارن. اونا خانواده‌ی زن محمدحسین هستن. بعدش هم زودتر اومدم که بهتون بگم برام کاری پیش اومده و امشب نمی‌تونم بیام.

مادر محکم با دست به صورتش زد و گفت:

ـ خاک بر سرم! بانو، مگه ما حرفامونو دیشب با هم نزدیم؟ مگه قرار

نشد به خاطر من و آقاجون بیای؟

روی صندلی نشستم و گفتم:

ـ قرار شد، ولی دیشب بعد از تلفن شما از من خواستن تو برنامه‌ی زنده‌ای شرکت کنم. حالا هم اومدم بگم که برای شب منتظر من نباشین. فیلم‌برداری بین ساعت نه تا نه‌ونیمه، باید یک ساعت قبل از شروع برنامه هم اونجا باشیم. خب قاعدتا اصلا برنامه‌ام با شما هماهنگ نیست.

مادر مقابلم نشست و گفت:

ـ بانو، داری به من دروغ می‌گی؟

نیشخندی زدم و گفتم:

ـ من چه دروغی دارم به شما بگم؟ امشب برنامه از شبکه جام‌جم پخش می‌شه. می‌تونین ببینین.

مادر دستی به سرش کشید و گفت:

ـ حالا اگه دیگران از من پرسیدن باید چی بگم؟

ـ حقیقت! اصلا تلویزیون رو روشن کنین تا همه ببین و باور کنن.

از جایم بلند شدم و به مادر گفتم:

ـ راستی مادر، وسایلم کجاست؟

مادر نگاه عمیقی بهم کرد و گفت:

ـ کدوم وسایل بانو جان؟ تو که هر چی داشتی و نداشتی بخشیدی. به جز چندتا کارتن که توش یه مشت آلبوم و کاغذ و تقویمه، چیزی نمونده.

لبخندی زدم و گفتم:

ـ منظورم همونا بود.

مادر هم از جایش بلند شد و گفت:

ـ بعد از این همه سال توی اون همه کاغذ پاره دنبال چی می‌گردی؟

بی‌آن که جواب مادر را بدهم گفتم:

ـ دنبال کادوی محمدحسین و فرخنده.

مادر سریع به سمتم آمد و دستم را گرفت و گفت:

ـ چی کار می‌خوای بکنی بانو جان؟ اصلا تو که خودت امشب نیستی، چه لزومی به کادوئه؟ محمدحسین و فرخنده وجود خودت رو می‌خوان.

دستم را از دست مادر بیرون کشیدم و صورتش را بوسیدم و گفتم:

ـ مادر من، این‌قدر دلشوره نداشته باش. مطمئن باش که کلی از کادوی من لذت می‌برن.

مادر بغض‌آلود نگاهم کرد و گفت:

ـ نگرانم بانو!

ـ مادر، تا الان من چه کاری کردم که شما باید نگران باشین؟ تو رو خدا خودتون رو دلواپس نکنین. بهتون می‌گم تصمیم دارم چی کار کنم. حالا کارتن‌ها کجاست؟

مادر سرش را بلند کرد و گفت:

ـ گذاشتم تو انبار اتاق پشتی.

رفتم توی انباری. یک عالمه کارتن روی هم تلنبار بود. حالا باید توی این همه کارتن را می‌گشتم. چراغ انباری سوخته بود و انبار به وسیله‌ی اتاق جلویی روشن می‌شد و روشنایی کافی نبود. به همین خاطر برای راحتی کار کارتن‌ها را بیرون آوردم.

مادر توی اتاق ایستاده بود و با نگرانی نگاهم می‌کرد. اشاره به تخت کردم و گفتم:

ـ مادر جان بشین، چرا روی پا ایستادی؟

مادر روی تخت نشست و گفت:

ـ اگه بگی دنبال چی هستی حداقل منم کمکت می‌کنم.

در حالیکه در کارتن اول را باز می‌کردم گفتم:

ـ دنبال یه عکس، ولی این جعبه‌ها پر از عکسه. شما چه کمکی می‌تونی به من بکنی؟ باید خودم پیداش کنم.

جعبه‌ی اول و دوم خالی شد. مادر که کمی بی‌حوصله شده بود به بهانه‌ی آوردن چای از اتاق بیرون رفت. جعبه‌ی سوم هم بی‌نتیجه باز شد. کم‌کم حوصله‌ی خودم هم سر رفته بود. جعبه چهارم را که باز کردم روی جعبه چند پاکت بزرگ بود. پاکت اول را که باز کردم، لبخندی به لبم آمد. عکس عقدکنان محمدحسین و فرخنده بود.

فرخنده روی تاب نشسته بود و دامن چین‌دارش را دو طرف تاپ پهن کرده بود و محمدحسین در حالیکه شاخه رز قرمزی را به فرخنده تعارف می‌کرد جلوی تاب ایستاده بود و فرخنده هم سرش را به سمت دیگر کج کرده بود و دستش را به حالت امتناع از گرفتن گل به سوی گل گرفته بود.

دستی به عکس کشیدم و آهی از نهادم بلند شد. این عکس را رضا همزمان با عکس‌های دیگر در قطعی بزرگ‌تر از سایر عکس‌ها چاپ کرده بود و دلش می‌خواست این عکس را چند سال بعد به خاطر مناسبتی خاص به محمدحسین و فرخنده بدهد. عکس را دوباره داخل پاکت گذاشتم و از جایم بلند شدم که مادر با سینی چای داخل اتاق شد و در حالیکه به پاکت دستم نگاه می‌کرد گفت:

ـ خب خدا رو شکر پیدا کردی.

سرم را تکان دادم و گفتم:

ـ بله حالا باید ببرم درستش کنم. برم که شاید اگه دیرتر برم کلی معطلم کنن.

مادر جلویم را گرفت و گفت:

ـ کجا؟ باش می‌خوام ناهار با هم کوفته بخوریم. به عشق اومدن تو برات امشب غذاهای مورد علاقه‌ات رو درست کردم. الان هم ظهری

کوفته می‌خوریم.

گونه مادر را بوسیدم و گفتم:

ـ شاید برم و برگردم. الان برم تا یک، یک‌ونیم خونه‌ام.

مادر خبی گفت و از جلوی راهم کنار رفت. لباسم را تنم کردم و بعد از خداحافظی از مادر به سمت عکاسی ستاره که می‌دانستم کادر خانم کارهایش را انجام می‌دهند رفتم و عکس عقدکنان را به خانم مسئول تحویل دادم و خواستم که عکس را برایم روی قاب شاسی بزنند.

خانم نگاهی به عکس کرد و گفت:

چه عکس قشنگی. فقط باید منو ببخشید، بهتره این عکس رو ببرین همون آتلیه‌ای که عکس رو گرفتین. ما خرده کاری عکاسی‌های دیگه رو انجام نمی‌دیم.

لبخند تلخی زدم و گفتم:

ـ اون آتلیه درش تخته شده. ممنون می‌شم برام کار رو انجام بدین، برای شما وقت آنچنانی نمی‌بره ولی من مجبورم برای اینکه کار رو خانم انجام بده، تا اون سر شهر برم. البته شاید به غیر آتلیه شما و رز سفید، آتلیه‌های دیگه‌ای هم باشن که این کار رو انجام می‌دن. ولی من فقط شما دوتا رو می‌شناسم. خواهش می‌کنم خانم، منو دست خالی نفرستین.

زن حرفی نزد و عکس را برداشت و به اتاق پشت سرش رفت. نفس عمیقی کشیدم و در دل باز هم خدا را شکر کردم که کارم در همین جا انجام شد. بعد از چند دقیقه خانم با شاسی آمد و گفت:

ـ بفرمایید.

نگاهی کردم و گفتم:

ـ خدا خیرتون بده... ممکنه برام بپیچیدش؟

مشغول پیچیدن شاسی در کاغذ صورتی ملایم و شیکی شد. من هم از

کیفم چک پول صد تومنی درآوردم و به سمت خانم مسئول گرفتم. خانم در حالیکه مابقی پولم را می‌شمرد گفت:

ـ حالا این کار کدوم آتلیه بوده که الان درش تخته شده؟ بعید می‌دونم آتلیه که جای خوب و عکاس خوبی داره به این زودی کار و بارش کساد بشه.

مابقی پولم را برداشتم و گفتم:

ـ کار جای اسمی و خاصی نیست، در واقع...

نمی‌توانستم اسم رضا را بیاورم. باز روزم با فکر و خاطرات رضا خراب می‌شد. به همین خاطر ترجیح دادم دروغ بگویم.

ـ عکاسش خودم هستم.

زن سرش را بالا گرفت و گفت:

ـ جدا؟ حیفه! چرا دیگه کار نمی‌کنین؟ اگه مشکل آتلیه و جا دارین ما با کمال میل حاضر به همکاری با شما هستیم. اتفاقا چند وقتی به خاطر گسترش کارمون دنبال عکاس جدید هم هستیم. قرار بود برای هفته‌ی آینده توی روزنامه آگهی بدیم.

از دروغ گفته‌ام پشیمون بودم. البته به قول رضا به حد کافی حرفه‌ای شده بودم. ولی الان خیلی سال بود که دست به دوربین نزده و شاید اصلا سر از دوربین‌های دیجیتالی جدید درنمی‌آوردم. به همین خاطر سریع گفتم:

ـ این عکس قدیمیه. مال پونزده سال پیش. حقیقتش چندین ساله که دست به دوربین نزدم.

خانم مسئول لبخندی زد و گفت:

ـ عالیه، عالی!

با تعجب نگاهش کردم و زن ادامه داد:

ـ واقعا می‌گم. اگه انتخاب سوژه شما برای پونزده سال پیش این‌قدر منحصر به فرد بوده، یعنی اینکه شما پر از ایده و خلاقیت هستین.

لبخندی زدم و گفتم:

ـ شما لطف دارین، ولی من الان معلم هستم و وقت کافی ندارم و از شنبه تا چهارشنبه هم مدرسه می‌رم.

خانم مسئول سری تکان داد و گفت:

ـ شما فقط یه روزتون رو به ما بدین کافیه. بیشتر مراسم ما روزهای تعطیله و پنجشنبه و جمعه‌هاست. این کارت ویزیت ما خدمت شما. خوشحال می‌شم با ما همکاری کنید. نگران کار کردن با دوربین‌های جدید نباشین، عکاسی که توانایی کارکردن با دوربین‌های دستی قدیمی رو داشته مطمئنا از پس دوربین‌های دیجیتالی هم برمی‌یاد. اگه هم براتون حضور در مراسم سخته، می‌تونین مسئولیت عکس آتلیه رو قبول کنین که زمان مشخصی داره.

لبخندی زدم و در حالیکه کارت را داخل کیفم می‌گذاشتم گفتم:

ـ باید کمی روی این کار فکر کنم. اصلا ببینم می‌تونم از پس این کار بر بیام یا نه.

خانم مسئول سری تکان داد و گفت:

ـ این دیگه کاملا نظر شخص شماست. ولی ممنون می‌شم که تا هفته‌ی آینده نظر مثبت یا منفی خودتون رو اعلام کنید. حقیقتش من مدیر آتلیه ستاره هستم، محمودیان. امروز خیلی از بچه‌ها به خاطر آلودگی از من خواستن که از ظهر به بعد که کار عکس مراسم شروع می‌شه بیان. شاید قسمت بر این بود که همه‌ی این موارد کنار هم چیده بشه تا خود من نمونه کاری از شما ببینم. چون من هیچ‌وقت با مشتری در تماس نیستم. همون‌طور که گفتم امروز هم چون صبح بچه‌ها نمی‌اومدن و ممکن بود

صبح مشتری برای دیدن نمونه کار و یا عقد قرار داد بیاد، من جای بچه‌ها اینجا نشستم.

لبخندی زدم و گفتم:

ــ برای امروز هر چیزی رو پیش‌بینی می‌کردم جز اینکه اینجا بیام و پیشنهاد کار بهم بشه. در هر صورت از قدیم گفتن آب نطلبیده مراده. حالا باید دید که در مورد کار نطلبیده چطور جواب می‌ده. خانم محمودیان، اگه اجازه بدید من تا هفته‌ی آینده به شما خبر بدم.

خانم محمودیان یک فرم استخدام هم از کشوی میز درآورد و گفت:

ــ این فرم استخدام ماست اگه جواب شما مثبت بود این فرم رو پر شده برای ما بیارین. فقط اینکه درصدی که توی قرارداد نوشته شده شامل عکاسان آماتور می‌شه. در مورد درصد مطمئن باشید رضایت شما رو جلب می‌کنم.

فرم استخدام را داخل پاکت عکس گذاشتم و با خانم محمودیان دست دادم. از آتلیه خارج شدم. شاسی عکس را داخل صندوق عقب ماشین گذاشتم و به سمت گل‌فروشی بهرام که مورد علاقه‌ی من و رضا بود حرکت کردم. هنوز وارد خیابان اصلی نشده بودم که پلیسی دستور به ایست داد.

ماشین را گوشه‌ی خیابان پارک کردم و شیشه را پایین کشیدم. پلیس جوان در حالی که برگه‌ی جریمه را پر می‌کرد نزدیکم شد و برگه را به دستم داد و گفت:

ــ خانم، پلاک‌تون فرده.

با تعجب گفتم:

ــ خب سرکار اینجا که محدوده‌ی طرح نیست.

ــ مثل اینکه اصلا اخبار گوش نمی‌کنین. طرح ترافیک از اول هفته از

درِ منزله. حالا هر جا هم که برین پلیس شما رو ببینه جریمه می‌کنه. بهتره ماشین رو همین جا پارک کنین یا اینکه اگه منزل نزدیکه برگردید خونه.

برگه جریمه را گرفتم و گفتم:

ـ منزل یه خیابون فاصله داره. برمی‌گردم ولی امیدوارم سر راهم دیگه پلیس نباشه.

پلیس جوان گفت:

ـ تمام این کارها برای سلامت خودتونه.

سری تکان دادم و گفتم:

ـ دقیقا، ممنون.

دور زدم و توی دلم به شانسم لعنت فرستادم و یک لحظه خودم خنده‌ام گرفت. پیش خودم گفتم:

ـ ما آدم‌ها موجودات عجیبی هستیم. فقط با یک شرایط مخالف خواسته‌هامون خودمون رو بد شانس‌ترین فرد می‌دونیم. ولی اگه تمام شرایط مطابق میل ما باشه خودمون رو خوش شانس نمی‌دونیم! کاش می‌شد گاهی به خوشبختی خودمون هم درود بفرستیم.

دیگر وقت فکر کردن به خوش شانسی و بد شانسی نبود. باید الان ماشین را می‌بردم خانه و از خانه آژانس می‌گرفتم.

ماشین را پارک کردم و زنگ زدم به آژانس، ولی به خاطر محدودیت ترافیکی و به خاطر اینکه اکثر ماشین‌های آژانس بدون مجوز و پلاک شخصی بودند، فرستادن آژانس را در خوشبینانه‌ترین وضعیت نیم ساعت دیگر اعلام کرد. از مسئول آژانس تشکر کردم و ترجیح دادم با تاکسی مسیر را طی کنم.

از منزل خارج شدم و به سر خیابان آمدم و امیدوار بودم که تاکسی خالی به مسیرم بخورد تا دربست بگیرم. هر تاکسی که مقابلم می‌ایستاد

متاسفانه مسافر داشت.

داشتم کم‌کم به این فکر می‌کردم که مسیر را تکه‌تکه بروم که ماشین شاسی بلندی جلویم ایستاد. شیشه ماشین پایین آمد، سرم را چرخاندم. آقای خاطوریان بود که از من دعوت می‌کرد سوار ماشین بشوم. بعد از سلام تشکر کردم و گفتم منتظر هستم تا تاکسی دربست بگیرم.

سریع از ماشین پیاده شد و در حالیکه در جلوی ماشین را برایم باز می‌کرد گفت:

ــ خانم محبی خواهش می‌کنم، ما اون‌قدر تو این مدت به شما زحمت دادیم این که کاری نیست. بفرمایید سوار شین، هوا خیلی آلوده‌ست.

کمی شرمنده شدم و برای اینکه کسی مرا در آن وضعیت نبیند، سریع سوار ماشین شدم. آقای خاطوریان اشاره‌ای به صندلی عقب ماشین کرده و گفت:

ــ دنیل اگه می‌دونست الان شما رو سوار می‌کنیم هرگز نمی‌خوابید. باورتون نمی‌شه این چند روز چقدر بی‌تابی شما رو می‌کرد.

با تعجب سرم را چرخاندم و دنیل را دیدم که در خواب عمیقی بود. با تعجب گفتم:

ــ طفلک خوابیده. کاش می‌ذاشتید خونه استراحت کنه.

خاطوریان با تعجب نگاهم کرد و گفت:

ــ بچه‌ی سالم رو نمی‌شه تنها نگه داشت، چه برسه به این بچه‌ها که نمی‌شه چشم ازشون برداشت. مثل اینکه شما نمی‌دونین دنیل...

حرف خاطوریان را قطع کردم و گفتم:

ــ چرا، من همیشه قبل شروع سال پرونده تحصیلی بچه‌ها رو می‌خونم. می‌دونم همسرتون وقتی دنیل دو ساله بوده فوت شدن. ولی یادمه چند بار مادربزرگ دنیل رو دیدم.

آقای خاطوریان سری تکان داد و گفت:

ـ خانواده‌ی من سالیان سال ساکن امریکا هستن، مادرم هـم بـعد از چند سال دوری از وطن امسال چند ماهی اومدن ایران و توی همون مدت تمام کارهای دنیل رو انجام می‌دادن، دوران خوبی بود. حداقل از تـمام جوانب خیالم از بابت دنیل راحت بود. ولی حالا وقتی مـدرسه بـه هـر دلیلی تعطیل می‌شه مکافات من هم شروع می‌شه. می‌دونید بیشترین بار کاری ما پنجشنبه و جمعه و اعیاده که قاعدتا این روزها دنیل تعطیله و باید با من باشه. راستش خانم محبی، چند بار براش مربی و پرستار گرفتم ولی با هیچ پرستار یا مربی کنار نمی‌یاد. دفعه‌ی آخر مربی بنده خدا رو همچین گازی گرفت که من از خجالت روم نمی‌شد به اون بنده خدا نگاه کنم. شما معلم این بچه‌ها هستین، شاید تا حـدودی در جـریان مشکـلات‌شون باشین. ولی تا وقتی جای ما نباشین، نمی‌دونین زندگی با این طفل معصوم مصائب خاص خودش رو داره.

سری تکان دادم و گفتم:

ـ می‌فهمم، حق با شماست. ولی نمی‌دونم، کاش مـی‌شد حـالا کـه مجبورین دنیل رو با خودتون ببرین سرکار، حداقل اونجا کمی سرش رو گرم کنید.

خاطوریان نگاهم کرد و گفت:

ـ نمی‌دونم و نمی‌تونم. اون‌قدر درگیر سفارش و کار می‌شم که وقت این کارها رو ندارم. راستی خیلی پر چونگی کـردم. شما مسیرتون کجاست؟

ـ حقیقتش می‌خواستم برم گل فروشی بهرام. حالا هر جا به مسیرتون می‌خوره من پیدا می‌شم.

خاطوریان لبخندی زد و گفت:

ــ می‌دونم کجاست، ولی سفارش خاصی دارید که حتما می‌خوایـد برید اون‌جا؟

لبخندی زدم و گفتم:

ــ امشب سالگرد عقد برادرمه. می‌خواستم براش یه سبد گل سفارش بدم. به کار جاهای دیگه اطمینان ندارم.

خاطوریان گفت:

ــ می‌تونید امشب به من اعتماد کنید. ما در روزهای خاص یه طراح گل می‌یاریم که جایگاه کیک یا خود کیک رو گل‌آرایی کنه. کارش هم واقعا درجه یکه، می‌تونم با تضمین بهتون بگم. شما به مـن سـاعت رفتـن بـه خونه‌ی برادرتون رو بگین، من خودم گل رو با ماشین می‌یارم. خیال‌تون از هر بابت راحت باشه.

سری تکان دادم و گفتم:

ــ نه، نه... اصلا دیگه نمی‌خوام مزاحم‌تون بشم.

خاطوریان لبخندی زد و گفت:

ــ می‌دونم برای شما سخته که به من اعتماد کنید. حق هم دارید.

ــ نه، این طور نیست. فقط از مزاحمتش ناراحتم.

ــ برای من هیچ کاری نداره. فقط چه ساعتی تشریف می‌برید تا گل رو به دست‌تون برسونم. یه سبد باشکوه و مناسب مراسم.

ــ حقیقتش امشب من فقط هدیه‌ام رو می‌فرستم، چون باید تو برنامه تلویزیونی شرکت کنم.

خاطوریان با تعجب نگاهم کرد و گفت:

ــ برنامه‌ی جام‌جم؟!

سرم را چرخاندم و به خاطوریان نگاه کردم و گفتم:

ــ شما از کجا می‌دونید؟

خنده‌ای کرد و گفت:

ـ عجب تصادف جالبی. خب من و دنیل هم یکی از مهمون‌های برنامه هستیم.

دستم را جلوی دهانم گرفتم و گفتم:

ـ واقعا؟ پس چرا خانم موسویان چیزی به من نگفت؟

خاطوریان شانه‌ای بالا انداخت و گفت:

ـ نمی‌دونم، ولی خوب شد که الان متوجه شدیم. من می‌یام دنبال شما تا با هم بریم استودیو.

دستی در هوا تکان دادم و گفتم:

ـ نه، اصلا روم نمی‌شه بیشتر از این به شما زحمت بدم.

خاطوریان اخمی کرد و گفت:

ـ خانم محبی تو رو خدا نفرمایید. چه زحمتی؟ با شما هماهنگ می‌شم. الان هم بهتره تا از خونه زیاد دور نشدیم شما رو برسونم منزل. ساعت پنج گل رو به چه آدرسی بفرستم؟

بعد از کمی سکوت گفتم:

ـ ممنون می‌شم گل رو بیارید منزل خودم، چون هدیه‌ی دیگه‌ای هم تهیه کردم که بهتره با هم به دست‌شون برسه.

خاطوریان بسیار خوبی گفت و ادامه داد:

ـ فقط خانم محبی، پیام تبریک رو چی بنویسم؟

سرم را بالا گرفتم و نفس عمیقی کشیدم و گفتم:

ـ با آرزوی بهترین‌ها، از طرف بانو و رضا...

زنگ زدم به مادر و گفتم کارم طول می‌کشد. مادر کلی ناراحت شد و گله کرد، ولی ترجیح دادم دلخوری مادر را نشنیده بگیرم و به خانه‌ی خودم بروم و برای شب کمی آماده بشوم.

ساعت پنج نشده بود که موبایلم زنگ زد. شماره خاطوریان روی تلفنم بود. سریع گوشی را برداشتم و گفتم:

ـ سلام آقای خاطوریان.

ـ سلام خانم محبی، من دم در منتظر شما هستم.

سریع پشت پنجره رفتم و ماشین خاطوریان را دم در دیدم و گفتم:

ـ آقای خاطوریان، این چه کاری بود؟ قرار بود شما با آژانس گل رو برای من بفرستید.

ـ این چه حرفیه خانم محبی؟ منزل من و شما فاصله‌ای نداره. من می‌خواستم برم خونه، گل رو هم آوردم. الان هم اعلام کردن تا ۱۲ شب طرحه، پس بهتره با من بیاید.

دستی به موهام کشیدم و گفتم:

ـ بسیار خب، الان حاضر می‌شم.

سریع موهایم را پشت سرم جمع کردم و لباس فرمی که در مدرسه می‌پوشیدم به تن کردم و در حالیکه در را می‌بستم چادرم را به سر کردم. از در خانه بیرون رفتم. آقای خاطوریان با ادب همیشگی دم در ایستاده بود. سلام کردم. از صندوق ماشین، شاسی پیچیده شده‌ی عکس را برداشتم و خاطوریان به سمتم آمد و اجازه خواست که کمکم کند. شاسی را از من گرفت و گفت:

ـ این کادوی مورد نظره؟

سری تکان دادم و در حالیکه چادرم را روی سرم درست می‌کردم گفتم:

ـ سورپرایزی که پونزده سال پیش براش برنامه‌ریزی شده بود. یکی از عکس‌های عقد برادرم که همون موقع نذاشتیم ببینن و برای یه همچین روزی نگهش داشتیم.

خاطوریان شاسی را داخل ماشین گذاشت و به سمت در جلو رفت تا آن را برای من باز کند، ولی من سریع‌تر در عقب ماشین را باز کردم و گفتم:

ـ اگه اجازه بدید دلم می‌خواد پیش دنیل بنشینم.

خاطوریان سری خم کرد و گفت:

ـ هر جور صلاح می‌دونید.

دنیل باز هم خواب بود. با نگرانی به دنیل نگاه کردم و دستی به پیشانی‌اش کشیدم و گفتم:

ـ دنیل خوبه؟ چرا امروز این‌قدر می‌خوابه؟ نکنه داره مریض می‌شه؟

خاطوریان از آینه ماشین نگاهی به من انداخت و گفت:

ـ نگران نباشید. امروز تو شیرینی‌پزی کلی خمیر بازی کرد. قناد جدیدی امروز آزمایشی اومده بود کمک ما. خدا رو شکر قناد با حوصله‌ای بود. شاید باورتون نشه، ولی علاوه بر انجام کار خودش چند رنگ آیسینگ درست کرد تا دنیل روی کوکی‌ها که به کمک قناد درست کرده بود نقاشی کنه. امروز اولین روزی بود که دنیل یک بار هم سراغ من نیومد. الان هم واقعا خسته شده، احتیاج به استراحت داره. الان بخوابه خیلی خوبه چون برای شب دیگه بی‌قرار نمی‌شه و حرکات کلیشه‌ایش کمتر می‌شه. راستی خانم محبی، منزل برادرتون کجاست؟

سرم را پایین انداختم. واقعا شرمنده‌ی خاطوریان شده بودم و با کلی شرمندگی گفتم:

ـ ممنون می‌شم تشریف ببرید پاسداران.

خاطوریان لبخندی زد و گفت:

ـ خب پس، نزدیک هستن. خیلی خوبه همه به هم نزدیک باشن.

در دل آهی کشیدم و گفتم:

ـ بله خیلی خوبه...

جلوی خانه‌ی آقاجون که ایستادیم تا از در ماشین پیاده شدم، ماشین محمدحسین هم از راه رسید. خاطوریان از ماشین پیاده شد تا برای آوردن شاسی و سبد گل کمک کند که محمدحسین بدون اینکه وارد پارکینگ شود، از ماشین پیاده شد. صورتش سرخ و چهره‌اش در هم بود.

سعی کردم عادی باشم. خیلی عادی سلامی کردم و دستم را جلو بردم. محمدحسین دستم را پس زد و در حالیکه به سمت خاطوریان می‌رفت گفت:

ـ علیک سلام، حضرت آقا کی باشن؟

خاطوریان انگار اصلا چهره‌ی ناراحت محمدحسین را ندید. خیلی عادی دستش را دراز کرد و گفت:

ـ خاطوریان هستم.

محمدحسین عصبی‌تر از قبل گفت:

ـ فامیلت رو چی کار دارم؟ منظورم اینه که با خواهر من چی کار داری؟

خاطوریان متعجب شانه‌ای بالا انداخت و گفت:

ـ من فقط ایشون رو رسوندم.

محمدحسین که یک سر و گردن از خاطوریان کوتاه‌تر بود به سمت او رفت و یقه‌اش را گرفت و گفت:

ـ اوی، بچه سوسول! این خواهر ما با اینکه تنها زندگی می‌کنه ولی هنوز خانواده داره...

به سمت محمدحسین رفتم و از پشت گرفتمش و گفتم:

ـ چی کار می‌کنی؟ این آقا پدر شاگرد من هستن!

خاطوریان هنوز مات بود. محمدحسین یقه خاطوریان را ول کرد و گفت:

ــ هر کی میخواد باشه! مگه تو برادر نداری که به یه لندهور میگی برسوندت؟

خاطوریان یقهی لباسش را مرتب کرد و در حالی کـه سـعی مـیکرد چهرهی مهربانی بگیرد گفت:

ــ من براتون توضیح میدم آقای محبی...

هنوز حرف خاطوریان تمام نشده بود که دنیل گـریه کنان بـه شیشه ماشین زد. به سمت ماشین رفتم و در را باز کردم و دنیل راکه پریشان شده بود بغل کردم و بیرون آوردم. به سمت محمدحسین رفتم و در حالی که اشکهایم روی صورتم میریخت گفتم:

ــ خیالت راحت شد این بچه رو پریشون کردی؟ چی رو مـیخوای ثابت کنی؟

محمدحسین پایی به زمین کـوبید و سـوار مـاشین شـد و پـرگاز بـه پارکینگ رفت. دنیل را به خاطوریان دادم و با پشت دست اشکهایم را پاک کردم و در حالیکه که سرم پایین بود گفتم:

ــ بابت برادرم عذر میخوام.

خاطوریان دنیل را در دستش جابهجا کرد و گفت:

ــ نگران من نباشید، بـهتره سـریع پیش بـرادرتـون بـرگردین، شب میبینمتون.

اشکهایی را که مثل باران بهاری روی صورتم میریخت، با چادرم پاک کردم و گفتم:

ــ میتونم یک خواهشی از شما بکنم؟

خاطوریان صورتش به واقع باز شد و گفت:

ــ بله؟

سرم را پایین انداختم و گفتم:

ـ از شما خـواهش مـی‌کنم کـار و رفتار بـرادرم رو بـه پـای اسـلام و مسلمونی نذارین...

با سختی تمام سبدگل و شاسی را برداشتم و داخل مـنزل شـدم. محمدحسین عصبانی روی مبل نشسته بود و مادر آشفته به استقبالم آمد و آرام در حالیکه سبدگل را از من می‌گرفت گفت:

ـ چی کار کردی بانو؟

شاسی را گوشه‌ی دیوار گذاشتم و گفتم:

ـ من کاری نکردم به حضرت عباس، به پیر به پیغمبر من کاری نکردم! این پسر شماست که الکی یاد گرفته شاخ و شونه بکشه...

محمدحسین برافروخته از جایش بلند شد. مادر، جان آقاجون را قسم داد که محمدحسین آرام شود. ولی او عصبانی‌تر از قبل دست مادر را کنار زد و مقابلم قرار گرفت.

اشک‌هـایم دیگـر در کـنترل خـودم نـبود. دلم مـی‌خواست یکجا می‌نشستم و یک دل سیر گریه می‌کردم، ولی باید از حقم دفاع می‌کردم. محمدحسین حق نداشت یک طرفه در مورد من قضاوت کند. چادرم را زیر بغلم زدم و گفتم:

ـ چی می‌خوای بگی؟ می‌خوای بگی من غیرتی‌ام؟ داداش مـن، غیرت به صدا تو گلو انداختن و یقه لباس گرفتن نیست! خیلی غیرت داشتی یه بار در خونه‌ام رو می‌زدی و می‌گفتی خواهرم کاری داری؟ یه بار شد تو این مدت بگی بانو...

محمدحسین حرفم را قطع کرد و با صدای بلند گفت:

ـ آهان، دست پیش رو می‌گیری که پس نیفتی! می‌دونی اگه یه نفر تو رو با اون پسر سوسول تو ماشین می‌دید چه اتفاقی می‌افتاد؟ آقاجون آبرو و اعتبارش رو به این سادگی به دست نیاورده که با یه ندونم کاری تو یه

شبه از دست بده! همه‌اش تقصیر خود آقاجونه. از همون روز اول نباید به تو اجازه می‌داد تنها زندگی کنی! والا به خدا هر غلطی دلت می‌خواد می‌کنی. اون از خونه مجردیت و اینم دوست پسر بازیت!

دیگر طاقت نیاوردم. شاید به بعضی از آدم‌هایی که طی یک عصبانیت کسی را می‌کشند حق می‌دادم. آن‌قدر سرتاسر وجودم از خشم پر شده بود که دستم را بلند کردم و با همه‌ی توانم ضربه‌ای به صورت محمدحسین زدم و در حالیکه از ترس این ضربه تمام وجودم می‌لرزید با بغض و گریه گفتم:

ـ خیلی پستی محمدحسین، خیلی!

محمدحسین دستش را روی جای ضربه‌ی دست من گذاشت و به مادر نگاهی کرد. مادر مات و متحیر بین من و محمدحسین ایستاده بود. قدرت هیچ حرف و قضاوتی نداشت.

سکوت طولانی می‌شد که صدای محمدحسن از پشت در آمد:

ـ صاحب خونه چرا در بازه؟

محمدحسن خوشحال وارد خانه شد، ولی با دیدن قیافه‌های ما نگاهی عمیق به محمدحسین انداخت و کیسه‌های میوه را آرام کنار اتاق گذاشت و پرسید:

ـ چیزی شده؟

محمدحسین با دیدن محمدحسن جانی دوباره گرفت و گفت:

ـ داداشم اگه کمی بیشتر حواست به اطرافت باشه، همین امشب هم نه، همین الان می‌ری خونه‌ی خواهر عزیزتر از جونت وسایلش رو جمع می‌کنی و می‌یاری اینجا. خواهرمون زیر گوش خودمون باشه خیلی بهتره تا چند تا تازه به دوران رسیده‌ی سوسول بشن، به ظاهر پیک شاسی بلند سوار خواهرمون!

محمدحسن دستی به صورتش کشید و گفت:

ـ من اصلا سر درنمی‌یارم! تو داری چی می‌گی؟ واضح صحبت کن!

محمدحسین نیشخندی زد و سری تکان داد و گفت:

ـ مثل کبک سرتو کردی زیر برف و متوجه هیچی نیستی.

محمدحسن دستی به صورتم کشید و اشک‌هایم را از گونه‌ام پاک کرده و گفت:

ـ بانو چی شده؟ حداقل تو یه چیزی بگو.

سرم را پایین انداختم. شانه‌هایم از شدت گریه تکان می‌خوردند و آن‌قدر بغض داشتم که اگر می‌خواستم هم نمی‌توانستم حرف بزنم. دلم هوای رضا را کرده بود. اگر نرفته بود و الان بود، سرنوشت من خیلی با الانم فرق می‌کرد.

محمدحسین شروع کرده بود توی اتاق راه رفتن. به سمت سبد گل رفت و در حالیکه نوشته‌ی روی گل را می‌کند با صدای بلند گفت:

ـ از طرف بانو و رضا! آخه یکی نیست بهت بگه اون رضای گوربه‌گور الان اگه بود که تو...

دیگر طاقت نیاوردم بلند شدم و دستم را روی سرم گذاشتم و گفتم:

ـ بسه، بس کن! آخه مگه می‌شه اسم تو رو گذاشت برادر؟

محمدحسن به سمت محمدحسین رفت و آرام چیزی به او گفت. محمدحسین نیشخندی زد و محمدحسن را کنار زد و در حالیکه که دوباره مقابلم قرار می‌گرفت گفت:

ـ داداشت دلش سوخته که دوباره دیوونه بشی! دیوونه شدنت بهتر از بی‌آبرو شدن خانواده‌ست. به مادر گفتم، الان هم به خودت می‌گم. اگه قراره آقاجون یه مو از سرش کم بشه، زنده نمی‌ذارمت بانو! بذار بگن محمدحسین به خاطر غیرتش خواهرشو کشته تا اینکه مثل محمدحسن

فقط بخوام ظاهر مسئله رو سامون بدم!

سپس با پا ضربه‌ای به سبد گل زد و با کوبیدن محکم در از خانه خارج شد.

روی زمین نشستم و با صدای بلند گریه کـردم. مـادر کـنارم نشست. خودم را در آغوشش رها کردم و گفتم:

ـ حالا بازم بگو بیا! بگو برادرزاده‌هات عمه می‌خوان! آخـه ایـن چـه اومدنیه که از اول تا آخرش این‌جوری لهم کنن؟ مادر تو رو خدا دیگه ازم نخواه بیام اینجا!

مادر سرم را بوسید و گفت:

ـ آروم باش، بانو.

سرم را بلند کردم و اشک‌هایم را با پشت دست پاک کردم و گفتم:

ـ مادر، به همون مکه‌ای که رفتی قسم می‌خورم هیچ‌وقت تـوی ایـن چند سالی که تنها بودم کاری نکردم که باعث سرافکندگی شما و آقاجون بشم. اون به قول محمدحسین تازه به دوران رسیده‌ی سوسول پدر یکی از شاگردامه؛ یه مرد ارمنی با یه بچه‌ی اوتیسم، آخه چرا من باید...

مادر دستش را جلوی لبم گذاشت و گفت:

ـ دیگه نمی‌خوام چیزی بگی. من به تو ایمان دارم، می‌دونم کـاری نمی‌کنی که خانواده‌ات شرمنده بشن.

دست مادر را کنار زدم و گفتم:

ـ مادر از ته دل ایمان داشته باش، نه برای اینکه از افسردگی دوباره‌ام جلوگیری کنی. به زبون یه چیز بگی و توی دلت چیز دیگه‌ای باشه.

از جایم بلند شدم و به محمدحسن نگاهی انداختم و گفتم:

ـ منو می‌رسونی یا آژانس بگیرم؟

محمدحسن سری تکان داد و گفت:

ـ رسوندن که می‌رسونم، ولی بانو بذار همه چیز امشب حل بشه. نذار دوبار کینه بشه رو هم.

نیشخندی زدم و گفتم:

ـ از اول هم قرار نبود باشم! من از دیشب قرار گذاشتم، ولی خواهش می‌کنم تو مثل داداشت بد فکر نکن. چون امشب اون بچه سوسول هم هست، البته نه من برنامه‌ریزی کردم نه اون بچه سوسول! خواستین می‌تونین برنامه رو ببینین و قضاوت کنین.

چادرم را به سرم کشیدم و کیفم را برداشتم و باز اشک‌هایم را پاک کردم. محمدحسن دنبالم راه افتاد.

از در خانه که بیرون آمدم آن هوای آلوده برایم اکسیژن خالی بود. حس می‌کردم سنگینی روی قلبم سبک شده، چادرم را روی صورتم کشیدم و با صدای بلند گریه کردم. چقدر دلتنگ رضا بودم!

وارد ساختمانی که نگهبان دم در آدرس داده بود شدم. اولین فردی که دیدم خاطوریان بود. چادرم را روی سرم مرتب کردم. با مسئله‌ای که پیش آمده بود دلم نمی‌خواست تا عمر دارم این مرد را ببینم. دلم می‌خواست این فضا شلوغ می‌شد و حداقل تا شروع برنامه چشمم به چشم این بنده خدا نمی‌افتاد. هنوز خاطوریان مرا ندیده بود که دنیل متوجه من شد و با خوشحالی به سمتم آمد. تازه آن لحظه بود که خاطوریان مرا دید و به سمتم آمد. دست دنیل توی دستم عرق کرده بود. توی ذهنم داشتم دنبال جمله‌ای می‌گشتم که نهایت شرمندگی مرا از اتفاق بعدازظهر نشان دهد. سرم را پایین انداختم و گفتم:

ـ واقعا باید ببخشید، برادر من خیلی...

خاطوریان میان حرفم پرید و گفت:

ـ غیرتیه، اینو کاملا متوجه شدم و در ضمن خیلی هم شما رو دوست

داره. اصولا آدم‌ها نسبت به فردی غیرت‌شون رو نشون می‌دن که روش حساس هستن و دوستش دارن. غیرت نشون دادن روی فرد غریبه اصلا معنایی نداره.

سرم را بلند کردم و چشمم به چشم خاطوریان افتاد. چقدر منطقی این اتفاق را تحلیل کرده بود. احساس آرامش کردم. بعد از آن طوفان، این بهترین حس و حال برای امروزم بود. شاید رضا به کمکم رسیده بود. تازه متوجه اطرافم و بیشتر از آن خاطوریان شدم؛ اولین باری بود که با کت و شلوار می‌دیدمش. چقدر متفاوت از همیشه بود. شاید نگاهم طولانی شده بود که خاطوریان دستی به کتش کشید و گفت:

ــ بهم نمیاد، نه؟ خودم هم همین حس رو داشتم!

سری تکان دادم و گفتم:

ــ نه، فقط برام جدید بود. همیشه تیپ اسپرت دارین.

خاطوریان صدایش را آرام کرد و گفت:

ــ شما از هر نظر موجه بودید که برای پوشش‌تون حد و حدود نداشته بودن. به ما زنگ زدن و گفتن چی بپوشیم و چی نپوشیم. حتی مدل آرایش مو رو هم متذکر شدن. البته خدا رو شکر ما از لحاظ مو مورد قبول صدا و سیما هستیم!

خانمی به سمت من آمد و گفت:

ــ ببخشید، برای برنامه‌ی صدایم شو اومدین؟

سری تکان دادم و گفتم:

ــ بله.

زن اشاره‌ای به انتهای راهرو کرد و گفت:

ــ لطفا برای گریم تشریف بیارین.

هنوز برنامه روی آنتن نرفته بود. مجری برنامه در حال صحبت کردن با

دکتر مرادی، روانپزشک اطفال بود که از اتاق فرمان اعلام کردند برنامه تا بیست ثانیه‌ی دیگر روی آنتن می‌رود. مجری برنامه به دوربین مورد نظر نگاهی کرد و گفت:

«چه سخاوتمند است پاییز

که شکوه بلندترین شبش را

عاشقانه پیشکش تولد زمستان کرد

زمستان‌تان سفید و سلامت...

یلدا مبارک!

با نام و یاری خدا در برنامه‌ی صدایم شو، در بلندترین شب سال در خدمت عزیزانی هستیم که عاشقانه، هر کدام به نوعی صدا و فریاد فرشته‌های خاموش شده‌اند. در خدمت دکتر مرادی روانپزشک اطفال، سرکار خانم محبی معلم کودکان اوتیسم و جناب آقای خاطوریان و خانواده‌ی محترم باقری از والدین اوتیسم هستیم. در درجه اول از حضور گرم و پر مهر این عزیزان تشکر می‌کنیم و تشکر ویژه از دکتر مرادی که وقت پر ارزش‌شون رو در اختیار برنامه‌ی صدایم شو قرار دادن. جناب دکتر، در خدمت شما هستیم که برای بینندگانی که برای اولین بار اسم اوتیسم رو می‌شنوند، این اسم رو معنا کنید.»

دکتر مرادی که مردی جدی بود، بعد از سلام به بیننده‌ها خیلی دانشگاهی شروع به توضیح کرد و گفت:

ـ در خودماندگی یا اوتیسم نوعی اختلال رشدی از نوع روابط اجتماعی است که با رفتارهای ارتباطی و کلامی غیر طبیعی مشخص می‌شه. این اختلال بر رشد طبیعی مغز در حیطه تعاملات اجتماعی و مهارت‌های ارتباطی تأثیر می‌ذاره. کودکان و بزرگسالان مبتلا به اوتیسم در ارتباطات کلامی و غیر کلامی، تعاملات اجتماعی و فعالیت‌های مربوط به

بازی مشکل دارن. درکودکان اوتیسم توانایی‌های ارتباطی از قبیل سخن گفتن و رابطه با والدین و هم سالان مختل می‌شه و الگوهای تکراری و آزار دهنده‌ای از رفتار بروز می‌دن. این اختلال، ارتباط با دیگران و دنیای خارج رو برای این افراد دشوار می‌کنه. در بعضی موارد رفتارهای خود آزارانه و پرخاشگری هم دیده می‌شه. در این افراد حرکات تکراری، دست زدن، پریدن پاسخ‌های غیر معمول به افراد، دلبستگی به اشیا و یا مقاومت در مقابل تغییر نیز دیده می‌شه و ممکنه در حواس پنجگانه، بینایی، شنوایی، بساوایی، بویایی و چشایی حساسیت‌های غیر معمول نشون بدن. هسته‌ی مرکزی در اوتیسم، اختلال در ارتباطه. برخی معتقدن که به این پدیده باید به چشم یک تفاوت نگریست، نه اختلال!

مجری برنامه از دکتر مرادی تشکر کرد و از خانواده باقری که یک دختر پانزده ساله‌ی مبتلا به اوتیسم داشتند، خواست که از مشکلات خانواده‌های اوتیسم بگویند.

مادر خانواده که زنی حدودا چهل‌وپنج ساله بود گفت:

ـ زندگی با یک بچه‌ی اوتیسم یعنی بریدن از فامیل و دوست، یعنی خط زدن خیلی از تفریحات، یعنی پذیرفتن اینکه توی کوچه و خیابون بچه‌ات رو با دست نشون بدن. باید با دوستانی ارتباط داشته باشی که از جنس خودت هستن، چون دیگه هر کسی نمی‌تونه بچه بی‌قرار و مضطربت رو تحمل کنه! یعنی که گاهی اوقات به خاطر علاقه‌ی بچه‌ات که می‌تونه هر چی باشه، از آنتن تلویزیون گرفته تا کتاب و سی‌دی، مجبوری کل شهر رو بچرخی تا بچه‌ات راضی بشه... هیچ‌کس نمی‌تونه یه مادر یا پدر دارای کودک اوتیسم رو درک کنه. خیلی وقت‌ها بچه‌ات بی‌قرار می‌شه ولی والدین نمی‌فهمن که اون بچه چی می‌خواد! خیلی از خانواده‌ها رو می‌شناسم که مجبورن برای بیش‌فعال بودن بچه‌شون و اینکه غیر قابل

کنترله، پنجره‌های طبقه چهاردهم رو هم میله بکشن! بچه‌ی اوتیسم داشتن خیلی مصائب داره، ولی بدتر از اون نگاه و حرف مردمه. تو رو خدا شمایی که دارین این برنامه رو می‌بینین، اگه نمی‌تونین مرهم دردمون باشید، حداقل نمک روی زخم‌مون نپاشید!

خانم باقری اشکش را با پشت دست پاک کرد و مجری برنامه اشاره به اتاق فرمان کرد و موزیکی پخش شد...

با پخش موسیقی، برای لحظه‌ای دوربین‌ها قطع شدند. خانم باقری با دستمالی که همسرش به دستش داده بود، اشک‌هایش را پاک کرد و متصدی گریم دوباره پودری به صورت خانم باقری زد و مجری برنامه اجازه خواست در صورتی که آماده هستند دوباره برنامه روی آنتن برود. خانم باقری سری تکان داد و آمادگی‌اش را اعلام کرد.

مجری برنامه ادامه داد:

ـ به مناسبت تولد پیامبر عشق و دوستی، حضرت عیسی مسیح که سه شب دیگه‌ست، در خدمت یکی از هموطنان مسیحی هستیم. از ایشون که جزء والدین اوتیسم هستند می‌خوام که کمی در بحث امشب شرکت کنن.

خاطوریان روبه دوربین کرد و گفت:

ـ از برنامه‌ی خوب صدایم شو برای دعوت به این برنامه تشکر می‌کنم و می‌خوام در همین فرصت کوتاه که برنامه به من می‌ده صدای پسرم دنیل و صدای والدینی بشم که مدت‌هاست کسی صداشون رو نشنیده. من بازم از برنامه‌ی شما تشکر می‌کنم، از تمام برنامه‌هایی که به نوعی بچه‌های ما رو نشون می‌دن. ولی شما و بیننده‌ها قضاوت کنید، آیا برنامه‌ی یک ساعته می‌تونه مشکلات بچه‌های ما و خانواده‌هاشون رو حل کنه؟ به نظر شما معرفی اوتیسم و علل و علایمش می‌تونه گره از کار ما باز کنه؟ خانواده‌ای که یک بچه اوتیسم داره برای اینکه بتونه به بچه‌ی

بی‌کلامش کلام بده، برای اینکه بتونه مهارت‌های اولیه زندگی مثل کارهای پیش پا افتاده‌ای مثل دکمه بستن، دست شستن، کفش پا کردن و خیلی کارهای ابتدائی دیگه‌ای رو یاد بده باید کلی هزینه کنه. خانواده‌ای که درآمد ماهانه‌اش دو میلیون تومنه چطور می‌تونه هفته‌ای چهارصد هزار تومن هزینه‌ی آموزش این بچه بکنه؟ به نظرتون وقت اون نرسیده که به جای شعار و تولید برنامه‌های مختلف، واقعا مسئولین فکری به حال این بچه‌ها بکنن؟ و حداقل هزینه آموزش و داروی این بچه‌ها تحت پوشش بیمه باشه؟ به خدا بچه اوتیسم غول نیست، اون چیزی که شرایط زندگی رو سخت می‌کنه و از این بچه‌ها غول می‌سازه، اینه که مردم پذیرای این بچه‌ها نیستن. هیچ جا مختص این بچه‌ها وجود نداره! آقای شهردار محترم توی این چند سال اخیر پارک‌های مختلف احداث کردن. پارک پرندگان، پارک آب و آتش و پارک بانوان. خوب یه پارک اوتیسم هم بسازید که خانواده‌های اوتیسم آزادانه اونجا برن. نه انگشتی بهشون اشاره کنه و نه خانواده‌ها معذب باشن. چرا نباید هیچ جای اختصاصی برای این بچه‌ها وجود داشته باشه؟ نه رستورانی، نه خانه اسباب بازی و نه هیچ جای دیگه‌ای. آیا این بچه‌ها نباید مثل سایر بچه‌ها حق شهروندی داشته باشن؟ به خدا خیلی از خانواده‌ها رو می‌شناسم که خوردن یه غذا در رستوران و دیدن یه فیلم توی سینما براشون آرزو شده. شاید حرف‌های من برای خیلی‌ها مسخره بیاد، ولی این واقعیت‌های زندگی ماست: من از اینجا از مسئولینی که دارن برنامه رو می‌بینن عاجزانه تمنا می‌کنم که صدای ما رو بشنون. اوتیسم روبه رشده. شاید روزی برسه که از هر دو فرزند یکی مبتلا به اوتیسم باشه. شاید یک روز کودک دو ساله‌ی خود شما تشخیص اوتیسم بگیره. پس از همین الان کاری بکنید. مرکز نگهداری روزانه و شبانه‌روزی و احداث پارک، رستوران و حتی مرکز

خرید مخصوص این خانواده‌ها، کمترین کاریه که می‌تونید در حق خانواده‌ی اوتیسم بکنید. تو رو خدا خیرین محترمی که این برنامه رو می‌بینید، شما صدای ما رو بشنوید!

مجری برنامه میان حرف خاطوریان پرید و گفت:

ـ ببخشید وقت برنامه خیلی محدوده، شما یک دقیقه دیگه اجازه صحبت دارید.

خاطوریان لبخندی زد و گفت:

ـ به جای برنامه‌ی زنده و همایش و سمینارهای مختلف، واقعاً کاری برای‌این بچه‌ها بکنید. بازم ممنون از وقتی که به من دادید.

بعد از پخش پیام‌های بازرگانی، مجری برنامه روبه من کرد و گفت:

ـ از خانم محبی مربی و معلم کودکان اوتیسم می‌خوایم که ایشون در مورد موضوع امشب برای ما صحبت کنن.

دل توی دلم نبود، برای اولین بار بود که در یک برنامه‌ی زنده‌ی تلویزیونی شرکت می‌کردم. آب دهانم را قورت دادم و گفتم:

ـ خانم باقری و جناب خاطوریان در مورد مشکلات اوتیسم صحبت کردن. من تصمیم دارم الان از پنجره‌ای دیگه نگاهی به اوتیسم بندازم... در دنیای امروز بحثی که خیلی می‌شنویم، انرژیه. همه‌ی ما خیلی شنیدیم، می‌شنویم که اینجا انرژی مثبت داره و اون‌جا انرژی منفی. فلان شخص وقتی پهلوش می‌شینیم کلی شاد می‌شیم و...، چیزی که من توی این چند سال تدریسم دیدم، انرژی مثبت این بچه‌هاست. با تمام سختی و مشکلات این بچه‌ها، فضائی که این بچه‌ها درش هستن، پر از انرژی مثبته. من به کسانی که با دست این بچه‌ها رو نشون می‌دن و یا با کلیشه این بچه‌ها متعجب می‌شن، پیشنهاد می‌دم فقط به اندازه‌ی ده دقیقه با این بچه‌ها بازی کنن و حال خودشون رو با قبلش مقایسه کنن. این بچه‌ها

وجودشون پر از عشق و محبته...

******

برنامه که تمام شد، همگی از استودیو بیرون آمدیم. خانم باقری مقابلم قرار گرفت و گفت:

ـ خانم محبی من به عنوان مادر یه بچه‌ی اوتیسم، به نمایندگی از همه‌ی مادرها از شما تشکر می‌کنم. تا حالا هیچ‌کس این‌طور فرشته‌گونه بچه‌های ما رو بالا نبرده بود. من الان زبانم از تقدیر شما قاصره.

خانم باقری دستش را روی صورتش گذاشت و بلند گریه کرد. به سمتش رفتم و محکم بغلش کردم و گفتم:

ـ شما مادرا بوی بهشت می‌دین، چون تو بغل‌تون یه فرشته دارین! قدر خودتون رو بدونین و از ناملایمات روزگار ناراحت نشین. انسان در سختی آفریده شده. خوش به سعادت‌تون، بچه‌ای دارین که هیچ‌وقت قادر به انجام گناه نیست و شما به خاطر فرزندتون شرمنده‌ی خدا نخواهید شد.

خانم باقری نگاهم کرد و گفت:

ـ بازم ممنونم، شما نمونه‌ی بارز یه انسان واقعی هستین.

آقای باقری هم از من تشکر کرد. از پله‌های ساختمان پایین آمدم که آقاجون را دم در دیدم. با تعجب به سمت آقاجون رفتم و گفتم:

ـ آقاجون، مگه شما امشب مهمون ندارین؟!

آقاجون پیشانی‌ام را بوسید و گفت:

ـ تو هم یکی از مهمونا بودی. حالا کار برات پیش اومد، خودم اومدم ببینمت و برسونمت.

خاطوریان به سمت آقاجون آمد و دستش را دراز کرد و گفت:

ـ سلام، جناب محبی! من خاطوریان هستم، پسرم شاگرد خانم محبیه.

آقاجون دست خاطوریان را محکم گرفت و گفت:

ـ خوشبختم، خوب شد دیر نیومدم و شما رو دیدم. می‌خواستم از طرف پسرم از شما عذرخواهی کنم. بابت برنامه‌ی عصر من واقعا شرمنده شدم.

با تعجب به آقاجون نگاه کردم و در ذهنم گذشت که واقعا آقاجون از کجا ماجرا را فهمیده. خاطوریان لبخندی زد و گفت:

ـ جناب محبی سوءتفاهمی بود که حل شد. خانم محبی فقط معلم پسر من هستن، البته در طی این مدت محبت‌شون بسیار زیاد شامل حال من شده، ولی دلم می‌خواد بدونین که اقلیت‌های مذهبی هم مثل مسلمون‌ها، پایبند به خیلی از مسایل هستن.

آقاجون سری تکان داد و گفت:

ـ بله حق با شماست. فقط متأسفم برای بعضی از بچه مسلمون‌ها که باعث قضاوت...

خاطوریان میان حرف آقاجون پرید و گفت:

ـ آقای محبی، قضاوتی که آدم‌ها می‌کنن باید نسبت به خود شخص باشه. نمی‌شه یه برخورد رو به شهر و دین اون شخص نسبت داد. در ضمن من خودم رو کوچکتر از اون می‌دونم که کسی رو قضاوت کنم.

در دل خدا را شکر کردم که همه چیز ختم به خیر شده است. از خاطوریان خداحافظی کردیم و با آقاجون سوار ماشین شدم.

نمی‌دانستم چه جوری از آقاجون بپرسم که از کجا ماجرای امروز را فهمیده، ولی آقاجون به کنجکاوی من خاتمه داد و گفت:

ـ محمدحسن همه چی رو تعریف کرد. منم دلم نیومد امشب بد

بخوابی. گفتم بیام خیالت رو راحت کنم تا شب رو بدون عذاب وجدان بخوابی. الان هم مادرت گفت اگه می‌یام دنبالت ببرمت خونه، ولی می‌دونم که بری خونه‌ی خودت راحت‌تری. پس به هیچی فکر نکن. من از شیری که دخترم خورده مطمئنم. می‌دونم که هیچ‌وقت منو شرمنده نمی‌کنی.

چشمانم پر از اشک شده بود...

در ماشین کلی با آقاجون صحبت کردم. وقتی به خانه رسیدم، احساس می‌کردم دیگر هیچ ناراحتی بابت بعدازظهر ندارم. صورت آقاجون را بوسیدم و عذرخواهی کردم که با داشتن مهمان، دنبال من آمده. آقاجون هم مثل همیشه جوری برخورد کرد که انگار کار خاصی انجام نداده و خداحافظی کردیم.

با اینکه شب یلدا بود، ولی چراغ خانه منیر خانم خاموش بود. احتمالا به جای اینکه بچه‌ها بیایند خانه مادر، مادر رفته بود خانه‌ی بچه‌ها. هنوز در ورودی را باز نکرده بودم که موبایلم زنگ خورد. شماره خاطوریان روی گوشی افتاده بود. سریع جواب دادم:

ـ سلام آقای خاطوریان، دنیل خوبه؟ اتفاقی افتاده؟

خاطوریان سلامی کرد و ادامه داد:

ـ نه خانم محبی، دنیل خوبه، نگران نشید. اگه اجازه بدین من بیام دم خونه‌تون. می‌دونین از صبح تا الان تازه حالا متوجه شدم که کیف کارت‌های بانکی‌تون افتاده تو ماشینم.

نگاهی به داخل کیفم انداختم و گفتم:

ـ راضی به زحمت شما نیستم، خودم می‌یام می‌گیرم.

ـ نه خانم محبی، بهتون گفتم که، خونه شما با ما فاصله زیادی نداره، الان می‌رسم خدمت‌تون.

تشکر کردم و دم در ایستاده بودم که برای خوردن آب تصمیم گرفتم بالا بروم و سریع برگردم. در خانه را باز کردم و سریع کفشم را درآوردم و چادرم را محکم زیر بغلم زدم و بدو رفتم آشپزخانه، چون ممکن بود در فاصله‌ی کوتاه همین چند دقیقه سر و کله‌ی خاطوریان پیدا شود. در کابینت لیوان‌ها را باز کردم و لیوانی برداشتم و در یخچال را کامل باز نکرده بودم که موشی از جلوی پایم رد شد. جیغ بلندی کشیدم و لیوان از دستم رها شد و صدای شکستن لیوان با صدای زنگ موبایلم قاطی شد. سریع در خانه را نیمه باز گذاشتم و بی‌کفش پریدم وسط خیابان. خاطوریان با دیدن من در آن وضعیت از ماشین پیدا شد و با نگرانی گفت:

ـ اتفاقی افتاده؟!

تا حالا این‌قدر مضطرب نشده بودم. اشاره‌ای به خانه کردم و گفتم:

ـ موش اومده!

خاطوریان قیافه‌اش تغییر کرد. معلوم بود از ترس من از یک موش خنده‌اش گرفته ولی سعی می‌کند جلوی خنده‌اش را بگیرد. گفت:

ـ نگران نباشین، من براتون می‌گیرمش. فقط می‌تونین راهنماییم کنین؟

خاطوریان دنیل را از ماشین پیاده کرد و در ماشینش را بست و همراه من وارد منزل شد.

من دنیل را از خاطوریان گرفتم و دم در با ترس ایستادم و با اشاره به آشپزخانه گفتم:

ـ توی آشپزخونه بود. اگه الان بیرون نیومده باشه!

خاطوریان وارد آشپزخانه شد و با سرو صدا مشغول باز و بسته کردن کابینت‌ها شد. من دست دنیل را در دستم گرفته بودم و با ترس به آشپزخانه نگاه می‌کردم که موش از دیوار مقابلم رد شد، آن‌قدر ترسیدم که دنیل را بغل زدم و جیغ کشیدم و پریدم روی مبل. دنیل به هیجان آمده

بود و بلند بلند می‌خندید.

از صدای من خاطوریان از آشپزخانه بیرون آمد و با تعجب و خنده گفت:

ــ خانم محبی، موش یه وجبی که نمی‌تونه شما رو بخوره! حالا کجا رفت؟

به سمتی که موش رفته بود اشاره کردم و گفتم:

ــ اون سمت دیوار!

خاطوریان روی زمین نشست و خم شد و دستش را محکم به زمین زد. موش دوباره زیر مبلی که ما روی آن بودیم آمد و دوباره من جیغ زدم.

خاطوریان اشاره‌ای به آشپزخانه کرد و گفت:

ــ خانم محبی، شما تشریف ببرید توی آشپزخونه. چون من باید وسایل رو بیارم وسط. موش همیشه کنار دیوار حرکت می‌کنه، فقط مواظب باشین پاتون روی خرده شیشه‌ها نره. البته من کمی زدم گوشه دیوار، ولی خب ممکنه هنوز خرده شیشه کنار یخچال باشه.

سری تکان دادم و گفتم:

ــ می‌ترسم! اگه الان از روش رد بشم یا بیاد جلوی پام؟

خاطوریان سری کج کرد و گفت:

ــ خانم محبی، من که به شما گفتم، موش از کنار دیوار می‌ره. در ضمن شما الان این ترس رو به دنیل هم منتقل می‌کنین.

دنیل را نگاه کردم که چقدر خوشحال بود و همچنان ذوق‌زده می‌خندید. خاطوریان به سمتم آمد و دنیل را گرفت و به آشپزخانه برد و من هم سریع به دنبال آن‌ها به آشپزخانه رفتم.

ترجیح دادم اصلا به بیرون نگاه نکنم. فقط صدای جابه‌جایی وسایل را می‌شنیدم و بعد از چند دقیقه خاطوریان صدایم زد و گفت:

ـ خانم محبی، فقط یک لحظه بیرون رو نگاه کنید!

بیرون را نگاه کردم. خاطوریان دم موش را با دو انگشت گرفته بود. لبم را گاز گرفتم و گفتم:

ـ خدا خیرتون بده، حالا چی کارش می‌کنین؟

خاطوریان در حالیکه به سمت در می‌رفت گفت:

ـ نگران نباشید، الان می‌ندازمش تو کوچه، بره سراغ دوستاش!

انگشت اشاره‌ی دستم را گاز گرفتم و گفتم:

ـ خوب بکشیدش، ممکنه دوباره برگرده!

خاطوریان لبخندی زد و گفت:

ـ خانم محبی، من نباید تو چرخه‌ی طبیعت دخالت کنم. می‌ذارمش تو کوچه، چون این موش زنده‌اش روزی و غذای گربه‌ست.

خاطوریان از در بیرون رفت. با دنیل از آشپزخانه بیرون آمدیم و مبل و میز را سر جایش گذاشتم که خاطوریان ضربه‌ای به در نیمه باز زد و گفت:

ـ اجازه هست صاحب‌خونه؟

به سمت در رفتم و گفتم:

ـ بفرمایید!

خاطوریان جای دستشویی را پرسید و بعد از شستن دستش، به سمت آشپزخانه رفت و گفت:

ـ ببخشید خانم محبی با اجازه‌تون من یک لحظه زیر کابینت رو یه نگاهی بکنم.

با تعجب بدون اینکه حرفی بزنم به خاطوریان نگاه کردم. خاطوریان زیر تمام کابینت‌ها را چک کرد که رسید به کابینت زیر سینک که بر اثر رطوبت کمی تغییر قیافه داده بود و کنارش باز شده بود.

خاطوریان در کابینت را باز کرد و محتویات کابینت را خالی کرد و

خودش را کمی عقب کشید و گفت:

ــ حدسم درست بود. موش از خود ساختمان اومده، نه از کوچه. نگاه کنید، کنار لوله فاضلاب جایی که محل لوله‌هاست بازه. صد در صد از اینجا اومده. اگه مقوای کلفت، صفحه فلزی و یا هر چیزی که بشه اینجا رو پوشوند دارین، بیارین تا این راه رو ببندیم.

سری تکان دادم و گفتم:

ــ فکر نمی‌کنم چیزی داشته باشم، اما صبر کنین یه تخته پلاستیکی دارم!

از توی کشوی آشپزخانه تخته پلاستیکی را درآوردم و به خاطوریان دادم و گفتم:

ــ می‌رم چسب کارتن بیارم.

خاطوریان تخته پلاستیکی را در جای مورد نظر گذاشت و گفت:

ــ خیلی خوبه، دقیقا اندازه‌ی همین جاست.

خاطوریان چند سری چسب روی تخته زد تا مطمئن باشد که دیگر جابه‌جا نمی‌شود. وقتی کارش تمام شد دوباره دست‌هایش را شست و گفت:

ــ دیگه خیال‌تون راحت، اتفاقی نمی‌افته. خونه امنه.

نفس عمیقی کشیدم و گفتم:

ــ هر چی بگم که چقدر بهم لطف کردین، کمه. خدا از برادری کم‌تون نکنه. تو هر کار خدا یه خیریه، شاید همین افتادن کیف کارت‌های من تو ماشین شما، خیرش تو این بود که نصف شبی به دادم برسین چون واقعا روم نمی‌شد الان زنگ بزنم به آقاجونم و بگم که بیاد خونه‌مون. احتمالا اگه روم هم می‌شد صدای مامانم درمی‌اومد، چون کلی مهمون داشتن. حالا از این حرف‌ها بگذریم، بشینین تا من براتون یه استکان چای بیارم.

خاطوریان لبخندی زد و گفت:

ـ مزاحمتون نشم یه وقت. ما ارامنه اهل تعارف نیستیم. شما منو دعوت به چای می‌کنین و من هم قبول می‌کنم. یه وقت پیش خودتون نگین چقدر پررو‌ئه!

لبخندی زدم و گفتم:

ـ نه، ما مسلمون‌ها هم سعی می‌کنیم دیگران رو قضاوت نکنیم. البته سعی می‌کنیم! تا چه حد موفق باشیم، خدا می‌دونه.

خاطوریان کنار دنیل روی کاناپه نشست و من زیر کتری را روشن کردم و گفتم:

ـ ببخشید همون چای یا قهوه؟

خاطوریان دستی در هوا تکان داد و گفت:

ـ نه! نه، همون چای. قهوه بخورم تا صبح بیدارم.

به اتاقم رفتم و چادر سفیدی به سرم کردم و در آینه نگاهی به خودم انداختم. چه روز پر تنشی را گذرانده بودم. نگاهم به آینه بود که حس کردم رضا گوشه‌ی آینه ایستاده و دارد مرا نگاه می‌کند. قلبم به شماره افتاد. رضا لبخند همیشگی‌اش به لبش بود، سرم را چرخاندم تا رضا را ببینم ولی هیچ‌کسی در اتاق نبود. تمام تنم خیس عرق شده بود، دوباره به آینه نگاه کردم ولی دیگر رضا آنجا هم نبود. شاید در بیداری رویا می‌دیدم...

یادم افتاد که خاطوریان بیرون در هال منتظر است. سریع به سمت آشپزخانه رفتم و برای جلوگیری از اتلاف وقت با چای کیسه‌ای، چایی درست کردم و با سینی فنجان‌های چای به هال برگشتم.

دنیل روی کاناپه خوابیده بود. خاطوریان استکان چای را برداشت و روی میز مقابلش گذاشت. روی صندلی تکی نشستم و دنیل را نگاه کردم.

خاطوریان تک سرفه‌ای کرد و نگاهم از دنیل روی او چرخید که گفت:

ـ خانم محبی، ببخشید! می‌تونم یه سوالی بکنم؟ البته شما می‌تونین جواب منو ندین.

سری تکان دادم و گفتم:

ـ بفرمایید، چه سوالی هست؟

خاطوریان دستی به استکان چای کشید و گفت:

ـ توی خانواده‌های مسلمون، بخصوص مسلمون‌هایی که خیلی قید و بند مذهبی دارن، بعیده یه دختر تنها زندگی کنه. بخصوص با علاقه‌ای که امروز از برادرتون نسبت به شما دیدم، شما چطور تنها زندگی می‌کنین؟ یعنی چطور این اجازه به شما داده شده؟

نیشخندی زدم و گفتم:

ـ من پونزده سال پیش ازدواج کردم. بعد از ازدواج همسرم برای من تصمیم می‌گیره، نه پدر و برادرم.

خاطوریان چشمی گشاد کرد و گفت:

ـ من فکر کردم مجرد هستین! ببخشید نمی‌دونستم ازدواج کردین!

بغضم را قورت دادم و گفتم:

ـ الان مجردم، ولی...

نمی‌توانستم ادامه بدهم. تمام وجودم دلتنگ رضا شد. حس می‌کردم خانه پر از بوی عطر وجود رضا شده است. خاطوریان گفت:

ـ ولی چی؟

چادرم را محکم کردم تا اشک‌هایم از دید خاطوریان مخفی بماند. تمام توانی را که در خودم حس می‌کردم جمع کردم و گفتم:

ـ حرف زدن در مورد این موضوع عذابم می‌ده و حس عذاب وجدان رو در من زنده می‌کنه. پس خواهش می‌کنم ادامه ندین.

آن روز و شب خاطوریان فرشته نجاتم شده بود. شاید حضورش آن روز باعث سوءتفاهمی شده بود ولی در مجموع آن شب به دادم رسیده و دلم نمی‌خواست آن‌قدر تند جلوی یک سوال او جبهه بگیرم، ولی برگشت به گذشته دلتنگم می‌کرد که سعی می‌کردم به هر نحوی از آن فاصله بگیرم.

خاطوریان استکان چای را لاجرعه سر کشید و از جایش بلند شد و دنیل را بغل کرد و گفت:

ـ اگه باعث ناراحتی‌تون شدم، منو ببخشید. من دلم نمی‌خواد دشمنم از دست من اندازه‌ی سر سوزنی ناراحت بشه، چه برسه به شما که به گردن من و پسرم حق دارید. پس خواهش می‌کنم هر چی ناراحتی دارید، بریزید دور و اصلا بهش فکر نکنید.

خاطوریان به سمت در رفت و من گفتم:

ـ آقای خاطوریان، من به شما گفتم، من در قبال دنیل وظیفه شغلی‌مو انجام می‌دم، ولی شما واقعا امشب به داد من رسیدید. خواهشا به برخورد من فکر نکنید. من مدت‌هاست که با خودم درگیرم. کار یک روز و دو روز هم نیست، ده ساله که من نتونستم با خودم کنار بیام. دکتر روان شناس، قرص اعصاب، مسافرت... هیچ‌کدوم نتونستن منو آروم کنن. تنها چیزی که آرومم کرد کار کردن با این بچه‌ها بود. آقای خاطوریان من تحصیلاتم نقاشیه، شغل سابقم هم عکاسی بوده. من از پی تحصیلات و یا تجربه‌ام هم جلو می‌اومدم هیچ‌وقت به این کاری که امروز دارم نمی‌رسیدم. بازی روزگار و دور شدن از هر چیزی که منو به گذشته‌ام پیوند می‌زد، باعث شد به سراغ کاری برم که حداقل هیچ خاطره‌ای از اون نداشتم که تکرارش باعث یادآوری گذشته بشه. الان هنوز توان حرف زدن در مورد گذشته‌ام رو ندارم، ولی شاید روزی تونستم جواب سوال‌تون رو بدم.

خاطوریان که کمی از بغل کردن دنیل خسته شد بود، او را در آغوشش جابه‌جا کرد و گفت:

ــ خانم محبی، من علاقه به فضولی تو زندگی دیگران ندارم. خودتون رو برای جواب دادن به سوال من آزرده خاطر نکنین، ولی چون دوست دارم بهتون کمک کنم، هر وقت که آمادگی‌شو داشتین من شماره‌ی یکی از دوستام رو بهتون می‌دم. ایشون در زمینه‌ی مشاوره و کمک به بحران‌های زندگی واقعا درجه یک هستن. نمی‌خوام چیزی رو به شما اجبار کنم. هر وقت خودتون آمادگی داشتین، بفرمایید تا شماره رو تقدیم کنم. الان هم بیش از این مزاحم وقت‌تون نمی‌شم.

خاطوریان با قدم‌های سریع به سمت در خروجی رفت. در را پشت سرم بستم و چراغ‌ها را خاموش کردم. روی کاناپه‌ی تنهایی‌ام دراز کشیدم و ناخواسته مسافر زمان شدم.

فصل ۵

توی اتاقم دراز کشیده بودم و داشتم کتاب می‌خواندم که مادر ضربه‌ای به در اتاق زد و گفت:

ـ بانوجان، تلفن رو جواب بده. رضا پشت خطه.

سریع تلفن را برداشتم و گفتم:

ـ سلام!

رضا سلامی کرد و ادامه داد:

ـ بانوجان، رنگ آینه سفید باشه یا دودی؟

سری تکان دادم و گفتم:

ـ رضا، همون آینه‌ای که خریده بودیم خوب بود که!

ـ نه بانوجان، کنارش خط داشت.

ـ عزیزم! به خدا خطش معلوم نیست!

ـ در هر صورت من اون آینه رو پس دادم و حالا همون سفید بخرم یا به نظرت دودی بهتره؟ چون الان فکر می‌کنم دودی هنری‌تره. در ضمن به بچه‌ها هم بگو فردا بیان تا با هم یه خرده کار کنیم و بعد ناهار بریم بیرون.

ـ فکر نکنم محمدحسن بیاد. از زمانی که محمدحسین عقد کرده، کلا خودش رو با دوستاش سرگرم می‌کنه. امروز هم داشت می‌گفت فردا با دوستام می‌خوام برم کوه.

ـ کوه کیلویی چنده؟ نمی‌خواد تو نصب آینه‌ی بخت بانوسلطنه شرکت داشته باشه؟

از مدل حرف زدن رضا خنده‌ام گرفت و گفتم:

ـ چه می‌دونم؟ اصلاً خودت بهش زنگ بزن و صحبت کن. از ما که حرف شنوی نداره.

ـ اون با من. شده از کوه بکشمش پایین، فردا باید باشه.

صبح ساعت نزدیک چهار بود، از صدایی که آمد از خواب بیدار شدم. صدای در منزل را که شنیدم مطمئن شدم که رضا هم نتوانسته در متقاعد کردن محمدحسن کاری کند. بلند شدم و از گوشه پنجره نگاهی به بیرون انداختم و محمدحسن را دیدم که کوله کوه به دوش از در بیرون رفت. سرم را روی بالش گذاشتم، ولی هر کاری کردم دیگر خواب به چشمم نرفت. بلند شدم و از زیر تخت بوم نقاشی را که قبل عید خریده بودم درآوردم و شروع به طرح زدن کردم. همیشه دوست داشتم تصویری که می‌کشم زاده‌ی فکرم باشد تا یک کار حرفه‌ای کپی شده. با اینکه به گفته‌ی دیگران نقاشی حرفه‌ای بودم، ولی خودم می‌دانستم که در کشیدن پرتره اصلاً وارد نیستم. به همین خاطر تصویری که طرحش را کشیدم، منظره‌ی دشتی بود که مقابل آن سه پایه‌ی عکاسی قرار داشت و پشت آن مردی در حال نگاه کردن به دوربینش بود. حس خوبی نسبت به عکس داشتم، اگر خوب از آب درمی‌آمد حتماً آن را به رضا هدیه می‌دادم. ساعت نزدیک هفت صبح بود که خواب به چشمم آمد.

بوم نقاشی را زیر تختم گذاشتم. دلم نمی‌خواست قبل از تمام شدنش کسی آن را ببیند.

سرم را روی بالش گذاشتم. از این پهلو به آن پهلو که شدم، موبایلم زنگ خورد. چشمانم را باز کردم و گفتم:

ـ کاشکی تلفنم رو خاموش می‌کردم. کیه کله‌ی سحر روز جمعه زنگ می‌زنه؟

گوشی را که برای خاموش کردن برداشتم، اسم رضا را دیدم. کمی تعجب کردم. این موقع صبح؟ گوشی را برداشتم.

ـ الو بانوجان، خوابی هنوز؟ من فکر کردم دیگه بیدار شدی.

چشمانم را مالیدم و گفتم:

ـ رضا، جمعه است، ساعت هفت صبح چرا باید بیدار باشم؟

رضا خنده‌ای کرد و گفت:

ـ نه، واقعا مثل اینکه هنوز خوابی! ساعت یک ربع به ده بانو جان.

اول فکر کردم رضا شوخی می‌کند. نگاهی به ساعت کنار تختم انداختم و سریع از جا پریدم و در حالیکه دور خودم می‌چرخیدم گفتم:

ـ وای رضا، خواب موندم! من فکر کردم چند دقیقه‌ست خوابیدم!

رضا خنده‌ی از ته دلی کرد و گفت:

ـ عزیزم، چرا این‌قدر پریشون شدی؟ حالا که وقت کلاس و دانشگاه نیست فکر کنی دیر شده. برو قشنگ صبحانه‌ات رو بخور و عجله هم نکن و با داداش جون تشریف بیارین. فرخنده هم اومده و سلام می‌رسونه. برو دیگه... منتظرم.

سریع لباس خوابم را عوض کردم و از اتاق بیرون رفتم و صدای مادر و محمدحسین را از آشپزخانه شنیدم. وارد آشپزخانه که شدم، آقاجون هم نشسته بود. سلامی کردم و گفتم:

ـ محمدحسین؟ نباید منو بیدا می‌کردی؟

محمدحسین لقمه‌ی نان و پنیری گرفت و گفت:

ـ به جون بانو می‌خواستم صدات کنم، آقاجون گفت بذارم بخوابی. گویا نصف شبی بیدار شده بودی، آقاجون ترسیده یدونه دخترش کسری خواب بگیره.

پشت میز نشستم و گفتم:

ـ زود باش بخور، باید بریم. عجله کن دیگه.

محمدحسین لقمه را قورت داد و گفت:

ـ ما نیم ساعت صبحانه خوردن‌مون رو لفت دادیم تا خانم بیدار بشن! حالا ایشون دارن می‌گن عجله کن! بابا، خودت عجله کن!

لیوان شیری ریختم و گفتم:

ـ صبحانه‌ی من همینه. خوردنش هم چند ثانیه‌ست.

محمدحسین از پشت میز بلند شد و گفت:

ـ خب بانوجان، پس دو دقیقه دیگه دم در باش.

یک خرما برداشتم و با شیرم خوردم و گفتم:

ـ الان حاضر می‌شم.

آقاجون لقمه‌ی کره و عسلی گرفت و به دستم داد و گفت:

ـ بانوجان چه عجله‌ایه؟ حالا می‌خوای بری کار کنی، خسته می‌شی، قند خونت می‌افته!

محمدحسین از داخل هال با صدای بلند گفت:

ـ آقاجون، این‌قدر این بانو رو لوس نکنین. بیچاره می‌شه این رضا، همش باید ناز این بانو رو بکشه.

آقاجون سری تکان داد و خندید و لقمه را به زور به دستم داد. لقمه را در دهانم گذاشتم و سریع لباسم را تنم کردم و صورت آقاجون و مادر را بوسیدم که مادر گفت:

ـ ناهار منتظرتونم، از دیشب گوشت خوابوندم توی پیاز، می‌خوام براتون کباب درست کنم.

دستم را در هوا تکان دادم و گفتم:

ـ نه مادر، منتظرمون نباشین، کلی کار داریم. دیر و زود می‌شه، شما ممکنه معطل بشین.

مادر لبخندی زد و گفت:

ـ معطل بشیم بهتر از اینه که من و آقا جونت تنها غذا بخوریم.

دوباره صورت مادر را بوسیدم و گفتم:

ـ چشم، می‌یایم.

وقتی دم در خانه رسیدیم، رضا به همراه چند کارگر از خانه بیرون آمد. از ماشین پیاده شدم و سلام کردم و گفتم:

ـ دستت درد نکنه رضا، آینه رو وصل کردین؟

رضا چشمکی زد و گفت:

ـ فکر نمی‌کردم این‌قدر سر وقت باشن. ولی خدایی همون ساعتی که قول داده بودن اومدن و ما هم معطل نکردیم. الان هم سالن منتظر کار شماست، بانوجان.

محمدحسین ماشین را پارک کرد و همگی وارد خانه شدیم. فرخنده دم در به استقبال‌مان آمد. وارد خانه که شدم به رضا گفتم:

ـ فقط خودمون هستیم دیگه؟ کارگرها رفتن؟

رضا سری تکان داد و گفت:

ـ بله.

با تعجب به فرخنده که هنوز چادر به سرش بود نگاه کردم. خواستم بگویم که چرا هنوز چادر به سر دارد که رضا مرا کنار کشید و گفت:

ـ بانوجان، تمام مهره و کاشی‌های رنگی رو که گفته بودی خریدم و گذاشتم توی کمد اتاق کوچیکه. برو ببین چیزی کم و کسر نیست! چون مغازه‌ها تا ساعت دو بیشتر باز نیستن. ببین اگه چیزی کمه الان برم بخرم که امروز کار رو تموم کنیم.

سری تکان دادم و گفتم:

ـ فکر نکنم امروز تموم بشه. کار سختیه. حداقل یک هفته کار می‌بره.

رضا ضربه‌ای به شانه‌ام زد و گفت:

ـ استارتش بخوره به ذوق می‌یای و دلت می‌خواد تا تمومش نکردی کار دیگه‌ای نکنی. حالا برو ببین چیزی کم و کسر نباشه، ضرر که نداره.

به اتاق کوچیکه رفتم. چون اتاق از بیرون دید داشت، رضا روی پنجره‌ها را روزنامه چسبانده و اتاق نیمه تاریک شده بود. کلید چراغ را زدم، ولی اصلا اتاق لامپ هم نداشت. رضا را صدا کردم و گفتم:

ـ رضاجان، اینجا یه خرده کم نوره.

به سمت کمد رفتم و در کمد را باز کردم تا کاشی و مهره‌ها را ببینم که نوری به صورتم خورد و من جیغ بلندی کشیدم و به دو از اتاق بیرون رفتم. محمدحسین و فرخنده و رضا به طرفم آمدند. محمدحسین هول کرده بود و گفت:

ـ چی شده بانو؟

رضا و فرخنده خنده‌شان گرفته بود و معلوم بود که می‌دانستند چه خبر است. سرم را چرخاندم تا به اتاق اشاره کنم و بگویم کسی در کمد بوده که محمدحسن از اتاق بیرون آمد. فرخنده و رضا زدند زیر خنده. محمدحسن در حالیکه دستانش را به حالت تسلیم بالا گرفته بود با خنده جلو آمد و گفت:

ـ به خدا تقصیر شوهرته. من قصد ترسوندنت رو نداشتم. رضا گفت برم تو کمد ازت عکس یهویی بگیرم! فرخنده خانم هم شاهد بودن.

من از ترس خودم خنده‌ام گرفت و به سمت محمدحسن رفتم و با مشت به سینه‌اش زدم و گفتم:

ـ خودم صبح دیدم رفتی کوه! تو اینجا چی کار می‌کنی؟

محمدحسن خنده‌ای کرد و گفت:

ـ هنوز رضا رو نشناختی؟ اگه بخواد از قله کوه هم می‌یاردت پایین!

باورت می‌شه بانو؟ بیست دقیقه پیاده هم از میدون سربند بالا رفته بودم که به بهانه‌ی ساعت پرسیدن بهم رسید و برگشتم و دیدم که رضاست. ایشون هم مچ دستم رو گرفت و واقعا ما رو کشید پایین! ولی جاتون خالی عجب صبحانه‌ای خوردیم و جبران کوه نرفتن شد. البته به جای کالری سوزوندن، کالری دوبل دریافت کردیم! حالا الان داریم بـه کـار رضا می‌خندیم، ولی حواست رو جمع کن، رضا هر کاری بخواد می‌کنه.

سری تکان دادم و گفتم:

ـ الان فهمیدی؟ من خیلی وقته فهمیدم.....

رضا نگاهی به فرخنده کرد و گفت:

ـ خواهرم، هوای ما رو داشته باش. تو رو آوردم که هـوای یـه دونـه برادرت رو داشته باشی.

فرخنده شانه‌ای بالا انداخت و با لوندی ذاتی‌اش گفت:

ـ خوب راست می‌گه رضا جان!

رضا سری تکان داد و به دستش زد و گفت:

ـ دستت درد نکنه! خواهرم هم رفته تو جبهه‌ی مقابل.

به سمت رضا رفتم و گفتم:

ـ بسه، کاری که می‌خواستی کردی، اونم تمام و کمال. داداش‌مون رو از کوه انداختی، ما رو هم که ترسوندی. حالا بیا بریم ببینم بایـد از کجا شروع کنم. مادر گفته ناهار بریم خونه. امروز این کار تموم شدنی نیست، ولی حداقل به یه جایی برسونیمش.

رضا دستی به شکمش کشید و گفت:

ـ دست پخت مادر زن هم خوردن داره. پس بچه‌ها، بریم که خیلی کار داریم.

محمدحسین در حالیکه به سمت سالن می‌رفت سـری تکان داد و

گفت:

ـ ولی شوخی قشنگی نبود، هیچوقت از این کارها خوشم نیومده. تعجبم از محمدحسن که چطور راضی به انجام این کار شده. پیش خودت فکر نکردی یه وقت بانو هول کنه چی می‌شه؟

رضا به سمت محمدحسین رفت و دستی به شانه‌اش زد و گفت:

ـ این بانو با بانوی پارسال خیلی فرق کرده، بیدی نیست که با این بادها بلرزه، شوهر خواهر جان...

آن هفته برای رضا هفته‌ی شلوغی بود. چند عکس تبلیغاتی داشت که تقریبا تمام وقتش را گرفته بود. من هم کارم شده بود بروم خانه و دور آینه را درست کنم. روز جمعه که فقط به بگو بخند گذشت و تقریبا هیچ کاری نکردیم. می‌دانستم که کار یک روز و دو روز نیست، ولی فکر نمی‌کردم آن‌قدر طولانی شود.

فرخنده روز شنبه برای کمک آمد، ولی او هم درگیر دانشگاه بود و انتظاری نمی‌رفت که بتواند خیلی کمک کند. در هر صورت کاری بود که باید خودم انجامش می‌دادم.

مادر حسابی درگیر بود، از یک طرف به دوستانش سپرده بود که یک دختر خوب برای محمدحسن معرفی کنند و از طرف دیگر هر روز بازار و مغازه بود تا برای من جهیزیه بخرد. کلا انگار این مدت را گذاشته بودند روی دور تند.

بالاخره با ده روز کار مداوم و چندین ساعته، آینه یا به قول رضا آینه‌ی بخت تمام شد.

رضا ساعت نه شب به خانه آمد. چندتا عکس حرفه‌ای از من و آینه انداخت و بعد دو تخته‌ی تقریبا یک متری را که وسط هر کدام از آن‌ها یک آینه وصل شده بود، به من داد و گفت:

ـ کارت عالی بود بانوجان، عالی! حالا باید مثل این آینه‌ی بزرگ، دوتا هم کوچیک درست کنی.

اخمی کردم و کمی عقب رفتم و گفتم:

ـ رضا! تو حالت خوبه؟ ده روزه معطل این آینه شدم توی این گرما! اصلا دیگه از هر چی مل و کاشیه حالم به هم می‌خوره!

رضا لبی برچید و گفت:

ـ اگه من ازت خواهش کنم چی؟ بازم مخالفت می‌کنی؟

از مدل حرف زدن و ژستی که به صورتش داده بود خنده‌ام گرفت و گفتم:

ـ حالا این آینه‌ها رو برای چی می‌خوای؟ از کار من خوشت اومده می‌خوای کاسبی کنی؟

رضا نفس عمیقی کشید و گفت:

ـ مثل اینکه فراموش کردی، سفره‌ی عقدمون آینه نداره ها! این دوتا آینه رو درست می‌کنیم و جوری زاویه می‌دیم که هردومون توی آینه‌ی مقابل‌مون، اون یکی رو ببینیم!

سری تکان دادم و گفتم:

ـ حالا چرا دوتا آینه؟

رضا بادی به لپش داد و گفت:

ـ فراموش کار شدی بانو؟ نباید این‌قدر پشت هم کار می‌کردی. کار زیادی فسفر مغزت رو آب کرده! دختر، یادت رفته روز عروسی‌مون روز مادره؟ چه هدیه‌ای بهتر از آینه که کار دست عروسه و سر سفره عقد بوده؟ یه هدیه منحصر به فرد می‌شه!

لبخندی زدم و گفتم:

ـ نه، خوشم اومد، فکرت عالیه. فقط یه چیزی، رضا می‌شه بی‌خیال

چیدن سفره عقد بشی؟ به خدا فردا می‌یام محضر یه رضایت‌نامه
محضری می‌دم که من سفره عقد معمولی می‌خوام. بیا پنجشنبه‌ی همین
هفته بریم کوچه رفاهی، اونجا بورس سفره عقده.

رضا لبخندی زد و گفت:

ـ بانوجون، همیشه آرزوم بود همه کارهای عـروسی‌مون رو خودم
بکنم. حالا داری می‌گی بریم کوچه رفاهی؟ عزیزم ببین چه بکنم برات که
همه انگشت به دهن بمونن! تازه یه طرحی برای لباس عروس زدم. کاش
یکی از ما دو نفر خیاطی هم بلد بودیم. به خدا اگه یه کـم بیشتر وقت
داشتم، خیاطی هم یاد می‌گرفتم. چه جالب می‌شد، تمام کـارامـون رو
خودمون کرده بودیم. تازه بانوجان، نمی‌دونی چه فکری دارم برای...

دستی به کمرم زدم و پایم را زمین کوبیدم و گفتم:

ـ رضا!

رضا دستش را دور کمرم حلقه کرد و گفت:

ـ جونِ رضا، عمر رضا! بانو تا حالا کسی بهت گفته وقتی عصبانی
می‌شی چقدر خواستنی‌تر می‌شی!

******

سرم مثل کوه سنگین شده بود. حس می‌کردم دارد منفجر می‌شود. از
روی کاناپه بلند شدم و به آشپزخانه رفتم و قرص استامینوفن کدئین
برداشتم و خوردم. نمی‌دانم این کابوس‌ها کی قرار بود دست از سر من
بردارد. یاد حرف خاطوریان افتادم. کاشکی شماره‌ی دوستش را گرفته
بودم. شاید باید یک دوره روانکاوی می‌شدم. دوباره اشک‌هایم روی
صورتم ریخت...

آن‌قدر حالم بد بود که حاضر بودم به هر نحوی خاطرات گذشته از ذهنم پاک شود.

نگاهی به موبایلم انداختم. پیامکی از خاطوریان بود:

«خانم محبی عزیز! قبلا شنیده بودم که در دین و آیین مسلمانان، ارتباط دوستانه‌ی یک زن و مرد حتی در حد صحبت کردن هم جایز نیست و برخورد امروز برادرتون تأییدی بر شنیده‌های من بود. ولی امشب بر خودم واجب کردم که به دین و مذهب نگاه نکنم و فقط وظیفه‌ی انسانی‌ام را انجام بدم. خواهش می‌کنم خانم محبی، منو مثل برادر خودتون بدونید. هر زمانی کاری داشتید می‌تونید روی کمک من حساب کنید. مطمئن باشید که هیچ نظر سوئی در بین نیست. خوشحال می‌شم اگه بتونم کاری براتون بکنم.»

اشک‌هایم را از صورتم پاک کردم. خدایا در این دنیا فرشته نجاتم را، کسی که دستانش را برای کمک کردنم دراز کرده، یک مرد مسیحی قرار دادی! خدایا این چه آزمایشی است؟! من احتیاج به یک دوست دارم، دوستی که حوصله‌اش از دلتنگی‌های من سر نرود، دوستی که گاهی اوقات سرم را روی شانه‌اش بگذارم و های‌های گریه کنم و مهم‌تر از همه اینکه این دوست باعث پچ‌پچ مردم و ناراحتی خانواده‌ام نشود. خدایا داری ایمانم را محک می‌زنی؟ می‌خواهی ببینی چقدر کم آورده‌ام؟ یا اینکه رهایم کردی و الان شیطان دارد به من می‌گوید که برادر غیرتی مسلمانت هیچ کاری برایت نمی‌کند ولی یک مرد مسیحی که هیچ سنخیتی با تو و عقایدت ندارد، شده ناجی‌ات و شب به دادت رسیده و الان هم با شنیدن مشکلاتت سوپرمن زندگی‌ات شده و می‌خواهد برایت برادری کند! رضا کاش بودی، کاش به دادم می‌رسیدی... کاش باز مثل خیلی وقت‌ها بغلم می‌کردی و می‌گفتی زندگی بی‌ارزش‌تر از این است که

بابتش غصه بخوری. کاش هیچ‌وقت، هیچ‌وقت...

تحمل نکردم. با صدای بلند شروع به گریه نمودم. چقدر دلتنگ رضا بودم؛ دلتنگ محبتش، دلتنگ رفتار مهربان و منحصر به فردش، دلتنگ تمام چیزهایی که باعث می‌شد خاص باشد.

ــ بانو؟ بانو جان....

صدای رضا بود. سرم را بلند کردم:

ــ رضا؟ برگشتی...؟!

رضا خنده‌ای کرد و به سمتم آمد و گفت:

ــ من جایی نرفته بودم که برگردم. داشتم عکس‌ها رو درست می‌کردم. یک لحظه با من بیا بانوجان، کارت دارم!

از جایم بلند شدم. احساس کردم ده سال جوان‌تر شدم. به اتاقی که برای آتلیه درست کرده بودیم، رفتم. رضا دوربین عکاسی را به من داد و گفت:

ــ می‌شه یه عکس از من بگیری؟

با ترس به دوربین نگاه کردم و گفتم:

ــ رضا، من خیلی وقته عکس نگرفتم. شاید ده سال باشه. دیگه بلد نیستم عکس بگیرم!

رضا ژستی گرفت و گفت:

ــ تو همیشه بهترین عکس‌ها رو از من می‌گرفتی، گاهی از خود منم بهتر بودی. الان هم می‌تونی، بانو! من آماده‌ام. فقط کافیه به خودت اعتماد داشته باشی، بانوجان!

رضا عقب رفت. از دوربین به رضا نگاه کردم. لبخند می‌زد، ولی داشت از من دور می‌شد، اشاره کرد و گفت:

ــ عکس رو بگیر، بانوجان!

نگاهم به دوربین بود که داشت فاصله‌اش از من زیاد می‌شد. مگر این اتاق چقدر بود که رضا شده بود اندازه‌ی یک نقطه؟ دکمه را فشار دادم. اتاق پر از نور فلاش شد. نور زیاد چشمانم را زد. چشمم را بستم و باز کردم. دیگر نه از رضا خبری بود و نه از دوربین. من به جای اتاق آتلیه، توی هال و روی کاناپه بودم.

سرم را محکم گرفتم. باز هم خواب بود. رضا دیگر تمام شده بود و فقط وقتی خواب بودم سراغم می‌آمد. چرا هنوز بعد از این همه سال نمی‌توانستم باور کنم جایی که رضا رفته، دیگر برگشتی برایش نیست؟ چرا هنوز رفتنش را باور نکرده بودم؟

از جایم بلند شدم. نگاهی به ساعت انداختم. هنوز چهار نشده بود. مثل اینکه قرار نبود صبح شود. این خواب شاید برایم یک نشانه بود. شاید برای آرامشم باید دوباره کار عکاسی می‌کردم. شاید رضا داشت کمکم می‌کرد.

نمی‌دانستم کدام کار به سودم است؟ اعتماد به دوست خاطوریان و یا شروع دوباره‌ی عکاسی.

موبایلم را برداشتم. مطمئن بودم که خاطوریان الان خواب است و فردا پیامک مرا می‌خواند. به همین خاطر پیامک زدم:

«سلام آقای خاطوریان، از محبت شما بسیار سپاسگزارم. می‌تونم از شما خواهش کنم که از دوست‌تون برای من وقت مشاوره بگیرید؟»

پیامک را به امید خوانده شدن آن در صبح فرستادم. موبایلم را روی کاناپه رها کردم و به آشپزخانه رفتم و لیوان آبی خوردم. امشب دچار عطش شده بودم.

وارد هال که شدم، دیدم که هال از روشنایی صفحه‌ی موبایل روشن شده است. به سمت موبایلم رفتم. احتمالا فراموش کرده بودم صفحه را

قفل کنم. گوشی را برداشتم. با دیدن پیامک جواب خاطوریان دستم راگاز گرفتم. یعنی من بیدارش کرده بودم؟ پیامک را باز کردم:

«خانم محبی، سعی می‌کنم برای پس فردا براتون وقت بگیرم. چون ایشون روزهای زوج مطب هستن. در ضمن نگران نباشین، من بیدار بودم. دنیل کمی بی‌خواب شده. ممنون که به من اعتماد کردید.»

******

قرار بود برای خرید یا سفارش لباس عروسی برویم. صبح زود حمام کردم. آن‌قدر هوا گرم شده بود که ترجیح دادم موهایم را خشک نکنم. ساعت نه‌ونیم صبح بود که رضا به دنبال‌مان آمد. من و مادر سریع چادر به سر جلوی در رفتیم.

خانم خطیبی و فریبا با دیدن ما از ماشین پیاده شدند و بعد از سلام و احوال‌پرسی، همگی سوار ماشین شدیم. مقصد ما یک مزون لباس عروس بود که یکی از دوستان فریبا آدرس آن را داده بود. ما برای ده تا دوازده وقت داشتیم و زمان برای پرو لباس‌های آماده و یا سفارش مدل از ژورنال کافی بود.

مزون در یک ساختمان نوساز بود و مسئول مزون خانم تقریبا چهل ساله‌ی خوش‌رویی بود و به گونه‌ای با ما برخورد کرد که انگار سال‌هاست ما را می‌شناسد.

مسئول مزون که نامش خانم ادیب بود روبه من کرد و گفت:

ـ اگه شما بخواین من تمام لباس‌ها رو بهتون نشون می‌دم. من اصلا برای این کار اینجا هستم، ولی برای اینکه حوصله‌ی شما سر نره بهتره به من بگین که دوست دارین لباس‌تون چه طرح و مدلی باشه؟

هنوز چیزی نگفته بودم که رضا با دست راستش به من اشاره کرد و گفت:

ـ خانم ادیب، همین‌طور که می‌بینید خانم من، یه بانوی تک و منحصر به فرده. به همین خاطر ما یه لباس تک و منحصر به فرد می‌خوایم.

مادر و خانم خطیبی و فریبا با هم زدند زیر خنده و من از خنده‌ی آن‌ها خجالت‌زده لبم را گاز گرفتم و خانم ادیب با متانت خاصی گفت:

ـ آقای داماد، از نظر تمام آقا دامادهای عزیز، عروس خانم‌شون خاص‌ترین فرده. ولی خب هر آدم خاص، سلیقه‌ی مشخصی داره.

رضا جلوتر رفت و گفت:

ـ می‌تونم خواهش کنم چندتا از لباس‌هایی رو که خودتون تأیید می‌کنید بیارین؟

خانم ادیب سر خم کرد و گفت:

ـ فقط جسارتا، شما محدودیت قیمت ندارید؟

رضا لبخندی زد و گفت:

ـ شما کار خوب‌تون رو بیارید، سر قیمت هم به تفاهم می‌رسیم.

خانم ادیب در یکی از کمدها را باز کرد. یک کاور لباس درآورد و پیراهن را از چوب خارج کرد. رضا بدون اینکه حتی به من نگاه کند گفت:

ـ خانم ادیب، این لباس زیادی بلند نیست؟

خانم ادیب لبخندی زد و گفت:

ـ آخرین مدل ژورنال با دنباله‌ی چهار متری که تمام دنباله کار شده و سنگ‌های اتریشی خورده.

رضا دستی در هوا تکان داد و گفت:

ـ این لباس ممکنه برای عکس قشنگ باشه، ولی برای هفت ساعت مهمونی، لباس سخت و دست و پا گیریه. ممنون می‌شم اگه لباسی که

می‌یارین دامنش استاندارد باشه.

خانم خطیبی نزدیک رضا شد و آرام گفت:

ـ رضا جان، فکر نمی‌کنی زیادی داری دخالت می‌کنی؟ بذار ببینیم خود بانو چه مدل لباسی دوست داره. تمام دخترا از بچگی آرزوشون پوشیدن لباس عروسیه که توی خیال‌شون داشتن. تو هم بهتره بذاری ببینیم بانو جان چی می‌پسنده، بعد شما نظرت رو بگی. این‌جوری بانو رو هم توی انتخاب آزاد می‌ذاری.

رضا سرش را چرخاند و اشاره‌ای به من کرد تا نظرم را بداند. شانه‌ای بالا انداختم و گفتم:

ـ منم با تو هم عقیده‌ام، لباس دنباله‌دار خیلی سخته.

خانم ادیب تأییدی کرد و گفت:

ـ خب، به این ترتیب یک سری از لباس‌های ما کلاکنسل می‌شه.

خانم ادیب کمد دیگری را باز کرد و لباس تنگ سفیدی که تمام بالاتنه‌اش کار شده بود آورد. رضا نگاهی به لباس کرد و گفت:

ـ این لباس فقط سفیدیش شبیه لباس عروسه، قبول دارید؟

خانم ادیب بی‌آنکه جواب رضا را بدهد لباس را داخل کاور گذاشت و لباس دیگری را که طرح ماهی بود، درآورد و باز هم رضا ایرادی گرفت و این بار فریبا به رضا گفت:

ـ رضا جون، شما بهتره بشینی. اصلا عروس خانم می‌خواد شما رو سورپرایز کنه.

رضا دستی به موهایش کشید و به انتهای اتاق رفت که کاناپه‌ای برای نشستن همراهان عروس گذاشته بودند.

خانم ادیب کاور لباس عروس دیگری را باز کرد و لباسی با دامن تور پفی درآورد. این لباس هم بالاتنه کار شده‌ای داشت. خانم ادیب اشاره‌ای

به لباس کرد و گفت:

ـ عروس خانم، پرو می‌کنید؟

نگاهی به مادر و خانم خطیبی کردم و فریبا گفت:

ـ عالیه بانو جان، به نظرم امتحان کن.

به اتاق پرو رفتم و با کمک خانم ادیب لباس را پوشیدم و کفش پاشنه بلندی را که خانم ادیب داده بود به پایم کردم.

خانم ادیب در حالیکه که تور زیر دامنم را تنظیم می‌کرد، سرش را بالا گرفت و گفت:

ـ عروس خانم، روزی حداقل سه تا عروس و داماد برای من می‌یاد. حواست رو جمع کن، با این حرف‌های شوهرت که تو خاصی و تکی خام نشی! این مردی که من دیدم، با پنبه سر می‌بره. از الان می‌خواد برای همه چیز تو تصمیم بگیره. از من بشنو اگه از همین اول کاری هر چی گفت، بگی چشم و حرفش رو قبول کنی، زندگیت رو باختی. والا به خدا مرد که این‌قدر دخالت نمی‌کنه! اون هم توی انتخاب مدل لباس عروس که اصلا بهش ربطی نداره.

خودم را در آینه نگاه کردم و چیزی نگفتم. نباید یکی از بهترین روزهای زندگی‌ام را با گوش کردن به حرف‌های خاله‌زنکی مسئول یک مزون خراب می‌کردم. از اتاق پرو که بیرون آمدم خانم خطیبی نگاه تحسین آمیزی کرد و گفت:

ـ عالیه بانوجان، ماشاالله اون‌قدر خوش اندام و برازنده‌ای که آرایش نکرده هم یه عروس کاملی.

فریبا ماشاالله گفت. رضا از دور نگاه می‌کرد. مادر سری چرخاند و گفت:

ـ رضاجان، شما هم نظر بدین.

رضا دستش را بالا گرفت و با طنز همیشگی گفت:

ـ اجازه هست؟

خانم خطیبی گفت:

ـ رضاجون، نظر بده، ولی ایراد الکی نگیر.

رضا بلند شد و به سمت ما آمد و با لذت نگاهی کرد و به خانم ادیب گفت:

ـ لباس خوبیه، ولی به نظرم با کمی تغییرات عالی می‌شه. این مدل قابل تغییر هم هست؟

خانم ادیب گفت:

ـ بله، حتما. بنده در خدمتم. بفرمایید چه تغییری مد نظرتونه؟

رضا جلو آمد و گفت:

ـ دلم می‌خواد مدل، همین مدل باشه. فقط اگه می‌شه کار بالای لباس حذف بشه و دامن لباس به جای تور، پارچه بشه. البته من آشنایی با پارچه‌ها ندارم ولی بهتره پارچه مات باشه و روی کل دامن پاپیون‌های کوچک بخوره. اگه یک کاغذ و قلم به من بدید طرحش رو بکشم.

خانم ادیب نفس عمیقی کشید و کاغذ و مدادی به رضا داد و رضا در عرض چند دقیقه یک طرح لباس عروس کشید. خنده‌ام گرفته بود که من نقاشم یا رضا!

رضا آرام کنارم آمد و گفت:

ـ نظر خودت چیه؟ اگه خودت این مدل رو دوست داری که همین خوبه، ولی به نظر من این مدل همه‌ی لباس عروس‌های بازاریه که بالا تنه کار شده و دامن ساده‌ست.

نگاهی به طرح انداختم و گفتم:

ـ کارت حرف نداره، فکر می‌کنم باید بهت اعتماد کنم.

رضا طرح را به خانم ادیب داد و گفت:

ـ فقط می‌تونم پارچه‌هاتون رو ببینم تا بگم چه پارچه‌ای مناسبه؟

خانم ادیب برای آوردن پارچه به اتاق دیگر رفت. خانم خطیبی رو به من کرد و گفت:

ـ بانوجان، رضا زیادی نظر می‌ده. اگه خودت از همین مدل خوشت اومده، همین رو بگیریم!

سری تکان دادم و گفتم:

ـ این مدل قشنگه، ولی فکر کنم طرح رضا قشنگ‌تر باشه. در ضمن یه حس خوبی داره که طرح لباس از آقای داماد باشه.

خانم ادیب با پارچه‌ها برگشت. رضا با یک نگاه به آن‌ها، پارچه‌ی ابریشم خام سفیدی را انتخاب کرد. خانم ادیب شانه‌ای بالا انداخت و گفت:

ـ نه، مثل اینکه سلیقه‌ی داماد هم عالیه. این پارچه تازه برامون رسیده و چون پارچه‌اش زیاد قابل شستشو نیست گذاشته بودیم فقط برای لباس‌های سفارشی. البته قیمت لباس با این پارچه سی درصد بیشتر از تور می‌شه.

رضا لبخندی زد و گفت:

ـ بهتون که اول گفتم، این بانو خانم منحصر به فرده و ارزش‌شون بیشتر از این درصدهاییه که شما می‌گین. فقط خواهشم اینه که سی درصد هم وسواس بیشتر در دوختن این لباس داشته باشین.

کارهای عروسی و خرید جهیزیه و آماده کردن منزل هیجان وصف ناپذیری داشت. به خصوص که رضا تصمیم داشت تمام کارها را خودش انجام بدهد. از من خواسته بود که یک طرح نقاشی برای روی کارت بزنم. نزدیک به سی طرح مختلف را زدم، ولی در مورد هر کدام نظری می‌داد.

دیگر داشتم خسته می‌شدم. آن‌قدر وسواس، آن هم برای کارتی که ده درصد آدم‌ها اصلا نگاهش هم نمی‌کردند و نیمی از آدم‌ها کارت را دور می‌انداختند و شاید عده‌ی محدودی کارت را برای یادگاری نگه می‌داشتند. رضا مرد دوست داشتنی و با محبتی بود، ولی وسواسش روی کارها بیشتر اوقات کلافه‌ام می‌کرد.

وقتی از آخرین طرحی که زدم ایراد گرفت. طرح را از دستش گرفتم و گفتم:

ـ خیلی خب بهتره بریم کارت آماده بخریم. مگه همه می‌شینن برای عروسی‌شون طرح می‌زنن؟ همه‌ی آدم‌ها می‌رن کارت فروشی و کارت رو انتخاب می‌کنن.

رضا لبخندی زد و آمد کنارم نشست و دستش را روی شانه‌هایم گذاشت و گفت:

ـ بانو، تو که غرغرو نبودی!

دستش را کنار زدم و گفتم:

ـ آدمو مجبور می‌کنی! رضا اصلا من می‌خوام مثل آدم‌های دیگه برم کارت فروشی و کارتم رو انتخاب کنم. ما چه فرقی با بقیه داریم که باید همه چیزمون متفاوت باشه...؟!

رضا سری کج کرد و گفت:

ـ خب تو هنرمندی، خیلی فرق می‌کنی با بقیه. ما باید نشون بدیم عروسی هنرمندان همه چیزش خاصه، ناسلامتی هنر خوندی!

از جایم بلند شدم و با صدای نسبتا بلندی گفتم:

ـ از امروز فکر کن نخوندم! فکر کن ریاضی محض خوندم، اقتصاد خوندم، چه می‌دونم هر چیزی که ربطی به این رنگ و روغن نداره! رضا ناراحت نشی از دستم، ولی کم‌کم دارم فکر می‌کنم وسواس فکری داری!

رضا خنده‌ی بلندی کرد و گفت:

ـ این کلمه رو از کجا آوردی؟ وسواس فکری دیگه چیه؟

سری تکان دادم و گفتم:

ـ همون چیزی که باعث می‌شه از هر چیزی ایراد بگیری! بهت گفته باشم اگه تا آخر هفته‌ی دیگه رفتیم کارت سفارش بدیم که رفتیم، وگرنه به مامانم می‌گم مهمونا رو تلفنی دعوت کنن.

رضا دستش را دور گردنم انداخت و گفت:

ـ حالا چرا ناراحت می‌شی؟

دستش را دوباره کنار زدم و گفتم:

ـ سعی نکن منو خام کنی!

رضا عقب رفت و با اخمی که تا آن روز ندیده بودم گفت:

ـ بانو، امروز چت شده؟ چرا...

میان حرفش پریدم و گفتم:

ـ من چیزیم شده یا تو که از هر چیزی ایراد می‌گیری؟ یکی نیست بیاد و بهت بگه مرد این‌قدر خاله‌زنک می‌شه که تو هر چیز مربوط به خانم‌ها دخالت کنه؟

رضا صورتش قرمز شد. انگار تحمل این مدل حرف زدن را از جانب من نداشت. دهانش را باز کرد تا چیزی بگوید، ولی حرفش را خورد و سوئیچ ماشینش را از روی میز برداشت و بدون اینکه به من چیزی بگوید از اتاق بیرون رفت.

مادر هم انگار متوجه حال رضا شده بود، چون می‌شنیدم که به رضا اصرار به ماندن می‌کند، ولی رضا از ماندن امتناع کرد و سریع از منزل خارج شد. صدای نسبتا بلند بسته شدن در را که شنیدم، تازه فهمیدم چقدر رضا ناراحت شده.

مادر وارد اتاق شد، سری تکان داد و خیلی آرام گفت:

ـ چی کار کردی که پسره این‌جوری از خونه رفت بیرون؟

شانه‌ای بالا انداختم و گفتم:

ـ من کاری نکردم، خودش الکی گیر می‌ده.

مادر جلو آمد و آرام‌تر از قبل گفت:

ـ بانو، ده بار بهت گفتم رضا پسر خوب و با محبتیه، یه کاری نکن که از دستت دلگیر بشه! چرا مانع رفتنش نشدی؟

سرم را تکان دادم و گفتم:

ـ مادر من، شما از اول هم پسری بودی؛ عوض این که الان طرف منو بگیری، داری از دامادت طرفداری می‌کنی!

مادر به سمت تلفن رفت و گوشی را به دستم داد و گفت:

ـ زود باش، تا بیشتر از این نگرانم نکردی، زنگ بزن از دلش دربیار.

تلفن را از مادر گرفتم و به جای زنگ زدن، گذاشتمش سر جایش و گفتم:

ـ مادر، خواهش می‌کنم... اگه این‌دفعه کوتاه بیام تا آخر عمرم باید کوتاه بیام. در ضمن، من اصلاً کاری نکردم که الان بخوام از دلش دربیارم.

مادر اخمی کرد و کنارم نشست و گفت:

ـ بانو؛ از چی کوتاه بیای دختر؟ مگه زندگی میدون جنگه که اره بدی و تیشه بگیری؟ تو زندگی باید دیده رو ندیده کنی، شنیده رو نشنیده کنی. اگه قرار باشه زن و مرد هردوشون من باشن که اصلاً اون زندگی، زندگی نمی‌شه. مادر من، لطافت یه زن به اینه که شوهرش رو با محبت و حرف به خودش جذب کنه، فکر نکن ریخت و قیافه‌ست که مرد رو موندگار می‌کنه، چون اون هم چند روز بعد عادی می‌شه. ولی چیزی که می‌مونه انعطاف یه زنه. بانو، ناامیدم کردی. اصلاً مثل یه بانو با شوهرت رفتار

نکردی! یه چیزی بهت می‌گم، هیچ‌وقت نذار شوهرت بدون بدرقه از خونه بیرون بره. الان من نمی‌دونم بین‌تون چی گذشته ولی اگه هر چی هم که بوده دنبالش می‌رفتی و در رو تو می‌بستی و می‌ذاشتی به این فکر کنه که اگه با ناراحتی رفت، ولی همون‌طور که کسی هست در رو پشتش ببنده، کسی هم هست که با تمام ناراحتی‌ها در بسته رو به روش باز کنه... نذار فکر کنه در خونه‌اش به روش بسته است و به جای در خونه‌ی خودش رو زدن، بره در خونه‌ی دیگری رو بزنه. فرصت برای جبران کمه بانوجان!

سرم را بالا گرفتم و به مادر نگاه کردم. مادر راست می‌گفت، نباید فرصت را از دست می‌دادم. سریع تلفن را برداشتم و شماره‌ی موبایل رضا را گرفتم. یک زنگ، دو زنگ و... ده زنگ. رضا جواب نداد. با نگرانی به مادر نگاهی کردم و گفتم:

ـ جواب نمی‌ده!

مادر سری تکان داد و گفت:

ـ پس خیلی ناراحت شده، حالا نگران نباش. همین که زنگ زدی یعنی که پشیمونی. یک ساعت دیگه به خونه‌شون زنگ بزن، از دلش دربیار.

مادر از اتاق بیرون رفت. روی تخت دراز کشیدم. حس دوگانه‌ای داشتم. از یک طرف فکر می‌کردم حق داشتم و از یک طرف دیگر نگران بودم که ناراحتی رضا ادامه‌دار شود. سراغ نقاشی نیمه تمام زیر تختم رفتم. بهترین راه برای فرار از فکر پناه بردن به بوم و رنگ بود.

یک ساعتی مشغول بودم که در اتاقم زده شد. محمدحسین وارد شد و بعد از سلام گفت:

ـ بانو، مگه قرار نبود رضا امروز بیاد اینجا؟ زنگ زدم فرخنده گفت رضا خونه‌ست! اتفاقی افتاده؟

قلم‌مو را زمین گذاشتم و سری تکان دادم و گفتم:

ـ نه، چه اتفاقی؟ شاید کار داشته و رفته خونه‌شون!

محمدحسین لبه‌ی تخت نشست و گفت:

ـ می‌یاین امشب شام بریم بیرون؟

لبم را گاز گرفتم و گفتم:

ـ بدم نمی‌یاد، ولی می‌تونی خودت به رضا بگی؟

محمدحسین چشمانش را نازک کرد و گفت:

ـ بانو، مطمئنی چیزی نشده؟

سری تکان دادم و گفتم:

ـ آره چیزی نشده ولی خودت بهش زنگ بزنی بهتره!

محمدحسین گوشی تلفن را برداشت و شماره را گرفت. اول با خانم خطیبی صحبت کرد و بعد خانم خطیبی گوشی را به رضا داد. محمدحسین با صدای بلند گفت:

ـ بـه‌به، داداش رضـای خـودمون! دیگه دامادیت نـزدیکه تحویل نمی‌گیری! بابا یه خرده این فامیل دو جانبه رو تحویل بگیر. آهان! خب، باشه، کارت زیاد شده. آقا امشب که دیگه شب تعطیلیه و بهونه نداری. پایه‌ای بریم شاندیز؟ نه‌نه، نشد داداش رضا. نه بگی کلاه‌مون می‌ره تو هم. من و بانو تا نیم‌ساعت دیگه راه می‌افتیم. شما تـرافیک رو در نظر بگیرین و حاضر بشین. به خانم ما هم بگو راه افتادیم چون حاضر شدن اون تایم غیر استاندارد داره. بله، خواهر شماست ولی زن ما هم هست. ما کوچیکتیم. پس می‌بینمت...

محمدحسین گوشی را قطع کرد و نگاه عمیقی به من انداخت.

ـ هر چی بگی نه، من باور نمی‌کنم اتفاقی نیفتاده باشه! بازم نمی‌خوای چیزی بگی بانو؟

سرم را به سمت محمدحسین چرخاندم و گفتم:

ـ چرا، امروز برای اولین بار بحث‌مون شد. باورت نمی‌شه، ولی اصلا فکر نمی‌کردم که رضا این‌قدر کم ظرفیت باشه. یه عالمه طرح زدم، از هر طرح من یه ایرادی گرفته. ما یه کلام گفتیم چقدر ایراد می‌گیری، بهش برخورد! به جون آقاجون اگه مادر نصیحت‌هاش رو شروع نمی‌کرد به این زودی...

محمدحسین میان حرفم پرید و گفت:

ـ بانو، فقط همین یه حرف رو گفتی؟!

سری تکان دادم و گفتم:

ـ آره والا!

محمدحسین شانه‌ای بالا انداخت و گفت:

ـ رضا پسر باجنبه‌ایه، بعید می‌دونم با این یک کلام ناراحت شده باشه. مطمئنی چیز دیگه‌ای نگفتی؟ یه وقتی آدم تو عصبانیت حرف نامربوطی می‌زنه که اصلا با شخصیتش جور نیست. شاید هم تو از خستگی، چه می‌دونم از همین طرح زدن زیاد خسته شدی و یک حرف بدی زدی.

نفس عمیقی کشیدم و گفتم:

ـ نه به خدا!

محمدحسین در حالیکه به سمت در اتاق می‌رفت گفت:

ـ حالا حاضر شو قراره زود بریم.

از جایم بلند شدم و قبل از پوشیدن لباس، آبی به سر و صورتم زدم. چقدر رنگ پریده شده بودم! همیشه همین‌طور بودم، وقتی فقط کمی ناراحت می‌شدم صورتم بی‌رنگ و حال می‌شد.

به اتاق برگشتم. مانتوی تابستانه‌ی بژی را که تازه خریده بودم به تن

کردم و در میان کشوی روسری‌ها، دنبال یک روسری بودم که با مانتوام هارمونی داشته باشد. روسری طرح گل داری را که رضا خیلی دوست داشت به سر کردم و در آینه نگاهی به خودم انداختم. عالی بود، طرح شلوغ روسری به چهره‌ام روح داد.

چادرم را برداشتم. به هال رفتم، مادر با دیدنم جان گرفت و آرام از من پرسید:

ـ چی شد؟ جوابت رو داد؟

ابرویی بالا انداختم و گفتم:

ـ نه، ولی خدا خیر بده محمدحسین رو، برنامه جور کرد شام بریم بیرون. شاید یخ رضا هم آب بشه.

مادر ان‌شاءاللهی گفت و ادامه داد:

ـ فقط بانو، حالا که کمی نرم شده دیگه حرف نامربوطی نزنی!

اخمی کردم و گفتم:

ـ اِ، مامان! چقدر می‌گین! به خدا دفعه قبل هم من چیزی نگفتم. رضا لوسه و سریع بهش بر می‌خوره. حالا ما به احترام حرف شما زنگ زدیم بهش.

مادر گونه‌ام را بوسید و گفت:

ـ قربونت برم، مردا همه‌شون دوست دارن خودشونو برای خانم‌شون لوس کنن. قربون دختر گلم برم، غرور الکی به خرج نديا! آفرین دختر گلم!

دستم را روی چشم‌هایم گذاشتم و گفتم:

ـ به روی چشم، دیگه امری نیست؟

مادر سری بالا برد و گفت:

ـ نه قربونت برم، برو. ان‌شاءالله بهت کلی خوش بگذره.

محمدحسین مرتب و تیپ زده از اتاقش بیرون آمد. بوی ادکلنش از

چند متری هم به مشام می‌رسید. مادر با دیدن محمدحسین طبق معمول قربان صدقه‌ای رفت و باز هم سفارش مرا به محمدحسین کرد. محمدحسین لبخندی زد و گفت:

ـ مادر، اون روزی که بهتون گفتم مزایای این ازدواج دو جانبه بیشتر از معایبشه، فکر امروز رو کرده بودم. خیال‌تون راحت.

مادر دست محمدحسین را کشید و گفت:

ـ فقط محمدحسین جان، فرخنده چیزی نفهمه ها!

محمدحسین سری تکان داد. مادر سرش را خم کرد و گفت:

ـ هر چی باشه مادر، خوبیت نداره، بانو سبک می‌شه.

محمدحسین خبی گفت و از مادر خداحافظی کردیم. در طی مسیر با محمدحسین کلی حرف زدیم و مثل قبل با هم گفتیم و خندیدیم و من اتفاقات پیش آمده را فراموش کردم.

با رسیدن ما فرخنده و رضا به سمت ماشین آمدند، من و محمدحسین هم از ماشین پیاده شدیم. سلام و احوالپرسی معمولی بین‌مان رد و بدل شد، ولی واضح بود که رضا سردی می‌کند.

فرخنده صندلی عقب پیش من نشست و از تمام کارهایی که در رابطه با عروسی کرده بودم سوال کرد. من جوابگوی سوالاتش بودم، ولی تمام فکرم پیش رضا و سکوتش بود. رضا با آن همه هیجان ساکت نشسته بود و فقط شنونده بود. خدا را شکر کردم که فرخنده آن‌قدر درگیر هیجان عروسی بود که اصلا متوجه سکوت و بی‌تفاوتی رضا نشد. آن شب رضا حتی دست مرا برای غذایی که بهش تعارف کردم، رد کرد. مخاطب صحبتم نشد و مثل همیشه از لباس نویی که به تنم می‌دید ذوق زده نشد و در واقع آن شب کاملا مرا نادیده گرفت.

برخورد رضا آن‌قدر برایم سرد و یخ زده بود، حتی شیشلیک که

همیشه غذای محبوبم بود با هیچ لیمو و نمکی برایم طعم‌دار نشـد و آن شب تا صبح استرس از دست دادن رضا خواب را به چشمانم حرام کرد.

روز جمعه هر چه منتظر زنگ رضا شدم خبری نشد. نزدیک ساعت دوازده بـود کـه خـودم شـماره‌ی موبایلش را گرفتم. زنگ اول اپراتـور مخابرات گفت که تلفن خاموش است. گوشی را قطع کردم، نمی‌دانستم باید چـه کـار کـنم. شـماره‌ی خانه‌شان را گرفتم. مـادر رضا گوشی را برداشت. سلام و احوال‌پرسی کردیم، خـانم خطیبی قبـل از اینکه مـن بخواهم گوشی را به رضا بدهد گفت:

ــ بانوجان، امروز که رضا نیست غریبی نکن، پاشو با محمدحسین بیا اینجا دور هم باشیم.

در دل خـدا را شکـر کـردم کـه زودتـر سـراغ رضـا را نگـرفتم. دلم نمی‌خواست خانم خطیبی متوجه بی‌اطلاعی من شود.به هـمین خـاطر بدون آنکه خودم را ببازم گفتم:

ــ ممنون از دعوت‌تون. می‌دونید که کلی از کارها مونده. امروز بـاید باشم خونه و به کارها برسم.

ــ بانوجان، حالا فرداکارها رو انجام بده. دلتنگ رضا نباش، صبح زود رفت گفت تا عصر برمی‌گرده. ما هم تا ناهار بخوریم رضا برگشته. صبح که داشت می‌رفت، فکر کردم با هم می‌رین، ولی گفت با چندتا از همکاراش می‌ره. جای خانما نیست.

ــ مزاحم‌تون نمی‌شم، ان‌شاءالله یه فرصت دیگه. گفتم زنگ بزنم حال شما و حاج آقا رو بپرسم. فرخنده رو که دیشب دیدم، ولی چون دیر وقت بود مزاحم‌تون نشدم، گفتم امروز زنگ بزنم.

ــ باشه مادر، هر طور راحتی. امیدوارم کارها هم به راحت‌ترین شکل انجام بشه و شما دوتا برید به خیر و خـوشی سر خـونه و زندگی‌تون.

مزاحمت نباشم بانوجان. به خانم و آقای محبی هم سلام برسون.

ـ مـمنون از لطـف شـما، شـما هـم سـلام بـرسونید. بـا اجازهتون خدانگهدار.

گوشی را که گذاشتم انگار دلشورهی تمام عمرم در وجودم ریخت. نکند رضا آن چیزی نبوده که من فکر میکردم و تازه دارد خودش را نشان میدهد. آخر من که چیزی نگفتم، رضا روزهای جمعه میخواست حمام برود به من زنگ میزد و میگفت. حالا واقعا دیروز چه اتفاقی افتاد و چه شد که در عرض یک دقیقه از این رو به آن رو شد؟ خدایا این چه بدبختی بود به سرم نازل شد؟ کاش باز هم طرح میزدم و بیخود جـر و بـحث نمیکردم، اما نه... همان بهتر که اول کاری خودش را نشان داد. شاید واقعا رضا وسواس فکری دارد، شاید فردا و پس فردا میخواست به وسایل خانه و نحوهی آشپزی من هم گیر بدهد، شاید...

سرم را گرفتم. وای خدایا، چه فکرهایی در ذهنم آمد. اول کار و آخر کار نداشت. مگر من میخواستم از رضا جدا بشوم؟! نکند رضا به جدایی فکر کند...!

وای خدایا، گیر دادن و بیخودی ایراد گرفتنش را دوست ندارم، ولی نمیتوانم فکر کنم که یک لحظه بی رضا زندگی کنم.

کاشکی آن شب جلوی رفتنش را مـیگرفتم. کـاشکی از هـمان اول کاری، بـهش مـیگفتم بیا بـرویم بیرون سفارش کـارت بـدهیم! کاش عذرخواهی میکردم و میگفتم خیلی خسته شدم، اما نه، عـذرخواهی برای چه؟ من که کار بدی نکرده بودم، بخواهم عذرخواهی کنم. اصلا او باید بیاید و رفتارش را توضیح بدهد و عذرخواهی کند. اصلا دیگر زنگ نمیزنم تا خودش پا جلو بگذارد، اما چیزی به عروسیمان نمانده و کلی کار داریم. واقعا باید چه کار میکردم؟ در بد تعارضیگیر کرده بـودم،

نمی‌دانستم باید بروم منت‌کشی یا گربه را دم حجله بکشم و آن‌قدر صبر
کنم تا خودش پا جلو بگذارد...

بد حالی بود، قسمت خوب ذهنم می‌گفت:

«بانو، زن باید انعطاف داشته باشه، برو و هر جور شده از دلش
دربیار.» ولی قسمت بد ذهنم می‌گفت: «اگه الان کوتاه بیای تا آخر عمر باید
کوتاه بیای.»

داشتم دیوانه می‌شدم. برای خوردن آب از اتاق بیرون رفتم که آقاجون
را دیدم. آقاجون با دیدنم لبخندی زد و گفت:

ــ به‌به بانوجان، فکر کردم کار داری مزاحمت نشدم. رضا می‌یاد اینجا،
یا تو هم با محمدحسین می‌ری اون‌ور؟

سری تکان دادم و گفتم:

ــ هیچ‌کدوم، رضا باید چندتا عکس حرفه‌ای می‌گرفت، با همکاراش
رفتن برای انجام کار. ما امروز در خدمت خانواده هستیم.

آقاجون به سمت آشپزخانه رفت و به مادر گفت:

ــ خانم، آشپزخونه رو تعطیل کن، امروز بریم با بانو و محمدحسن
سمت او شون.

مادر در حالیکه پیاز و کاردی در دستش بود از آشپزخانه بیرون آمد و
گفت:

ــ حاج آقا امروز چرا؟ یه روز بریم همه باشن خب.

آقاجون لبخندی زد و گفت:

ــ نگران نباش، یه روزم دسته جمعی می‌ریم. بانو مهمون چند روزه
است. این چند وقته شما هم زیاد زحمت کشیدی، بد نیست امروز رو
استراحت کنی.

مادر سری تکان داد و گفت:

ــ هر چی شما بگی. پس حاجی، خودت به محمدحسن بگو حاضر بشه.

سوار ماشین شدیم و به پیشنهاد آقاجون بـه سـمت فشـم رفـتیم. در ماشین، واقعا جای محمدحسین خالی بود، اگر او بود تمام مسیر حرف می‌زد و شوخی می‌کرد. طی مسیر مادر و آقاجون در مورد کارهای باقیمانده از عروسی صحبت کردند و مهمان‌هایی که قصد دعوت‌شان را داشتند، شمردند. روز جمعه وسط تابستان و جاده تقریبا شلوغ بود و وقتی دم رستوران مورد نظر آقاجون رسیدیم برآورد کردیم که با شلوغی و انتظار زیاد مهمانان رستوران، باید یک ساعتی را هم منتظر میز خالی باشیم. به سمت ماشین رفتیم، چون صندلی‌های اتاق انتظار هم پر بود.

هنوز محمدحسن در ماشین را باز نکرده بود که مرد میانسالی در حالی که آقاجون را مخاطب قرار می‌داد به سمت ما آمد. آقاجون با دیدن مرد میانسال که هنوز نمی‌دانستیم کیست گـل از گـلش شکـفت و دو دوست قدیمی یکدیگر را در آغوش گرفتند.

مادر که معلوم بود دوست آقاجون را نمی‌شناسد، هاج و واج در کنار من و محمدحسن منتظر بود که آقاجون او را به ما معرفی کند.

آقاجون با لبخند اشاره به مادر کرد و گفت:

ــ ایشون همسرم هستن و دخترم و پسرم.

و اشاره‌ای به دوست قدیمی خودش کرد و گفت:

ــ آقای کاشانی هستن، البته ساکن مشهدن.

آقای کاشانی دستی به شانه‌ی بابا زد و گفت:

ــ نه، الان چند سالیه اومدم تهران. دختر بزرگم دانشگاه قبول شد، اومدیم تهران. البته به صورت موقت، درسش تموم بشه برمی‌گردیم مشهد. سال آخر دانشگاه داشتیم خودمون رو آماده می‌کردیم که امتحان

آخر رو که داد برگردیم شهرمون. همون موقع برای دخترمون خواستگار اومد و بله رو گرفتن و ما دیگه به اصرار همسرم تهران موندگار شدیم. بله محبی جان، منی که اصلا فکر نمی‌کردم از مشهد کنده بشم الان هفت ساله تهرانم. امروز هم به اصرار زنم گفتیم از شهر بزنیم بیرون، این هم قسمتی بود تا شما رو ببینیم، فکر کنم یه ده سالی باشه از هم خبر نداریم... حالا شما غذا خوردین؟

آقاجون سری تکان داد و گفت:

ـ نه، فکر کنم یک ساعتی منتظر نوبت باشیم.

آقای کاشانی گفت:

ـ یه چیزی می‌گم، نه بگی ناراحت می‌شم محبی جان، امروز ناهار مهمون منی. نه هم بگی دیگه نه من نه تو، الان هم برم بگم ما شدیم هفت نفر.

آقاجون دست آقای کاشانی را گرفت، در حالیکه هر دو به سمت رستوران می‌رفتند تعارف بین‌شان رد و بدل می‌شد. چند لحظه بعد آقاجون به سمت‌مان آمد و گفت:

ـ کاشانی اینا خیلی از ما جلوتر بودن، الان هم میز خالی شده. هر کاری کردم قبول نکرد، یه مبلغی هم به عنوان پیش پرداخت داد تا من دیگه حساب نکنم، بیاید بریم خانم و دخترش هم اون‌جا منتظرن.

همگی وارد رستوران شدیم و میز خالی در فضای باز رستوران بود و دید قشنگی به رودخانه داشت. خانم آقای کاشانی و دخترش از پشت میز به احترام ما بلند شدند و آقای کاشانی معارفه را انجام داد. خانم کاشانی بسیار کم سن‌تر از آقای کاشانی بود و دخترشان هم چهره‌ای با نمک داشت. صورت سبزه با چشمان مشکی و ابروهای پیوسته. چادر عربی هم به سر کرده بود و در نظر بیننده شبیه دختران جنوبی بود.

مادر در کنار خانم کاشانی نشست. بر خلاف من و محمدحسن که از وضعیت پیش آمده راضی نبودیم، مادر گرم صحبت با خانم کاشانی شد. انگار سال‌هاست که او را می‌شناسد.

بعد از صرف غذا و چای دو خانواده از هم خداحافظی کردند. مادر شماره‌ی خانم کاشانی را گرفت و از همان جا آن‌ها را برای عروسی مـن دعوت کرد.

وقتی در ماشین نشستیم، آقاجون روبه مادر کرد و گفت:

ـ حاج خانم، خوب گرم گرفته بودی. تو و خانمش که از من و کاشانی هم صمیمی‌تر شدین.

مادر لبخندی زد و گفت:

ـ خدا جون چه چیدمانی داره! اولش که دوستت ما رو دعوت کـرد کمی ناراحت شدم، گفتم امروز هم که خواستیم خانوادگی با هم باشیم یه نفر که ده سال از تو بی‌خبر بوده یهو سر و کله‌اش پیدا شده. ولی وقتی خانم و دخترش رو دیدم، خدا رو شکر کـردم. راسـتش حـاجی‌جون، دخترش خوبه. من که پسندیدم. حالا باید دید محمدحسن چی می‌گه.

محمدحسن از آینه نگاهی به مادر کرد و گفت:

ـ مادر، شما هم کـه هـر چـی دختر مـی‌بینی یـاد مـا مـی‌افتی. بـابا دخترشون کم سن بود، بعید می‌دونم بیشتر از پونزده سال داشته باشه.

مادر خنده‌ای کرد و گفت:

ـ چون ریز نقشه، کم سن نشون می‌ده. سال دوم دانشگاه‌ست. به نظر دختر متین و سنگینی می‌اومد. آقاجونت هم که باباش رو می‌شناسه، حالا نظرت چیه؟ زنگ بزنم بریم خواستگاری؟

محمدحسن دستی به موهایش کشید و گفت:

ـ خوشم می‌یاد مامان، از یه طرف درگیر جهاز درست کردن بانو

هستی، از طرف دیگه درگیر بازسازی واحد محمدحسین. ولی هنوز وقت برای ما داری! مادرجون، وقت برای خواستگاری زیاده. بذار یـه خـرده سرتون خلوت بشه، به موقعش.

مادر نفس عمیقی کشید و گفت:

ـ سر یه مادر هیچ‌وقت خلوت نمی‌شه، تو هم مثل خواهر و برادرت سامون بگیری خیالم راحت می‌شه. از وقتی محمدحسین نامزد کرده فقط فکرم پیش توئه. حالا چی کار کنم؟ زنگ بـزنم بـه خـانم کـاشانی؟ شماره‌شون رو گرفتم.

آقاجون لبخندی زد و گفت:

ـ بذار عروسی بانو بیان، تیپ و مرام‌شون رو ببین، بعد. شاید آدم‌های خوبی باشن ولی به ما نخورن. تا عروسی بانو هم که چیزی نمونده...

فصل ۶

بعد از چند روز استراحت به خاطر آلودگی هوا، امروز اولین روزی بود که سر کار می‌رفتم. علی‌رغم ماجراهای روز قبل و بی‌خوابی دیشب، به عشق دیدن بچه‌های کلاسم سرحال از خواب بیدار شدم. طبق معمول کـارهایم را کـردم و شیر و عسلی خـوردم و از خانه بیرون زدم. دلم می‌خواست تا مدرسه را پیاده بروم و این کار را کردم. نزدیک در مدرسه خاطوریان را دیدم. سلام و احوالپرسی بین‌مان رد و بدل شد و خاطوریان گفت که امروز از دوستش حتما برای فردا وقت می‌گیرد. تشکری کردم و دست دنیل را گرفتم و با هم به مدرسه رفتیم.

بین کلاسم بود که پیامک خاطوریان آمد:

«خانم محبی، برای فردا عصر ساعت چهار بعدازظهر وقت گرفتم، فقط لطف می‌کنید که سر وقت حاضر باشید؟ در ضمن وقت بعدی رو هم خودتون توی مطب بگیرید. جلسه‌های اول هفته‌ای دوبار و جلسه‌های بـعدی هـم هفته‌ای یک بـاره. فقط تا دو هفته اول بـاید هـر سـه روز وقت‌هاتون تنظیم بشه.»

گوشی را داخل کیفم گذاشتم و مشغول کارم شدم. دقایق آخر کلاس بود که تازه یادم افتاد هفته‌ی آینده مسافر مشهد هستم. موبایلم را از کیفم درآوردم و موبایل خاطوریان را گرفتم. دومین زنگ موبایل که خورد زنگ مدرسه به صدا درآمد. تماس را قطع کردم و در حالیکه بچه‌ها را به بیرون هدایت می‌کردم، چادرم را به سر کردم و با بچه‌ها از کلاس خارج شدم.

دنیل طبق معمول با دستش محکم چادرم را گرفته بود، خیلی آرام دستش را از چادرم رها کردم و در دستم گرفتم.

خاطوریان کنار ماشینش ایستاده بود و با دیدن ما به طرف‌مان آمد. دنیل با دیدن آقای خاطوریان ذوق‌زده شد و شروع به حرکات تکراری دست‌هایش کرد.

به سمت خاطوریان رفتم و گفتم:

ـ من نمی‌دونم چه جوری از زحمات شما تشکر کنم، دیشب خیلی شما رو زحمت دادم و امروز هم بابت وقت از دوست‌تون...

خاطوریان سرش را پایین انداخت و گفت:

ـ خانم محبی، من از دیشب دیگه فکر کردم که تو ایران یه خواهر دارم. خواهش می‌کنم شما هم منو به چشم برادرتون ببینید. هر کاری، هر زمانی از دست من بر می‌اومد خواهشا به من بگید.

لبخندی زدم و گفتم:

ـ فقط می‌خواستم بگم برای وقت دکتر خیلی زحمت کشیدید، ولی اگه امکان داره...

هنوز حرفم تمام نشده بود که دنیل دستش را به سمتم دراز کرده و دوباره چادرم را کشید. خاطوریان سعی می‌کرد دست دنیل را رها کند، ولی مثل خیلی وقت‌ها که زور این بچه‌های به ظاهر نحیف به بزرگترها می‌چربد، دنیل موفق‌تر از پدرش بود و با قدرت زیاد چادر مرا می‌کشید و به سمت ماشین می‌برد.

خاطوریان شانه‌ای بالا انداخت و گفت:

ـ یکی از ایرادهای این بچه‌ها همینه، هر چیزی که اطراف‌شون فقط یک بار اتفاق می‌افته ملکه‌ی ذهن‌شون می‌شه. این بچه هم فکر می‌کنه باید حتما الان شما با ما بیاین. خانم محبی شما که با این بچه‌ها کار

می‌کنین و می‌دونین، یا باید تسلیم خواسته‌ی این بچه بشید و یا تا آخر شب من حرف کلیشه‌ی خاله محب و ماشین رو تحمل کنم.

در حالیکه نیمی از چادرم در دست‌های دنیل بود با زور او به سمت ماشین رفتم و گفتم:

ـ فعلا من و شما حق انتخاب نداریم، این بچه است که تعیین می‌کنه ما چه بکنیم.

سوار ماشین که شدم، دنیل چادرم را رها کرد و به سمت شیشه‌ی ماشین رفت. انگار نه انگار که چه غوغایی به پا کرده بود. آمدم آرام از در ماشین پیاده بشوم که دوباره چادرم را گرفت.

خاطوریان سوار ماشین شد و با خنده گفت:

ـ تا شما رو نرسونیم کوتاه نمیاد، این دیگه ملکه‌ی ذهنش شده.

چادرم را روی سرم مرتب کردم و گفتم:

ـ از این به بعد باید حواسم باشه که با دنیل از مدرسه خارج نشم.

خاطوریان در حالیکه ماشین را روشن می‌کرد گفت:

ـ من شرمنده شما هستم با این پسر...

حرف خاطوریان را قطع کردم و گفتم:

ـ تو رو خدا نگین، من شرمنده شما هستم، اسباب زحمت شما هم شدیم.

خاطوریان از آینه نگاهی به من کرد و گفت:

ـ من با خواهرم این حرف‌ها رو ندارم، شما دستور بفرمایید صبح هم میام دنبال‌تون. قبلا گفتم فاصله‌ی خونه‌ی من و شما با ماشین کمتر از سه دقیقه‌ست.

یاد دکتری که خاطوریان وقت گرفته بود افتادم و گفتم:

ـ آقای خاطوریان، می‌تونم خواهش کنم قرار فردا رو کنسل کنید؟

چون من هفته‌ی دیگه مسافر هستم و نمی‌تونم سه روز توی هفته رو حاضر باشم. بهتره اولین قرار باشه برای بعد از برگشت من.

خاطوریان سری تکان داد و گفت:

ـ این هفته بیشتر برای پرکردن پرونده و گرفتن شرح حاله، وقتی درمان شروع می‌شه تایم‌ها باید پشت هم باشه، ولی در هر صورت اگه تمایل به کنسل کردن دارید من با منشی صحبت می‌کنم، بازم هر جور شما امر بفرمایید.

کمی فکر کردم و گفتم:

ـ پس اگه وقفه‌ی یک هفته‌ای مشکلی به وجود نمی‌یاره، من فردا می‌رم. فقط می‌شه آدرس رو لطف کنید؟

ـ آدرسش سمت غربه، شب براتون پیامک می‌کنم. سمت سردار جنگل.

با تعجب گفتم:

ـ سردار جنگل دیگه کجاست؟ من اصلا سمت غرب تهران رو بلد نیستم، می‌تونم خواهش کنم آدرس پستی رو بنویسید که گم نکنم؟

خاطوریان نگاهی عمیق از آینه به من کرد و گفت:

ـ من خودم می‌یام دنبال‌تون، شما باید سر وقت اونجا باشید. می‌ترسم گم شید، اون سمت هم بیشتر اتوبانه، یک خیابون رو اشتباه برید، باید کلی دور خودتون بچرخید.

دستی در هوا تکان دادم و گفتم:

ـ نه نه، اصلا! با آژانس می‌رم، نگران نباشید.

خاطوریان دستی به موهایش کشید و گفت:

ـ نه، شما هنوز منو به عنوان برادرتون نپذیرفتید! تعارف نکنید، فردا میام دنبال‌تون. مسیر رو یاد می‌گیرید و بعد از اون خودتون میاید. شما که

راه رو بلد نیستید، اگه راننده مسیر دیگه‌ای هم بره شما نمی‌دونید که اشتباه رفته.

لبخندی زدم و گفتم:

ـ توی دلم رو خالی نکنید، یک جوری می‌گود که دیگه آدم به آژانس هم اعتماد نمی‌کنه. من به خاطر تنهاییم مجبورم خیلی جاها رو با آژانس برم البته...

حرفم را خوردم. چه لزومی داشت برای پدر شاگردم درد و دل بکنم؟ زندگی خصوصی من به خودم و خانواده‌ام مربوط بود و نباید کسی را به حریم خانوادگی‌ام راه می‌دادم، به همین خاطر سریع سکوت کردم و خوشبختانه خاطوریان هم ادامه نداد. دم در منزل از ماشین پیاده شدم و خداحافظی کردم که خاطوریان از ماشین پیاده شد و گفت:

ـ خانم محبی، فردا مهمون من هستید. بعد مدرسه می‌یام دنبال‌تون. می‌خوام یک جای خوب ببرم‌تون. شاید بتونم کمک کنم که حال و هواتون تغییر کنه. خواهش می‌کنم نه نگید.

رویم را محکم گرفتم و گفتم:

ـ آقای خاطوریان، مثل اینکه خیلی زود دیروز رو فراموش کردید، درست نیست من و شما....

خاطوریان میان حرفم پرید و گفت:

ـ من می‌خوام شما رو ببرم محل کارم. حضور شما در یک قنادی از دید کی نادرسته؟ فردا رو با ما نهار کارمندی بخورید و از کارهای ما دیدن کنید. اگه معذب هستید می‌تونم به پدرتون هم زنگ بزنم و از ایشون هم دعوت کنم بیان تا شما راحت باشید.

سری تکان دادم و گفتم:

ـ نه، احتیاجی به این کار نیست، ولی...

خاطوریان لبخندی زد و گفت:

ـ ولی، اما و اگر دیگه نیارید، وقت دکتر شـما چهاره. فکر نکـنید وقت‌تون رو زیاد می‌گیره ولی بهتون قول می‌دم کلی لذت می‌برید.

سـرم را پایین انـداختم، نمی‌دانستم چـه بگویم. سکوت کـردم. خاطوریان گفت:

ـ خانم محبی تو رو خدا نترسید. نه از برادرتون، نه از مردم بیرون. بالاتر از نگاه برادر و مردم، نگاه خدا هر لحظه و دقیقه با شماست، شما...

خاطوریان به سمت ماشین رفت و گفت:

ـ زیادی حرف زدم ببخشید، هر چقدر هم من احساس نـزدیکی بـا شما کنم و شما رو خواهرم بدونم، تو فکر شما بین ما خیلی فاصله است. چون من هم کیش شما نیستم، ولی با این وجود دلم می‌خواد فردا به خاطر دنیل یک ساعت با ما باشید. توی قنادی می‌تونید توانایی دنیل رو هـم ببینید.

روز چهارشنبه با استرس زیاد از خواب بیدار شدم، فکر مواجهه بـا یک مشاور دلم را آشوب کرده بود. باید برای رهایی از گذشته، یک بـار دیگر تمام آن روزها را مرور می‌کردم. آن روزها و خاطراتش شده بود جزء جـزء وجـودم و زندگی‌ام، مثل خون در رگ‌هـایم جاری شـده بـود. نمی‌دانستم چه کار کنم. دلم نمی‌خواست مثل دکتر قبلی که کلی اسم و رسم داشت و نامی بود، دوباره بسته شوم به یک مشت قرص و فکر کنم آن خواب و بی‌حالی راه نجاتم است. واقعا مستاصل بـودم، دلم دوبـاره گرفت. کاش وقت نمی‌گرفتم، اما نه، شاید این دکتر یا مشاور با بقیه فرق می‌کرد. شاید می‌توانست از این همه فکر و خیال نجاتم بدهد. باید اعتماد می‌کردم. شاید می‌توانستم در همین جلسه‌ی اول هم او را محک بزنم.

به آشپزخانه رفتم. میل خوردن هیچ چیزی را نداشتم، یک استکان

گلاب برای خودم ریختم، گلاب کمی آرامم می‌کرد. از جایم بلند شدم و از آب خنک شیر، آبی به صورتم زدم. گونه‌هایم داغ و تب کرده شده بود. بهترین راه برای فرار از فکر، پیاده‌روی بود. سریع لباسم را پوشیدم و از در منزل بیرون زدم.

******

با دنیل از در مدرسه بیرون آمدم و سعی کردم سریع، قبل از اینکه کسی مرا ببیند سوار ماشین خاطوریان بشوم. دلم نمی‌خواست و دوست نداشتم که اسباب شایعه‌ی کسی را فراهم کنم. وقتی سوار ماشین شدم، خاطوریان در حالیکه ماشین را روشن می‌کرد گفت:

ـ ممنون که به من اعتماد کردید، مطمئن باشید پشیمون نمی‌شید.

خودم را با دنیل سرگرم کردم و چیزی نگفتم. شاید بی‌ادبی بود، ولی دلم نمی‌خواست حرف زدن معمولی من هم باعث این شود که خاطوریان وارد حریم شخصی‌ام گردد. سکوت داخل ماشین که طولانی شد خود خاطوریان حرف را پیش کشید و گفت:

ـ خانم محبی، هفته آینده عازم کجا هستید؟ مسافرت خارجی یا داخلی؟

با بی‌تفاوت گفتم:

ـ داخلی، ان‌شاءالله عازم مشهد هستم. با پدر و مادرم.

خاطوریان لبخندی زد و گفت:

ـ عالیه، خب پس دارید می‌رید زیارت. به قول شما مسلمون‌ها نائب الزیاره ما هم باشید. من ارادت خاصی به امام رضای شما و حضرت عباس شما دارم. یک بار کاری داشتم که نمی‌شد. به پیشنهاد یکی از

دوستان خواسته‌ام رو از حضرت عباس شما خواستم و خیلی زودتر از چیزی که فکر می‌کردم به خواسته‌ام رسیدم و مقداری پول به گروهی از ارامنه که برای حضرت عباس دسته‌ی عزاداری درست کرده بودن دادم و از اون سال مقداری از خرج اون دسته رو به عهده گرفتم، چون واقعا حضرت عباس خیلی با مرام بود. واقعا هر خرجی براش می‌کردم چندین برابرش چند روز بعد به دخلم برمی‌گشت. انگار برکت دخلم و کاسبی‌ام شده بود و امام رضاتون هم که آخر با مرام‌های عالمه...

با چشمان گشاد شده به حرف‌های خاطوریان گوش می‌دادم. باورم نمی‌شد یک مرد مسیحی در مورد حضرت عباس و امام رضا این‌طور می‌گفت. من امروز با نیت صحبت نکردن با خاطوریان دعوت او را پذیرفته بودم، ولی حالا تشنه‌ی شنیدن حرف‌ها و دید او شده بودم. در پایان حرفش پرسیدم:

ـ آقای خاطوریان؟ شما چرا مسلمون نمی‌شید؟!

خاطوریان از آینه نگاهی به من کرد و گفت:

ـ چرا باید مسلمون بشم؟ کسی دنبال تغییر دینشه که از دین خودش خیری نبینه. من عاشق دینم و پیغمبرم هستم. در ضمن فکر می‌کنم اقلیت مسیحی نسبت به مسلمون‌ها خیلی پایبندتر و مقیدتر به انجام واجبات دینی‌شون هستن. البته جسارت منو به خاطر صراحت لهجه‌ام ببخشید، ولی باید قبول کنیم که این یه حقیقت محضه.

از حرف خاطوریان جا خوردم، یعنی امروز مرتب خاطوریان با حرف‌هایش متعجبم کرده بود. ولی سعی کردم به خودم مسلط باشم و گفتم:

ـ ولی من این طور فکر نمی‌کنم. نمی‌دونم چرا شما نسبت به مسلمون‌ها همچین فکری می‌کنید!

خاطوریان لبخندی زد و گفت:

ـ ببینید خانم محبی، ما هم مثل شما در دین‌مون آدم‌های مذهبی داریم و آدم‌های بی‌قید. ولی چیزی که مشخصه یک آدم مذهبی سعی می‌کنه مسایل رو رعایت کنه، نه اینکه عمدا از انجام واجبات شونه خالی کنه. ببینید ما اصلا اهل تعارف نیستیم. اگه یک کار رو بتونیم بکنیم، می‌گیم می‌تونیم. وعده و قول الکی نمی‌دیم که بعد مجبور بشیم به خاطر اون قول، دروغ بگیم. مثلا یکی از دوستان هم کیشم مبل فروشه. اگه سفارشی بهش بشه و تاریخ مشخص کنه، سرش بره باید سر وقت کارش رو تحویل بده. ولی دیدم تو همین صنف که پدر و مادرشون رو به دروغ می‌کشن یا قسم‌های خیلی بزرگ می‌خورن تا تأخیری که خودشون مقصرش بودن رو توجیه کنن. یعنی اشتباه پشت اشتباه. به نظر شما تو همون خلف وعده چندتا گناه هست؟

به میان حرف خاطوریان پریدم و گفتم:

ـ شما نمی‌تونید صرف دیدن یه دوست‌تون که وفای به عهد می‌کنه و یک نفر دیگه که خلف وعده می‌کنه، قضاوت کنید. یعنی واقعا این به نظر شما درسته؟

خاطوریان شانه‌ای بالا انداخت و گفت:

ـ من تو مسلمون‌ها خیلی چیزها دیدم که باعث شده همیشه فکر کنم مسیحیت بهتر از اسلامه.

چادرم را روی سرم درست کردم و گفتم:

ـ تو آدم‌ها دیدید، نه توی حکم صریح اسلام. یک بار به شما گفتم رفتار آدم‌ها نمی‌تونه معیار درستی برای سنجش اسلام باشه. آدم‌ها بنا به سلایق خودشون انتخاب می‌کنن که چه کار دین رو انجام بدن و کدوم کار رو انجام ندن. هر کدوم براشون راحت باشه انجام می‌دن و هر کاری

سخت باشه از انجامش شونه خالی می‌کنن. صد جور خودشون رو توجیه می‌کنن که کار ما درسته و دیگران اشتباه می‌کنن. دین ما خیلی دستورات ظریفی داره که رعایت‌شون باعث خیر و ترکش باعث ضرره. یه نمونه‌ی کوچک و اخلاقی اون تاکید به رفت و آمد با خویشان نزدیکیه که از خون همدیگه هستیم و نسبت نسبی داریم، که به نام صله‌رحم گفته می‌شه. توی اسلام اگه کسی این امر رو رعایت کنه و علی‌رغم اختلافات با خویشان خونی‌اش ارتباط داشته باشه، خدا به عمرش، مالش و جانش برکت می‌ده. ولی چقدر از مسلمون‌ها این مسئله رو رعایت می‌کنن؟ خود من خیلی وقت شده که این‌قدر از برادرم دلگیر می‌شم ترجیح می‌دم نبینمش. ولی کار من درسته یا دستور اسلام؟ شما برای قضاوت دو دین باید دستورات دو تا دین رو با هم مقایسه کنید، نه پیروان دین رو. خیلی وقت‌ها کسانی که شما اون‌ها رو معیار می‌کنید، منافق هستن. خدا هم در قرآن در سوره‌ی منافقون می‌فرماید: «منافقون کسانی هستند که قسم‌های دروغ را سپر جان خویش قرار داده‌اند تا بدین وسیله راه خدا را ببندند، کاری که آن‌ها انجام می‌دهند بسیار بد است، آن‌ها به زبان ایمان می‌آورند و سپس به دل و عمل کافر هستند.» آقای خاطوریان، تمام اقلیت‌های مذهبی از جمله شما که خیلی برام محترم هستید برای من قابل احترام هستن، ولی تمام ادیان اون‌قدر در زمان‌های مختلف تکرار شدن تا بشر به دین کامل شده‌ی اسلام برسه. یک بار دیگه ازتون خواهش می‌کنم برای مقایسه‌ی دو دین آدم‌ها رو معیار مقایسه قرار ندید. حتی به منی که ظاهر مذهبی دارم یا روحانی که دستورات دینی رو مطرح می‌کنه هم نگاه نکنید! ما هیچ‌کدوم نمی‌تونیم نماینده‌ی کاملی از احکام و دستورات دین‌مون باشیم، چون انسان خالی از خطا و اشتباه نیست.

توی مسیر کلی با خاطوریان حرف زدم. برایم جالب بود که خاطوریان

به تمام حرف‌های من گوش می‌داد و خیلی راحت هم نظراتش را می‌گفت. مسیر شلوغ و پر ترافیک آن روز باعث شد که تایم زیادی را با هم صحبت کنیم.

وقتی به قنادی خاطوریان رسیدیم، دنیل ذوق‌زده شد و خوشحالی از تمام زوایای صورتش مشهود بود. با سرعت عجیبی بدون اینکه دیگر ما برایش مهم باشیم، از ماشین پیاده شد و به دو، به داخل قنادی رفت.

خاطوریان اشاره‌ای به دنیل کرد و گفت:

ـ بهتون گفتم باید این بچه رو توی محیط کار ببینید.

با خاطوریان وارد قنادی شدم و با چشم‌های گشاد شده به اطراف نگاه کردم. فضای قنادی، کاملا متفاوت‌تر از آن چیزی بود که همیشه از یک قنادی دیده بودم. به یک دیوار قنادی کاغذ دیواری صورتی شده بود و روی دیوار چند تخته سفید قرار داشت که روی آن کاپ کیک‌های کوچکی به صورت تزیینی قرار داشت. دیوار مقابل رنگ سبز شده بود و عکس چند کاپ کیک بزرگ به صورت نامنظم نقاشی شده بود. وسط محوطه‌ی قنادی یک میز گرد سفید به همراه چند صندلی با رویه‌های گلدار صورتی حس خوبی به هر مشتری می‌داد و آن‌قدر فضای آنجا زیبا و خوشایند بود که دلت می‌خواست ساعت‌ها برای سفارشی منتظر بمانی. به یخچال‌های شیرینی نگاه کردم. واقعا تزئینات شیرینی‌ها هم منحصر به فرد و خاص بود و ویترینی که برای کاپ کیک‌های فانتزی و شیرینی‌ها طراحی خاصی داشت، مدت زیادی من را به خودم مشغول کرد.

آقای خاطوریان کنارم قرار گرفت و گفت:

ـ مثل اینکه گشنه نیستید خانم محبی؟

سرم را چرخاندم به خاطوریان نگاهی کردم و گفتم:

ـ یا من زیاد شیرینی فروشی نرفتم و یا اینکه شما کارهای خاصی

دارید. به جرات می‌تونم بگم هیچ جا شیرینی‌هایی با این تزئینات ندیدم.

خاطوریان اشاره‌ای به کاپ کیک‌ها کرده و گفت:

این‌ها با فوندانت تزئین شدن و این کوکی‌ها هم با آیسینگ، همونی که گفتم دنیل عاشق تزئینش شده. حالا باز برمی‌گردیم. بهتره تا ناهار سرد نشده به آشپزخونه بریم.

به همراه خاطوریان و دنیل به فضای پشت قنادی که در واقع محل پخت شیرینی‌ها بود رفتم. فضایی که بوی وانیل و شکلات داغ از لحظه‌ی ورود به مشام می‌رسید. چند قناد با لباس‌های کاملا سفیدی که عاری از هر لک و چربی بود، مشغول کار بودند و چیزی که خیلی مشهود بود نظم و ترتیب آنجا بود. شیرینی‌های آماده‌ای که منتظر ورود به فر بودند و سینی‌های فلزی روی هم چیده شده و زرورق‌های رنگی و وردنه و ترازو و خمیرهای هفت رنگ کنار هم چیده شده، به من یادآوری می‌کرد که وارد یک قنادی شده‌ام.

خاطوریان به اتاقی اشاره کرد و گفت بفرمایید، وارد اتاق مورد نظر شدیم.

یک میز کار کنار اتاق قرار داشت که برای سه نفر چیده شده بود. خاطوریان دنیل را روی صندلی نشاند و مرا دعوت به نشستن کرد. روی صندلی نشستم و مشغول نگاه کردن به چیدمان میز بودم که در اتاق باز شد و مردی با سینی بزرگی وارد شد و غذا را روی میز گذاشت و از خاطوریان برای رفتنش اجازه خواست.

نگاهی به غذا کردم، منتظر بودم تا خاطوریان توضیحی در مورد غذا بدهد. یک ظرف بزرگ سبزیجات که وسط آن پر از خوراکی‌هایی به صورت کاپ کیک بود.

خاطوریان در حالی که برای خوردن غذا دعوت می‌کرد گفت:

ـ بفرمایید این لازانیای اسفناج و لازانیای گوشته که در قالب‌های کاپ
کیک درست‌شون کردم. امیدوارم خوش‌تون بیاد.

با تعجب در حالیکه یکی از آن‌ها را برمی‌داشتم گفتم:

ـ واقعا خودتون درست کردید؟

خاطوریان برای دنیل غذا کشید و گفت:

ـ مردی که تنهاست باید آشپزی بلد باشه، آشپزی کاریه که منو از
خودم درمی‌یاره، نمی‌دونم نظر شما در مورد غذای من چیه؟ ولی همیشه
چه توی آشپزی و چه شیرینی‌پزی سعی می‌کنم نهایت دقت رو داشته
باشم.

مقداری از لازانیای اسفناج را خوردم. واقعا مزه‌اش عالی بود.
هیچوقت فکر نمی‌کردم اسفناج داخل لازانیا تا این حد عالی بشود. سری
تکان دادم و گفتم:

ـ عالی عالی! شیرینی‌پزی‌تون هم به خوبی آشپزی‌تون هست؟

خاطوریان لبخندی زد و گفت:

ـ من اول یه قناد نبودم، جبر زمانه وادار...

خاطوریان حرفش را خورد و با لبخند گفت:

ـ امروز بعید می‌دونم وقت به درست کردن کوکی برسه، چون
نمی‌خوام جلسه اولی دیر برسیم. ولی یه روز اگه دوست داشته باشید
طرز تهیه کوکی و کاپ کیک رو یادتون می‌دم. من خودم عاشق کاپ کیکم
و یه روز یه خانه‌ی کاپ کیکی درست می‌کنم و اونجا چندتا قناد با
حوصله می‌ذارم تا طرز تهیه‌ی کاپ کیک و تزئینش رو به بچه‌های اوتیسم
یاد بدن، اونوقت تبلیغات می‌کنم اولین خانه‌ی کاپ کیکی با آموزش به
فرشتگان اوتیسم...

بعد از خوردن ناهار و یک دسر عالی پاناکوتا که دستپخت خود

خاطوریان بود و دیدن کار دنیل که مشغول طرح زدن با آیسینگ روی کوکی‌ها بود، خاطوریان پیشنهاد داد برای اینکه سر وقت به دکتر برسیم، زودتر حرکت کنیم.

در مسیر باز هم در مورد مسایل مذهبی و عقیدتی صحبت کردیم. این همه علاقه خاطوریان برای شنیدن و توجیهات مذهبی برایم جالب بود.

یک ربع به ساعت چهار به مطب دکتر عطا هاشمیان رسیدیم. نگاهی به تابلو انداختم. انگار دلشوره‌ی تمام عالم دوباره در جانم ریخت. در دل از خاطوریان ممنون بودم که با دعوتش مانع فکر و خیال من شده است. ولی‌فکر دوباره مرورکردن گذشته‌ام باعث دلشوره‌ام می‌شد.

با اظطراب از ماشین پیاده شدم، نگاهم به نگاه بشاش خاطوریان افتاد. سرم را پایین انداختم. دستان عرق کرده از اضطرابم را با چادرم پاک کردم. دنیل به سمتم آمد و چادرم را گرفت، مثل همیشه چادرم را ازدستش در آوردم و دستش را گرفتم. حس کردم آرامش دنیل به وجودم آمد. کمی آرام شدم، این بچه‌ها چه بودند؟ انگار خدا به جای تمام کمبودهایشان در وجود این بچه‌ها خیر و محبت و برکت گذاشته بود.

خم شدم و دو دست دنیل را در دستم گرفتم و در چشمانش نگاه کردم و گفتم:

ـ دنیل، برای خاله محب دعا می‌کنی؟ می‌دونم تو نهایت وجودت می‌فهمی من چی می‌گم. می‌دونم و یقین دارم که پشت این سکوتت، برای همه چیز این دنیا استدلال داری. می‌دونم این‌قدر فهم و درکت از موقعیت‌ها بیشتره که خدا جلوی حرف زدنت رو گرفته تا نظام خلقت حفظ بشه. چون شماها دیدتون دنیایی نیست، پرده‌ها از جلوی چشماتون کنار رفته و چیزهایی رو می‌بینید که ما نمی‌بینیم...

بغضم را فرو خوردم، دنیل را بغل زدم و گفتم:

ـ برای خاله محب دعا کن.

دنیل بی‌حرکت در دستم ایستاده بود. هیچ واکنشی نشان نمی‌داد، دوباره نگاهش کردم. به چهره‌ی معصومش، به نگاه بی‌تفاوتش...

خدا هر علاقه‌ی دنیایی را از این بچه‌ها گرفته بود. شاید تمام محبت این بنده‌های بی‌گناه را برای خودش می‌خواست، نمی‌خواست محبت این بچه‌ها را با بنده‌هایش قسمت کند. با پشت دست اشک‌هایم را پاک کردم و بلند شدم و چشمم به چشم‌های باران زده‌ی خاطوریان خورد. او صورتش را از من برگرداند تا من صورتش را نبینم. دست دنیل را گرفتم و به سمت خاطوریان رفتم و گفتم:

ـ اگه ناراحت‌تون کردم باید ببخشید.

خاطوریان سری تکان داد و گفت:

ـ ناراحت نشدم، فقط تحت تأثیر قرار گرفتم، این جور طرز فکر برام قابل احترامه.

با خاطوریان و دنیل وارد مطب شدیم. دختر جوانی پشت میزی نشسته بود و با دیدن ما از جایش بلند شد و با خاطوریان سلام و احوال‌پرسی گرمی کرد و دنیل ذوق‌زده به سمتش رفت. منشی دنیل را بغل زد و دنیل خودش را از بغل او رها کرد و روی صندلی او نشست. معلوم بود که دفعه‌ی اولش نیست به مطب دکتر می‌آید. منشی تبلتش را تنظیم کرد و به دنیل داد و او ذوق‌زده مشغول بازی شد. منشی از کشوی میز پرونده را درآورد و به من داد و گفت:

ـ خانم محبی، لطف کنید پرونده رو پر کنید.

پرونده را از منشی گرفتم و نگاهی به آن انداختم. باز هم سوالات تکراری‌همیشگی، با بی‌حوصلگی جواب سوالات را دادم و پرونده را به منشی دادم. منشی نگاهی به پرونده انداخت و دوباره آن را به من

برگرداند و اشاره‌ای به اتاق دکتر کرد و گفت:

ـبفرمایید...

از جایم بلند شدم، چادرم را روی سرم مرتب کردم و به سمت اتاق رفتم. زیر لب صلوات می‌فرستادم، همین چند قدم تا اتاق دکتر برام کلی طولانی به نظر رسید. ضربه‌ای به در زدم و با بـفرمایید دکتر وارد اتـاق شدم.

دکتر هاشمیان پشت میزش نشسته بود. با ورود من اشاره‌ای به صندلی روبه‌رویش کرد و گفت:

ـ بفرمایید.

روی صندلی مقابلش نشستم، دکتر هـاشمیان خـیلی جـوان‌تـر از آن چیزی بود که فکر می‌کردم. پرونده را از من گرفت و نگاهی به آن و نگاهی به من انداخت و گفت:

ـ خانم محبی عزیز، چرا علت مراجعه رو ننوشتید؟

شانه‌ای بالا انداختم و گفتم:

ـ دکتر، به نظر من تمام کسانی که به شما مراجعه می‌کنن، یـه عـلت مشترک دارن.

دکتر تکیه به صندلی داد و گفت:

ـ چه علتی؟

نفس عمیقی کشیدم و گفتم:

ـ کم آوردن.

دکتر خودکارش را برداشت و با صدای بلند گفت:

ـ خب، پس من به جای شما در پرونده می‌نویسم علت مراجعه کم آ وردن... خب، حالا بگید علت این کم آوردن چیه؟ البته قبل از اون اجازه بدین...

دکتر از جایش بلند شد و به سمت یخچال کنار اتاقش رفت. قد و هیکل ظریفی داشت، شاید هم قد من بود و شاید هم کوتاه‌تر. کمی جا خوردم، شاید حس اعتمادم را از دست دادم. شاید منطقی نبود ظاهر دکتر را ملاکی برای خوب بودنش قرار بدهم، ولی ناخودآگاه از جایم بلند شدم، شاید از ادامه‌ی درمان منصرف شده بودم.

دکتر با تعجب نگاهم کرد و گفت:

ـ چیزی شده؟

بین دو راهی مانده بودم، بعنی می شد به دکتری به این جوانی که شاید تجربه‌ی کافی هم نداشت اعتماد کنم؟ کمی خودم را جمع و جور کردم و گفتم:

ـ دکتر، امکانش هست یک لحظه برم دستشویی و برگردم؟

دکتر نگاه عمیقی به من انداخت و گفت:

ـ البته!

سرم را چرخاندم تا نگاهم را از دکتر بدزدم. حس می‌کردم دکتر فکر من را می‌خواند. به سمت در رفتم و دستم هنوز روی دستگیره بود که دکتر هاشمیان مرا مخاطب قرار داد و گفت:

ـ خانم محبی، اگه هر زمان خواستید از ادامه‌ی درمان صرف نظر کنید، می‌تونید قبل از هر کس به خودم بگید، حتی اگه اون زمان زودتر از پیش‌بینی باشه. مثلا، مثل همین الان....

دستم روی دستگیره یخ زد. برگشتم و دکتر را نگاه کردم. دکتر هاشمیان در حالی که دست راستش زیر چانه‌اش بود، با لبخند به من نگاه کرد و گفت:

ـ می‌خواین ادامه بدین؟

سرم را به زیر انداختم و در حالیکه سعی می‌کردم به خودم مسلط

باشم، برگشتم و روی صندلی مقابل دکتر نشستم. دکتر لبخندی زد و در حالیکه لیوان آب را مقابل من می‌گذاشت گفت:

ــ خب، خانم محبی خودتون ادامه می‌دید یا من سوال کنم؟

لبم را گزیدم، لرزش بدنم را حس می‌کردم. سرم را پایین انداختم، آن‌قدر پایین که حس می‌کردم کتف‌هایم تحت فشار هستند. نفسم را رها کردم و گفتم:

ــ دکتر، باید الان بهتون بگم من دفعه اولم نیست که مراجعه به روانپزشک دارم. ده سال پیش هم مراجعه داشتم، و درمان دارویی برای من شروع شد. ولی به خاطر اینکه دوست نداشتم تمام مدت خواب باشم سر خود دیگه ادامه ندادم.

دکتر در پرونده چیزی نوشت و گفت:

ــ یعنی بدون اینکه نظر دکتر رو مد نظر قرار بدید، دارو رو قطع کردید؟

سرم را به علامت تأیید تکان دادم. دکتر خودکارش را زمین گذاشت و گفت:

ــ علت مراجعه‌ی ده سال پیش‌تون به دکتر چی بود؟

سکوت کردم. ادامه‌ی صحبت حالم را بد می‌کرد. دکتر محکم‌تر از قبل پرسید:

ــ خانم محبی، علت مراجعه‌ی ده سال پیش با مراجعه امروز یکی بوده؟

بله‌ای گفتم و لبم را گاز گرفتم، نفسم به شماره افتاده بود. دکتر متوجه حالم شد و گفت:

ــ اگه ادامه‌ی صحبت ناراحت‌تون می‌کنه، می‌تونیم دیگه ادامه ندیم و ادامه‌ی صحبت رو بذاریم برای جلسه‌ی بعد. ولی شما باید برای جلسه

بعد خودتون رو آماده کنید که شفاها یا کتبا علت مراجعه رو بگید.

سرم را بالا گرفتم و با تمام توانی که در بدن داشتم گفتم:

ـ دکتر، ده ساله حس عذاب وجدان دارم. عذاب وجدانی که لحظه به لحظه با منه. ده سال خودم رو سرزنش کردم، ده سال از همه فرار کردم، ده سال در همه چیز رو به خودم بستم، ده سال خودم رو تنبیه کردم، ده سال...

دیگر طاقت نیاوردم. دستم را روی صورتم گذاشتم و با صدای بلند گریه کردم. تمام بدنم می‌لرزید. گریه‌ام، مثل روزهای اول بود، روزهای اولی که رضا را از دست دادم. حس می‌کردم داغم دوباره تازه شده و روی زخمم نمک ریخته‌اند. با صدای بلند گریه کردم، مثل روز اول که فکر می‌کردم صدای گریه‌ام باعث می‌شود خدا دلش به حالم بسوزد و سرنوشتم را عوض کند.

دکتر دستمال کاغذی به دستم داد، صورتم را پاک کردم و لیوان آب را سر کشیدم و گفتم:

ـ دکتر، شما توانایی داری منو از یه عذاب وجدان سنگین شده بـه بزرگی ده سال نجات بدی؟ یا شما هم راه ساده‌تر رو انتخاب می‌کنی و برای آرامشم منو خواب می‌کنی؟

دکتر هاشمیان لبخندی زد و گفت:

ـ من به شما کمک می‌کنم، به شرطی که شما هم همه چیز رو به من بگید و با من صادق باشید. قول می‌دم به این کابوس ده ساله پایان بدم.

******

با اینکه اصلا حال و حوصله‌ی درست و حسابی نداشتم، ولی بالاخره تابلوی نقاشی تکمیل شد. از دور نگاهی به تابلو کردم و در ذهنم داشتم فکر می‌کردم اگر رضا الان بود، کلی از تابلو تـعریف مـی‌کرد. از خـودم عصبانی شدم، رضا، رضا! همه چیزم شده بود رضا...

ضربه‌ای به در خورد. مادر بود. قبل از هر حرفی اشاره‌ای به گوشی کرد و با هیجان زیاد گفت:

ـ بردار، رضاست!

با چشم‌های گشاد شده به سمت تلفن پریدم و با اشتیاق زیاد گفتم:

ـ رضا؟!

ـ جانم، سلام بانوجان، خوبی؟

مادر منتظر عکس‌العمل من بود تا بفهمد اوضاع روبه‌راه است یا نه. با اشاره به مادر فهماندم که اوضاع روبه‌راه است. مادر دستانش را به علامت شکر بالا برد و زیرلب چیزی گفت و از اتاق بیرون رفت. نفسی کشیدم و گفتم:

ـ خوبی رضا؟

ـ مگه می‌شه صدای تو رو بشنوم و بد باشم؟ کاراتو بکن، دارم می‌یام دنبالت. از مزون زنگ زدن، لباس عروست حاضره.

دستی به موهایم کشیدم و گفتم:

ـ خودمون دوتا می‌ریم؟

رضا خنده‌ای کرد و گفت:

ـ می‌ترسی با من تنها باشی؟ نترس، من شوهرتم! بدو کارت رو بکن الان راه می‌افتم.

خداحافظی کردم و سریع از جایم بلند شدم و از اتاق بیرون رفتم. مادر منتظرم بود. با چشمان نگران پرسید:

ـ رضا چی گفت؟

لبخندی زدم و گفتم:

ـ نگران نباش، لباس عروس حاضره، می‌خوایم بریم بگیریم.

مادر به سمتم آمد و آرام با چشم‌های نگران گفت:

ـ بانوجان، حالا که یخ رضا آب شده کاری نکنی که دوباره دلخوری پیش بیاد!

سری کج کردم و گفتم:

ـ مامان، به خدا دفعه‌ی قبل هم من کاری نکرده بودم. چرا یه بارم پیش خودت فکر نمی‌کنی که رضا بی‌خودی خودشو لوس کرده؟ من هر چی اون روز رو مرور می‌کنم، می‌بینم هیچ حرف بی‌ربطی نزدم که مستحق اون بی‌محلی باشم. حالا هم خیالت راحت، نمی‌ذارم دلخوری پیش بیاد. الان هم برم حاضر بشم. رضا تو راهه، الان می‌رسه.

مادر دستم را گرفت و گفت:

ـ بانو، بگو رضا شام بیاد اینجا.

سری تکان دادم و گفتم:

ـ مادر جون شما هم دنبال دردسر می‌گردی برای خودت ها! یه شب فرخنده، یه شب رضا، حالا هم با فکرایی که تو سرتون اومده شب سوم مال محمدحسنه! بابا جون بذار یه خرده هم خرج کنن، به هیچ جا بر نمی‌خوره. این‌قدر ناز عروس و داماد رو نکش مادرم!

مادر اخمی کرد و گفت:

ـ به این می‌گن احترام کردن، نه ناز کشیدن.

شانه‌ای بالا انداختم و گفتم:

ـ چه فرقی می‌کنه؟ هر چی که اسمش باشه، شما این وسط اذیت می‌شی.

مادر آه بلندی کشید و روی مبل راحتی نشست و من هم به سمت اتاقم رفتم. لباسم را پوشیدم که زنگ در به صدا در آمد. سریع چادرم را به سر کردم و در حالیکه از مادر خداحافظی می‌کردم، بدو از در بیرون زدم.

رضا کنار ماشین انتظارم را می‌کشید. شلوار جین تیره با تی‌شرت سرمه‌ای سبزی به تن داشت. طبق معمول بوی ادکلنش از دم در به مشام می‌رسید. گویا در این چند روز لاغرتر شده بود و قد بلندش، بلندتر به نظر می‌رسید. با دیدن من به سمتم آمد و در ماشین را باز کرد و هنوز در ماشین را نبسته بود که شاخه گل رز صورتی رنگی روی پایم گذاشت و در را بست.

مات مانده بودم. نه می‌توانستم رفتار چند روز پیشش را هضم کنم و نه برخورد الانش را.

رضا سوار ماشین شد و از آن نگاه‌هایی که تمام وجودم را در خودش غرق می‌کرد به من انداخت. سرم را چرخاندم و به نوعی از نگاهش فرار کردم و خیلی آرام گفتم:

ـ رضا، من واقعا نمی‌فهممت! چند روز اون‌قدر سرد شده بودی که فکر می‌کردم دیدن رضای قبل جزئی از خاطراتم می‌شه ولی الان...

رضا لبی گزید و گفت:

ـ از دستت ناراحت شدم، خیلی هم ناراحت شدم، چند روز فرصت می‌خواستم که با خودم کنار بیام.

شانه‌ای بالا انداختم و گفتم:

ـ آخه مگه من چی کار کردم؟

رضا دستی به صورتش کشید و گفت:

ـ زن و مرد هر کدوم برای خودشون جایگاهی دارن و قشنگی نظام آفرینش هم به همینه. یک زن باید زن باشه با همون لطافت، وقتی به یک

زن می‌گن خودش یه پا مرده یعنی زمختش کردن. جایگاهش رو عـوض کردن و این اون ظرافت زن رو زیر سوال می‌بره. همین حالت تو عـوض کردن جایگاه یک مرد هم هست. وقتی با کلامی مثل خاله‌زنک یا نامرد مورد خطاب قرار بگیری، احساس می‌کنی جایگاهت عوض شده و از این احساس ضعف می‌کنی. همیشه خوبه یه زن در جایگاه خودش باشه و یه مرد هم در جایگاه خودش. بانو، من از این خطاب ناراحت شـدم، ولی چون اهل بحث نیستم اون لحظه سکوت کردم تا با خودم این مسئله رو حل کنم، الان هم آرومم.

سرم را به سمت رضا چرخاندم و گفتم:

ـ رضا، یعنی علت این همه ناراحتی تو فقط همین یک کلمه بوده؟ به نظرت بهتر نبود همون لحظه مسئله رو مطرح می‌کردی؟ نـه خودت این‌قدر ناراحت می‌شدی و نه من! شاید همون موقع بهت مـی‌گفتم که عمدی در کار نبوده، در ضمن به نظر من...

رضا نگاهم کرد و گفت:

ـ اگر اون روز مطرح می‌کردم کار به مشاجره و دعوا می‌کشید. یادته چقدر ناراحت بودی؟ منو از خودت رونـدی؟ این بهترین راه بـود، نـه حریمی شکسته و نه توهینی شد. فقط یه حرف از من بـرای تـو یـادگار. مردی رو که قراره بهش تکیه کنی، هیچ‌وقت کوچیک نکن چون اولین کسی که لطمه می‌خوره و میفته خودتی. چون تکیه‌گاهت تـحمل تـو رو نداره....

******

از وقتی از پیش دکتر هاشمیان آمده بودم، ذهنم درگیر حرف دکتر بود. آیا واقعا دکتر می‌توانست مرا از این همه فشار نجات بدهد یا نه؟ دلم می‌خواست بعد از ده سال که خودم را رها کردم، یک بار دیگر به یک دکتر اعتماد می‌کردم. شاید می‌توانستم از این همه فشار نجات پیدا کنم. فکری به ذهنم آمد. سریع از جای خودم بلند شدم و از داخل جاکلیدی دم در، کلید اتاق کناری را برداشتم. دستم را روی دستگیره گذاشتم و بِسم‌الله گویان کلید را در قفل چرخاندم. دستگیره‌ی در را پایین دادم، جرات باز کردن در را نداشتم. قلبم ضربانش بالا رفته بود، دستم را از روی دستگیره برداشتم. شاید هنوز وقت آن نبود که با واقعیت برخورد کنم. دلم می‌خواست...

سریع به سمت دستشویی رفتم و شیر آب سرد را باز کردم و با دو دست آب را به صورتم ریختم تا داغی صورتم کمی بهبود یابد. به سمت هال آمدم و خودم را روی کاناپه رها کردم. نگاهم به کلید بود. شاید باید به خودم جرات می‌دادم به قول دکتر هاشمیان من هم باید کمی تحمل و طاقتم را بالا می‌بردم. دستم را روی قلبم گذاشتم و سوره‌ی والعصر را خواندم و دوباره از جایم بلند شدم. این‌دفعه باید کمی با جرات‌تر برخورد می‌کردم. به سمت در رفتم و سریع در را باز کردم. اتاق کاملا تاریک بود و هیچ چیز قابل دیدن نبود. دستی به کنار دیوار کشیدم و کلید چراغ را پایین زدم ولی گویی لامپ هم سوخته بود. به سمت جایی که پنجره بود حرکت کردم. بوی خاک و ماندگی تمام اتاق را گرفته بود. تنها نور اتاق، نوری بود که از بیرون تا نیمه‌ی اتاق را روشن می‌کرد.

به پنجره که رسیدم پرده‌ی کلفت مشکی را کنار زدم. بوی خاک بسیار زیادی کل اتاق را پر کرد و همراه آن نور بیرون کل اتاق را روشن کرد. نگاهی به اتاق انداختم همه چیز مثل ده سال پیش بود، با این تفاوت که

روی همه چیز از خاک ده ساله سفید شده بود. چند پروژکتور در چند گوشه‌ی اتاق بود. پرده‌های متحرک مقابلم بود، یک دکور سنگی و پایه‌ی دوربین و کیف دوربین در وسط اتاق یک مبل شزلون و یک پنجره‌ی قدیمی دکوری در گوشه دیگر اتاق و... اسباب آتلیه‌ای بود که با رضا آن را تجهیز کرده بودیم، ولی قبل از اینکه وقت استفاده از آن را پیدا کنیم...

دوباره دستم را روی صورتم گذاشتم و با صدای بلند گریه کردم. یاد روزی افتادم که با رضا این وسایل را خریدیم. یادم است که چقدر تفاوت نظر برای خرید وسایل داشتیم. من دلم می‌خواست آتلیه‌ای شیک و امروزی درست کنم و رضا معتقد بود که مردم طالب انداختن عکس‌های سنتی هستند. رضا با خرید یک شزلون با پارچه‌ی آبی درباری و یک جفت پایه‌ی گچی طرح رومی نظر مرا جلب کرد و به سلیقه‌ی خودش یک پنجره‌ی قدیمی و یک تخت و فرش قدیمی بافت کرمان خرید و روی آن را قلیون و استکان ناصرالدین شاهی گذاشت و گوشه‌ی دیگر از اتاق را با یک آبنمای طرح سنگ دکور کرد. چقدر روزی که آتلیه چیده شد خوشحال بودیم و خندیدیم. لعنت بر من، لعنت بر من که به این همه خوشی با یک اشتباه پایان دادم، کاش زندگی را می‌شد به عقب برگرداند تا می‌توانستم اشتباهم را جبران کنم. رضا کاش هنوز بودی، کاش بد بودی، کاش مهربان نبودی تا الان این‌قدر برای نبودنت دلتنگ نشوم...

ـ بانو، بانوجان، بانوی من....

سرم را چرخاندم. رضا پشت پنجره قدیمی ایستاده بود. لبخند همیشگی‌اش به لبش بود، نگاهم کرد و گفت:

ـ بانو خوشحالم که اومدی. اینجا رو راه بنداز، خیلی وقته منتظر بودم که این در رو باز کنی. بانو بدون من هم می‌تونی دوباره همون بانوی قدیمی بشی، بانوجان خواهش می‌کنم دوباره زندگی کن.

باز هم کابوس همیشگی، باز هم خواب‌های پریشان، سرم درد گرفته بود از این همه فکر و خیال...

صدای زنگ موبایل مرا به خودم آورد. از جایم بلند شدم و به سمت موبایلم رفتم. شماره‌ی خاطوریان بود. گوشی را برداشتم و سلامی کردم.

ـ سلام خانم محبی، خوبید شکر خدا؟ تو رو خدا منو ببخشید که یک روز تعطیلی رو هم نمی‌ذارم تو حال و هوای خودتون باشید.

ـ نه، خواهش می‌کنم. برای دنیل اتفاقی افتاده؟ بی‌قراری می‌کنه؟

ـ نه خانم محبی، به کمک و همفکری‌تون احتیاج دارم، می‌دونید که تمام خانواده‌ام خارج از ایران هستن. کسی رو اینجا ندارم، البته دوست زیاد دارم ولی در این مورد بهتر دیدم که با شما مشورت کنم.

خنده‌ای کردم و گفتم:

ـ جالبه آقای خاطوریان، شما دوست روانپزشک‌تون رو به من معرفی می‌کنید و اون‌وقت خودتون با من که خودم احتیاج به مشاور دارم طرف مشورت می‌شید!

ـ ئحق با شماست، ولی تنها کسی که در این زمینه می‌تونه به من کمک کنه شما هستید! به خاطر اینکه شما با تمام اخلاقیات دنیل آشنا هستید و می‌تونید پیش‌بینی کنید کاری که من می‌خوام انجام بدم به نفع دنیل هست یا نه. به همون خدایی که بهش اعتقاد دارید، اگه شما به من بگید که این کار به نفع دنیل نیست، من از تصمیمم منصرف می‌شم.

نیشخندی زدم و گفتم:

ـ یعنی بله یا نه من می‌تونه بگه چه کار بکنید یا نکنید؟

خاطوریان بعد از سکوت چند ثانیه‌ای گفت:

ـ بله، همین‌طوره.

ـ خب، حالا چه کاری هست؟

ـ خانم محبی، حقیقتش... اجازه می‌دید رو در رو شـما رو بـبینم و توضیح بدم؟

ـ باشه، ان‌شاءالله برم مشهد و برگردم با هم صحبت مـی‌کنیم. چـون هفته دیگه از دوشنبه می‌رم مشهد، الان هم دارم می‌رم خرید. فردا هـم، احتمالا برم خونه‌ی مامانم.

ـ الان کجا می‌رین خرید؟ من شما رو می‌رسونم و در مسیر هم با هم صحبت می‌کنیم.

دستی به موهایم کشیدم و گفتم:

ـ آقای خاطوریان، خواهش می‌کنم، با هم صحبت می‌کنیم ولی بعدا... در ضمن من دوست ندارم بیش از این به شما زحمت بدم.

ـ خانم محبی، خواهش می‌کنم. من به کمک و همفکری‌تون احتیاج دارم، به خدا اگه شما قبول کنید کـه مـن بـیام دنبال‌تون، سـر مـن مـنت گذاشتید.

ـ آقای خاطوریان امروز پنج‌شنبه‌ست؛ مطمئنا قنادی امروز شلوغ‌تر از روزهای دیگه‌ست. من هم می‌خوام برم سمت خیابون حافظ، اونجا هم قیامته. شما بیاید گیر می‌افتید.

ـ خانم محبی، به سلامتی گوشی مـوبایل‌تون رو مـی‌خواین عـوض کنید؟

ـ نه آقای خاطوریان، می‌خوام یه دوربین عکاسی بخرم. من قبلا کار عکاسی می‌کردم، الان می‌خوام دوباره کار عکاسی رو شروع کنم.

ـ خب، خیلی عالیه. من یکی از دوستانم زیر پل حافظ توی نمایندگی کانن مدیر فروشه. می‌تونیم بریم با هم اونجا و از تجربه‌ی ایشون هـم استفاده کنیم. خانم محبی نه نیارید، خواهش می‌کنم! حاضر بشین من لباس دنیل رو تنش کنم راه می‌افتم.

سری تکان دادم و گفتم:

ـ هر چی من بگم، شما سر حرف خودتون هستید. بسیار خب، حاضر می‌شم.

تلفن را قطع کردم و به سمت اتاق آتلیه رفتم و نگاهی دوباره به آنجا انداختم. باید رو به راهش می‌کردم. فردا بهترین وقت برای تمیز کردن این اتاق بود. باید به همه ثابت می‌کردم که من می‌توانم دوباره از نو شروع کنم. باید با واقعیت‌های زندگی روبه‌رو می‌شدم و تمام خاطرات خاک گرفته مثل این اتاق را غبارروبی می‌کردم. باید حداقل به خودم ثابت می‌کردم که می‌توانم.

با صدای بوق ماشین خاطوریان بیرون رفتم. دنیل با دیدن من ذوق‌زده شده بود و مرتب دست‌هایش را تکان می‌داد. سوار ماشین شدم، خاطوریان لباس مرتب و مجلسی به تن داشت. ظاهرش کمی بهت‌زده‌ام کرد، چون همیشه او را با ظاهر اسپرت دیده بودم، به غیر از روزی که در صدا و سیما مصاحبه داشتیم و آن هم قاعدتا به خواست مسئولین بود و تعجبم زمانی بیشتر شد که دنیل را هم با لباس رسمی دیدم.

نتوانستم جلوی کنجکاوی‌ام را بگیرم. از خاطوریان سئوال کردم:

ـ شما مهمونی بودید، یا الان قصد رفتن به مهمونی رو دارید؟

خاطوریان لبخندی زد و از روی صندلی کنارش جعبه‌ی کادو شده‌ی بسیار زیبایی را در آورد و در حالیکه به سمت من تعارف می‌کرد، گفت:

ـ قابل شما رو نداره. هدیه‌ای بسیار کوچک از طرف دنیل برای بهترین معلم، به مناسبت تولد عیسی مسیح.

هاج و واج خاطوریان را نگاه کردم:

ـ ولی این عید شماست، من باید برای شما کادو می‌خریدم!

خاطوریان لبخندی زد و گفت:

ـ این عید ماست، این کادو بهانه‌ی کوچکی بود برای ابراز دوست داشتن دنیل.

کادو را از خاطوریان گرفتم و گفتم:

ـ ممنون ولی اگه عیده، شما الان باید کلیسا باشید.

ـ نه، الان خیلی زوده، تقریبا ساعت ده همه جمع می‌شن. برای همین لباس مناسب پوشیدم.

سری پایین انداختم و گفتم:

ـ آقای خاطوریان امروز اصلا روز مناسبی برای این نبود که به شما زحمت بدم.

ـ این چه حرفیه؟ عرض کردم خدمت‌تون، من با شما کار دارم. حالا قبل از اینکه سرتون از پرچونگی من درد بگیره بهتره کادو رو باز کنید و ببینید می‌پسندید؟

روبان قرمز رنگ را باز کردم و کاغذ کادوی پارچه‌ای را خیلی آرام در آوردم و جعبه را باز کردم. یک خودنویس طلایی داخل جعبه بود که روی خودنویس به لاتین فامیلی من حک شده بود. سرم را بالا آوردم و گفتم:

ـ واقعا شرمنده کردید، ان‌شاءالله بتونم جبران کنم.

خاطوریان از آینه نگاهی به من کرد و گفت:

ـ هیچ هدیه‌ای که بتونه محبت شما رو نسبت به دنیل جبران کنه پیدا نکردم. محبت شما با این چیزها قابل جبران نیست. اگه از من بپرسن که در یک کلمه خانم محبی رو تعریف کن، می‌گم پیک آرامش. شاید باورتون نشه که توی این مدت که شما معلم دنیل بودید، چقدر دنیل آروم شده و آرامش پیدا کرده. شما وجودتون پر از خیره، از عیسی مسیح که امروز روز میلادشه می‌خوام همون آرامشی رو که شما به زندگی من برگردوندید، خدا به شما برگردونه.

بغضم گرفته بود، شنیدن این حرف‌ها از یک مرد غریبه مسیحی برایم هم عجیب بود و هم دلچسب و گوارا، تا حالا کسی مرا با این القاب مورد خطاب قرار نداده بود. ده سال از زمانی که شوم نامیده شده بودم می‌گذشت و الان...

اشک‌هایم را از روی صورتم پاک کردم. خاطوریان از آینه نگاهم کرد و گفت:

ــ من حرف بدی زدم و شما رو ناراحت کردم؟

سری تکان دادم و گفتم:

ــ نه، یاد خاطره‌ای افتادم... مهم نیست، بهتره به جای پرداختن به گذشته، تو حال زندگی کنیم.

خاطوریان سری به علامت تأیید تکان داد و گفت:

ــ حق با شماست. خب حالا هم، چون می‌خوام در حال زندگی کنم مزاحم وقت شما شدم. حقیقتش به کمک و همفکری‌تون احتیاج دارم...

خاطوریان سکوت کرد. سکوت او مرا هم به فکر برد، از من چه کاری برمی‌آمد. سکوت خاطوریان طولانی شد و من پیش قدم شکستن این سکوت شدم و گفتم:

ــ هر کاری از دستم بر بیاد انجام می‌دم، ولی بعید می‌دونم کاری باشه که شما نتونید و من بتونم.

خاطوریان دستی به سرش کشید و گفت:

ــ می‌خوام ازدواج کنم، دلم می‌خواد همه چی رو از نو شروع کنم. می‌خوام تمام خاطرات بد قبل رو دور بریزم، ولی نمی‌دونم این کار به صلاح دنیل هست یا نه. می‌خواستم یک بار شما خواهرانه به من کمک کنید.

با چشمان گشاد شده به خاطوریان نگاه کردم و گفتم:

ـ این خیلی خوبه، شک ندارم که به نفع دنیل هم هست. شاید اول برای ارتباط با اون خانم مشکل داشته باشه، ولی مطمئنم اگه اون خانم ارتباط خوبی با دنیل برقرار کنه، دنیل به یک آرامش می‌رسه. به نظر من بهترین تصمیم رو گرفتید، ولی خوب باید دید اون خانم چه برخوردی با دنیل داره.

خاطوریان سری تکان داد و گفت:

ـ دنیل ارتباط خوبی با اون خانم برقرار کرده، یعنی کلا دوسش داره ولی حقیقتش اینه که من توانایی خواستگاری کردن از اون خانم رو ندارم. یعنی چه جوری بگم، می‌ترسم ازش خواستگاری کنم و همون ارتباط کاری و دوستانه‌ای هم که بین‌مون هست از بین بره. دلم نمی‌خواد به هیچ‌وجه قبل از اینکه بفهمم نظرش در مورد زندگی با دنیل مثبته، بفهمه که تو فکر من چی می‌گذره. حالا می‌تونم رو کمک شما حساب کنم؟ البته می‌دونم که سخته، ولی واقعا من هیچ‌کس رو ندارم که بتونم ازش کمک بگیرم...

سری تکان دادم و گفتم:

ـ هر کمکی بتونم بهتون می‌کنم، فقط من چه جوری می‌تونم از یه خانمی که نه دیدم و نه می‌شناسم پرس و جو کنم؟

خاطوریان لبخندی زد و گفت:

ـ آشناست، به وقتش دوباره خدمت‌تون معرفی می‌کنم. بعد از ژانویه، چون امسال عید پیغمبر ما با پیغمبر شما به فاصله‌ی چند روز شده و تو این مدت خیلی سرمون شلوغه و وقت خوبی برای این کار نیست. ولی بعد سال نو شاید به لطف شما زندگی من هم نو شد.

دوست خاطوریان برای معرفی دوربین خیلی به من کمک کرد و وقتی فهمید که من قبلا به صورت حرفه‌ای کار می‌کرده‌ام، بهترین گزینه را

معرفی کرد و در همان وقت محدود تا حدودی طرز کار دوربین را هم یادم داد. از خاطوریان سپاسگزار بودم که من را همراهی کرده است.

روز جمعه نزدیک ساعت نه با زنگ آقاجون از خواب بیدار شدم. آقاجون اصرار داشت که ناهار به منزل آن‌ها بروم، ولی من ترجیح می‌دادم کار آتلیه را تمام کنم و به همین خاطر از آقاجون عذرخواهی کردم و جالب بود که آقاجون هم پافشاری نکرد.

بلند شدم و شیر و عسلی خوردم و مشغول بیرون بردن وسایل از اتاق شدم. کار یک نفره نبود، کاش امروز کمک می‌گرفتم. ساعت یازده بود و من فقط با کمتر از دو ساعت کار از پا درآمده بودم. به آشپزخانه رفتم و زیر کتری را روشن کردم که صدای زنگ در آمد. با تعجب به سمت آیفون رفتم. این موقع صبح روز جمعه کسی را نداشتم که به من سر بزند.

آیفون را برداشتم. سارا بود. در را باز کردم و به سمت در رفتم. هنوز متعجب بودم.

محمدحسن با قابلمه غذا یالاگویان وارد شد. پشت او سارا به همراه حورا و نورا وارد شدند که چقدر هم دلم برایشان تنگ شده بود و هر دو در چادر عربی بامزه شده بودند. چه عجبی به همه گفتم و آمدم در را ببندم که ساراگفت:

ـ آقاجون و مادر هم الان می‌یان.

لبخندی زدم و رو به محمدحسن گفتم:

ـ داداش، عجب سورپرایزی!

محمدحسن اشاره به سارا کرد و گفت:

ـ کار ایشون بوده، بنده بی تقصیرم.

سارا چادرش را از سر برداشت و گفت:

ـ ما هر چی وایسادیم که یه دونه عمه دلش برای دوقلوهای داداشش

تنگ بشه و به این بهانه سری هم به ما بزنه، دیدیم نه! خبری نشد! ما هم خودمون پیش‌قدم شدیم. باور کن بانوجان شب یلدا جات خالی بود، ولی خب برنامه‌ی زنده رو نمی‌شد کاری کرد. راستی برنامه‌ات عالی بود من که کلی گریه کردم. خدا به خانواده‌ی این بچه‌ها توان مالی و جسمی بده...

آقاجون و مادر هم از راه رسیدند. دست آقاجون یک ظرف بزرگ انار دون شده بود. لبخندی زدم و بعد از سلام و احوالپرسی ظرف را گرفتم. واقعا انتظار هر چیزی را داشتم جز برنامه‌ای که سارا مدیریت کرده بود. در قابلمه را برداشتم. لوبیاپلو بود؛ غذای مورد علاقه‌ام.

محمدحسن نگاهی به وسایل وسط اتاق انداخت و گفت:

ـ اینا چیه...!؟

اشاره‌ای به اتاق کردم و گفتم:

ـ می‌خوام دوباره آتلیه رو راه بندازم.

محمدحسن سری تکان داد و گفت:

ـ یه بارم ما خواستیم سورپرایز کنیم، سر روزی رسیدیم. نه، مثل اینکه به ما نیومده مهمون‌وار بریم خونه خواهرمون! بذار یه سر برم خونه لباس کارم رو بیارم.

دستی تکان دادم و گفتم:

ـ نه‌نه اصلا، کی گفته باید کار کنی؟ در ضمن چه مهمونی اومدنیه، شما که غذاتون رو هم آوردین!

محمدحسن به سمت در رفت و گفت:

ـ نه، بذار تا ما هستیم کمکت کنیم. شاید تا عصری کارها انجام شد و عمه بانو اولین عکس آتلیه‌اش رو از حورا و نورا گرفت. ولی یادت باشه صدتا عکس هم بگیری جبران این نمی‌شه که دلت خواسته تنهایی با آقاجون و مادر بری مشهد و ما رو دور زدی.

نیشخندی زدم و گفتم:

ـ بسه دیگه...

******

گذاشتم بچه‌ها کامل از مدرسه بیرون بروند. نمی‌خواستم این عادت ذهنی دنیل بشود که هر دفعه قرار است من همراه‌شان باشم.

دوباره وقت مشاوره داشتم و آدرس را کامل یاد گرفته بـودم و قـرار برای همان ساعت چهار بود. بعد از خوردن ناهار و کمی استراحت راه افتادم. به قول خاطوریان زود رسیدن بهتر از تاخیر بود.

وقتی وارد مطب شدم، منشی لبخندی زد و گفت:

ـ آفرین خانم محبی سروقت، خوشحالم که با شما قرار نیست سـر تایم و وقت چونه بزنم، بفرمایید...

در اتاق را زدم و با بفرمایید دکتر وارد شدم. سلامی کردم و با اشاره دکتر روی صندلی مقابل نشستم. مقابل دکتر هـاشمیان یک گلدان گل نرگس بود و برای من که عاشق گـل، عـلی الخصـوص گـل نـرگس بـودم لذت‌بخش بود.

دکتر پرونده مرا مقابلش گذاشت و گفت:

ـ خب خانم محبی عزیز، به نظر من امروز سرحال‌تر از روز چهارشنبه هستید. گویا تعطیلات آخر هفته براتون مفید بوده!

سری تکان دادم و گفتم:

ـ دقیقا، آخر هفته‌ی خوبی بود. شروع کاری کـه هـمیشه ازش لذت می‌بردم و چند سالی بود که کنار گذاشته بودم کلی حال و هوامو عوض کرد.

ـ خدا رو شکر. خب حالا که حالتون بهتره میتونید به من علت مراجعه رو بفرمایید؟

نمیدانم چرا وقتی هر چیزی باعث میشد به آن روزکذایی فکر کنم به یک باره حالم از این رو به آن رو میشد. سری پایین انداختم و با انگشتهای دستم شروع به بازی کردم. حس میکردم صورتم داغ شده. بغضم را قورت دادم، شاید امروز همان زمانی بود که باید به تمام این افکار پایان میدادم و برای یک بار هم که شده از اتهامی که بیجهت به من زده شده بود دفاع میکردم. به همین خاطر علیرغم تمام فشاری که در تمام وجودم حس میکردم، سعی کردم فقط برای یک بار در این ده سال مسلط باشم و به این کابوس پایان بدهم. آب دهانم را قورت دادم و با پشت دست اشکهایم را پاک کردم و گفتم:

ـ من باعث مرگ همسرم شدم. البته خودم به شخصه نقشی نداشتم، این چیزیه که خواهر شوهرم روز رفتن شوهرم به من گفت و اونقدر تکرار کرد که مادر همسرم هم منو مقصر میدونست و...

دکتر به من دستمال کاغذی تعارف کرد و ادامه دادم:

ـ به خدا دکتر، من عاشق شوهرم بودم. اون یه مرد کامل بود؛ مردی که دوست داشت مرد باشه و مردونگی کنه و ستون خونه باشه و همینطور هم بود و وقتی رفت، من شکستم. از پا دراومدم و دیگه نتونستم سر پا بایستم، تمام علایقم رو ترک کردم چون هر جا که میرفتم و هر چیزی که دوست داشتم یه خاطرهی مشترک با رضا برای من داشت و به خاطر اینکه هیچوقت نتونستم رفتنش رو باور کنم خودم رو از تمام دلبستگیهام دور کردم. شدم یه آدم منزوی و افسرده با یه مشت قرص اعصابی که فقط باعث خوابم میشد. چه فایده داشت خوردن قرصهایی که تنها کمکش بهت خوابیدن بود! من میخواستم مثل قبل باشم! میخواستم باور کنم

که سرنوشت فقط برای من زندگی کوتاهی رو با رضا خواسته...

نفس عمیقی کشیدم و صورتم را پاک کردم و ادامه دادم:

ـ بارها به این فکر کردم که شاید مورد چشم زخم قرار گرفتیم. دکتر، رضا خیلی خوب بود، مردی که تمام خصلت‌های خوب توش جمع شده بود. کمی حساس بود ولی این در مقابل اون همه خوبی هیچی نبود. اگه اون حادثه‌ی لعنتی اتفاق نیفتاده بود...

باز طاقت نیاوردم از ته وجودم گریه کردم. مثل همان روز لعنتی که به یک باره تمام کاخ آرزوهایم روی سرم خراب شد و به چشم برهم زدنی «خوش به حالت»های مردم جایش را به «بمیرم الهی» داد.

دکتر هاشمیان لیوان آبی به من داد و گفت:

ـ نمی‌خوام فعلا از فوت همسرت چیزی بدونم. باید از قبل شروع کنیم مثل روزی که عروسی کردی. اگه می‌تونی و دوست داری در مورد اون روزها برام حرف بزن. برای اینکه بتونم بهت کمک کنم، باید خیلی چیزها در مورد خودت و همسر خدا بیامرزت بدونم.

لیوان آب را روی میز گذاشتم و گفتم:

ـ دکتر، می‌شه بهش نگین خدابیامرز؟ این‌جوری فکر می‌کنم مرده!

دکتر هاشمیان جدی شد. مقابلم قرار گرفت و با تحکم گفت:

ـ اون مرده و دیگه به دنیای ما تعلق نداره، این همه سال به خودت گفتی رفته! این کلمه‌ی رفته رو فقط برای زنده‌ها استفاده می‌کنن، کسانی که احتمال برگشت دارن. ده سال با جملات بازی کردی و به نوعی خودت رو گول زدی. خانم بانو، برای کمک و اینکه از این همه عذاب نجات پیدا کنی، اول باید خودت به خودت کمک کنی. تا از جملات درست استفاده نکنی به اون باور ذهنی نمی‌رسی. قبول کن مرده، قبول کن که دیگه همسرت به این دنیا برنمی‌گرده، قبول کن که دنیای شما الان از هم

جداست. دیگه از امروز نگو رفته، بگو مرده... برای اینکه خوب بشی
باید یه سری چیزها رو بپذیری، بهت گفتم الان نمی‌خوام به اینکه
همسرت چه جوری مرده بپردازم، ولی حتی اگه به صورت غیر عمد هم
در مرگ همسرت مقصر باشی به نظرت ده سال زمان برای این همه تنبیه
شخصی کافی نبوده؟ خانم بانو به قول شما خواهر شوهرتون شما رو
متهم کرد، خود شما چرا این اتهام رو پذیرفتید؟

سری تکان دادم و گفتم:

ـ من نپذیرفتم.

دکتر هاشمیان روی صندلی خودش نشست و دست‌هایش را زیر
چانه‌اش زد و گفت:

ـ چرا شما با محروم کردن خودتون از زندگی معمولی به نوعی دست
به تنبیه خودتون زدید؟ یعنی اینکه من اشتباه کردم، خطا کردم و الان نباید
مثل سابق حق زندگی داشته باشم!

کمی در صندلی جابه‌جا شدم و گفتم:

ـ شما اشتباه می‌کنید، این که من خودمو از لذت‌های زندگی محروم
کردم ربطی به نوع رفتن همسرم نداره، من نمی‌تونستم مثل قبل زندگی
کنم. من تمام زندگی‌ام پر از خاطره با رضا بود و هست.

دکتر هاشمیان محکم با خودکار روی میز زد و دوباره از جایش بلند
شد.

ـ خانم محبی، رضا مرده، مرده، مرده! خواهش می‌کنم فقط یک بار
این جمله رو بگید!

به هاشمیان نگاه کردم و تمام تنم خیس از عرق شد، نمی‌تونستم تصور
کنم. نه اصلا استفاده از این واژه برای رضا زود بود، اون باید زندگی
می‌کرد، اون باید بچه‌اش رو می‌دید وای نه...!

دوباره با صدای بلند گریه کردم، احساس می‌کردم دکتر هـاشمیان و
اتاقش دور سرم می‌چرخند. سرم سنگین بود. اسمم را می‌شنیدم، کسی
داشت صدایم می‌کرد. چشمانم را باز کردم، هنوز چشمانم تار بود ولی
می‌توانستم سایه‌ی یک زن و مرد را تشخیص بدهم. صدای مرد را شنیدم
که می‌گفت:

ـ خانم بانو بهتر هستید؟ می‌تونید حرف بزنید؟

سرم را تکان دادم و به سختی گفتم:

ـ خوبم...

خانم نزدیک شد. دیگر می‌توانستم تشخیصش بـدهم، منشی دکتر
هاشمیان بود که لیوان شربتی را نزدیک لبم آورد و گفت:

ـ لطفا بخورید خانم بانو.

تازه موقعیتم را فهمیدم و یاد قبل از اینکه از حال بروم افتادم. دکتر
هاشمیان که تازه خیالش راحت شده بود روی صندلی مقابلم نشست و
گفت:

ـ خانم محبی عزیز، شما سابقه شوک تنفسی دارید؟

سری تکان دادم و گفتم:

ـ نه اصلا، تا به امروز برام پیش نیومده.

دکتر سری تکان داد و گفت:

ـ ولی باید دقت کنید، شما امروز دچار شوک تنفسی شدید و از حال
رفتید. خدا رو شکر که ما وسایل لازم رو داشتیم. الان هم بهتره که بیرون
استراحت کنید. با عرض شرمندگی وقتی حال‌تون بد شد ما موبایل شما
رو برداشتیم تا با خانواده‌تون تماس بگیریم ولی متاسفانه موبایل قفل بود
و من مجبور شدم با روبرت تماس بگیرم، چون با وضعیت پیش اومـده
اصلا صلاح به تنهایی رفتن شما نیست.

زیر لب زمزمه کردم:

ــ روبرت؟!

ــ بله، الان تو راه هستن، در ضمن من می‌خواستم درمان بدون دارو رو برای شما شروع کنم، ولی فکر می‌کنم یه آرام‌بخش خفیف براتون لازمه چون شما اصلا در شرایط خوبی نیستید.

سری تکان دادم و گفتم:

ــ شما هم که می‌خواید مثل دیگران عمل کنید!

هاشمیان نفس عمیقی کشید و گفت:

ــ من سعی‌ام درمانه، نه اینکه مثل خیلی دکترها دلم بخواد برای خودم مریض رو نگه دارم. شما برای یادآوری خاطرات گذشته ممکنه کمی بی‌تاب و بی‌قرار بشید، من می‌خوام به وسیله قرص کمی آرومتون کنم تا دسترسی به خاطرات گذشته براتون راحت‌تره بشه. خواهش می‌کنم به من اعتماد کنید.

آب دهانم را قورت دادم و خواستم چیزی بگویم که ضربه‌ای به در خورد. منشی به سمت در رفت و در را باز کرد. خاطوریان بود... دکتر هاشمیان از جایش بلند شد و گفت:

ــ ممنون از اومدنت روبرت جان، من به هیچ‌کس دیگه‌ای دسترسی نداشتم.

خاطوریان با نگرانی نگاهم کرد، به سمتم آمد و در صندلی مقابلم، جایی که قبلا دکتر نشسته بود نشست و با چشم‌های مضطرب گفت:

ــ خانم محبی، من می‌خواستم شما خوب بشین نه اینکه این‌قدر به خودتون فشار وارد کنید که حال‌تون تا این حد بد بشه! باور کنید، نمی‌دونید تا اینجا رسیدم چقدر فکر و خیال کردم.

کمی خودم را در صندلی جابه‌جا کردم و گفتم:

ـ باید منو ببخشید. اصلا راضی به زحمت شما نبودم، نمی‌دونم واقعا یهو چه اتفاقی برام افتاد. بازم ببخشید، شما شدید فرشته‌ی نجات من...

خاطوریان سری تکان داد و از جایش بلند شد و گفت:

ـ حالا بیایید کمک‌تون کنم.

خاطوریان دستش را به سمتم دراز کرد ولی در یک لحظه متوجه شد و آرام گفت:

ـ باید ببخشید، می‌خواستم سوئیچ ماشین رو ازتون بگیرم...

از جایم بلند شدم تا همراه خاطوریان از مطب خارج بشوم. دکتر خیلی آرام گفت:

ـ اگه تمایل به ادامه درمان داشتید، هر شب این قرصی رو که براتون نوشتم بخورید. من این هفته دیگه نیستم، دارم می‌رم سفر، ان‌شاالله شنبه‌ی دیگه در خدمت‌تون هستم. اگه دوست داشتین با هم درمان رو ادامه می‌دیم.

لبی گزیدم و آرام گفتم:

ـ برای ادامه‌ی درمان حتما باید قرص بخورم؟

دکتر مکثی کرد و گفت:

ـ متاسفانه بله، مشکل شما مزمن شده خانم بانو... حالا دیگه ادامه درمان بستگی به نظر شما داره. اگه تونستید با این مسئله کنار بیاید، از امشب قرص رو شروع کنید و من هفته‌ی دیگه در خدمت‌تون هستم. وگرنه هر جور صلاح دونستید عمل کنید.

چیزی نگفتم، فقط با یک تشکر و خداحافظی از مطب خارج شدم و با خاطوریان به سمت ماشینم رفتم. خاطوریان در جلوی ماشین را باز کرد و من بی‌هیچ حرفی نشستم و سرم را به پشتی صندلی تکیه دادم. خاطوریان سوار شد و کمی صندلی ماشین را عقب داد. با قد بلندی که او داشت

همین انتظار هم می‌رفت. با حرکت ماشین تازه یادم به دنیل افتاد، سرم را به سمت خاطوریان چرخاندم و گفتم:

ــ دنیل کجاست؟

خاطوریان لبخندی زد و گفت:

ــ نگران نباشید، توی قنادی حسابی مشغول بود و من هم تا منشی دکتر تماس گرفت سریع خودمو رسوندم. خیلی نگران شده بودم. باید ببخشید، من اشتباه کردم. شاید اصلا نباید شما به این دکتر می‌اومدید.

حرف خاطوریان را قطع کردم و گفتم:

ــ نه، این طور نیست. نمی‌دونم چه حالی شدم که دکتر این‌قدر نگران شد. یعنی اون لحظه رو یادم نیست. ولی ترجیح می‌دم به نگرانی‌ام و بد فکر کردن در مورد قرص خوردن غلبه کنم و درمان رو ادامه بدم. شاید سخت باشه، ولی دیگه نمی‌خوام اشتباه کنم. باید برای یک بار هم شده بتونم به کابوس هام پایان بدم...

فصل ۷

زیپ چمدان را بستم و به ساعتم نگاه کردم. دیگر آقاجون و مادر باید می‌رسیدند. برای اینکه معطل نشوند، سریع چادرم را سرم کردم و چمدان به دست از در آپارتمان خارج شدم. موبایلم توی دستم بود که زنگ خورد. شماره‌ی آقاجون بود. سریع جواب دادم و سلام کردم.

ـ سلام بانوجان، ما داریم می‌رسیم. اگه بارت سنگینه بذار می‌یام کمکت می‌کنم.

هنوز حرف آقاجون تموم نشده بود که در خم کوچه دیدم‌شان و آقاجون تماس را قطع کرد و مقابلم ایستاد و سریع از ماشین خارج شد و با نگرانی گفت:

ـ خیلی وقته دم دری؟

سری تکان دادم و در حالیکه به سمت صندوق می‌رفتم گفتم:

ـ نه، نگران نباشید همین الان اومدم.

آقاجون در صندوق را باز کرد و چمدان را در آن گذاشت و همزمان سوار ماشین شدیم. به مادر سلامی کردم و او خیلی سرد جواب داد. معلوم بود که هنوز از اینکه بدون پسرها آمده ناراضی است. اهمیتی ندادم. می‌خواستم بعد مدت‌ها به سفر بروم و این برایم کافی بود.

در فرودگاه چند ساعتی معطل شدیم شب عید هفدهم ربیع الاول بود و یک عالمه پرواز چارتر به مشهد و این‌همه تاخیر طبیعی بود. آن‌قدر ذوق زیارت داشتم که حتی این تاخیر را به عشق دیدن گنبد طلای امام هشتم به

جان می‌خریدم.

به محض رسیدن سوار مینی‌بوس هتل شدیم، زیر لب گفتم:

ــ خدا رو شکر، یا امام هشتم! ممنونم که ما رو طلبیدی. چقدر دلتنگت بودم.

دلم می‌خواست همان جا خم می‌شدم و دست آقاجون را به خاطر این لطف و ترتیب سفری که داده بود می‌بوسیدم.

به خیابان امام رضا که رسیدیم دیگر گنبد مشخص بود. از دور سلامی به امام رئوف دادم و چشمانم دوباره بارانی شد. باز هم خاطرات رضا و سفرمان به مشهد جلوی چشمم رژه رفت. انگار یک فیلم سینمائی را روی دور تند نشانم می‌دادند. خاطرات با جزئیات یادم بود. حتی رستورانی که رفتیم و غذاهایی که خوردیم و لباس‌هایی که پوشیدیم، دعاها و زیارات شبانه، سوغاتی خریدن هول هولی...

چشمانم را بستم و داغی اشک را بر گونه‌هایم حس کردم. سعی کردم ذهنم را از هر خاطره‌ای خالی کنم و فقط تجسمم گنبد طلا باشد. زیر لب نجوا کردم:

ــ یا امام هشتم، به من آرامش بده که هیچ نعمتی بالاتر از سلامتی جسم و روح نیست... یا امام هشتم، اگه ناشکری کردم، اگه کفران نعمت کردم، اگه حقی رو از کسی ضایع کردم، اگه ناخواسته موجب ضرر و زیان به کسی شدم، اومدم بگم تو به مهربونیت و کرمت و ساطت منو به پرودگار بکن. بگو بانو خطا کرده، ولی ده سال برای جبران اشتباهاتم کافی بوده! خدایا، من بریدم! کم آوردم، خسته شدم! بگو بانو دیگه تحمل امتحان رو نداره. خسته‌ام، خسته! دلم یک بغل آرامش می‌خواد...

از حرم که برگشتم حس می‌کردم یک دنیا سبک شده‌ام. سر ظهر بود و بعد از چند ساعت حرم بودن یک ناهار خوب واقعا می‌چسبید. به پیشنهاد

آقاجون قرار شد ناهار را در هتل بخوریم و بعد از کمی استراحت در شهر
بچرخیم. وارد رستوران هتل شدیم و میز دنجی را در گوشه‌ی سالن
انتخاب کردیم و برای کشیدن سالاد به طرف میز اردور رفتیم.

مشغول دور زدن دور میز بودم تا سالاد مورد نظرم را انتخاب کنم که
مورد خطاب قرار گرفتم:

ـ خانم بانو، سلام و عرض ادب!

رویم را چرخاندم، دکتر هاشمیان بود. لبخند ملیحی به لب داشت و با
طنز خاصی گفت:

ـ پیش خودم گفتم بی سلام سر جای خودم بنشینم، مبادا که دوباره
اسباب ناراحتی شما رو فراهم کنم.

سری تکان دادم و گفتم:

ـ سلام دکتر، این چه حرفیه؟ از دیدن‌تون خوشحال شدم. تنها
هستید؟

دکتر سری تکان داد و گفت:

ـ این‌دفعه رو تنها اومدم. حقیقتش می‌خواستم با قطار بیام، ولی
هیچ‌کس حاضر نشد با قطار با من همسفر بشه.

با تعجب گفتم:

ـ قطار دسته جمعی می‌چسبه، چطور تونستید تنها با قطار سفر کنید؟

آقاجون به سمت‌مان آمد. من اشاره‌ای به دکتر کردم و گفتم:

ـ دکتر هاشمیان هستن.

آقاجون دستش را به طرف دکتر دراز کرد و گفت:

ـ خوشبختم، محبی هستم. افتخار آشنایی‌تون رو قبلا نداشتم.

دکتر هاشمیان لبخندی زد و گفت:

ـ من تازه با خانم محبی آشنا شدم، معلم یکی از مراجعین من هستن.

آقاجون چینی به ابرو انداخت و گفت:

ـ مراجع...

کمی هول شدم و گفتم:

ـ آقاجون من همه چیز رو براتون توضیح می‌دم.

دکتر به میان حرفم پرید و گفت:

ـ من مزاحم شما نباشم.

آقاجون سری تکان داد و گفت:

ـ نه، اختیار دارید.

هاشمیان سری خم کرد و گفت:

ـ پس فعلا با اجازه.

و بدون اینکه منتظر تعارفی از جانب ما باشد، به سمت دیگری از میز
اردور رفت. بعد از کشیدن سالاد به سمت میز رفتیم، هاشمیان دقیقا پشت
میزی در جهت مخالف ما نشست. تا پشت میز نشستم مادر گفت:

ـ این آقا کی بود؟!

سعی کردم همه چیز را آرام جلوه دهم. به همین خاطر گفتم:

ـ یک مدتی دوباره حالم خوب نیست. به پیشنهاد والدین یکی از
بچه‌ها رفتم پیش دکتر هاشمیان، برای مشاوره و درمان.

مادر آه عمیقی کشید و گفت:

ـ بانو، باز می‌خوای خودت رو ببندی به دارو دوا؟ بس نیست؟! بانو به
جای این درمان‌ها رویه‌ی زندگی‌تو عوض کن. به خداوندی خدا این
دکترها فقط فکر پر کردن جیب خودشون هستن. اینا دلشون به حال
مریض نمی‌سوزه. هی قرص می‌دن. تو به ظاهر آروم می‌شی، ولی از تو
داغون‌تر از قبلی. بانو، رضا رو فراموش کن، فکر کن اصلا رضایی نبوده!
از اول هم تو قرار بود زن پسر عموت بشی. از قدیم گفتن عقد پسرعمو و

دخترعمو رو توی آسمون‌ها بستن، دل بده به زندگی با اون و دوباره شروع کن. چه اشکالی داره؟ هردو یک بار تو زندگی شکست خوردین.

اخمی کردم و با بغض گفتم:

ــ مامان من که گفتم، فقط یه جلسه رفتم.

آقاجون میان حرفم پرید و گفت:

ــ حالا چه وقت این حرفاست؟ دو روز اومدیم سفر که به دور از هر استرسی استراحت کنیم. اصلا خانم، اگه بانو هم رضایت بده من دختر به کسی که یه بار تمام ما رو گول زده نمی‌دم. حالا می‌خواد پسر برادرم باشه یا نباشه. بانو باید با یه غریبه ازدواج کنه. اونم هر وقت خودش راضی به این کار شد. ازدواج که زوری نمی‌شه.

عمر سفر کوتاه است، سفر چند روزه‌ی مشهد هم تمام شد و با کلی خاطره‌ی خوب و آرامشی که مطمئن نبودم پا برجا بماند به تهران برگشتم.

روز شنبه بود و بعد از چند روز مرخصی قرار بود سرکار بروم. بعد از مدت‌ها استرس و فشار سر حال بودم و زودتر از روزهای دیگر تصمیم گرفتم که از خانه خارج شوم و مسیر را پیاده بروم. سر خیابان که رسیدم ماشین خاطوریان را دیدم که از مقابلم رد شد، در دل خدا را شکر کردم که مرا ندیدند. ولی اشتباه فکرم را وقتی فهمیدم که ماشین دنده عقب آمد و مقابلم ایستاد. خاطوریان شیشه‌ی ماشین را پایین کشید و گفت:

ــ به‌به خانم محبی، بفرمایید سوار شید. تو رو خدا خانم محبی، نه نیارید! منم دارم دنیل رو می‌برم مدرسه.

سوار ماشین شدم. دنیل خاله محبی گفت و دوباره به بیرون نگاه کرد. دست توی کیفم کردم و برگه‌ی نذورات حرم را به خاطوریان دادم. خاطوریان برگه را گرفت و گفت:

ــ این دیگه چیه؟

در کیفم را بستم و گفتم:

ــ سیصد هزارتومانی که داده بودید برای امام رضا، این فیش پرداختی.

خاطوریان قبض را روی صندلی کنارش انداخت و گفت:

ــ خانم محبی، احتیاج به قبض نبود. من که قبلا بهتون گفته بودم، ارادت خاصی به امام رضای شما دارم. هر کدوم از دوستان مسلمونم می‌خوان برن مشهد، یه مبلغی می‌دم. ولی این اولین باره که قبض می‌گیرم! البته عطا هم می‌خواست بره مشهد، ولی اون روز اون‌قدر شلوغ و پلوغ شد که من فراموش کردم پول رو بدم بهش. دیگه زحمتش افتاد گردن شما.

لبخندی زدم و گفتم:

ــ اتفاقا دکتر هاشمیان رو مشهد دیدم. هتل ما اقامت داشتن. یه بارم در مسیر رفتن به حرم هم صحبت شدیم.

خاطوریان از آینه نگاهی به من کرد و گفت:

ــ چه جالب، حالا درمان رو با ایشون ادامه می‌دید یا کلا منصرف شدید؟

ــ بنده خدا یه مشاوره‌ی مجانی هم اون‌جا به من داد. واقعا حرف شما درست بود، در کار خودش حرفه‌ایه. امروز وقت مشاوره دارم، ساعت چهار.

ــ خانم محبی، بی تعارف می‌خواهید امروز همراهی‌تون کنم؟

ــ نه آقای خاطوریان، بابت شنبه‌ی گذشته اون‌قدر شرمنده‌ی شما هستم که حد نداره. شاید دیدن دکتر هاشمیان در جایی غیر مطب باعث شد که کمی ترس و دلواپسی‌ام از بین بره. البته خوردن قرص‌ها هم بی‌فایده نبود. بر خلاف قرص‌هایی که قبلا می‌خوردم نه تنها خواب‌آلود و کسل نشدم، بلکه به خاطر کم شدن استرس و اظطرابم سرحال‌تر هم

شدم. آقای خاطوریان، راستی! هر وقت خواستید می‌تونید دنیل رو بیارید آتلیه تا ازش عکس بندازم. خدا رو چه دیدید، شاید عکس‌های عروسی‌تون رو هم من انداختم!

خاطوریان از آینه نگاهی به من کرد و گفت:

ـ امیدوارم...

وارد مطب دکتر هاشمیان شدم. دکتر با لبخند زیارت قبولی گفت. روی صندلی مراجعین نشستم. بر خلاف دفعات قبل آرامش داشتم. دکتر پرونده‌ی مرا مقابلش باز کرد و گفت:

ـ خانم بانو، به خودتون واگذار می‌کنم. از هر چی دلتون می‌خواد صحبت کنید. این‌جوری خوبه؟ یا من تعیین کنم؟

چادرم را روی سرم مرتب کردم و گفتم:

ـ هر جور صلاح می‌دونید.

دکتر هاشمیان دستی به موهایش کشید و گفت:

ـ می‌خوام از بهترین روزهای زندگی با همسرت بدونم. از هر جایی که حس خوبی بهش داری شروع کن. زمان آشنایی، خواستگاری، روزهای قبل ازدواج... هر جایی که یادآوریش برات خوشاینده، دیگه این به عهده‌ی خودته.

سرم را پایین انداختم، تمام روزهای زندگی‌ام با رضا دلچسب بود و یادآوری‌اش برایم شیرین، اما تلخ! شیرین برای اینکه رضا عالی بود و تلخ برای اینکه برایم خوبی‌هایش فقط خاطره‌ای شده بود...

حرف زدن برای دکتر باعث شد دوباره همسفر خاطراتم بشوم.

******

کارت عروسی را خود رضا طراحی کرد. قباله ازدواج را روی مقداری برگ سبز قرار داد و روی آن دو تا عکس پرسنلی از سن دبستان به صورت نامـوزن گذاشت و ما بین دو عکس یک شاخه گل رز قرمز سوخته قرار داد و در برگهی طرح قدیمی آدرس و مکان را نوشت و از تمام آن تشکیلات، عکس زیبایی انداخت که در واقع کارت عروسی همان عکس بود.

باور این همه خلاقیت و نوآوری در ذهنم نمیگنجید. انگار رضا آفریده شده بود که مرا شگفتزده کند.

چند روز مانده به عروسی مشغول درست کردن سفره عقد بود؛ سفره عقدی که بر خلاف سفره عقد فرخنده من هیچ نقشی در آن نـداشتم و حتی نمیدانستم که رضا چه کار میکند. خودش مشغول بود و من هـم چون با مادر مشغول آماده سازی جهیزیه بودم زیاد پیگیرش نمیشدم. رضا برای هر چیزی ذوق داشت، با اشتیاق هر روز کار چیدمان جهیزیه را دنبال میکرد، از همه چیز تعریف میکرد و در ذهنش دو اتاق خـالی را اتاقهای بچههایی که منتظر بود هر چـه زودتـر مـهمان خانهاش شـوند میدانست. آن مدت با تمام خستگی شیرینش به پایان رسید و روزی آمد که آرزوی هر دختری است، روز عروسی که در یکی از روزهای شهریور ماه مصادف با تولد حضرت زهرا بود.

روز عروسی از صبح زود بلند شدم و با مادر به آرایشگاه رفتم، رضا آنقدر سرش شلوغ بود که سه روز میشد ندیده بودمش. یک هـفتهای بود که چیدمان خانه تـمام شـده و قرار بـود رضا طـی هـفتهی گـذشته وسایلش را ببرد، ولی هر روز امروز و فردا میکرد. دل هر دختری در روز عروسیاش به دلشوره میافتد و انجام ندادن نیمی از کارها از جانب رضا دلشورهام را بیشتر میکرد. سعی میکردم دیگر به این چیزها فکر نکنم. آرایش صورت و موهایم تمام شده بود، از مدل آرایشم راضی بودم و با

کمک ساناز دوست صمیمی و قدیمی‌ام، لباسم را پوشیدم. هر کدام از مسئولین آرایشگاه لباسم را می‌دیدند در مورد مزون سئوال می‌کردند. وقتی به آن‌ها گفتم که طراح لباسم همسرم است، همه مشتاق دیدن رضا شدند. برایشان جالب بود که یک مرد آن‌قدر صاحب سلیقه باشد و هیجان‌شان وقتی زیادتر شد که گفتم، کار سفره عقد و تزئین ماشین عروس هم با اوست.

ساعت دو بود که گفتند رضا پشت در است. تمام آرایشگرها به پشت در رفتند تا رضا را ببینند. صحنه‌ای دیدنی بود. هر کس نظری می‌داد و یکی از مسئولین خدمات سریع به آشپزخانه رفت و با سینی اسفندی آمد و گفت:

ـ ماشاالله همیشه برای عروس‌ها اسفند دود می‌کنیم ولی این‌دفعه باید دوبل برای داماد اسفند دود کنیم. هزار ماشاالله چه قد و بالایی هم داره!

چادر سفیدی که خانم خطیبی برایم دوخته بود به سرم کشیدم و جلوی در رفتم. رضا دسته گل رز زرشکی به دست داشت و با لبخند مهربان همیشگی‌اش به من نگاه می‌کرد. قبل از هر حرفی گل را به دستم داد و چادرم را کنار زد و گونه‌ام را بوسید و گفت:

ـ مثل همیشه تکی، بانوی من!

در راهرو کسی نبود ولی گویی چندین چشم در حال نگاه کردن ما بودند که صدای جیغ و دست‌شان از پشت در نیمه باز آرایشگاه به گوش رسید. رضا دست در جیب کتش کرد و دسته‌ای اسکناس درآورد و از لای در به داخل داد و گفت:

ـ شیرینی پرسنل.

دوباره صدای هورای خانم‌ها راهرو را پر کرد و از پس آن صدای زنانه‌ای که بلند برایمان آرزوی خوشبختی می‌کرد...

به ماشین که رسیدم، کمی چادرم را عقب دادم تا گل‌آرائی مـاشین را ببینیم. بالاخره هر چه بود سلیقه‌ی رضا خاص بود، ولی دیگر فکرش را نمی‌کردم که ماشین با لباس عروسم هماهنگ باشد. روی ماشین پر بود از پاپیون‌های ساتن سفید که روی ماشین مشکی جلوه‌ی خاصی داشت و زیر هر پاپیون سه شاخه‌گل رز با شاخه بلند به رنگ رزهای دسته‌گلم قرار گرفته بود.

سوار ماشین که شدم به رضا گفتم:

ـ چی کار کردی؟ هر مدل گل زدنی رو تجسم می‌کردم جز این مدل!

رضا خندید و گفت:

ـ هر کاری برات بکنم کمه، خوشحالم که پسندیدی.

برای انداختن عکس رضا معتقد بود باید به بـاغ دیگـری بـرویم کـه منظره‌ی عکس‌هایمان مثل عکس‌های عقدکنان فرخنده نشود. به پیشنهاد گروه فیلم‌برداری یک باغ نزدیک لویزان برای فیلم‌برداری و عکس‌برداری در نظر گرفته شده بود. رضا عکس‌های تک نفره از مرا خودش گرفت و عکس‌های دو نفره را با دلخوری به گروه فیلم‌برداری سپرد. می‌دانستم که اگر اصرار من نبود، فقط به گرفتن فیلم‌بردار اکتفا می‌کرد و عکس‌های دو نفره را هم با تنظیم دوربین خودش می‌گرفت. سر عکس انداختن نه تنها من، بلکه عکاس هم با ایده‌هایی که می‌داد شگفت‌زده می‌شد. بـه قول عکاس آن‌قدر ایده‌هایش بکر بـود کـه گـروه عکس‌بـرداری خـودشان پیشنهادی نمی‌دادند. بعد از انداختن عکس‌ها، با یک خاطره‌ی خوب به سوی سالن رفتیم.

برای ورود به اتاق عقد، باید از ورودی مشترک دو سالن مردانه و زنانه عبور می‌کردیم. برای اینکه صورتم معلوم نباشد چادرم را کاملا جلو داده بودم و سرم را هم پایین انداخته بودم و فقط می‌توانسـتم جـلوی پـایم را

ببینم. چیزی که برایم جالب بود، این بود که تمام مسیر عبور ما تا سالن عقد با گل‌های رز شاخه بلند به همراه پاپیون‌های ساتن سفید پوشیده شده بود که مطابق گل روی ماشین بود. تنها تفاوت این بود که در کنار هر کدام از آن‌ها یک شمع سفید هم قرار گرفته و فضائی رویایی به سالن داده بود.

نزدیک اتاق عقد که شدیم، صدای کل و هلهله تمام راهرو را پوشاند. رضا دستم را در دستش فشرد و نگاهم کرد. از پس توری که روی صورتم افتاده بود، درخشش چشمانش را حس می‌کردم. دلم می‌خواست زمان متوقف می‌شد و من در اوج خوشبختی می‌ماندم. هر قدمی که بر می‌داشتیم صدای هلهله بیشتر می‌شد. فیلم‌بردار مقابل‌مان بود. حالا می‌توانستم تمام مدعوین را که برای عقد حضور داشتند، ببینم. به همراه رضا به سمت مادرها رفتیم و آن‌ها را بوسیدم. فرخنده با لباس زیبایی که پوشیده بود دلفریب‌تر و زیباتر از همیشه، در حال گرم کردن مجلس بود.

حالا دیگر می‌توانستم سفره‌ی عقد را هم ببینم. سفره‌ی عقد یک سفره‌ی کاملا سنتی بود که با ظرف‌های نقره همراه با گل رز تزئین شده بود. نمی‌دانم چند صد گل رز در سفره بود که مثل پارچه‌ی مخمل زرشکی در کنار هم جلوه‌ی خاصی به گوشه گوشه‌ی سفره داده بود. سفره آن‌قدر با جزئیات و زیبایی خاصی تزئین شده بود که هر بیننده‌ای را وادار می‌کرد تا دقایق زیادی را با تامل به دیدن سفره بپردازد. یاد روز بله‌بران افتادم و تزئینات قشنگ رضا برای آن روز. احتمالا مابقی مهر هم در این سفره بود.

در میان هلهله و هیجان افراد در حال رد شدن از کنار سفره عقد بودیم تا در جایگاه عروس و داماد بنشینیم که دسته گل من به آینه خورد و همان یک ضربه کافی بود که آینه روی گلدان نقره بیفتید و چندین ترک عمیق

روی آن نمایان شود.

هلهله چند ثانیه قبل جای خودش را به وای و سکوت کوتاهی داد.

یکی از خدمه‌ی سالن که به فاصله‌ی کوتاهی از ما ایستاده بود به آرامی دستش را گاز گرفت و به آرامی به همکارش گفت:

ــ وقتی آینه سر سفره عقد بشکنه، اون عروس سیاه‌بخت می‌شه...

فرخنده دوباره مشغول گرم کردن مجلس شد. می‌خواست کاری کند که گویی اصلا اتفاقی نیفتاده. نگاهم به خدمه سالن بود که در میان شلوغی جمعیت گم شد. در دلم غوغائی بود. لذت و شیرینی چند دقیقه قبل جای خودش را به دلواپسی عجیبی داده بود. دستم در دست رضا یخ کرده بود، در جایگاه نشستیم. نگاهم به آینه بود که حالا تبدیل شده بود به آینه‌های کوچک. اگر مل پشت کار نبود، تمام آینه خرد شده و روی سفره‌ی عقد می‌ریخت، فیلم‌بردار آینه را درست شده سر جایش قرار داد. تصویرم در آینه عجیب بود. چندین بانو.

سرم را بالا گرفتم، دلم نمی‌خواست تمام لذت آن روز را با یک خرافه خراب کنم. این حرف‌ها چرت و پرت بود و من بی‌جهت نگران بودم. رضا نگاهم کرد و گفت:

ــ بانو، چرا دستات یخ کرده؟

نمی‌توانستم خودم را گول بزنم که حرف آن خدمه‌ی سالن رویم اثر نگذاشته. آرام گفتم:

ــ تو دلم خالی شده، رضا. می‌گن آینه بخت اگه سر عقد بشکنه...

رضا دستم را محکم گرفت و گفت:

ــ اینا همش خرافاته بانو، گو اینکه حقیقت داشته باشه. این عقد فرمالیته است! در ضمن آینه بخت ما نصب شده به دیوار خونه‌مون، فراموش کردی؟ اصلا چرا فکر نمی‌کنی تمام قضا و بلای زندگی ما

خورده به این آینه؟

سرم را پایین انداختم و گفتم:

ــ حس خوبی ندارم، خودم رو توی آینه هزار تیکه می‌بینم.

مادر نزدیک آمد و به رضا گفت:

ــ حاج آقا تو راهه، الان می‌رسه.

رضا از جایش بلند شد و به سمت عکاس رفت و چیزی به او گفت. نمی‌دانم چه گفت، ولی عکاس کمی جا خورد و با هم حرف زدند. عکاس بر خلاف قبل قیافه‌ی ناراحتی داشت و رضا اصرار به کاری که نمی‌دانم چه بود.

رضا بعد از تمام شدن حرفش با عکاس از سالن بیرون رفت. دل توی دلم نبود، سعی کردم آرام باشم و مسلط. ولی وقتی به خودم در آینه نگاه می‌کردم، دلم به شور عجیبی می‌افتاد.

چند دقیقه بعد بود که اعلام کردند حاج آقا آمده است. فرخنده با نگرانی به سمت در رفت تا پیگیر رضا شود که یکی از خدمه سالن به سمت آینه رفت و آن را برداشت و خدمه‌ی دیگر آینه جدیدی گذاشت و بعد از آن رضا وارد سالن شد.

کتش را صاف کرد و با آرامش کامل کنارم نشست، می‌خواستم چیزی بپرسم که سایه‌ی قندساب را بالای سرم دیدم. رضا خم شد و قرآن را برداشت، سوره یس را باز کرد و مقابل هر دویمان گرفت و خودش مشغول خواندن شد.

آیات قرآن جلوی چشمم بودند و زیرلب چیزی را زمزمه می‌کردم. ولی مطمئن به خواندن قرآن نبودم. انگار مغزم هنوز درگیر آینه بود. خانم خطیبی خم شد و گردن‌بندی را به گردنم انداخت و من متعجب از کار او بودم که رضا آرام در گوشم زمزمه کرد:

ـ پشیمون شدی بانو؟ همه منتظرن!

من تازه متوجه شدم که هیچ نشنیده‌ام و بله‌ی من در هیاهوی مدعوین محو شد.

فریبا خواهر بزرگتر رضا مشغول اعلام کادوها شد. لبخند می‌زدم و از همه تشکر می‌کردم، ولی در عمق وجودم غوغائی بود.

بعد از مراسم عقد، وقتی همه به سالن پذیرایی رفتند و ما تنها شدیم، رضا نگاهم کرد و گفت:

ـ بانو مثل اینکه اون حس پشیمونی که دخترا یه ماه بعد از ازدواج بعضا به سراغ‌شون می‌یاد، خیلی زودتر دامن تو رو گرفته، پشیمون شدی بانو؟ به خدا قول می‌دم من همین اخلاقی رو داشته باشم که این چند ماه از من دیدی. هیچ تغییری نکنم، چرا این‌قدر مضطربی؟

نفس عمیقی کشیدم و گفتم:

ـ از وقتی آینه شکست دل آشوبه گرفتم.

رضا لبخندی زد و به آینه اشاره کرد و گفت:

ـ آینه؟ اینکه سالمه!

نیشخندی زدم و گفتم:

ـ عوضش کردی خب!

رضا دو طرف بازویم را گرفت و مستقیم به چشمانم نگاه کرد و گفت:

ـ این مزخرفات رو بریز دور. مطمئن باش هیچ‌وقت از ازدواج با من پشیمون نمی‌شی. سعی می‌کنم تا اون‌جایی که در توانمه خوشبختت کنم. بانو، مطمئن باش! فقط دیگه بهش فکر نکن... خواهش می‌کنم!

سرم را روی شانه‌ی رضا گذاشتم. جایی که مطمئن بودم محکم‌ترین تکیه‌گاه برای من است.

واقعا رضا فردی بود که با تمام وجود به من آرامش می‌داد. همان چند

دقیقه صحبت رضا در اتاق عقد برای من کافی بود تا اطمینان پیدا کنم که دلشوره و دلواپسی‌ام بی‌جهت بوده. بعد از انداختن عکس‌های اتاق عقد با رضا به سالن عروسی رفتیم. دستم در دست رضا بود و خیالم راحت بود. تا همسری مثل رضا داشتم فکر کردن به سیاه بختی بی‌معنی می‌شد. مردی که عاشقم بود و از هیچ کاری برای خوشحال کردن من دریغ نمی‌کرد. در میان هلهله و شادی مدعوین وارد سالن شدیم تا شیرین‌ترین شب زندگی‌ام رقم بخورد.

بعد از بریدن کیک، فیلم‌بردار با دو قاب پنجاه در هفتاد سانتی عکس دو نفره‌ی من و رضا که در کنار هر دوی آن به صورت تی مانند گل رز سفید خورده بود، وارد سالن شد.

رضا اشاره‌ای به عکس‌ها کرد و گفت:

ـ ببخشید فرصت کم بود و مجبور شدم مستقل و سریع عمل کنم، کادوی روز مادر مادرهاست.

تازه یاد آینه‌هایی افتادم که قرار بود به عنوان هدیه روز مادر به مادرها بدهیم. دستش را فشرده و گفتم:

ـ کارات همیشه خوب و بکره.

به همراه هم قاب‌ها را به مناسبت روز مادر تقدیم آن‌ها کردیم و بعد از مراسم شام و خداحافظی از مهمانان غریبه‌تر، به همراه نزدیک‌ترها به سمت خانه رفتیم. تازه آن موقع بود که دلم به شور افتاد، چون به خاطر آوردم که رضا وسایلش را نچیده است...

نباید لذت امشب را که بهترین شب هر دختری بود با فکر کردن به چندتا تیر و تخته و یک مشت لباس خراب می‌کردم.

وارد کوچه که شدیم عده‌ای از بزرگترها که ترجیح می‌دادند به دور از استرس دنبال ماشین عروس رفتن زودتر به منزل بیایند، در کوچه ایستاده

بودند.

چراغ کل آپارتمان روشن بود. مرد جوانی گوسفند در دست آماده‌ی ورود ما بود تا با قربانی یک گوسفند چشم بد را از زندگی‌مان دور کند.

جوان‌ترهایی که ما را همراهی می‌کردند، به همراه ما رسیدند و ورودی ساختمان پر شد از صدای صلوات و دست زدن.

وارد پاگرد ساختمان که شدم شوکه شدم. تمام ورودی غرق گل‌های پرپر شده‌ی قرمز بود که روی آن شمع روشن شده بود.

در ورودی یک ریسمان که سرتاسر آن گل رز چسبیده بود، قرار داشت. فرخنده با یک سینی مقابل‌مان قرار گرفت که داخل آن یک قیچی بود. رضا به سینی اشاره کرد و گفت:

ـ همه منتظرن نمی‌خوای خونه رو افتتاح کنی؟

سری تکان دادم و گفتم:

ـ رضا تو کی این کارا رو کردی؟

رضا خندید. قیچی را خودش برداشت. با هم ریسمان گل را بریدیم و وارد شدیم. همه مشغول دیدن جهاز بودند، ولی برای خودم این همه ذوق رضا جای شگفتی داشت.

خانه پر از ازدحام بود و ما روی کاناپه‌ی سالن نشستیم و نگاهم به آینه‌ی مقابلم افتاد. آینه که با چند روز تلاش آماده شده بود و به قول رضا آینه‌ی بخت بود. در آینه، دیوار اتاق خواب معلوم بود. لبخندی زدم و گفتم:

ـ رضا تو کی این کارا رو کردی؟

و بعد اشاره‌ای به تابلو فرشی که روی دیوار اتاق خواب بود کردم و گفتم:

ـ یعنی پر از ایده هستی! پس پرس و جو برای اینکه از عکس‌های عقد

محمدحسین از کدوم‌شون بیشتر خوشت اومده برای این بود!

رضا خندید، خنده‌ای که حلاوتش از تمام کارهایی که برایم کرده بیشتر بود.

******

دکتر هاشمیان خودکارش را روی میز گذاشت و گفت:

ـ به نظرم شما زود تحت تأثیر حرف دیگران قرار می‌گیرین و با حرف یه خدمه تقریبا به هم ریختین و از زمان عقدتون خاطره مبهمی به یاد دارین و به فاصله‌ی کوتاهی با صحبت همسرتون گویی آبی روی آتش درون‌تون ریخته شده.

لبم را گاز گرفتم و سرم را پایین انداختم، درونم دوباره غوغائی شد. دکتر هاشمیان با ته خودکار محکم روی میز زد و گفت:

ـ خانم بانو، خواهش می‌کنم وقتی با من حرف می‌زنین سرتون رو پایین نندازین، یعنی نه با من با هیچ‌کس. فردی که موقع صحبت با دیگران به جای نگاه کردن به طرف مقابلش سرش رو پایین می‌ندازه، به گونه‌ای داره به خودش القاء می‌کنه من ضعیفم، من ترسیدم، من نسبت به شما کوچکم! موقع صحبت کردن برای اینکه از این همه ترس نجات پیدا کنید، صاف بنشینید، سرتون رو بالا بگیرید و با قدرت به چشم طرف مقابل‌تون نگاه کنید. اون‌وقت می‌بینید که چقدر شرایط فرق می‌کنه.

سعی کردم همان کاری را که دکتر گفت انجام دهم. بغضم را فرو خوردم، کمرم را به پشتی صندلی تکیه دادم و به دکتر نگاه کردم. دکتر را از پشت هاله‌ی اشک‌هایم دیدم که سرش را تکان داد و گفت:

ـ این‌طوری خوبه، فقط من نمی‌فهمم چرا الان چشماتون پر اشک

شده؟

لبم را گزیدم. گردنم دوباره پایین افتاد. دکتر خودکار را محکم‌تر از قبل به میز کوبید و گفت:

ـ خانم بانو!

قطره اشکم روی چادر افتاد و من سرم را بالا گرفتم و با پشت دست چشمم را پاک کردم و گفتم:

ـ دکتر، وقتی حرف یه رهگذر بعد از چند سال به حقیقت می‌پیونده شما اسمش رو چی می‌ذارین؟

دکتر به پشتی صندلی تکیه داد و گفت:

ـ اتفاق! فقط همین! خانم بانو، دنیا، دنیای علت و معلوله. هیچ‌وقت مردن همسر شما نمی‌تونه علتش شکستن و یا ترک خوردن آینه‌ی سر سفره عقد باشه. شما یک خانم تحصیل کرده هستید. این حرف‌ها مزخرف محضه. من نمی‌خوام الان در مورد مرگ همسرتون صحبت کنم، ولی این رو قبول کنید، تاریخ مرگ هر کس از اول زندگی مشخص شده. اگه اون آینه هم نمی‌شکست باز شما همسرتون رو در همون تاریخ مشخص از دست می‌دادین. متاسفانه خرافات با زندگی مدرن هم عجین شده. هزار حرف چرت و بی‌محتوا که زاده‌ی فکر بیمار بشر بوده. یک اتفاقی بر اثر یک ماجرا برای یکی می‌افتاده و اون رو به همه نسبت می‌دادن. مثلا یک بچه‌ای به جای دندون جلو، دندون کناری‌اش درمی‌یاد و در همون زمان پدر خانواده ورشکست می‌شه. دیگه اگه هر بچه‌ای به جای دندون جلو، دندون دیگه‌اش در می‌اومد، اون بد قدم بود!

نفس عمیقی کشیدم و گفتم:

ـ یعنی شما قبول ندارید که زندگی آدم می‌تونه مورد چشم زخم قرار بگیره؟

دکتر سری تکان داد و گفت:

ـ نه، قبول ندارم. خدا درد رو می‌ده و درمان رو هم می‌ده. اگه چشم زخم وجود داشته باشه، خب درمانش صدقه است. خانم بانو کمی منطقی باشید، پیاله‌ی عمر همسر شما همون‌قدر بوده. شما ده سال با این زجر زندگی کردید، خودتون رو مقصر دونستید، ولی یک بار نگفتید کسی که مرده، مرده و تموم شده! من زنده باید زندگی کنم! شما ده سال از زندگی‌تون رو به نوعی خاکستر کردید. شما باید به دور از حرف مردم زندگی کنید، هر کسی می‌خواد هر حرفی بزنه! شما یک فرد مستقل هستید. خانم بانو برای اینکه از این زجر ده ساله نجات پیدا کنید، باید یاد بگیرید که برای خودتون زندگی کنید، نه مردم. خودتون باشید، نه چیزی که مردم می‌پسندن. مردم فقط پشت صحنه‌ی صفحه‌ی زندگی شما هستن، نه بیشتر.

به دکتر هاشمیان نگاه کردم و گفتم:

ـ چطور می‌شه مردم براتون مهم نباشن؟ مردمی که تو هر برنامه‌ی زندگی‌تون صاحب نظر هستن؟ مردمی که با نگاه‌شون، با حرف‌هاشون براتون تعیین می‌کنن چه بکنید و چه نکنید، مردمی که...

دکتر هاشمیان حرفم را قطع کرد و گفت:

ـ مردم توی این ده سال براتون چی کار کردن؟ چقدر بعد از چهلم همسرتون به دادتون رسیدن؟ مردم فقط برای حرف هستن، نه عمل. کسی که در عمل محبت خودش رو نشون می‌ده حتی اگه باعث ناراحتی شما هم بشه، در سختی هم به داد شما می‌رسه. ولی تعداد این‌جور آدم‌ها در زندگی شما چقدره؟ بیشتر از انگشت‌های یک دست؟ خانم بانو، زندگی کوتاه‌تر از اینه که شما بخوای با صرف کردن به مردم هدرش بدی. هر کسی به هر نوعی سعی کنه باعث نگرانی شما بشه و استرسی رو به شما

منتقل کنه. مطمئن باشید دو برابر اون رو خودش تحمل کرده که تونسته نیمی از اون رو به شما منتقل کنه. خواهش می‌کنم اگه تا امروز براتون دیگران مهم بودن، اولین تمرینی که از امشب با خودتان می‌کنید اینه که به خاطر خودتون کاری بکنید، نه به خاطر دیگران. یعنی از الان کاری رو بکنید، چیزی رو بپوشید، غذایی رو بخورید و با افرادی مراوده کنید که خودتون مایلید. نه چیزی که از طرف دیگران دیکته شده.

دکتر هاشمیان به ساعت مقابلش نگاهی انداخت و گفت:

ـ می‌خواین ادامه بدین یا ترجیح می‌دین ادامه‌ی صحبت باشه برای جلسه بعد؟

سری تکان دادم و گفتم:

ـ هنوز وقت دارم؟

دکتر به پشتی صندلی تکیه داد و گفت:

ـ از تایم خودتون فقط سه دقیقه مونده، ولی ساعت بعد رو هم من تایم خالی دارم.

به دکتر نگاهی کردم و قاطع گفتم:

ـ پس ادامه می‌دم.

دکتر لیوانش را پر آب کرد و گفت:

ـ خوبه، پس بریم به سراغ روزهای بعد از عروسی، خودتون از هر جا دوست دارید ادامه بدید.

******

روز پاتختی هم حال و هوای خودش را داشت، مراسم به سنت و مدل خودش برگزار شد و زمان باز کردن هدایا شد. هدایا از دو طرف اعلام شد

و در میان هدایا، کادوی محمدحسین دلچسب‌تر از هر هدیه‌ای بود. تور چهار روزه‌ی کیش. این هدیه برای ما که تا آن لحظه هیچ برنامه‌ای برای ماه‌عسل نداشتیم کلی خوشایند بود. زمان تور دقیقا پنج روز دیگر بود. این زمان خوبی بود که رضا برنامه‌اش را تنظیم کند.

روز پرواز بود که متوجه شدیم در این سفر تنها نیستیم و محمدحسین برای خودش و فرخنده هم بلیط گرفته است. لذت اولین سفر به همراه همسفرهایی که دوست‌شان داشتیم و اخلاق و رفتارشان کاملا با ما جور بود باعث شد که آن چهار روز از بهترین روزهای زندگی‌مان شود. فرخنده دختری عالی بود، مهربان، صمیمی و همراه در هر برنامه‌ای. صبح‌ها دو ساعتی به دریا می‌رفتیم و هر روز خوردن غذا در یک رستوران را تجربه می‌کردیم. یک بار دور جزیره را دوچرخه سواری کردیم و یک بار دسته جمعی کارتینگ رفتیم و کلا آن چهار روز را به قول محمدحسین از دقیقه دقیقه‌اش استفاده کردیم و همان چهار روز کافی بود تا بیش از پیش من و فرخنده به هم نزدیک شویم و من واقعا فرخنده را به عنوان خواهر نداشته‌ام قبول کنم. با تمام وجودم از محمدحسین به خاطر این کادوی منحصر به فردش و بیشتر از آن، از همراهی‌شان در این سفر سپاسگزار بودم.

روز بعد برگشتن‌مان از کیش، همه به خانه‌ی مادر و آقاجون رفتیم و بعد از شام بحث زن گرفتن محمدحسن پیش آمد و مادر با ناامیدی گفت:

ــ با کلی امید و آرزو بعد از عروسی بانو زنگ زدم خونه‌ی آقای کاشانی و از دخترش خواستگاری کردم ولی فهمیدم که چند روز قبل از مراسم عروسی، بله‌برون دخترشون بوده. بهت گفتم حاجی جون، همون موقع زنگ بزنیم برای خواستگاری، گفتی الان زوده و بعد عروسی می‌ریم برای خواستگاری.

آقاجون خنده‌ای کرد و گفت:

ـ حالا انگار همین دختر بوده و دیگه قحطی دختر شده. حاج خانوم در هر خونه‌ای رو تو این محل بزنی یه دختر دارن. بالاخره از هر ده تاشون یکی‌شون به پسر ما می‌خوره.

مادر سری تکان داد و گفت:

ـ حاجی یه چیزی می‌گیا. خب خانواده کاشانی رو می‌شناختیم، یه قدم جلو بودیم. حالا باید بریم یه خونه‌ای که نه خودشون رو می‌شناسیم و نه دخترشون رو.

محمدحسین سیبی گاز زد و گفت:

ـ مادر جان، چه حرفیه؟ مگه از اول کار همه همدیگه رو می‌شناسن؟ مثلا ما خانواده خطیبی رو چطور شناختیم؟ خب غریبه بودن و اومدن خواستگاری. خدا رو شکر، اون‌قدر با هم هماهنگ بودیم که انگار چند ساله همدیگه رو می‌شناسیم.

آقاجون نگاهی به محمدحسن کرد و گفت:

ـ حالا حاج خانم، اصلا این گل پسر نیت به ازدواج داره یا خودت سر خود آستین بالا زدی؟

مادر وایی گفت و ادامه داد:

ـ حاجی جون، بالاخره هر کی باید سرانجام بگیره. دیر و زود داره، سوخت‌و سوز نداره. حالا الان نه، شش ماه دیگه. کاش یه بخت خوب مثل محمدحسین هم قسمت محمدحسن بشه.

آقاجون محمدحسن را مخاطب قرار داد و گفت:

ـ بابا، مامانت اگه به خودش باشه تا صبح خودش می‌بره و خودش می‌دوزه. خودت بگو اگه خودت اوکی‌ای، من خودم این هفته وعده می‌گیرم عصر پنجشنبه بریم خواستگاری.

محمدحسن لبخندی زد و گفت:

ـ آقاجون شما یه جور می‌گین، انگار خودتون کسی رو در نظر دارین.

آقاجون خودش را در مبل جابه‌جا کرد و گفت:

ـ شما فقط به من بله یا خیرش رو بگو.

محمدحسن خنده‌ای کرد و گفت:

ـ حالا شما فرض رو به بله بذارید.

آقاجون از جایش بلند شد و به سمت تلفن رفت. مادر مات‌زده به آقاجون نگاه کرد. آقاجون شماره‌ای راگرفت و به سمت اتاق پشتی رفت. همگی گوش شده بودیم و در سکوت به صدای مبهم تعارف آقاجون گوش می‌کردیم.

بعد از چند دقیقه آقاجون از اتاق بیرون آمد و کاغذی را به سمت مادر گرفت و گفت:

ـ پنجشنبه‌ی هفته آینده ساعت چهار. فقط منزل‌شون کمی دوره، باید برید سمت لواسون.

مادر با دست راست ضربه‌ای به صورتش زد و گفت:

ـ وای حاجی حالا کی هست؟ اسم دختر چیه؟

آقاجون لبخند زد و گفت:

ـ خونه‌ی آقای حاجیان، اسم دخترشون رو نمی‌دونم. همین یه دونه دختره، مثل بانوی ما تک دختر با دو برادر. بیا خانم دیدی چقدر ناراحت بودی؟ این هم خانواده‌ی شناخته.

مادر چشم‌هاش را نازک کرد و گفت:

ـ اندازه‌ی آقای کاشانی می‌شناسی؟ دخترش چی؟ خوبه؟

آقاجون گفت:

ـ آقای حاجیان رو خوب می‌شناسم ولی دخترش رو نه دیدم و نه

می‌دونم چه شکل و قیافه‌ایه، خواستگاری هم بـرای هـمین چـیزاست. ان‌شاالله با بانو و فرخنده و محمدحسن برین، توکل به خدا.

روز پنجشنبه ساعت سه‌ونیم رضا، من و فرخنده را به خانه‌ی آقاجون برد و خودش برای انجام کاری رفت. محمدحسن آماده و کت و شـلوار پوشیده حاضر روی کاناپه نشسته بود. مادر با آمدن ما چادرش را برداشت و به محمدحسن گفت:

ــ بیا بریم ماشین رو بذاریم بیرون، تا اون مـوقع مـحمدحسین هـم می‌یاد.

فرخنده مادر را نگاه کرد و گفت:

ــ مادرجون، مگه محمدحسین کجا رفته؟

مادر سری تکان داد و گفت:

ــ هیچی از صبح به محمدحسن گفتم بـرو گل بـخر، مـحمدحسین خودش رو انداخت جلو و گفت سلیقه خرید من توی گل بهتره. از سر ظهر رفته سراغ گل، نمی‌دونم چرا این‌قدر دیر کرده.

حرف مادر که تمام شد محمدحسین در را باز کرد و با یک سبد گل خیلی زیبا وارد شد. محمدحسین حق داشت واقعا سبد عـالی بـود. محمدحسن، صورت محمدحسین را بوسید و گفت:

ــ ممنون داداش، خوب شد تو رفتی. ان‌شاالله عروسیت جبران کنم.

محمدحسین خنده‌ای کرد و گفت:

ــ ان‌شاالله فقط تا تو ترافیک جاده لواسون نموندین راه بیفتین.

از در خانه‌ی آقای حاجیان که بیرون آمدیم، محمدحسن سریع کتش را درآورد و ماشین را روشـن کـرد و هـمگی سـوار مـاشین شـدیم. محمدحسن نفس عمیقی کشید و گفت:

ــ مامان، چرا با من مشورت نکردی برای صحبت کردن با دخترشون؟

من از همون اول کاری فهمیدم که دختره به درد من نمی‌خوره.

مادر دستی به صورتش کشید و گفت:

ـ والا من گفتم آشنا هستن، خوب نیست سریع پاشیم. گفتم با دخترشون صحبت کنی، شاید خوشت اومد.

ـ اول کار بهش می‌گم شما صحبت کنید، قبل هر حرفی به من می‌گه حق طلاق و حق مسکن و حق کار باید با من باشه. زن نباید کلفت باشه و بشوره و بپزه، باید زن و مرد هر دو تا کار بکنن. من از اون زن‌ها نیستم که هر روز قرمه‌سبزی بپزم و آشپزی کنم، من اندازه شما حق زندگی دارم. مامان من نمی‌خوام کسی رو استثمار کنم، ولی کسی که اول کاری این‌جوری برای آدم خط و نشون می‌کشه قبول کنین قابل اعتماد نیست.

کمی خودم را در صندلی ماشین جابه‌جا کردم و دستی به شانه‌ی محمدحسن زدم و گفتم:

ـ شاید تو هم از دید اول به دلش ننشستی، چون آقاجون و آقای حاجیان با هم دوستی دیرینه داشتن. ترسیده که مجبور به این ازدواج بشه، کاری کرده که تو خودت دیگه پیش قدم نشی و از طرف خانواده داماد باشه، چون خدایی مادر خوب و متینی داشت. کسی که تحت تربیت چنین مادری باشه بعیده این‌قدر خودرای باشه.

محمدحسن از آینه نگاهی به من کرد و با دلخوری که تا حالا از او ندیده بودم گفت:

ـ نپسندیدن؟ مگه من چه عیب و ایرادی دارم که به خاطر اون مجبور شده این همه نقش بازی کنه؟

لبخندی زدم و گفتم:

ـ دلخور نشو، اولا من گفتم شاید! بعدش خواستگاری یک طرفه که نیست، دو طرف باید هم رو بپسندن و در مورد هم نظر بدن. تو خیلی پسر

خوب و مورد قبولی هستی، ولی ممکنه مورد پسند یکی باشی و مورد پسند ده تا نباشی...

محمدحسن چشمش را به جاده دوخت و گفت:

ـ از همون اول که چایی رو آورد قیافه‌اش به دلم نشست، خوشگل بود ولی همه‌اش اخم داشت.

نیشخندی زدم و گفتم:

ـ خوب شاید اخمش هم به خاطر عدم پسندش بوده، حالا هر چی که بود، پرونده‌ی این خواستگاری بسته شد. ان‌شاالله موردهای بعدی...

******

بین خواب و بیداری بودم، دلم می‌خواست هنوز توی رختخواب باشم. نگاهی به ساعت انداختم. چند دقیقه به نُه مانده بود، سرم را زیر پتو بردم و گفتم:

ـ نیم ساعت دیگه می‌خوابم و بعد بلند می‌شم...

هنوز کامل جابه‌جا نشده بودم که موبایلم زنگ خورد. احتمالا مادر یا آقاجون بودند که طبق معمول هر جمعه اصرار برای رفتن من به خانه‌شان داشتند. موبایل را برداشتم. شماره‌ی خاطوریان بود، سریع از جایم بلند شدم و دکمه‌ی برقراری ارتباط را زدم.

ـ سلام خانم محبی، صبح جمعه‌ی شما بخیر، بیدارتون کردم؟

ـ سلام آقای خاطوریان، بیدار بودم، اتفاقی افتاده؟

ـ اتفاق که خیر، می‌خواستم با یکی از دوستان برای گرفتن عکس از بچه مزاحم بشیم. البته می‌دونم که باید زودتر با شما هماهنگ می‌کردم، ولی خب مشغله‌ام زیاد بود و فراموش کردم که بهتون زنگ بزنم. البته اگه

برنامه‌ای دارین ما هفته‌ی دیگه مزاحمتون می‌شیم.

ـ نه هنوز برنامه‌ای ندارم، در خدمتتون هستم. فقط چه ساعتی منتظرتون باشم؟

ـ ما ده‌ونیم برسیم خدمتتون زود نیست؟ اگه زوده دیرتر بیایم.

ـ نه خیلی هم خوبه، من منتظرم. فقط اگه لباس همرنگ دنیل دارید، بیارید. برای عکس‌های دو نفره‌تون خوبه.

خاطوریان خندید و گفت:

ـ عکس دونفره؟ خانم محبی منم با پسرم عکس می‌ندازم؟

خاطوریان سکوتی چند ثانیه‌ای کرد و ادامه داد:

ـ باشه هر چی شما بگید، برم ببینم چه لباس‌های هماهنگی داریم.

خاطوریان نفس عمیقی کشید و گفت:

ـ پس می‌بینم‌تون.

ـ منتظرتون هستم.

سریع از رختخوابم بلند شدم. نگاهی به دورو برم کردم تا از مرتب بودن خانه مطمئن شوم. باید گردگیری مختصری می‌کردم، ولی قبل از آن لیوان شیری ریختم و با دو خرما خوردم و سریع دست به کار شدم و بعد از آن لباسم را عوض کردم و زیر کتری را روشن کردم که صدای زنگ در به گوش رسید. آیفون را زدم و به سمت در ساختمان رفتم. خانم جوانی با دختر کوچکی حدودا چهار ساله با موهای بلند قهوه‌ای از در وارد شدند. زن جوان قد متوسطی داشت، چادر عربی به سر داشت و روسری‌اش را مدل لبنانی بسته بود. قیافه‌اش دلنشین و مهربان بود. هنوز نمی‌دانستم چه کسی هستند که خاطوریان و دنیل و بعد از آن دکتر هاشمیان همزمان از در ورودی ساختمان وارد شدند و در را پشت سرشان بستند. به زن جوان سلام کردم و به داخل دعوتشان نمودم. دکتر هاشمیان سلام گرمی کرد و

گفت:

ـ ببخشید بدون هماهنگی مزاحم‌تون شدیم، روبرت ما رو در یک عمل انجام شده قرار داد.

دکتر هاشمیان به خانم همراهش اشاره کرد و روبه من گفت:

ـ همسرم هستن، محبوبه.

و بعد به سمت من اشاره کرد و گفت:

ـ خانم محبی از مربیان با تجربه در زمینه کودکان اوتیسم هستن. آقا دنیل آرامش الانش رو مدیون خانم محبیه. البته این گفته‌های روبرت عزیزه... بازم باید ببخشید که مزاحم استراحت روز جمعه‌ی شما شدیم.

به دکتر هاشمیان نگاه کردم و گفتم:

ـ نه این چه حرفیه؟ خیلی خوشحال شدم، امیدوارم بتونم رضایت همگی رو به دست بیارم. حالا خواهش می‌کنم بفرمایید تا قبل شروع کار یه پذیرایی مختصری بشید.

خانم هاشمیان تشکری کرد و به همراه دختر کوچکش روی صندلی نشست. به آشپزخانه رفتم. سه استکان چای و دو لیوان شیر کاکائو درست کردم و آوردم. برایم جالب بود که دکتر هاشمیان مرا به عنوان مربی دنیل معرفی کرده و نه مراجع و یا واضح‌تر مریض خودش.

بعد از خوردن چای و شیرینی به اتاق آتلیه رفتیم. عکس گرفتن از دنیل و آرام نگه داشتن او و گرفتن یک ژست برای عکس خیلی سخت بود، ولی با هر سختی که بود عکس‌های خوبی از دنیل و آقای خاطوریان گرفتم. مطمئن بودم اگر رضا بود، بهم افتخار کرده و از ایده‌هایم استقبال می‌کرد. نفس عمیقی کشیدم و یک لحظه احساس کردم رضا کنارم ایستاده و دارد بهم می‌گوید:

ـ کارت عالی بود بانو، بالاخره تنهایی هم از پس عکاسی براومدی.

همونی شدی که دلم می‌خواست. خودت ژست می‌دی و خودت عکس می‌گیری.

احساس کردم دوباره دچار آن حالتی شدم که به قول دکتر هـاشمیان نمی‌توانم بین واقعیت و خیال را فاصله بدهم. دوباره در دنیایی رفتم که وجود ندارد، ولی دوست دارم که باشد. در واقعیت رضا تمام شده بود و دیگر رضایی نبود که بلند شود و ایستاده برایم کف بزند و به من بگوید:

ـ تو عالی هستی.

ولی خیالم می‌گفت اگر بـخواهی هـر جـا و هـر وقتی رضا هست. احساس کردم دوباره پاهایم سست شده.

سرم سنگین و چشمانم دوباره بارانی شـده بـود، سرم را کمی بـالا گرفتم. چشمم به دکتر هاشمیان افتاد که با چشم‌های نازک کرده زل زده بود به من...

یاد حرف‌هایش افتادم و سرم را بالا گرفتم و کـمرم را صـاف کـردم و سریع با پشت دست اشک‌هایم را پاک کردم. دلم نمی‌خواست امروز که داشتم بعد از مدت‌ها خودم را باور می‌کردم با فکر کردن به رضا همه چیز را خراب کنم. به همین خاطر روبه خانم هاشمیان کردم و گفتم:

ـ این کوچولوی خوشگل که من افتخار عکس انداختن ازش رو دارم اسمش چیه؟

قبل از خانم هاشمیان دختر کوچولو با شیرین زبانی گفت:

ـ اسمم نازنینه.

خم شدم و به چشم‌های نازش نگاه کردم و گفتم:

ـ وای اسمت هم مثل خودت خوشگل و نازه، دوست داری خاله بانو از شما عکس بندازه؟

نازنین به علامت تأیید سرش را خم کرد و گفت:

ـ بله.

آقای خاطوریان و دنیل از اتاق بیرون رفتند تا خانواده‌ی هاشمیان راحت عکس بیندازند.

آن روز بعد از انداختن عکس به دعوت آقای خاطوریان همگی به یکی از رستوران‌های فشم رفتیم. شاید گذراندن یک نصفه روز در کنار این پازل بی‌ربط به هم عجیب بود، ولی هر چه بود روز جمعه‌ی خوشایندی برایم رقم خورد.

جلسه‌ی بعدی ویزیت دکتر هاشمیان بود. با آرامش تمام وارد مطب شدم و پس از سلام مقابل دکتر هاشمیان نشستم. دکتر هاشمیان پرونده را باز کرد و گفت:

ـ روز جمعه یه لحظه نگران‌تون شدم. بعد از عکس گرفتن از دنیل یک لحظه کاملا به نظرم بهم ریختید، ولی خوشحالم که تونستید روح‌تون رو مدیریت کنید. سلامت روان یعنی همین، یعنی بتونید به خشم و اضطراب و تمام مشکلات روحی غلبه کنید. می‌دونم کار سختیه وقتی یک شخص عصبانی می‌شه، دپرس می‌شه، سخته که بتونه اون شرایط رو متعادل کنه، ولی خیلی بهتون تبریک می‌گم. شما تونستید به حال بدتون مسلط بشید. خوب الان بهتره برگردیم به گذشته.

سرم را بالا گرفتم، به همان وضعیتی که دکتر می‌گفت به او نگاه کردم و گفتم:

ـ دکتر، چرا منو به عنوان مربی دنیل به خانم‌تون معرفی کردید؟ چرا نگفتید که من مریض خودتون هستم؟

دکتر لبخندی زد و خودکار دستش را روی میز انداخت و گفت:

ـ شما مربی دنیل نیستید؟

سری تکان دادم و گفتم:

ـ هستم، ولی آشنایی من با شما مربوط به مربی دنیل بودن نیست، من در واقع مریض‌تون هستم.

دکتر سری به علامت تأیید تکان داد و گفت:

ـ مریضم هستید ولی، یک مشاور خوب باید رازدار مریض خودش باشه، در ایران افراد وقتی به مشاور، روان‌شناس و روان‌پزشک مراجعه می‌کنن در دید مردم چهره و هویت‌شون تغییر می‌کنه. حتی گاها دیده می‌شه که افراد رجوع به مشاورین رو از نزدیکان خودشون هم مخفی می‌کنن، چون دوست ندارن در نظر مردم و به قول نادرست مردم روانی نامیده بشن.

ـ ولی دکتر، من اصلا با این مسئله مشکلی ندارم. خودم می‌دونم از لحاظ روحی به هم ریخته هستم.

ـ شما ممکنه وضعیت خودتون رو قبول کرده باشید، ولی من وظیفه دارم امانت‌دار مریض‌هام باشم. مثلا تا زمانی که روبرت خودش شرایط مراجعه‌اش رو به محبوبه نگفت، من حرفی نزده بودم. شما خودتون مختار هستید که به هر کی دوست دارید بگید که در چه وضعیتی هستید، ولی من هرگز این اجازه رو ندارم. حالا بهتره تا بیشتر از این وقت‌مون رو هدر ندادیم، برگردیم سر داستان مراجعه‌ی شما.

سرم را بالا گرفتم، چشمم را بستم. شاید می‌خواستم ببینم بهتر است از کجا شروع کنم. شاید بهتر بود از عروسی فرخنده بگویم، شاید درست این بود که دکتر بداند رابطه‌ی من و فرخنده یک رابطه‌ی گرم خواهر شوهر و عروس بوده. همه می‌دانستند که من و فرخنده با هم خیلی صمیمی بودیم و گاهی مادر دلش برای زن نیامده‌ی محمدحسن می‌سوخت و می‌گفت:

ـ طفلک، می‌ترسم تک بیفته!

دوباره با یادآوری آن روزها حال عجیب ذوق و بغض به سراغم آمد.

برگشت به پانزده سال پیش...

*****

نوسازی خانه‌ی محمدحسین تمام شد و خانم خطیبی به همراه فریبا خانم هر روز برای آوردن و چیدمان وسایل می‌آمدند. فرخنده درگیر دانشگاه بود و فقط پنجشنبه‌ها وقت برای آمدن پیدا می‌کرد. مادر بالا نمی‌رفت و می‌گفت وقتی تمام کارهای خانواده خطیبی تمام شد، برای چیدمان وسایل محمدحسین می‌رود.

پنج روز مانده به عروسی سرویس خواب و مبلمان را هم آوردند و کار خانواده خطیبی کاملا تمام شده بود و قرار بود آن شب محمدحسین سرویس مبل راحتی و وسایل برقی و وسایل شخصی‌اش را ببرد و از طرف دیگر، رضا هم می‌خواست به قول خودش برای خواهر کوچکش سنگ تمام بگذارد و قرار بود چیدمان نهایی یخچال و فریزر را هم رضا انجام دهد.

مادر با سینی اسفند به منزل محمدحسین وارد شد. خانم خطیبی هم برای اینکه ناظر کار رضا باشد، آنجا بود. با سلام و صلوات وارد منزل محمدحسین شدیم. مادر مرتب از همه چیز تعریف می‌کرد و اسفند را همه جای خانه چرخاند.

دلم می‌خواست سریع کارها انجام شود. از صبح حال درست و حسابی نداشتم، توی دلم آشوب بود و به خاطر اینکه از صبح چیزی نخورده بودم، ضعف و سرگیجه‌ی شدیدی داشتم. رضا مثل همیشه پر انرژی بود. با هیجان مشغول تزئین کردن یخچال بود و از من خواست

چندتا عکس بگیرم تا یادگاری از آن روز بماند. سعی می‌کردم عادی باشم ولی واقعا نا و توانی نداشتم. دوربین عکاسی را برداشتم. رضا برای مزاح مرغ درسته‌ای را که برای تزئین فریزر گذاشته بود به نزدیک دهانش برد و گفت:

ـ یه عکس بنداز.

خنده‌ای زورکی کردم و دوربین را روی صورت رضا تنظیم کردم، نمی‌دانم چه حالی شدم. احساس کردم در یک لحظه تمام تنم عرق سرد کرد و تمام آب بدنم در دهانم جمع شد. دوربین را روی میز آشپزخانه رها کردم. دستم را جلوی دهانم گرفتم و سریع به سمت دستشویی دویدم، در دستشویی را با سرعت باز کردم ولی با همان سرعت در را بستم و به سمت در ورودی دویدم، باید سریع خودم را به خانه‌ی آقاجون می‌رساندم. دلم نمی‌خواست سرویس بهداشتی که به آن زیبایی تزئین شده بود کثیف شود.

رضا متعجب از دویدن من به دنبالم آمد، آن‌قدر حالم بد بود که هنوز به پاگرد خانه‌ی آقاجون نرسیده بودم حالم به هم خورد. ضعف کرده و کامل روی پله‌ها خم شده بودم. رضا خم شد تا زیر بغلم را بگیرد، ولی من دستش را پس زدم. کمی از قرارگرفتن در آن وضعیت معذب بودم. مادر و فرخنده و خانم خطیبی کنار در ورودی ایستاده بودند.

سریع به رضا با همان حال زارم گفتم که کسی نیاید، دوست ندارم مرا در آن وضعیت ببینند. رضا چند پله بالا رفت و به مادر و خانم خطیبی چیزی گفت. مادر سریع از پله‌ها پایین آمد و در حالی که دستش را به گونه‌اش می‌زد گفت:

ـ وای بانو چت شد؟ هی به حاجی گفتم برنامه‌ی محمدحسین رو بذار برای سال بعد، این بچه‌ها چشم می‌خورن! حرف منوگوش نداد. اینم

نتیجه‌اش! چشمت کردن مادر!

با کمک رضا از جایم بلند شدم و وارد خانه‌ی آقاجون شدم. به حمام رفتم و لباسم را عوض کردم و از مادر لباسی گرفتم و تنم کردم. هنوز سرم گیج می‌رفت. از در اتاق که بیرون آمدم، مادر لیوان نبات‌داغ را به سمتم گرفت و گفت:

ـ بخور مادر، حالت جا می‌یاد.

لیوان را گرفتم و روی کاناپه‌ی هال ولو شدم که صدای زنگ در آمد. خانم خطیبی و فرخنده وارد شدند، فرخنده نگران به سمتم آمد و دستم را گرفت و گفت:

ـ بانو خوبی؟ چی شدی؟

سری تکان دادم و گفتم:

ـ نمی‌دونم یهو حالم به هم خورد.

فرخنده با چشم‌های مضطرب به من نگاه کرد و گفت:

ـ الان خوبی؟

سری تکان دادم و گفتم:

ـ بله!

خانم خطیبی دستش را بالا برد و گفت:

ـ خدا رو شکر، حالا نبات‌داغ رو بخور تا حالت جا بیاد. شاید سردیت کرده.

لیوان نبات‌داغ را جلوی دهانم گرفتم که دوباره حالت تهوع به سراغم آمد. سریع لیوان را روی میز گذاشتم و به سمت دستشویی دویدم. احساس می‌کردم تمام وجودم و معده‌ام پر آب است. چند بار پشت سر هم حالم بد شد تا توانستم از جایم بلند شوم. کمی سبک شده بودم، ولی هنوز حال خوبی نداشتم.

از دستشویی که بیرون آمدم نگاه مادر و خانم خطیبی نگاه دیگری بود. خانم خطیبی با ذوق خاصی گفت:

ـ مثل اینکه خبریه بانو جان!

رضا مضطرب به مادرش نگاه کرد و گفت:

ـ چه خبری؟!

خانم خطیبی روبه رضا کرد و گفت:

ـ یعنی شما داری بابا می‌شی.

رضا نگاهی به من کرد و گفت:

ـ آره بانو؟

سری تکان دادم و گفتم:

ـ نمی‌دونم!

رضا به سمتم آمد و محکم بغلم کرد. برای اولین بار بود که از در آغوش رضا بودن در مقابل دیگران احساس شرمساری نمی‌کردم.

دکتر هاشمیان دستمال کاغذی را جلویم گرفت و گفت:

ـ خانم بانو خوبه که شما بتونید شرایط روحی خودتون رو مدیریت کنید، ولی گاهی هم لازمه گریه کنید، حتی با صدای بلند. ما می‌خوایم شما از این همه رنج و سختی نجات پیدا کنید، نه اینکه سعی کنید بغض خودتون رو بخورید و باعث بیماری‌های جسمی ناشی از بغض فروخورده بشید. پس خوبه، جلوی من حداقل راحت گریه کنید، می‌دونم یادآوری خاطرات گذشته براتون سخته، ولی برای روانکاوی و حل مشکل شما یادآوری اون خاطرات ضروریه. خب، دل‌تون می‌خواد ادامه بدید یا دوست دارید بقیه‌ی درمان رو بذارید برای جلسه بعد؟

با دستمال کاغذی صورتم را پاک کردم و گفتم:

ـ ادامه می‌دم.

سرم را بالا گرفتم و داشتم در خاطراتم، آن روز را مرور می‌کردم مثل همیشه و همیشه رضا آمد جلوی چشمم، داشت مستقیم به چشمانم نگاه می‌کرد.

دستش را زیر کمرم انداخت و مرا از روی زمین بلند کرد و روی دستانش گرفت.

با ترس محکم گرفتمش و در حالی که پاهایم را در هوا تکان می‌دادم گفتم:

ـ چی کار می‌کنی رضا؟ منو بذار زمین!

رضا خندید و گفت:

ـ الان می‌ریم دکتر همه چی معلوم می‌شه.

با خجالت سرم را پایین انداختم. دیگر رویم نمی‌شد مادر و خانم خطیبی و فرخنده را ببینم. آرام به رضا گفتم:

ـ باشه، ولی منو بذار زمین، با هم می‌ریم!

رضا مرا چرخاند و رو به همه کرد و گفت:

ـ ما یه سر می‌ریم دکتر و با خبرای خوب و شیرینی برمی‌گردیم.

مادر به سمت ما آمد و گفت:

ـ باشه رضا جان، حالا بانو رو بذار زمین تا کمردرد نگرفتی.

خانم خطیبی گفت:

ـ وا حاج خانم، بانو وزنی نداره، باید از الان تمرین کنه برای بلند کردن بچه‌هاش! از طرف شما هم که ارث دوقلویی هست.

رضا مرا آرام روی زمین گذاشت و گفت:

ـ حاضر شو.

با خجالت به سمت اتاق رفتم. نگاهی به خودم در آینه انداختم. چقدر بی‌رنگ و رو شده بودم. رضا قبلا به من گفته بود که چقدر بچه دوست

دارد، ولی باورم نمی‌شد که این‌قدر هیجان‌زده شود.

سریع مانتو و چادرم را تنم کردم و از اتاق بیرون زدم. هنوز حال نداشتم. احساس می‌کردم روی ابر راه می‌روم. واقعا حالم همان‌طور بود. مادر و خانم خطیبی پیشنهاد دادند که همراهی‌ام کنند، ولی رضا قبول نکرد.

وقتی جلوی در رسیدیم، فرخنده بدو بدو دنبال‌مان آمد. رضا متعجب به فرخنده نگاه کرد و گفت:

ـ کجا؟ برو کاراتو بکن مثلا چند روز دیگه عروسی‌ته!

فرخنده چادر را روی سرش مرتب کرد و گفت:

ـ اگه امشب هم عروسی‌مون بود من بانو رو تنها نمی‌ذاشتم، بابا بنده خدا رنگ به صورت نداره. منم می‌یام رضاجان.

رضا سری تکان داد و گفت:

ـ دستت درد نکنه ولی محمدحسین چی؟

فرخنده جلوتر رفت و گفت:

ـ مامان اینا بهش می‌گن من با شما هستم.

فرخنده دستم را گرفت و به سمت ماشین رفتیم. محبت‌هایش جوری بود که واقعا حس می‌کردی جای خواهر نداشته‌ات را پر می‌کند. روی صندلی ماشین که نشستم دوباره دهانم پر از آب شد. سریع در ماشین را باز کردم. از فرخنده خجالت می‌کشیدم از ماشین پیدا شدم و دوباره حالم به هم خورد.

فرخنده بهم دستمال داد و سریع از توی خانه برایم آب آورد و کمی از آب را به زور به من داد و بعد مابقی را روی دستش ریخت و صورتم را پاک کرد و در حالیکه بهم نگاه می‌کرد گفت:

ـ بانو جان خوبی؟ چیزی می‌خوای از خونه بیارم؟ ببخشید، اگه لازمه

به مادر بگم که دوباره حالت بد شده؟

رضا گفت:

ــ بانو، می‌خوای کسی رو بیارم خونه؟ این‌جوری که همش حالت بد می‌شه نمی‌تونی چیزی هم بخوری.

سرم را تکان دادم و گفتم:

ــ نه، حالم به هم خورد سبک شد، دیگه می‌تونم بیام.

به فرخنده نگاه کردم و گفتم:

ــ اندازه‌ی دنیا شرمنده‌ات شدم. ان‌شاالله جبران کنم.

فرخنده خندید و صورتم را بوسید و گفت:

ــ کاری نکردم.

تمام طول راه، رضا از بچه حرف می‌زد. از اینکه می‌خواهد برایش چه کارها بکند. مرتب از من و فرخنده در مورد اسمش نظر می‌خواست، نمی‌توانم بگویم که رضا آن روز چقدر هیجان‌زده بود و چه حس و حالی داشت. آن‌قدر حال خوبی داشت که حالت تهوع را فراموش کرده بودم و واقعا دلم می‌خواست باردار باشم.

فرخنده هم دست کمی از رضا نداشت، او هم ذوق‌زده بود، ولی تمام این هیجان و خوشی تا دکتر رفتن ادامه داشت. وقتی دکتر گفت که این حال بد من مربوط به ویروس جدیدی است که تازگی از عراق آمده است، رضا مثل بستنی که مقابل نور خورشید قرار بگیرد، وا رفت.

به علت ضعف زیاد به توصیه دکتر مجبور به زدن یک سرم شدم. توی بیمارستان بودیم که موبایل رضا زنگ زد و رضا به مادر گفت که من دچار مریضی ویروسی شده‌ام و باید الان به خاطر ضعف سرم بزنم. وقتی سرم زدن من تمام بشود برمی‌گردیم.

سرم هم تمام شد و همگی به خانه برگشتیم. رضا برخلاف چند

ساعت قبل ساکت و خموش شده بود. صدایش کردم و با هم رفتیم توی اتاق. بهش گفتم:

ــ رضا چرا این‌طوری شدی؟ بابا ما تازه دو ماهه ازدواج کردیم. امشب خیلی ترسیدم، پیش خودم گفتم اگه من نازا باشم تو به خاطر بچه حتما منو ول می‌کنی.

رضا با تعجب نگاهم کرد و گفت:

ــ واقعا چه فکری روی من کردی؟ یعنی به نظرت من همچین مردی هستم؟ اینو بدون، لب بود که دندون اومد. اگه تو نباشی، هیچی نمی‌خوام، هیچی بانو جان!

دستی به موهایم کشیدم و گفتم:

ــ پس چرا این‌قدر رفتی تو خودت؟ چرا وقتی دکتر گفت که این بارداری نیست و یه ویروسه ناراحت شدی؟

رضا کنارم نشست. موهایم را کنار زد و به چشم‌هایم نگاه کرد و گفت:

ــ شک داشتم، ولی امشب مطمئن شدم که اندازه‌ی من عاشق نیستی. اگه بودی حال امشب منو درک می‌کردی. می‌فهمیدی که یه عاشق حاضر نیست خار تو پای معشوقش بره، ناراحتی من از مریضی تو بود، نه اینکه چرا باردار نیستی! بانو، باور کن بدون تو هیچی نمی‌خوام، هیچی! من خیلی بچه دوست دارم، بیشتر از اون چیزی که فکرش رو کنی، ولی فقط دلم می‌خواد مادر بچه‌هام تو باشی بانو، اگه زمانی خواست خدا به این مقرر شد که بچه نداشته باشیم، برای من همین که تو بانوی منزلم باشی کافیه، خواهش می‌کنم همیشه کنارم بمون.

به چشم‌های مهربان رضا نگاه کردم. سرم را روی شانه‌اش گذاشتم و گفتم:

ــ تو هم قول بده همیشه کنارم بمونی.

رضا بوسه‌ای به موهایم زد و گفت:

ــ من پای عشقم ایستادم.

مادر اصرار کرد آن شب را آنجا بمانیم تا حال من بهتر بشـود، ولی رضا مخالفت کرد و با مخالفت رضا بعد از شام به خانه برگشتیم.

تا رسیدیم رضا رختخواب را آماده کرد و کمک کرد لباسم را عـوض کنم و بعد از دادن قرص آخر شب به رختخواب رفتم.

ویروس لعنتی خیلی ویروس بدی بود تمام تنم درد می‌کرد و به هـر پهلویی می‌شدم احساس می‌کردم استخوان‌هایم تحت فشار است و درد می‌کند و تمام فک و عضلات صورتم هم درگیر شده بود. حالت تهوعم به مدد سرم و قرص بهتر بود، ولی درد عضلات خیلی اذیتم مـی‌کرد. هـر وقت از این پهلو به آن پهلو می‌شدم رضا بلند می‌شد و می‌گفت:

ــ بانو جان چی شده؟ چیزی می‌خوای؟

آن شب رضا با هر تکان من بلند می‌شد و کامل می‌ایستاد. واقعا دلم برایش سوخته بود، بیشتر از من از این مریضی اذیت شده بود. بعد از نماز صبح بود که بالاخره مسکنی که خـوردم کار خـودش را کـرد و خـواب عمیقی به چشمم آمد.

نمی‌دانم چقدر خوابیده بودم، ولی چشمم را که باز کردم هوا روشن بود و روشنی هوا گویای آن بود که ساعت از نه هم گـذشته. بـه سـمت آشپزخانه رفتم تا لیوان آبی بخورم که دیدم رضا در حال شسـتن قابلمه است. سلامی کردم و گفتم:

ــ رضا داری چی کار می‌کنی؟

رضا سرش را چرخاند و با لبخند نگاهم کرد. قابلمه را آب کشید و شیر آب را بست و به سمتم آمد و گفت:

ــ هیچی، قابلمه رو شستم.

با تعجب نگاهش کردم و گفتم:

ـ مگه قابلمه کثیف داشتیم؟

چشمکی زد و گفت:

ـ صبح برات ماهیچه بار گذاشتم، دکتر گفت باید غذای بی‌ادویه بخوری، ساده‌ی ساده درست کردم، چربی‌اش رو هم گرفتم که اذیتت نکنه. با اجازه‌ات زنگ زدم به دوستت ساناز که بیاد پیشت باشه تا من هم خیالم از بابت تو راحت باشه.

روی صندلی نشستم و گفتم:

ـ چه کاری بود خودم یه چیزی درست می‌کردم، ساناز مگه دانشگاه نداره؟

رضا لبخندی زد و گفت:

ـ گفت بعدازظهر کلاس داره، من می‌رم سر کار تا ساعت سه خودمو می‌رسونم.

دستی به موهایم کشیدم و گفتم:

ـ بابا، لازم به این کارا نبود. می‌رفتم خونه‌ی مامان اینا. خیال تو هم راحت بود.

رضا چای را جلویم گذاشت و گفت:

ـ چهار روز دیگه عروسیه، هنوز کلی از کارها مونده. مامان امروز قراره بره خیاطی لباس خودش رو بگیره.

خنده‌ای کردم و گفت:

ـ رضا، تو از برنامه‌ی مامان من بیشتر از خودم خبر داری.

ـ خب دیشب پرسیدم، برای همین گفتم دیشب اونجا نمونی.

به ساعت نگاه کردم و گفتم:

ـ رضا ساعت نه و نیمه، دیرت نشه.

رضا قابلمه را خشک کرد و داخل کابینت گذاشت و گفت:

ـ منتظرم ساناز خانم بیاد، گفت تا نه‌ونیم خودمو می‌رسونم. راستی بانو، ماهیچه تو ماکروفره، ولی برنج رو باید دوستت درست کنه. گفتم یه وقتی خمیر می‌شه یا دون می‌شه، امیدوارم ماهیچه خوب شده باشه. اولین بارم بود که آشپزی می‌کردم، من بر خلاف بقیه آقایون حتی سابقه‌ی یه نیمرو سوخته رو هم تو پرونده‌ام ندارم! دیگه باید ببخشی...

ـ تو همیشه از عهده‌ی همه چی به خوبی برمی‌یای، حالا هم پاشو برو و نگران من نباش. من الان عالی‌ام.

در آخر جمله‌ام صدای زنگ آمد، رضا نگاهی به ساعت انداخت و گفت:

ـ واقعا دستش درد نکنه چه سر وقت.

بعد به سمتم آمد و خم شد تا مثل هر روز قبل از رفتن مرا ببوسد که با دست به عقب هولش دادم و گفتم:

ـ چی کار می‌کنی؟ حالا تو این هاگیر و واگیر تو هم مریض می‌شی.

رضا خندید و گفت:

ـ هر چی از تو بهم برسه برام خوشاینده.

در سه روزی که خانه خوابیدم، آن‌قدر به غذا خوردن بی‌میل شده بودم که نزدیک به سه کیلو وزن کم کردم و وقتی شب عروسی برای گرفتن لباسم به خیاطی رفتم، مجبور شدم یک ساعت‌ونیم در مزون بنشینم تا لباسم را سایزم کند.

شب با رضا رفتیم خانه‌ی مادر و کارهای نهایی را انجام دادیم. قرار بود فردا من همراه فرخنده به آرایشگاه بروم. شب قبل از عروسی محمدحسین جزء شب‌های خیلی خوب بود. همگی دور هم جمع شدیم و کلی گفتیم و خندیدیم. مادر مرتب بهمان می‌گفت که زودتر بریم بخوابیم

تا فردا همگی سرحال باشیم، ولی هر لحظه که نیت به رفتن می‌کردیم دوباره یک صحبت تازه شروع می‌شد و دوباره صحبت‌مان گل می‌کرد.

بالاخره آقاجون محترمانه گفت که بهتر است این بزم شبانه‌ی قبل از عروسی را تمام کنیم و یک استراحت چند ساعته داشته باشیم. من و رضا برگشتیم خانه و بر خلاف چیزی که فکر می‌کردم خیلی زود خواب مهمان چشم‌هایم شد.

صبح از بوی خوش گل از خواب بیدار شدم. سرم را چرخاندم، رضا توی رختخواب نبود. بلند شدم و از اتاق که بیرون آمدم با صحنه‌ی زیبایی روبه‌رو شدم. تمام گلدان‌های خانه‌مان از بزرگ و کوچک پر از گل بود. توی خانه دنبال رضا بودم که در ورودی باز شد و رضا داخل آمد. لبخندی زد و گفت:

ـ بیدار شدی بانو جان؟

سری تکان دادم و گفتم:

ـ خیلی حس خوبی بود، باورت می‌شه با بوی خوش گل از خواب بیدار شدم؟ این همه گل از کجا اومده؟

رضا ژاکتش را در آورد و گفت:

ـ به آقاجون گفتم من صبح می‌رم بازار گل و گل سالن رو می‌خرم. دیگه دیدم تا اون‌جا رفتم، گفتم حیفه، برای خودمون هم گل بخرم. برگشتم تو خواب بودی. منم اون موقع غرق لذت شده بودم و یک خرده در خرید گل زیاده‌روی کردم.

ـ نه رضا، خیلی خوب بود، دستت درد نکنه.

ـ قابل شما رو نداشت، صبحانه می‌خوری؟ باید بریم دنبال مامان، آرایشگاه دیر می‌شه ها!

عروسی محمدحسین و فرخنده در نهایت شکوه برگزار شد و آن‌ها

زندگی مشترک‌شان را به صورت رسمی شروع کردند. با اینکه همیشه رضا در هر کاری نوآوری و خلاقیت داشت ولی در زمینه‌ی کادوی فرخنده هیچ خلاقیتی از خودش نشان نداد و کپی‌برداری مستقیمی از کار محمدحسین کرد.

هدیه ما به بچه‌ها تور پنج روزه‌ی مشهد بود که ما هم همراهی‌شان می‌کردیم. تنها خلاقیت رضا این بود که برای محمدحسن هم بلیط گرفت و معتقد بود که نباید محمدحسن احساس تک افتادگی بکند. محمدحسن مخالف همراهی ما بود، ولی با اصرار رضا او هم برای مسافرت مجاب شد.

فصل ۸

بعد از بچه‌ها از مدرسه بیرون آمدم تا مجبور به همراهی دنیل نشوم. تا از در مدرسه بیرون آمدم، آقای خاطوریان دنیل را سوار ماشین کرد و چشمش به من خورد. دستش را به علامت سلام بالا برد، ولی سریع بدون هیچ جوابی از جانب من سوار ماشین شد و گاز داد و رفت.

اول کمی تعجب کردم ولی وقتی محمدحسین را در یک قدمی خودم دیدم. تازه فهمیدم ماجرا از چه قرار بوده است. با تعجب سلامی کردم و گفتم:

ـ سلام تو اینجا چی کار می‌کنی؟ الان باید سرکار باشی!

محمدحسین سری پایین انداخت و با نوک کفشش ضربه‌ای به زمین زد و دوباره سرش را بالا گرفت و گفت:

ـ اومدم ناهار با هم بریم بیرون!

ابرویی بالا انداختم و با حالت دو پهلویی گفتم:

ـ مهربون شدی داداش! خورشید از کدوم طرف دراومده که قید کار و کاسبی و مهم‌تر از اون زن و بچه‌ات رو زدی و اومدی با خواهرت بری بیرون؟ نگو همین‌طوری دلت هوای منو کرده که باور نمی‌کنم!

محمدحسین نگاهی عمیق به من انداخت و گفت:

ـ هنوز از دستم دلخوری؟

ـ نه، چرا باید باشم؟

ـ مطمئنی؟!

ـ بله، خیالت راحت. اگه اون شب هم نیومدم به خاطر برنامه‌ی زنده بود که شب قبلش بعد از دعوت مامان خبردار شدم.

ـ بله، بعدا محمدحسن گفت. در ضمن از هدیه‌ات ممنون، کلی سورپرایز شدیم. فرخنده می‌خواست زنگ بزنه و ازت تشکر کنه، ولی من نذاشتم.

ـ چرا؟

محمدحسین به اطراف نگاهی کرد و گفت:

ـ بهتر نیست بریم توی ماشین و با هم صحبت کنیم؟

سری تکان دادم و گفتم:

ـ خجالت می‌کشی با خواهرت هم صحبت شدی؟

محمدحسین سری تکان داد و گفت:

ـ حالا وقت این حرفا نیست. بیا بریم تو ماشین و رستوران با هم صحبت می‌کنیم، جای پارک نبود ماشین رو کوچه پایینی پارک کردم.

سوار ماشین محمدحسین که شدم سریع گفتم:

ـ خب حالا بگو چرا این‌قدر فرخنده رو از من دور نگه می‌داری؟

ـ خودت دوست داری بهش نزدیک بشی که گله‌ی دور نگه داشتنش رو به من می‌کنی؟

چادرم را روی سرم مرتب کردم و در حالیکه به بیرون نگاه می‌کردم گفتم:

ـ فکر می‌کنم دیگه باید هر چی بوده فراموش کنیم، به نظر من فرخنده هم همین رو می‌خواد. تشکر اون در رابطه با کادوی من یعنی اینکه هر چی بوده، گذشته و تموم شده.

محمدحسین دستی به موهایش کشید و گفت:

ـ هر وقت بهش فکر می‌کنم، می‌بینم اصلا چیزی نبوده. توی یه

شرایطی هر دو عزادار بودین. تو شوهرت رو از دست داده بودی، اونم برادرش رو. بالاخره تحت تأثیر یه فشار روحی نباید انتظار داشته باشی همه برخوردشون باهات مثل قبل باشه.

نیشخندی زدم و گفتم:

ـ کاش فقط برخورد بود، فرخنده منو قاتل رضا می‌دونه، اون...

محمدحسین محکم روی فرمان ماشین زد و در حالیکه سرش را تکان می‌داد گفت:

ـ حالا فهمیدی چرا نذاشتم فرخنده بهت زنگ بزنه و تشکر کنه؟ تو هنوز با خودت کنار نیومدی. دلت می‌خواد همه چی رو فراموش کنی، ولی خواهرم حقیقتش اینه که در کلام می‌خوای، در عمل خبری نیست. دروغ می‌گم؟ مامان و آقاجون هی می‌خوان یه جوری وسط میدون رو بگیرن، ولی من می‌گم خودشون رو خسته می‌کنن. شما دوتا کوتاه بیا نیستین.

با بغض گفتم:

ـ داداش، من مقصرم؟ یعنی به نظرت من قاتلشم؟ من اصلا به فرخنده کاری ندارم، می‌خوام بدونم نظر تو به عنوان برادرم چیه؟

محمدحسین سری تکان داد و گفت:

ـ پیاله‌ی عمر هر فردی رو خدا از قبل تعیین کرده، به خدا اگه اون حادثه هم پیش نمی‌اومد، رضا تو همون ساعت و روز قبض روح می‌شد، بانو...

ـ بله؟ چی می‌خواستی بگی؟

محمدحسین مکثی کرد. شاید می‌خواست حرفی را که می‌خواهد بزند کمی بالا و پایین کند و شاید هم می‌ترسید که مثل همیشه دعوای‌مان شود. بعد از مدت‌ها دلم برایش سوخت و گفتم:

ــ داداش، بگو چی می‌خوای بگی؟ نگران نباش، فقط شنونده هستم و چیزی نمی‌گم.

محمدحسین آب دهنش را قورت داد و گفت:

ــ به خدا برای اینکه بتونی زندگی کنی، فقط یه چاره داره. قبول کن رضا مرده. بانو من دوستت دارم، بانو من برادرتم. به خداوندی خدا بد تو رو نمی‌خوام، بانو به قلبت اجازه بده که یه بار دیگه، به عشق یه نفر دیگه تندتر بتپه. بانو ده سال به نظرت زمان کمی بوده برای اینکه تو وفاداریت رو به رضا ثابت کنی؟ بانو خیلی زود، زودتر از اون چیزی که فکرش رو بکنی زمان می‌گذره و دیر می‌شه و تو می‌مونی و تنهایی.

نفس عمیقی کشید و میان سکوت مرگبار من ادامه داد:

ــ تا چه زمانی می‌تونی دلخوش به آقاجون و مامان باشی؟ بعد از ۱۲۰ سال اونا نیستن. شاید منم نباشم ولی تا دیر نشده به فکر زمانی بیفت که دیگه از این نیروی جوونی فقط برات یک خاطره مونده. بانو دیگه تو باید فهمیده باشی که هیچ‌کس به معنای واقعی نمی‌تونه جای یه مرد رو تو زندگیت پر کنه. من و محمدحسن دوتا برادرت توی این ده سال چقدر تونستیم دستگیرت باشیم؟ من که به خاطر فرخنده هیچ‌وقت نتونستم برات کاری کنم، ولی محمدحسن چی؟ وقتی مریض شدی، دکتر رفتی باهاش؟ دارو گرفته برات؟ تو این چند ساله ماشینت پنچر شد، کدوم یکی از ما به دادت رسیدیم؟ اصلا تمام این کارا به کنار، توی تمام تنهایی‌هات کدوم یکی از ما تونستیم یه گوشه‌اش رو پر کنیم و مرهمی روی دردات باشیم؟ قبول کن، هر زنی یه سایه بالا سر می‌خواد. کسی که بشه بهش تکیه کنه. الان جوونی، ولی هر سالی که بگذره می‌فهمی بودن یه مرد برای یه زن چقدر ضروریه. بانو خواهش می‌کنم رضا رو فراموش کن. تو با رضا فقط پنج سال زندگی کردی، ولی به اندازه‌ی ده سال خودت رو با

خاطراتش عذاب دادی. بانو، خواهش می‌کنم رضا رو فراموش کن!

چشمانم پر از اشک شده بود. منظره‌ی جلویم تار بود. سرم را به سمت محمدحسین چرخاندم، محمدحسین با پشت دست اشک‌هایش را پاک کرد. هیچ‌کدام‌مان حال خوبی نداشتیم. با اینکه هوا تقریبا خنک بود محمدحسین شیشه ماشین را پایین کشید. می‌دانستم وقتی ناراحت و پریشان می‌شود، مثل آدم‌های تب کرده حرارت بدنش بالا می‌رود.

بغضم را فرو خوردم و گفتم:

ـ می‌خوای برگردیم خونه؟

محمدحسین سرش را تکان داد و گفت:

ـ نه، چند دقیقه دیگه می‌رسیم. امروز وقتم رو خالی کردم که با تو باشم.

تا رسیدن به رستوران نه من حرف زدم و نه محمدحسین. هر دو ساکت بودیم. شاید می‌خواستیم لذت روزمان را حفظ کنیم. با اینکه بین‌مان سکوت شده بود، ولی در وجود من غوغایی بود. هنوز با به یادآوری حرف‌های محمدحسین دل آشوبه می‌گرفتم. برایم جالب بود که نه تنها من، محمدحسین هم با یادآوری رضا چشمانش بارانی می‌شد. دلم شور افتاده بود، ولی یاد حرف‌های دکتر هاشمیان افتادم که برای رهایی از خاطرات گذشته باید به حال فکر کرد. سعی کردم به جایی که می‌خواهیم برویم و حرف‌هایی که می‌خواهیم بزنیم فکر کنم.

رستورانی که محمدحسین رزرو کرده بود، یک رستوران تازه تأسیس در خیابان نیاوران بود. یک رستوران دنج با تزئینات سنتی ولی با نگاه کردن اجمالی به رستوران هر بیننده‌ای می‌فهمید که پذیرایی مدرنی دارد. خانم جوانی به سمت ما آمد و گفت:

ـ خوش اومدید، رزرو داشتید؟

محمدحسین گفت:

ـ بله، به نام محبی.

خانم لبخندی زد و بعد از نگاه کردن به دفتر رزروش گفت:

ـ بله، خوش اومدید.

بعد به انتهای سالن اشاره‌ای کرد و گفت:

ـ بفرمایید میز هفده.

با محمدحسین به سمت میز رفتیم و پشت میز نشستیم. مهمانداری به سمت‌مان آمد تا سفارش غذا بگیرد ولی محمدحسین از مهماندار خواست تا چند دقیقه بعد برای گرفتن سفارش بیاید و بعد خودش به بهانه‌ی شستن دستش میز را ترک کرد.

نگاهم به منوی غذا که انواع غذاها با اسم خاص و جدید بودند خیره بود که محمدحسین صندلی را کنار زد و پشت آن نشست.

همان‌طور که منو را نگاه می‌کردم گفتم:

ـ محمدحسین، من اصلا از این منو سر درنمی‌یارم. اصلا نمی‌دونم این غذاها چی هستن...!

سرم را بلند کردم تا عکس‌العمل محمدحسین را نسبت به اسم‌های عجیب و غریب منو بدانم. جا خوردم، پس محمدحسین کجا رفته بود؟

با تعجب دوباره به مقابل نگاه کردم و گفتم:

ـ تو اینجا چی کار می‌کنی؟ اصلا باورم نمی‌شه بعد این همه سال...

هنوز مات و مبهوت بودم که موبایلم زنگ خورد. می‌خواستم به زنگ موبایل توجه نکنم ولی گفتم شاید مادر باشد و دلش شور بیفتد، به همین خاطر دست داخل کیفم کردم و موبایلم را درآوردم. محمدحسین بود؛ با تعجب تلفن را روشن کردم و گفتم:

ـ محمدحسین، تو رفتی دستت رو بشوری، یه دست شستن این‌قدر

معطلی داره؟

محمدحسین صدایی صاف کرد و گفت:

ـ من رفتم خیابونای اطراف یه دوری بزنم.

سرم را پایین انداختم و در حالیکه دستم را جلوی گوشی می‌گرفتم و آرام‌تر صحبت می‌کردم گفتم:

ـ مـثلا مـنو آوردی یک جـای دنـج؟ مـی‌دونی الان کـی روبـه‌روم نشسته؟... الو... الو محمدحسین...

تلفن قطع شد. به موبایل نگاهی کردم آنتن ضعیف بود. از جایم بلند شدم تا خارج از رستوران شماره را بگیرم که مورد خاطب قرار گرفتم:

ـ بانو خانم، قرار نیست محمدحسین الان برگرده. باید منو ببخشی که این سناریو رو چیدم. حقیقتش اینه که می‌خواستم بدون حضور خانواده‌ها خودتونو ببینم و باهاتون صحبت کنم. بانو خانم، می‌تونم خواهش کنم امروز رو به حرف‌هام گوش بدین؟

مثل عروسکی کوک شده راه رفته را برگشتم. صورتم سرخ شده بود، سرم را پایین انداختم. انگاری مرا پرت کرده بودند به سالیان قبل، زمانی که دانشجو بودم و پر از احساس. وقتی که توی یک مراسم مولودی، یک خانم با مادر صحبت می‌کرد و مرا نشان می‌داد و صورتم سرخ می‌شد، مثل آخرین روز دانشگاه، روز ارائه‌ی ژوژمان که رضا بی‌مقدمه از من خواستگاری کرده بود. باز پرت شده بودم به سالیان قبل، دلم می‌خواست یک آینه روبه‌روم بود تا خودم را ببینم. می‌خواستم بدانم الان چه شکلی دارم. نکند مثل همه‌ی وقت‌هایی که از مدرسه می‌آمدم، قیافه‌ام خسته و رنگ پریده باشد. این چه حالی بود؟ چه حس و احساسی بود، حس می‌کردم صورتم دوباره گر گرفته و داغ شده. در وجودم چیزی فرو ریخت. مثل وقتی که دلشوره داشتم.

سعی کردم به خودم مسلط بشوم. به قول دکتر هاشمیان من باید مسلط به احساساتم می‌شدم، نه احساساتم مسلط به من، اما نه، سعی کردم همه چیز را از ذهنم پاک کنم. دیگر برای عشق و عاشقی دیر شده بود. اگر رضا مرا می‌دید چه می‌گفت؟ من داشتم به رضا خیانت می‌کردم. حالم بد شد. از همه‌ی فکرهایم، از اینکه دلم می‌خواست به نظر خوب بیایم، از اینکه مثل دخترهای هجده ساله در مهمانی مورد توجه قرار می‌گیرند و ذوق مرگ می‌شوند. خدایا توبه، توبه!

دلم می‌خواست تا آخر عمر رضا باشد. من با خاطرات رضا خوش بودم، دیگر احتیاجی به مردی نداشتم.

خدایا این چه حس و حالی بود؟! سرم را محکم گرفتم، تمام رستوران دور سرم می‌چرخید، صدای مبهم حرف زدن آدم‌ها اذیتم می‌کرد. فکر می‌کردم تمام رستوران با هم یک صدا قاشق و چنگال‌شان را به بشقاب‌هایشان می‌کوبند. رستوران با آدم‌هایش دور سرم می‌چرخید. حال خودم را نفهمیدم. فقط صدای مبهمی از اسمم و صورت مضطرب او...

چشمم را باز کردم، فضا و مکان را فراموش کرده بودم. صدای آقای خاطوریان را شنیدم که داشت به کسی می‌گفت:

ـ چشماش رو باز کرد.

سرم را چرخاندم و به اطراف نگاهی کردم. گویا بیمارستان بودم. امیر و خاطوریان کنار هم ایستاده بودند، یعنی چه؟ من کجا بودم؟ خاطوریان و امیر چه ربطی به هم داشتند که الان آن دو بالای سرم بودند؟ چه اتفاقی افتاده بود؟

خاطوریان، نگاهی به ساعتش انداخت و روبه امیر گفت:

ـ آقای محبی از آشنایی با شما خوشبخت شدم، دوست نداشتم تو همچین شرایطی باب آشنایی باز بشه. خب خدا رو شکر حال خانم محبی

هم خوبه. با اجازه‌تون من برم، چون الان پسرم بی‌قراری می‌کنه.

امیر دست خاطوریان را فشرد و گفت:

ـ واقعا لطف کردید، واقعا بودن شما کمی حال آشفته‌ی منو خوب کرد. نمی‌دونم چه جوری تشکر کنم. بازم ممنون بابت همه‌ی زحماتی که کشیدید.

هنوز گیج بودم. خاطوریان خداحافظی کرد و رفت و با رفتن او امیر به سمت تخت آمد و نگاهی به من انداخت و با لبخند گفت:

ـ دختر عمو جان اگه می‌دونستم دیدن من این‌قدر باعث پریشونیت می‌شه، به روح عزیز جون نمی‌اومدم. نمی‌دونی وقتی از حال رفتی، چه حالی شدم. محمدحسین رو گرفتم ولی موبایلش در دسترس نبود. همون موقع، پدر شاگردت زنگ زد. می‌خواستیم به اورژانس زنگ بزنیم که این بنده خدا با موبایلت تماس گرفت و وقتی فهمید چه حالی شدی به من گفت که با اورژانس تماس نگیرم، چون در صورتی که نیاز به بستری شدن در بیمارستان باشه، اورژانس بیمارستان دولتی می‌بره. خلاصه، خودش هماهنگ کرد و آوردیمت اینجا... بانو خانم چقدر از خودت برای بچه‌های مردم مایه می‌ذاری که این‌جوری می‌خوان برات جبران کنن؟

سری تکان دادم و گفتم:

ـ من وظیفه‌ام رو انجام می‌دم، این بنده خدا انسانیتش زیاده و...

حرفم با آمدن محمدحسین نیمه تمام ماند. محمدحسین پریشان وارد شد و به سمت من آمد و گفت:

ـ بانو چطوری؟ تو رو خدا من رو ببخش. نباید به حرف امیر گوش می‌کردم.

و بعد به سمت امیر چرخید و گفت:

ـ دیدی امیر خان؟ چند بار بهت گفتم این رسمش نیست؟ بابا کی

برای خواستگاری کردن طرف رو این‌جوری شوکه می‌کنه؟

در اتاق مجددا باز شد، خاطوریان بدون نگاه کردن به داخل وارد شد و سریع گفت:

ــ باید ببخشید موبایلم رو جا گذاشتم.

هنوز به نیمه‌ی اتاق نرسیده بود که با دیدن محمدحسین در جا ایستاد. محمدحسین سرخ شده بود، معلوم بود اگر الان و در این وضعیت نبودیم، دوباره با خاطوریان دست به یقه می‌شد. دستش به میله‌ی تخت بود و رگ‌های گردنش بیرون زده بود.

زیر لب صلواتی فرستادم و در دل آرزو کردم که این چند دقیقه ختم به خیر شود. امیر لبخندی زد و گفت:

ــ خوب شد موبایل‌تون رو جا گذاشتین.

امیر اشاره‌ای به محمدحسین کرد و گفت:

ــ پسر عموم هستن، برادر خانم محبی.

و بعد به سمت خاطوریان اشاره کرد و گفت:

ــ آقای خاطوریان هستن، فرشته‌ی نجاتی که خدا امروز از آسمون برای ما فرستاد. بستری شدن سریع و بدون نوبت بانو خانم رو مدیون ایشون هستیم.

خاطوریان هاج و واج آن وسط بود. شاید در دل خودش را لعنت می‌کرد که بی‌دقتی کرده و موبایلش را جا گذاشته است. محمدحسین نیشخندی زد و دستی به موهایش کشید و گفت:

ــ بله، افتخار آشنایی با ایشون رو دارم. خدا ایشون رو مرتب فرشته نجات خواهر ما می‌کنه. نمی‌دونم چرا از این فرشته نجات‌ها خدا قسمت ما نمی‌کنه! حالا بچه سوسول! موبایلت رو بردار و برو که یک عالمه آدم بیرون این بیمارستان منتظر هستن که فرشته‌ی نجات‌شون بشی.

امیر متعجب ما را نگاه می‌کرد. خاطوریان به سمت تخت من حرکت کرد که محمدحسین با دست جلویش را گرفت و گفت:

ـ کجا؟

خاطوریان لبخندی زد و گفت:

ـ می‌خوام موبایلم رو بردارم و برم سراغ سوپرمن بازیم!

محمدحسین نگاهی به پشت سرش کرد و گفت:

ـ کجا گذاشتی؟

خاطوریان نفس عمیقی کشید و گفت:

ـ روی میز کنار خانم محبی.

محمدحسین موبایل خاطوریان را برداشت و نگاهی به آن کرد و گفت:

ـ بچه مایه‌دار، اگه فکر کردی خواهر ما خام پول و تیپت می‌شه سخت در اشتباهی! خواهر ما یه‌دونه دختر حاج محبی معتمد بازاره. دلش هم بلرزه و هوایی بشه، من نمی‌ذارم!

خاطوریان ابرویی در هم کشید و با صدایی کاملاً جدی گفت:

ـ آقای محترم تعجب می‌کنم که چرا شما به هر رابطه‌ی کاملا معمولی، رنگ و بوی عاشقانه می‌دید! خانم محبی تا چند وقت پیش مربی و معلم پسر من بودن ولی...

محمدحسین عصبانی‌تر از قبل براق شده به سمت خاطوریان رفت و گفت:

ـ ولی چی؟ خوبه خودت هم داری اعتراف می‌کنی!

خاطوریان سری تکان داد و موبایلش را از دست محمدحسین کشید و گفت:

ـ اصلا لزومی برای توضیح به آدم غیر منطقی مثل شما نمی‌بینم، فقط همین بس که اگه شما تو شناسنامه خواهر و برادر هستید، من پیش وجدان

و شرف خودم خانم محبی رو خواهرم فرض کردم و تا جایی که بتونم از هیچ کمکی نسبت به ایشون دریغ نمی‌کنم.

خاطوریان یک قدم جلوتر گذاشت و محکم‌تر از قبل گفت:

ـ غیرت و برادری به صدا بلند کردن و شاخ و شونه کشیدن نیست، یه بار برادروار به خواهرت نگاه کن و دردش رو بفهم و مرهم دردش باش، نه نمک روی زخمش!

از تو داشتم می‌لرزیدم. جرات نگاه کردن به هیچ‌کدام‌شان را نداشتم. نمی‌توانستم تصور کنم الان محمدحسین چه عکس‌العملی نشان می‌دهد، فقط صدای خاطوریان را شنیدم که سریع خداحافظی و با گام‌های بلند اتاق را ترک کرد.

محمدحسین زیر لب به سلامتی گفت و خودش را روی صندلی کنار من رها کرد. امیر مردد ایستاده بود. کمی این پا و آن پا کرد و بعد بدون هیچ حرفی سریع از اتاق بیرون زد، شاید او هم با دیدن خاطوریان دیگر حرفی با من نداشت. بغضم گرفته بود. خدا می‌دانست که امیر الان در مورد من چه فکری می‌کرد و شاید نظر و دید شخصی‌اش را به زن‌عمو و عمو هم منتقل می‌کرد.

حالم دوباره بد شد و بغضم گرفت. دلم از نبودن رضا دوباره آتش گرفت، اگر رضا اینجا بود و سایه‌ی سرم بود، دیگر هیچ‌کدام از این حرف و حدیث‌ها نبود. چشمانم را بستم و گرمی اشک را روی صورتم حس کردم. برگشتم به پانزده سال پیش...

******

نزدیک عید نوروز بود. از آن جایی که من و فرخنده تمام کارهایمان را با هم می‌کردیم، دم دم‌های عید بعد از اینکه هر دویمان از نظافت خانه فارغ شدیم، تصمیم گرفتیم برای خرید مایحتاج سال نو و همین‌طور دیدن شور و هیجان شب عید به تجریش برویم. هر چه به بقیه اصرار کردیم، هیچ کس حاضر نشد در آن شلوغی ما را همراهی کند.

بهتر دیدیم به خاطر نبودن جای پارک و شلوغی شب عید با تاکسی برویم و به خاطر بساط کردن دست فروش‌ها در حاشیه‌ی خیابان مجبور شدیم مسافتی را هم پیاده طی کنیم. هر گوشه‌ای از خیابان عده‌ای بساط سفره هفت‌سین و ماهی گلی را پهن کرده بودند و چون برای هردوی ما عید اولی بود که می‌خواستیم در خانه‌ی خودمان سفره هفت‌سین بیندازیم، دل‌مان می‌خواست سفره از هر نظر ایده‌آل و مطلوب باشد. خدا می‌داند در آن شلوغی چقدر راه رفتیم تا بالاخره رضایت به خرید دادیم. با اینکه خیلی راه رفته بودیم و خسته بودیم ولی آن‌قدر از کنار یکدیگر بودن لذت می‌بردیم که آن لذت به آن خستگی می‌چربید. دیگر همه چیز خریده شده بود و دست‌هایمان از خرید پر بود و باید به سمت خیابان می‌رفتیم تا یک ماشین دربست بگیریم. از کنار جوب رد شدم و فرخنده که هنوز آن سمت جوب بود گفت:

ـ بانو، یه تاکسی ایستاده، برو سریع مسیر رو بگو.

نگاهم هنوز از فرخنده به تاکسی نچرخیده بود که فرخنده ناله‌ای کرد و افتاد. به سمتش رفتم تا دستش را بگیرم ولی درد امانش را بریده بود.

خدا می‌داند چه جور بلندش کردم و با گریه‌ی او من هم زار زدم و بالاخره به خانه رسیدیم و در آن شلوغی شب عید رفتیم بیمارستان. چقدر برای تاندون کشیده شده‌ی فرخنده به قول رضا گریه کردم و رضا فقط می‌خندید و می‌گفت:

ـ من مرده و تو زنده، چند سال دیگه به این گریه‌هات می‌خندی! این‌قدر چیزهای مهم‌تر هست که فردا و پس فردا می‌گی اشکم رو بابت چه چیزای الکی هدر دادم...

******

پشت چشمم را پاک کرده و به محمدحسین نگاه کردم. این چند ساعت چقدر طولانی شده بود.

کاش رضا بود، کاش باز هم گریه‌ام برای کشیده شدن تاندون پای فرخنده بود، شاید باید قدر الان را هم می‌دانستم، هیچ‌کس از آینده خبر نداشت. شاید چند سال دیگر هم حسرت امروزم را می‌خوردم...

سرم را به پشتی متکا تکیه دادم و گفتم:

ـ محمدحسین، سرمم تموم شد، پس چرا منو مرخص نمی‌کنن؟ اصلا چه لزومی به بستری شدن توی بخش بود؟ من فقط فشارم افتاده بود پایین.

محمدحسین سری تکان داد و گفت:

ـ این حرفا رو باید به همون آقای ناجی می‌زدی که همه جا خودشو نخود آش می‌کنه! یکی نیست بهش بگه جناب سوپرمن! شما خودت خواهر و مادر نداری که اونا رو ول کردی و چسبیدی به خواهر ما؟! بانو، دیگه روم نمی‌شه تو صورت امیر نگاه کنم! بنده خدا با چه ذوق و شوقی برای دیدن و حرف زدن با تو برنامه ریخته بود، فکر کنم...

محمدحسین حرفش را خورد به سمت پنجره رفت. به ساعتم نگاه کردم و پرسیدم:

ـ چه فکری داداش؟

محمدحسین همان‌طور که نگاهش به بیرون بود گفت:

ـ هیچی، اشتباه شد.

ـ نه، بگو! می‌خوام بدونم!

ـ ولش کن، چه اهمیتی داره؟ فقط بانو خواهشا اگه دلت با امیر نیست و نمی‌خوای باهاش ازدواج کنی، زن این پسر سوسوله هم نشو!

نیشخندی زدم و در حالیکه سرم را تکان می‌دادم گفتم:

ـ محمدحسین، چند بار بگم این آقای سوسول پدر شاگرد منه! بین ما هیچ رابطه عاشقانه‌ای نیست، در ضمن اون بنده خدا مسیحیه.

محمدحسین عصبی گفت:

ـ این‌قدر نگو مسیحیه! یه شهادتین می‌گه و مسلمون می‌شه، این که کاری نداره!

ـ محمدحسین، تو واقعا در مورد من چه فکری می‌کنی؟ چه وجه اشتراکی بین خاطوریان و رضا هست که من به خاطر یه شهادتین بتونم بهش دلبسته بشم؟ من دیگه دوران جوونی و عاشقی‌ام گذشته، اگه زمانی بخوام دوباره ازدواج کنم با کسی هم تیپ خاطوریان حتی اگه مسلمون هم باشه ازدواج نمی‌کنم... خاطوریان مرد خوبیه، ولی نه برای من. برای کسی با تیپ خودش!

محمدحسین موهایش را عقب داد و گفت:

ـ نمی‌دونم، خدا کنه تو راست بگی. ولی خودت قضاوت کن بانو جان، مگه یه آدم چقدر می‌تونه علاف و بی‌کار باشه که آژانس تو، ضامن تو و هزارتا کوفت و زهرمار تو بشه؟ والا ما که شوهر فرخنده هستیم این‌قدر که این پسرک زپرتی به تو سرویس می‌ده، سرویس نمی‌دیم. بهش بگو دیگه دور و بر آفتابی نشه، به خدا خوبیت نداره! خدا می‌دونه الان امیر چه قضاوتی داره در موردت می‌کنه!

از روی تخت بلند شدم و گفتم:

ـ برام مهم نیست کی درموردم چه فکری می‌کنه، من پیش وجدان خودم راحتم که از حد خودم پا درازتر نکردم. همه با مشاهدات‌شون می‌تونن آدم رو قضاوت کنن، ولی آیا واقعا درسته؟

ـ درست نیست بانو جان، ولی ما داریم جایی زندگی می‌کنیم که حرف مردم پنجاه درصد ماجراست. نذار آقاجون هم از ناراحتی تو خدای نکرده بلایی سرش بیاد. حالا هم سریع شال و کلاه نکن، بذار برم با دکترت صحبت کنم ببینم چی می‌گه، بعدا خودم می‌یام می‌برمت، ولی می‌ریم خونه‌ی آقاجون. صلاح نیست امشب تنها باشی.

ـ ولی من خونه‌ی خودم راحت‌ترم.

ـ ولی، بی‌ولی! اگه بخوای مخالفت کنی همین الان زنگ می‌زنم به مامان و دیگه خودت می‌دونی!

از بیمارستان که بیرون آمدیم هوا کاملا تاریک بود. داخل ماشین محمدحسین که نشستم دوباره یاد قدیم افتادم؛ زمانی که چهار نفره بیرون می‌رفتیم و می‌گفتیم و می‌خندیدیم. روبه محمدحسین کردم و گفتم:

ـ می‌دونی یاد چی افتادم؟!

محمدحسین لبخندی زد و گفت:

ـ باید توی سر تو هم همون چیزی باشه که توی سر من هست. چهارتایی می‌نشستیم توی ماشین، به نیت بیرون ناهار خوردن که یهو از نمک‌آبرود سر در می‌آوردیم. واقعا اون روزها خوش بودیم بانو، یه وقتایی فکر می‌کنم زندگی‌مون چشم خورد. یهو صاعقه خورد وسط زندگی‌مون. همه‌ی غریبه و آشنا فکر می‌کردن تو و فرخنده خواهر هستین. همه‌ی جیک و پوک‌تون با هم بود. مهمونی رفتن و خرید کردن، کلاس‌های مختلف...

محمدحسین نفس عمیقی کشید و ادامه داد:

ـکاش می‌شد همه چی مثل قبل می‌شد، ولی بعید می‌دونم. این پازل ارتباط ما یه قسمتش نابود شده، هر کاری هم بکنی و سه قسمت دیگه رو هم کنار هم بچینی یه تیکه‌اش کمه و تو ذوق می‌زنه. اصلا ولش کن حرف زدن در مورد گذشته چه فایده‌ای داره؟ هم حال تو رو بد می‌کنه و هم حال منو. نمی‌خوای بدونی چی شد امروز امیر اومد باهات حرف بزنه؟

شانه‌ای بالا انداختم و گفتم:

ـبرام اهمیتی نداره.

محمدحسین نیشخندی زد و گفت:

ـدلت پیش پسر مسیحی‌ست، امیر به نظرت نمی‌یاد!

ـباز شروع کردی داداش؟ مثل اینکه تو امروز مامور شدی که مـنو عذاب بدی!

ـنه، ولی چرا یه بار به حرف‌های امیر گوش نمی‌دی؟

ـما حرفی برای گفتن نداریم!

ـتو شاید نداشته باشی، ولی اون خیلی چیزهاست که دلش می‌خواد بهت بگه. شاید قانع شدی! بانو، نمی‌خوام دوباره بری تو فاز غم به همین خاطر دیگه حاشیه نمی‌رم. تو باید دوباره زندگی کنی، سعی کن زنـدگی قبلیت رو فراموش کنی و دوباره شروع کنی...

ـدارم تلاش می‌کنم. پیش یه دکتر روان‌شناس می‌رم، کـارش خـوبه، دوست خاطوریان.

دستم را جلوی دهانم گرفتم، تازه فهمیدم که به قول امروزی‌ها چـه سوتی داده‌ام. محمدحسین سری تکان داد و گفت:

ـاسمش همه جا هست، فکر کنم تا چند وقت دیگه خیاط و آرایشگر هم بهت معرفی کنه این آقای ناجی!

محمدحسین سری تکان داد و مشغول گرفتن شماره‌ای شد. چند ثانیه بعد ارتباط برقرار شد.

ـ الو! فرخنده سلام. کجایی الان؟... آهان، ببین برو خونه، من دارم بانو رو می‌یارم خونه‌ی مامان اینا. یه خرده حالش خوب نیست... نه چیزی نشده. نمی‌خواد نگران باشی... من الان صلاح نمی‌بینم تو رو ببینه...

محمدحسین عصبانی ضربه‌ای با مشت روی فرمان ماشین زد و ادامه داد:

ـ تو هم وقت گیر آوردیا فرخنده! بهت می‌گم حال نداره، تو می‌گی می‌خوام ازش تشکر کنم؟ الان وقت این حرف‌ها نیست! من می‌خوام یه چند وقتی خونه‌ی مامان اینا باشه تا حالش جا بیاد... حالا چرا گریه می‌کنی؟ ... ای بابا! به شما زن‌ها نمی‌شه حرف زد! به محمدحسن هم زنگ می‌زنم می‌گم به زنش بگه بره بالا که یه وقت فکر نکنی مشکل فقط تویی... فرخنده من چی می‌گم تو چی می‌گی؟! پاشو برو بالا، ما تا چند دقیقه دیگه می‌رسیم... فرخنده، حالا با هم صحبت می‌کنیم... دارم بهت می‌گم الان وقتش نیست...

محمدحسین عصبی گوشی را روی داشبورد پرت کرد و زیر لب با خودش چیزی گفت. موبایلش را که با هر حرکتی به این سو و آن سوی ماشین می‌رفت، برداشتم و در دست گرفتم و گفتم:

ـ محمدحسین تو فکر می‌کنی کی زمانش می‌رسه که من با فرخنده روبه‌رو بشم؟

محمدحسین نگاهی به من انداخت و دوباره به روبه‌رویش خیره شد. از یک ماشین سبقت گرفت و گفت:

ـ وقتی دوباره ازدواج کنی. این‌طوری همه چی فراموش می‌شه. تو فقط می‌شی خواهر شوهر فرخنده، با یه سری خاطراتی که فقط مال

گذشته بوده و ورق زدنش اهمیتی نداره. وقتی دریچه‌ی دلت رو به روی مرد دیگه‌ای باز کنی دیگه جایی برای خاطرات رضا باقی نمی‌مونه. بانو، یک بار، فقط یک بار ازت می‌خوام که....

میان حرفش پریدم و گفتم:

ـ که به امیر اعتماد کنم؟ امیری که یک بار حتی آقاجون رو هـم بـه خودش بی‌اعتماد کرد؟ امیری که وقتی من خودمو نامزدش می‌دونستم با یه دختر غربی ازدواج کرد؟ مـحمدحسین جـان، بـه نـظرت امیر قـابل اعتماده؟

ـ بانو، با برنامه‌ای که امروز پیش اومد امیر هم اعتمادش رو نسبت به تو از دست داد، حالا بی‌حساب شدین.

سری تکان دادم و گفتم:

ـ امروز یه سوءتفاهم بود! تو داری خیالات خراب خودت رو نسبت به من، با یه حقیقت در مورد امیر مـقایسه مـی‌کنی؟ واقعا بـرای خـودم متاسفم، وقتی برادرم این‌جوری فکر کنه وای بـه حـال بـقیه! هـمین جـا ماشین رو نگه‌دار، می‌خوام پیاده شم. بهت می‌گم نگه‌دار محمدحسین!

محمدحسین سرعتش را بیشتر کرد و گفت:

ـ بانو اصلا بـهتره تـمام مسائل امـروز رو فـرامـوش کـنی. مـن فـقط می‌رسونمت خونه‌ی مامان. خواهشا فراموش کن من چی گفتم و تو چی شنیدی، چون هر کاری من می‌کنم وضع بدتر می‌شه. فقط یک کلام، ختم کلام، من برادرت هستم، بد تو رو نمی‌خوام.

مادر با تعجب در را به روی ما باز کرد و گفت:

ـ اتفاقی افتاده؟

محمدحسین بی‌تفاوت گفت:

ـ نه، چطور مگه؟

مادر با چشم‌های گشاد شده گفت:

ـ هیچی، تعجب کردم. خیلی وقت بود شما دو تا رو توی در ورودی باهم ندیده بودم. پس بگو داستان از چه قراره که فرخنده و پشت‌بندش سارا سریع هر کدوم به بهانه‌ای رفتن خونه‌هاشون، حالا بگین آفتاب از کدوم طرف دراومده؟

محمدحسین قبل از من گفت:

ـ هیچی، بانو هوس کرده مدل دوران مجردی دوباره با شما زندگی کنه.

برگشتم تا به محمدحسین چیزی بگویم ولی در نگاهش التماسی بود که سکوت کردم. مادر عمیق نگاهم کرد و گفت:

ـ بانو، دلواپس شدم! چی شده مادر بی‌خبر یهویی شبونه با برادرت اومدی؟!

سری تکان دادم و گفتم:

ـ ناراحتین برگردم!

مادر دستم را گرفت و گفت:

ـ چه حرفیه، قدمت سر چشم، ولی قبول کن که باید نگران بشم.

چادرم را برداشتم و خودم را مثل همیشه در کاناپه رها کردم و گفتم:

ـ دلم هواتونو کرد، یه هفته می‌مونم و بعد زحمت رو کم می‌کنم.

محمدحسین نگاهی به ساعتش انداخت و گفت:

ـ مامان، با من کاری ندارین؟ من برم خونه؟

مادر سری تکان داد و گفت:

ـ الان اقاجونت می‌یاد. صبر نمی‌کنی ببینیش؟

محمدحسین در حالیکه به سمت در می‌رفت گفت:

ـ نه، امشب نوبت بانوئه، فکر کنم آقاجون امشب از ورود بانو خیلی

خوشحال بشه. فعلا شب‌تون خوش.

محمدحسین که از در بیرون رفت، مادر جلوی پایم نشست و گفت:

ـ حالا خودت بگو، چی شده بانو؟ یهو سر زده و بی‌خبر؟

ـ می‌خواین برم و فردا با خبر قبلی بیام!

ـ این چه حرفیه، فقط...اصلا ولش کن، چی می‌خوای برات درست کنم؟ برم کوفته بذارم.

ـ الان مامان؟ ساعت نزدیک نُه شبه! خودتون شام چی دارین؟

ـ دوپیازه.

ـ عالیه، کلی هوس کردم. دوپیازه با برانی... یادمه اون وقت‌ها هر موقع دوپیازه داشتیم پای سفره برانی هم بود. راستی مامان، پسرا نمی‌خواستن بیان پایین؟

ـ نه مادر اگه اونا شام موندنی بودن یه پلو، خورشتی، چیزی درست می‌کردم... خیالت راحت. شب، شب خودته! من برم اسباب سفره رو آماده کنم، الان سر و کله‌ی آقاجونت پیدا می‌شه.

مادر که رفت توی آشپزخانه دوباره هجوم خاطرات به سراغم آمد.

******

نزدیک سالگرد ازدواج‌مان بود و از چند روز قبل در فکر تهیه و تدارک بودم. مراسمی در کار نبود ولی دلم می‌خواست برای اولین بار من سورپرایز کننده‌ی رضا باشم. تصمیم داشتم یک پرتره از رضا بکشم، ولی به نظرم این کار از یک لیسانسه‌ی نقاشی کار جدیدی نبود. دلم خواست یک ست کامل کت و شلوار و کفش هم‌رنگ برایش بخرم، ولی باز هم این یک کار مادی بود و نوآوری زیادی به همراه نداشت. دیگر کلافه شده

بودم و تصمیم گرفتم دست به دامن فرخنده بشوم. او می‌توانست به من کمک کند چون در هر صورت بیشتر و بهتر از من با روحیات رضا آشنا بود. صبح بعد از رفتن رضا من هم رفتم خانه‌ی محمدحسین. به فرخنده گفتم که دلم می‌خواهد رضا را سورپرایز کنم و نمی‌دانم چه کنم.

فرخنده شانه‌ای بالا انداخت و گفت:

ـ ما رو دعوت کن! می‌دونی که، رضا عاشق رفت و آمده و هیچ چیزی بیشتر از دورهمی خوشحالش نمی‌کنه. به خدا دنیا براش چیزی بخری بهتر از یه مراسم مهمونی نیست...

فرخنده مشغول صحبت بود که تلفن خانه زنگ زد. گوشی را برداشت و سلام و احوالپرسی گرمی کرد و با علم و اشاره به من چیزی گفت که من متوجه نشدم و وقتی گوشی را گذاشت گفت:

ـ مامان بود مثل اینکه متوجه اومدنت شده، بیا بریم پایین...

با هم رفتیم خانه‌ی آقاجون. مادر در را که به رویمان باز کرد گفت:

ـ سلام بانو جان، دیگه ما کهنه و قدیمی شدیم دختر؟ یه سلام و احوالپرسی که وقتی ازت نمی‌گیره، بیا یک رخی نشون بده و زود برو خونه‌ی داداشت! شما دوتا که صد ساعت هم با هم حرف بزنید باز هم حرف برای گفتن دارید.

خنده‌ای کردم و گونه‌ی مادر را بوسیدم و گفتم:

ـ راست می‌گی مامان، حق باشماست.

بعد چشمکی به فرخنده زدم و گفتم:

ـ مامان ناهار چی دارین امروز؟ ناهار همین جا هستیم.

مادر خوشحال شد و گفت:

ـ هر چی بخواین براتون درست می‌کنم، چی دوست دارین؟ فرخنده جان تو بگو مادر! اصلا هر کدوم هر چی دوست دارین بگین.

بدون اینکه با هم هماهنگ باشیم دوتایی گفتیم:

ـ دوپیازه!

و چقدر دوتایی خندیدیم...

* * * * * *

بوی دوپیازه خانه را برداشته بود، با پشت دست اشک‌هایم را پاک
کردم، الان هم در خانه پدری بودم ولی آن روزها کجا و این روزها کجا...
یک صبحانه‌ی مفصل با مادر و آقاجون خوردم. این صبحانه برایم
حکم بهشت را داشت. خدا می‌داند که چقدر بهم چسبید و دلم
می‌خواست همه چیز مثل قبل بشود.

به ساعتم نگاه کردم، لباسم را پوشیدم و از مادر و آقاجون خداحافظی
کردم. از در خانه‌ی آقاجون که خارج شدم، محمدحسین از پیچ پله پایین
آمد. سلامی کردم و گفتم:

ـ نمی‌دونستم این‌قدر زود می‌ری سرکار!

محمدحسین دکمه‌ی پالتواش را بست و گفت:

ـ نه این‌قدر زود، ولی از امروز تا وقتی اینجایی من می‌رسونمت. نه
بیاری هم واقعا ناراحت می‌شم.

شانه‌ای بالا انداختم و گفتم:

ـ شاید من خواستم تا ابد اینجا بمونم، تو می‌خوای هر روز منو
برسونی؟

محمدحسین لبخندی زد و گفت:

ـ بله، نمی‌خوام کسی فکر کنه شما بی‌خانواده‌ای. تا امروز هم اشتباه
کردم که کاری به کارت نداشتم، ولی خوب از قدیم گفتن ماهی رو هر

وقت از آب بگیری تازه‌ست. حالا بدو بریم که دیر به کلاست نرسی خانم معلم.

سوار ماشین شدم. در مسیر محمدحسین فقط در مورد کارم سوال کرد و هیچ حرف اضافه‌ای زده نشد. وقتی از ماشین پیاده شدم محمدحسین گفت:

ـ ساعت چند تعطیل می‌شی بیام دنبالت؟

اخمی کردم و گفتم:

ـ تو رو خدا منو اذیت نکن داداش! این‌جوری حس می‌کنم یه جورایی داری منو کنترل می‌کنی، بذار راحت باشم. در ضمن می‌خوام بعد از تعطیلی کلاس برم خونه‌ی خودم.

محمدحسین چینی به ابرو انداخت و گفت:

ـ بهتره چند روزی خونه‌ی آقاجون بمونی، مگه قرارمون این نبود؟

سری خم کرد و گفتم:

ـ می‌مونم، ولی باید چند دست لباس با خودم بیارم. در ضمن امروز وقت دکتر هم دارم.

ـ چه بهتر، منم باهات می‌یام مشاور. می‌خوام ببینم این جناب مشاور از این دکتر دوزاری‌ها نباشه!

ـ نه داداش، نگران نباش. تعریفش رو زیاد شنیدم.

محمدحسین سرخ شد و گفت:

ـ تعریفش رو از کی شنیدی؟ از همون پسر سوسوله؟!

ـ چه فرقی می‌کنه؟ باز داری شروع می‌کنیا!

قبل از اینکه محمدحسین حرف دیگری بزند در ماشین را باز کردم و گفتم:

ـ الانم داره دیرم می‌شه، فعلا خدانگهدار.

از در ماشین که پیاده شدم، ماشین خاطوریان دقیقا مقابل ما توقف کرد. دل توی دلم نبود. هر لحظه ممکن بود محمدحسین و خاطوریان دوباره با هم درگیر شوند، ولی انگاری خدا در دقیقه‌ی نود به دادم رسید و مرا از مهلکه نجات داد. همان لحظه محمدحسین بدون اینکه متوجه خاطوریان شود، دستی به علامت خداحافظی تکان داد و رفت.

زیر لب خدایا شکری گفتم و بدو به سمت در مدرسه رفتم.

کمی دیرتر از مدرسه بیرون آمدم. دلم نمی‌خواست به هیچ عنوان با خاطوریان رودررو شوم و بهانه‌ای دست محمدحسین بدهم.

محمدحسین ذهنش بیراهه رفته بود و دوست نداشتم به این ذهن خراب ناخواسته کمک کنم. تقریبا تمام والدین و بچه‌ها رفته بودند که از در مدرسه خارج شدم و با قدم‌های سریع به سمت خیابان اصلی رفتم و اولین تاکسی که جلوی پایم توقف کرد دربستی گرفتم.

مقابل خانه‌ام که رسیدم نفس راحتی کشیدم و سریع کلید را در قفل در چرخاندم. هنوز در را کامل باز نکرده بودم که چادرم کشیده شد. برگشتم، پایین پایم دنیل بود و خاطوریان با فاصله کمی از من ایستاده بود. خم شدم و دنیل را بوسیدم و در حالیکه نگاهم به دنیل بود، خطاب به خاطوریان گفتم:

ـ جناب خاطوریان من هیچ وقت محبت‌هایی رو که شما به من کردید فراموش نمی‌کنم و اگه جا داشته باشه سعی می‌کنم محبت شما رو جبران کنم، ولی من فقط معلم پسر شما هستم و دلم نمی‌خواد برای هیچ بنی‌بشری سوءتفاهمی در مورد ارتباط من و شما به وجود بیاد.

خاطوریان خیلی جدی گفت:

ـ منم دارم سعی می‌کنم محبت‌های شما رو جبران کنم، ولی اگه اجازه بدید بیام داخل و با شما صحبت کنم. بالاخره بیرون منزل اسباب شایعه‌ی

بیشتری رو فراهم می‌کنه.

در خانه را کیپ کردم و گفتم:

ـ ببخشید آقای خاطوریان، ولی شاید شما ندونید که توی دین ما زیر سقف بودن یک زن و مرد غریبه گناه داره.

خاطوریان نیشخندی زد و گفت:

ـ بیشتر مسائل دین شما رو می‌دونم. اینم می‌دونم که اگه زیر اون سقف یه بچه باشه، هیچ گناهی نداره.

سری تکان دادم و گفتم:

ـ ولی با عرض معذرت من نمی‌تونم پذیرای شما باشم. فکر کنم تا حالا فهمیدید که برادر من رو شما تا چه حدی تعصب داره، پس باعث دردسر خودتون و من نشید.

خاطوریان لبخندی زد و گفت:

ـ من می‌ذارم به حساب اینکه شما الان آمادگی پذیرایی از منو ندارین، وگرنه ارتباط من و شما، در حد و حدود تعیین شده هستش و هیچ دین و آیینی اونو رد نمی‌کنه. کمی رو حرف من فکر کنید.

اخمی به ابرو انداختم و آمدم چیزی بگویم که حرفم را خوردم و گفتم:

ـ الان با اجازه‌تون باید برم، چون عصر وقت مشاوره دارم. اگه ناراحت نمی‌شید. وقت‌تون خوش...

سر دنیل را بوسیدم و بدون اینکه به خاطوریان نگاه کنم گفتم:

ـ ولی این تضمین رو به شما می‌دم که هیچ‌وقت در مورد وظیفه‌ام نسبت به دنیل کوتاهی نکنم.

دوباره کلید را داخل قفل کردم. صدای خاطوریان را می‌شنیدم که می‌گفت:

ـ این لطف شماست.

زیر لب خداحافظی کردم و در ورودی را بستم و سریع در آپارتمان خودم را بازکردم و به سمت پنجره رفتم. خاطوریان دست دنیل را در دست گرفته و بود و نگاهش به در ثابت مانده بود...

زیر لب گفتم:

ـ چرا این‌قدر نگران منی؟

دکتر هاشمیان لبخندی زد و گفت:

ـ پس دوباره دچار شوک عاطفی شدید. اشکالی نداره و بهتره بهش فکر نکنید. فقط قبل از اینکه برگردیم به قبل، سوال مـنو جـواب بـدین. هنوز در گوشه‌ی قلب‌تون علاقه‌ای نسبت به پسرعموتون دارین؟

سرم را تکان دادم و گفتم:

ـ بهتون قبلا هم گفتم، من و رضا هم دانشگاهی بودیم ولی ازدواج‌مون کاملا سنتی بود. خانواده‌ی رضا خواستگاری اومدن، شرایط‌مون شبیه بود و ما بله گفتیم. اول کار مثل فیلم‌ها من عاشق رضا نبودم، رضا کم‌کم تو دل من جا باز کرد. کارهاش منحصر به فرد بود، یه مرد خانواده دوست بود، کسی که من می‌تونستم همه جوره بهش تکیه کنم.

دکتر هاشمیان خودکارش را روی میز زد و گفت:

ـ این جواب سوال من نیست خانم بانو!

سکوت کردم و بعد از چند ثانیه گفتم:

ـ دکتر، بعد رضا نتونستم به هیچ مردی فکر کنم. هیچ‌کس نمی‌تونست برام مثل رضا باشه. می‌تونستم چند سال بعد از فوت رضا ازدواج کـنم، ولی نتونستم...

دکتر هاشمیان محکم گفت:

ـ نتونستید یا احساس عذاب وجدان می‌کردید؟ شاید می‌ترسیدید که مورد سرزنش قرار بگیرید و متهم به بی‌عاطفگی بشید.

سرم را بالا گرفتم و گفتم:

ـ حقیقتش هیچ‌وقت دوباره عاشق نشدم، ولی می‌ترسیدم، حتی از خود رضا، می‌ترسیدم که اگه...

دستم را جلوی صورتم گرفتم و با صدای بلند گریه کردم. دکتر از جایش بلند شد و گفت:

ـ بهتره این بحث رو تموم کنیم. بهتره جواب سوال منو با یه کلمه‌ی بله یا خیر بدید. خانم بانو، می‌تونیم ادامه بدیم یا دلتون می‌خواد گریه کنین؟

صورتم را پاک کردم و لیوان آبی که مقابلم بود لاجرعه سر کشیدم و گفتم:

ـ دکتر تمام این سال‌ها می‌ترسیدم که کسی رو جایگزین رضا کنم، شاید تنها و تنها از خود رضا خجالت می‌کشیدم، گاهی از خودم می‌پرسیدم که اگه شرایط برعکس بود و من توی اون حادثه جون خودم رو از دست داده بودم، رضا ازدواج می‌کرد؟ و همیشه به یک جواب می‌رسیدم. نه، هرگز، امکان نداشت!

دکتر هاشمیان دوباره پشت میزش نشست و گفت:

ـ خب، جواب سوال من؟ شما الان پسر عموتون رو دوست دارید؟ بهش فکر می‌کنید؟

کمی فکر کردم و گفتم:

ـ با دیدنش رفتم به سال‌ها قبل. زمانی که به قول بزرگ‌ترها شیرینی خورده بودیم، به زمانی که هر دختری به هر صورتی دلش می‌خواد مورد توجه جنس مخالفش باشه. زمانی که بدون اینکه حتی یک کلام با امیر حرف زده باشم، شدم شیرینی خورده‌ش، زمانی که با شنیدن اسمش ضربان قلبم تند تر می‌شد، زمانی که مثل هر دختری از تشکیل زندگی مشترک فقط و فقط یک لباس عروس باشکوه برام مجسم می‌شد. زمانی

که اسمش رو بی‌دلیل روی شیشه‌ی بخار گرفته‌ی ماشین می‌نوشتم و از ترس دیده شدنش سریع پاک می‌کردم... دکتر من هیچ‌وقت عاشق امیر نبودم، ولی برام مهم بود که مورد توجهش باشم. وقتی فهمیدم ازدواج کرده، شوکه شدم، ولی نابود نشدم، اما با رفتن رضا نابود شدم...

سرم دوباره سنگین شده بود. حس می‌کردم اگر بخواهم باز هم به گذشته فکر کنم، دوباره حالم بد می‌شود. به همین خاطر سرم را بالاگرفتم و گفتم:

ــ دکتر، دیگه نمی‌تونم ادامه بدم.

دکتر هاشمیان نگاهی به ساعتش انداخت و گفت:

ــ خیلی دلم می‌خواست امروز این موضوع رو حل کنیم، ولی فکر می‌کنم بهتره به حال شما توجه کنیم. این موضوع رو موکول می‌کنیم به جلسات بعد.

از اتاق دکتر بیرون آمدم و رفتم که برای جلسه‌ی بعد از خانم منشی وقت بگیرم ولی در جای خودم میخکوب شدم. مقابلم خاطوریان بود. چادرم را مرتب کردم و خیلی جدی به خاطوریان گفتم:

ــ جناب خاطوریان، منو تعقیب می‌کنید؟

خاطوریان لبخندی زد و سلام کرد و گفت:

ــ گویا بدبینی برادرتون به شما هم منتقل شده. خیر خانم محبی، دلیلی برای تعقیب شما نمی‌بینم. وقت مشاوره دارم و به صورت اتفاقی وقت من بعد از شما بود. حالا هم اگر اجازه بدید با اجازه‌تون برم پیش دکتر، وقت‌تون خوش...

احساس کردم تمام تنم خیس عرق شده، احساس شرمندگی می‌کردم. کاش قبل هر حرفی، کمی فکر می‌کردم و سریع قضاوت نمی‌کردم. بی‌خود نیست که از قدیم گفتند حرف زده مثل آب ریخته شده است. توی

دلم خودم را لعنت می‌کردم. آن‌قدر حالم بد بود که بدون گرفتن وقت بعدی از مطب بیرون آمدم. هوای خنک بیرون حال بدم را کمی بهتر کرد. سریع سوار ماشین شدم و استارت زدم. هنوز از پارک بیرون نیامده بودم که عابر پیاده‌ای با اشاره به ماشین چیزی گفت. کلامش را متوجه نشدم، شیشه‌ی ماشین را پایین کشیدم. عابر با دست اشاره‌ای دوباره به ماشین کرد و گفت:

ـ سرکار خانم، پنچری.

وایی گفتم و ماشین را خاموش کردم و پیاده شدم. انتظار هر چیزی را داشتم جز این اتفاق...

تا حالا پنچری نگرفته بودم. می‌توانستم مثل همیشه از یک رهگذر کمک بگیرم. عابر را صدا کردم و گفتم:

ـ ببخشید آقا، می‌تونید کمکم کنید؟

عابر راه رفته‌اش را برگشت و گفت:

ـ باید منو ببخشید، من ماشین ندارم.

با تعجب گفتم:

ـ نه، منظورم این بود که برای گرفتن پنچری به من کمک کنید.

عابر اشاره‌ای به ماشین کرد و گفت:

ـ گویا شما متوجه نشدید، دوتا چرخ طرف راننده، پنچر شده. احتمالا ماشین‌تون توی چاله‌ی سر خیابون افتاده. این چاله کلی تا حالا خسارات این چنینی به بار آورده. حالا کی شهرداری به فکر پر کردنش بیفته، الله و اعلم!

سری تکان دادم و گفتم:

ـ ممنون آقا.

رفتم توی ماشین نشستم، موبایلم را برداشتم، شماره‌ی محمدحسین

را گرفتم ولی هنوز ارتباط برقرار نشده بود که دکمه قطع تماس را زدم...
اگر محمدحسین می‌آمد و همان لحظه با خاطوریان رودررو می‌شد،
دوباره یک داستانی در پیش داشتیم. بهتر این بود که اصلا محمدحسین
آدرس دکتر را بلد نباشد.

توی صندلی نشستم و به بخت بدم لعنت فرستادم. باید با محمدحسن
تماس می‌گرفتم. شماره‌ی محمدحسن را گرفتم... در دسترس نبود.

عصبی گوشی موبایل را روی صندلی پرتاب کردم. سرم از عصبانیت
داغ شده بود... لعنت به این موبایل‌ها که وقتی کار واجب داریم در نقطه‌ی
کور قرار می‌گیرند.

فکری مثل برق توی ذهنم و لبخندی بر روی لبم آمد. باید به ساناز
زنگ می‌زدم. او می‌توانست کمکم کند. خانه‌ی آن‌ها هم سمت غرب
تهران بود و بالاخره با این محل آشنایی داشت و همیشه می‌توانستم روی
رفاقتش حساب کنم.

شماره موبایل ساناز را گرفتم. چندتا زنگ خورد و کیانوش همسر
ساناز تلفن را برداشت. سلامی کردم و جویای حال همگی شدم و بعد از
آن خواستم که با ساناز حرف بزنم. کیانوش مکثی کرد و گفت:

ـ بانو خانم، ساناز تازه از ریکاوری اومده و هنوز آمادگی صحبت
کردن نداره. ولی یه کم بهتر شد بهش می‌گم شما تماس گرفتید، نگران هم
نباشید دکتر گفت فردا مرخصش می‌کنن. در ضمن از معرفی دکتر هم
خیلی ممنونم، ساناز خیلی راحت بود و یکی از مسائلی که باعث شد
خودش عمل رو بپذیره، آشنایی دکتر با شما بود، بازم ممنونم ان‌شاالله
جبران کنیم.

بعد از کمی حرف‌های حاشیه‌ای از کیانوش خداحافظی کردم.
ناخن‌هایم را کف دستم فشار می‌دادم و به خودم لعنت می‌فرستادم که

چطور با آن همه یادداشت کردن در تقویم باز هم روز عمل ساناز را فراموش کرده بودم. همیشه همین‌طور بود، ساناز در مورد من با دقت بود. روز تولدم، او اولین نفری بود که به من تبریک می‌گفت. وقتی رضا رفت، اولین نفری بود که با مادرش در خانه حاضر شد. رضا هم همیشه از او به عنوان یک دوست همیشه همراه یاد می‌کرد ولی من همیشه در مورد او فراموشکار بودم. از اول تیر مدام به خودم یادآوری می‌کردم که تولد ساناز را فراموش نکنم، ولی همیشه و همیشه یک هفته بعد که دیگر تبریک گفتن لطف خودش را از دست داده بود به خاطر می‌آوردم که زمان را از دست داده‌ام و حالا هم سر داستان عمل باز هم فراموش کرده بودم. واقعا از قدیم درست گفتند که در هر کار خدا، خیر خوابیده. ممکن است چیزی به نظر شر بیاید ولی در واقع مصلحتی در آن هست، اگر ماشین من پنچر نمی‌شد، همین یک زنگ خشک و خالی را هم به ساناز نمی‌زدم.

از ماشین پیاده شدم و به سمت مطب دکتر هاشمیان رفتم. وارد مطب که شدم خانم منشی گفت:

ـ خانم محبی، می‌خواستم با شما تماس بگیرم که خودتون تشریف آوردید. خب برای جلسه‌ی آینده کی وقت بذارم؟

ـ پس فردا خوبه و همین ساعت هم برام مناسبه، ولی چیزی که الان برام خیلی مهم‌تر از وقته اینه که یه پنچرگیری نزدیک بهم معرفی کنید.

خانم منشی نگاهی به من کرد و گفت:

ـ پنچر شدید؟

ـ متاسفانه بله.

منشی سری تکان داد و گفت:

ـ حتما افتادید توی چاله‌ی سر خیابون! شما چندمین مریض‌مون هستید که این بلا سرش می‌یاد... خانم محبی من جایی رو نمی‌شناسم

اجازه بدید وقت مریض دکتر تموم بشه، قبل از اینکه مریض جدید بره از دکتر می‌پرسم.

روی صندلی نشستم و منتظر شدم تا وقت خاطوریان تمام بشود.

یکی از مجلات را از روی میز برداشتم و مشغول خواندن شدم، ولی در واقع حوصله‌ی خواندن هم نداشتم. فقط صفحات را ورق می‌زدم که در مطب زودتر از تایم یک ساعته باز شد. خاطوریان در حالیکه داشت از دکتر تشکر می‌کرد، از در بیرون آمد. دکتر هاشمیان با دیدن من با تعجب گفت:

ـ خانم محبی، شما هنوز نرفتید؟

منشی مطب قبل از من پیش دستی کرد و گفت:

ـ مشکل همیشگی، خانم محبی هم توی چاله‌ی سر خیابون افتادن.

دکتر هاشمیان نگاهی به ساعت انداخت و گفت:

ـ تا مریض بعدی وقت هست می‌تونم براتون پنچری بگیرم.

سری تکان دادم و گفتم:

ـ ممنون دکتر راضی به زحمت شما نیستم، حقیقتش دوتا چرخ مـن پنچر شده.

دکتر وایی گفت و نگاهی به خاطوریان کرد و گفت:

ـ روبرت جان می‌تونی به خانم محبی کمک کنی؟

خاطوریان سرش را به علامت منفی بالا برد و نه بلندی گفت. تقریبا جا خوردم، انتظار هر برخورد و کلامی داشتم جز این نه عمیق. خاطوریان خداحافظی جمعی کرد و به سمت در خروجی رفت. دکتر هاشمیان بـه سمتش رفت و دستش را گرفت و گفت:

ـ حالت خوبه روبرت؟ این بنده خدا با دو تا چرخ پنچر دست تنها چی کار کنه؟ من هم سه تا مریض دارم.

خاطوریان نیشخندی زد و گفت:

ـ دلم نمی‌خواد دوباره نقش سوپرمن رو برای خانم محبی اجرا کنم و رگ غیرت آقا داداشون رو به جوش بیارم.

دکتر هاشمیان به خاطوریان نزدیک‌تر شد و آرام گفت:

ـ حالا وقت این حرفا نیست، من ازت خواهش می‌کنم.

خاطوریان جدی گفت:

ـ تا خودشون نخوان من کاری نمی‌کنم.

لبم را گاز گرفتم. تازه فهمیدم که چقدر تند و بی‌ادبانه برخورد کرده بودم. جلو رفتم و گفتم:

ـ حق با شماست، می‌دونم که همیشه بهتون زحمت دادم، ولی مجبورم که این بار هم زحمتم رو به دوش شما بندازم.

خاطوریان لبخندی زد و دستش را دراز کرد. هاج و واج مانده بودم، یعنی چی...؟!‏

خاطوریان خندید و گفت:

ـ خب پس چرا سوئیچ ماشین رو نمی‌دین.

تازه متوجه منظور خاطوریان شدم. دست در کیفم کردم و سوئیچ را به خاطوریان دادم و با او به سمت در رفتم. خاطوریان خیلی کوتاه نگاهی به من کرد و گفت:

ـ شاید معطل بشید. اگه دوست دارید، می‌تونید تو مطب بنشینید تا من ترتیب کارها رو بدم.

ـ نه، همراه‌تون می‌یام. فضای داخل مطب کسلم می‌کنه.

خاطوریان به سمت من برگشت و گفت:

ـ دنیل همراه من نیست...

نگاهم به نگاه خاطوریان گره خورد، تازه منظور خاطوریان را فهمیده

بودم، سرم داغ شده بود و احساس شرمندگی تمام وجودم را گرفته بود. کاش همیشه قبل هر حرفی کمی فکر می‌کردیم و بعد آن حرف را می‌زدیم. دلم می‌خواست حرفی بزنم ولی هیچ دفاع و حرفی نداشتم، به فاصله‌ی چند ساعت خاطوریان با حرف خودم، من را خلع سلاح کرده بود.

در ماشین خاطوریان که نشستم باز هم حس شرمساری داشتم، خاطوریان خودش دست تنها دو چرخ ماشینم را باز کرده و داشتیم می‌رفتیم تعمیرگاه تا پنچری چرخ‌ها را بگیریم.

برخلاف حرف دکتر هاشمیان سرم را پایین انداختم، آن‌قدر خجالت‌زده بودم که جایی برای بلند کردن سر نمی‌ماند و با خجالت گفتم:

ـ آقای خاطوریان، من تا عمر دارم شرمنده‌ی محبت‌های شما هستم. تو رو خدا و به هر چی که می‌پرستید حلال بفرمایید.

خاطوریان لبخندی زد و گفت:

ـ من هم آتیش‌پرست یا بت‌پرست نیستم خانم محبی، مثل شما خداپرستم و همون‌طور که گفتم وظیفه‌ی انسانی هر کس حکم می‌کنه به هر انسانی کمک کنه. شما هم بهتره خودتون رو بابت هیچی معذب نکنید. من از هیچ کمکی در مورد شما کوتاهی نمی‌کنم، اون موقع هم که توی مطب نه گفتم فقط به خاطر شخص شما بود، نمی‌خواستم به خاطر من معذب بشید. من هم یکی هستم مثل همه‌ی آدم‌ها، ظاهرم شاید به قول برادرتون سوسولی باشه ولی هر انسانی اگه به واقع انسان باشه وظیفه‌ی انسانی خودش رو می‌دونه و از کمک به هیچ بنی‌بشری دوری نمی‌کنه، البته می‌دونم که مسلمون‌ها عقاید خاص خودشون رو دارن، ولی اگه فکر می‌کنید این چندتا پاره آهن باعث این همه اختلاف منه...

خاطوریان حرفش را نیمه گذاشت. در حالیکه رانندگی می‌کرد

گردنبند و دستبندش را درآورد و آن‌ها را داخل داشبورد ماشین گذاشت و ادامه داد:

ـ بفرمایید، خیال‌تون راحت شد؟ من یه آدم عادی شدم یا هنوز سوسولم؟ البته برای من واژه‌هایی که برام به کار می‌ره مهم نیست، هر کس می‌تونه هر ظاهری داشته باشه ولی اون چیزی که مهمه باطن آدم‌هاست. یک بار شما به من گفتید، کارهای برادرتون رو به پای اسلام حساب نکنم. ما هم حرف شما رو قبول کردیم، ولی خواهشا این‌قدر از روی ظاهر افراد اونا رو قضاوت نکنید. خانم محبی، باور کنید که ظاهر مهم هست ولی کامل نیست... همیشه گفتم، من شمار رو به چشم خواهرم می‌بینم و هیچ نظر سوئی هم نسبت به شما ندارم، ولی تو رو به خدا این‌قدر بدبین نباشید! به خدا هر مرد یا پسری که با شما مراوده داره...

حرف خاطوریان را قطع کردم و گفتم:

ـ آقای خاطوریان ما یک سری چهارچوب‌ها برای خودمون داریم، تو چارچوب ما همون به قول شما مراوده با غیر هم جنس درست نیست.

خاطوریان سری تکان داد و گفت:

ـ این چهارچوب‌ها تو هیچ دین و آیینی نیست، این که من مسیحی به شمای مسلمون کمک کنم تا موش خونه‌تون رو بگیرید گناهه؟ اینکه پنچری ماشین‌تون رو بگیرم یا توی خرید دوربین کمک‌تون کنم گناهه؟ به خدا هیچ‌کدوم گناه نیست، گناه اینه که فکرم مسموم باشه و فقط از کمک به شما دنبال منفعتی برای خودم باشم. خانم محبی کمی با خودتون صادق باشید.

سرم را به سمت پنجره چرخاندم و گفتم:

ـ از کجا می‌شه فهمید که یک نفر واقعا باطن درستی داره؟ آقای خاطوریان قبول کنید برادر من نگران من باشه، الان شرایط زندگی یک زن

بیوه خیلی سخته. برای هر کاری باید به صد نفر جواب و سوال پس بده. تمام چیزهای خوب برای زن‌های دیگه براش گناه کبیره است.

نگاهم را به سمت خاطوریان چرخاندم. خاطوریان در حالیکه نگاهش به روبه‌رو بود گفت:

ــ خوب چرا ازدواج نمی‌کنید؟

سرم را پایین انداختم، احساس می‌کردم تمام تنم گر گرفته. آقاجون، مادر، برادرانم، دوستان نزدیکم و حالا خاطوریان....

فقط این جمله را از زبان خاطوریان نشنیده بودم که شنیدم! چه لزومی داشت یک مرد غریبه حرفی را بزند که نزدیک‌ترین‌هایم، از نظر عاطفی، به من گفته بودند؟ دلم می‌خواست کمی باجرات‌تر می‌شدم و به خاطوریان می‌گفتم که این مسئله شخصی است و به او ربطی ندارد، ولی در همان زمان خاطوریان ادامه‌ی حرفش را گفت:

ــ البته خانم محبی می‌دونم الان دارید پیش خودتون می‌گید به تو چه ربطی داره و این یه مسئله‌ی کاملا خصوصیه، ولی خانم محبی من زنم رو از دست دادم، شاید بنا بر جنسیت نتونم شما رو کامل درک کنم ولی بنا به موقعیت تقریبا مشابه می‌فهمم شما چه حسی دارید. خانم محبی ازدواج کنید، اگه ازدواج کنید به جای زندگی کردن در گذشته، مثل همه در حال زندگی می‌کنید. من و شما ناخواسته با خاطرات‌مون زندگی می‌کنیم و این درست نیست. خاطرات همون‌قدر که می‌تونه لذت‌بخش باشه و روح رو جلا بده، بیشتر از اون می‌تونه باعث کسالت و افسردگی شما بشه. بذارید گذشته تو همون گذشته بمونه و آدم‌هایی که مختص اون زمان بودن هم در همون زمان بمونن. اگه قرار بود ما خاطرات اون آدم‌ها رو یدک بکشیم، خدا اون‌ها رو برای این زمان هم حفظ می‌کرد. پس گذشته رو با تمام خاطراتش رها کنید و از اون همه فیلم‌های دنباله داری که هر روز جلوی

چشمتون مرور می شه، فقط چند تا عکسش رو نگه دارید. به خدا همون یادآوری کوچک هم می‌تونه قداست اون دوران رو حفظ کنه. خواهش می‌کنم خانم محبی بریزید دور، خاکش کنید اون گذشته‌ای که یادآوریش تا این حد براتون عذاب آوره...

اشک در چشمانم جمع شد، دلم نمی‌خواست جلوی خاطوریان گریه کنم ولی اشک‌هایم از چشم جاری شد و گفتم:

ـ نمی‌تونم همسرم رو فراموش کنم آقای خاطوریان، اون همه‌ی زندگیم بود. مگه می شه یه نفر تمام زندگی‌شو خاک کنه؟

خاطوریان دستی به موهایش کشید و گفت:

ـ خانم محبی عزیز، گاهی اوقات برای ادامه‌ی زندگی و اینکه بتونید به راه پر پیچ و خمی که در پیش دارید ادامه بدید باید گوشه‌ای از شخصیت خودتون رو هم خاک کنید. مطمینا هیچ کدوم از ما اونی نیستیم که ده سال پیش بودیم، بزرگ می‌شیم، رشد می‌کنیم و بیشتر از اون می‌فهمیم که آدم ها برای زندگی و تعامل با آدم‌های اطرافشون باید تغییر کنن، شما هم تغییر کنید، با یکی ازدواج کنید که...

خاطوریان حرفش را خورد. دستش را به سمت دکمه‌ی ضبط ماشین برد و آن را روشن کرد و بعد از چند ثانیه آن را خاموش کرد و گفت:

ـ باید منو ببخشید، خیلی پر چونگی کردم.

شاید اینکه یک نفر هم شرایطت باشد باعث بشود که خیلی راحت به او اعتماد کنی. نمی‌دانم چرا، ولی آن شب تا ساعت‌ها بعد از پنچری گرفتن ماشین، همچنان با خاطوریان هم صحبت شدم. واقعا حرف زدن با کسی که درکت می‌کند و شرایطی مشابه تو را پشت سر گذاشته، باعث می‌شود که باهاش راحت باشی. انقدر سبک شده بودم که وقتی محمدحسین باهام تماس گرفت تا بپرسد کجا هستم خیلی راحت گفتم که

با یکی از دوستان شام آمده‌ام بیرون و حتی آمادگی این را داشتم که با جرات بگویم با خاطوریان هستم، ولی محمدحسین بدون اینکه بپرسد با کدام دوست تلفن را قطع کرد. آن شب از امیر و خودم گفتم، از اینکه تمام خواستگارهایم را خانواده‌ام به خاطر امیر رد کردند، از اینکه شاید قسمت بود که تمام افراد رد شوند تا من به رضا برسم. خاطوریان با لبخند همیشگی‌اش به حرف‌هایم گوش کرد و مثل اول صحبتمان گاهی حق را به من می‌داد و گاهی مخالف بود و در مورد امیر هم می‌گفت:

ـ کاش زمانی که شنیدید با یک خارجی ازدواج کرده باهاش تماس می‌گرفتید و حرف‌هاش رو می‌شنیدید. قبول دارم که هیچ‌کس در مسایل عاطفی و احساسی دوست نداره خودش رو تحمیل کنه، ولی شاید ایشون می‌تونست قانع‌تون کنه که ازدواجش نه از روی عشق بلکه از روی یک معامله صورت گرفته.

آن شب واقعا به این نتیجه رسیدم که آدم‌ها می‌توانند جدای از دین و اعتقاد، هم صحبت هم بشوند و شاید بتوانند بیشتر از یک فرد هم عقیده ما را کمک کنند.

خاطوریان آن شب بدون موضع گیری و به واقع برادرانه نصیحتم کرد و این باعث شد که بعد از مدت‌ها، جدا از دکتر هاشمیان که قصد درمانم را داشت، راحت با یک نفر درددل کنم.

آن شب در اتاق دوران مجردی‌ام در خانه‌ی پدری خوابی به شیرینی و آرامش رویا را تجربه کردم.

فصل ۹

جلسه درمانی دکتر هاشمیان بود، مقابل دکتر نشسته بـودم و لیـوان آبی‌خوردم و گفتم:

ـ دکتر الان خوبم و می‌تونم ادامه بدم.

دکتر سری تکان داد و گفت:

ـ بفرمایید خانم بانو.

به مقابلم نگاه کردم و همه چیز پیش چشمم آمد.

زندگی‌مان و رابطه‌ی ما با هم خوب و صمیمانه بود. حتی ارتباط من با خانواده رضا هم عالی بود و بیشتر از هـر کس رابطـه‌ی صـمیمانه‌ای بـا فرخنده داشتم. تا اینکه دو سال بعد از ازدواج ما بود که خبردار شـدیم فرخنده حامله است. همه خوشحال بودیم و بیش از همه رضا خوشحالی می‌کرد. من هم خوشحال بودم، ولی وقتی ذوق رضا را می‌دیدم که بـرای دایی شدن آن‌قدر خوشحالی می‌کرد، کمی احساس کمبود می‌کردم. از روز اول ازدواج‌مان بچه می‌خواستیم، ولی هنوز خبری نبود و یک حس دلشوره و دلواپسی آمده بود سراغم. فرخنده وارد ماه سوم بارداری شده بود و مشغول خریدن وسایل بچه بود. هر دو خانواده خوشحال بـودند، ولی خوشحالی مادر و آقاجون از آمـدن اولین نـوه چیـز دیگـری بـود. حسادت نمی‌کردم، ولی منکر غبطه خوردن به شرایط فرخنده هم نبودم.

یک روز به پیشنهاد فرخنده رفتیم خیابان بهار، حال و هوای خـاصی آنجا بود. انگاری وارد یک دنیای رنگی رنگی شده بودی. دنیایی که نگاه

کردن به هر کدام از مغازه‌هایش ناخودگاه خنده را مهمان لبت می‌کرد. فرخنده از لیستی که آورده بود کلی خرید کرد و من هم ذوق‌زده شده بودم و هر چیزی که به چشمم می‌خورد برای برادرزاده‌ی در راهم می‌خریدم.

بعد از خرید رفتیم خانه‌ی آقاجون و خریدها را نشان دادیم.

مادر ذوق‌زده دور سر فرخنده اسفند دود می‌کرد و آقاجون با هیجان خاصی وسایل را نگاه می‌کرد. من هم خوشحال بودم ولی زمانی که رضا و محمدحسین آمدند و رضا مثل بچه‌ها قربان صدقه‌ی وسایل می‌رفت و با زبان بچگانه حرف می‌زد، حال عجیبی شدم. به خصوص وقتی که محمدحسین به شانه‌ی رضا زد و گفت:

ـ برادر من ان‌شاالله روزی شما، ما به زودی منتظر دایی شدن هستیم و البته که ما بیشتر خوشحال بشیم، چون جناب عالی دفعه‌ی اول‌تون نیست که دایی می‌شین ولی ما دفعه اول‌مون خواهد بود و خوشحالی ما کجا و مال شما کجا.

نگاهی به چشم‌های رضا کردم، به نظر چشم‌های براق همیشه نبود و یا شاید به نظر من این‌طور می‌آمد.

رضا خندان بود و حرف می‌زد. هرکس چیزی می‌گفت، ولی من دیگر صدای کسی را نمی‌شنیدم. حالم خراب شده بود. رفتم داخل دستشویی، از درون گر گرفته و داغ بودم. به خودم در آینه نگاه کردم و گفتم:

«بانو، چت شده؟ چرا این حال شدی؟ باید الان آخر خوشی باشی، داری عمه می‌شی!»

آب سرد را باز کردم و چند مشت آب به صورتم زدم و کمی هم آب خوردم. فردا باید زنگ می‌زدم به دکتر زمان، دکتر خانوادگی‌مان....

اما نه، نمی‌خواستم مادر خبردار شود. باید فردا دکتر دیگری پیدا

می‌کردم...

تلفن را برداشتم، شماره خانه‌ی ساناز را گرفتم. چند بار زنگ خورد و بعد خودم گوشی را قطع کردم. در خانه راه می‌رفتم و فکر می‌کردم. الان باید دنبال یک دکتر متخصص می‌گشتم، ولی من به غیر دکتر زمان هیچ‌کس را نمی‌شناختم.

همین جور سرگردان بودم که تلفن منزل به صدا درآمد. سریع به سمت تلفن رفتم و گوشی را برداشتم. مونا بود، یکی از دوستان قدیمی. خیلی‌وقت بود که از حال هم خبر نداشتیم و فرصت خوبی بود که یادی از گذشته‌ها بکنیم وحرف به خانواده‌ها کشید. مونا از خواهرش مرجان حرف زد که به خاطر بارداری استراحت مطلق است و دکتر تاکید کرده که فقط برای کارهای ضروری از جایش بلند شود. مونا در میان حرف‌هایش نام دکتر را هم برد و این فرصت خوبی بود که بدون آنکه که از مونا سوالی بپرسم، نام دکتر را گوشه‌ی ذهنم به خاطر بسپرم. بعد از صحبتی که به بیش از یک ساعت رسید، مونا خداحافظی کرد.

بعد از قطع کردن گوشی، سریع شماره ۱۱۸ راگرفتم...

شماره را گرفتم و گوشی را قطع کردم. به شماره نگاه کردم. به واقع مثل کسی بودم که گنج پیدا کرده. باید بعدازظهر زنگ می‌زدم و وقت می‌گرفتم، اکثر دکترها عصرها مطب بودند.

نگاهی به ساعت انداختم و بی‌هدف شماره‌ی موبایل رضا را گرفتم:

ـ الو، رضا؟

ـ جانم بانو جان، چیزی شده؟

ـ نه، فقط... می‌دونی، دلم هوای بیرون رو کرده، عصر سرت شلوغه؟ می‌تونیم بریم بیرون؟

ـ الان نمی‌تونم ساعت بهت بدم ولی تا ساعت دو بهت خبر می‌دم.

ــ رضا، برای شب بلیط سینما بگیرم با فرخنده این‌ها بریم سینما؟

رضا مکثی کردی و گفت:

ــ خودمون بریم، این فیلم‌های ایرانی اکثرا هر چی غم و ناراحتیه توشه، شاید برای فرخنده خوب نباشه.

ــ پس اصلا ولش کن، بیا شام باهاشون بریم بیرون.

رضا باز هم مکث کرد و گفت:

ــ بانوجان، به نظرمن فرخنده هر چی غذای بیرون رو نخوره، بهتره.

ــ رضا یعنی چی؟ پس ما الان چه جوری می‌تونیم با هم باشیم بدون اینکه برای فرخنده بد باشه؟ به نظرت زیادی رو فرخنده حساس نشدی؟

ــ تو سوال کردی و من نظرم رو دادم. اگه می‌خوای با بچه‌ها باشی، خب بهترین جا خونه‌ی آقاجون این‌هاست یا خونه‌ی مادر من. الان هم واقعا سرم شلوغه، بعد از دو بهت زنگ می‌زنم.

نزدیک ساعت سه بود که رضا زنگ زد و گفت:

ــ سلام بانو جان، ببخشید اون موقع خیلی سرم شلوغ بود. حالا بگو کجا می‌خوای بری، اصلا بیا با محمدحسن بریم سمت فشم، چطوره؟ اون بنده خدا هم تنهاست و اینجوری از تنهایی در میاد. اگه بخوایم با فرخنده این‌ها بریم اون معذب می‌شه و نمیاد، نظرت چیه؟

ــ نمی‌دونم والا!

ــ دوست داری تنهایی بریم؟ هر جور که تو دوست داشته باشی، من تا ساعت پنج خونه هستم، فکرات رو بکن.

تلفن را قطع کردم و شماره‌ی دکتر یزدی را گرفتم دختر جوانی گوشی را برداشت و گفت:

ــ مطب دکتر یزدی، بفرمایید.

ــ سلام، ببخشید یک وقت می‌خواستم از خانم دکتر.

منشی با لحن خاصی گفت:

ـ آقای دکتر، لطفا شماره پرونده‌تون رو بفرمایید.

از شنیدن اینکه دکتر مرد است تمام تنم خیس عرق شد. باید از وقت
گرفتن صرف نظر می‌کردم، اما نه، شاید واقعا مردها در طبابت با تجربه‌تر
باشند.

منشی با صدای بلندتر از قبل گفت:

ـ خانم محترم، شماره پرونده.

ـ من اولین بارمه که مزاحم می‌شم.

ـ خب، معرف؟

ـ معرف...! معرف ندارم یعنی اسم خانمی که از کار آقای دکتر تعریف
کرد و...

منشی قبل از اینکه صحبتم تمام بشود گفت:

ـ چهارشنبه آینده ساعت دو تشریف بیارید. وقت‌ها تماما پره، براتون
وقت بین مریض گذاشتم. ممکنه بین دو تا چهار ساعت معطل بشید،
خواهشا اون‌موقع به من گله نکنید.....

ـ نه خیال‌تون راحت، واقعا ممنون!

منشی روز خوشی گفت و تلفن را قطع کرد. از جایم بلند شدم،
نمی‌دانستم کار درستی می‌کنم یا نه. اصلا رضا از اینکه من دارم پیش یک
دکتر مرد می‌روم راضی هست یا نه؟ حس دوگانه‌ای داشتم، کاش قبل از
رفتن به دکتر با رضا مشورت می‌کردم و یا اصلا بهتر بود که با خود رضا
می‌رفتم. پس بهتر بود امشب با او مطرح می‌کردم.

ساعت نزدیک پنج‌ونیم بود که رضا آمد. من کارهایم را کرده بودم و
حاضر منتظر رضا بودم که با ورود او به آپارتمان صدای زنگ تلفن به صدا
درآمد.

ـ الو؟

ـ سلام بانوجان، خوبی؟

ـ سلام، چطوری؟ نی نی چطوره؟ محمدحسین خوبه؟

ـ همگی خوب هستیم، رضا اومده خونه؟

ـ بله همین الان اومد.

ـ خب عالیه، برای امشب برنامه‌ای ندارین؟

مکثی کردم و گفتم:

ـ چطور مگه؟!

فرخنده ذوق‌زده گفت:

ـ هیچی، بیاید امشب شام بریم بیرون.

ـ فرخنده‌جان، بذار از رضا سوال کنم، بهت زنگ می‌زنم.

تلفن را قطع کردم به رضا گفتم:

ـ فرخنده بود، می‌خواست که با هم شام بریم بیرون. راستش همون موقع روم نشد بهش بگم نمی‌یایم.

رضا با حالت خاصی گفت:

ـ نریم؟ چرا نریم...؟!

با تعجب به رضا نگاه کردم و گفتم:

ـ صبح که من گفتم بهم می‌گی نه حامله‌ست، ممکنه غذای بیرون براش خوب نباشه! حالا می‌گی بریم؟ خوبی رضا؟!

رضا خنده‌ای کرد و گفت:

ـ ما نباید پیشنهاد دهنده باشیم. خودشون گفتن مسئله‌ای نیست، می‌ریم!

آن شب نشد که از دکتر رفتنم چیزی به رضا بگویم، انگاری قسمت نبود حرفی به رضا بزنم. هر روز که مقدمه‌چینی کردم برنامه‌ی سر زده‌ای

برایمان به وجود آمد تا روز سه‌شنبه که دلم می‌خواست هر جور شده، دکتر رفتنم را با رضا مطرح کنم که باز اتفاق ناخواسته‌ای برنامه‌ام را بهم ریخت، آن هم تصادف محمدحسن بود که باعث شکستن یک دست و پایش شده بود. آن‌قدر جو خانه به هم ریخته بود که خودم هم داشتم از دکتر رفتن منصرف می‌شدم و در نظر داشتم با منشی دکتر یزدی تماس بگیرم و قرارم را برای تاریخ دیگری فیکس کنم، ولی روز چهارشنبه بعد از ملاقات با محمدحسن در بیمارستان با اینکه تایم ویزیتم را از دست داده بودم، وسوسه‌ی مراجعه به دکتر باعث شد که بدون حرف زدن با رضا با عجله خودم را به دکتر برسانم و از آن‌جایی که رضا آن شب همراه محمدحسن بود، دیگر جای نگرانی و توضیح به او باقی نمی‌ماند.

ساعت نزدیک پنج بعدازظهر بود که به دکتر یزدی رسیدم و به سمت میز منشی رفتم و اسم و فامیلم را گفتم. منشی نگاهی به اسامی در تقویم کرد و گفت:

ــ خانم محبی، من به شما گفتم ساعتم دو اینجا باشید، الان ساعت پنجه، با عرض شرمندگی شما تایم بین مریض‌تون رو هم از دست دادین.

با حالت استیصال به منشی نگاه کردم و گفتم:

ــ خواهش می‌کنم، یک مورد اورژانسی برام پیش اومد...

دکتر هاشمیان به میان حرفم پرید و گفت:

ــ خانم بانو چرا این‌قدر به جزئیات می‌پردازید؟ به نظر من جزئیات مهمه، ولی نه تا این حد! یعنی به نظرتون یه ویزیت دکتر زنان این‌قدر اهمیت داره؟

چشمانم پر اشک شده بوده، اشک‌هایم بدون اینکه کنترلی بر آن داشته باشم روی صورتم می‌ریخت، شوری اشک را حس می‌کردم. دستمال کاغذی برداشتم و در حالیکه صورتم را پاک می‌کردم، گفتم:

ــ تمام این جزئیات مهمه دکتر، باید بدونین که چقدر برای این بچه خودم رو به آب و آتیش زدم و چقدر راحت همه چی رو از دست دادم. دکتر من قاتلم... فرخنده حق داشت.

دستم را روی صورتم گذاشتم و با صدای بلند گریه کردم. یادآوری اینکه چه راحت نعمت مادر شدن را از خودم گرفتم، حالم را بد می‌کرد. الان می‌توانستم مادر باشم، شاید بودن آن بچه‌ها، نبود رضا را برایم کمرنگ می‌کرد.

حالم بد شد، دوباره حس خفگی داشتم. سرم را بالا گرفتم، ولی نفس کم آورده بودم با یک دست چادرم را کنار زدم و با آخرین توان گره روسری را شُل کردم و همه جا جلوی چشمم سیاه شد....

صدای خنده‌ی بچه‌ها را می‌شنیدم، صدای نامفهوم مادر، مادر همه جا را پر کرده بود... دستم را دراز کردم ولی فقط صدا بود و همه جا تاریک، توی آن تاریکی داشتم به دنبال صدا می‌دویدم و دنبال بچه‌هایی می‌رفتم که می‌دانستم مال خودم هستند. جلوی پایم را نمی‌دیدم و...

ــ بانو؟ خانم بانو...

چشمم را باز کردم. ماسک اکسیژن روی بینی‌ام بود. تازه یادم افتاد که دوباره بیهوش شده‌ام. آن‌قدر بی‌حال بودم که توان حرف زدن نداشتم. دکتر ماسک را برداشت و به من یک لیوان آب داد و گفت:

ــ باید منو ببخشید، اما مجبور شدم بهتون آرام‌بخش تزریق کنم و برای اینکه نمی‌تونین امروز رانندگی کنین دوباره به روبرت زنگ زدم، الان تو راهه.

چشمانم دوباره سنگین شد، دیگر می‌دانستم آن‌قدر بی‌حالی به خاطر آرام‌بخش است و چشمانم کامل بسته شد.

پاهایم را روی زمین می‌کشیدم. هنوز حس راه رفتن نداشتم. داخل

ماشین شدم، نگاهی به سقف ماشین انداختم و دوباره چشمانم سنگین شد. نمی‌دانم چقدر وقت خواب بودم. وقتی چشمم را باز کردم هنوز توی ماشین بودم. سرم را بلند کردم و با تعجب محمدحسن را دیدم. به اطراف نگاه کردم. داخل ماشین محمدحسن بودم. محمدحسن از آینه ماشین نگاهی به من کرد و گفت:

ـ بهتری بانو؟

موقعیتم را فراموش کرده بودم، دستی به سرم کشیدم و گفتم:

ـ من توی ماشین تو چی کار می‌کنم؟

ـ مثل اینکه تو مطب دکتر از حال رفته بودی، یه آقایی با موبایلم تماس گرفت و آدرس اینجا رو داد.

با تعجب به محمدحسن نگاه کردم و گفتم:

ـ کی آدرس اینجا رو داد؟ من هیچ شماره‌ای از تو، آقاجون یا محمدحسین توی پرونده‌ام نذاشته بودم. کی به تو خبر داده؟!

محمدحسن شانه‌ای بالا انداخت و گفت:

ـ چه اهمیتی داره، لابد از تو موبایلت شماره‌ی ما رو پیدا کردن.

ـ موبایل من قفل داره برادرم!

ـ چه می‌دونم، شاید وقتی بی حال بودی ازت شماره گرفتن.

سرم را به پشتی صندلی تکیه دادم و گفتم:

ـ هیچی یادم نمی‌یاد، هیچی...

محمدحسن نگاهی دوباره از آینه به من انداخت و خیلی آرام گفت:

ـ دوباره آرامشت به هم ریخته بانو؟

ـ آروم نشده بودم که حالا بهم ریخته باشم. ده ساله که ظاهرم رو حفظ می‌کنم ولی از تو داغونم. محمدحسن کسی که قاتل باشه حقشه ده سال نه، هزار سال توی برزخ زندگی کنه.

ـ بهتر نیست دوباره گذشته رو ورق نزنی؟ هر چی بوده تموم شده، یک اشتباهی بر اثر به هم ریختگی روحی رخ داده. دیگه بهش فکر نکن، اگه فکر می‌کنی دکتر رفتن حالت رو خوب می‌کنه، خب ادامه بده. ولی بانو خواهشا نصفه و نیمه رهاش نکن، جوری ادامه بده که دیگه گذشته‌ات مثل یه سایه دنبالت نباشه.

ـ باشه، فقط یه خواهشی ازت دارم. می‌شه از اینکه دکتر می‌رم به کسی چیزی نگی؟

ـ کسی یعنی محمدحسین؟

ـ اتفاقا اون می‌دونه من می‌رم دکتر، دلم نمی‌خواد مادر و آقاجون چیزی بدونن. می‌دونی، حقیقتش دوباره نگران می‌شن. تا نتیجه نگرفتم، بهتره کسی چیزی ندونه.

ـ باشه، خیالت راحت.

سرم را دوباره به پشتی صندلی تکیه دادم و مسافر زمان شدم.....

******

منشی سری تکان داد و گفت:

ـ خواهشا دفعه‌ی آخرتون باشه که بی‌نظمی می‌کنید، حالا هم...

منشی اشاره به افرادی که در مطب نشسته بودند کرد و ادامه داد:

ـ نوزده نفر جلوی شما هستن، بعدا به من گله نکنید.

آب دهانم را قورت دادم و گفتم:

ـ نه اصلا، خیال‌تون راحت باشه.

رفتم روی یکی از صندلی‌های خالی نشستم و در دل خدا را شکر می‌کردم که رضا شب را بیمارستان می‌ماند.

انتظارم برای صدا کردن منشی دکتر طولانی‌تر از حد انتظارم شد، واقعا کلافه شده بودم ولی باید صبور می‌بودم. ساعت نزدیک هشت بود که منشی اسمم را صدا کرد و اشاره‌ای به اتاق سمت راست کرد و گفت:

ـ بفرمایید، خانم یعقوبی راهنمایی‌تون می‌کنن.

پرستار جوانی کنار در اتاق ایستاده بود. با لبخند در را روی من باز کرد و گفت:

ـ بفرمایید.

وارد اتاق شدم. یک تخت معاینه و یک پاروان تنها وسایل اتاق بود. پرستار اشاره‌ای به پاروان کرد و گفت:

ـ آماده بشید.

سری تکان دادم و گفتم:

ـ من نمی‌خوام معاینه بشم، من برای مشورت با آقای دکتر اومدم.

پرستار با لبخند پرسید:

ـ مشورت برای چی؟ یعنی مریض نیستید؟

آب دهانم را قورت دادم و گفتم:

ـ چرا، برای بچه‌دار شدن اومدم.

ـ بسیار خوب، چون جلسه اولتونه باید معاینه بشید و بعد از اون مشکل خودتون رو مطرح کنید.

کمی معذب بودم، نباید بی‌اجازه‌ی رضا به دکتر مرد می‌آمدم. فکری به سرعت به ذهنم رسید و گفتم:

ـ ببخشید، نمی‌تونم معاینه بشم، الان...

پرستار که متوجه منظورم شده بود گفت:

ـ باید برای وقت گرفتن به این موضوع توجه می‌کردید!

ـ بله، حق با شماست.

ـ حالا باید از دکتر سوال کنم ببینم شما رو ویزیت می‌کنن یا نه!

خانم یعقوبی از اتاق بیرون رفت و بعد از چند دقیقه وارد اتاق شد و گفت:

ـ بفرمایید اتاق آقای دکتر.

وارد اتاق دکتر شدم، دکتر یزدی مردی میانسال با صورتی سفید و موهای جوگندمی بود. مقابلش روی صندلی نشستم و پرونده‌ام را روی میزش گذاشتم. دکتر نگاهی به پرونده کرد و گفت:

ـ خانم مجبی، من در خدمتم.

سرم را پایین انداختم و گفتم:

ـ برای بچه‌دار شدن مزاحم‌تون شدم.

ـ چند ساله ازدواج کردید؟

ـ دو ساله.

دکتر با تعجب از پشت شیشه‌ی عینکش نگاهی به من انداخت و گفت:

ـ چند وقته تصمیم به بچه‌دار شدن گرفتید؟

لبم را گاز گرفتم و گفتم:

ـ از همون ابتدا بچه می‌خواستیم، برای همین نگران شدم و به شما مراجعه کردم.

دکتر نگاهی به پرونده کرد و گفت:

ـ بیست و چهار سال، سن کمی برای نگرانیه، ولی خب باید علت رو پیدا کرد. من یه آزمایش برای همسرتون و آزمایش و سونوگرافی برای خودتون می‌نویسم.

از در مطب که بیرون آمدم احساس سبکی می‌کردم. به برگه‌های در دستم نگاهی انداختم و لبخند زدم، هنوز هیچ کاری نکرده بودم ولی خوشحال بودم و فکر می‌کردم همه چیز با جواب این آزمایشات ختم به

خیر می‌شود. ولی نمی‌دانستم که رسیدن به آرزویت مهم نیست، مهم این است که بتوانی آن آرزوی به انجام رسیده را حفظ کنی. گاهی اوقات برای رسیدن به خیلی چیزها دست و پا می‌زنیم، ولی وقتی به آن رسیدیم یادمان می‌رود که چقدر حسرتش را کشیدیم و مفت از دستش می‌دهیم.

******

جلوی در خانه‌ی آقاجون که رسیدیم، قبل از اینکه محمدحسن در پارکینگ را بزند از ماشین پیاده شدم. دلم نمی‌خواست کسی بداند که چه اتفاقی افتاده. رو به محمدحسن کردم و گفتم:

ــ محمدحسین می‌دونه من دکتر می‌رم، ولی خواهشا نگو جاش کجاست.

محمدحسن سری تکان داد و گفت:

ــ خیالت راحت.

هنوز از در خانه داخل نشده بودم که موبایلم زنگ خورد. شماره‌ی خاطوریان بود. دلشوره افتاد به جانم. سریع گوشی را برداشتم و گفتم:

ــ من با شما تماس می‌گیرم.

قبل از اینکه قطع کنم صدای خاطوریان را شنیدم که گفت:

ــ منتظرم.

گوشی را که قطع کردم، مادر در را روی من باز کرد و گفت:

ــ کجا بودی؟ کلی دلشوره گرفتم، موبایلت هم که آنتن نمی‌ده. از ناهار منتظرتم.

یادم افتاد که مادر در جریان دکتر رفتنم نیست و به همین خاطر بعد از تعطیلی مدرسه منتظرم بوده. گونه‌ی مادر را بوسیدم و گفتم:

ـ باید ببخشید، فراموش کردم بهتون بگم خونه‌ی یکی از دوستان مهمون هستم. ولی تو رو خدا این‌قدر به خودتون فشار نیارین و مثل قدیم‌ها نگرانم نشین.

مادر سری تکان داد و با اخم گفت:

ـ مادر نشدی که بفهمی بچه‌ات صد سالش هم بشه، بچه‌اته و دلت براش نگرانه.

دلم می‌خواست آن لحظه همه‌ی وجودم فریاد می‌شد و می‌گفتم:

ـ مادر شدم، ولی من بی لیاقت نتونستم...

سریع به سمت اتاق رفتم و به مادر گفتم:

ـ می‌خوام یک ساعت استراحت کنم.

در را از پشت بستم و خودم را روی تخت انداختم و فقط گریه کردم. صورتم را داخل متکا مخفی کرده بودم تا صدایم بیرون نرود. یادآوری گذشته دوباره باعث بهم ریختگی‌ام شده بود.

چشمم سنگین شده بود که دوباره موبایلم زنگ خورد. با پشت دست اشک‌هایم را پاک کردم و موبایلم را برداشتم تا خاموشش کنم. شماره‌ی خاطوریان بود. دکمه‌ی ارتباط را زدم.

ـ الو، سلام آقای خاطوریان، فراموش کردم باهاتون تماس بگیرم.

ـ سلام خانم محبی، باید منو ببخشید که بی‌موقع مزاحم‌تون شدم، حقیقتش نگران حال‌تون بودم. می‌خواستم ببینم شکر خدا بهتر هستید...

تازه یادم افتاد که وقتی حالم بد شد، دکتر هاشمیان با خاطوریان تماس گرفته، اما محمدحسن از کجا خبردار شده بود؟ از جایم بلند شدم و روی تخت نشستم و گفتم:

ـ بهترم آقای خاطوریان، ولی شما از کجا شماره برادرم رو داشتین؟

خاطوریان مکثی کرد و گفت:

ـ یکی از دوستانم در بخش ارتباط با مشترکین همراه اول کار می‌کنه، شماره‌ی برادرتون رو از طریق دوستم پیدا کردم. وقتی دکتر با من تماس گرفت، دلم نمی‌خواست احیانا برای برادرتون سوءتفاهمی به وجود بیارم، به همین خاطر شماره رو پیدا کردم با برادرتون تماس گرفتم و آدرس دکتر رو دادم.

از خاطوریان خداحافظی کرده و موبایل را خاموش کردم. دوباره چشمانم را بستم و همسفر خاطرات شدم.

******

محمدحسن از بیمارستان مرخص شد و همه چیز به روال قبل برگشت. من تصمیم گرفتم همان شب موضوع دکتر را با رضا مطرح کنم. برای شام خورشت بادمجان، غذای مورد علاقه‌ی رضا را درست کردم و دلم می‌خواست همه چیز خوشایند رضا باشد.

عصر آن روز رضا دیرتر از همیشه به خانه آمد، ولی تا از در وارد شد با ذوق خاصی گفت:

ـ به‌به بانو خانم گل! سنگ تموم گذاشتی، بی‌خود نیست از قدیم گفتن خدا حاجت شکم رو زود می‌ده. امروز داشتم به خودم می‌گفتم، برم به بانو بگم خیلی وقته خورشت بادمجون درست نکردی.

لبخندی زدم و گفتم:

ـ بله ما حواس‌مون به علائق همسرمون هست، خورشت بادمجون درست کردیم با بادمجون دلمه‌ای و گوشت گوسفندی تازه.

رضا کیفش را روی مبل رها کرد و به سمت قابلمه رفت و در قابلمه را برداشت و با لذت غذا را بو کرد و گفت:

ـ این غذا جزء غذاهای بهشتیه...

خنده‌ای کردم و گفتم:

ـ برو دستت رو بشور تا دله بازی درنیاوردی.

بعد از شام و مرتب کردن آشپزخانه رفتم کنار رضا نشستم و گفتم:

ـ رضا، چند وقته می‌خوام یه موضوعی رو بهت بگم.

رضا سرش را از روی کتاب بلند کرد و کتاب را بست و گفت:

ـ چه موضوعی؟

دستی به صورتم کشیدم و گفتم:

ـ رضا، ما از اول ازدواج‌مون بچه می‌خواستیم، ولی هنوز از بچه خبری نیست.

رضا شانه‌ای بالا انداخت و گفت:

ـ خب خدا نخواسته.

با تعجب به رضا نگاه کردم و گفتم:

ـ همین؟ خدا نخواسته؟ نباید بدونیم علتش چیه؟

رضا کتابش را روی میز گذاشت و گفت:

ـ بدونیم که چی بشه؟ بعد بشینیم غصه بخوریم؟ بانو هر وقت که وقتش باشه ما بچه‌دار بشیم، می‌شیم. دیگه علت‌شناسی نداره!

اخمی کردم و گفتم:

ـ اگه هیچ‌وقت وقتش نشه چی؟

ـ هیچی! الان داریم چی کار می‌کنیم؟ بعد از این هم همون کار رو می‌کنیم. مگه همه‌ی زندگی بچه‌ست؟ خودمون رو عشقه، رضا و بانو...

موهایم را جمع کردم و گفتم:

ـ رضا، این حرف رو تو می‌زنی؟ تویی که می‌گفتی چندتا بچه می‌خوام، حالا می‌گی بی‌بچه زندگی می‌کنیم؟

رضا شانه‌ای بالا انداخت و گفت:

ـ هر کس ممکنه خیلی حرف‌ها بزنه، ولی وقتی زمان عملش برسه تغییر نظر بده.

عصبانی شده بودم. واقعا چی فکر می‌کردم و چی شده بود، اول دل نگران رفتن به دکتر مرد بودم و حالا باید نگران تغییر نظر رضا می‌بودم. رضا نگاهی به من کرد و گفت:

ـ چرا این‌قدر دمق شدی بانو جان؟

سری تکان دادم و گفتم:

ـ من می‌دونم تو بچه می‌خوای، نمی‌خواد بخاطر من نقش بازی کنی!

رضا سری تکان داد و گفت:

ـ به خاطر تو؟ چه ربطی به تو داره؟

ـ خب احتمالا من مشکل دارم!

رضا کتابش را برداشت و بی‌آنکه به من نگاه کند گفت:

ـ نمی‌خوام لذت یه شب خوب رو با بحث الکی هدر بدم، فقط اینو بدون من بچه‌ای رو که باعث بهم ریختگی تو بشه نمی‌خوام...

کتاب را از دست رضا گرفتم و گفتم:

ـ رضا خواهش می‌کنم، بیا بریم دکتر!

رضا پایش را روی پای دیگرش انداخت و گفت:

ـ بانو، تمومش کن. من دکتر بیا نیستم! خدا اگه بخواد بی‌هیچ دکتر و دوایی بچه می‌ده. من نه الان، نه هیچ‌وقت دیگه دوست ندارم چیزی رو زورکی از خدا بگیرم.

بحث آن شب ما ادامه‌دار شد، از هر راهی که می‌دانستم وارد شدم، ولی رضا حتی حاضر نبود برای مشورت هم به دکتر بیاید. کلافه و عصبی بودم و این کلافگی از دید بقیه هم پوشیده نبود. رضا در مورد این موضوع

بر سر موضع خود ایستاده بود و کوتاه بیا هم نبود. دیگر باید تسلیم می‌شدم، دلم نمی‌خواست موضوع را به خانواده‌ها بکشانم ولی هر بار که نسخه‌های آزمایش را در کشوی دراور می‌دیدم، چیزی در وجودم فریاد می‌کرد....

باید بچه‌دار می‌شدم، رضا عاشق بچه بود و شاید تا چند سال نسبت به نخواستن بچه مقاومت می‌کرد، ولی دیر یا زود عشقش به بچه به نظرش غلبه می‌کرد.

یک روز وقتی از خواب بلند شدم تصمیم گرفتم بدون رضا آزمایشاتی را که مربوط به خودم بود، انجام دهم و برای معاینه و نشان دادن جواب آزمایش و سونوگرافی، پیش دکتر زمان بروم.

صبح زودتر از همیشه از خواب بیدار شدم. نمی‌دانستم برای گرفتن آزمایش باید ناشتا باشم یا نه. ترجیح دادم ریسک نکنم و به بهانه‌ی حمام رفتن از خوردن صبحانه با رضا شانه خالی کردم و وقتی از حمام بیرون آمدم، رضا آماده‌ی رفتن بود.

سریع موهایم را خشک کردم و لباس پوشیدم و به آزمایشگاه رفتم. در آزمایشگاه بود که فهمیدم، آزمایشات یک چکاپ کلی است و سونوگرافی است که تعیین کننده‌ی خیلی مسایل می‌باشد.

سریع ماشین دربستی گرفتم و به مرکز سونوگرافی و ام‌آرای که در خیابان پاسداران بود رفتم. چون صبحانه نخورده بودم دلم ضعف می‌رفت. سریع برگه‌ی سونوگرافی را جلوی متصدی آزمایشگاه گذاشتم.

متصدی برگه را نگاه کرد و بدون اینکه نگاهی به من کند گفت:

ــ روزتون که درسته؟

با تعجب گفتم:

ــ روز چی؟

متصدی نگاهی با تعجب به من انداخت و گفت:

ـ امروز، روز دوازدهم قاعدگی شماست؟

در ذهنم سریع روزها را شمارش کردم و گفتم:

ـ نه، روز هفدهمه.

متصدی سری تکان داد و گفت:

ـ زمانش گذشته، پس بذارید برای ماه آینده.

مستاصل گفتم:

ـ پنج روز گذشته، نمی‌شه انجام بدید؟

متصدی بی‌حوصله سری تکان داد و گفت:

ـ عزیزم، مگه دکترتون بهتون توضیح ندادن؟ حتما باید روز دوازدهم باشه.

برگه‌ی سونوگرافی را برداشتم و دست از پا درازتر از مرکز بیرون آمدم.

حوصله‌ی خانه رفتن را نداشتم. ترجیح دادم کمی در مرکز خریدی که فاصله‌ی کمی با مرکز سونوگرافی داشت قدم بزنم. بی‌هدف مغازه‌ها را نگاه می‌کردم، ولی بر خلاف همیشه که با فرخنده بودم و از پاساژگردی کلی لذت می‌بردیم، هیچ لذتی از دیدن مغازه‌ها نمی‌بردم. شاید چون تنها بودم این‌طور بود. ولی نه، بی‌حوصلگی من از این بود که نتوانسته بودم سونوگرافی را انجام دهم.

مقابل یک مغازه‌ی لباس بچه فروشی توقف کردم، این خاصیت وسایل بچه بود که همیشه مرا سرحال می‌کرد و مثل یک قرص مسکن آرامم می‌نمود. با دیدن لباس‌های بچه خنده به لبم آمد و با ذوق وارد مغازه شدم و به لباس‌ها نگاه می‌کردم.

فروشنده که دختر جوانی بود با لحن خوشایندی گفت:

ـ سلام، می‌تونم کمکتون کنم؟ لباس برای دختر می‌خواید یا پسر؟

سری تکان دادم و گفتم:

ـ نمی‌دونم، یعنی برای خواهر همسرم که باردار هستن می‌خوام لباس بخرم، ولی جنسیت بچه هنوز معلوم نیست.

دختر لبخندی زد و در حالیکه چند سرهمی نوزادی جلوی من می‌گذاشت گفت:

ـ این سرهمی‌ها برای هر دو جنسه و از نوزادی تا یک سالگی هـم سایز داره.

نگاهی به لباس‌ها کردم. از نظر من تمام آن‌ها قشنگ بود. از میان آن‌ها یک سرهمی لیمویی رنگ مخملی و یک سرهمی پسته‌ای را برداشتم و به دختر جوان دادم تا برایم کادو کند.

بعد از خرید بدون نگاه کردن به مابقی مغازه‌ها از مرکز خرید بیرون آمدم و تاکسی دربستی به مقصد خانه گرفتم. وقتی از خیابان اصلی بـه داخل کوچه پیچیدیم، ماشین رضا را دم در ورودی دیدم. سریع از ماشین پیاده شدم....

رضا این موقع روز خانه چه کار می‌کرد؟ حتما اتفاقی افتاده بـود کـه بدون اینکه ماشین را داخل پارکینگ بگذارد به آن صورت ماشین را وسط کوچه رها کرده بود. سریع کرایه را پرداختم و به دو به سمت آپارتمان رفتم و سریع کلید را در قفل چرخاندم. رضا مشغول صحبت با موبایل بود که با باز شدن در با قیافه‌ی آشفته به مخاطب پشت موبایل گفت:

ـ نگران نباشید، الان اومد خونه.

رضا موبایل را قطع کرد و قبل از اینکه چیزی بگوید با پریشانی گفتم:

ـ رضا اتفاقی افتاده؟

رضا سری تکان داد و گفت:

ـ منم می‌خواستم از تو همین سوال رو بکنم! دیشب یادم رفت بهت بگم که امشب خونه‌ی آقای امیری، یکی از دوستام دعوت هستیم. وقتی بین راه بودم باهات تماس گرفتم تا بگم که برای شب آماده باشی، ولی تو جواب ندادی. اول گفتم شاید ظرف می‌شوری یا دستشویی هستی، ولی وقتی نیم ساعت گذشت و جواب ندادی نگران شدم... اول زنگ زدم خونه‌ی مامانت. اونام ازت خبر نداشتن، بعد زنگ زدم به مادر خودم و در آخر به فرخنده. گفتم شاید اون بدونه تو کجا رفتی، دیگه دل نگران شدم، گفتم شاید فشارت افتاده پایین و از حال رفتی! خلاصه راه رفته رو برگشتم ولی وقتی اومدم خونه دل نگرانیم بیشتر شد، چون اون موقع صبح خونه نبودی!

دلم نمی‌خواست به رضا بگویم که دارم چه کار می‌کنم، چون مطمئن بودم که جلوی این کارم را هم خواهد گرفت. به همین خاطر خیلی عادی گفتم:

ـ باید ببخشی، من هم فراموش کردم بهت بگم می‌رم خرید.

رضا چشمانش گشاد شد و گفت:

ـ بانو ساعت هشت صبح کدوم مغازه بازه که تو رفتی ازش چیزی بخری؟!

عادی‌تر از قبل در حالیکه کادوی فرخنده را به رضا نشان می‌دادم گفتم:

ـ قبلش پیاده‌روی کردم و بعد که مغازه‌ها باز شدن رفتم خرید. هوس کرده بودم که برای بچه‌ی فرخنده چیزی بخرم.

رضا خودش را روی صندلی رها کرد و گفت:

ـ بانوجان، خواهشا از این به بعد هر جا خواستی بری یه خبر به من بده.

هنوز حال رضا جا نیامده بود و معلوم بود که فشار زیـادی را تـحمل کرده. در دل خودم را سرزنش می‌کردم، ولی از یک طرف هم خود رضا مقصر بود و مرا مجبور به دروغ کرده بود. به آشپزخانه رفتم و لیوان آب یخی آوردم. رضا آب را از دستم گرفت و یک نفس سر کشید و از جایش بلند شد و گفت:

ـ امروز کلی کار داشتم و از کارهام افتادم. پس لطفا شب رو فراموش نکن.

روز بعد، قبل از رفتن رضا برای اینکه دوباره رضا دچار دلشوره نشود، به او گفتم که امروز می‌خواهم به خانه‌ی محمدحسین بروم.

رضا در حالیکه کتش را تنش می‌کرد گفت امروز کمی زودتر از سرکار برمی‌گردد تا با هم به منزل فرخنده برویم.

نزدیک ساعت پنج رضا با من تماس گرفت و از من خواست که اگر حاضر هستم جلوی در بروم. سریع چادرم را به سرم کشیدم و از مـنزل خارج شدم. رضا سر حال بود و کلی از پروژه‌ی تبلیغات جدیدش تعریف کرد و من هم با لذت به حرف‌های او گوش می‌دادم و به اشتباه اولی که رضا در رفتن مسیر کرد، توجهی نکردم. ولی وقتی به جای اینکه مسـیر اشتباهش را اصلاح کند وارد اتوبان مدرس جنوب شد، با تعجب حرفش را قطع کردم و گفتم:

ـ رضا جان، مگه قرار نبود بریم خونه‌ی فرخنده این‌ها؟

رضا لبخندی زد و گفت:

ـ اونجا هم می‌ریم، اول من یه کار واجب دارم اون رو انجام بدم.

ـ کاشکی کارت رو انجام می‌دادی بعد می‌اومدی دنبال من.

ـ دلم می‌خواست، ولی اون موقع طرح بود.. حالا بهتر هم شد چون خودت می‌یای و نظر می‌دی.

سری تکان دادم و گفتم:

ـ در مورد چی؟ پروژه جدیده؟

رضا چشمکی زد و گفت:

ـ حالا می‌فهمی!

رضا در حالیکه مرتب در حال تعریف کارش بود، وارد خیابان‌های مرکزی شهر شد و در آن ترافیک سنگین و شلوغ در جستجوی جایی برای پارک ماشین بود. بعد از مدتی جای پارک مناسبی پیدا کردیم و رضا با دستش به من اشاره کرد و گفت:

ـ بفرمایید بانو جان!

با تعجب به اطرافم نگاه کردم و گفتم:

ـ اومدیم تلویزیون بخریم؟

رضا به سمت در طرف من آمد و دستم را گرفت تا از جوب نسبتا پهن رد شوم و بعد بی‌هیچ حرفی در حالیکه مثل بچه‌ها دستم را محکم گرفته بود، من را دنبال خودش می‌کشید و من محو شلوغی و آدم‌هایی بودم که با عجله در حال نگاه کردن و خرید وسایل الکترونیکی بودند.

بعد از طی مسافتی وارد یک مغازه‌ی موبایل فروشی شدیم و رضا دستم را رها کرد و اشاره‌ای به موبایل‌های مقابلم کرد و گفت:

ـ انتخاب کن بانو جان!

چشمانم گرد شد و گفتم:

ـ می‌خوای برام موبایل بخری؟

رضا سری تکان داد و گفت:

ـ یه وسیله‌ی واجب که خیلی وقت‌ها باعث رفع نگرانیه.

با ذوق دست رضا را در دستم گرفتم و از زیر چادر فشار دادم و گفتم:

ـ عاشق موبایلم، ولی من و تو که همه جا با هم هستیم. ضرورتی برای

خریدش هست که این‌قدر پول بدیم؟

ـ چرا که نه؟ مثل دیروز، زیاد پیش می‌یاد که ما بی‌جهت همه رو به نگرانی بندازیم.

با هیجان موبایل‌ها را نگاه کردم.

پسر جوان موبایل فروش، موبایل سامسونگی را جلویم گذاشت و گفت:

ـ کار کردن باهاش راحت‌تر از موبایل‌های دیگه‌ست، یه هفته می‌شه که اومده و تفاوتش با موبایل‌های قبلی اینه که آهنگ زنگش زنده است.

رضا نگاهی به موبایل انداخت و روبه من کرد و گفت:

ـ دوست داری یا مدل دیگه‌ای رو می‌پسندی؟

با هیجان گفتم:

ـ نه، عالیه. من عاشق رنگ نوک مدادی هستم!

فروشنده با هیجان موبایل را برداشت و گفت:

ـ پس مبارکه! فقط خط دارید؟

رضا سریع از جیب کتش پاکتی درآورد و مقابل فروشنده گذاشت. فروشنده سیم کارت را از پاکت درآورد و با دقت داخل موبایل گذاشت و بعد از تنظیمات اولیه‌ی ساعت و تاریخ، موبایل را به من داد.

مثل بچه‌ها ذوق‌زده بودم و مدام موبایل را نگاه می‌کردم و وقتی رضا با موبایل خودش، شماره‌ی مرا گرفت، رویم نمی‌شد به تلفن جواب بدهم. حس می‌کردم همه چشم شدند و دارند به من نگاه می‌کنند.

❋❋❋❋❋

از صدای زنگ پیامک چشمانم را باز کردم و موبایلم را از کنارم برداشتم و نگاهی به موبایل اپل خودم انداختم و با خودم گفتم:

«کاش هنوز موبایلم همون موبایل سامسونگ قدیمی بود که نهایت نوآوریش زنگش بود. چقدر زود دیر می‌شه و چقدر دلم برای اون دورانی که مورد چشم زخم مردم قرار گرفت و زودتر از هر زمانی بهارش، تبدیل به خزان شد، تنگ بود.

سرم را بالا گرفتم و نفس عمیقی کشیدم. دلم نمی‌خواست با یادآوری آن روزها دوباره چشمانم بارانی شود. از جایم بلند شدم و از اتاق بیرون آمدم. مادر مشغول خواندن مجله بود. سرش را بالا گرفت و در حالیکه عینک مطالعه‌اش را بالا می‌زد، نگاهی به من کرد و گفت:

ـ بازم گریه کردی؟

سری تکان دادم و گفتم:

ـ نه، خوابیده بودم.

مادر سری تکان داد و گفت:

ـ من مادرم، یه نگاه به بچه‌ام بکنم می‌فهمم چه خبره. لازم نیست به من دروغ بگی!

کنار مادر روی مبل نشستم و گفتم:

ـ مامان حوصله داری الان بریم بیرون یه دوری بزنیم؟ هوس کردم مثل قدیم با هم بریم خرید.

مادر با دقت نگاهم کرد و گفت:

ـ مطمئن شدم اصلا حالت خوب نیست.

سرم را بالا گرفتم و گفتم:

ـ مامان تو رو خدا گیر نده، اینکه هوس کردم با مامانم برم بیرون و باهاش خرید کنم چه ربطی به بدی حال من داره؟

مادر از جایش بلند شد و به آشپزخانه رفت و یک لیوان شربت گلاب برایم آورد و گفت:

ـ از وقتی اومدی سر حال نبودی و رفتی تو اتاق سرت رو کردی تو متکا و خوابیدی. اومدم برای شام صدات کنم، آقاجونت نذاشت و گفت بذارم استراحت کنی. الان هم ساعت نزدیک یازده شبه...

با تعجب به مادر و بعد به ساعت پشت سرم نگاه کردم و تازه همه‌ی وقایع امروز جلوی چشمم آمد. لیوان شربت گلاب را نزدیک لبم گرفتم و جرعه‌ای از آن خوردم و گفتم:

ـ آقاجون خوابید؟

ـ همین پیش پای تو خوابید.

تمام لیوان شربت گلاب را سر کشیدم و از جایم بلند شدم و بعد از شب بخیری به اتاقم رفتم. موبایلم را برداشتم و به گالری عکس‌ها رفتم. از میان انبوه عکس‌های ذخیره شده در گالری، عکس رضا را باز کردم. تنها عکسی که از میان آن همه عکس رضا، برایم باقی مانده بود. باقی عکس‌ها در خانه‌ی مامان بود. دستم را روی صفحه‌ی موبایل کشیدم و گفتم: «چرا، چرا بین این همه زن سرنوشت من باید این‌جور رقم بخوره؟»

******

دکتر هاشمیان نگاهی به من انداخت و گفت:

ـ چرا بچه‌دار شدن‌تون رو به زمان نسپردید؟ چرا این‌قدر بر خلاف میل همسرتون رفتار کردید؟

نگاهی به دکتر انداختم و گفتم:

ـ به رضا اعتماد نداشتم، فکر می‌کردم به خاطر من پا روی احساسش

گذاشته و مخالف دکتر رفتنه.

آن چند روز برایم مثل قرن گذشت. مدام تقویم را شمارش می‌کردم که این ماه تاریخ را از دست ندهم. فرخنده سونوگرافی کرده بود و بچه‌اش پسر بود و محمدحسین از خوشحالی روی زمین بند نبود. نیامده قربان صدقه‌اش می‌رفت. آقاجون مرتب به مادر سفارش می‌کرد که به فرخنده برسد و نگذارد آب توی دلش تکان بخورد. فریبا و حاج خانم که دیگر از جنسیت بچه مطمئن شده بودند، در حال تکمیل سیسمونی بودند.

من... به ظاهر خوب بودم، اولین بار بود که عمه می‌شدم و حس خوشایندی داشتم، ولی ته دلم نمی‌خواستم از فرخنده عقب بیفتم.

ماه بعد، روزی که برای آمدنش ثانیه شماری می‌کردم رفتم و سونوگرافی را انجام دادم. شاید هر کسی جای من بود دلش می‌خواست سالم باشد، شاید خود من هم اگر با مخالفت رضا روبه‌رو نمی‌شدم دلم همین را می‌خواست.

در راه برگشت به خانه نذر کردم که اگر مشکل از خودم باشد چهارده هزار صلوات بفرستم.

عصر همون روز رفتم دکتر زمان، در راه مدام صلوات می‌فرستادم و در دلم برای ناقص بودن خودم دعا می‌کردم. چقدر آن یک ساعتی که در مطب بودم کشدار و طولانی شده بود. رضا می‌دانست دکتر رفته‌ام، ولی فکر می‌کرد برای چکاپ است.

وقتی وارد مطب شدم دکتر زمان که دوستی دیرینه‌ای با مادر داشت، از جایش بلند شد و گفت:

ـ به‌به، بانو خانم! خیلی وقته سراغی از ما نگرفتی، احتمالا خبریه؟!

سعی کردم بر خودم مسلط باشم و خنده‌ی تصنعی راکه به لب داشتم تا آخر ویزیت حفظ کنم. با اینکه برایم سخت بود ولی گفتم:

ـ نه دکتر، اومدم برای درمان...

قبل از اینکه دکتر چیزی بگوید جواب آزمایش و نتیجه‌ی سونوگرافی را روی میز گذاشتم و گفتم:

ـ فقط خواهش می‌کنم امانت پیش خودتون بمونه، چون دلم نمی‌خواد حتی مامان هم از اومدن من به اینجا چیزی بدونن.

دکتر زمان سری به علامت تأیید تکان داد و برگه‌ی آزمایش و سونوگرافی را نگاهی کرد و با هر ورقی که می‌زد چیزی در دلم فرو می‌ریخت. از زیر چادر انگشت‌های دستم را به هم فشار می‌دادم، کف دستم کاملاً عرق کرده بود و فقط منتظر شنیدن همین یک جمله بودم: «متأسفم شما مشکل دارین...!»

دکتر زمان برگه‌ها را روی میز گذاشت و به پشتی صندلی تکیه داد و با لبخند گفت:

ـ خیالت راحت باشه، همه چیز نرماله.

روی صندلی وا رفتم و گفتم:

ـ دکتر شما مطمئنی؟

دکتر زمان لبخندی زد و گفت:

ـ تا اینجا که همه چیز نرماله، حالا باید یه سری آزمایش برای همسرت بنویسم، تا نتیجه معلوم بشه.

بغض گلویم را گرفته بود، سعی کردم باز هم به خودم مسلط باشم. با سختی زیاد گفتم:

ـ خانم دکتر زحمت نکشید، یک ماهه دارم بهش التماس می‌کنم که با من بیاد دکتر، ولی رضایت نمی‌ده. به هر راهی رفتم، سر حرف خودشه. الان هم این آزمایشات رو دکتر یزدی برام نوشته بود ولی رضا رضایت نمی‌ده.

دکتر لبخندی زد و گفت:

ـ پس چرا این‌قدر اصرار می‌کنی بانو جان؟ یه خانم باید زمانی نگران بارداری باشه که همسرش بچه بخواد.

ـ خب می‌خواد!

ـ یه مرد اگه واقعا بچه بخواد، این‌قدر با دکتر رفتن مخالفت نمی‌کنه.

ـ اما رضا از قبل عروسی می‌گفت که چقدر بچه دوست داره و چندتا بچه می‌خواد، خانم دکتر بدون توجه به مرد نمی‌شه کاری کرد؟

ـ بانو جان من موندم چرا این‌قدر نگرانی عزیز دلم؟ بهش فکر نکن! شاید همسرت هم بی‌مشکل باشه و فکر تو باعث ناباروریت بشه. تنها تجویز من به شما آرامشه، آرامش و اعصاب راحت شاه داروی هر دردیه.

از مطب دکتر خارج شدم. بیرون هوا کاملا تاریک شده و خنک‌تر از دیشب شده بود. خودم را سرزنش کردم که چرا آژانس نگرفته‌ام. به آن سمت خیابان رفتم تا ماشین دربستی بگیرم که رضا جلوی پایم توقف کرد. با تعجب در ماشین را باز کردم و سوار شدم و گفتم:

ـ تو اینجا چی کار می‌کنی؟

رضا با لبخند گفت:

ـ خودت گفتی می‌ری دکتر، گفتم بیام دنبالت. خیلی وقته راه افتادم ولی کلی ترافیک بود. بازم خدا رو شکر بهت رسیدم. موبایلت آنتن نمی‌داد وگرنه باهات تماس می‌گرفتم. می‌خوام امشب ببرمت رستوران گیلانی، امروز تعریفش رو شنیدم. می‌گن غذاش خیلی خوبه، بریم یه میرزاقاسمی خوشمزه بخوریم، موافقی؟

******

وسط کلاس ایستاده و داشتم به نقاشی کردن هر کدام از شاگردهایم نگاه می‌کردم که چه دنیایی دارند. از روی نقاشی هر کدام از این بچه‌ها می‌شد فهمید که در دنیای پر رمز و راز اوتیسم، فکر و ذهن هر بچه‌ای درگیر یک وسیله یا یک کار است. یکی نقاشی‌اش پر شده بود از آنتن، آن یکی انگاری وسط یک جنگل ایستاده بود و هر حیوانی را کشیده بود، ولی نقاشی دنیل برایم عجیب بود، فکر می‌کنم مرا کشیده بود؛ یک زن با چادر.

خم شدم روی نقاشی‌اش و گفتم:

ـ دنیل، چی کشیدی؟

در حالیکه همچنان با مداد مشکی سعی در پر کردن جاهای خالی داشت، گفت:

ـ خاله محب.

صورتش را بالا گرفتم تا علی‌رغم میلش به من نگاه کند و گفتم:

ـ دنیل، فقط خاله محب؟ نمی‌خوای چیز دیگه‌ای بکشی؟ یه گلی یا درختی یا گربه‌ای بکش تا خاله تنها نباشه.

دنیل مداد مشکی را روی میز گذاشت و مداد زرد را برداشت و شروع به رنگ کردن أطراف کرد. همچنان مشغول رنگ آمیزی بود که موبایلم در جیبم لرزید. ویبره‌ی پیامک بود، موبایل را از جیبم درآوردم و به پیامک نگاه کردم:

ـ سلام بانوجان، این شماره‌ی جدیدمه، گفتم شاید زنگ بزنم جواب ندی. خیلی وقته همدیگه رو ندیدیم. کلی دلم برات تنگ شده، پرستو قراره ناهار آخر هفته بیاد منزل ما. دلم می‌خواد تو هم باشی، بهونه نیار که اصلا قبول نمی‌کنم. منتظرت هستم، زود بیا به یاد قدیم‌ها کلی حرف بزنیم. نوید هم نیست، چهارشنبه می‌ره مسافرت، شنبه برمی‌گرده.

منتظرت هستم، قربانت فهیمه.

رفتم روی صندلی نشستم، شماره‌ی جدید فهیمه را سیو کردم و یاد شب اول آشنایی رضا و نوید افتادم. کاش هیچ‌وقت باب آشنایی‌شان باز نمی‌شد و برای همیشه غریبه می‌ماندند. شاید آن آشنایی و مصائب بعدش بازی روزگار بود تا پازل نیمه تمام این‌گونه در عرض چهار سال تمام بشود و شکلش شب‌های سیاه برای من باشد...

به بیرون پنجره نگاه کردم. به درخت‌های کاجی که مدت‌ها بود برایم زیبا نبودند و دوباره همسفر خاطراتم شدم.

*****

رضا سعی می‌کرد مهربان‌تر از قبل باشد. حرفی از بچه نمی‌زد ولی شاید هم با محبت بیش از حدش می‌خواست مخالفت خودش را کمرنگ کند. روزها پشت سر هم می‌گذشت، نزدیک به نوروز بود، با کلی اتفاق جدید، چند روز دیگر عروسی دوست صمیمی دانشگاهی‌ام، فهیمه بود. به صورت کاملا اتفاقی او هم قسمتش یک پسر فوق لیسانس در رشته‌ی عکاسی بود که در دانشگاه هنر درس خوانده و این می‌توانست باب جدیدی را در دوستی خانوادگی ما با هم باز کند.

وقتی برای رضا گفتم که شوهر فهیمه، هم رشته‌ی اوست خیلی خوشحال شد و پیشنهاد داد که یک شب شام دعوت‌شان کنم تا رضا با همسر فهیمه آشنا بشود.

با درگیری فهیمه برای کارهای نهایی تهیه و تکمیل خانه و جهاز، هر روز برنامه‌ی ما موکول به روز دیگری می‌شد تا بالاخره فهیمه و همسرش در یکی از شب‌های شلوغ اسفند ماه دعوت ما را پذیرفتند و به منزل ما

آمدند.

همسر فهمیه، نوید، پسری خونگرم و اهل معاشرت بود و تیپ و ظاهری امروزی داشت و از لحاظ شخصیتی خلاق با کلی ایده و فکرهای جدید بود. عکاس حرفه‌ای یکی از خبرگزاری‌ها بود و دلش می‌خواست روزی برای خودش مستقل شود و بتواند یک آتلیه عکاسی بزند که تقریبا در ایران منحصر به فرد باشد. رضا که مدت‌ها بود با یک هم رشته هم صحبت نشده بود، کلی شب مهمانی با نوید گپ زد و در همان فاصله‌ی کوتاه عکس‌های صنعتی و تبلیغاتی و پروژه‌هایی که در حال کار کردن روی آن‌ها بود به نوید نشان داد.

خوشحال بودم که باب یک دوستی خانوادگی برای ما باز شده، فهیمه را که از سال اول دانشگاه می‌شناختم و خوشبختانه همسرش هم به قول رضا مدل خودمان بود.

رضا آن شب کلی عکس گرفت، می‌دانستم عکس گرفتن‌های رضا بی‌علت نیست و مطمئن بودم که از این عکس‌ها برای تهیه‌ی کلیپ بهره خواهد برد.

نوروز آن سال برایمان متفاوت‌تر از سال‌های قبل و شلوغ‌تر شروع شد. ده فروردین عروسی فهیمه بود و از طرفی رضا برای دوم تا نهم فروردین بلیط مالزی گرفته بود و در این سفر محمدحسن هم ما را همراهی می‌کرد. رضا هوای محمدحسن را خیلی داشت و دلش نمی‌خواست به خاطر مجرد بودنش طرد بشود و هر سفری که ما با محمدحسین می‌رفتیم، به اصرار رضا او را هم با اجبار همراه خود می‌بردیم. ولی چون فرخنده ماه هفتم بارداری‌اش را می‌گذارند امکان همراهی آن‌ها در این سفر نبود و با هم سفر کردنمان موکول به بعد از زایمان فرخنده می‌شد.

روز اول فروردین به سرعت عید دیدنی‌هایمان را کردیم و باز هم به قول رضا انگاری دنبال‌مان کرده بودند و اگر وظیفه‌ی عید دیدنی را انجام نمی‌دادیم، سالمان سال نمی‌شد.

هر چه که بود روز اول فروردین با تمام فشردگی‌اش تمام شد و با خستگی یک روز شلوغ، مسافرت خود را شروع کردیم.

مالزی واقعا جایی دیدنی بود، طبیعت بکر، هوای تمیز، معابد دیدنی. غذاهای متنوع و میوه‌هایی که شکل و مزه و حتی خوردن آن هم برایمان جالب و متنوع بود باعث شد که خاطره‌ی خوبی برایمان از آن سفر باقی بماند و واقعا جای محمدحسین و فرخنده هم در این سفر خالی بود.

روز نهم فروردین قبل از تحویل اتاق زنگ زدیم تهران تا از حال همگی خبردار شویم، ولی جالب بود نه خانه‌ی ما و نه خانه‌ی رضا این‌ها هیچ‌کس جوابگوی تلفن نبود.

بدون اینکه به دلمان بد راه بدهیم، سوار هواپیما شدیم و به خاطر خستگی و یا تاریک بودن هوا بیشتر زمان پرواز را در خواب بودیم. قرار بود که محمدحسین دنبال‌مان بیاید، ولی وقتی محمدحسین را در فرودگاه ندیدیم. تازه دچار دلشوره شدیم.

مرتب با موبایل محمدحسین تماس می‌گرفتیم ولی دسترسی ممکن نبود. با هزار دلشوره رفتیم خانه‌ی آقاجون، چراغ خانه‌ی محمدحسین خاموش بود. با نگرانی در خانه‌ی آقاجون را زدیم...

محمدحسین خوشحال در را روی ما باز کرد. در حالیکه مرا بغل می‌کرد با ذوق خاصی گفت:

ــ وای خوش اومدید، علیرضا به دنیا اومد!

مادر و آقاجون پشت سر محمدحسین به ما خوش آمد می‌گفتند.

محمدحسن با نگرانی گفت:

ـ الان زوده! بچه و مادر سالم هستن؟

آقاجون اشاره به داخل کرد و در حالیکه ما را به منزل دعوت می‌کرد گفت:

ـ اول نگران شدیم به خاطر زود به دنیا اومدنش، ولی الان دکتر بهمون اطمینان داد که همه چیز نرمال و طبیعیه.

با نگرانی گفتم:

ـ پس چرا هنوز مرخص نشده؟

محمدحسین گفت:

ـ چون زود به دنیا اومده دکتر ترجیح داده دو هفته‌ای توی دستگاه باشه. ولی همه‌چی نرماله و منتظره تا عمه و عمو و دایی جان فردا برن دیدنش.

خیلی خوشحال بودم و حس می‌کردم لذت مسافرت با این خبر تکمیل شده. رضا، محمدحسین را محکم بغل کرد و گفت:

ـ مبارکت باشه داداش، تجربه کردن بهترین حس زندگی‌تو تبریک می‌گم...

حس کردم چیزی در وجودم شکست. اون شب چه جروبحثی و غوغایی راه انداختم...

******

دکتر هاشمیان از پشت عینک نگاهی به من انداخت و گفت:

ـ شما روی همسرتون زیادی حساس شده بودید. بهتره از دید و نگاه یک غریبه به ماجرا نگاه کنیم. آیا واقعا ارزش اون‌قدر ناراحتی رو داشت؟ ارزش جر و بحث و خراب کردن لذت مسافرتی که هنوز از یادآوریش

چشماتون برق می‌افته! خانم بانو، مسایل این‌قدر بار منفی نداشت ولی شما با حساسیت بیش از اندازه روی مسایل از کاه، کوه ساختید و خودتون رو زیر اون کوه بردید. شما می‌تونستید از حساسیت‌تون کم کنید، تبریک همسرتون رو مهر برادرانه به حساب بیارید تا منظور غیر مستقیم به خودتون! شما به جای رها کردن خودتون، از تمام حواستون کمک گرفتید که هر کلام و نگاه و احساسی که رد پایی از علاقه به بچه در همسرتون هست رو خاری توی چشم خودتون کردید. با تمام احترامی که براتون قائلم باید بگم مسبب این حال بد اول از همه خود شما هستید، شما قدردان محبت همسرتون نبودید...

سرم را بالا گرفتم و گفتم:

ـ نه، اشتباه نکنید دکتر. ممکنه حساسیتم روی همسرم زیاد شده بود، ولی واقعا قدر تمام محبت‌هاش رو می‌دونستم. واقعا می‌دونستم که کارهاش خاصه و همیشه سعی داره تا اونجایی که می‌تونه رضایت منو جلب بکنه.

مستقیم به دکتر هاشمیان نگاه کردم، آن‌قدر چشمانم پر از اشک شده بود که دکتر را تار می‌دیدم، گلویم پر از بغض شده بود و به سختی گفتم:

ـ محمدحسین دوربین فیلم‌برداری آورد، فیلم کوتاهی رو که از علیرضا گرفته بود به ما نشون داد، واقعا قیافه‌ی رضا دیدنی بود مثل یک بچه ذوق کرده بود. با صدای بچگانه‌ای قربون صدقه‌ی علیرضا می‌رفت. بهش حق می‌دادم، دایی شده بود ولی کارهایش افراط گونه بود، به همون نسبت محمدحسن هم عمو شده بود، ولی رفتارش معقول بود و من این تفاوت رو به پای بچه‌دار نشدن خودش می‌گذاشتم، نمی‌تونم بگم حسادت می‌کردم، چون دوست نداشتم این حس عزیز از عزیزترین‌های زندگی‌ام گرفته بشه. ولی غبطه می‌خوردم. دلم می‌خواست رضا

همین‌جور قربان صدقه‌ی بچه خودش می‌رفت. در وجودم غوغایی بود، گویی تمام وجودم بغض شده بود... وقتی از خانه‌ی آقاجون بیرون آمدیم کلامی با رضا صحبت نکردم. رضا فقط خودش حرف می‌زد و من در سکوتی که خودم علتش را می‌دانستم به حرف‌هایش گوش می‌دادم. ولی وقتی رسیدیم خانه و رضا فقط یک کلام از من پرسید چرا سرحال نیستی بانو جان؟ مثل یک بمب منفجر شدم. او را محکوم به بی‌عاطفگی و بی‌قیدی و نامردی... کردم که به واقع شایسته‌ی رضا نبود. رضا ساکت شده و من یک نفس فریاد شده بودم. انتظار داشتم رضا تغییر رویه بدهد و به خاطر ناراحتی من از موضع خودش فاصله بگیرد، ولی آن شب و رفتار من نه تنها چیزی را عوض نکرد، بلکه وضع را از قبل هم بدتر کرد.

دکتر سری تکان داد و گفت:

ـ شما قدرشناس نبودید خانم بانو، اگه بودید حداقل شب برگشت از سفر باهاش جر و بحث نمی‌کردید. فرصت شما کم نبود، هزار شب و روز بعد از اون شب فرصت برای شکایت داشتید. حداقل می‌ذاشتید لذت شنیدن خبر دایی شدن تا چند روز به کامش شیرین باشه و...

به میان حرف دکتر پریدم و گفتم:

ـ من اصراری به شکایت نداشتم، خودش پافشاری کرد که چرا حالت تغییر کرده و چرا سرحال نیستی!

دکتر هاشمیان لبخندی زد و گفت:

ـ با خودتون رو راست باشید خانم بانو، اون بنده خدا که نیست و الان توجیه کردن فایده‌ای نداره، ولی برای درمان و برای عوض کردن الگوهای فکری اول از همه رو راست بودن شما با خودتون مهمه، بهتره که یادتون بیاد چه کار کردید که همسرتون اون سوال رو از شما کرد.

دکتر هاشمیان لیوان دم‌نوش گیاهی‌اش را روی میز گذاشت و گفت:

ـ خانم بانو، وقتی یک توپ تو زمین حریف می‌ندازیم نباید توقع سکوت داشته باشیم، کار شما یعنی امضاء جنگ! شما همسرتون رو زیر بمباران و حملات متهمانه‌ی خودتون قرار دادید. چرا یک لحظه فکر نکردید که اگه همسرتون هم به اون کار راضی می‌شد دیگه ارزشی نداشت؟ چون به زور و اجبار شما راضی شده بود. الان برای سرزنش خیلی دیر شده، ولی خوبه که همیشه یاد بگیریم به جای جر و بحث و ناراحتی از در صلح خواسته‌هامون رو مطرح کنیم.

با دلخوری نگاهی به دکتر انداختم و گفتم:

ـ من که اول دوستانه با رضا این مسئله رو مطرح کردم، شام مورد علاقه‌اش رو پختم، فضا کاملا دوستانه بود و خیلی راحت و صمیمانه مسئله مطرح شد. ولی رضا نسبت به من موضع گرفت.

دکتر مقداری از دم نوشش را خورد و دوباره ادامه داد:

ـ درسته شروع خوبی داشتید، ولی اگه فقط همون یک شب رو بدون ادامه‌ی بحث به همسرتون فرصت فکر کردن روی حرف‌هاتون رو می‌دادید شاید توی همون چند ساعت نظر همسرتون تغییر می‌کرد و بازی به نفع شما تموم می‌شد. ولی شما با یک نه همسرتون، خویشتن داری‌تون رو از دست دادید. خانم بانو، شما برای کمک به خودتون باید به صورت مرحله ای، ظرفیتتون رو بالا ببرید.

از کوره به در رفتن مثل دقیقا یک ظرف آب را به زمین ریختن می‌مونه. شما تا نهایت برای ریختن اون ظرف آب فرصت دارید، ولی وقتی آب به زمین ریخت آیا می‌تونید تمام اون رو دوباره به ظرف برگردونید؟ خانم بانو، دومین اشتباه شما! هیچ‌وقت یه مرد رو با الفاظی که مردونگی‌اش رو زیر سوال می‌بره کوچیک نکنید. اینو برای زندگی آینده‌تون می‌گم، دلم می‌خواد از این همه فشار و ناراحتی درس گرفته باشید و به زودی دل به

زندگی جدیدی بدید، بذارید یک مرد همیشه مرد باشه و مردونگی بکنه و شما هم ظرافت زنانه‌تون رو داشته باشید. شما بچه می‌خواستید، به چه قیمتی؟ به نظرتون یه نامرد می‌تونه پدر خوبی برای فرزند شما باشه که از این الفاظ استفاده کردید؟ خانم بانو، شما دست رو نقطه جوش همسرتون گذاشتید.

بغض گلویم را گرفت، یاد دوران عقد و طراحی کارت عروسی افتادم که با یک خاله زنک گفتن من، رضا تا چند روز به هم ریخته بود. وای خدایا چرا در حرف زدن آن‌قدر بی دقت بودم؟ کاش زمان به عقب برمی‌گشت و می‌توانستم گذشته را جبران کنم.

بعد از یک جرو بحث طولانی با رضا انتظار داشتم که رضا در عروسی فهیمه و نوید شرکت نکند، ولی باکمال تعجب دیدم که بدون حرف با من همراه شد و به عروسی آمد. که ای کاش هرگز به آن عروسی کذایی نمی‌آمد تا این دوستی ریشه‌دار بشود.

آن شب در سکوت به عروسی رفتیم و برگشتیم ولی روز بعد رضا بدون اینکه به من چیزی بگوید به تنهایی برای دیدن علیرضا به بیمارستان رفت. وقتی برگشت او سرحال بود و من مثل یک آتشفشان در حال انفجار. خیلی سعی کردم به خودم مسلط باشم ولی آن‌قدر از این کار رضا ناراحت بودم که تا کلید در قفل چرخید، به دم در دویدم.

رضا با چشمانی که از خوشحالی برق می‌زد سلامی به من کرد و من بدون اینکه پاسخگوی سلامش باشم، گفتم:

ـ رضا از دست من ناراحتی، دلخوری، دلت می‌خواد سر به تن من نباشه، درست! ولی به نظر خودت درست بود که بدون اینکه به من بگی رفتی بیمارستان؟ من عمه نبودم، فقط تو دایی بودی؟ خودت رو بذار جای من، نمی‌گی الان بقیه چی می‌گن؟

رضا با بی‌تفاوتی از کنارم رد شد و گفت:

ـ قضاوت دیگران برام مهم نیست، من کاری رو کردم که به نفعت بود. گفتم شاید با دیدن علیرضا به هم بریزی.

داغ شده بودم با ناراحتی گفتم:

ـ من از دیدن برادرزاده‌ام به هم بریزم؟ تو چه فکری در مورد من کردی؟

رضا نیشخندی زد و گفت:

ـ من فکری نکردم، حال و احوال خودت نشون می‌ده که...

رضا حرفش را قطع کرد.به سمتش رفتم و دستش را گرفتم و با عصبانیت گفتم:

ـ چرا حرفت رو خوردی؟ چرا هیچی نمی‌گی؟

رضا دستش را از دستم بیرون کشید و خیلی آرام گفت:

ـ من چیزی نمی‌گم ولی خودت رفتار پریشبت رو مرور کن و ببین من حق داشتم یا نه...؟!

عصبانی شده بودم، دلم می‌خواست تمام وجودم را که فریاد شده بود، بر سر رضا خالی کنم. رضا خیلی آرام گفت:

ـ حالا بی خیال امروز شو، خوردنی چی داریم؟ ناهارم هم نخوردم.

این پا و آن پایی کردم و پایی به زمین کوبیدم و بدون حرفی به اتاق خواب رفتم و در را پشت سرم محکم بستم. در دل آرزو می‌کردم که رضا در اتاق را باز کند و برای دلجویی پیشم بیاید ولی وقتی دلم از گشنگی ضعف رفت و مجبور شدم قهر یک طرفه‌ی خودم را پایان بدهم و از اتاق بیرون بیایم، تازه فهمیدم که چه اشتباهی کرده‌ام. رضا بی‌خیال روی مبل لم داده بود و در حالیکه چاقاله بادام‌های نمک زده را می‌خورد مشغول نگاه کردن فیلم سینمایی بود.

حتی با صدای بیرون آمدن من سرش را بلند نکرد. سری تکان دادم و به آشپزخانه رفتم تا نان و پنیری بخورم. در یخچال را که باز کردم، رضا از هال با صدای بلند گفت:

ـ کباب درست کردم، گشنه‌ای برو بخور. گذاشتم توی ماکروفر.

در یخچال را بستم. به رضا نگاه کردم، همچنان در حال نگاه کردن تلویزیون بود. در ماکروفر را باز کردم. چند تکه کباب در کنار پوره سیب‌زمینی و قارچ‌های کوچک سرخ شده خودنمایی می‌کرد. عاشق پوره سیب‌زمینی‌هایی بودم که رضا درست می‌کرد. از گرسنگی در حال غش کردن بودم. دست دراز کردم تا تکه‌ای کباب بردارم، دستم را درون ماکروفر عقب کشیدم و در ماکروفر را بستم، نباید کم می‌آوردم. در یخچال را باز کردم و پنیر را بیرون آوردم و با بسته نانی که از صبح بیرون گذاشته بودم و تقریبا بیات بود، مشغول خوردن شدم.

دلم برای خوردن غذای دست پخت رضا ضعف می‌رفت، ولی نباید کم می‌آوردم. دوباره به اتاق رفتم. لحظه شماری می‌کردم که هر لحظه رضا در اتاق را باز کند و همه چیز ختم به خیر بشود ولی بی‌خود دلخوش بودم. زمان دیر می‌گذشت و در و دیوار اتاق داشت مرا می‌خورد. از روی تخت بلند شدم و سریع لباسم را تنم کردم از اتاق بیرون زدم، رضا همچنان مشغول دیدن تلویزیون بود و نیم نگاهی هم به من نکرد. وقتی به سمت در رفتم بدون اینکه سرش را به سمتم بچرخاند، گفت:

ـ کجا می‌ری بانو جان؟

من هم شدم آینه خود رضا بدون اینکه رضا را نگاه کنم در حالیکه دستم روی دستگیره در بود گفتم:

ـ دارم می‌رم خونه‌ی محمدحسین. می‌خوام ببینم کاری، چیزی نداره برای فردا که فرخنده می‌یاد خونه.

بدون اینکه منتظر نظر رضا باشم از در خانه خارج شدم. می‌دانستم که وسط عیدی ماشین به همین راحتی پیدا نمی‌شود، ولی معطل ماندن بهتر از ماندن در آن چهار دیواری بود. به سر خیابان که رسیدم، ماشین رضا جلوی پایم ترمز کرد و رضا خم شد و در ماشین را باز کرد و گفت:

ـ سوار شو.

فکر می‌کردم، این دنبال من آمدن به منزله‌ی تمام شدن ماجرا است، ولی اشتباه می‌کردم. وقتی ماجرا را من شروع کرده بودم، نباید انتظار تمام شدن آن را از طرف رضا می‌داشتم.

سوار ماشین شدم، رضا آهنگ «یه شب مهتاب» فرهاد را گذاشته بود و زیر لب آهنگ را زمزمه می‌کرد:

یه شب مهتاب، ماه می‌یاد تو خواب، منو می‌بره، اونجا که شباش...

گویی بی‌حوصلگی به همه چیز سرایت کرده بود و حوصله‌ی هیچ چیز را نداشتم دست بردم و ضبط را خاموش کردم و گفتم:

ـ همه زندگی‌مون شده تکرار تکرار! یه تنوعی...

رضا لبخندی زد و گفت:

ـ چرا این‌قدر با خودت درگیری بانو؟!

سرم را به سمتش چرخاندم و گفتم:

ـ من درگیرم؟

رضا دستش را آرام روی لبم گذاشت و گفت:

ـ تا وقتی خودت با خودت کنار نیومدی، بهتره هیچی نگی. شاید دوباره مثل پریشب حرفی بزنی که دیگه نتونم به این راحتی ازت بگذرم. پس بهتره به جای این همه صغری و کبری چیدن مسئله رو خودت با خودت حل کنی.

محمدحسین رفته بود خرید. به همین خاطر تا آمدنش رفتیم خانه‌ی

آقاجون. آقاجون با دیدن ما خوشحال شد، ولی مادر رویی ترش کرد و با علم و اشاره به من فهماند که بروم توی آشپزخانه.

وارد آشپزخانه که شدم مادر نگاهی به پشت سرم کرد تا از اینکه رضا دنبالم نیامده مطمئن شود و بعد گفت:

ـ بانو، نه به امروز اومدنت و نه به دیروز نیومدنت! یعنی این‌قدر خسته بودی که نمی تونستی یه نوک پا بیای بیمارستان؟ نمی‌دونی چقدر جلوی خانم و آقای خطیبی شرمنده شدم. به رضا می‌گم، پس بانو کو؟ بهم می‌گه هنوز خستگی سفر از تنش در نیومده! دیگه ده دقیقه دیدن زن داداش و بچه‌ی داداشت این‌قدر سخت بود؟

لبی گاز گرفتم و با حرص اشاره به بیرون کردم و گفتم:

ـ اون داماد بی‌شعورتون منو قال گذاشت و رفت! من اصلا روحم هم خبر نداشت که رضا اومده بیمارستان!

مادر با دست به گونه‌اش ضربه زد و گفت:

ـ بانو دهنت رو آب بکش این چه وضع حرف زدنه؟ من کی با تو بد دهنی کردم که تو الان با این ادبیات صحبت می‌کنی؟

تازه متوجه شدم که کمی تند رفته‌ام و خیلی آرام گفتم:

ـ مامان منو ببخشید، این رضا داره منو دیوونه می‌کنه.

مادر دوباره به پشت سرم نگاه کرد و گفت:

ـ نکنه باهاش این‌جوری صحبت کردی که از دستت دلخور شده؟ بانو؟ حواست به من هست؟

ـ بله مامان؟

ـ یه مرد غرور داره، هرگز و هرگز با حرف‌های بی‌ربط غرورش رو لگد مال نکن.

اخمی کردم و دست‌های مشت شده‌ام را با حرص به هم فشار می‌دادم

و خیلی آرام گفتم:

ــ مامان، شما مادر منی یا مادر رضا؟ یه بار شد طرف منو بگیری و بگی حق داری؟ یه بار شد؟!

مادر سری تکان داد و گفت:

ــ چون مادرتم و دوستت دارم، حرفایی می‌زنم که شاید باب طبعت نباشه، ولی مطمئن باش که به نفعته. رضا مردی نیست که تو رو ول کنه و تنها بلند بشه بیاد بیمارستان. کمی با خودت خلوت کن و ببین چی کار کردی یا چی گفتی که این کار رو باهات کرده.

سرم داغ شده بود، مادرم هم که از گوشت و خون خودم بود، طرف رضا را گرفته بود. رضا، رضا، رضا! همه طرف او بودند.

با حرص به سمت سینک ظرفشویی رفتم و شیر آب را بی‌علت باز کردم و مشت مشت آب به صورتم ریختم و آب را بستم و نگاهی به مادر کردم و گفتم:

ــ مامان می‌تونم خواهش کنم این‌قدر منو محکوم نکنین؟ من نه حرفی زدم و نه برخوردی کردم. شاید واقعا رضا فکر کرده من خسته‌ام و نخواسته به من چیزی بگه، چه می‌دونم! حالا که من الان اینجام. اصلا خوبه تا حموم چهل فرخنده اینجا بمونم تا حرف و حدیث تموم بشه؟

مادر بهم نزدیک شد و گفت:

ــ بانو الان من دیگه نگران حرف و حدیث نیستم، نگران زندگی توام.

ــ تو رو خدا نگران نباشین مامان! هیچ اتفاقی نیفتاده. می‌شه دیگه در مورد این موضوع صحبت نکنیم؟

مادر سری تکان داد و گفت:

ــ مراقب زندگیت باش، کاری نکن وقتی از دستش دادی بشینی و حسرتش رو بخوری.

نیشخندی زدم و گفتم:

ـ نه من اهل طلاق گرفتن هستم و نه رضا اهل طلاق دادن! خیال‌تون راحت، تا آخر عمر تنگ دلش هستم.

مادر دستی به پیشانی‌اش کشید و گفت:

ـ بانو خیلی‌ها هم تا آخر عمر به ظاهر طلاق نگرفتن و با هم زندگی می‌کنن، ولی زندگی بدون عشق و احترام زندگی نیست مردگیه! بانو دنیا آدم هم دور و برت باشن این رضاست که برات می‌مونه. هیچ‌وقت، حتی زمانی که از دست رضا ناراحت شدی، پهلوی دیگران کوچیکش نکن. یه همسر تکیه‌گاه و سایه‌ی سره. برای راحت زندگی کردن تکیه‌گاهت رو بزرگ کن، نه کوچیک.

نگاهی به خودم در آینه انداختم، چقدر چهره‌ام خسته و شکسته شده بود و بیشتر از آن روحم. کاش می‌توانستم به عقب برگردم و همه چیز را جبران کنم. کاش آن موقع که مادر از سر دلسوزی نصیحتم می‌کرد، باور می‌کردم که خیر و صلاحم را می‌خواهد. کاش برای جبران اشتباهات، راه برگشتی به گذشته بود. شاید اگر آن موقع می‌دانستم شمع وجود رضا چقدر زود خاموش می‌شود، هرگز انقدر به قول مادر بهش گیر نمی‌دادم.

از فکرم سری تکان دادم و پیش خودم گفتم:

ـ کاش باور کنیم که مرگ خبر نمی‌ده، کاش باور کنیم که به ثانیه‌ای دیگه نمی‌شه اعتماد کرد و آدمی که الان هست، ممکنه لحظه‌ی بعد شادروان بشه...

از جلوی آینه کنار آمدم و روی تخت دراز کشیدم و مسافر زمان شدم.

******

علیرضا از بیمارستان مرخص شد و شور و هیاهوی خاصی مهمان لحظات بهاری ما شد. من دیگر نمی‌توانستم توی خانه بند بشوم، صبح که از خواب بلند می‌شدم جمع و جور می‌کردم و راه می‌افتادم خانه آقاجون به عشق دیدن علیرضا. روزهایی که فرخنده می‌رفت خانه‌ی خودشان من هم دنبالش بودم. به ظاهر همه چیز خوب بود ولی گیر دادن‌ها و گلایه‌های شبانه من به رضا تمامی نداشت.

اواخر اردیبهشت ماه بود. حمام چله علیرضا برگزار شده بود و آن شب از آن شب‌ها بود که دیگر نتوانستم خودم را کنترل کنم و برای نیامدن دکتر به رضا کلی گیر دادم. رضا از جایش بلند شد و کمی در اتاق راه رفت و بعد به اتاق خواب‌مان رفت و لباس پوشیده بیرون آمد. با تعجب نگاهش کردم و گفتم:

ـ کجا نصف شبی؟

رضا نیشخندی زد و گفت:

ـ من و تو به تفاهم نمی‌رسیم. من می‌رم، فردا، پس فردا، هفته‌ی آینده... هر وقت آماده شدی می‌ریم محضر.

با تعجب به رضا نگاهی کردم و گفتم:

ـ به جای حل کردن مسئله، صورت مسئله رو پاک می‌کنی! یعنی چی رضا؟ می‌فهمی چی می‌گی؟!

رضا دستی به موهایش کشید و گفت:

ـ بهتر از همیشه می‌فهمم، من یه نظر دارم و تو نظر دیگه. هر دو هم روی نظرمون پافشاری می‌کنیم، نمی‌شه بانو جان هر دو «من» باشیم! بالاخره باید یکی این وسط نیم‌من بشه...

سری تکان دادم و گفتم:

ـ اگه واقعا عاشقی، پای عشقت وایسا و نیم‌من شو و از موضع خودت

کوتاه بیا...

رضا سرش را بالا برد و نفس عمیقی کشید و گفت؛

ــ چرا فقط برای یک بار تو رسم عاشقی رو به من یاد نمی‌دی؟

نگاهش کردم، بیشتر از هر وقتی بهش احتیاج داشتم. دلم می‌خواست همان لحظه از جا بلند شوم و محکم بغلش کنم و بگویم:

ــ رضا عاشقتم، من بدون تو لحظه‌ای نمی‌تونم زندگی کنم، زندگی بدون تو برام هیچ مفهومی نداره!

ولی چیزی در وجودم فریاد می‌زد، اگر فقط این بار را کوتاه بیایی تا آخر عمر، تویی که باید کوتاه بیایی و همیشه باید سر تعظیم به نیازهای رضا خم کنی. رضا مقابلم قرار گرفت، نگاهی به ساعتش انداخت و گفت:

ــ بانو، منتظر جوابت هستم. چی کار می‌کنی؟ ترجیحت به کدومه، تموم کردن این ماجرا یا پایان دادن زندگی؟

نمی‌توانستم فکر کنم. می‌دانستم که رضا دارد مرا در منگنه قرار می‌دهد تا نظرم را تغییر بدهد. به همین خاطر بی‌هیچ حرفی به اتاق رفتم و در را بستم.

روی تخت نشستم، چند دقیقه بعد در اتاق باز و رضا وارد شد. چهره‌اش آرام بود. انتظار داشتم حرفی بزند ولی آرام از طبقه‌ی بالای کمد چمدان کوچکی را درآورد و چند دست از لباس‌هایش را داخل آن گذاشت و بعد از کشوی دراور شناسنامه‌اش را برداشت و در حالیکه از در خارج می‌شد گفت:

ــ من دارم می‌رم هتل، برای محضر باهات قرار می‌ذارم. نگران چیزی هم نباش، من تمام حق و حقوق شرعی و قانونیت رو پرداخت می‌کنم.

با ناباوری نگاهش کردم، مثل مسخ شده‌ها شده بودم. نه حرفی زدم و نه از جایم تکان خوردم. صدای بسته شدن در که آمد تازه باور کردم که

رضا رفته است. از جایم بلند شدم، به سالن رفتم و به آینه‌ی بختمان نگاه کردم. آینه و در و دیوار داشت مرا می‌خورد. تازه احساس تنهایی کردم، من نمی‌توانستم بدون رضا زندگی کنم، ولی زندگی با رضا و بدون بچه هم نهایتا به بن‌بست می‌رسید.

روی زمین نشستم و سرم را به زانو تکیه دادم و از ته دل گریه کردم. بین بد دوراهی گیر افتاده بودم. شب تا صبح خواب به چشمم نیامد، تمام مدت در خانه راه رفتم و فکر کردم الان رضا کجا بود؟ چه کار می‌کرد؟ او هم مثل من شب را بدون خواب به صبح رسانده بود یا نه..

باید بهش زنگ می‌زدم و می‌گفتم که برگردد.

شماره موبایلش را گرفتم. موبایل خاموش بود. با نگرانی به ساعت نگاه کردم. هنوز چند دقیقه‌ای به ساعت هشت باقی مانده بود. شاید بر خلاف من راحت تا صبح خوابیده بود و هنوز از خواب بیدار نشده بود. از جایم بـلـنـد شـدم و بـه آشـپـزخانه رفتم و قهوه‌ساز را روشن کردم. از بی‌خوابی سرم درد گرفته بود و خوب بود که یک قهوه‌ی غلیظ می‌خوردم. میل به هیچ چیزی نداشتم ولی با سردرد شدیدی که به سراغم آمده بود خوردن یک قرص مسکن هم ضرر نداشت، ولی با شکم خالی.....

از ظرف خرمایی که روی میز بـود یک خـرمـا بـرداشـتـم و بـه دهـنـم گذاشتم، مزه شیرین خرما ته دلم را زد. نیمه خرما را از دهنم درآوردم و با حال بد سریع به سمت شیر ظرفشویی رفتم و لیوان آبی خوردم. همیشه همین طور بود، وقتی سر دردم شدت می‌گرفت حالت دل آشوبه و تهوع هم به سراغم می‌آمد.

صدای قهوه‌ساز هم برایم کلافه کننده شده بود. مثل این بود که اشیاء دست به دست هم داده بودند تا مرا کلافه کنند. لیوان دسته دارم را پر از قهوه‌ی بدون شیر کردم ولی قبل از آن تلفن را برداشتم و به موبایل رضا

زنگ زدم، ولی باز هم خاموش بود. نگاهی به ساعت انداختم، عقربه‌های ساعت هم امروز سر ناسازگاری با من داشتند. گویی دقیقه شمار هم حرکتش را کند کرده بود. کلافه به آشپزخانه برگشتم و قهوه‌ی داغ را مزه مزه کردم و وقتی قهوه کمی از حرارت افتاد سریع آن را خوردم.

با وجود سر درد شدید و دل آشوبه سریع لباس پوشیدم و از خانه بیرون زدم. قدم زدن سریع تنها کاری بود که همیشه آرامم می‌کرد.

طی دو ساعت راه رفتن بیش از بیست بار با رضا تماس گرفتم، ولی از رضا خبری نبود. شاید فراموش کرده بود که شارژر موبایلش را با خود ببرد و الان خاموش بودن موبایل به خاطر بی‌شارژی بود. باید سریع به خانه برمی‌گشتم تا از بودن شارژر مطمئن شوم. قدم‌هایم را سریع‌تر از قبل کردم و با سرعتی که بیشتر به دو می‌ماند تا پیاده‌روی به خانه رسیدم. در آن هوای مطبوع بهاری تنم خیس از عرق شده بود. کلید را در قفل چرخاندم ولی با کمال تعجب با اولین چرخش کلید در باز شد. من همیشه عادت داشتم که در را سه قفله کنم ولی شاید امروز به خاطر حال بدم فراموش کرده بودم.

چادرم را از سرم برداشتم و به اتاق خواب رفتم ولی با دیدن در باز کمدم وحشت زده شدم، شاید دزد آمده بود. با اینکه کارم عاقلانه نبود ولی تمام خانه را گشتم و بعد به محلی که طلاهایم را می‌گذاشتم نگاهی کردم.

طلاها سر جایش بود.....

کشوها را دانه دانه بازرسی کردم، اما از مدارک کلی و شناسنامه من خبری نبود!

******

دکتر هاشمیان خودکارش را روی زمین گذاشت و گفت:

ـ تا همین جا کافیه خانم بانو. واقعا هرچقدر داستان زندگی‌تون رو می‌شنوم بیشتر متأسف می‌شم که شما تا چه حد جوونی کردید. شما واقعا صبرتون کم بوده، چرا به شوهرتون فرصت ندادید؟ شما از یک مرد عاشق و رمانتیک، یک تکه سنگ ساختید. برگ برنده دست شما بود، شما میتونستید با حربه محبت و عشق نظر شوهر احساسی خودتون رو عوض کنید ولی شما محبت‌هاتون لحظه‌ای بود. اون‌قدر کوتاه که در ذهن موندگار نمی‌شد و به سرعت با یک نقطه جوش همون محبت کوچک رو بی‌رنگ می‌کردید. شما حداقل باید یک ماه بی گفت و شنود حتی ظاهری هم محبت خرج می‌کردید تا همسرتون به پاس این محبت نظرش تغییر کنه. سخت‌ترین مردها با یک محبت نرم می‌شن ولی شما بیراهه رفتید خانم بانو، شما به جای محبت با شوهرتون جنگیدید و به جای بزرگ کردن شخصیتش، مشغول تخریبش شدید. خانم بانو، مسبب تمام این مسایل و رسیدن شما به مرز طلاق خودتون بودید.

سرم را تکان دادم و گفتم:

ـ قبول دارم خیلی جاها اشتباه کردم، ولی رضا هم خیلی محکم سر موضع خودش ایستاده بود. آن‌قدر محکم که نه یک ماه نه صدماه محبت نمی‌تونست اون رو تغییر بده.

دکتر هاشمیان محکم گفت:

ـ شما طلاق گرفتید؟

سرم را تکان دادم و با ترس گفتم:

ـ نه هیچ‌وقت از هم جدا نشدیم.

دکتر هاشمیان مستقیم به چشمانم نگاه کرد و گفت:

ـ چی شد که با اون قاطعیت از طلاق منصرف شد؟

لبم را گاز گرفتم و کمی سکوت کردم. شاید دلم می‌خواست جزئیات آن روز را کامل به یاد بیاورم. دکتر هاشمیان بلندتر از قبل گفت:

ـ برای برگشت رضا فقط یک راه باقی مونده بود اون هم عذرخواهی و کوتاه اومدن از مَن شخصیتی بود.

لبخندی زدم و گفتم:

ـ دکتر، دیگه دارم مطمئن می‌شم که شما ذهن آدم‌ها رو می‌خونید.

دکتر هاشمیان انگشتان دستش را در هم گره زد و گفت:

ـ در زمینه ذهن خوانی تخصصی ندارم ولی می‌تونم حدس بزنم که وقتی شما شناسنامه‌ی خودتون رو توی کشو ندیدید مطمئن شـدید کـه حرف رضا یه شوخی یا تهدید نبوده، اون موقع بود که به خودتون اومدید و برای برگشت رضا به تکاپو افتادید، درسته؟

چادرم را روی سرم مرتب کردم و سرم را بالا گرفتم و گفتم:

ـ دقیقا همین طوره، من فکر می‌کردم با خود گرفتن و داد و بیداد رضا کوتاه می‌یاد ولی اون فردی که تسلیم شد رضا نبود، من بودم.

ـ بعدش پشیمون شدید از تسلیم شدن؟

سری تکان دادم و گفتم:

ـ هرگز، حاضر بودم که هر کاری بکنم تا رضا برگرده، مطمئن بودم که اگه دیگه پاپیچ رضا نشم، رضا مثل قبل می‌شه. ولی...

نتوانستم ادامه بدهم. دوباره از خاطرات آن روز چشمانم پر از اشک شد. با پشت دست اشک‌هایم را پاک کردم. دکتر هاشمیان نفس عـمیقی کشید و گفت:

ـ برام جالبه آدمیزاد موجود غریبیه، گاهی خودمون آرامش‌مون رو با دست‌های خودمون به هم می‌ریزیم و بعد خودمون رو بـه آب و آتیش می‌زنیم به نقطه‌ای برسیم که قبلا بودیم. حتی گاهی حاضریم براش بهای

زیادی پرداخت کنیم. کاش باور می‌کردیم ثانیه‌ای که رفت هرگز برنمی‌گرده.

داشتم دیوانه می‌شدم، ساعت کش آمده بود گویی روز نیت به ظهر شدن نداشت. صدای زنگ تلفن باعث شد مثل پرنده‌ای که از قفس آزاد می‌شود به سمت تلفن پرواز کنم. گوشی را برداشتم:

ـ الو بفرمایید؟

صدای فهیمه بود.

ـ سلام بانو جان، خوبی؟ چرا نفس نفس می‌زنی؟ بابا انقدر خودت رو با رُفت و روب خونه اذیت نکن، کمی به فکر خودت باش. لیسانس گرفتی بچپی تو خونه و بشور و بساب در بیاری؟ الان که آزادی و بچه نداری یک کاری بکن، چون اون موقع دیگه فاتحه‌ت خونده‌س. چه خبر؟ چی کار می‌کردی؟

ـ هیچی تازه از پیاده‌روی اومده بودم، آقا نوید خوبه؟

ـ بله اونم خوبه، راستش نوید گفت زنگ بزنم شب افتخار بدید شام تشریف بیارید کلبه خرابه‌ی ما رو روشن کنید، نوید کلی از رضا خوشش اومده و دلش می‌خواد بیشتر باهاش آشنا بشه.

ـ راستش فهیمه جون، ما شب خونه‌ی مامانم دعوتیم. ان‌شاالله یه وقت دیگه...

ـ بانو، حالا امشب رو بد بگذرون و یک شب دیگه برو خونه‌ی مامانت اینا، خونه مامانت که هر شب می‌ری.

ـ مهمون به غیر ما هم داره، باید زودتر برم کمکش.

ـ باشه، به نوید می‌گم یه شب دیگه، ولی نکنه دوباره ما رو از سر خودتون باز کنید!

ـ نه بابا، این حرفا چیه؟ ان‌شاالله یه روز دیگه.

فهیمه که گوشی را قطع کرد شماره‌ی رضا را گرفتم، قلبم به تاپ تاپ افتاده بود. حال عجیبی داشتم بعد از سه بار زنگ خوردن رضا گوشی را برداشت. آب دهانم را قورت دادم و گفتم:

ـ رضا؟

رضا سلام سردی کرد و گفت:

ـ بله؟ سرکارم، سرم هم شلوغه! کاری داری زود بگو!

ـ رضا، می‌تونم خواهش کنم بیای خونه؟ می‌خوام باهات صحبت کنم.

گویی همین یک جمله کافی بود تا صدای رضا نرم‌تر از قبل بشود و بگوید:

ـ چیزی شده؟ دیشب مشکلی برات پیش اومده؟

حس خوبی داشتم، از اینکه رضا هنوز نگران من است، مثل دختر مجردی شده بودم که از مورد توجه قرار گرفتن، قند توی دلش آب می‌شود. تو حس و حال خودم بودم که صدای مجدد رضا، مرا متوجه خودم کرد و گفتم:

ـ رضا ممنون می‌شم هر چی زودتر بیایی خونه، راستی یه چیز دیگه. فهیمه زنگ زد و گفت شب بریم خونه‌شون ولی من چون می‌خواستم باهات حرف بزنم بهانه آوردم، باید منو ببخشی.

رضا آرام‌تر از قبل گفت:

ـ این چیزا اهمیت نداره بانو، مسایل مهم‌تر از دعوت نوید تو زندگی هست.

خیلی آرام گفتم:

ـ رضا، بابت دیشب منو می‌بخشی؟

رضا سکوت کرد، نمی‌دانستم سکوتش را به پای جواب منفی‌اش

بگذارم یا جواب مثبت. ولی باز هم راضی بودم، همین که به تلفنم جواب داده بود و می‌خواست به حرف‌هایم گوش کند، برایم کلی ارزش داشت. باید با خودم روراست می‌بودم من نمی‌توانستم بدون رضا زندگی کنم. پس باید دل به دل رضا می‌دادم، چون برای ادامه زندگی یکی باید کوتاه می‌آمد. همین دیشبی که بی رضا صبح کرده بودم به من نشان داد که من آدمی نبودم که به همین راحتی بی رضا زندگی کنم.

از جایم بلند شدم. دقیقا مثل آدمی بودم که دوپینگ کرده. نمی‌دانستم از کجا شروع کنم، ولی بالاخره باید از جایی شروع می‌کردم. رفتم توی آشپزخانه و در فریزر را باز کردم، باید بهترین غذا را برای امشب درست می‌کردم، دقیقا مثل اولین باری که بعد از عروسی‌مان غذا درست کرده بودم کلی هیجان داشتم.

در فریزر را بستم. بهتر بود همه چیز تازه باشد. با یک طعم جدید، باید کاری می‌کردم که خاطره‌ی امشب پر رنگ‌تر از همیشه باشد. سریع لباسم را تنم کردم و ساک خرید را برداشتم و راه افتادم. توی ذهن شلوغم داشتم دنبال غذاهایی می‌گشتم که تا به امروز درست نکرده بودم.

وای خدایا، چقدر غذا بود که هنوز درست‌شان نکرده بودم. رفتم توی فروشگاه و قسمت محصولات پروتئینی، نگاهم به انواع و اقسام محصولات در یخچال شیشه‌ای بود و ذهنم درگیر اینکه چی درست کنم.

زن جوانی با سفارش شاه میگو به فروشنده کمک بزرگی به من کرد. در این سه سال تا حالا میگو درست نکرده بودم و این یک قلم می‌توانست یکی از غذاهای امشب ما باشد. با اینکه حتی درست کردن میگو را بلد هم نبودم، ریسک خرید آن را پذیرفتم، چون دلگرم بودم به کتاب آشپزی‌که مادر سر جهیزیه بهم داده بود و تا امروز خاک خورده بود و امروز کلی به کار می‌آمد. کمی گوشت گوسفندی هم خریدم تا ببینم

بالاخره چی درست می‌کنم. وقتی به قسمت میوه رفتم سریع یک کلم برداشتم. رضا عاشق دلمه بود و من هیچ‌وقت حوصله‌ی درست کردن دلمه کلم را نداشتم ولی آن‌روز به قدری انگیزه داشتم که دلم می‌خواست کلی غذا درست کنم.

نمی‌دانم چقدر زمان طول کشید فقط ساک خریدم از انواع و اقسام خوراکی‌ها پر شده بود. با اینکه ساک خریدم سنگین بود، ولی با نیرویی مضاعف به سمت خانه می‌رفتم. وقتی رسیدم خانه سریع مواد خراب شدنی را در یخچال گذاشتم و مشغول کار شدم.

هیچ‌وقت دوست نداشتم موقع غذا درست کردن غذا را مزه کنم، ولی آن شب دلم می‌خواست همه چیز بی نقص باشد، به همین خاطر هر چیز را چند بار مزه می‌کردم تا از طعم خوب آن مطمئن شوم.

دلمه کلم آماده شده بود و توی پیرکس چیده شده بود و فقط احتیاج به گرم کردن داشت. خورشت ناردونی و برنج آبکش شده در قابلمه بودند و میگوها هم باید لحظه‌ی آخر سرخ می‌کردم. کیک سیب و دارچین هم توی فر بود و فکر کنم تا دقایق دیگر کار پخت آن هم تموم می‌شد. تا پخته شدن کیک، کمی خانه را مرتب کردم و بعد از گذاشتن کیک در جا کیکی به حمام رفتم. الان بهترین موقعیت برای مرتب کردن موهایم بود.

رژلب صورتی را که روی لب‌هایم کشیدم و نگاهی با تحسین به خودم در آینه انداختم، مطمئن شدم که تمام کارها را به بهترین نحو انجام داده‌ام. همه چیز برای آمدن رضا آماده بود. چندین بار دعا کردم که آرامشم را از دست ندهم و کم نیاورم. هر لحظه آماده‌ی شنیدن زنگ بودم، ولی بر خلاف همیشه کلید در قفل چرخید و رضا وارد شد. سریع برای استقبال به سمت در رفتم. در دست راست رضا یک کیسه گوجه سبز نوبرانه و در دست چپش یک دسته گل پر از میخک قرمز بود. کیسه‌ی گوجه سبز را

کنار در گذاشت و با دو دست دسته گل را به طرف من گرفت و گفت:

ـ بابت تمام این چند ماه منو ببخش بانو، من نمی‌دونم چه جوری ازت عذرخواهی کنم. من با خودخواهی و شاید هم ترس از قبول حقیقت چند ماه از بهترین لحظات زندگی‌مون رو به کام خودم و تو تلخ کردم. می‌دونم اشتباه کردم، تو حق داری هر چی که دوست داری به من بگی. شاید باورت نشه ولی نه تنها دیشب، بلکه خیلی از شب‌ها خواب به چشمم نرفت و خیلی از اون شب‌ها فکر کردم که چطور مسئله رو با تو مطرح کنم! پیش خودم مالزی رو برای مطرح کردنش مناسب دونستم، ولی تموم اون یک هفته هرکاری کردم موفق نشدم. بانو حق تو بود که همه چیز رو بدونی و وظیفه‌ی من بود که خیلی زودتر از این باهات حرف بزنم، ولی خودم هم هیچ‌وقت باور نمی‌کردم که تا این اندازه بزدل باشم.

با چشم‌های گشاد شده به رضا نگاه کردم. رضا در مورد چی صحبت می‌کرد؟ از ظهر به بعد چند بار پیش خودم تمرین کرده بودم که به رضا چی بگویم و الان در موقعیتی قرار گرفته بودم که حتی یک درصد هم آن را پیش‌بینی نمی‌کردم.رضا دست گل را بالا برد و ادامه داد:

ـ منو ببخش بانو، برای تمام این ماه‌هایی که به خاطر خودخواهی من اذیت شدی.

دسته گل را از رضا گرفتم و گفتم:

ـ رضا، تو از چی صحبت می‌کنی؟ می‌تونم خواهش کنم بری سر اصل مطلب؟

رضا این پا و آن پایی کرد. اشاره به داخل خانه کردم و گفتم:

ـ ولی قبل از اون بهتره بیایی تو، نمی‌خوای که حرف‌هات رو همین جا بزنی؟ تو راهرو؟ به نظر من دم در مکان مناسبی برای هیچ حرفی نیست.

رضا سری به علامت تأیید تکان داد و وارد اتاق نشیمن شد و خودش

را روی مبل همیشگی‌اش رها کرد. دلم می‌خواست همان لحظه پیش رضا بنشینم و ببینم چه می‌خواهد بگوید ولی باید قبل از هر چیزی برایش نوشیدنی را که از قبل آماده کرده بودم، می‌آوردم. سریع به آشپزخانه رفتم، آن‌قدر هول بودم که نفهمیدم چطوری شربت بهار نارنج و عسلی را که آماده کرده بودم ریختم، ولی وقتی نگاهی به سینی کردم از عجله‌ی خودم لجم گرفت.

آن‌قدر عجله داشتم که با دستمال تزیینی که فقط برای دکور به دیوار آشپزخانه وصل شده بود سینی را تمیز کردم. نمی‌دانم آن‌قدر عجله برای چه بود، شاید فکر می‌کردم اگر کمی دیر کنم، ممکن است رضا پشیمان بشود.

دستمال را به گوشه‌ای انداختم، آن هم دیگر برایم اهمیت نداشت. با قدم‌های بلند به سمت نشیمن رفتم و مقابل رضا قرار گرفتم. رضا لیوان را برداشت و گفت:

ـ دیگه چیزی نیار، بیا بشین.

کنار رضا روی مبل نشستم، رضا جرعه‌ای از شربت را سر کشید و گفت:

ـ بانو، حقیقتش حدود یک سال پیش...

حرف رضا با زنگ در نیمه تمام ماند. هر دو به هم نگاه کردیم. این موقع و بی‌خبر؟ چه کسی می‌توانست باشد؟ احتمالا مثل خیلی وقت‌ها زنگ را اشتباه زده بودند.

وقتی دوباره زنگ زده شد هر دو به سمت آیفون رفتیم و من گوشی آیفون را برداشتم.

ـ بله؟

ـ سلام عمه جون، مهمون نمی‌خوای؟

صدای فرخنده بود. با تعجب به رضا نگاه کردم و دکمه‌ی در بازکن را زدم و گفتم:

ـ بفرمایید، خوش اومدید.

رضا سری تکان داد و گفت:

ـ کیه؟!

با لبخندی گفتم:

ـ فرخنده!

در آسانسور که باز شد چهره‌ی بشاش محمدحسین در حالیکه علیرضا بغلش بود، در کنار فرخنده دیده شد. از دیدن همگی ذوق‌زده شدم ولی با دیدن علیرضا دلم ضعف رفت، ذوق‌کنان علیرضا را از محمدحسین گرفتم و بعد از سلام و هدایت آن‌ها به داخل خانه گفتم:

ـ چه عجب، یادی از ما کردید.

فرخنده با ناراحتی گفت:

ـ من به محمدحسین گفتم زنگ بزنیم و بعد بریم، ولی محمدحسین حتی نذاشت خودم زنگ بزنم. توی راه هم کلی بهش گله کردم. وقتی رسیدیم دم در، زنگ زد و رفت سه متر دورتر از در ایستاد!

علیرضا را به رضا دادم و در حالیکه برای ریختن شربت به آشپزخانه می‌رفتم، گفتم:

ـ خونه‌ی غریبه که نیومدید، خونه‌ی خواهر و برادر خودتونه. خیلی هم خوشحال شدیم.

توی دلم خدا را شکر می‌کردم که رضا به خانه برگشته بود و در ذهنم درگیر مسئله‌ای بودم که رضا می‌خواست بگوید. لیوان‌های شربت را پر کردم و برگشتم به نشیمن. محمدحسین که لیوان شربتش را برداشت و گفت:

ـ خب، الان هوا عالیه، نه گرمه نه سرد. موافقین بریم شام بیرون؟ هوس رضا لقمه کردم، شدید.

رضا نگاهی به من کرد و گفت:

ـ من حرفی ندارم، حالا ببینیم خانم‌ها چی می‌گن.

فرخنده حرفی نزد و من گفتم:

ـ نه، چرا بریم بیرون؟ شام همین جا هستید من هم غذا درست کردم، اگه اشکالی نداره من زنگ می‌زنم آقاجون و مامان هم بیان، محمدحسن که دیروز گفت امروز با دوستاش می‌ره بیرون و اونا هم تنها هستن.

محمدحسین خنده‌ای کرد و گفت:

ـ غذای دونفر رو توش آب هم ببندی اندازه‌ی شش نفر نمی‌شه، تازه خانم من چون بچه شیر می‌ده دو نفر محسوب می‌شه.

به سمت تلفن رفتم و در همان حال گفتم:

ـ نگران نباش داداش من، غذا زیاده. فقط برنج آبکش کرده بودم، حالا دوتا پیمونه بیشترش می‌کنم. اینکه کاری نداره.

زنگ زدم به مادر و خواستم که همراه آقاجون راه افتاده و به منزل ما بیایند. مادر کمی تعارف کرد. من همچنان در حال اصرار بودم که مادر حرفم را قطع کرد و گفت:

ـ بانو جان، یک کاری نکن رضا ناراحت بشه.

با تعجب گفتم:

ـ وا مامان چه حرفیه؟! چرا ناراحت بشه؟ اون عاشق شما و آقاجونه.

ـ بانو جان، برادر و زن برادرت اومدن، چندتا جوون دور هم هستید، دیگه شلوغش نکنی بهتره.

ـ مامان، چرا حرف رو عوض می‌کنی؟ اول می‌گی رضا ناراحت نشه، حالا باز برگشتی سر حرف اولت!

ـ دخترم، زن داداشت، خواهر شوهرت هم هست. رضا و فـرخـنده پیش خودشون نمی‌گن مادر و پدر خودش رو گفته؟ اگه ما رو بگی و اونا نباشن به نظر من درست نیست.

خنده‌ای کردم و گفتم:

ـ مامان، شما تا کجا رو می‌بینید، باشه، به اونا هم زنگ می‌زنم بیان، پس منتظرتون هستم.

ـ می‌افتی تو زحمت.

ـ نه، چه زحمتی.

ـ بانوجان، من یه کم کوفته درست کردم، بیارم که دیگه کاری نکنی.

ـ غذا همه چی درست کردم، ولی شما هم کوفته رو بیارید که خودم بخورم.

ـ اگه امشب هم نمی‌اومدم، برات می‌ذاشتم کنار تا بیای بخوری.

ـ ممنون مامان، پس برید کارهاتون رو بکنید منتظرم.

تلفن را که قطع کردم، خانه‌ی مادر رضا را گرفتم. مادر رضا کلی تشکر کرد و به خاطر کسالت حاج آقا عذرخواهی نمود. رفتم پیش بقیه و روبه رضا گفتم:

ـ امروز از مامانت اینا خبر داری؟ زنگ زدم بگم بیان اینجا ولی مامان گفت بابا از وقتی برگشته فشارش رفته بالا و حالا خوابیده.

فرخنده سری تکان داد و گفت:

ـ بابا هنوز قبول نکرده که دیگه باید به خودش مرخصی بده و مـثـل قبل کار نکنه. با وجود قند و فشار خون، بیشتر باید به خودش برسه، به جای فول‌تایم کار کردن بره استخر، پیاده‌روی.

رضا علیرضا را در بغلش جابه‌جا کرد و گفت:

ـ مَرده و کار، بابا یه روز کارش رو کنسل کنه، دور از جون روز دوم

هزار جور مریضی می‌یاد سراغش. حالا می‌گفتی بیان و همین جا استراحت کنن.

ـ خیلی گفتم ولی مامان حوصله نداشت و گفت این‌جوری بهتره.

محمدحسین خنده‌ای کرد و گفت:

ـ رضا لقمه‌ی ما تبدیل به چه ضیافتی شد! حالا چی پختی بانو جان؟ چون بنده صبرم کمه. آقاجون و مامان بیان دیگه صبر ندارم باید سریع غذا بخورم.

نیشخندی زدم و با شیطنت گفتم:

ـ از غذا خبری نیست، مامان قراره از خونه کوفته بیاره.

محمدحسین سری کج کرد و با اخم گفت:

ـ چی شد، چی شد؟ تا الان داشتی می‌گفتی برنج آبکش کردم و حالا دو پیمونه زیادش می‌کنم! الان پشیمون شدی و زدی زیر همه چی؟ بی‌خود نبود گفتی مامان اینا تنهان. نگو برای غذای اون‌ها نقشه کشیده بودی!

رضا علیرضا را به فرخنده داد و از جایش بلند شد و به سمت آشپزخانه رفت. محمدحسین خندید و گفت:

ـ خدا رو شکر که این برادر زن حداقل رفت که دستی به غذا بکشه، یک جوجه‌ای، کبابی!

رضا سرش را چرخاند و گفت:

ـ نه بابا دارم می‌رم براتون گوجه سبز نوبر بیارم، می‌دونی که من وقتی بانو خونه‌اس دست به سیاه و سفید نمی‌زنم.

با فرخنده رفتیم توی آشپزخانه، فرخنده مشغول آماده کردن اسباب سفره شد و من هم مشغول سرخ کردن میگوها.میز که چیده شد، مادر و آقاجون از راه رسیدند مادر یک پیرکس پر کوفته آورده بود و به قول رضا

اگر هیچ غذای دیگری هم نبود همین کوفته برای همه کافی بود.

مادر به هوای درآوردن لباسش آمد توی اتاق خواب و آرام بـه مـن گفت:

ـ به خانم خطیبی زنگ نزدی؟

ـ چرا زنگ زدم. گویا بابا که از سر کار برگشته فشارش بـالا رفته و ترجیح دادن استراحت کنن.

مادر سری تکان داد و گفت:

ـ خب این‌جوری خیالم راحت شد. اون بـنده‌های خـدا اصـلا اهـل حرف و حدیث نیستن، ولی بهتره که آدم اسباب هیچ گله و گله گذاری رو فراهم نکنه، خب، چی کار داری من برات بکنم؟

چشمکی زدم و گفتم:

ـ هیچی، همه‌ی کارها شده. منتظرم که فرخنده شیر علیرضا رو بده تا غذا رو بکشم.

همگی دورمیز نشستیم، رضا مشغول کشیدن ماست و خیار برای همه شد و در همان حال گفت:

ـ مادر جون واقعا باید ازتون تشکر کنم بابت این همه زحمت.

ـ رضا جون، من کاری نکردم. همه‌ش کار خود بانوئه.

رضا نگاهی به من کرد و لبخند زد. من هم با کمی دلخوری گفتم:

ـ به نظر این‌قدر بی‌عرضه می‌یام که یه دلمه درست کردن برات تعجب آور شده؟

رضا آخرین ظرف ماست و خیار را جلوی خودش گذاشت و روبـه مادر گفت:

ـ من بابت این همه هنری که شما به بانو یاد دادید تشکر کردم، باور کنید خودم رو آماده کرده بودم برای جوجه پزون.

محمدحسین، یک عدد میگو سوخاری در ظرفش گذاشت و گفت:

ـ آقا، ما دیگه سر زده میاییم خونه‌تون. غذای خودتون گویا بهتر از غذای مهمونه. خوبه با این همه سور و سات چاق نمی‌شین.

ظرف زیتون را روی میز گذاشتم و گفتم:

ـ برادر من مهمون روزی خودش رو می‌یاره. امروز هوس کردم غذاهایی رو که تا حالا درست نکردم بپزم. خب، قسمت شما هم بود.

محمدحسین با لذت گفت:

ـ میگو عالی بود، عالی! دستورش رو از هر کی گرفتی احسنت داره. در ضمن از این به بعد هر وقت از این هوس‌ها کردی، یه زنگ بزن خونه‌ی ما، تا احیانا اسراف نشه.

همه مشغول خوردن غذا بودند که تلفن زنگ خورد. از جایم بلند شدم تا تلفن را جواب بدهم که رضا اشاره‌ای به من کرد و گفت:

ـ بشین، من جواب می‌دم.

رضا تلفن را برداشت و سلامی کرد، ولی صورتش رنگ پریده شد و با حال غریبی گفت:

ـ شما زنگ بزن به اورژانس، من خودمو می‌رسونم.

همه با چشم‌های نگران به رضا نگاه می‌کردیم و وقتی تلفن قطع شد، آقاجون پرسید:

ـ رضا جان چی شده؟

رضا با حالت پریشان در حالیکه به سمت در می‌رفت گفت:

ـ مامان بود، حال بابا بهم خورده. باید ببریمش بیمارستان.

محمدحسین هم از جایش بلند شد، فرخنده گریه‌کنان به سمت رضا رفت و در حالیکه گریه می‌کرد گفت:

ـ رضا، بابا چی شده؟ راستش رو بگو، اصلا منم می‌خوام بیام!

رضا با چشم‌های پریشان گفت:

ـ فرخنده جان، هیچ اتفاقی نیفتاده، مثل همیشه بابا فشارش رفته بالا. شما هم بهتره همین جا باشید. من مرتب با شما در تماسم.

محمدحسین کتش را برداشت و با رضا از در بیرون رفتند. آقاجون نگاهی نگران به فرخنده که داشت با صدای بلند گریه می‌کرد انداخت.

مادر لیوان آبی ریخت و به فرخنده داد و گفت:

ـ دخترم این‌جوری نکن با خودت و اون بـچه! الان تـمام شیری کـه می‌خوای به اون طفل معصوم بدی، می‌شه شیر بغض! کمی آروم باش. مطمئن باش که اتفاقی نمی‌افته، رضا و محمدحسین هـم بـرسن بـهمون زنگ می‌زنن.

از جایم بـلند شـدم و بـه آشپزخـانه رفتم و بـرای فرخنده شربت بیدمشک درست کردم. امیدوار بودم با خوردنش کمی آرام بشود.

این بیست و چهار ساعت عجب طولانی و پر تنش شده بود، گویی به قول قدیمی‌ها قمر در عقرب افتاده بود و همه چیز با هم گره خورده و سـیاه شـده بـود. بی‌تابی فرخنده تـمامی نـداشت. آقاجون مـوبایل محمدحسین را گرفت و برای اینکه صدایش را کسی نشنود به اتاق رفت. وقتی از اتاق بیرون آمد حال آقاجون هم گرفته بود. فرخنده بـه سمت آقاجون رفت و گفت:

ـ بابا چیزیش شده؟

ـ نه دخترم، اورژانس منتقلش کرده بیمارستان، بردنش سی‌سی‌یو.

فرخنده بی‌تاب‌تر از قبل به سرش زد و چادرش را برداشت. جلویش را گرفتم و گفتم:

ـ کجا می‌خوای بری؟ سی‌سی‌یو کسی رو راه نمی‌دن.

بابا به سمت ما آمد و گفت:

ـ فرخنده جان، بانو راست می‌گه. الان بچه‌ها دکتر رو ببینن اون‌ها هم برمی‌گردن خونه.

فرخنده با بغض گفت:

ـ خب پس آقاجون، منو ببرین خونه‌ی مامانم. اون الان دیوونه می شه.

آقاجون خبی گفت و به مادر و من اشاره کرد که حاضر بشویم. من سریع لباس پوشیدم و علیرضا را از روی تخت برداشتم. می دانستم با حالی که فرخنده دارد علیرضا را کاملا فراموش کرده است.

قبل از رفتن به زور به فرخنده عرق بیدمشک دادم و بعد به سمت منزل آقای خطیبی حرکت کردیم. وارد خانه‌ی آقای خطیبی شدیم، مادر رضا با صورتی ملتهب به استقبال‌مان آمد. سعی می‌کرد بیشتر از همیشه رویش را بگیرد تا صورت و بینی قرمز شده‌اش از دید ما مخفی بماند.

فرخنده گریه‌کنان وارد خانه شد. خانم خطیبی سعی در آرام کردن فرخنده داشت. علیرضا بیدار شده بود و با گریه‌ی مداومش معلوم بود گرسنه است.

مادر آرام به سمت فرخنده رفت و گفت:

ـ دخترم، آروم باش. الان به فکر بچه‌ات باش، ببین داره گریه می‌کنه...

هنوز حرف مادر تمام نشده بود که زنگ در به صدا در آمد. سریع به سمت آیفون رفتم و در را باز کردم. فریبا بود. فریبا در حالیکه دست ماهان در دستش بود، وارد خانه شد. چهره‌ی مهربان و آرامش کمی نگران بود. با همه سلام و احوال‌پرسی کرد و به سمت فرخنده که هنوز گریه می‌کرد رفت و گفت:

ـ این کارا چیه؟ بابا سالمه و داره نفس می‌کشه و تو اینجا رو کردی عزاخونه؟! بسه دیگه به جای این کارا بلند شو به بچه‌ات برس که از گریه شده زرشکی! بعدش هم موقع شیر دادن بابا رو دعا کن که ان‌شاالله

سریع‌تر برگرده خونه. مجید رفته بیمارستان، شکر خدا خطر رفع شده.

فرخنده را بلند کردم و بردم توی اتاق خواب، فریبا هم علیرضا را آورد. طفلک گویا خیلی گرسنه بود چون تا بغل فرخنده رفت سرش را کج کرد که شیر بخورد. با لذت نگاهی به شیر خوردنش کردم و بعد نگاهی به ساعت انداختم، ساعت نزدیک دوازده شب بود. چرا هیچ خبری از شان نبود؟ از اتاق بیرون رفتم و موبایل رضا را گرفتم. موبایل خاموش بود. سریع قطع کردم و موبایل محمدحسین را گرفتم، چند زنگ خورد و بعد صدای خسته محمدحسین.

ـ الو داداش کجایی؟ پیش بابایی؟

ـ نه، من دارم می‌یام خونه. رضا موند پیش بابا. البته سی‌سی‌یو همراه نداره، ولی رضا گفت باشه خیالش راحت‌تره.

ـ باشه، داداش ما همه اومدیم خونه‌ی مادر رضا.

ـ می‌خواستم مجید رو برسونم و خودم بیام خونه‌ی شما. حالا با هم میایم. فرخنده آروم شد؟

ـ خدا رو شکر، داره بچه رو شیر می‌ده. بگم بهت زنگ بزنه؟

ـ نه، نمی‌خواد، تا چند دقیقه دیگه می‌رسیم.

چند دقیقه بعد محمدحسین و آقا مجید هم آمدند. خانم خطیبی با چشم‌های نگران منتظر بود یکی حرفی بزند. آقاجون رو کرد به مجید آقا و پرسید:

ـ خب، دکتر چی گفت؟

مجید آقا دستی به موهایش کشید و گفت:

ـ یه سکته بوده که خدا رو شکر رد کردن. ولی دکتر شیفت می‌گفت باید عمل قلب باز بشه، البته چند سالی هست به حاج آقا گفتن باید عمل کنه، ولی حاجی گوش نمی‌ده. قراره فردا جراح ویزیت کنه. رضا گفت

دیگه این دفعه نمی‌ذارم بابا بی‌عمل از بیمارستان مرخص بشه.

مادر رضا سری تکان داد و گفت:

ـ چند ماهه بهش می‌گم حاجی، شما مثل سابق نیستین تا دوتا بذار و بردار می‌کنید نفس کم میارید. مغازه رو بسپار به شاگردها و هی نرو تو اون دود و دم، ولی کو گوش شنوا؟

فریبا سینی چای را به مجید داد و آقا مجید رو به مادر گفت:

ـ مادر من، الان وقت سرزنش نیست. بازم خدا رو شکر که سکته رو رد کردن. حالا باید چشم‌مون به فردا باشه ببینیم دکتر چی می‌گه.

مادر دستش را بالا برد و گفت:

ـ توکل به خدا.

آن شب پهلوی مادر رضا ماندم، ولی باز هم خواب به چشمانم نرفت. فکرم مشغول حرفی بود که رضا می‌خواست بزند و نزده. کلی ماجرا پشت‌بندش پیش آمده بود، نمی‌دانم چقدر از این دنده به آن دنده شدم تا خوابم رفت. نزدیک اذان صبح بود که از صدای گریه‌ی آرام مادر رضا از خواب بیدار شدم، بنده خدا چه تودار بود. تمام مدت شب جلوی همه خودش را محکم نشان داده و حالا میان نماز شب داشت خودش را آرام می‌کرد. دلم نمی‌خواست صدای من باعث به هم خوردن راز و نیازش بشود، به همین خاطر خیلی آرام وضو گرفتم و رفتم سجاده را پهن کردم. چراغ موبایلم خاموش و روشن شد، گویا پیامک آمده بود. نگاهی به پیامک انداختم. از طرف رضا بود.

«سلام بانو جان مجبورم امشب بیمارستان پیش بابا بمونم، دعا کن که با بابا برگردم خونه، خیلی نگرانم، تصور نبودنش برام سخته.»

پیام را چند بار خواندم. یعنی تا این حد حال بابای رضا بد بود؟

نمی‌دانم چقدر توی رختخواب از این دنده به آن دنده شدم، ولی

وقتی چشمم را باز کردم اتاق روشن بود. نگاهی به ساعت کردم. از نه چند
دقیقه‌ای گذشته بود. سریع از جایم بلند شدم و رختخواب را جمع کردم.
آبی به صورتم زدم و از اتاق بیرون آمدم. مادر رضا داشت خیلی آرام با
تلفن حرف می‌زد.

وقتی حرفش تمام شد، سلامی کردم. سرش را چرخاند و جوابم را
داد ولی سعی می‌کرد مستقیم به من نگاه نکند. صورتش از گریه‌ی شبانه و
بی‌خوابی متورم شده بود. اشاره‌ای به میز کرد و گفت:

ـ صبحانه رو میزه بانو. مجید داره می‌یاد منو ببره بیمارستان. می‌دونم
راهم نمی‌دن تا حاجی رو ببینم، ولی دلم اینجا آروم و قرار نداره.

ـ می‌فهمم چی می‌گین، منم با شما می‌یام.

ـ نه بانو جان، محیط بیمارستان کسالت آوره.

ـ این‌جوری خیالم راحته، اگه اجازه بدین بیام.

ـ باشه دخترم، من می‌رم حاضر بشم. تو هم یک چیزی بخور، خدای
ناکرده ضعف نگیردت توی بیمارستان.

چند دقیقه بعد، فریبا و آقا مجید دنبال‌مان آمدند. مادر رضا توی
ماشین فقط زیرلب ذکر می‌گفت. نمی‌دانم چه مدتی در راه بودیم ولی
بالاخره مسیر کش آمده‌ی خانه تا بیمارستان تمام شد.

مادر با قدم‌های سریع از ماشین پیاده شده بود و من و فریبا به دنبالش.
مادر سردرگم وسط سالن بیمارستان ایستاده بود و دیگر قدم از قدم
برنمی‌داشت. نزدیکش شدم و گفتم:

ـ مامان، الان زنگ می‌زنم به رضا.

مادر با بی‌قراری گفت:

ـ خوب کاری می‌کنی.

موبایل رضا را گرفتم، رضا با صدای خسته و گرفته‌ای جواب داد.

ـ سلام رضا جان، ما الان تو بیمارستانیم. طبقه همکف. می‌یای مامان ببیندت خیالش راحت بشه؟

ـ من اومدم جواب آزمایش بابا رو بگیرم، جواب رو بدم به پرستاری می‌یام.

ـ باشه، پس منتظریم.

مادر با نگاه مظطرب گفت:

ـ چی شد بانو؟

ـ نگران نباشین، چند دقیقه دیگه می‌یاد.

بعد به صندلی‌های کنار سالن اشاره کردم و گفتم:

ـ شاید چند دقیقه طولانی بشه، بیاید بنشینید تا برسه.

با مادر و فریبا روی صندلی نشستیم و چند دقیقه بعد مجید آقا که ماشین را پارک کرده بود به ما ملحق شد. نگاهی به ساعتم انداختم، یک ساعت بود که ما منتظر رضا بودیم. دوباره شماره همراهش را گرفتم ولی موبایل خاموش بود. توی دلم شور افتاده بود، ولی جرات گفتنش را به هیچ‌کس نداشتم.

فریبا کلافه از جایش بلند شد، مادر نگاهی به فریبا کرد و گفت:

ـ کجا می‌خوای بری؟

ـ بی‌خود منتظر رضا هستیم، خودم الان می‌رم سوال می‌کنم ببینم بابا رو کی می‌شه ملاقات کرد.

مادر با حرف آخر فریبا از جایش بلند شد و گفت:

ـ خوب کاری می‌کنی خودم هم می‌یام.

همگی با هم رفتیم دم میز اطلاعات. آقا مجید از مسئول اطلاعات پرسید:

ـ ببخشید، آقای عباس خطیبی توی بخش سی‌سی‌یو، دکتر

ویزیت‌شون کرده؟

مسئول اطلاعات نگاهی به مانیتور جلوی خودش انداخت و گفت:

ـ الان بردنش اتاق عمل.

مادر با دست به سرش زد و گفت:

ـ یا مرتضی علی!

فریبا رنگ پریده زیر دست مادر را گرفت و مجید آقا با آرامش پرسید:

ـ اتاق عمل برای چی؟

مسئول اطلاعات بدون اینکه سرش را بالا بگیرد گفت:

ـ رفتن برای آنژیو.

مجید آقا پرسید:

ـ می‌تونیم بریم پشت اتاق عمل؟

ـ دو نفر همراه بالا هستن، با هماهنگی با نگهبان از آسانسور شرقی برید بالا.

مجید آقا نگاهی به خانم خطیبی کرد. بنده خدا از ضعف و گریه توی بغل فریبا از حال رفته بود. مجید آقا کمی صبر کرد و گفت:

ـ مثل اینکه حاج خانم نمی‌تونه الان بیاد. من برم بالا، می‌یام پایین خبرتون می‌کنم.

نگاهی به خانم خطیبی و فریبا کردم و آرام گفتم:

ـ من می‌رم زود برمی‌گردم.

فریبا خیلی آرام گفت:

ـ برو عزیزم.

با قدم‌های سریع خودم را به مجید آقا رساندم. با اجازه‌ی نگهبان به طبقه‌ی پنجم رفتیم. رضا و محمدحسین در حال حرف زدن با هم بودند که ما رسیدیم. چشم‌های رضا خسته و قرمز بود. معلوم بود که دیشب

نخوابیده است. مجید آقا بی‌هیچ حرف و مقدمه‌ای پرسید:

ـ دکتر چی گفت؟

رضا دستی به ته ریش در آمده‌اش کشید و گفت:

ـ آنژیو جواب نداده، باید عمل قلب باز بشه. از طرف دیگه رگ خون‌رسان پشت گردن هم گرفتگی داره. جراح اینجا می‌گه این مدل عمل خیلی ریسک داره، فقط کار دکتر سزاواره، اون تنها کسیه که از عهده‌ی جراحی‌های این چنین سنگین برمیاد. چند روز اینجا بخوابه من مدارکش رو عصر می‌برم به دکتر نشون می‌دم. اگه قبول کنه که جراحی‌اش کنه، بابا رو باید منتقلش کنیم بیمارستانی که دکتر سزاوار هست.

مجید آقا گفت:

ـ رضا جان، نمی‌خوای با حاج خانم مشورت کنی، ببینی راضیه یا نه؟

رضا سری تکان داد و گفت:

ـ اگه حرف‌هایی که دیشب دکتر به من زد به مامان بزنه، مامان اجازه‌ی عمل نمی‌ده. دکتر گفت ریسک عمل خیلی بالاست. ولی با این وضعیت رگ‌های گرفته هم سکته بعدی رو دور از جون رد نمی‌کنه.

ـ یعنی می‌خوای به حاج خانم هیچی نگی؟ فردا اگه اتفاقی بیفته همه تو رو مقصر می‌دونن. بذار این کار با مشورت همه باشه.

رضا سری تکان داد و گفت:

ـ روی لبه‌ی تیغم مجید جان، از هر طرف ممکنه دستم بریده بشه. چه عمل، چه غیر اون، پس بذار کاری رو بکنم که عقلم می‌گه درسته. البته همه‌ی این‌ها به شرط اینه که دکتر سزاوار عمل رو قبول کنه. فقط خواهشا از این مسایل خانم‌ها هیچ چیزی نفهمن.

نگاه محمدحسین و مجید آقا روی من ماند. شاید پشیمان بودند که چرا من الان بالا هستم. به رضا نگاه کردم و گفتم:

ـ از جانب من خیالت راحت باشه، چیزی به کسی نمی‌گم.

رضا سری تکان داد و گفت:

ـ این بهترین کاره.

بابا را بعد از آنژیو مجددا به سی‌سی‌یو بردند. مادر آن‌قدر به خودش فشار آورده بود که به تجویز دکتر اورژانس مجبور به زدن آرام‌بخش شده بودند. همه بهم ریخته بودند و در دل به رضا حق می‌دادم که حقیقت را به خانواده‌اش نگوید. ولی نگران هم بودم.

رضا عصر همان روز بین مریض، پرونده‌ی پدرش را به دکتر سـزاوار نشان داد. دکتر سزاوار خطر عمل را خیلی بـالا دانست و تصمیم بـرای انجام عمل را به عهده‌ی خود ما گذاشت.

بعد از اینکه حال عمومی مادر رضا بهتر شد، همگی به غیر رضا به منزل آن‌ها رفتیم و قرار بود شب رضا مسئله‌ی عمل را مطرح کند.

فرخنده از وقتی از بیمارستان آمده بودیم، همراه علیرضا آمده بـود. آرام‌تر از شب قبل بود ولی حالش هنوز مثل سابق نشده بود. مادر همراه فرخنده یک قابلمه لوبیا پلو داده بود که حداقل فکر غذا را نداشته باشیم، ولی میل هیچ‌کس به غذا نبود. بابا به قول فریبا زنده بود، ولی گویی خاک مرده توی خانه ریخته بودند. هیچ‌کس دل و دماغ حرف زدن نداشت.

من دو شب بود که بر اثر فکر و خیال نخوابیده بودم. سردردم شدت گرفته بود. از جعبه‌ی قرص‌ها دو تا مسکن برداشتم و بعد از خوردن، رفتم توی اتاق سابق رضا و روی تخت خوابیدم. نمی‌دانم چقدر بود خوابیده بودم. از صدای در چشمانم را باز کردم. رضا بود، آمد کنارم روی تخت نشست و گفت:

ـ ببخشید بیدارت کردم.

از جایم بلند شدم و گفتم:

ـ حال بابا چطوره؟

ـ همون طوره، بهبودی که در کار نیست، مگه با جراحی. اون هم اگه خدا بخواد.

رضا سرش را پایین انداخت، صورتش سرخ شده بود. می‌دانستم وقتی خیلی ناراحت است این‌جوری می‌شود. به خاطر اینکه حال و هوایش را عوض کنم گفتم:

ـ رضا، نمی‌خوای ریشت رو بزنی؟ کم‌کم نمی‌شناسمت با این شمایل جدید!

رضا دستی به صورتش کشید و گفت:

ـ واقعا حوصله‌ی هیچ کاری رو ندارم. بذار جراحی بابا به خیر بگذره، بعدا.

هولش دادم و گفتم:

ـ پاشو، پاشو! بابا تو رو با این قیافه ببینه سکته می‌کنه! مثل هپلی‌ها شدی، یه نگاه به خودت بنداز! بلوزت هم از شلوارت زده بیرون.

رضا از جایش بلند شد و خودش را کمی مرتب کرد و گفت:

ـ خوب شد؟

سرم را به علامت تأیید تکان دادم و گفتم:

ـ تا حدودی!

رضا به سمت در رفت و گفت:

ـ تو استراحت کن، باید برم با مامان صحبت کنم.

کامل از روی تخت بلند شدم و گفتم:

ـ منم می‌یام، البته اگه نمی‌خوای تنها صحبت کنی.

ـ نه، بیا، فقط حرف‌های صبح رو یادت باشه.

مادر رضا دستش را به چانه‌اش تکیه داده بود. با چشم‌های غمگین به

حرف‌های رضا گوش می‌داد. وقتی صحبت رضا تمام شد گفت:

ــ نمی‌خوای با چندتا دکتر دیگه هم مشورت کنیم؟

ــ نه چون بهترین دکترها من رو ارجاع دادن به دکتر سزاوار. دکتر سزاوار هم تنها راه رو در جراحی می‌دونه.

مادر اشک‌هایش را پاک کرد و گفت:

ــ اگه قلب بابات زیر عمل دووم نیاره چی؟

رضا عصبی از جایش بلند شد و گفت:

ــ مامان شما هم دارید بدترین حالت رو فکر می‌کنید، بـذاریـد یه چیزی رو همین جا بگم، اگه بابا احتیاج به قلب پیوندی پیدا کنه...

مادر نگذاشت حرف رضا تمام بشود، با صدای بلند گفت:

ــ بسه رضا، نمی‌خوام چیزی بگی! اگه این حرفا رو زدی تا رضایت منو بگیری، می‌گم باشه! می‌سپرمش به همون امام رضایی که تو رو ازش گرفتم. بهش می‌گم بابای رضا رو برای رضای من نگه‌دار.

مادر رضا سفره‌ی حضرت رقیه نذر کرده بود که بابا سالم از بیمارستان بیرون بیاید. بنده خدا بی‌حوصله شده بود و میل به هیچ غذایی نداشت. هر روز فقط کمی نان و پنیر می‌خورد و بوی غذا حالش را به هم می‌زد. فقط مثل روبات توی خانه راه می‌رفت و صلوات می‌فرستاد. می‌گفت:

ــ نذر چهارده هزار صلوات کردم عمل به خیر بگذره!

خلاصه خانه‌ی پدری رضا ماتمکده‌ای شده بود.

ریش رضا کامل درآمده بود و توی این هوایی که رو به گرمی می‌رفت و در آن چند روز یک دوش سرپایی هم نگرفته بود و می‌گفت:

ــ روز عمل بگذره همه کار می‌کنم.

روز عمل همه مثل تب کرده‌ها بودیم. بابا را منتقل کرده بودیم بیمارستانی که دکتر سزاوار بود.

مراحل پیش از عمل انجام شده بود. جواب آزمایش و عکس ریه و... در دستان رضا بود. می‌توانستم درک کنم که رضا چه استرسی را تحمل می‌کند، ولی هیچ کاری از دست من و محمدحسین و مجید آقا برنمی‌آمد. خودش تصمیم به این کار گرفته بود. بابا را برای عمل آماده کردند. لباس عمل را تنش کردند. بابا آرام بود و بر خلاف چیزی که فکر می‌کردیم نه نگران بود و نه مضطرب. مادر با صورتی که از گریه سرخ شده بود بابا را از زیر قرآن رد کرد و بابا به اتاق عمل رفت و ما به انتظار تمام شدن عمل.

هفت ساعت عمل مثل هفت روز برای هر کدام‌مان گذشت. ولی سختی آن هفت ساعت با شنیدن این خبر که عمل موفقیت‌آمیز انجام شده، کمرنگ شد.

رضا سر از پا نمی‌شناخت و به تمام پرسنل شیرینی داد. مادر وسط سالن انتظار سجده‌ی شکر کرد و فریبا چهره‌اش دوباره رنگ گرفت. فرخنده دوباره سینه‌اش رگ کرد و دوباره نور امید به زندگی همه‌ی ما تابید.

همه از بهبود بابا و از قولی که دکتر برای سالم بودن این قلب برای سال‌ها داده بود، خوشحال بودیم. ولی هیچ‌کدام از ما در آن لحظه فکر نمی‌کردیم که زمان آبستن خیلی از حوادث است.

بعد از گذشت بیست روز بابا با پاهای خودش از بیمارستان مرخص شد. مادر رضا برای ورود بابا گوسفندی سر برید. همه خوشحال بودیم. هوا کامل گرم شده بود ولی دل‌های تب کرده‌ی ما به بهبود بابا خنک شده بود.

یک هفته بعد از آمدن بابا به خانه، قرار بود شب برویم خانه‌ی محمدحسین. فرخنده به شکرانه‌ی بهبود بابا مهمانی گرفته بود. البته فقط خودمان بودیم، ولی بعد آن همه اضطراب و نگرانی این دور هم جمع

شدن صفای دیگری داشت.

رضا قرار بود زودتر بیاید خانه، من از حمام آمـده بـودم و مشـغول خشـک کردن موهایم بودم به همین خاطر صدای زنگ زدن در را نشنیدم. داشتم چتری‌هایم را سشوار می‌کشیدم که رضا را در آینه دیدم. دسته گلی از رز قرمز دستش بود.

سشوار را خاموش کردم و از آینه به رضا نگاه کردم و گفتم:

ــ متوجه اومدنت نشدم.

رضا دسته گل و کادویی را که زیر آن بود روی میز آرایش گذاشت و دستش را روی شانه‌ام قرار داد و موهایم را بوسید و باز هم مرا نگاه کرد، ولی نگاهش با همیشه فرق داشت. کمی ترسیدم. این گل و کادو و نگاه متفاوت چه معنی داشت؟

نگران شدم. سرم را چرخاندم و مستقیم به چشمان رضا نگاه کردم. رضا نگاهش را از نگاهم دزدید. گویی زیر نگاهم معذب شده بود. روی تخت نشست و گفت:

ــ باید باهات صحبت کنم، قبل از اینکه بیشتر از این زمان رو از دست بدم.

از جایم بلند شدم. برایم مهم نبود که چتری‌هایم وِز کرده و نامرتب است. روبه‌روی رضا روی تخت نشستم و گفتم:

ــ چی شده؟ حالا که بابا حالش خوب شده و همـه یـه جـورایـی بـه آرامش رسیدیم، تو داری تو دلم رو خالی می‌کنی.

رضا بسته کادویی را از میز برداشت و به دستم داد و گفت:

ــ نمی‌خوای بدونی توش چیه؟

سرم را با نگرانی تکان دادم و گفتم:

ــ نه! الان بیشتر از این کادو، می‌خوام علت این چیزا رو بدونم.

رضا بسته را کنارش روی تخت گذاشت و گفت:

ـ پارسال یه روز که برای گرفتن عکس‌های تبلیغاتی به کرج رفته بودم، وسطای کار دچار مشکل شدم. زیر شکمم احساس درد کردم و بعد کار، به دکتر رفتم. دکتر بعد از معاینه منو به دکتر اورولوژیست معرفی کرد. بعد از معاینه و سونوگرافی متوجه شدم که دچار مشکل واریکوسل شدم. دکتر به من گفت که گاهی به خاطر این مسئله شاید مشکل ناباروری به وجود بیاد. من سعی کردم بهت بگم، ولی در واقع می‌ترسیدم بانو! می‌ترسیدم که وقتی حقیقت رو بشنوی منو ترک کنی. می‌دونم اشتباه کردم، می‌دونم تو حق داشتی که همه چی رو بدونی. ولی من آدم با جراتی نبودم... تو حق داری زندگی کنی و بچه‌دار بشی. من نمی‌خوام با خودخواهی خودم مانع مادر شدن تو بشم. بانو به حرف‌هام گوش می‌کنی؟

ـ آره، دارم گوش می‌کنم.

ـ پس چرا هیچی نمی‌گی؟ چرا سرم داد نمی‌زنی؟ چرا نمی‌گی نامردی؟ الان می‌تونی منو محکوم کنی. الان حق داری! بانو می‌دونم اشتباه کردم، ولی تنها چیزی که آرومم می‌کنه اینه که منو ببخشی.

سرم را بلند کردم و گفتم:

ـ با اینکه خیلی از دستت ناراحتم، با اینکه الان جاشه که ازت گله کنم که چقدر تو این مدت عذاب کشیدم و تموم اون بی‌احترامی‌ها و دعوا به خاطر این بود که فکر می‌کردم تو به حرف من اهمیت نمی‌دی و ساز خودت رو می‌زنی و همه‌اش من هستم که باید کوتاه بیام، ولی الان آروم شدم. یه جورایی خیالم راحت شد که من مقصر نرسیدن به آرزوهات نیستم، اون‌قدر عاشق بچه نیستم که روزگار خوشمون رو سیاه کنم. من فقط به فکر تو و عشق تو به بچه بودم. هر حرف و حرکتی هم کردم بخاطر

رسیدن تو به این آرزوت بود؛ که اگر آرزوی بزرگی برات نبود شرط روز خواستگاری نمی‌شد... اما رضا نمی‌فهمم چرا این‌قدر با دکتر رفتن مخالف بودی. شاید هر چیزی درمانی داشته باشه.

ـ می‌دونم من یه ساله در حال درمانم. چندین مدل قرص خوردم، دکترها بهم گفتن ناامید نباشم.

رضا از جایش بلند شد و دسته گل و بسته کادو را به سمتم گرفت و جلوی پایم زانو زد و گفت:

ـ من مثل بچه‌ها عمل کردم، هر چقدر هم ازت عذرخواهی کنم، فایده نداره. ولی دلم می‌خواد تو منو به بزرگواری خودت ببخشی. چه بخوای تو این زندگی بمونی و چه نمونی، فقط خواهش می‌کنم بانو، اگه رفتی دیگه از این کار بچگانه یاد نکن...

دسته گل را گرفتم و گفتم:

ـ و اگه خواستم بمونم چی؟

رضا با شوق به من نگاه کرد و گفت:

ـ یعنی می‌مونی؟ حتی اگه درمان نتیجه نده؟

با لبخند گفتم:

ـ وقتی با تمام وجود بهت بله گفتم، فقط من بودم و تو. ما برای با هم بودن به نفر سومی احتیاج نداریم.

رضا بسته کادوپیچ را از دستم گرفت، خودش بسته را باز کرد. یک سند بود. به دستم داد و گفت:

ـ این سند این خونه‌اس. به نامت کردم که بگم هر چی که دارم از این خونه و قلبم متعلق به توئه.

اشک‌هایم را از چشمم پاک کردم و گفتم:

ـ احتیاجی به این کارا نبود.

رضا بغلم کرد. مثل همیشه احساس کردم در امن‌ترین جای دنیا هستم، زندگی بی رضا برایم معنی نداشت.

همه چیز آرام شده بود و من آرام‌تر از همه چیز و همه‌کس. دیگر با دیدن بچه به هم نمی‌ریختم. حالا که همه چیز بین من و رضا مشخص شده بود، دیگر دل نگرانی معنی نداشت.

رابطه‌ی کاری رضا و نوید و در نتیجه ارتباط خانوادگی ما با هم بیشتر از قبل شده بود. تقریبا هفته‌ای یک بار همدیگر را می‌دیدیم، یا منزل همدیگر بودیم، یا گردش و سینما و پارک. هر وقت که فرخنده و محمدحسین به خاطر علیرضا از آمدن به بیرون سرباز می‌زدند، رضا سریع فهمیه و نوید را جایگزین می‌کرد.

رابطه‌ی ما آن‌قدر نزدیک شد که فهیمه من را برای مراسم مولودی مادر شوهرش هم دعوت کرد. توی همان مراسم بود که سارا را دیدم. دختری محجوب و دوست داشتنی بود. همسایه‌ی طبقه بالای مادر شوهر فهیمه بودند، وقتی زیر و بم سارا را از فهیمه پرسیدم، فهیمه بشکنی زد و گفت:

ـ وای خدای من، واقعا این سارا مناسب برادر توئه! از هر لحاظ به هم می‌خورید.

معطل نکردم. از سالی که محمدحسین ازدواج کرده بود مادر به در و همسایه، غریبه و آشنا سپرده بود که برای محمدحسن دختر مناسب پیدا کنند. ولی گویی قسمت محمدحسن نبود که نبود. شماره را از فهیمه گرفتم و اتفاقا قرار بود شب همگی منزل مادر این‌ها باشیم.

شب که همه دور همه جمع بودیم شماره را به مادر دادم. بر خلاف همیشه که کارهای محمدحسن سنگین می‌شد، این بار همه چیز راحت و ساده پیش رفت. شاید دعای از ته دل من برای برادرم به اجابت رسید و

خواستگاری به راحت ترین مدل انجام شد. محمدحسن و سارا چندین بار با هم صحبت کردند و یک بار برای شناخت بیشتر بیرون از منزل همدیگر را دیدند. رضایت در چشمان محمدحسن موج می‌زد، آقاجون و مادر خوشحال بودند که بالاخره محمدحسن هم سرانجام گرفته است.

از طرف ما مشکلی نبود، ولی پدر سارا خواست که انجام مراسم ازدواج سال دیگر بعد از فارغ التحصیلی سارا انجام بشود. شاید این فرصت چند ماهه برای انجام کارها و آماده سازی برای دو خانواده زمان خوبی بود.

ولی به خاطر فاصله‌ی چند ماهه تا تاریخ عروسی، قرار مراسم عقدکنان، دو شب قبل از محرم گذاشته شد.

دلم می‌خواست تا عروسی در گرفتن عکس حرفه‌ای بشوم تا عکس‌های خاصی را که رضا از محمدحسین و فرخنده گرفته بود، من از محمدحسن و سارا بگیرم. به همین خاطر هر شبی که رضا حوصله داشت، می‌رفتیم بیرون. من در ساعات مختلف و از سوژه‌های مختلف عکس می‌گرفتم، رضا آن‌قدر از کارم راضی بود که پیشنهاد داد یک آتلیه بگیریم و دو نفره کار مراسم را انجام بدهیم.

خیلی خوشحال بودم. اول اینکه توانسته بودم به نقطه رضایت رضا در عکاسی برسم و دوم اینکه رضا می‌خواست مستقل بشود و برای خودش کار کند.

تصمیم داشتیم یک مکان مناسب در بهترین و شیک‌ترین نقطه‌ی تهران برای آتلیه اجاره کنیم. به همین خاطر به مشاور املاک در مناطق مورد نظر سپرده بودیم تا برایمان خانه‌ی مورد نیاز را پیدا کنند.

هر جایی را که می‌پسندیدیم، صاحب ملک از تعدادمان سوال می‌کرد و وقتی می‌شنید که ما برای آتلیه آنجا را می‌خواهیم، از اجاره دادن ملکش

به ما صرف نظر می‌کرد. کم‌کم از گشتن خسته شده بودیم و رضا هم داشت به این فکر می‌کرد که شاید کمی عجله کرده است.

ولی من در ذهن و فکرم خیالات دیگری بود. حالا که رضا تصمیم به استقلال گرفته بود، من باید تا جایی که در توان داشتم کمکش می‌کردم. به همین خاطر یکی از روزها به بازار رفتم و به غیر از حلقه‌ی ازدواج تمام طلاهایی که داشتم را تبدیل به پول کردم. عصری که رضا به خانه آمد، جلویش فنجانی قهوه گذاشتم و مقابلش نشستم و گفتم:

ـ رضا با اجاره ما به جایی نمی‌رسیم. حتی اگه صاحبخونه‌ای پیدا کنیم که حاضر باشه ملکش رو به ما اجاره بده، شاید سال بعد دلش نخواد که ما مستاجرش باشیم و یا طبق روال همه سر سال اجاره‌ش رو اضافه کنه. بعد فکر کن بالاخره ما کلی خرج کردیم اون‌جا...

رضا تکیه‌ای به پشتی مبل داد و گفت:

ـ من که گفتم، فعلا زوده. باید صبر کنیم و کمی دور و بر خودمون رو جمع کنیم. ان‌شاالله چند سال دیگه می‌ریم یه جای کوچولو و نقلی برای آتلیه می‌خریم.

ـ چرا الان نخریم؟

ـ چون الان پولمون برای خرید کافی نیست. ما با این پول فقط می‌تونیم یه جای خوب رو رهن کنیم.

رضا قهوه‌اش را خورد و ادامه داد:

ـ من بیشتر از هر کسی دلم می‌خواد برای خودم کار کنم. قراردادم با شرکت نیل گستر تا مهر سال دیگه ست. حقیقتش نوید خیلی بهم می‌گه که بیا دو نفری یک کاری بکنیم. اگه سرمایه هامون رو، روی هم بذاریم می‌شه. ولی خب نمی‌خوام با نوید شریک بشم، چون نوید کار رسمی با مزایای خوب داره، هیچ وقت نمی‌تونه پا به جفت سر کارش باشه و من

می‌مونم دست تنها. بانو جان بذار چند سال دیگه دور خودمون رو جمع کنیم، مطمئن باش بهترین جا رو می‌خریم.

ـ رضا حالا برای شروع کارمون بیا یک جای کوچولو بگیریم، وقتی کارمون گرفت و پیشرفت کردیم جای بزرگتر و بهتر می‌خریم!

ـ بانو جان، با این پول نمی‌تونیم جایی رو بخریم.

خب یه مقدار بیشترش می‌کنیم.

رضا کمی جلو آمد و گفت:

ـ بانو من اهل قرض گرفتن از آقاجون و بابای خودم نیستم، دوست ندارم از همین اول بقیه برای من به زحمت بیفتن.

اخمی کردم و گفتم:

ـ کی گفت پول قرض بگیری؟ ما خودمون الان کلی پول داریم. من امروز رفتم و طلاهام رو فروختم، تو هم اگه ماشینت رو بفروشی می‌تونیم.

رضا با ناراحتی میان حرف من پرید و گفت:

ـ تو چی کار کردی بانو؟

خیلی جدی گفتم:

ـ رضا خواهش می‌کنم ناراحت نشو، مخصوصا بهت نگفتم چون می‌دونستم مخالفت می‌کنی. خوشبختانه پولش بیشتر از حد انتظارم شد. تو هم می‌تونی ماشینت رو بفروشی. اصلا الان ما ماشینی به این گرونی می‌خوایم چی کار؟ یه ماشین معمولی‌تر می‌خریم و ان‌شاالله وقتی کارمون گرفت بهترش رو می‌خریم.

رضا از روی مبل بلند شد و گفت:

ـ تو که خودت بریدی و دوختی، من این وسط چی کارم؟!

خنده‌ای کردم. دلم نمی‌خواست همین شروع کاری بین‌مان اختلاف به

وجود بیاید. به سمتش رفتم و بغلش کردم و با صدای بچگانه گفتم:

ـ رضا! رضا جونم از دستم ناراحت نباش دیگه!

رضا نیشخندی زد و من باز هم کم نیاوردم و گفتم:

ـ منو ببخش.. بگو بخشیدی! تا نگی ولت نمی‌کنم...

رضا خنده‌ای کرد و گفت:

ـ باشه، خب!

باز با لحن بچگانه گفتم:

ـ نه، نگفتی!

رضا با صدای بلند خندید و گفت:

ـ از دست تو بانو! باشه، بخشیدم.

پریدم و محکم رضا را بوسیدم و گفتم:

ـ تو رو خدا دیگه بهم نگو چرا این کار رو کردی. الان بهترین فرصت برای اینه که بخوایم کارمون رو شروع کنیم. من هم تو خونه حوصله‌ام سر می‌ره... رضا؟ هنوز ناراحتی؟

سرم را روی شانه‌اش گذاشتم و آرام گفتم:

ـ رضا جونم؟

رضا سرم را بوسید و گفت:

ـ باشه بانو جان، حالا که تنهایی، دلم نمی‌خواد تو خونه کلافه بشی. فردا ماشین رو می‌ذارم برای فروش.

روز بعد رضا مشغول خالی کردن ماشین شد و من مشغول ورق زدن خاطرات شیرین دوران نامزدی و ازدواج و جاهایی که ما با این ماشین رفته بودیم. رضا وقتی مرا در آن وضعیت دید، گفت:

ـ بانو هنوز ماشین اینجاست، اگه فکر می‌کنی پشیمون شدی...

سری تکان دادم و گفتم:

ـ نه، فقط برام جالبه یه ماشین، وسیله‌ای که نه حرف می‌زنه و نه احساس داره، چقدر می‌تونه برای ما خاطره‌انگیز باشه!

رضا لبخندی زد و کیسه‌ی محتویات ماشین را به من داد و گفت:

ـ بانو به مقدس‌ترین‌ها قسم، من فقط با یک جمله‌ی تو راضی به این کار شدم. دل من نمی‌خواست که رسیدن به یک جایگاه بالاتر به قیمت فروختن طلاهای تو تموم بشه. به خدا دیشب سرم تیر کشید وقتی دیدم طلاهات رو فروختی. ولی وقتی گفتی که حوصله‌ات تو خونه سر می‌ره راضی به این کار شدم.

خندیدم و گفتم:

ـ رضا، من با عشق این کار رو کردم. مطمئن باش که به نفع هر دوی ماست. ما تا جوونیم می‌تونیم برای خودمون کار کنیم. من یه سر سوزن هم پشیمون نیستم و دلم کاملا روشنه.

رضا سری بالا کرد و گفت:

ـ خدا رو شکر. تا صبح خواب به چشمم نرفت. عصری زودتر می‌یام با هم بریم دنبال خونه.

ماشین سر دو روز فروخته شد. و ما چند وقتی بود که دنبال جای مناسب می‌گشتیم، ولی بر خلاف تصورمان پولمان خیلی کمتر از چیزی بود که فکر می‌کردیم. واقعا ناامید شده بودیم که آقای ایلیا، یکی از مشاوران املاک با من تماس گرفت و گفت که در محله‌ی اختیاره ملکی پیدا کرده که به پول ما می‌خورد. البته صاحب خانه نیت به مهاجرت دارد. به همین خاطر پایین تر از قیمت منطقه، ملکش را می‌فروشد و ممکن است به همین علت مشتری دیگری پیدا بشود. من نیم ساعتی فرصت خواستم و سریع با رضا تماس گرفتم و از او خواستم که هر چه زودتر برای دیدن این مورد خودش را برساند.

رضا کمتر از یک ساعت دنبال من آمد. با هم به آدرسی کـه مشـاور املاک داده بود رفتیم. ملک مورد نظر قدیمی‌تر از چیزی بود کـه فکـر می‌کردیم. شاید قدمت ساختمان از پنجاه سال هم می‌گذشت و به نظر می‌آمد که در طی گذشت این مدت هم دستی به سر و گوش خانه کشیده نشده است. ولی حسن بزرگ این بود که ساختمان فقط دو واحد داشت و واحد مورد نظر در طبقه‌ی دوم بود. یک سالن کوچک، دو اتاق تو در تو که با یک در از هم جدا می‌شد و یک آشپزخانه که کابینت‌های فلزی قدیمی ریخت زشتی به آن داده بود. در مجموع هیچ گونه زیبایی نداشت.

مرد مشاور با زبان نرم در حال بازار گرمی برای ملکی بود که به نظر انگشتر پا می‌آمد تا اوکازیونی که ما نگران از دست دادنش بودیم. مـرد مشاور از خلوتی کوچه و از اینکه فقط با یک همسایه در تماسیم، از اینکه با یک دست به سر و گوش خانه کشیدن می‌توانیم این آپارتمان قدیمی را به یک آتلیه لوکس تبدیل کنیم حرف زد. به نظر من تمام حرفه‌ایش فقط بازار گرمی بود ولی صبر رضا و نگاه به تمام زوایای خانه حکایتی دیگر داشت.

رضا موافق این خانه بود ولی من مخالف. رضا می‌گفت:

ـ خیلی وقته داریم می‌گردیم، ولی با این پول واقعا نمی‌شه هیچ جایی رو گرفت، کم‌کم هر پولی دست‌مون اومد یه جاش رو سامون می‌دیم تا به حد ایده‌آل برسه.

ولی من می‌گفتم:

ـ آدرس بدیم به مشتری بیاد دم در، دیگه زنگ در رو نمی‌زنه و برمی‌گرده.

ولی رضا می‌گفت:

ـ مشتری به خاطر کار خوب می‌یاد، نه رنگ و لعاب آتلیه!

من می‌گفتم:

ـ ما هنوز اول کاریم. هنوز اسم‌مون سر زبون‌ها نیفتاده که با دیدن کارمون بیان.

ولی رضا می‌گفت:

ـ تبلیغات حرف اول رو می‌زنه. کلی تبلیغات می‌کنیم، با قیمت پایین. یکی دو سال قیمت رو پایین نگه می‌داریم. هر وقت اسمی شدیم و تعریفی، قیمت رو مثل بقیه می‌کنیم.

و من گفتم:

ـ ولی هنوز هم می‌گم مردم عقل‌شون به چشمشونه.

و رضا گفت:

ـ تبلیغات هم از همون چشم استفاده می‌کنه!

و من گفتم:

ـ من که هر چی می‌گم تو حرف خودت رو می‌زنی، باشه پس می‌ریم جلو تا ببینیم خدا چی می‌خواد.

خانه را چند میلیونی پایین‌تر خریدیم، ولی برای سامان دادن و خرید وسایل آتلیه دیگر پول نداشتیم و مجبور شدیم پولی را که برای خرید یک ماشین معمولی کنار گذاشته بودیم برای تجهیز آتلیه استفاده کنیم. یک آتلیه داشتیم و رضا مطمئن بود تا پاییز آینده که قراردادش با شرکت تمام شود آتلیه هم تجهیز شده است.

یکی از روزهای اوایل دی ماه هر دو خانواده را برای دیدن جایی که خریده بودیم، دعوت کردیم. چه شور و هیجانی رضا داشت و برای همه از فکرهایی که در سرش بود می‌گفت. برایمان آرزوی موفقیت کردند و قرار بود برای شام همه مهمان ما باشند، ولی چون وسیله پذیرایی در خانه محیا نبود آمده شدیم که سریع‌تر به خاطر سرد بودن منزل به رستوران

برویم که همسایه‌ی طبقه اول با یک سینی چای و یک جعبه خرما از لای در نیمه باز گفت:

ـ همسایه، مهمون نمی‌خوای؟

رضا در را کامل باز کرد و با شرمندگی، سینی را سریع از پیرزنی که حالا می‌دانستم اسمش منیر خانم است، گرفت. پیرزن با خوشرویی با همه سلام کرد و به خیال اینکه ما برای زندگی آن‌جا را خریدیم به مادر و مادر رضا گفت:

ـ نگران دخترتون نباشید من مدت‌ها بود دلم می‌خواست برای طبقه بالا یه همسایه بیاد. الان هم خوشحالم که عروس و دامادی چون این عزیزان این خونه رو خریدن. مطمئن باشید مثل دختر خودم هوای این عروس خانم رو دارم.

خانم خطیبی روی منیر خانم را بوسید و گفت:

ـ شما محبت دارید، ولی بچه‌های ما برای زندگی اینجا رو نخریدن.

منیر خانم صورتش در هم رفت و با صدای ناراحتی گفت:

ـ پس شما هم تو این خونه نمیاین!

به سمت منیر خانم رفتم و گفت:

ـ چرا حاج خانم، فقط شب‌ها نیستیم. می‌خوایم با اجازه‌ی شما اینجا رو محل کارمون بکنیم.

منیر خانم صورتش دوباره باز شد گفت:

ـ الهی به دل خوشی و عاقبت بخیری. ان‌شاالله دست به خاک می‌زنید براتون طلا بشه. همین که بدونم صبح تا غروب تنها نیستم هم برام خوبه. کاری داشتی دخترم، من هم مثل مادرت! چایی هاتون رو بخورید تا سرد نشه. من هم برم به خونه و زندگیم برسم.

رضا جلوی منیر خانم را گرفت و گفت:

ـ مادر جون می‌خوایم شام و ولیمه‌ی این خونه همگی بریم بیرون، شما هم باید با ما بیاید. نه نیارید که دلخور می‌شم.

منیر خانم لبخندی زد گفت:

ـ مرسی پسرم، ولی من شب‌ها شام نمی‌خورم. یکی دو قاشق ماست با نون می‌خورم که سنگین نشم و بتونم بخوابم.

رضا سری تکان داد و گفت:

ـ خیلی هم خوبه همون نون و ماست رو کنار ما باشید. بذارید از همین اول همسایگی اختلاف پیش نیاد.

منیر خانم خنده‌ی ریزی کرد و گفت:

ـ از دست شما جوون ها!

دو ماه شلوغی در پیش بود. از یک طرف مشغول برنامه‌ریزی برای خرید وسایل آتلیه بودیم و مرتب به هر جایی سر می‌زدیم و از طرف دیگر مراسم عقد و نامزدی محمدحسن هم نزدیک بود. با مادر مشغول انجام کارها بودیم، علیرضا به سوپ خوردن افتاده بود و گاهی اوقات فرخنده او را پیش مادر می‌گذاشت و با ما به خرید می‌آمد. چند روز مانده به مراسم نامزدی، کلی عکس از محمدحسن و سارا گرفتم. دیگر خودم هم باور کرده بودم که نسبت به قبل حرفه‌ای شده‌ام و به قول فرخنده، خودم صاحب سبک شده‌ام. با اینکه اول کار بر سر خرید خانه خیلی اختلاف داشتیم و من مخالف خرید آن ملک بودم، ولی وقتی نوید و فهیمه به آتلیه آینده‌ی ما آمدند و نوید حتی حاضر شد که مبلغی بیشتر به ما بدهد ولی آن‌جا را بخرد، مطمئن شدم که رضا تصمیم عاقلانه‌ای گرفته است. نوید حتی به ما پیشنهاد شراکت داد و گفت حاضر است تمام منزل را نوسازی کند و خودش تمام وسایل و دکوراسیون آتلیه را تهیه کند، ولی باز هم رضا راضی نبود.

وقتی از رضا علت مخالفتش را پرسیدم رضا فقط به گفتن اینکه دلم می‌خواهد خودم مستقل کار کنم بسنده کرد.

مراسم نامزدی محمدحسن به عالی ترین نحو برگزار شد و مادر از اینکه بالاخره محمدحسن هم تکلیفش مشخص شده بود خوشحال بود.

چند روزی به تعطیلات عید مانده بود. قرار بود آن روز با فرخنده و مادر برای خرید اولین عیدی برای سارا به طلافروشی برویم. فرخنده علیرضا را با محمدحسین به منزل مامانش فرستاده بود و چند ساعتی فرصت داشت که به دور از دلشوره‌ی علیرضا با ما باشد.

خیابان‌ها مملو از آدم بود، هر کس با شور و شوق مشغول خرید مایحتاج عید بود. صحنه‌ی بسیار قشنگی بود، دستفروش‌هایی که لباس و پوشاک و وسایل هفت‌سین را کنار خیابان پهن کرده بودند صحنه‌ی زیبا و مملو از زندگی را در نظر هر بیننده‌ای زنده می‌کرد.

مادر نگاهی به مغازه ماهی فروش انداخت و گفت:

ـ فعلا خریدمون رو بکنیم، بعد یادم بندازید که حتما ماهی بخرم.

فرخنده به سمت ماهی فروش چرخید و گفت:

ـ مامان بیاین اول ماهی رو بخریم، بعد تو فرصتی که برامون پاک می‌کنن به کارمون می‌رسیم. چون الان خیلی شلوغه. شاید با این جمعیت که ماهی سفارش می‌دن مجبور به بالای یک ساعت ایستادن بشیم.

مادر با سر حرف فرخنده را تأیید کرد و گفت:

ـ درسته، این بهتره.

با هم به سمت مغازه‌ی ماهی فروشی رفتیم. به نزدیکی مغازه که رسیدیم احساس کردم بوی فاظلاب زیر بینی‌ام آمد. جلوی بینی‌ام را گرفتم ولی هر چه به مغازه نزدیک‌تر می‌شدیم شدت بو هم بیشتر می‌شد. به فرخنده و مادر نگاه کردم، ولی آن‌ها عادی بودند. به مادر گفتم:

ـ مامان من حالم داره به هم می‌خوره، فکر کنم باز فشارم افتاده.

فرخنده از کیفش شکلاتی در آورد و به دست من داد و گفت:

ـ بانو حالت خوبه؟ چرا این‌قدر رنگت پریده؟

ـ نگران نباش فشارم که می‌افته رنگ‌ام از صورتم می‌ره.

کاغذ شکلات را باز کردم و به دهانم گذاشتم، شیرینی شکلات زیر دهنم مزه کرد ولی وقتی کامل شکلات را خوردم احساس کردم تمام آب بدنم در دهانم جمع شده. دلم آشوب شده بود، حالت تهوع داشتم. با اضطراب به مادر و فرخنده نگاه کردم و گفتم:

ـ دلم آشوبه من برم سرویس بهداشتی امامزاده صالح.

منتظر جواب یا نظر آن‌ها نشدم چادرم را زیر بغلم زدم و در میان انبوه جمعیت سعی در یافتن راه فرار می‌کردم.

سرم گیج می‌رفت و پاهایم ضعف داشت. خودم کامل متوجه شده بودم که دوباره این ویروس لعنتی که با استفراغ همراه است به سراغم آمده است. از سرویس بهداشتی که برگشتم، قبل از ملحق شدن به مادر و فرخنده چندتا موز خریدم و مشغول خوردن یکی از آن‌ها شدم. با خوردن موز گویی جانی دوباره گرفتم و خودم را به مادر رساندم. فرخنده با نگرانی به من نگاه کرد و گفت:

ـ حالت خوبه بانو جان؟

ـ بله بهترم، توی ماهی فروشی بوی ماهی‌ها زد زیر دلم.

فرخنده حرف مرا تأیید کرد و گفت:

ـ آره والا، بوی گندی بود. تو هم نسبتا به بو حساس‌تری.

ـ اول فکر کردم دوباره مریض شدم ولی با خوردن یه موز حالم جا اومد. اشتباه کردم صبح فقط یه لیوان چایی تلخ خوردم. راستی موز خریدم، نمی‌خورین؟

مادر نگاهی به من کرد و گفت:

ـ وقت برای موز خوردن زیاده، فعلا خریدمون رو بکنیم.

با مادر و فرخنده رفتیم طبقه‌ی طلا فروش‌ها. مادر به سلیقه‌ی ما نیم‌ست فرشته برای سارا خرید و گفت:

ـ بچه‌ها خرید ندارید؟

من نگاهی به فرخنده انداختم و گفتم:

ـ چرا من یک مانتو می‌خوام بخرم، ولی الان خیلی شلوغه.

مادر گفت:

ـ خوب تا من برم ماهی رو بگیرم شما یه سر به مانتو فروشی بزنین.

مادر به سمت مغازه‌های بازار رفت و ما به سمت فروشگاه‌های کنار خیابان. خیابان نسبت به دو ساعت پیش شلوغ‌تر شده بود و هر گوشه از پیاده‌رو دست‌فروشی در حال فروش اجناسش بود.

با فرخنده وارد مانتو فروشی شدیم. به قسمت خلوت‌تر فروشگاه رفتیم و مشغول نگاه کردن مانتوها شدیم. فروشنده‌ی جوانی به سمت ما آمد و گفت:

ـ خانم‌های عزیز، می‌تونم کمکتون کنم؟

پسر جوان ادکلن تندی به بدنش زده بود که شاید بوی تند و زننده‌ی ادکلن به خاطر مخلوط شدن آن با بوی عرقش بود. نگاهی به پسر انداختم. دلم می‌خواست زودتر از ما فاصله بگیرد. به همین خاطر به هوای نگاه کردن به مانتوهای دیگر از پسر فروشنده فاصله گرفتم و گفتم:

ـ نه، فعلا نگاه می‌کنیم.

هوای فروشگاه سنگین بود. دوباره دچار دل آشوبه شدم و سریع میان آن جمعیت خودم را به بیرون فروشگاه رساندم. فرخنده دنبال من از مغازه بیرون آمد. هوای خنک بیرون همراه بادی که به صورتم می‌خورد

حالم را جا آورد. فرخنده با نگرانی به من گفت:

ـ بانو، تو حالت خوب نیست. بهتره همین امروز بری دکتر تا چند روز دیگه تمام دکترا می‌رن سفر.

فرخنده سریع موبایلش را از کیفش درآورد و شماره‌ای گرفت و گفت:

ـ الو، رضا جان؟ خوبی داداش؟ نه نگران نباش، می‌خواستم ببینم می‌تونی خودت رو برسونی و بیایی دنبال ما؟ نه فقط بانو کمی حالش خوب نیست. فکر کنم از این ویروس جدیدا گرفته... باشه داداش، حواسم هست. پس ما میاییم سر خیابون می‌ایستیم که شما هم ما رو ببینی. ان‌شاالله تا نیم ساعت دیگه می‌رسی؟

فرخنده گوشی را قطع کرد و گفت:

ـ مامان بیاد بریم سر خیابون اصلی. رضا تا برسه نیم ساعت، چهل دقیقه طول می‌کشه.

نگاهی به فرخنده انداختم و گفتم:

ـ بابا من حالم خوبه، الان اومدم بیرون کامل حالم جا اومد. بی‌خود رضا رو هم کشوندی دنبال ما... من واقعا چیزیم نیست.

ـ باشه، این چیزیم نیست رو بذار دکتر بگه. چند روز دیگه تعطیلاته، دیگه دکتر پیدا نمی‌شه.

مادر هم به ما رسید و گفت:

ـ خرید کردید؟

فرخنده به جای من تمام شرح ماوقع را گفت. با هم به سمت خیابان رفتیم. می‌دانستم که با این شلوغی رضا زودتر از یک ساعت به ما نمی‌رسد.

رضا یک ساعت و ده دقیقه بعد به ما ملحق شد. با جمعیتی که کنار خیابان منتظر تاکسی یا ماشین دربستی بودند، هم بد نشد که رضا

دنبال‌مان آمد. توی ماشین که نشستم رضا با نگرانی به مـن نگـاه کـرد و گفت:

ــ کجا برم؟

من سری تکان دادم و گفتم:

ــ به خدا من حالم خوبه، الان هیچیم نیست. برم به دکتر بگـم بـرای هیچی به من دوا بده؟

مادر اخمی کرد و گفت:

ــ دخترم، دو دفعه داشت حالت به هم می‌خورد، شاید ویروس گرفته باشی و الان بری علیرضا رو هم بغل کنی شب عیدی اون طفل معصوم هم مریض بشه. می‌ریم دکتر اون بگه سردیت کرده هـمه خیال‌مون راحت بشه.

رضا به فرمان فرخنده رفت دکتر فتحی. دکتر بعد از معاینه دقیق گفت:

ــ نه، خدا رو شکر هیچ چیز خاصی نیست. همه چیز سالمه، احتمالا قند خون‌تون افت کرده بوده.

با خیال راحت برگشتیم خانه، شب همگی دور هم جمع بودیم. مادر برای شام سبزی‌پلو با ماهی و میرزاقاسمی درست کرده بـود. هـمه دور سفره نشسته بودیم، رضا برای من سبزی‌پلو و ماهی کشید و من قبـل از آن با تکه‌ای نان لقمه‌ی میرزاقاسمی را با میل بـه دهـانم گـذاشتم، لقـمه را قورت دادم، هنوز کیف خوردن لقمه‌ی میرزاقاسمی تمام نشده بود کـه مثل صبح حالم خراب شد. سریع از جایم بلند شدم و به دستشویی رفتم...

رضا ضربه‌ای به در زد و گفت:

ــ بانو یهو چی شدی؟ خوبی؟

آبی به صورتم زدم و گفتم:

ــ خوبم. چیزی نیست!

از درکه بیرون آمدم آقاجون با نگرانی نگاهی کرد و گفت:

ـ پاشو رضا جان، پاشو ببریمش درمانگاهی جایی.

مادر با صورتی آرام گفت:

ـ نگران نباش حاجی صبح رفتیم بیرون همین‌طور شد. با رضا رفتیم دکتر، گفت احتمالا قندش افتاده. سیر خودش قند و فشار رو می‌ندازه. بانو جان بهتره ماهی بخوری، بالاخره از صبح روبه‌راه نبودی.

رضا مشغول پاک کردن ماهی شد و ماهی پاک شده را جلوی من گذاشت. همه مشغول خوردن شدند و من قاشقی ماهی به دهانم گذاشتم. بر خلاف همیشه زیر دهانم مزه نکرد. مزه‌ی کاه می‌داد. مشغول بازی با غذا شدم. واقعا غذایی که زیر دهانت خوشمزه نباشد، خوردن ندارد.

رضا نگاهی به ظرف غذای من کرد و گفت:

ـ پس چرا نمی‌خوری؟ غذا از دهن می‌افته. تو هم که ماهی دوست داری.

آرام گفتم:

ـ میل ندارم، از صبح بی‌اشتها شدم.

بعد از جمع شدن سفره رفتم سراغ ظرف میوه. یک عدد موز برداشتم و با میل خوردم. آن‌قدر همان موز به من مزه داد که دومین موز را هم برداشتم و مشغول پوست کندن موز دوم بودم که محمدحسین خندید و گفت:

ـ از کی تاحالا موز خور شدی خواهر من؟

نگاهی به محمدحسین کردم و تازه یادم افتاد هیچ‌وقت موز میوه‌ی مورد علاقه‌ام نبوده. ولی این سومین موزی بود که امروز با میل می‌خوردم.

فرخنده علیرضا را به محمدحسین داد و گفت:

ـ تو به میوه خوردن بقیه هم کار داری؟ از صبح هیچی از گلوش پایین نرفته بنده خدا! بخور، نوش جونت بانو جان!

******

شب عید بود و رضا تعطیل شده بود. قرار بود شب عید خانه‌ی بابای رضا باشیم و من می‌خواستم برای علیرضا و ماهان عیدی بخرم. توی عید هم تولد یک سالگی علیرضا بود و خوب قاعدتا باید برای آن هم کادو می‌خریدم.

قرار بود صبح زودتر برای خرید برویم، هنوز از رختخواب بلند نشده بودم که احساس دل آشوبه دوباره سراغم آمد. سریع با قدم‌های بلند خودم را به دستشویی رساندم. چیزی در معده‌ام نبود، فقط حال بد تهوع را داشتم. رضا با دیدن من در آن وضعیت سریع نبات داغی درست کرد و به من داد. کمی که از حرارت افتاد خوردم. رضا با نگرانی گفت:

ـ دکترها دیگه نمی‌تونن تشخیص بدن! دکتر فتحی با اون هم تجربه نفهمید تو چت شده، پاشو بانو! کمکت می‌کنم با هم بریم یک دکتر دیگه. این حال تهوع و ضعف حتی اگه به علت افت قند هم باشه، باید معلوم بشه. قند پایین همون‌قدر خطرناکه که قند بالا خطرناکه.

با کمک رضا حاضر شدم و به یک دکتر داخلی که رضا تعریفش را شنیده بود، رفتیم. دکتر شرح حالم را پرسید و چند سوال ابتدایی که به نظر من اصلا اهمیتی نداشت. رضا با نگرانی از دکتر سوال کرد:

ـ مسئله‌ی مهمیه؟!

دکتر سری تکان داد و گفت:

ـ نه، من فکرم به جای دیگه رفته. حالا ان‌شاالله که خیره.

دکتر چند آزمایش نوشت و گفت:

ـ ظرف دو الی سه ساعت بهتون جواب می‌دن. من تا دو مطب هستم. اگه حاضر شد که در خدمت‌تون هستم، در غیر این صورت ان‌شاالله بعد تعطیلات.

رضا نگاهی به ساعت کرد و با هم سریع از مطب خارج شدیم و به آزمایشگاه رفتیم، ولی به خاطر شلوغی شب عید یک مسیر نیم ساعته را تقریبا یک ساعت و نیم در راه بودیم. دیگر مطمئن بودم که به دکتر نمی‌رسیم. آزمایش انجام شد و مسئول آزمایشگاه حاضر بودن جواب را ساعت چهار اعلام کرد و هر چقدر رضا اصرار به سریع‌تر جواب دادن کرد، افاقه نکرد.

حالم بهتر بود و با رضا به مغازه لباس بچه فروشی رفتیم و برای علیرضا و ماهان لباس خریدیم. رضا نگاهی به ساعت انداخت و گفت:

ـ بریم ناهار.

سرم را تکان دادم و گفتم:

ـ من میل به ناهار ندارم، بریم آب‌میوه بخوریم.

با رضا رفتیم آب‌میوه فروشی و من بر خلاف همیشه که میل به آب‌میوه‌های ترش داشتم یک معجون بزرگ سفارش دادم. رضا بعد از خوردن آب میوه‌ها نگاهی به ساعتش کرد و گفت:

ـ بانو جان، بریم که با این ترافیک آزمایشگاه رو از دست ندیم.

مقابل قسمت جوابگوی آزمایشگاه ایستادم و برگه را به متصدی دادم، رضا پایین بود و داشت ماشینش را پارک می‌کرد. مسئول نگاهی به برگه انداخت و در جواب‌های جلویش اسمم را جستجو کرد، برگه جواب را برداشت و به آن نگاهی کرد و با لبخند گفت:

ـ خانم محبی، شیرینی و عیدی ما رو هم یک جا بدید.

برگه را از دست متصدی گرفتم و گفتم:

ــ چشم، ولی اجازه بدید....

توی کیفم دنبال اسکناس سالمی بودم که به عنوان عیدی بـدهم.

صدای پا و بعد صدای رضا را شنیدم که گفت:

ــ چی شد؟ خودشون نمی‌گن چیه؟

زن با لبخند پرسید:

ــ همسرتون هستن؟

بله‌ای گفتم و زن با هیجان گفت:

ــ خب، پس ما شیرینی و عیدی رو از پدر بچه بگیریم!

سرم را بلند کردم. رضا با هیجان گفت:

ــ چی گفتین؟!

زن با خوشحالی گفت:

ــ شب عید و آزمایش مثبت بارداری!

رضا با هیجان بلند پرسید:

ــ زن من حامله است؟!

زن مسئول با سر تأیید کرد و گفت:

ــ بله!

رضا حال عجیبی شده بود. دست در جیبش کرد و چندین اسکناس

درشت از جیبش درآورد و به زن داد. زن با تعجب به رضا نگاه کرد و

گفت:

ــ آقا، خیلی زیاده!

رضا چشمانش پر از اشک شده بود و لبخندی به لب داشت و با

خوشحالی گفت:

ــ قابل شما رو نداره. شما برای ما پیک شادی بودید....

از در آزمایشگاه که بیرون آمدیم رضا مثل یک شیشه با من رفتار می‌کرد و می‌ترسید به در و دیوار بخورم و اتفاقی برام بیفتد. دم در آزمایشگاه مرا نگه داشت و گفت:

ـ جا پارک نزدیک پیدا نکردم، تو همین جا باش من برم ماشین رو بیارم.

خندیدم و گفتم:

ـ خب با هم می‌ریم، چه کاریه تو این شلوغی!

رضا خیلی جدی گفت:

ـ نه نه، اصلا! شما همین جا باش من می‌رم و زود برمی‌گردم. تو همین شلوغی‌هاست که اتفاق می‌افته.

خبی گفتم و دم در ایستادم. نگاهی دوباره به برگه‌ی آزمایش انداختم. از چند عددی که روی آن بود سر در نمی‌آوردم. ولی به قول رضا این برگه ما را بدجوری سورپرایز کرده بود. آن‌قدر توی این چند ماه از فکر بارداری بیرون آمده بودم که اصلا به عقب انداختن ده روزه‌ی عادت ماهیانه‌ام هم توجه نکرده بودم.

نگاهم به خیابان و رفت وآمدها بود که رضا مقابل ساختمان ایستاد. سوار ماشین شدم، صورت رضا از خوشحالی می‌درخشید. با ذوق کودکانه‌ای گفت:

ـ می‌دونستم خدا نا امیدم نمی‌کنه، ولی بذار یه حقیقتی رو بهت بگم. اگه خدا به این زودی ما رو خوشحال کرد به پاس صبوری تو بود، بانو. تو از وقتی اصل ماجرا رو فهمیدی خیلی شکیبا شدی. بانو نمی‌دونم باید چی کار کنم. می‌خوای بریم براش چیزی بخریم؟

با تعجب گفتم:

ـ برای کی؟

رضا با هیجان گفت:

ــ برای بچه‌مون!

بلند خندیدم، آن‌قدر که اشک‌هایم درآمد و گفتم:

ــ رضا حالت خوبه؟ هنوز کلی مونده به دنیا بیاد.

رضا کمی فکر کرد و گفت:

ــ بریم شیرینی بخریم، شب خونه‌ی مامانم دعوتیم. الان بریم خونه‌ی آقاجون اینا خبر خوب رو بدیم.

******

همه از شنیدن خبر بارداری من خوشحال شدند، ولی بیشتر از همه فرخنده خوشحال بود.

بد ویار بودم. هر روز صبح با حالت تهوع از خواب بیدار می‌شدم و غذای غالب من شده بود کته‌ی ساده و سیب‌زمینی پخته. بوی ادویه‌ی غذا حالم را به هم می‌زد. رضا در تمام عید کنارم بود، ماشین بابای رضا دست ما بود و تمام عید رضا مرا به جاهای مختلف برد تا فضای خانه باعث خستگی‌ام نشود. رضا نمی‌گذاشت آب توی دلم تکان بخورد.

بعد از تعطیلات به دکتر رفتم و دستورات و کارهایی را که باید در این مدت انجام می‌دادم، از دکتر گرفتم.

رضا هر روز زودتر از موعد به خانه می‌آمد. مرتب بهش می‌گفتم:

ــ رضا کارت رو از دست می‌دی!

ولی رضا می‌گفت:

ــ قرارداد ما تا مهره، نگرانی معنی نداره. اگه خیلی هم ناراحت هستن از همین فردا نمی‌رم سر کار! اینکه ناراحتی نداره!

به معنای واقعی رضا نمی‌گذاشت آب توی دل من تکان بخورد. چند روز در هفته خانه‌ی مادر خودم و مادر رضا بودیم. هفته‌ای یک بار رضا خودش برایم کباب درست می‌کرد. بهش می‌گفتم:

ـ رضا بد عادت می‌شم ها، بچه به دنیا بیاد دیگه یادم می‌ره آشپزی کنم!

رضا می‌خندید و می‌گفت:

ـ نگران نباش، تا آخر دنیا هم بخوای خودم برات کباب و فیله درست می‌کنم.

فصل ۱۰

اوایل اردیبهشت قرار بود برای سونوگرافی و شنیدن صدای قلب بچه
به دکتر برویم. رضا از ظهر برگشت و حمام کرد. غذایی را که شب قبل
مادر داده بود گرم کرد. با هم میز چیدیم و غذا خوردیم. توی راه باز هم با
عشق از کارهایی که دلش می‌خواست انجام بدهد حرف زد.

نیم ساعتی در مطب دکتر معطل شـدیم. رضا بیشتر از مـن هیجان
داشت. وقتی روی تخت سونوگرافی خوابیدم، دستم را گرفت و گفت:

ــ نگران هیچی نباش، من پهلوت هستم.

رضا دستم را گرفته بود که خانم دکتر وارد اتاق شد. با لبخندی گفت:

ــ آماده هستید؟

سرم را به علامت تأیید تکان دادم و گفتم:

ــ بله دکتر.

دکتر دستگاه را روی شکمم گذاشت و به مانیتور نگاهی کرد. رضا با
ذوق به صفحه‌ی مانیتوری که هیچ چیز از آن پیدا نبود نگاه می‌کرد. دکتر
اشاره‌ای به صدای تاپ تاپ کرد و گفت:

ــ به سلامتی این هم صدای قلب. خب، اجازه بـدیـد... بـله، دو قلـو
هستن!

رضا با هیجان دستم را فشار داد و گفت:

ــ دکتر، مطمئن هستید؟

دکتر لبخندی زد و گفت:

ــ بله، کاملا. صدای دو تا قلب شنیده می‌شه.

رضا خم شد و پیشانی‌ام را بوسید. دوباره چشم‌هایش پر از اشک شده بود، سرش را بالاگرفت و خدایا شکر غلیظی گفت. دکتر دستگاه را خاموش کرد و نگاهی به رضا انداخت و گفت:

ــ خیلی کارم رو دوست دارم، به خصوص زمانی که احساس سرکوب نشده‌ی آقایون رو می‌بینم. ان‌شاالله به سلامت به دنیا بیان، ولی آقای خطیبی باید خیلی هوای خانم‌تون رو داشته باشید. باید مراقبت‌تون دو برابر بشه.

رضا با سر حرف دکتر را تأیید کرد و گفت:

ــ خیال‌تون راحت، نمی‌ذارم آب توی دلش تکون بخوره، این دوران رو به کامش عسل می‌کنم.

******

عروسی محمدحسن نزدیک بود. قرار عروسی برای اواخر تیرماه بود. سارا و خانواده‌اش مشغول تجهیز جهیزیه بودند و مادر و آقاجون هم کارهای مربوط به خودشان را انجام می‌دادند.

با اینکه ماه چهارم بارداری را می‌گذراندم ولی خیلی چاق شده بودم. دکتر خوردن نان و برنج و کربوهیدرات را برایم محدود کرده بود و معتقد بود اگر با همین روال پیش بروم دچار قند بارداری می‌شوم. دکتر به رضا گفته بود که باید هر روز تا جایی که خسته نشوم پیاده‌روی کنم. هوا خیلی گرم شده بود و به خاطر گرمی هوا غالبا پیاده‌روی ما شب‌ها انجام می‌شد.

سونوگرافی و آزمایش غربالگری بچه‌ها انجام شد. خدا را شکر هر دو سالم بودند و دکتر خبر جنسیت بچه‌ها را به ما داد، هر دو پسر...

بعد از اینکه جنسیت بچه‌ها مشخص شد، سوژه‌ی جدید آغاز شد؛ اسم‌گذاری پسرها! هر روز برنامه داشتیم، اسمی که هر دو دوست داشته باشیم، انتخاب من طاها و صدرا بود، دو اسمی که به خاطر ختم شدنشان به الف به اسم رضا هم خیلی می‌خورد ولی رضا معتقد بود اسم بچه لزومی به شبیه بودن به اسم والدین ندارد. اولین انتخاب رضا که در نهایت به بهترین انتخاب تبدیل شد، مبین و معین بود.

قرار خرید سیسمونی به بعد از برنامه‌ی محمدحسن موکول شده بود، ولی از آنجایی که رضا عجله داشت هر روز با وسیله‌ای جدید وارد خانه می‌شد. یک روز دوتا شلوار مخمل می‌خرید. روز دیگر دوتا کلاه کاموایی، روز بعد ژاکت...

مادر که وضعیت را این گونه دید تصمیم گرفت خرید تخت و کمد را به خود ما واگذار کند. چون حداقل وسایلی که می‌خریدیم جا و مکان پیدا می‌کرد.

اتاق با سلیقه و طراحی رضا دوباره رنگ شد. پرده‌های قدیمی جای خود را به پرده‌های سبک‌تر با طرح بچگانه دادند. ترکیب رنگ‌بندی اتاق از رنگ‌های قرمز و نارنجی و زرد بود. تمام وسایل دوتایی خریده شد، دوتا گهواره‌ی کرم رنگ، کالسکه دوقلو، تاب بچه و هر وسیله‌ای که احتیاج بود خریده شد. با اینکه کمد بچه‌ها دیگر جای سوزن هم نداشت، ولی رضا هر وسیله‌ی جدیدی که می‌دید، می‌خرید.

کارت‌های عروسی محمدحسن چاپ شده و قرار بود پشت نویسی کارت‌ها را من انجام بدهم. عصری با رضا به خانه‌ی مادر رفتیم. فرخنده مشغول درست کردن گیفت‌های عروسی بود و من مشغول نوشتن اسامی روی کارت‌ها.

مادر با هندوانه‌ی قاچ کرده وارد سالن شد و گفت:

ـ خدا رو شکر که محمدحسن هم داره می‌ره سر خونه زندگیش. فقط از خدا می‌خوام سارا هم دختر بی‌حرف و حدیثی باشه و مثل شما دو تا که مثل دو خواهر شدید، اونم باهاتون گرم باشه.

سرم را بلند کردم و گفتم:

ــ مامان یه ماشاالله بگو، اگه تونستی رابطه‌ی منو فرخنده رو چشم بزنی، فردا، پس فردا بیفتیم به تیپ و تاپ هم!

مادر خندید و گفت:

ــ رابطه‌ی شما دیگه چشم خوردنی نیست، شما خدا رو شکر شدید پشت هم.

به فرخنده چشمکی زدم و عطسه‌ای ساختگی کردم. مادر یا صاحب صبری گفت و از جایش بلند شد و در حالیکه به سمت اتاق خودش می‌رفت، گفت:

ــ صبر اومد، برم یک صدقه بذارم کنار، خودم شما دو تا رو چشم نزنم.

من و فرخنده به هم نگاه کردیم و بی‌صدا از ته دل خندیدیم.

مادر کارت‌ها را تقسیم‌بندی کرده بود و چندتا از کارت اقوام و فامیل را که خانه‌شان سر راه ما بود، به رضا داد تا ببریم و تحویل بدهیم. کارت خانواده‌ی کامرانی را دادیم و می‌خواستیم برویم خانه‌ی آقای زمانی‌فر که موبایل من زنگ خورد. تلفن را برداشتم. فهیمه بود.

ــ سلام فهیمه جان خوبی؟ آقا نوید خوبه؟ چه خوب شد زنگ زدی، می‌خواستم بهت زنگ بزنم و بپرسم خونه‌ای بیام کارت‌تون رو بدم؟ سارا می‌خواست کارت‌های شما رو بده به مادر شوهرت، ولی من گفتم خودم کارتت رو بیارم بهتره.

ــ بله، خونه هستیم. اتفاقا نوید با آقا رضا کار داره. شب بیاید شام هم باشید پیشمون.

ــ مزاحم می‌شیم.

ــ نه، خوشحال می‌شیم. فقط زود بیا. اصلا عصر جمعه می‌خوای بشینی خونه چی کار؟

ــ زود اومدن رو بهت قول نمی‌دم، چون قراره چند تا از دکورهای آتلیه رو

بیارن. شاید کمی دیر یا زود بشه.

ـ باشه، تو بیا من منتظرم. چی بذارم که خودت و اون فینگیلی‌ها دوست داشته باشین؟

ـ هر چی خواستی، بعدش هم دیگه این بچه‌ها اسم دارن، مبین و مـعین. می‌دونی که رضا حساسه، جلوش یهو نگی فینگیلی‌ها...

فهیمه خندید و گفت:

ـ اتفاقا می‌خوام بگم. تو هم لوس کردی این شوهرت رو، هی این رو نگیم اون رو نگیم، حالا کجا هست این جناب ابا فینگیلی‌ها

ـ همین جاست، کنار من داره صدات رو هم می‌شنوه.

فهیمه سکوت کرد و بعد از چند ثانیه گفت:

ـ جدی که نمی‌گی بانو؟

خندیدم و گفتم:

ـ تا حدودی، کنارمه، ولی صدات رو نمی‌شنوه.

ـ بمیری، سکته کردم! منتظرم، اون دکورهای آتلیه ورسای رو آوردن سریع جمع می‌کنی می‌یای. نری دوباره پی لباس خریدن برای فرزندان!

باشه می‌یام، سعی هم می‌کنم زود بیام.

بعد از چیدن وسایل آتـلیه رفـتیم از شـیرینی فـروشی یک کیلو شـیرینی خامه‌ای مورد علاقه‌ی فهیمه و نوید را خریدیم و رفتیم آنجا. از داخل آسانسور بوی خوشمزه‌ی لوبیاپلو می‌آمد. مطمئن بودم که بوی غذای فهیمه است، فهیمه دست پخت بی‌نظیری داشت و در خانه‌داری و پخت پز منحصر به فرد بود. فهمیه در آپارتمان را که باز کرد بعد از سلام گفتم:

ـ لوبیاپلو پختی؟

فهیمه خندید و گفت:

ـ می‌دونم باید برنج کم بخوری، ولی گفتم دوست داری.

بوسیدمش و گفتم:

ــ مرسی واقعا سورپرایز خوبی بود.

بعد شام نوید و رضا مشغول حرف شدند و من و فهیمه هم رفتیم تـوی آشپزخانه. کمی کمک فهیمه کردم که دیدم نوید آمد و با خنده گفت:

ــ بانو خانم، اومدم اجازه‌ی رضا رو از شما بگیرم.

با تعجب گفتم:

ــ اجازه‌ی رضا رو از من بگیرید؟ اجازه‌ی رضا دست خودشه... حالا چی شده؟

همگی به هال رفتیم و نوید اشاره‌ای به من کرد و گفت:

ــ بیا خانمت هم می‌گه اجازه‌ی رضا دست خودشه.

رضا از جایش بلند شد و گفت:

ــ نوید جان از من نخواه که تو این وضعیت بانو رو تنها بذارم با تو بیام سفر.

نوید اخمی کرد و گفت:

ــ چه وضعیتی؟ بانو خانم الان شرایطش از منم بهتره، در ضمن مدت زمانی طول نمی‌کشه، کمتر از چهل و هشت ساعت می‌ریم و برمی‌گردیم. می‌خوام با هم باشیم و برام کلی از عکس‌های حرفه‌ایت بندازی. رضا، می‌دونی که من تو کار تبلیغات نیستم ولی این پروژه کلی پول توشه! در ضمن یه جورایی کار به ما بهترون وصله و یه شبه ره صد ساله می‌ری. کلی اسم در می‌کنی، به شرطی که الان دیگه بازی درنیاری.

با تعجب به رضا نگاه کردم و گفتم:

ــ چرا نمی‌خوای بری؟ اتفاقا تو به این کارا احتیاج داری. بالاخره همه کـه آشنا و پارتی ندارن، باید به یه طریقی خودت رو نامی کنی.

رضا دستی به موهایش کشید و گفت:

ــ بانو، به چه قیمتی؟ آخه رواست تو این وضعیت من به فکر چیزی غیر تو

باشم؟

اخمی کردم و گفتم:

ــ رضا فقط دو روزه! من می‌رم خونه‌ی مامان اینا که تو خیالت راحت باشه.

رضا نزدیکم آمد و گفت:

ــ بانو تاریخی که نوید می‌گه فقط پنج روز مونده به عروسیه، کلی کار هست. تو این وضعیت همه سرشون شلوغه، کسی نمی‌تونه به تو هم برسه.

انگشت دستم را گاز گرفتم و گفتم:

ــ خاک بر سرم رضا، تو پاک منو کردی بچه ها! رضا جون من راضی‌ام تو بری، شاید پا قدم مبین و معین بوده که این کار برای تو جور شده. شانس یک دفعه در خونه‌ات رو می‌زنه ها.

ته چشم رضا، رضا نبود به این سفر ولی من آن‌قدر اصرار کردم که علی‌رغم میلش راضی شد.

رضا نگاهی به من کرد و گفت:

******

ــ نمی‌شه بری خونه آقاجون حموم؟

سری تکان دادم و گفتم:

ــ رضا جان چقدر دلت شور می‌زنه، نگران نباش. فرخنده عصری می‌یاد دنبالم و می‌خوایم با هم بریم لباسامون رو بگیریم. تو رو خدا این‌قدر نگران نباش. فکر کن الان مثل هر روز رفتی سر کار، من صبح تا بعدازظهر چی کار می‌کردم؟ امروز هم مثل همیشه.

ــ نه، آخه می‌دونی! اون موقع خیالم راحت بود، اگه اتفاقی بیفته سریع خودم رو می‌رسونم ولی حالا...

ـ حالا هم نگران نباش، مطمئن باش اگه این پسرا بخوان اذیت کنن، سریع زنگ می‌زنم به دایی جان‌هاشون، حالا هم برو از پرواز جا می‌مونی.

رضا کیف دوربینش را برداشت و گفت:

ـ اصلا دلم به این سفر نیست، می‌دونی همه‌اش دلم پیش تو و بچه‌هاست. بانو تو رو خدا اگه امشب هم احتیاج به من پیدا کردی خبرم کن.

قرآن را بالای سر رضا گرفتم و گفتم:

ـ رضا جان خواهش می‌کنم این‌قدر دلشوره نداشته باش، فردا شب برمی‌گردی، سفر قندهار که نمی‌ری. این سفر شاید کوتاه باشه، ولی کلی توی رزومه کاریت اثر داره.

رضا کیف دوربینش را دوباره زمین گذاشت و مرا بغل کرد و گفت:

ـ نمی‌دونم چرا این حالم؟ فکر می‌کنم این سفر خیلی دور و طولانیه... بانو تو رو خدا مواظب خودت و بچه‌ها باش، دلم نمی‌خواد توی این دو روز آب تو دلت تکون بخوره. به فرخنده هم بگو... ولش کن، خودم به فرخنده زنگ می‌زنم و می‌گم تو رانندگی احتیاط کنه.

رضا سرش را خم کرد و شکم مرا بوسید و خیلی آرام گفت:

ـ پسرای من، بابا دو روز می‌ره و برمی‌گرده. مامان‌تون رو اذیت نکنین.

رضا دوباره از جایش بلند شد. به چشمانم نگاه کرد و گفت:

ـ بانو الان هم بگی نرو، زنگ می‌زنم به نوید و می‌گم نمی‌یام. مطمئنی راضی هستی؟

لبخندی زدم و با حالت طنزی گفتم:

ـ بریم محضر رضایت‌نامه کتبی و محضری بدم؟

رضا دوباره کیف دستی و کیف دوربینش را برداشت و گفت:

ـ فردا شب برمی‌گردم. تو خونه‌ی مامان اینا باش، خودم از راه

فرودگاه می‌یام دنبالت. نیای خونه بنشینیا.

ــ باشه رضا جان!

******

ناهار سبکی خوردم و به رضا زنگ زدم. موبایل خاموش بود. شاید
هنوز نرسیده و در هواپیما بودند. می‌خواستم شماره‌ی فهیمه را بگیرم که
زنگ در به صدا درآمد. فرخنده بود. سریع در خانه را بستم و خارج شدم.

وقتی سوار ماشین شدم، علیرضا روی صندلی ماشین خواب بود. به
فرخنده گفتم:

ــ کاش بچه رو می‌ذاشتی پیش مامان.

فرخنده خندید و گفت:

ــ نموند که! هی پشت سرم گریه کرد. مجبور شدم بیارمش. رضا
رسید؟

ــ نه مثل اینکه پروازشون تاخیر داشته، یه بار از فرودگاه زنگ زد و
گفت هنوز سوار نشدیم، فکر کنم الان تو پرواز باشه، چون موبایلش
خاموش بود.

ــ چطور رضا با این همه وسواس راضی شد بره؟

ــ راضی نبود که، من کلی اصرار کردم. آخه واقعا مدتی نیست، ولی در
عوض کلی پیشرفت کاری داره. کلی اسم و رسم پیدا می‌کنه از طرفی فردا
شب برمی‌گرده. راستی فرخنده، وقت گرفتی از آرایشگاه؟

تا مزون از هر دری حرف زدیم. وقتی دم در مزون رسیدیم، علیرضا
هم از خواب بیدار شد و با دیدن من لبخندی زد و دست‌هایش را باز کرد
و عمه عمه‌اش به هوا رفت. دلم می‌خواست سیر بغلش کنم ولی فرخنده

دستش را گرفت و گفت:

ـ بچه جون، عمه نمی‌تونه شما رو بغل کنه.

*****

نگاهی به خودم در آینه کردم و گفتم:

ـ ممنون، همه چیز عالیه!

فرخنده هم با تحسین نگاهی کرد و گفت:

ـ به نظر من خیلی خوب از آب دراومده، دستتون درد نکنه خانم نامی.

خانم نامی از آینه نگاهی به من کرد و گفت:

ـ دامن لباس رو گشاد گرفتم که اذیت نشی. ولی اگه نمی‌خوای، یه درزه برات بگیرم.

فرخنده گفت:

ـ به نظر من که دست بهش نزن، حرف نداره. فقط باید برای اون روز موهات رو جمع کنی، خیلی رسمی و شیک می‌شی.

خندیدم و گفتم:

ـ آقا داداش شما از موی بسته خوششون نمی‌یاد، می‌گن موهات رو می‌خوای ببندی برو کوتاه کن!

فرخنده ابرویی بالا انداخت و گفت:

ـ ای بابا، مرد رو چه به این فضولیا! خودم می‌برمت آرایشگاه، جواب داداشم هم با خودم.

خانم نامی میان حرف ما آمد و گفت:

ـ خانم خطیبی، خوبه دامنش؟

بله‌ای گفتم و خانم نامی کمک کرد تا لباس را از تنم دربیاورم و در همان حال به سحر، دختر جوانی که پیشش کار می‌کرد گفت تا برای ما شربت بیاورد.

لباس را درآوردم و به علیرضا که مشغول خوردن آب‌میوه بود نگاهی کردم. خانم نامی دوباره سحر را صداکرد. سحر با سینی شربت وارد شد و سینی را مقابل ما گرفت. من و فرخنده هر دو شربت را برداشتیم. خانم نامی خیلی جدی پرسید:

ـ سحر چرا این‌قدر معطل کردی؟

سحر اخمی کرد و گفت:

ـ بـبخشید خانم، داشتم اخبار تلویزیون رو می‌دیدم، آدم دیگـه می‌ترسه بره سفر. باز دوباره یه هواپیما سقوط کـرده، بیچاره خـدمه و مسافرهاش همه مردن.

با ترس گفتم:

ـ پرواز مال کجا بوده؟

سحر بی‌تفاوت گفت:

ـ نمی‌دونم، گفت دو توقفه بوده. از تهران می‌رفته چابهار، از اونجا می‌رفته بندرعباس یا بالعکس. ولی تا بلند شده بالای سر تهران سقوط کرده.

صدای خرد شدن لیوان با صدای یا امیرالمؤمنین فرخنده در هم قاطی شد، نگاهم به دهان سحر بود. تنم یخ کرده بود و نفسم به شماره افتاد. دیگر چیزی نمی‌دیدم. همه چیز تیره و تار شد.

دستی روی سرم بود. نگاهی به بالای سرم انداختم، روی پای فرخنده بودم. صورت فرخنده از گریه سرخ و ورم کرده شده بود. به سختی گفتم:

ـ فرخنده، رضا...؟!

فرخنده بغضش را قورت داد و گفت:

ـ هنوز هیچی معلوم نیست، بابا رفته فرودگاه ببینه چی شده. ان‌شاالله اشتباه شده بانو جان، خواهش می‌کنم آروم باش. من مطمئنم اتفاقی نیفتاده...

پریشان گفتم:

ـ موبایلش رو گرفتین؟

محمدحسین که در حال رانندگی بود جواب داد:

ـ به موبایل فکر نکن احتمالا شارژر نداشته و موبایلش خاموش شده.

سرم را بلند کردم و نشستم و گفتم:

ـ ولی صبح موبایلش شارژش کامل بود، رضا هم آدمی نیست که یادش بره موبایلش رو روشن کنه... یه زنگ بزنیم به نوید، شاید اون موبایلش رو جواب بده.

محمدحسین گفت:

ـ شماره‌اش رو داری؟ بده من زنگ بزنم.

شماره را به محمدحسین دادم و او شماره را گرفت. در دل فقط دعا می‌کردم که نوید جواب تلفن را بدهد. وقتی ارتباط برقرار شد، من و فرخنده هر دو نفس راحتی کشیدیم. زیر لب فقط صلوات می‌فرستادم. چهارده هزار صلوات نذر زنده ماندن رضا کرده بودم. محمدحسین شروع به صحبت کرد:

ـ سلام، محبی هستم، برادر بانو خانم. حقیقتش آقا رضا موبایل‌شون رو جواب نمی‌دن می‌خواستم خواهش کنم اگه پهلوی شما هستن تلفن رو بدین به ایشون خواهر ما صحبت کنه و نگرانیش رفع بشه.

محمدحسین فقط گوش می‌داد. دیگر حرف نمی‌زد. صورتش تغییر رنگ داده بود. فرخنده نگران پرسید:

ـ محمدحسین چی شده؟ چرا جواب نمی‌دی؟ رضا کجاست؟ چرا موبایلش رو جواب نمی‌ده؟

محمدحسین ماشین را کنار خیابان زد، موبایلش را پرت کرد روی صندلی بغل و از ماشین پیاده شد. من و فرخنده بی صدا بودیم. محمدحسین مقابل ماشین دو زانو روی زمین نشست و با صدای بلند گریه کرد. یا امام زمانی گفتم و در ماشین را باز کردم. تمام تنم می‌لرزید. پاهایم قدرت نگه داشتن بدنم را نداشت. دستم را روی شانه‌ی محمدحسین گذاشتم و گفتم:

ـ چی شده داداش؟ نوید که برداشت، پس اتفاقی نیفتاده!

محمدحسین با صدای گرفته‌ای گفت:

ـ نوید با رضا نبوده.

سرم سنگین شد و گفتم:

ـ امکان نداره، اونا با هم بلیط گرفته بودن.

محمدحسین از زمین بلند شد و گفت:

ـ صبح یه ماموریت فوری برای نوید پیش می‌یاد و مجبور می‌شه بمونه. اون بنده خدا هم تو شوکه.

بدنم به لرزه افتاد. داشتم از پشت می‌افتادم زمین که فرخنده و محمدحسین مرا بین زمین و هوا گرفتند.

*****

چشمانم را باز کردم، سرم در حال انفجار بود. صدای کسی که نمی‌توانستم تشخیص بدهم کیست از بیرون می‌آمد.

ـ بمیرم برای داداشم چقدر ذوق بچه‌ها رو داشت و ندیده رفت!

از جایم بلند شدم از در اتاق بیرون رفتم. نور چراغ بیرون چشمم را زد. هنوز کامل وارد سالن نشده بودم که فرخنده با صدای بلند آمد روبه‌رویم و گفت:

ـ بانو، دیدی عروسی‌مون عزا شد؟

تازه خاطرات چند ساعت قبل جلوی چشمم آمد... یعنی واقعا رضا...؟! نمی‌توانستم باور کنم... نه، امکان نداشت...

تمام تنم منقبض شده بود، مثل کوه آتشفشانی که منفجر بشود، فرخنده را کنار زدم. هوا برایم سنگین بود با صدای بلند گریه کردم.

فرخنده جلوی پایم زانو زد. سرم را بغل کرد و گفت:

ـ بمیرم برای دلت بانو، بمیرم برات، بی‌رضا...

پدر رضا بلند فریاد زد:

ـ بسه فرخنده رضا مرد، دیگه این طفل معصوم رو با یادگارهای رضا عذاب نده! این‌قدر جلوی زن حامله زاری نکنین.

فرخنده سرش را زمین گذاشت و بلند گریه کرد. شکمم مثل سنگ سفت شده بود. احساس می‌کردم بچه‌ها منقبض شده و یک گوشه‌ی شکمم جا خوش کرده‌اند. سرم دوباره گیج رفت، بین زمین و آسمان بودم...

بابا دستم را گرفت و روی مبل نشاند. چشم‌های بابا سرخ بود، ولی مثل همیشه محکم بود و گفت:

ـ بابا جون غصه نخور، تو الان باید به فکر بچه‌هات باشی. قسمت رضا هم این‌جوری بود.

با ترس پرسیدم:

ـ پس حقیقت داشته؟!

ـ آره دخترم، کاسه‌ی عمر رضا هم همین‌قدر بود ولی الان مهم‌ترین

کس تویی، تویی که باید مقاوم باشی تا این بچه‌ها سالم پا به دنیا بذارن.

با صدای بلند گفتم:

ــ بابا جون من این بچه‌ها رو بی‌رضا چطور بزرگ کنم؟ عدالت خدا نبود رضا بدون دیدن بچه‌ها...

با صدای بلند گریه کردم، صدای گریه‌ام در هق‌هق گریه فرخنده محو شده بود. دستی به شانه‌ام خورد. سرم را بالا کردم مادر رضا بود بغلش کردم و هر دو سیر گریه کردیم. نفسم از گریه‌ی زیاد بالا نمی‌آمد. گویی بابا دوباره متوجه شد و به کمکم آمد و گفت:

ــ دخترم، کمی مراعات خودتو بکن، این گریه‌ها برای بچه‌هات خوب نیست.

صورتم را پاک کردم و گفتم:

ــ بابا، من دو تا پسر رو بی رضا چطوری بزرگ کنم؟ من تنهایی می‌میرم، من بدون رضا دووم نمی‌یارم...

ــ خودم مثل شیر مواظب‌شونم، نمی‌ذارم تا دنیا دنیاست آب تو دل بچه‌هات تکون بخوره. بانوجان، پرونده‌ی رضا بسته شد ولی تو و بچه‌ها باید زندگی کنین. خواست خدا هر چی که بوده باید راضی باشیم به اون.

فرخنده لیوان شربتی بهم داد. سرم را تکان دادم و گفتم:

ــ نمی‌تونم بخورم.

فرخنده کنارم نشست و گفت:

ــ بانو، بابا راست می‌گه. تو الان باید بیشتر از همه مواظب خودت باشی. خدا رو شکر قلب خودت و بچه‌ها داره می‌زنه.

ــ فرخنده، می‌خوام برم خونه‌مون، منو می‌بری؟

فرخنده مردد به مادر و بابا نگاهی کرد و گفت:

ــ همه الان می‌یان اینجا، می‌خوای بری خونه چی کار؟

هنوز حرفی نزده بودم که بابا گفت:

ـ فرخنده صلاح نیست الان رانندگی کنه. اون هم حال درستی نداره، صبر کن الان محمدحسین می‌یاد. رفته اعلامیه چاپ کنه.

با شنیدن اعلامیه دلم لرزید. هر لحظه بیشتر باور می‌کردم که رضا دیگر نیست. محمدحسین چند دقیقه بعد با اعلامیه‌ها آمد. نگاهی به اعلامیه انداختم. تازه باورم شد که چه بلایی به سرم نازل شده. شادروان رضا خطیبی...

دیگر دست خودم نبود. فقط با دو دست به صورت خودم چنگ می‌انداختم و می‌گفتم:

ـ رضا دلش به رفتن نبود... من اصرار کردم....

دنیایم دوباره سیاه شد.

*****

چشمم را باز کردم. هوا تاریک شده بود و چراغ اتاق هم خاموش بود. آقاجون در حال صحبت با پدر رضا بود و گفت:

ـ دکتر درست می‌گفت این شوک شاید تا مدت‌ها با بانو باقی بمونه، چون مراسم تدفینی وجود نداره که این مسیر بحران رو طی کنه و رفتن رضا رو باور کنه.

بابای رضا آه بلندی کشید و گفت:

ـ سخت‌ترین چیز اینه که آدم عزیزش رو، بچه‌اش رو، اونی رو که یک عمر مواظب بودی زمین نخوره و خاکی نشه به خاک بسپاره... ولی الان که اینجام می‌گم کاش جنازه‌ای بود تا سردی خاک اول مادرش، بعد زنش رو آروم می‌کرد. آقای محبی دلم برای بچه‌ام خون شده ولی آروم کردن این

جماعت با منه. حرف بزنم دیگه هیچکی آروم شدنی نیست. بانو قبل از اومدن شما می‌خواست بره خونه‌اش، اگه صلاح می‌دونید بیدار شد ببریدش. شاید احتیاج به وسیله‌ای چیزی داشته باشه.

دلم به حال بابای رضا می‌سوخت. چه فشاری را تحمل می‌کرد، سال پیش رضا نگران از دست دادن بابا بود و حالا بابا سیاه‌پوش رضا. بی‌خود از قدیم نگفتند عجل برگشته می‌میرد نه بیمار سخت.

بغضم را خوردم. از جایم بلند شدم. به بیرون اتاق رفتم و با دیدن آقاجون خودم را توی بغلش رها کردم و باز هم با صدای بلند گریه کردم. آن‌قدر که نفسم دوباره تنگ شد، مادر و محمدحسین مرا روی زمین خواباندند. مادر با چادرش صورتم را باد می‌زد و قربان صدقه‌ام می‌رفت. فرخنده با چشم‌های ورم کرده از اشک با لیوان آب قندی بالای سرم آمد و گفت:

ـ بانوجان این‌قدر به خودت فشار نیار، تو الان فقط مال خودت نیستی. دو تا قلب تو وجودت جریان داره، به خاطر رضا کمی به فکر خودت و بچه‌هات باش.

سری تکان دادم و گفتم:

ـ سعی می‌کنم، ولی نمی‌تونم. دلم آشوبه فرخنده... دلم می‌خواد جیگرم رو توی کاسه‌ی یخ بذارن تا خنک بشه.

سرم را چرخاندم و به محمدحسین که بالای سرم بود نگاهی کردم و گفتم:

ـ داداش، منو می‌بری خونه‌مون؟

محمدحسین سری تکان داد و گفت:

ـ بله، می‌برمت.

با بی‌جانی از جایم بلند شدم و گفتم:

ـ بریم پس.

با فرخنده و محمدحسین به سمت خانه رفتیم. توی راه فرخنده سعی در آرام کردن من داشت ولی همان‌طور که آب‌جوش آمده به این سرعت از حرارت نمی‌افتد، من هم نمی‌توانستم به این راحتی خودم را آرام کنم و باور کنم بهترین انسان زندگی‌ام از بین رفته است.

سوار آسانسور شدم. یاد تمام روزهایی افتادم که رضا از آینه‌ی آسانسور عکس‌های دو نفره و به تازگی به قول خودش چهار نفره گرفته بود. روزهایی که با دسته گل‌های رز به خانه می‌آمد. پوره سیب‌زمینی و فیله کبابی‌هایی که درست می‌کرد. دلم به حال آن مدتی که به خاطر بچه‌دار نشدن اوقات را به خودم و رضا تلخ کردم سوخت. یاد روز عروسی‌مان افتادم، روزی که شنید حامله‌ام، تمام روزهایی که با وجود رضا برایم شیرین شده بود. وارد خانه شدم. با صدای بلند رضا را صدا می‌کردم، کاش امروز صبح دوباره تکرار می‌شد و من هرگز راضی به رفتن رضا نمی‌شدم. به سالن رفتم. با دیدن آینه، خاطرات مثل فیلم سینمایی که روی دور تند باشد جلوی چشمم آمد. روزی که همگی جمع شدیم تا آینه را وصل کنیم. روز عقدمان، زمانی که آینه‌ی سر سفره عقد شکست و مستخدم سالن زیر لب گفت: «عروس سیاه بخت می‌شه!» و شدم. دستم را دراز کردم و گلدان سنگی را که روی میز پذیرایی بود برداشتم. با تمام قدرتی که در بدنم بود به سمت آینه پرتاب کردم. با صدای بلند خرد شدن آینه فرخنده و محمدحسین به سمت سالن دویدند. حالا می‌توانستم خودم و آن‌ها را توی آینه‌ی هزار پاره نگاه کنم.

فرخنده دستش را روی شانه‌ام گذاشت. می‌توانستم از لرزش بدنش بفهمم که دارد گریه می‌کند. با بغض گفتم:

ـ رضا آینه رو به دیوار زد تا به قول خودش آینه‌ی بختمون هیچ‌وقت

نشکنه... همون روز که پای سفره‌ی عقد آینه شکست، ته دلم خالی شد. وقتی مستخدم سالن زیر لب گفت سیاه‌بخت می‌شم.

فرخنده صورتم را بوسید و خیلی آرام گفت:

ــ تو باید آروم باشی، رفتن رضا ربطی به این خرافات نداره.

سرم را بالا گرفتم و گفتم:

ــ حالا که رضا نیست دلم هیچی نمی‌خواد. فرخنده، دارم دیوونه می‌شم! چه بلایی سرشون اومده فرخنده؟ سوختن؟ خفه شدن؟ فهمیدن که دارن می‌میرن؟ وای فرخنده چه مرگ سختی بوده... دلم آشوبه، آشوبه که صبح خودش دلشوره داشت. کاش هیچ‌وقت با نوید آشنا نشده بود که اون الان راست راست راه بره و رضای من بدون دیدن بچه‌هاش دنیا رو ترک کنه...

بدون اینکه با رضا وداع کنم، بدون اینکه برای آخرین بار ببینمش، بدون اینکه به خاک بسپارمش و باور کنم که رفته و دیگر برنمی‌گردد مراسم ختم رضا در روزی که قرار بود عروسی محمدحسن باشد، برگزار شد. آدم‌های زیادی در مراسم شرکت کردند. همه مثل یک سایه جمله‌ی تکراری، «غم آخرت باشه!» را تکرار می‌کردند و من فقط به دنبال یک نفر بودم. وقتی در میان جمعیتی که هنوز کنار در ایستاده بودند گم‌شده‌ام را پیدا کردم، دست فرخنده که زیر بغلم را گرفته بود، رها کردم و به سمت نوید رفتم و با صدای خفه‌ای که ناشی از گریه و بغض چند روزه بود گفتم:

ــ چرا اومدی اینجا؟ اومدی چی رو ببینی؟ خرد شدن منو؟ بی‌پدر شدن بچه‌هایی که دست نوازش پدر به سرشون نرسید؟ بگو نوید آقا، چرا شوهر منو فرستادی تو دهن مرگ؟ می‌دونستی که این پرواز سالم به مقصد نمی‌رسه!

نوید سرش پایین بود و گفت:

ــ من متأسفم، رضا مثل برادرم بود.

بلند داد زدم و گفتم:

ــ اسم رضا رو نیار.

فرخنده به سمتم آمد. دوباره زیر بغلم را گرفت و گفت:

ــ بانو، تو باید آروم باشی. این وسط هیچ‌کس مقصر نیست.

محمدحسن به سمتمان آمد. از نوید عذرخواهی کرد و دست آزادم را گرفت. تمام تنم کینه شده بود و دلم می‌خواست توی همین لحظه یک ماشین عمر نوید را هم پایان بدهد.

*****

هر روز حالم از روز قبل بدتر می‌شد. انگار آرامش از وجودم رفته بود. همه در تلاش بودند که شرایط را برای من مطلوب کنند. مادر رضا که یک شبه صد سال پیر شده بود هم، به خاطر من خویشتن‌داری می‌کرد. فریبا و فرخنده مراقبم بودند و فرخنده مثل سایه کنارم بود و سعی می‌کرد روحیه‌ام را عوض کند، ولی هیچ چیز در بهبود حالم اثر نداشت. پدر رضا با مشورت آقاجون تصمیم گرفت رد پای هر چیزی که مرا به یاد رضا می‌انداخت پاک کند.

تمام وسایل زندگی از خانه جمع شد. مقداری از وسایل بخشیده شد. بعضی از آن‌ها بسته‌بندی و در انبار منزل آقاجون جا داده شد. بعضی از مدارک هم در انباری کوچک آتلیه جا گرفت.

خانه کامل تخلیه شد و به سرعت اجاره داده شد و قرار بر این شد که تا چند ماه بعد از به دنیا آمدن بچه‌ها و بهبود حالم در منزل آقاجون باشم. اتاق سابق محمدحسین برای بچه‌ها درست شد و باز به پیشنهاد پدر رضا تمام وسایلی که رضا خریده بود بخشیده و وسایل جدید برای بچه‌ها خریداری شد. آن‌قدر حالم

خراب بود که اصلا به این مسائل فکر نمی‌کردم. آقای خطیبی تمام تلاشش را برای اینکه ذهن و فکر مرا از رضا منحرف کند می‌کرد، ولی عشق و خاطرات رضا آمیخته با خون و پوست من شده بود و هیچ‌کدام از این کارها نتوانست آتش درونم را خاکستر کند. حالم روز به روز بدتر می‌شد. خواب شبانه‌ام کم شده بود و مردن و نحوه‌ی مرگ رضا برایم کابوس شبانه شده بود. وقتی بعد از چند ساعت بی‌خوابی بالاخره خواب به چشم‌هایم می‌آمد، با فریادهای خودم از خواب می‌پریدم. فرخنده که حال مرا این گونه می‌دید شب‌ها بعد از خواباندن علیرضا به منزل آقاجون می‌آمد و پایین تختم روی زمین می‌خوابید. با کوچکترین تکان و صدایی از جانب من از جایش بلند می‌شد و برایم شربت گلاب درست می‌کرد و سعی در آرام کردنم داشت. حمله‌های عصبی خارج از کنترلم بود و بعد از اینکه حالم جا می‌آمد اصلا یادم نبود چه کرده‌ام.

یکی از آن روزهای خیلی بد؛ از آن روزهایی که فقط به صورتم می‌زدم و اشک می‌ریختم به پیشنهاد یکی از دوستان مادر رضا به دکتر روان پزشکی رفتم. دکتر تشخیص افسردگی شدید داد و گفت امکان اینکه بعد از زایمان افسردگی‌ام بیشتر شود بسیار است و به همین خاطر داروی آرام‌بخشی را که برای بچه‌ها ضرر نداشته باشد شروع کرد. پدر رضا نگران بود و می‌ترسید داروها روی جنین‌ها اثر بگذارد، ولی وقتی با چند دکتر دیگر هم مشورت کرد و مطمئن شد که داروها روی بچه‌ها اثر ندارد، اجازه‌ی خوردن داروی‌های آرام‌بخش را به من داد.

به کمک داروها شب‌ها می‌توانستم بخوابم، ولی وقتی روز بیدار می‌شدم دوباره بی‌قرار بودم و جای خالی را در جای جای خانه‌مان حس می‌کردم. پدر رضا در تلاش بود آپارتمان مناسبی را در نزدیکی منزل خودشان یا منزل آقاجون برای من تهیه کند و چند بار مرا هم برای دیدن آپارتمان به جاهای مختلف برد، ولی هیچ چیزی برایم مهم نبود. از هیچ چیزی لذت نمی‌بردم. برایم مهم نبود که

کجا زندگی می‌کنم، یا نور خانه‌ام رو به قبله است یا نه. رضا رفته بود، دیگر چه فایده داشت که در یک اتاق باشم یا در قصر! چیزهایی که قبلا با وجودشان خوشحال می‌شدم هم لذت خود را از دست داده بودند. حتی دیدن علیرضا که همیشه برایم خوشایند بود هم دیگر برایم فرقی نداشت. علیرضا از دور برایم شکلک درمی‌آورد و دلبری می‌کرد و من فقط به ظاهر نگاهش می‌کردم و غصه‌ی بچه‌های بی‌پدرم را می‌خوردم.

بعد از مراسم چهلم با فقط یک مراسم شام ساده در یک رستوران، محمدحسن و سارا زندگی مشترک‌شان را شروع کردند. هیچ‌کس حوصله‌ی کار اضافه نداشت. گذشت چهل روز از رفتن رضا بازهم آرامم نکرده بود و شاید عصبی‌تر، بی‌قرارتر و افسرده‌تر هم شده بودم.

یک روز که مادر و آقاجون برای دیدن خاله مهری به خانه‌ی آن‌ها رفته بودند و فرخنده مشغول حمام کردن علیرضا بود، در اتاقم خوابیده بودم. دوباره دچار همان اضطراب و دلشوره‌ی همیشگی شدم. از جایم بلند شدم. آن‌قدر حالم بد بود که چراغ‌های خانه را روشن کردم. ولی باز هم حس خفگی داشتم. پرده‌ی اتاق خواب را کنار زدم و پنجره را باز کردم. تمام وجودم دلشوره شده بود. دوباره حس مرگ و زجر کشیدن رضا جلوی چشمم آمد. به آشپزخانه رفتم و قرصی را که هر شب می‌خوردم برداشتم و همزمان دوتا از آن‌ها را خوردم، شاید که آرام بشوم. ولی این دلشوره و دلواپسی تمامی نداشت. چهره‌ی رضا که جان می‌داد جلوی صورتم حرکت می‌کرد. صورت نوید که با صدای بلند می‌گفت:

ـ بانو خانم، اومدم اجازه‌ی رضا رو از شما بگیرم!

صورت رضا که می‌خندید و می‌گفت:

ـ بانو راضیه، ولی من الان تنهاش نمی‌ذارم.

دستم را روی صورتم گذاشتم و سعی می‌کردم از این کابوسی که در بیداری به سراغم آمده بود، فرار کنم. دوباره به سراغ جعبه‌ی قرص‌ها رفتم. شاید باید

مقدار بیشتری مصرف می‌کردم تا آرام بشوم. دوتا، نه سه تانه... یک مشت قرص آرام‌بخش را توی دهانم ریختم و یک لیوان آب خوردم، صدای خنده‌ی نوید توی گوشم بود، رضا یک دسته گل رز قرمز به سمتم گرفته بود و می‌گفت:

ــ بانو جان چرا ناراحتی؟

سرم گیج می‌رفت، صدای زنگ بلند شد و باز صدای زنگ و صدای چرخیدن کلید در داخل قفل.

روی زمین ولو شدم، همه چیز دور سرم می‌چرخید. صدای پاکه به سمت من می‌آمد. نگاهی ناتوان به بالای سرم انداختم. علیرضا بود. هیچ توانی در بدنم باقی نمانده بود. دلم آشوب بود و دلم می‌خواست هر چه را که خوردم برگردانم. چشمم را بستم. فقط صدای جیغ فرخنده را می‌شنیدم که در گریه‌ی علیرضا قاطی شده بود.

چشمانم را باز کردم. هوا تاریک بود و صدای باران از حیاط به گوش می‌رسید. نمی‌دانم کی دوباره به اتاقم برگشته بودم. خاطره‌ای مبهم از بیمارستان به ذهنم می‌آمد. شاید دوباره حالم بد شده بود و بیمارستان رفته بودم.

از تختم پایین آمدم و با احتیاط از کنار تخت حرکت کردم. نمی‌توانستم اتاق را ببینم. ولی احتمال داشت که فرخنده پایین تختم خوابیده باشد. آرام به سمت در اتاق رفتم. پایم روی سنگ اتاق یخ کرد. به بالای در، جایی که کولر بود نگاهی کردم. کولر هم خاموش بود ولی اتاق با وجود خاموشی کولر خنک بود. به سمت دراور رفتم تا ساعت را نگاه کنم. با تعجب حرارت گرمی به پایم خورد، دستم را کورمال کورمال دراز کردم. این حرارت گرم از کجا بود، دستم به صفحه‌ی داغی خورد....

با تعجب دستم را به صورت افقی روی صفحه‌ی داغ کشیدم، صفحه داغ شوفاژ بود و توی شهریور ماه روشن بودن شوفاژ و خنکی هوا برایم عجیب بود. به سمت پنجره رفتم و پنجره را باز کردم. هوای سردی به داخل اتاق آمد، چقدر

همه چیز امروز عجیب بود.

چشمم به تاریکی اتاق عادت کرده بود. به پایین تختم نگاهی کردم فرخنده نبود. شاید علیرضا هنوز نخوابیده بود.

دوباره روی تخت به پهلو خوابیدم. برخلاف صبح نه کمرم درد می‌کرد، نه پاهایم. دستی روی شکمم گذاشتم تا از بچه‌ها به خاطر آرامش‌شان تشکر کنم که با ترس از روی تخت بلند شدم و چراغ را روشن کردم و خودم را در آینه نگاه کردم و فقط جیغ زدم. نمی‌دانم، ولی با دیدن شکم صاف شده‌ام وحشت کرده بودم. دستم را روی صورتم گذاشته بودم و فقط گریه می‌کردم و با وحشت پایم را روی زمین می‌کوبیدم.

در اتاق باز شد. مادر و آقاجون همزمان وارد اتاق شدند. مادر بغلم کرد و روی تخت درازم کرد و آقاجون با اصرار قرص و آب خنکی را به دهنم ریخت. وحشت‌زده بودم و وحشتم از دیدن آقاجون و مادر با دیدن لباس‌هایی که مناسب این فصل نبود بیشتر شده بود. فقط می‌لرزیدم و گریه می‌کردم. چرا هیچ چیزی سر جای خودش نبود؟ با ترس به مادر و آقاجون نگاه کردم و گفتم:

ـ بچه‌ها؟ مادر بچه‌ها کجان؟

مادر با صورت مضطرب ولی با لحن مهربانی گفت:

ـ حالا بهتره به بچه‌ها فکر نکنی، باید آروم باشی.

صدای زنگ در بلند شد و بعد چرخیدن کلید در قفل. مادر سریع به آقاجون گفت که مواظب من باشد و خودش با قدم‌های بلند به بیرون اتاق رفت. صدای محمدحسن بود که می‌گفت:

ـ مادر، صدای بانو بود؟

ـ بله.

ـ همه چی رو فهمیده؟

دیگر صدایی نمی‌شنیدم. فقط زمزمه‌هایی از پس اتاق بود که نمی‌فهمیدم.

بعد از چند لحظه محمدحسن با مادر وارد اتاق شدند. من همچنان می‌لرزیدم و بی‌صدا گریه می‌کردم. نگاهی به محمدحسن انداختم چقدر محمدحسن تغییر کرده. مثل آدم‌های ورم کرده که تازه از خواب بیدار شده باشند شده بود. واقعا هرکه را می‌دیدم نگرانی‌ام بیشتر می‌شد. محمدحسن کنارم آمد و گفت:

ــ بهتری بانو جان؟

سری تکان دادم و گفتم:

ــ اصلا بهتر نیستم، دارم دیوونه می‌شم.

آقاجون به میان حرفم پرید و رو به محمدحسن پرسید:

ــ سارا چطوره؟ می‌آوردیش پایین.

محمدحسن نگاهی به آقاجون کرد و گفت:

ــ باز سر درد داره. خوابیده، بهتر بشه می‌یاد پایین. فعلا من برم بالا. بانو جان، شما هم بخواب.

مادر دوباره با محمدحسن بیرون رفت و پشت آن‌ها آقاجون رفت. مادر گفت:

ــ وایسا پسرم کمی ته چین درست کرده بودم ببر برای سارا.

محمدحسن آرام گفت؛

ــ زحمت نکشید، سارا نمی‌تونه مرغ بخوره.

آقاجون آرام گفت:

ــ مامانت حواسش بوده و مرغ نریخته توش، حاج خانوم یه چایی برای بانو بریز، لرز افتاده تو جونش.

مادر گفت:

ــ باشه حاجی، من می‌ریزم، شما هم ببر بده بهش. من دو کلام با محمدحسن حرف بزنم.

صدای قدم‌ها حاکی از این بود که همه به آشپزخانه رفتند. از جایم بلند شدم و چادرم را روی سرم کشیدم. از اتاق بیرون رفتم و قبل از اینکه کسی متوجه رفتنم بشود در خانه را آهسته باز کردم. لرز تنم بیشتر شده بود و دندان‌هایم به هم می‌خورد. هنوز کامل از خانه بیرون نرفته بودم که علیرضا در حالیکه دست فرخنده را در دست گرفته بود از پله‌ها پایین آمد. با دیدن من ذوق‌زده شد و دست فرخنده را رها کرد و به سمت من آمد. چادرم را محکم گرفت. فرخنده هم سریع خودش را به علیرضا رساند و بغلش کرد و صورتش را از من برگرداند و به سمت در رفت.

متعجب بودم. باید یکی جواب تمام سوالاتم را می‌داد. به همین خاطر به سمت فرخنده رفتم. از روی چادر دستش را گرفتم و گفتم:

ـ فرخنده!

فرخنده عصبی گفت:

ـ چیه؟ از جون من چی می‌خوای؟

با تعجب پرسیدم:

ـ چرا همه چی عجیب شده، تو چرا این مدلی شدی؟ این موقع شب داری کجا می‌ری؟

علیرضا در حالیکه بغل فرخنده بود گفت:

ـ می‌ریم خونه‌ی مامانی.

تعجبم از جمله گفتن علیرضا بیشتر شد و گفتم:

ـ داری حرف می‌زنی عمه؟

بعد لرزش تنم بیشتر شد و گفتم:

ـ اینجا چه خبره؟

روی زمین نشستم و در حالیکه رعشه به تمام جانم افتاده بود فقط گریه می‌کردم. تنم یخ کرده بود. مادر و آقاجون و محمدحسن از در خانه بیرون آمدند.

فرخنده دم در ایستاده بود و هیچ عکس‌العملی نشان نمی‌داد. آقاجون دوباره بغلم کرد و گفت:

ـ بانو، تو باید استراحت کنی.

در حالیکه هنوز می‌لرزیدم سرم را تکان دادم و گفتم:

ـ نمی‌دونم آقاجون در و دیوار خونه داره منو می‌خوره. هیچی طبیعی نیست، هیچی سر جای خودش نیست، می‌خوام برم دکتر. می‌خوام ببینم توی این وضعیت غیر عادی چرا شکم من هم این شکلی شده؟

فرخنده براق شد و بدون اینکه ملاحظه‌ی کسی را بکند به سمتم آمد و گفت:

ـ می‌خوای چی رو بدونی؟ بذار من بهت همه چی رو بگم، بگم بچه‌هات رو، یادگاری‌های برادرم رو با خودخواهی خودت از بین بردی!

آقاجون آرام گفت:

ـ فرخنده جان الان وقتش نیست!

فرخنده با گریه گفت:

ـ آقاجون، کی وقتشه؟ بابای من از غصه دق مرگ شد و مرد، بچه‌های برادرم مردن! بانو همه رو فدای خودخواهی خودش کرد، فدای اینکه نتونست بشینه صبوری کنه!

محمدحسن به سمت فرخنده رفت، فرخنده نگذاشت محمدحسن چیزی بگوید. سریع از در خارج شد و در را محکم به هم کوبید. لرز تنم بیشتر شده بود. دنیا پیش چشمم دوباره سیاه شد.

*****

دکتر هاشمیان نگاهی به من کرد و گفت:

ـ ادامه بدید.

سرم را بالا گرفتم و گفتم:

ــ اون قرص‌های لعنتی باعث مرگ بچه‌ها و رفتن من به کما شده بود. چهار ماه توی کما بودم. بابای رضا مرگ رضا رو تحمل کرد، ولی نتونست فشار از دست دادن یادگارهای پسرش رو تحمل کنه. گویا روز دومی که برای دیدن من به بیمارستان می یاد در جا سکته می‌کنه.

برخورد مادر رضا و فریبا مثل گذشته بود، شاید اون‌ها هم از دستم دلخور بودن ولی حقیقتا سعی می‌کردن من چیزی نفهمم. فرخنده داغون بود؛ بعدها فهمیدم که اگه فرخنده نبود، مرگ من حتمی بود. او با رساندن به موقع من به بیمارستان مرا نجات داده بود ولی وقتی در همان بیمارستان قبل از آمدن بقیه از زبان دکترها شنیده بود که من خودکشی کردم و بچه‌ها در شکمم مرده‌اند، دیگر نتوانست مثل سابق باشد و این دلخوری با فوت پدر رضا که آن هم باز یک جورهایی به من وصل می‌شد شدت گرفت.

تا یک سال شرایط خوبی نداشتم، افسردگی‌ام شدت گرفته بود. خانواده‌ام از ترس خودکشی دوباره تنهایم نمی‌گذاشتند و این وضعیت حالم را بدتر می‌کرد. روزهایی که همگی با هم خانه‌ی آقاجون جمع بودیم، فرخنده رفتار بدی با من داشت. کسی چیزی نمی‌گفت شاید دیگران هم به او حق می‌دادن.

سارا زایمان کرده بود و دوقلوهایش هورا و نورا به دنیا آمده بودند. گاهی سارا هم تحت تأثیر حرف‌های فرخنده با من سرد می‌شد. تحمل این وضعیت برایم خارج از ظرفیتم بود. برخورد نامهربانانه‌ی فرخنده، زن برادری که تا قبل از این اتفاق جای خواهر نداشته‌ام را پر کرده بود، به قدری در روح و روانم اثر گذاشت که یکی از روزهایی که دلم می‌خواست فرخنده مرهم دردم باشه تا نمک روی زخمم، تصمیمی گرفتم که همه را شوکه کرد.

یکی از تلخ ترین عصرهای جمعه بعد از کلی بی‌محلی و شنیدن حرف‌های بی‌ربط، فقط با یک چمدان لباس خانه‌ی پدری را ترک کردم. مادر چند بار

جلویم را گرفت ولی آقاجون که شاید دلش نمی‌خواست بیشتر از این عزت من پیش زن برادرهایم خرد شود، خودش با من همراه شد و من زندگی متفاوتی را در جایی که روزی قرار بود آتلیه عکاسی بشود شروع کردم. سه ماه آقاجون زندگی خودش را تعطیل کرد و با من همراه بود. شاید هم ترس از تنها گذاشتن مرا داشت. ولی همین جابه‌جایی هم حال مرا مثل گذشته نکرد، البته باعث شد که کمی به خودم و زندگی‌ام فکر کنم. خواستگارهای زیادی داشتم، ولی به تنها چیزی که فکر نمی‌کردم ازدواج بود. دنبال کاری می‌گشتم که هیچ‌وجه اشتراک و خاطره‌ی مشترکی با گذشته‌ی من نداشته باشه تا بتوانم بدون یادآوری گذشته کار کنم. در یکی از همان روزها بود که روزنامه آگهی استخدام معلم در مدارس استثنائی را داده بود. نمی‌دانم چرا، ولی فکر می‌کردم این کاری‌ست که می تواند برایم مفید باشد و هیچ‌وجه اشتراکی با گذشته‌ی من ندارد. رفتم و با ارایه مدارک کارشناسی و طی یک دوره آموزشی سه ماهه شدم معلم نقاشی بچه‌ها. شاید عجیب باشد، بچه‌هایی که همه از آن‌ها رو برمی‌گرداندند و باعث کسالت بقیه بودند، شدند دریچه‌ای برای کسب انرژی من. سال اول و دوم فقط معلم هنر بودم و هفته‌ای سه روز مدرسه می‌رفتم، ولی آن‌قدر با این بچه‌ها احساس نزدیکی می‌کردم که شدم معلم ثابت.

دکتر هاشمیان نگاهی به ساعتش انداخت و گفت:

ــ تا همین جا کافیه، ان‌شاالله هفته‌ی آینده می‌بینم‌تون.

از جایم بلند شدم و کیفم را از کنارم برداشتم و به دوشم انداختم و گفتم:

ــ دکتر، خیلی سبک شدم. ممنون بابت تمام این روزهایی که به حرف‌هام گوش دادید.

دکتر هاشمیان عینکش را به چشمش زد و گفت:

ــ این‌جور حرف زدن بوی خداحافظی می‌ده... دیگه نمی‌خواین ادامه بدین؟

ــ چرا، ولی شاید بعد از عید نوروز. می‌خوام بچسبم به عکاسی، کاری که

دوسش دارم.

دکتر لبخندی زد و گفت:

ـ خیلی خوبه، شاید توی یکی از این روزها دوباره مزاحم‌تون شدیم.

در حالیکه به سمت در می‌رفتم گفتم:

ـ باعث خوشحالی منه.

از دکتر خداحافظی کردم و وارد اتاق انتظار که شدم، خاطوریان از جایش بلند شد. به سمتش رفتم و گفتم:

ـ جالبه، همه‌ی وقت‌های ما پشت همه.

خاطوریان لبخندی زد و گفت:

ـ من امروز وقت ندارم، ولی با اجازه‌تون فضولی کـردم و وقـت شـما رو پرسیدم تا لطف کنید و خواهرانه باهاتون صحبت کنم و بعد توی یک خـرید کوچیک که بی‌ربط هم به صحبت‌هامون نیست همراهی‌ام کنید.

ـ در مورد چه موضوعی؟

خاطوریان نگاهی به منشی کرد و با صدای آرامی گفت:

ـ می‌تونم خواهش کنم دعوت امروز منو بپذیرید؟ خواهش می‌کنم خانم محبی.

با خاطوریان همراه شدم. خاطوریان بی ماشین بود و هر دو سوار ماشین من شدیم. به پیشنهاد خاطوریان برای صحبت به کافی شاپی که خاطوریان در نظر گرفته بود رفتیم و سر میزی کنار پنجره نشستیم.

خاطوریان بعد از دادن سفارش رو به من کرد و گفت:

ـ یادم می‌یاد که بهتون گفتم خانواده‌ام خارج از کشور هستن و من توی ایران کسی رو ندارم. همین‌طور یادمه که بهتون گفتم دلم می‌خواد به خاطر تـنهایی خودم و دنیل هم که شده ازدواج کنم تا کمی حال و هوای من و پسرم عوض بشه... راستش خانم محبی من دو مشکل دارم. اول اینکه ترس از مطرح کردن

خواسته‌ام رو دارم و دوم اینکه کسی رو برای خواستگاری کردن ندارم. به همین خاطر مزاحم شما شدم تا شما یه صحبت ابتدایی با این بنده خدا بکنید.

با تعجب پرسیدم:

ــ حالا این دختر خانم کی هست؟

ــ می‌شناسید، غریبه نیست. هلن، خانمی که پشت صندوق مغازه می‌شینه. ایشون هم سابقه‌ی یه ازدواج ناموفق رو داشته ولی بچه نداره. رابطه‌ی خوبی با دنیل داره و دنیل هم ایشون رو خیلی دوست داره. ولی می‌دونید؟ می‌ترسم اگه خودم مستقیم پا جلو بذارم و جواب منفی بشنوم، دیگه برای کارکردن با هم هر دو معذب بشیم. البته من شرایط ازدواجم بد نیست، موقعیت خوبی دارم ولی چیزی که ازدواج منو سخت می‌کنه وجود دنیله. شما می‌تونید توی یکی از این روزها که به مغازه‌ی من میاید باب صحبت رو باز کنید و به بهانه‌ی اینکه معلم دنیل هستید، نظرش رو درباره‌ی زندگی کردن با یه بچه اوتیسم بپرسید؟

خنده‌ای کردم و گفتم:

ــ کار خیلی سختی رو از من می‌خواین. من اصلا نمی‌دونم چطور باب صحبت رو باز کنم. بعدش هم به نظر من، شما باید با کسی ازدواج کنید که هم شرایط شما باشه. قبول کنید کسی که هیچ‌وقت مادر نبوده نمی‌تونه و بلد نیست در حق کسی مادری کنه، اون هم یه بچه‌ی اوتیسم که شرایط خاص خودش رو داره و خیلی وقت‌ها والدین این بچه‌ها از نگهداری این طفل معصوم‌ها عاجز می‌شن.

خاطوریان فنجان قهوه را روی میز گذاشت و گفت:

ــ به نظرتون یعنی من فقط باید با کسی ازدواج کنم که اون هم بچه‌ی اوتیسم داره؟ خب، دوتا بچه‌ی اوتیسم توی خونه چی می‌شن.... نه خانم محبی! گاهی اوقات آدم‌ها باید تکمیل کننده‌ی هم باشن. قبول دارم ازدواج من با یک دختری که تا حالا ازدواج نکرده و تجربه‌ی زندگی زناشویی رو نداره کمی

خودخواهانه‌ست. ولی اینکه حتما شرط ازدواج موفق اینه که هر دو نفر هـم شرایط باشن، قبول ندارم. شما با هلن صحبت کنید. فقط نظرش رو در مورد دنیل بپرسید. مابقی رو خودم می‌گم چی کار کنید و قول می‌دم زودتر از اون چیزی که فکر می‌کنید در حقتون جبران کنم. فقط من چند روزی رو به خاطر کاری باید برم جنوب. ان‌شاالله تو هفته آینده قرارش رو با هم می‌ذاریم.

سرم را پایین انداختم و مشغول خوردن مابقی کیکم شدم.

بعد از بیرون آمدن از کافی‌شاپ، خاطوریان اجازه گرفت تا مابقی مسیر را خودش رانندگی کند. طی مسیر که به خاطر ترافیک نزدیک غروب طـولانی‌تر شده بود، خاطوریان فقط در مورد ازدواج صحبت می‌کرد. این بار اولی نبود که خاطوریان از من می‌خواست که گـذشته‌ام را فـراموش کـنم و دوبـاره زنـدگی جدیدی شروع کنم. ولی اصرار امروزش برایم کلافه کننده شده بود و چند بار سعی کردم حرفش را قطع کنم.

******

مقابل یک پاساژ توقف کردیم و خاطوریان بعد از خاموش کـردن مـاشین سوئیچ را به دستم داد و گفت:

ـ خدمت شما. اینجا هم کارمون انجام بشه، مـن از حضورتون مـرخص می‌شم.

ـ اختیار دارید، من می‌رسونم‌تون. مسیر که یکیه.

ـ مگه نمی‌رین خونه‌ی پدرتون؟

ـ نه، خونه‌ی خودم هستم.

ـ به دلم افتاده امشب می‌رین خونه‌ی پدرتون. بـه هـمین خـاطر مـزاحم نمی‌شم. در ضمن غیر اون هم باید برم مغازه. دنیل اونجاست.

در حالیکه سوئیچ را در کیفم می‌گذاشتم گفتم:

ــ هر جور صلاح می‌دونید.

با هم وارد پاساژ شدیم و خاطوریان جلوتر از من به سمت مغازه جواهر فروشی رفت و نگاهی به پشت ویترین انداخت و گفت:

ــ من زیاد از طلا و جواهر سر در نمی‌یارم. یکی از دوستان پیشنهاد اینجا رو داده. می‌شه منو برای خرید یه حلقه کمک کنید؟

ــ حلقه؟!

ــ یک حلقه‌ی زنونه برای نشون.

ــ بهتر نیست وقتی به توافق رسیدید خودشون رو بیارید و به سلیقه‌ی خودشون خرید کنید؟

ــ نه، برای اینکار لازم نیست.

ــ نمی‌دونم!

و با خاطوریان وارد مغازه شدم. خاطوریان خودش را معرفی کرد و فروشنده سلام و احوال پرسی گرمی با او کرد و بدون اینکه خاطوریان حرفی بزند، یک جعبه بزرگ که حاوی انگشترهای نسبتا سنگین بود از زیر ویترین درآورد و مقابل ما گذاشت. خاطوریان نگاهی به انگشترها کرد و گفت:

ــ می‌شه یکی از این‌ها رو انتخاب کنید؟

نگاهی به انگشترها که تماما از نگین درجه یک تهیه شده بود، انداختم و گفتم:

ــ آقای خاطوریان، پول هر کدوم از این انگشترها مبلغ کمی نمی‌شه. بهتر نیست خودشون انتخاب کنن؟

ــ من سلیقه‌ی شما رو قبول دارم. فکر می‌کنم این‌طوری هیجانش بیشتره.

از میان آن همه انگشتر با نگین‌های پرنسس و باگت و مارکیز، من انگشتر تک نگینی را انتخاب کردم و به خاطوریان دادم و گفتم:

ـ بازم می‌گم اگه انتخاب با خودشون بود، بهتر بود. ولی انتخاب من اینه.

خاطوریان نگاهی به انگشتر انداخت و گفت:

ـ ولی زیادی ساده نیست؟

لبخندی زدم و گفتم:

ـ من که به شما می‌گم باید خودشون انتخاب کنن، سلیقه من اینو می‌پسنده.

خاطوریان دقیق‌تر به انگشتر نگاه کرد و گفت:

ـ واقعا یعنی خودتون همچین چیزی رو دست می‌کنید؟

در حالیکه انگشتر را به دستم می‌کردم گفتم:

ـ چرا که نه، یه انگشتر ساده و شیک و همه جایی.

بعد اشاره به مابقی انگشترها کردم و گفتم:

ـ اینا خیلی شلوغن و دست کردن‌شون محدود می‌شه.

خاطوریان بسیار خوبی گفت و از فروشنده خواست همان انگشتر را برای‌مان فاکتور کند. فروشنده انگشتر را در جعبه‌ای با مخمل یشمی گذاشت و همراه فاکتور به دست‌مان داد. خاطوریان تشکری از فروشنده کرد و داشت از مغازه خارج می‌شد که من مانعش شدم و گفتم:

ـ آقای خاطوریان فراموش کردید پول انگشتر رو حساب کنید.

خاطوریان کمی هول شد، ولی فروشنده زودتر از خاطوریان گفت:

ـ نگران نباشید خانم، مغازه متعلق به ایشونه و قبلا حساب شده.

از مغازه بیرون آمدم و با تعجب به خاطوریان نگاه کردم. خاطوریان خیلی هول و دستپاچه بود. سریع به بهانه‌ی دنیل از من خداحافظی کرد و رفت. با همان بهت و تعجب سوار ماشین شدم. قرار بود بعد از آمدن از دکتر خرید کنم. چیزی در یخچال نداشتم. باید یک سوپر و میوه‌فروشی می‌رفتم. خریدها را پشت ماشین گذاشتم که موبایلم زنگ خورد. آقاجون بود.

ـ سلام آقاجون.

ــ سلام بانو جان، کجایی؟

ــ کمی خرید کردم. می‌خوام برم خونه.

ــ پاشو بیا اینجا، کارت دارم.

ــ آقاجون کلی خرید کردم. نمی‌تونم بیام.

ــ خریدها رو ولش کن، کار واجب باهات دارم.

دلم به شور افتاد و گفتم:

ــ آقاجون چیزی شده؟ دلم به شور افتاد.

ــ دلت شور نزنه، ان‌شاالله خیره. یه خواستگار زنگ زده و می‌خواد بیاد خونه. می‌گه حرف‌هاش رو تا حدودی باهات زده.

با تعجب گفتم:

ــ آقاجون کی حرف زده؟ من با کسی حرف نزدم، اصلاً کجا زنگ زده؟ با مادر حرف زده؟

ــ نه، به موبایل خود من زنگ زد. از من خواهش کرد که روز خواستگاری هیچ‌کس غیر من و تو و مادر نباشیم. من هر چی ازش پرسیدم گفت توضیح می‌دم. هیچی از خودش نگفت و گفت غریبه نیستم. بانو بابا، گوشت با منه؟

ــ بله آقاجون، ولی هنگم. یعنی هیچی از خودش نگفت؟

ــ نه بابا، هیچی ولی می‌گفت آشنام و مرتب خواهش می‌کرد برادرهات نباشن.

ــ یعنی اسمش رو هم نگفت؟

چرا فامیل عجیبی داشت. هم به گوشم خورده بود و هم تو دهن سخت بود. شاید از خود تو فامیلش رو شنیده بودم.

آب دهانم را قورت دادم و گفتم:

ــ فامیلش چی بود آقاجون؟

ــ خاطوریان.

اخم‌هام توی هم رفت و گفتم:

ــ خاطوریان؟!

ــ بله بابا.

عصبانی شده و تمام صورتم داغ شده بود. چقدر من احمق بودم که به این مرد اطمینان کردم. حق با محمدحسین بود. چقدر بالا و پایین پرید.

سعی کردم آرام باشم، ولی از داخل مثل سیر و سرکه به خودم می‌جوشیدم و گفتم:

ــ آقاجون شما خونه‌این؟

ــ نه، هنوز نرسیدم.

ــ به مادر که چیزی نگفتید؟

ــ نه عزیزم اول به خودت زنگ زدم.

ــ می‌خوام باهاتون صحبت کنم، اما نه توی خونه. می‌تونم خواهش کنم خونه نرید و سر خیابون اصلی بیاستید تا من خودم رو برسونم؟

ــ باشه دخترم.

نمی‌دانم تا خانه چطوری رانندگی کردم و خودم را رساندم، ولی فقط این جمله خاطوریان در گوشم می‌پیچید که: «به دلم افتاده امشب می‌رید خونه‌ی پدرتون.»

چند بار موبایلش را گرفتم، ولی موبایل هم خاموش بود. آقاجون کمی پایین‌تر از جایی که قرار گذاشته بودیم ایستاده بود. از ماشین پیاده شدم و سوار ماشین آقاجون شدم. آقاجون آرام بود و من کوه آتشفشان.

سلامی کردم و گفتم:

ــ آقاجون می‌خوام باور کنید که هیچ چیزی بین من و این خاطوریان نبوده، به همون امام رضایی که با هم به پابوسش رفتیم تا همین امروز هم می‌گفت بیا برای من خواهری کن... خودش امروز حرف رو پیش کشید و گفت می‌خواد

ازدواج کنه، ولی با صندوق‌دار مغازه‌اش. آقاجون شما که فکر نمی‌کنید من از موقعیتم سوءاستفاده کردم؟

آقاجون دستی به پایم زد و گفت:

ــ آروم باش بانو جان، تو اگه می‌خواستی از موقعیتت سوءاستفاده کنی، خیلی وقت پیش این کار رو کرده بودی. من مثل چشمم بهت اعتماد دارم. حالا مگه این بنده خدا کیه که تو رو این‌قدر آتیشی کرده؟ اصلا از کجا می‌شناسیش.

عصبانی تر از قبل گفتم:

ــ آقاجون این آقا مسیحیه! اصلا اگه دری به تخته هم بخوره و ایشون مسلمون بشن بازم به درد من نمی‌خوره. هیچ‌وجه اشتراکی با هم نداریم جز اینکه هر دو همسرامون رو از دست دادیم... راستی چرا این‌قدر توضیح می‌دم؟ شما هم دیدین این خاطوریان رو. دم در استودیو، روزی که من مصاحبه داشتم. وای آقاجون اگه محمدحسین بفهمه که اومده خواستگاری می‌شینه و سرش رو بیخ تا بیخ می‌بره.

آقاجون گفت:

ــ واقعا نمی‌فهمم! به من زنگ زد و خودش رو معرفی کرد و گفت برای امر خیر مزاحم می‌شم. کلی اصرار داشت که هیچکی از این تماس چیزی نفهمه، خیلی سر بسته گفت صحبت‌ها از خیلی قبل شده و بانو خانم هم بی‌میل به این ازدواج نیستن و ما بقی حرف‌ها روز جمعه زده بشه بهتره!

با چشم‌های گشاد گفتم:

ــ من این حرف‌ها رو زدم؟

منتظر جواب آقاجون نشدم. سریع از توی کیفم موبایلم را درآوردم و شماره‌ی خاطوریان را گرفتم. موبایل خاموش بود. عصبانی تر از قبل شده بودم. لبم را گاز گرفتم و گفتم:

ــ لعنتی بهم گفت می‌ره مسافرت! موبایلش رو خاموش کرده و مسافرت هم

بهانه بوده تا جوابگو نباشه! واقعا برام عجیبه. این خاطوریان شماره‌ی شما رو از کجا آورده.

آقاجون شانه‌ای بالا انداخت و گفت:

ــ من فکر کردم تو بهش دادی، حالا هم حرص نخور. جمعه می‌یاد و من بهش می‌گم من به شما دختر بده نیستم.

با عصبانیت بیشتر گفتم:

ــ آقاجون اصلاً چرا باید بیاد خونه‌مون تا شما این حرف رو بزنید؟ بالاخره با شما تماس می‌گیره، تا از شما جواب بخواد.

آقاجون دستی به صورتش کشید و گفت:

ــ والا چی بگم بانو جان؟ من واقعا به حرف‌های این پسره اعتماد کردم و فکر کردم حرف‌هاشو به تو زده، تو هم روت نشده به ما چیزی بگی. به همین خاطر گفتم جمعه ما ساعت پنج منتظریم.

نفس عمیقی کشیدم و گفتم:

ــ تا حالا توی این مدت نشده بود کسی این‌قدر منو عصبانی کنه، مرتیکه...

آقاجون میان حرفم پرید و گفت:

ــ صلوات بفرست بانو، جمعه می‌یاد مثل یه مهمون خونه‌مون و خیلی منطقی عذرش رو می‌خوایم. اینکه ناراحتی نداره.

ــ آره آقاجون، بیاد دو تا نگو بهش بگم دلم خنک بشه.

ــ بانو جان دخترم، اون کار اشتباه کرده، ما که نباید مقابله به مثل بکنیم. هر چی باشه یه مهمونه و ما میزبان. ما هم باید شرط مهمان‌نوازی رو انجام بدیم، به خصوص که خودت می‌گی مسیحیه. ما باید یه خاطره خوب از مهمان‌نوازی مسلمونا تو ذهنش ایجاد کنیم. نمی‌خواد هم در مورد مسلمون و مسیحی بودنش حرفی به مادرت بزنی. حالا اگه تا روز جمعه به تلفن جواب داد، خودم عذرش رو می‌خِوام، وگرنه اینم یه مهمون مثل همه‌ی مهمون‌ها.

******

آقاجون به مادر گفت که من خواستگار دارم و قرار است روز جمعه بیاید خواستگاری. بیچاره مادر بی‌خبر از همه جا، اندازه‌ی دنیا خوشحال شده بود و فقط راه می‌رفت و خدا را شکر می‌کرد که بالاخره خانه‌ی ما هم عروسی شده.

آقاجون به مادر گفته بود داماد به خاطر اینکه تمام کس و کارش خارج از کشور هستند، تنها می‌آید و به همین خاطر بهتر است که فعلا ما هم در جلسه‌ی اول ماجرا را شلوغ نکنیم و پسرها خبردار نشوند، تا باشد جلسات بعدی.

مادر مرتب در حال تمیز کردن و سامان دادن به شرایط بود و من در حال گرفتن موبایل خاطوریان. حتی یک بار هم به هوای اینکه مطمئن بشوم واقعا به سفر رفته، به مغازه‌ی قنادی‌اش رفتم ولی خبری نبود. یک قطره آب شده و رفته بود توی زمین.

مادر در تدارک وسایل پذیرایی بود و من در حال طرح مشاجره با خاطوریان. مادر خدا را شکر می‌کرد و من در دل به شانس بد و احمقی خودم لعنت می‌فرستادم. مادر متعجب از حال من بود و من دل نگران مادر بعد از فهمیدن حقیقت.

تا صبح روز جمعه، مرتب با موبایل خاطوریان تماس گرفتم تا شاید بتوانم پیدایش کنم. ولی هنوز موبایل خاموش بود و هر چه به آقاجون می‌گفتم بیایید از خانه برویم بیرون و اصلا نباشیم تا فردا که دم در مدرسه دیدمش علت کارش را جویا بشوم، یا اصلا وقتی در زد آقاجون بدون اینکه راهش بدهد عذرش را بخواهد. هزار تا راه حل به ظاهر منطقی به

نظرم رسید که آقاجون مخالف همه‌اش بود و می‌گفت:

ــ اخلاقی نیست مهمونی که با برنامه‌ریزی و با دعوت اومده به هـر علتی بی‌پذیرایی از خونه‌ی ما بره. ما شرط ادب رو تمام و کـمال انجام می‌دیم. بهتره که دیگران شرمنده‌ی ما باشن تا ما شرمنده‌ی دیگران.

از صبح نه میلی به صبحانه داشتم و نه ناهار. آقاجون بـرایـم کباب درست کرده بود و اصرار داشت بخورم. مادر که از چند روز قبل کیفش کوک بود، شوخی می‌کرد و می‌گفت چرا مثل دخترهای مجرد با دیـدن یک خواستگار بی‌اشتها شدم. در دلم آشوبی بود که فقط خدا می‌دانست.

ساعت نزدیک چهار بود. دوباره شماره‌ی خاطوریان را گـرفتم تـلفن روشن شده بود ولی کسی پاسخگو نبود.

سریع موبایلم را برداشتم و پیامک دادم:

«جناب خاطوریان واقعا از شما انتظار نداشتم! شما از سـادگی مـن سوءاستفاده کردید. تمام این مدت اعتقاد داشتید که ارتباط ما یک ارتباط خواهر و برادرانه است. واقعا نمی‌دونم از تلفن آخر به پـدرم چـه نـفعی می‌برید و چه منظوری دارید، ولی فقط بدونید که هیچ حرفی نـمی‌تونه توجیه کننده‌ی این باشه که تمام این مدت به من دروغ گفتید. پدرم هیچی از شما نمی‌دونست و به همین خاطر با آمدن شما امروز موافقت کرد و من فقط به خاطر پدرم امروز رو سکوت می‌کنم، ولی صحبت من با شما باشه در زمانی که مهمون خونه‌مون نباشید.»

تلفن را با عصبانیت به گوشه‌ای پرتاب کردم و در همان لحظه ضربه‌ای به در خورد. آقاجون وارد شد و من سریع از جایم بلند شدم و خیلی آرام گفتم:

ــ آقاجون موبایلش روشن شده.

آقاجون سری به علامت تأیید تکان داد و گفت:

ـ من هم می‌خواستم همینو بگم، ولی تلفن رو جواب نمی‌ده. واقعا نمی‌دونم هدفش از این کار چیه، ولی فقط بانو جان یه خواهش ازت دارم. اونم اینه که تو خونسردی خودت رو حفظ کنی و هیچ حرفی نزنی و بسپاری به من.

ـ سعی می‌کنم آقاجون.

آقاجون از اتاق بیرون رفت. صدای زنگ پیامک موبایل بلند شد. سریع به سمت موبایلم رفتم، شاید خاطوریان جواب داده بود، ولی باز هم پیام‌های تبلیغاتی مسخره.

ساعت نزدیک پنج بود که صدای زنگ آیفون به گوش رسید. مادر با هیجان از جایش بلند شد و گفت:

ـ پاشو بانو، پاشو، اومد!

با بی‌میلی از جایم بلند شدم و چادرگل درشتی را که مادر برایم در نظر گرفته بود به سرم کشیدم. مادر جلوتر از ما به استقبال رفت و آقاجون خیلی آرام گفت:

ـ بانوجان به احترام خودت و من هم که شده آرامشت رو حفظ کن. این آقا مهمون چند دقیقه‌ای منزل ماست. بذار این چند دقیقه هم با کمال احترام تموم بشه.

با اشاره‌ی مادر، من و آقاجون هم برای استقبال جلوی در رفتیم. خون خونم را می‌خورد، ولی به خاطر آقاجون سعی می‌کردم آرام باشم. خاطوریان در حالیکه دست دنیل را در دست گرفته بود وارد شد. شلوار دودی و کت اسپرت هماهنگی به تن داشت و بوی ادکلنش هم حتی با فاصله‌ی زیاد به مشام می‌رسید. دنیل هم بسته توپی که دور آن پرگل رز بود را محکم به بغل گرفته بود. مادر گویا با دیدن دنیل کمی وا رفت ولی سعی می‌کرد به روی خودش نیاورد. دنیل با دیدن من ذوق کرد و به سمتم

آمد و مثل همیشه چادرم را گرفت و فقط خاله محب می‌گفت. دیدن دنیل باعث شد کمی از ناراحتی‌ام کم شود، ولی هنوز دلخوری‌ام از خاطوریان از بین نرفته بود.

خاطوریان مثل همیشه و شاید صمیمانه‌تر از قبل بسته‌ی توپی شکل را به دستم داد و گفت:

ـ یک سری شکلات ترایفل مخصوص که فقط سـفارشی مـی‌زنیم. گفتم شاید دوست داشته باشید.

به اشاره‌ی سر آقاجون بسته را از خاطوریان گرفتم و زیرلب تشکر کردم. همگی وارد سالن پذیرایی شدیم و دنیل خـوشحال از دیـدن مـن کنارم نشست. مادر کمی متعجب بود و من برای اینکه به سوالات احتمالی که در ذهن مادر ایجاد شده بود خاتمه بدهم گفتم:

ـ دنیل یکی از بهترین شاگردهای منه.

مادر کمی خودش را در مبل جابه‌جا کرد و روبه خاطوریان پرسید:

ـ دنیل؟ تا حالا نشنیدم از این اسم‌های ایرانی قدیمیه؟

خاطوریان لبخندی زد و با آرامش گفت:

ـ خیر، اسم ارمنیه.

مادر ابروهایش را بالا انداخت و با تعجب گفت:

ـ اسم ارمنی؟ این همه اسم امام و پیغمبر هست، چرا شما اسم ارمنی رو بچه به این نازی گذاشتین؟!

آقاجون برای اینکه حرف را عوض کند گفت:

ـ بانو جان پذیرایی نمی‌کنی؟

و بعد روبه خاطوریان گفت:

ـ خب، از خودتون تعریف کنید.

از جایم بلند شدم تا برای آوردن چای به سمت آشپزخانه بروم که

خاطوریان مخاطب قرارم داد گفت:

ـ خانم محبی من چایی نمی‌خورم، برای پذیرایی و تعارف وقت زیاده. اگه اجازه بدید علت حضورم رو در اینجا بگم. خواهش می‌کنم شما هم تشریف بیارید و بنشینید. وقتی حرف‌هام تموم شد، چایی هم می‌خورم.

کنار دنیل روی مبل نشستم. خاطوریان کمی خودش را در مبل جابه‌جا کرد و رو به من گفت:

ـ خانم محبی عزیز، می‌خوام اول از همه بهتون بگم که توی این مدت هیچ‌گونه دروغی به شما نگفتم. واقعا این چند روز مسافرت بودم، ولی علت قطعی موبایلم شما بودید. دلم می‌خواست حتما رودررو و در مقابل والدین‌تون با شما صحبت کنم.

خاطوریان مکثی کرد و در حالیکه انگشتان دستش را در هم گره می‌کرد گفت:

ـ زندگی همه‌ی آدم‌ها پر از اتفاقات تلخ و شیرینه و هرکدوم از ماها در طول عمرمون این سوال برامون پیش می‌یاد که اگه تمام کارهای خدا خیره، خیریت اتفاقات خیلی غمناک در چیه! شاید به ظاهر خیلی از اتفاقات مصیبت باشن، ولی در دل هر مصیبتی یک خیریت خوابیده. خانم محبی شاید اگه مرگ همسر شما اتفاق نیفتاده بود، شما هیچ‌وقت معلم پسر من نمی‌شدید و آرامش رو به خونه‌ی ما بر نمی‌گردوندید.

خنده‌ی تلخی کردم و گفتم:

ـ آرامش از زندگی من و خانواده‌ام و خانواده‌ی همسرم رفته، فقط به خاطر اینکه بنا به تعبیر شما آرامش به خونه‌ی شما برگرده! این حرف‌ها چیه آقای خاطوریان؟ تا دنیا دنیا بوده، مصیبت، مصیبته!

خاطوریان لبخند همیشگی‌اش را زد و گفت:

ـ خانم محبی برای این حرف‌ها وقت زیاده. حاضرم یه روز از صبح تا شب با شما بحث کنم که یک مصیبت همیشه هم شر نیست، ولی چیزی که الان مهمه اینه که من و شما بنا به هزار فرمول جلوی پای هم قرار گرفتیم تا واسطه‌ی ازدواج همدیگه بشیم. من توان خواستگاری از کسی رو که فکر می‌کنم مناسب زندگی با من هست ندارم و همون‌طور که چند روز پیش بهتون گفتم، دلم می‌خواد شما برام پا پیش بذارید و مثل همیشه خواهری کنید و همون‌طور که همون چند روز پیش گفتم، زودتر از اون چیزی که فکر کنید قبل از اینکه شما برام این لطف رو بکنید من جبران کردم.

و در مقابل، کسی که شما رو سالیان سال دوست داره، منو واسطه قرار داده. از طریق من از شما خبر می‌گرفت و منو وادار می‌کرد که با شما صحبت کنم و ترغیب‌تون کنم به تشکیل زندگی دوباره. شماره‌ی برادرتون و پدرتون رو هم ایشون به من داد...

مادر با تعجب گفت:

ـ ببخشید آقای خاطوریان، شما مگه برای خواستگاری اینجا نیومدید؟

خاطوریان پا روی پا انداخت و گفت:

ـ چرا برای خواستگاری اومدم، ولی نه برای خودم. خانم محبی جای خواهر من هستن و تا عمر دارم اگر منو قابل بدونن برای خودشون و همسر آینده‌شون برادری می‌کنم.

با تعجب به خاطوریان نگاه کردم، ذهنم پر از سوال شده بود و از خودم شرمنده بودم که چقدر نسبت به خاطوریان بد فکر کرده بودم و در دل از پدر ممنون بودم که مرا به آرامش دعوت کرده بود. خاطوریان از پدر اجازه خواست و برای چند دقیقه جلوی در رفت.

ذهنم پر از سوال شده بود و مادر با چشمان نگران موزی را که پوست کنده بود به دهان دنیل می‌گذاشت. آقاجون از جایش بلند شد.

زنگ در دوباره به صدا درآمد. مادر مضطرب روی مبل نشسته بود، من و آقاجون هم‌زمان جلوی در رفتیم. در تیررس نگاه من دوباره خاطوریان بود که به کسی تعارف می‌کرد. به پذیرایی، جایی که مادر نشسته بود نگاه کردم. صدای سلامی آشنا در خوش آمد گویی صمیمانه‌ی آقاجون گم شد.

به مقابلم نگاه کردم. سبد گل بزرگی در بغل......

امیر! پسر عمویی که چیزی حدود شانزده سال پیش دلباخته‌ام بود، الان به واسطه‌ی خاطوریان، مردی مسیحی که بارها از طرف محمدحسین محکوم به دوست داشتن من شده بود، برای خواستگاری به خانه‌مان آمده بود.

گونه‌هایم سرخ شده بود. حس می‌کردم دوباره همان دختری دبیرستانی هستم که اسم شیرینی خورده‌ی امیرخان را از دیگران می‌شنوم.

به دعوت آقاجون همه دوباره به سالن رفتیم. مادر با دیدن امیر شوکه شده بود. امیر و خاطوریان کنار یکدیگر روی کاناپه نشستند. خاطوریان از آقاجون اجازه خواست و گفت:

ـ داستان آشنایی من و امیر از روزی که شما امیر رو در رستوران ملاقات کردید و از حال رفتید شروع شد. امیر بعد از اینکه من از بیمارستان بیرون رفتم، دنبال من بیرون اومد و از من خواست که بهش بگم واقعا به شما علاقه دارم یا نه. وقتی که شرح آشنایی ما رو با هم شنید، از من خواست که شما رو ترغیب به ازدواج کنم. امیر توی این مدت همه جوره از حال شما خبردار بود.

امیر دستی روی پای خاطوریان گذاشت و گفت:

ــ اگه عموجان و زن‌عموی عزیزم اجازه بدن، مابقی داستان رو خودم تعریف کنم.

آقاجون لبخندی زد و از امیر خواست که راحت باشد و حرف‌هایش را بزند. امیر نفس عمیقی کشید و به من نگاه کرد و گفت:

ــ من متهم به قضاوت زود هنگام شدم. دقیقا همون سالی که قرار بود برای صحبت‌های نهایی به ایران بیام، به خاطر گرفتن اقامت دایم یه ازدواج مصلحتی کردم و می‌خواستم خودم ایران بیام و همه چیز رو راست و حسینی بگم. ولی مادرم پیش‌دستی کرد و اعتقاد داشت حرف از جای دیگه درز می‌کنه، حرف رو هر چه زودتر از خود ما بشنوید بهتره. به همین خاطر صبح روزی که من خبر ازدواج مصلحتی رو بهش دادم، به خونه‌ی شما اومد و در دل خوشحال بود که از همین اول کاری هیچ چیزی رو از شما مخفی نکردیم، ولی خبر نداشتیم که همون روز یه خواستگار پا به جفت، به خاطر حرف مادرم جایگزین من می‌شه.

شاید باور نکنید، ولی خبر عقد زود هنگام بانو همه‌ی ما رو شوکه کرد. بابا و مامانم اون‌قدر جا خوردن که حتی نتونستن در مراسم عقد شما شرکت کنن. حقیقتش بابا باور نداشت که مراسم این‌قدر تند و سریع اتفاق افتاده باشه و می‌گفت برادر من به این مفتی یه دونه دخترش رو شوهر نمی‌ده. این‌ها از قبل این داماد رو زیر سر داشتن و با شنیدن خبر عقد تو به راحتی اونو قبول کردن. حقیقت ماجرا این بود که ما فکر می‌کردیم یه جورایی رودست خوردیم.

خیلی سخت بود فراموش کردنت، ولی سعی کردم فراموشت کنم. چون تو دیگه زن مردم بودی و فکر کردن به تو در خلوت هم گناه کبیره محسوب می‌شد. هیچ‌وقت نتونستم کسی رو جایگزین تو کنم. حتی

نتونستم دیگه تو استرالیا دووم بیارم. از خودم ناراحت بودم که به خـاطر
اقامت در جایی که دیگه میلی به موندن درش نداشتم، تـو رو از دست
دادم... شاید قسمت این بود. ولی وقتی خبر فوت همسرت رو شنیدم، من
هم عزادار شدم. راضی نبودم کسی که زمانی دوستش داشتم رو به اون
حال دم در مسجد ببینم و دورادور بشنوم که چقدر بی‌تاب هستی.

مامانم بعد یک سال بهم پیشنهاد داد که برای خواستگاری به خونه‌تون
بیام ولی روم نمی‌شد. دلم نمی‌خواست فکر کنی من منتظر مرگ همسرت
بودم. ولی از طرفی دلشوره داشتم، می‌ترسیدم که بازم از دستت بدم. این
دلشوره و خجالت از خواستگاری مجدد سالیان سال با من بود تا اینکه
امسال حرف دلم رو به محمدحسین گفتم و مابقی ماجرا...

امیر سرش را پایین انداخت و گفت:

ـ می‌دونم هر چیزی عرفی داره، ولی نمی‌دونستم جوابت چیه. دلم
نمی‌خواست مامانم جواب منفی بشنوه و رابطه‌ی برادرها تـحت هـمون
جواب منفی دوباره تیره و تار بشه. به همین خاطر روبرت رو واسطه قرار
دادم و هر وقت از تو خبردار می‌شد به من می‌گفت. روبرت برادری رو در
حق من تموم کرد و به من نشون داد که هر انسانی می‌تونه ورای عقیده و
کیش و مذهب به انسان دیگه‌ای کمک کنه...

امیر از جایش بلند شد، دست در جیبش کرد و حلقه‌ی تک نگینی را
که با خاطوریان پسندیده بودیم درآورد و مقابلم گرفت و گفت:

ـ با اجازه از طرف عمو و زن‌عمو و روبرت عزیز... بانو، گـذشته رو
فراموش کن و بیا آینده رو با هم بسازیم. برای شروع هیچ‌وقت دیر نیست.

نگاهی به آقاجون و مادر کردم؛ چشم‌های مادر بارانی بود و آقاجون
لبخند رضایتی به لب داشت و سرش را به علامت تأیید تکـان داد. مـن
حلقه را از امیر گرفتم و به دستم کردم.

نگاهی به خاطوریان انداختم که با محبت برادرانه‌ای نگاهم می‌کرد.

سرم را پایین انداختم و گفتم:

ـ آقای خاطوریان، منو به خاطر تمام قضاوت‌های زود هنگام ببخشید.

زودتر از اون چیزی که فکر کنید من و امیر لطف‌تون رو جبران می‌کنیم.

به امیر نگاه کردم، چشم‌هایی که امیدوار بود، به من این نوید را می‌داد که می‌توان دوباره و از نو شروع کرد.

پایان